Diogenes Taschenbuch 21237

Jules Verne

Das erstaunliche Abenteuer der Expedition Barsac

Deutsch
von Eva Rechel-Mertens
Mit vierundfünfzig Illustrationen
von G. Roux

Diogenes

Der Titel der Originalausgabe lautet
›L'étonnante aventure de la Mission Barsac‹,
die Illustrationen sind der bei Hachette
erschienenen Ausgabe, Paris 1919,
entnommen
Die Erstausgabe dieser Neuübersetzung
erschien 1978 im Diogenes Verlag

Veröffentlicht als Diogenes Taschenbuch, 1984

60/84/36/1
ISBN 3 257 21237 2

INHALT

Erster Teil

Zweiter Teil

ERSTER TEIL

1. *Die Affäre der Central Bank*

Sicherlich ist der dreiste Raubzug, der unter dem Namen ›Central-Bank-Affäre‹ die Presse so ausgiebig beschäftigt und vierzehn Tage hindurch die Ehre gehabt hat, ihr Schlagzeilen zu liefern, trotz der seither verflossenen Jahre dem Gedächtnis der Zeitgenossen noch immer nicht entschwunden. Wenige Verbrechen haben in der Tat die allgemeine Neugier so lebhaft beschäftigt, denn es gibt nicht viele, die wie dieses den Reiz des Geheimnisvollen mit einem solchen Maß an Frevelhaftigkeit verbunden haben und für deren Ausführung eine so unglaubliche Kühnheit, gepaart mit hemmungsloser Energie, erforderlich war.

Daraufhin wird man vielleicht mit Interesse den folgenden, noch immer lückenhaften, aber doch nach bestem Wissen wahrheitsgetreu abgefaßten Bericht über diese Untat lesen. Wenn unsere Schilderung auch nicht unbedingt alle bislang im Dunkel verbliebenen Einzelheiten aufhellt, so wird sie doch mindestens ein paar neue exakte Feststellungen bringen sowie die seinerzeit von den Tagesblättern gegebenen, zuweilen widersprüchlichen Informationen berichtigen und die Vorgänge in ihrer Abfolge verdeutlichen.

Bekanntlich hat der Raub die nahe an der Londoner Börse, Ecke Threadneedle und Old Broad Street gelegene und damals von Mr. Lewis Robert Burton, dem Sohn des gleichnamigen Lords, geleitete Filiale DK der Central Bank zum Schauplatz gehabt.

Diese Zweigniederlassung besteht im wesentlichen aus einem großen Raum, der, durch einen langen Zahltisch aus Eichenholz in zwei ungleiche Hälften geteilt, parallel zu den beiden Straßen verläuft. Da, wo diese sich kreuzen, betritt man ihn durch eine stumpfwinklig eingefügte Glastür, vor der zu ebener Erde eine Art Windfang liegt. Sobald man drinnen ist, bemerkt man links hinter einem Gitter aus starkem Maschendraht die Kasse, die vermittels einer ebenfalls vergitterten Tür mit dem eigentlichen Büro, in dem sich die Angestellten aufhalten, in Verbindung steht. Zur Rechten wird der eichene Zahltisch an seinem äußersten Ende durch eine Klappe unterbrochen, die einem gestattet, sich nötigenfalls von der für das Publikum vorgesehenen Seite in die den Angestellten vorbehaltene zu begeben oder umgekehrt. Im Hintergrund dieses letzteren Teils hat man zunächst, noch in Nähe des Zahltischs, Zugang zu dem Kabinett des Chefs der

Niederlassung. Von diesem Kabinett aus kann man noch in einen kleinen Raum ohne gesonderten Ausgang und, wenn man der rechtwinklig zur Threadneedle Street verlaufenden Wand folgt, zu einem Korridor gelangen, der in das Treppenhaus führt, das dem gesamten Gebäude, in welchem die Geschäftsräume der Bank sich befinden, gemeinsam ist.

Auf der einen Seite dieses Treppenhauses erreicht man, an der Loge des Portiers vorbeigehend, die Threadneedle Street. Auf der anderen gewährt es zunächst Zutritt zur Haupttreppe und endet dann bei einer zweiflügeligen Glastür, die den Eingang zu den Kellern bildet und die diesem gegenüberliegende Hintertreppe den Blicken der Passanten entzieht.

Dies sind die Örtlichkeiten, an denen die wesentlichen Peripetien des Dramas sich seinerzeit abgespielt haben.

In dem Augenblick, in dem dieses beginnt, das heißt genau zwanzig Minuten vor fünf Uhr, gehen die Angestellten der Zweigniederlassung ihren gewohnten Beschäftigungen nach. Zwei von ihnen sind in ihre Schreibereien vertieft. Die drei anderen erteilen ebenso vielen an den Zahltisch gelehnten Bankkunden die jeweils gewünschte Auskunft. Der Kassier stellt, durch sein Gitter geschützt, den genauen Bestand an Bargeld fest, der an diesem Abrechnungstag die stattliche Höhe von zweiundsiebzigtausendundneunundsiebzig Pfund, zwei Schillingen oder einer Million achthundertsechzehntausenddreihundertunddreiundneunzig französischen Francs und achtzig Centimes erreicht hat.

Wie bereits gesagt, zeigt die Uhr der Niederlassung in diesem Augenblick auf zwanzig Minuten vor fünf. In zwanzig Minuten wird infolgedessen die Bank geschlossen, der eiserne Rolladen heruntergelassen sein, und die Angestellten werden sich nach beendetem Arbeitstag in verschiedener Richtung entfernen. Dumpfes Wagenrollen und der Lärm der Menge dringen von draußen durch die infolge der abendlichen Dämmerung dieses letzten Novembertages nur trübe erhellten Fensterscheiben herein.

In diesem Moment ging die Tür auf, und ein Mann betrat den

Raum. Nachdem der Neuankömmling einen raschen Blick in das Büro geworfen hatte, drehte er sich halb um und machte – zweifellos einem auf dem Gehsteig zurückgebliebenen Gefährten – ein Zeichen mit der rechten Hand, deren aufgestellter Daumen, Zeige- und Mittelfinger unverkennbar die Zahl drei veranschaulichen sollten. Auch bei wachster Aufmerksamkeit hätten die Angestellten diese Geste nicht bemerken können, da die halbgeöffnete Tür sie ihnen verbarg; auch wäre ihnen, selbst wenn sie sie wahrgenommen hätten, wohl kaum der Gedanke gekommen, eine Verbindung zwischen der Zahl der sich zur Zeit am Zahltisch befindlichen Kunden und den einen Wink vermittelnden Fingern herzustellen.

Nach Erteilung dieses Winks, sofern es einer war, öffnete der Mann vollends die Tür, schloß sie wieder, nachdem er das Büro betreten hatte, und stellte sich hinter einem der bereits vor ihm anwesenden Kunden auf, wodurch er seine Absicht kundtat, mit der Bekanntgabe seiner Wünsche warten zu wollen, bis dieser Kunde fertig wäre und sich zurückgezogen hätte.

Einer der beiden nicht in Anspruch genommenen Angestellten erhob sich, ging auf ihn zu und fragte ihn: »Sie wünschen, Sir?«

»Danke, mein Herr, ich möchte warten«, antwortete der Neuankömmling und begleitete dabei seine Antwort mit einer Handbewegung, durch die er zu verstehen gab, daß er gerade mit dem Kollegen zu sprechen wünsche, in dessen Nähe er stehengeblieben war.

Derjenige, der ihn entgegenkommend nach seinem Begehr gefragt hatte, ließ die Sache auf sich beruhen, setzte sich wieder hin und nahm, nachdem er durch diesen Versuch der Beflissenheit sein Gewissen beruhigt hatte und von dessen negativem Ergebnis alles in allem befriedigt war, seine Arbeit wieder auf. Der Mann wartete also weiter, ohne daß sonst jemand acht auf ihn gab.

Seine merkwürdige äußere Erscheinung hätte indessen eine ernsthaftere Prüfung durchaus gerechtfertigt erscheinen lassen. Er war ein hochgewachsener Bursche, der, nach seinem Körperbau zu urteilen, über ungewöhnliche Kraft verfügen mußte. Ein prächtiger blonder Bart umrahmte sein bronzebraunes Gesicht.

Auf seine soziale Stellung konnte man aus seiner Kleidung nicht schließen, da ein langer Staubmantel aus Rohseide sie bis zu den Füßen verdeckte.

Nachdem der Kunde, hinter dem er sich aufgestellt hatte, mit dem, was ihn dorthin geführt, fertig geworden war, folgte der Mann im Staubmantel ihm nach und trug nun seinerseits dem Repräsentanten der Central Bank vor, welche Operationen er vorzunehmen wünschte. Während dieser Zeit öffnete derjenige, dessen Stelle er jetzt einnahm, die Außentür und verließ die Zweigniederlassung.

Diese Tür ging gleich von neuem wieder auf und ließ einen zweiten Mann von ebenso merkwürdigem Aussehen ein wie der erste, von dem er sogar eine Art Kopie zu sein schien: er war von gleicher Statur und gleichem Körperbau, ein gleicher blonder Bart umrahmte sein auffallend kupfrig verbranntes Gesicht, und ein gleicher Staubmantel aus Rohseide bedeckte seine gesamte Kleidung.

Dieser zweite Mann nun verhielt sich genauso wie sein Doppelgänger. Wie dieser wartete auch er geduldig hinter einer der beiden noch an die Theke gelehnten Personen und begann, als die Reihe an ihm war, ein Gespräch mit dem freigewordenen Angestellten, während der Kunde auf die Straße trat.

Ebenso wie zuvor öffnete sich die Tür alsbald wieder. Ein drittes Individuum trat ein und stellte sich hinter dem einzigen der drei Kunden auf, der noch zurückgeblieben war. Von mittelgroßer Gestalt, aber breit und untersetzt, mit einem langen Überzieher angetan, der seine übrigen Kleidungsstücke verdeckte, wies er gegenüber denen, die vor ihm das gleiche Spiel betrieben hatten, sowohl Ähnlichkeiten wie auch Unterschiede auf.

Schließlich, als die letzte der drei schon zuvor in der Zweigstelle anwesenden Personen ihre Geschäfte abgewickelt hatte, ließ die sofort von neuem sich öffnende Tür noch einmal gleichzeitig zwei Personen ein. Diese beiden Männer, von denen der eine mit herkulischer Kraft begabt zu sein schien, waren der eine wie der andere mit langen Paletots bekleidet, die man gemeinhin als *Ulster* bezeichnet und die anzulegen durch die Härte der

Jahreszeit noch nicht gerechtfertigt war; ebenso wie die der drei ersten schmückte auch ihre ziemlich stark getönten Gesichter ein üppig wuchernder Bart.

Sie führten sich auf eine eher seltsame Weise ein: der größte erschien zuerst, blieb dann, kaum eingetreten, in einer Haltung stehen, in der er seinen Gefährten verdeckte, der eine Zeitlang so tat, als sei er am Türschloß hängengeblieben, und dieses einer geheimnisvollen Behandlung unterzog. Die Verzögerung dauerte jedoch nur einen Augenblick, und die Tür wurde gleich darauf wiederum geschlossen. Zu diesem Zeitpunkt jedoch war zwar der innere Türgriff, der das Hinausgehen ermöglichte, immer noch vorhanden, der äußere aber verschwunden. Von außen konnte infolgedessen niemand mehr das Geschäftslokal betreten. Darauf jedoch, an die Fensterscheibe zu klopfen, um noch Einlaß zu erlangen, wäre niemand gekommen, da ein ohne Wissen derjenigen, die es anging, an die Tür geklebter Hinweis das Publikum darüber belehrte, daß die Zweigstelle für diesen Tag unwiderruflich geschlossen sei.

Die Angestellten hatten keine Ahnung, daß sie auf diese Weise von der übrigen Welt isoliert worden waren. Hätten sie es im übrigen gewußt, wäre es ihnen nur als ein Anlaß zu lachen erschienen. Wie hätten sie sich darüber beunruhigen sollen, mitten in der Stadt, in der geschäftigsten Stunde des Tages, in der der Widerhall des intensiven Straßentreibens zu ihnen drang, von dem nur eine dünne Glasschicht sie trennte?

Die beiden letzten Angestellten näherten sich den Neuangekommenen mit liebenswürdiger Miene, denn sie hatten festgestellt, daß die Uhr fast auf fünf zeigte. Infolgedessen würde der Besuch dieser lästigen Leute nur kurz ausfallen, denn in weniger als fünf Minuten würde man sie mit gutem Recht hinauskomplimentieren können. Der eine der späten Kunden nahm die Dienste in Anspruch, die ihm angeboten wurden, während der andere, größere, sie ablehnte und den Direktor zu sprechen wünschte.

»Ich werde nachsehen, ob er da ist«, erhielt er zur Antwort.

Der Angestellte verschwand durch die Tür im Hintergrund

des für das Publikum nicht zugänglichen Teils des Büros und kehrte gleich darauf zurück.

»Wenn Sie sich bitte hier hindurch bemühen wollen? . . .« bat er, während er den kleinen aufklappbaren Flügel am Ende der Theke öffnete.

Der Mann im Ulster folgte der Aufforderung und trat in das Büro des Direktors ein, während der Angestellte, nachdem er die Tür wieder hinter sich zugemacht hatte, sich noch einmal an seine Arbeit begab.

Was trug sich zwischen dem Leiter der Niederlassung und seinem Besucher wohl zu? Das Personal erklärte in der Folge, darüber nichts zu wissen und sich auch nicht einmal danach gefragt zu haben, was als zutreffend betrachtet werden muß. Die Untersuchung war letztlich betreffs dieses Punktes auf Hypothesen angewiesen, und noch zu dieser Stunde befindet man sich in Unkenntnis über die Szene, die sich damals hinter der geschlossenen Tür abgespielt haben mag.

Fest steht zum mindesten, daß nicht zwei Minuten vergangen waren, seitdem die Tür geschlossen worden war, als sie sich auch schon wieder öffnete und der Mann im Ulster auf der Schwelle erschien.

Auf eine unpersönliche Art und ohne sich speziell an einen der Angestellten zu wenden, sagte er mit vollkommen ruhiger Stimme:

»Bitte sehr . . . Der Herr Direktor wünscht den Kassier zu sprechen.«

»Sehr wohl, Sir«, antwortete derjenige von den Angestellten, der nicht von einem der Besucher in Anspruch genommen war.

Dann wendete er sich um und rief: »Store!«

»Mr. Barclay?«

»Der Chef will Sie sprechen.«

»Gut, ich gehe«, antwortete der Kassier.

In der an Pünktlichkeit gewöhnten Art, die den Menschen seines Berufs zu eigen ist, warf er eine Mappe und drei Säcke, die in Gestalt von Banknoten und Münzgeld das Inkasso des Tages enthielten, in den geöffneten Geldschrank, dessen schwere Tür mit einem dumpfen Geräusch zufiel, verließ dann, nachdem er das Schalterfenster heruntergelassen hatte, seine vergitterte Kabine, die er sorgfältig hinter sich schloß, und lenkte seine Schritte zu dem Chefbüro, vor dem der Fremde wartete, alsbald zur Seite trat und ihm auf dem Fuße folgte.

Als Store das Büro betrat, mußte er zu seiner Überraschung feststellen, daß derjenige, der ihn angeblich hatte rufen lassen, sich dort nicht befand, daß der Raum vielmehr leer war. Doch blieb ihm keine Zeit mehr, dieses Geheimnis aufzuklären. Von hinten angegriffen, mit eiserner Faust an der Kehle gepackt, versuchte er vergeblich, sich zu wehren oder zu schreien ... Die mörderischen Hände verstärkten ihren Druck, bis er nicht mehr zu atmen vermochte und bewußtlos auf den Teppich sank.

Kein Geräusch hatte etwas von diesem wilden Ringen offenbart. In dem großen Geschäftsraum setzten die Angestellten in aller Ruhe ihre Arbeit fort, wobei vier von ihnen ebenso viele Gruppen mit den Kunden bildeten, von denen die Theke sie trennte, während der fünfte noch in die sein spezielles Ressort betreffenden Rechnungen vertieft war.

Der Mann im Ulster nahm sich Zeit, seine Stirn abzuwischen, auf der sich einige Schweißperlen gebildet hatten, und beugte sich sodann über sein Opfer. Im Handumdrehen war der Kassier geknebelt und gefesselt.

Nachdem das erledigt war, öffnete er leise die Tür einen Spalt breit und warf einen Blick in den Hauptraum. Da die Prüfung zu seiner Zufriedenheit ausgefallen war, hüstelte er leicht, als wolle er die Aufmerksamkeit der vier seltsamen Kunden auf sich ziehen, die dort immer noch weilten, und stieß dann, nachdem dieser Zweck erreicht war, die Tür, die ihn noch verbarg, mit einem Ruck weit auf.

Dies war das – ohne allen Zweifel im voraus vereinbarte – Signal für eine buchstäblich phantastische Szene. Während der Mann im Ulster mit einem Sprung den ganzen Saal durchquerte, blitzschnell über den einsamen Rechner herfiel und ihn erbarmungslos würgte, erlitten dessen vier Kollegen das gleiche Schicksal.

Der Kunde, der dem äußersten Ende der Theke am nächsten stand, durchschritt die an dieser Stelle angebrachte Klapptür und warf den ihm gegenüberstehenden Angestellten, indem er ihn von hinten packte, zu Boden. Von den drei anderen Kunden griffen zwei über den Tisch und umklammerten jeder den Hals des vor ihm stehenden Gesprächspartners, dessen Kopf er mit brutaler Roheit immer wieder gegen die eichene Brüstung stieß. Der kleinste aber, den sein Wuchs am Hinüberreichen hinderte, sprang über die Theke und packte sein Gegenüber mit einer durch den Schwung, den er sich gegeben hatte, verzehnfachten Gewalt an der Kehle.

Kein Schrei war ausgestoßen worden. Das ganze Drama hatte keine dreißig Sekunden gewährt.

Als ihre Opfer bewußtlos waren, setzten die Würger sie vollends außer Gefecht. Der Plan war bis in alle Einzelheiten ausgetüftelt. Nichts war danebengegangen. Keine Verzögerung stellte sich ein. Aus allen Taschen kamen sofort die nötigen Utensilien zum Vorschein. Auf die Gefahr hin, daß die Opfer erstickten, wurde ihnen der Mund mit Watte verstopft und mit einem Knebel versehen. Die Hände band man ihnen auf dem Rücken zusammen, die Füße wurden fest verschnürt und die Körper durch vielfaches Umschlingen mit einer Drahtschnur zu bewegungsloser Starre verdammt.

Alle waren mit ihrer Arbeit im gleichen Augenblick fertig. Mit einem einzigen Ruck richteten die fünf Angreifer sich auf.

»Die Eisenjalousie!« befahl derjenige, der den Direktor der Zweigstelle hatte sprechen wollen und der die übrigen zu befehligen schien.

Die eisernen Bänder dämpften beim Herunterrasseln fortschreitend den Lärm, der von außen kam.

Die Operation war zur Hälfte vollzogen, als plötzlich das Telefon läutete.

»Stop!« rief der Chef der Bande.

Nachdem der Eisenvorhang auf halber Höhe stehengeblieben war, trat er zu dem Apparat und nahm den Hörer ab. Nun entwickelte sich das folgende Gespräch, von dem für die nunmehr untätigen Würger nur die Hälfte zu verstehen war.

»Hallo!«

»Ich höre.«

»Sind Sie es, Buxton?«

»Ja.«

»Merkwürdig. Ich erkenne Ihre Stimme nicht.«

»Es rauscht im Apparat.«

»Bei uns nicht.«

»Aber hier. Auch ich erkenne Ihre Stimme nicht.«

»Hier spricht Lasone.«

»Ah! Sehr gut! ... sehr gut! ... Jetzt erkenne ich Sie.«

»Sagen Sie, Buxton, ist der Wagen vorbeigekommen?«

»Noch nicht«, versicherte der Bandit nach kurzem Zögern.

»Wenn er kommt, sagen Sie dem Fahrer, er soll umkehren und sich zur Zweigstelle S begeben. Ich habe soeben einen Anruf bekommen, daß dort noch eine bedeutende Zahlung nach Schließung der Kasse und Abtransport der Barbestände eingetroffen ist.«

»Ein wirklich großer Betrag?«

»Ziemlich. Etwa zwanzigtausend Pfund.«

»Alle Achtung!«

»Werden Sie das ausrichten? ... Ich kann auf Sie zählen?«

»Zählen Sie auf mich.«

»Dann guten Abend, Buxton.«

»Guten Abend.«

Der Fremde hängte den Hörer wieder ein und blieb einen Augenblick in Gedanken versunken unbeweglich stehen.

Plötzlich faßte er einen Entschluß und trommelte seine Komplizen zusammen.

»Jetzt heißt es sich regen, Kameraden«, sagte er mit leiser Stimme zu ihnen, während er sich fieberhaft auszukleiden begann. »Allez hop! ... Reicht mir mal her, was der Mann da anhat.«

Dabei wies er mit dem Finger auf Store, der noch immer bewußtlos war.

Im Nu wurde dieser seiner Kleider beraubt, die sein Angreifer anzog, obwohl sie für seine Statur etwas zu klein geraten waren. Nachdem er in einer der Taschen den Kassenschlüssel gefunden hatte, öffnete er die Kabine und darauf den Kassenschrank, aus dem er die Beutel mit Münzgeld, die Tasche mit den Banknoten und die Wertpapierbündel herausriß.

Er war kaum fertig damit, als man einen Wagen anrollen und am Rand des Bürgersteigs anhalten hörte. Fast im gleichen Augenblick wurde an die Scheiben der zur Hälfte mit der Eisenjalousie bedeckten Eingangstür geklopft.

»Achtung!« rief der Befehlshaber der Verbrecherbande, während er seine Worte mit ausdrucksvollen Gesten begleitete. »Die Mäntel herunter, so daß man eure Röcke sieht, und dann schleunigst an die Plätze! ... Ihr müßt auf alle Fälle den ersten, der hereinkommt, erledigen! ... Und zwar ohne Lärm! ... Dann wird die Tür wieder geschlossen und nur für mich wieder aufgemacht! ...«

Mit der Aktentasche und mehreren Wertpapierpaketen beladen hatte er sich beim Sprechen der Tür genähert, während drei von seinen Spießgesellen sich auf ein Zeichen von ihm an die Plätze der Angestellten setzten, die selber sie mit einem Fußtritt unter die Theke beförderten, und der vierte sich neben dem Eingang postierte. Er öffnete die Tür mit fester Hand. Der Lärm der Straße schien auf einmal anzuwachsen.

Tatsächlich stand ein Lieferwagen vor der Bankfiliale. Im Dunkel sah man seine Lampen blitzen. Der Kutscher, der seinen Platz auf dem Bock nicht verlassen hatte, sprach mit einem Mann, der am Rand des Gehsteigs stand. Dieser Mann, ein für die Geldtransporte ersehener Vertrauensmann der Bank, war derjenige, der kurz zuvor an die Tür geklopft hatte.

Ohne Eile den Passanten ausweichend, deren Strom vorüberflutete, überquerte der kühne Bandit den Bürgersteig und trat an den Wagen.

»Guten Abend!« sagte er.

»Guten Abend!« antworteten ihm die beiden Männer.

Beim Anblick des Mannes, der sie begrüßte, stutzte jedoch der Kutscher.

»Nanu! ... Das ist aber nicht Store!« rief er aus.

»Der hat heute seinen freien Tag. Ich vertrete ihn«, erklärte der Pseudokassier.

Dann wendete er sich an den neben ihm stehenden Kassenboten.

»Wie ist's ... hilfst du mir, alter Freund?«

»Wobei?«

»Bei einem unserer Säcke. Wir haben heute viel Geld eingenommen. Das hat sein Gewicht.«

»Es ist nur ...« brachte der Mann zögernd hervor, »es ist uns verboten, den Wagen zu verlassen.«

»Ach was! Für eine Minute! ... Im übrigen vertrete ich dich. Einer von den Angestellten wird dir helfen, während ich die Tasche und die Aktien ablege.«

Der Mann entfernte sich, ohne länger auf seinem Standpunkt zu beharren, und schritt durch die Tür, die sich hinter ihm schloß.

»Jetzt sind wir an der Reihe, Kamerad«, sagte inzwischen der Ersatzmann für Store zu dem Kutscher. »Mach deinen Wagen auf.«

»Gut, also los!« stimmte der Kutscher zu.

Das Wageninnere hatte weder nach hinten noch nach den Seiten zu einen Ausgang. Die einzige Öffnung bestand in einer kleinen zweiflügeligen Eisentür, die hinter der Bank für den Kutscher ausgespart war. Auf diese Weise war die Gefahr eines Diebstahls auf ein Minimum reduziert.

Um in den Wagen hineinzugelangen, mußte man also unbedingt die Bank hochklappen, deren eine Hälfte zu diesem Zweck beweglich angebracht war. Da es sich aber nur darum handelte, ein paar Pakete in einem der Fächer zu verstauen, die sich an den Seiten des Fahrzeugs befanden, hielt es der Kutscher für überflüssig, sich dieser Mühe zu unterziehen, und begnügte sich statt dessen damit, die Türen aufzustoßen.

»Reich mir die Tasche«, sagte er.

Nachdem er erhalten hatte, was er haben wollte, verschwand der Kutscher, halb über die Bank gelehnt, bis zur Körpermitte im Innern des Wagens, wobei seine draußen verbliebenen Beine das Gleichgewicht hielten. In dieser Haltung konnte er nicht sehen, daß sein vermeintlicher Kollege auf das Trittbrett und von da aus auf den Sitz stieg, so daß er ihn von seinen Zügeln trennte. Über den ausgestreckten Kutscher hinweg schob der falsche Kassier, als sei er neugierig, zu sehen, was das Wageninnere enthielt, den Oberkörper ebenfalls dort hinein, während er den Arm mit einem Mal heftig ins Dunkel vorschnellte.

Wäre einer von den zahlreichen Straßenpassanten auf die Idee gekommen, in diesem Augenblick genauer hinzusehen, hätte er bemerkt, wie sich die Beine des Kutschers auf eine ebenso jähe wie eigenartige Weise versteiften und dann schlaff auf den Boden des Kutschbocks glitten, während der Oberkörper tiefer über die Sitzbank hinuntersank.

Rasch ergriff darauf der Mann den leblosen Körper bei der Taille und warf ihn zwischen die im Wagen abgelegten Säcke und Pakete.

Diese Abfolge von mit bewundernswerter Präzision und Kühnheit ausgeführten Handlungen hatte nur wenige Augenblicke beansprucht. Die Passanten verkehrten ruhig weiter auf der Straße, ohne irgend etwas von den ungewöhnlichen Begebenheiten dicht neben ihnen, inmitten der Menschenmenge, zu ahnen.

Der Mann beugte sich noch tiefer in den Wagen, so daß die Lichter der Straße ihn nicht mehr blendeten, hinein. Auf dem Boden lag in einer zusehends sich weitenden Blutlache der Kutscher, an dessen Schädelbasis ein Messer an jener Stelle stak, die je nachdem als Bulbus, Kleinhirn oder Hypophyse bezeichnet wird. Er rührte sich nicht mehr. Der Tod war auf der Stelle eingetreten.

Aus Furcht, das Blut könne schließlich durch den Boden des Wagens sickern und auf die Straße fließen, stieg der Mörder über die Bank, zwängte sich in das Innere des Gefährts hinein und zog dem Toten seine Joppe aus. Diese benutzte er, um die furchtbare Wunde zu verstopfen, dann, nachdem er das aus der Wunde gezogene Messer ebenso wie seine geröteten Hände sorgfältig abgewischt hatte, schloß er wieder die Eisenflügel der Tür, sicher, daß das Blut, selbst wenn es noch weiter austräte, von der Wolle wie von einem Schwamm aufgesogen würde.

Als diese Vorsichtsmaßnahme getroffen war, stieg er vom Wagen herunter, schritt über den Bürgersteig und klopfte auf eine besondere Art an die Tür der Bank, die sofort geöffnet und wieder geschlossen wurde.

»Der Mann . . .?« fragte er gleich beim Eintreten.

»Bei den anderen. Gut verschnürt.«

»Gut! . . . Zieht ihm seine Sachen aus! . . . Schnell!«

Während die anderen sich beeilten, ihm zu gehorchen, legte er den Anzug des Kassiers Store wieder ab und ersetzte ihn durch den des Kassenboten.

»Zwei Mann bleiben hier«, befahl er, noch während er diese Wandlung vollzog. »Die anderen kommen mit und räumen mit mir den Karren da draußen aus.«

Ohne eine Antwort abzuwarten, öffnete er von neuem die Tür, trat, von seinen beiden Helfershelfern gefolgt, auf die Straße, stieg auf den Kutschersitz und begab sich in den Innenraum des Wagens, dessen Plünderung nunmehr begann.

Nacheinander übergab er sämtliche Pakete seinen Komplizen, die sie in die Räume der Bank beförderten. Die weitgeöffnete Tür ließ ein strahlendes Lichtviereck auf dem Straßenpflaster entstehen. Die Vorübergehenden, die, aus der relativen Dunkelheit der Straße kommend, gleich darauf wieder in diese zurückkehrten, durchschritten die leuchtendere Zone, ohne weiter darauf achtzugeben. Nichts hätte sie gehindert, das Gebäude zu betreten. Doch kam niemand auf diesen Gedanken; die Menge strömte gedankenlos vorüber, gleichgültig einer geschäftlichen Prozedur gegenüber, die sie nichts anging und der etwas Verfängliches zu unterstellen sie nicht berechtigt war.

In fünf Minuten war der Wagen geleert. Hinter verschlossenen Türen machten die Räuber sich an das Sortieren. Die Wertpapiere, Aktien wie Obligationen, wurden auf die eine Seite gelegt, das Bargeld auf die andere. Die ersteren, unweigerlich abgelehnten, bedeckten den Fußboden. Die Banknoten wurden in fünf Teile geteilt; jeder von ihnen nahm einen an sich und stopfte sich damit die Brust aus.

»Und die Säcke? ...«

»Steckt euch, soviel ihr könnt, in die Taschen. Was bleibt, kommt in den Wagen. Ich kümmere mich darum.«

Schon wurde sein Befehl befolgt.

»Einen Moment noch! ...« rief er. »Wir wollen alles vorher genau besprechen. Sobald ich fort bin, geht ihr wieder hinein und laßt den Rolladen vollends herunter. Dann«, erklärte er, während er auf den Gang hinwies, der sich im Hintergrund des Raumes auftat, »verschwindet ihr dort hinaus. Der letzte schließt zweimal herum und wirft den Schlüssel in den Abfluß. Am Ende des Ganges kommt ihr in das Treppenhaus. Das weitere ist euch ja bekannt.«

Dann zeigte er auf den Arbeitsraum des Direktors.

»Vergeßt den guten Mann da drin nicht. Ihr wißt, was wir ausgemacht haben? ...«

»Ja, ja«, erhielt er zur Antwort. »Du kannst ganz beruhigt sein.«

Als er gerade schon gehen wollte, zögerte er noch einmal.

»Zum Teufel! ...« sagte er. »Ich habe ja an die Hauptsache nicht mehr gedacht! ... Es muß hier doch ein Verzeichnis der anderen Zweigstellen geben.«

Die anderen zeigten ihm einen gelben Anschlag an der Innenseite der Fensterscheibe, auf dem das Nötige zu finden war. Er überflog ihn mit dem Blick.

»Die Mäntel«, sagte er, als er die Adresse der Zweigstelle S entdeckt hatte, »werft einfach in eine Ecke. Man soll sie ruhig finden. Hauptsache, daß keiner sie mehr auf unseren Rücken sieht. Und dann begebt euch zu der bewußten Stelle ... Jetzt vorwärts marsch!«

Was von den mit Gold- und Silberstücken angefüllten Säcken übrigblieb, wurde auf den Wagen geladen.

»Ist das alles?« fragte einer der Träger.

Der Chef dachte einen Augenblick nach, dann fiel ihm plötzlich noch etwas ein:

»Um Himmels willen, nein! Meine eigenen Sachen, die ich angehabt habe! ...«

Der andere lief schnell davon und kehrte gleich darauf mit den Kleidungsstücken zurück, die zunächst durch die des Kassiers Store ersetzt worden waren; er warf sie ins Wageninnere.

»Ist das jetzt wirklich alles? ...« fragte er noch einmal.

»Ja. Und trödelt nicht!« erhielt er zur Antwort.

Er verschwand im Bankgebäude. Der eiserne Rolladen ging nun bis auf den Boden herunter.

Indessen ergriff der Ersatzkutscher die Zügel und ermunterte die Pferde mit einem Peitschenschlag. Der Wagen setzte sich in Bewegung, fuhr die Old Broad Street hinauf, bog in die Throgmonton Street ein, folgte der Lothburg Street, dann der Gresham Street, um schließlich in die Aldergate Street einzubiegen, wo er vor der Zweigstelle S, Nummer 29 dieser letzteren Straße, hielt.

Der falsche Kutscher trat unbekümmert ein und begab sich zur Kasse.

»Offenbar haben Sie mir einen Umschlag zu übergeben?« sagte er.

Der Kassier blickte auf und musterte den Sprechenden.

»Nanu!« rief er aus. »Das ist doch nicht Baudruc! ...«

»Nein, allerdings nicht!« bestätigte der Kassenbote mit einer derben Lache.

»Ich verstehe nicht, daß die Hauptstelle«, entgegnete indessen der Kassier in mißbilligendem Ton, »uns einfach Leute schickt, die man gar nicht kennt ...«

»Das ist nur, weil ich gewöhnlich nicht dieses Viertel mache. Nach einem Telefonanruf hat man mir in der Zweigstelle B gesagt, ich solle noch hier vorbeifahren. Es scheint, daß bei Ihnen noch eine hohe Zahlung nach Kassenschluß eingetroffen ist.«

Er hatte sofort diese einleuchtende Antwort bei der Hand,

denn die Liste der Zweigstellen der Central Bank war noch frisch in seinem Gedächtnis.

»Ja ...« gab der trotz allem noch mißtrauische Beamte zu. »Aber egal, wie das ist ... mir ist es unangenehm, daß ich Sie nicht kenne.«

»Was kann Ihnen das denn ausmachen?« gab der andere erstaunt zurück.

»Es wird soviel gestohlen! ... Aber tatsächlich gibt es ja ein Mittel, alles zu klären. Sie haben Ihren Ausweis bei sich, nehme ich an?«

Wenn etwas geeignet war, den Banditen in seiner Sicherheit wankend zu machen, so war es eine solche Frage. Wie hätte er seinen ›Ausweis‹ bei sich haben sollen? Er wußte nicht einmal, was in diesem Zusammenhang das Wort bedeutete. Doch regte er sich nicht weiter auf. Wenn man sich an solche Abenteuer wagt, muß man über spezielle Qualitäten verfügen, vor allem aber über absolute Kaltblütigkeit. Diese Eigenschaft besaß der falsche Kassenbote der Central Bank im denkbar höchsten Maße. Wenn also die ihm so plötzlich gestellte Frage ihn etwas aus dem Konzept brachte, ließ er sich davon nichts anmerken, sondern antwortete im natürlichsten Ton von der Welt:

»Das will ich meinen! Selbstverständlich habe ich ihn.«

Er hatte inzwischen die denkbar einfache Überlegung angestellt, daß dieser Ausweis, da man für wahrscheinlich hielt, daß er ihn bei sich führe, in etwas Greifbarem bestände, das die Angestellten der Central Bank gewöhnlich bei sich hätten. Beim Durchsuchen der Joppe des Kassenboten, dessen Stelle er sich angemaßt hatte, würde er dieses bedeutsame Papier also zweifellos finden.

»Ich werde nachsehen«, setzte er mit ruhiger Stimme hinzu, während er sich auf einer Bank niederließ und seine Taschen leerte.

Er holte verschiedene Papiere, Briefe, Notizzettel und anderes hervor, alles stark verbraucht und zerknittert, wie es sich ergibt, wenn man dergleichen schon lange bei sich trägt. Die Ungeschicklichkeit der Arbeiter kopierend, wenn sie mit ihren derben, an rauhere Tätigkeiten gewöhnten Fingern in die Lage kommen, mit Papier umzugehen, entfaltete er die Dokumente eines nach dem anderen.

Schon das dritte erwies sich als ein Vordruck mit handschriftlich ausgefüllten, zuvor freien Stellen, demzufolge der dort benannte Baudruc beauftragter Kassenbote der Central Bank sei. Offenbar war dies der ›Ausweis‹, den er suchte, und dennoch blieb die Schwierigkeit unverändert bestehen. Der Name, auf den das Dokument ausgestellt war, bildete tatsächlich die größte aller Gefahren, da eben dieser Baudruc dem Kassier der Zweigstelle S so wohl bekannt war, daß er sich wunderte, diesmal nicht mit ihm zu tun zu haben.

Ohne jedoch einen Augenblick die Ruhe zu verlieren, verfiel der kühne Bandit sofort auf den Ausweg, den er nötig hatte. Er benutzte einen Augenblick, in dem der Kassier ihm keine Aufmerksamkeit schenkte, um das offizielle Schriftstück in zwei Teile zu zerreißen, die obere Hälfte, die den verräterischen Namen enthielt, unter die bereits durchgesehenen Papiere zu mischen und nur die untere in der Hand zu behalten.

»So ein Pech! ...« rief er in verärgertem Ton aus, sobald er diese Manipulation glücklich beendet hatte. »Ich habe zwar den Ausweis, aber nur zur Hälfte, die andere ist fort.«

»Die Hälfte? ...« fragte der Kassier zurück.

»Ja, er war schon alt und verbraucht, weil ich ihn immer in der Tasche bei mir trage. Da ist er auseinandergefallen, und ich habe dummerweise offenbar die eine Hälfte zu Hause gelassen.«

»Hmhm! ...« ließ sich der Kassier unzufrieden vernehmen.

Der Abholer schien gekränkt.

»Und außerdem langt es mir jetzt«, erklärte er und stand auf, wie um sich zur Tür zu begeben. »Man hat mir gesagt, ich soll hier Ihren Kram abholen. Ich komme. Sie wollen ihn mir nicht geben? Dann behalten Sie ihn und setzen Sie sich mit der Hauptstelle selbst auseinander. Mir kann es ja schließlich egal sein.«

Die Gleichgültigkeit, die er bewies, trug zu seinem Erfolg weit mehr bei, als die besten Argumente es vermocht hätten, erst

Nachdem der Kassenbote auf dem Blatt irgendeinen Namen eingetragen hatte …

recht aber der drohende Zusatz, den er wie einen Partherpfeil im Gehen abgeschossen hatte. Nur keine Scherereien! Das ist das unverrückbare Ziel aller Angestellten auf Erden.

»Einen Augenblick! . . .« rief der Kassier und winkte ihn zurück. »Zeigen Sie Ihren Ausweis doch mal her.«

»Da ist er«, antwortete der falsche Kassenbote und wies die Hälfte des Schriftstücks vor, auf der kein Name stand.

»Immerhin ist da die Unterschrift des Chefs«, stellte der Kassier mit Befriedigung fest.

Dann endlich entschloß er sich.

»Hier ist das Geld«, verkündete er, während er ein versiegeltes Päckchen hervorholte. »Wollen Sie bitte hier den Empfang bestätigen.«

Nachdem der ›Kassenbote‹ auf dem Blatt, das ihm vorgelegt wurde, irgendeinen Namen eingetragen hatte, entfernte er sich mit gekränkter Miene.

»'n Abend! . . .« brummte er mit der Stimme eines Mannes, der die Verdächtigung noch nicht verwunden hatte, deren Gegenstand er gewesen war.

Kaum war er draußen, lief er schnell zu dem Wagen, schwang sich auf den Bock und verschwand in der Dunkelheit.

So vollzog sich dieser Raub, der soviel Staub aufgewirbelt hat.

Bekanntlich wurde er noch am gleichen Abend entdeckt, sicherlich früher, als seine Urheber sich hatten träumen lassen. Nachdem das Geschäftslokal der Bank doppelt abgeschlossen, das Personal zur Ohnmacht verurteilt, der Fahrer des Wagens erledigt war, konnten sie berechtigtermaßen annehmen, bis zum nächsten Morgen werde man nichts bemerken. Dann allerdings würde der Bürodiener, wenn er die allmorgendliche Reinigung vornehmen wollte, notwendigerweise Alarm schlagen, aber es bestand doch viel Aussicht, daß die Unternehmung solange verborgen bleiben werde.

In Wirklichkeit jedoch liefen die Dinge in anderer Weise ab.

Um halb sechs Uhr rief Mr. Lasone, jener Zweigstellenkontrolleur, der ein erstes Mal um fünf Uhr telefoniert hatte, um die Ankunft des Geldtransportwagens zu avisieren, besorgt, weil er diesen nicht zurückkommen sah, noch einmal bei der Zweigstelle DK an. Er erhielt keine Antwort, denn die Diebe, die zu diesem Zeitpunkt mit der Teilung der Beute fertig waren, hatten einfach den Hörer ausgehängt, um das Läuten zu unterbrechen, das durch seine Beharrlichkeit die Aufmerksamkeit der Nachbarschaft hätte erregen können. Für den Augenblick gab der Kontrolleur es auf und begnügte sich damit, auf die Telefonbeamten zu schimpfen.

Als jedoch weitere Zeit verstrich und sich der Wagen immer noch nicht zeigte, unternahm er einen zweiten Versuch. Da dieser ebenso ergebnislos wie der erste verlief und das Telefonamt ihm bestätigte, die Zweigstelle melde sich nicht, schickte der Kontrolleur einen Bankboten von der Hauptstelle, der feststellen sollte, weshalb dort alles verstummt war. Vor halb sieben Uhr war der Bote zurück. Durch ihn erfuhr man, daß die Bank geschlossen war und alles verlassen schien.

Sehr erstaunt, daß Mr. Buxton an einem dieser Ultimotage, an denen das Personal oft bis neun Uhr durcharbeiten muß, seine Tätigkeit schon so früh beendet haben sollte, erwartete nunmehr der Kontrolleur die Rückkehr des Transportwagens mit wachsender Ungeduld.

Er wartete noch bis ein Viertel nach sieben, als eine schwerwiegende Nachricht eintraf. Der Wagen war hinter Hyde Park in einer verkehrsarmen Gegend von Kensington, Holland Street, von einem Angestellten der Hauptstelle, der nach beendetem Tagewerk seinem Heim zustrebte, aufgefunden worden. Dieser Angestellte, der voller Verwunderung einen Wagen der Central Bank in dieser verhältnismäßig dunklen, verlassenen Straße zu so später Stunde stehen sah, war auf den Kutscherbock gestiegen, hatte die unverschlossenen Blechtüren aufgestoßen und beim Schein eines Streichholzes den bereits erkalteten Leichnam des Kutschers bemerkt. Sofort war er zur Hauptstelle der Bank zurückgekehrt, um Alarm zu schlagen.

Alsbald spielte das Telefon nach allen Richtungen. Vor acht Uhr bereits umgab ein Polizeikommando den verlassenen Wagen, während die Menge sich vor der Zweigstelle DK zusammenrottete, deren Türen ein weiteres Kommando durch einen eigens herbeigeholten Schlosser öffnen ließ.

Der Leser weiß bereits, was man dort vorfinden mußte.

Die Untersuchung nahm sofort ihren Anfang. Glücklicherweise war keiner der Bankangestellten tot, wiewohl nicht weit davon entfernt. Zu dreiviertel durch die Knebel erstickt, den Mund voller Watte und Lumpen, die man ihnen mit Gewalt hineingesteckt hatte, lagen sie ohnmächtig da, als Hilfe kam, und es bestand kein Zweifel, daß sie nicht überlebt hätten, wenn sie in dieser Situation bis zum Morgen liegengeblieben wären.

Als sie nach einer Stunde des Bemühens um sie das Bewußtsein zurückerlangt hatten, konnten sie nur sehr ungenaue Angaben machen. Fünf bärtige Männer, von denen die einen lange Staubmäntel, die anderen gemeinhin als Ulster bezeichnete Reiseüberzieher trugen, hatten sie überfallen und zu Boden geworfen. Mehr wußten sie nicht.

Es bestand kein Grund, ihre Aufrichtigkeit in Zweifel zu ziehen. Gleich zu Beginn der Untersuchung war man in der Tat auf die fünf Mäntel gestoßen, die so offenkundig zur Schau gestellt waren, als hätten die Übeltäter Wert darauf gelegt, eine Spur ihrer Anwesenheit zurückzulassen. Darüber hinaus ergab sich aus diesen Kleidungsstücken, die von den schärfsten Spürhunden Scotland Yards unter die Lupe genommen wurden, kein Hinweis auf diejenigen, die sie zurückgelassen hatten. Aus mittelmäßigem landläufigen Material hergestellt, waren sie mit keiner Schneider- oder Geschäftsmarkierung versehen, woraus sich erklärte, daß man sie am Tatort zurückgelassen hatte.

Aus all diesem erfuhr man nicht viel. Dennoch mußte der Untersuchungsbeamte es aufgeben, mehr zu erfahren. Vergebens fragte er die Zeugen nach allen Richtungen hin aus. Sie wichen nicht von ihrer Darstellung ab, es war unmöglich, weiteres aus ihnen herauszuziehen.

Der letzte Zeuge, der vernommen wurde, war der Portier des Gebäudes. Nachdem die Verbrecher den Rolladen heruntergelassen hatten, war ihnen nichts anderes übrig geblieben, als das Haus durch das Vestibül zu verlassen. Demnach hätte der Portier sie sehen müssen.

Dieser konnte nur seine Unkenntnis beteuern. Die Räume, die seiner Überwachung unterstanden, waren leider zu zahlreich, als daß diese hätte wirksam sein können. An diesem Tage hatte er nichts Ungewöhnliches bemerkt. Wenn die Räuber an ihm vorbeigegangen waren, wie man es in der Tat vermuten mußte, hatte er sie für Angestellte der Bankfiliale gehalten.

Aufs äußerste in die Enge getrieben und aufgefordert, sein Gedächtnis bis in alle Winkel zu durchforschen, nannte er die Namen von vier Mietern, die ungefähr zu der Stunde des Verbrechens oder kurz danach das Treppenhaus passiert hatten. Bei einer sofortigen Nachprüfung ergab sich, daß diese vier Mieter, deren Ehrenhaftigkeit außer Zweifel stand, nur einfach zum Abendessen ausgegangen waren.

Der Portier sprach auch von einem Kohlenträger, der mit einem umfangreichen Sack gegen halb acht Uhr, kurz vor dem Eintreffen der Polizei, erschienen und der ihm deshalb aufgefallen sei, weil normalerweise keine Kohlenlieferungen zu dieser Stunde erfolgten. Dieser Kohlenträger hatte nach einem Mieter im fünften Stock gefragt und zwar derart beharrlich, daß der Portier die Lieferung genehmigt und ihn auf die Hintertreppe des Gebäudes verwiesen hatte.

Der Kohlenträger war also hinaufgestiegen, jedoch eine Viertelstunde darauf, immer noch mit seinem Sack, wieder zurückgekommen. Von dem Portier befragt, hatte er angegeben, er habe sich in der Adresse geirrt. Während er mit keuchender Stimme sprach wie ein Mann, der soeben mit einer schweren Last auf dem Rücken fünf Treppen erklommen hat, war er auf die Straße getreten, hatte seinen Sack auf einen draußen am Straßenrand stehenden Karren geladen und sich ohne Eile entfernt.

»Wissen Sie«, fragte der Untersuchungsbeamte, »zu welcher Firma dieser Mann gehörte?«

Der Portier antwortete, daß er es nicht sagen könne.

Der Beamte, der sich betreffs dieses Punktes eine spätere Überprüfung vorbehielt, verhörte den Mieter im fünften Stock. Er erhielt die Bestätigung, daß ein Mann, der behauptete, mit einer Kohlenlieferung beauftragt zu sein, tatsächlich gegen halb acht Uhr abends an der Hintertür geschellt habe. Das Dienstmädchen, das ihm öffnete, habe ihm versichert, er irre sich, und er sei gegangen, ohne zu insistieren. Immerhin bestand insofern ein gewisser Unterschied zwischen den beiden diesen Vorgang betreffenden Versionen, als das Dienstmädchen aus dem fünften Stock entgegen der Aussage des Portiers behauptete, der Mann habe keinen Sack bei sich gehabt.

»Er hat ihn vielleicht unten gelassen und ist zunächst nur einmal hinaufgegangen«, wendete der Beamte erklärend ein.

Immerhin schien diese Erklärung nicht ausreichend zu sein, denn in dem für alle Keller bestimmten Gang fand man einen Haufen Anthrazit, der ungefähr dem Inhalt des Sackes entsprach und von dem der Portier behauptete, er sei ein paar Stunden zuvor noch nicht dagewesen. Offenbar hatte der geheimnisvolle Träger an dieser Stelle seinen Sack ausgeleert. Was aber hatte er dann mitgenommen, da der Sack – hierüber äußerte sich der Portier ebenfalls völlig positiv –, als er fortging, weder weniger voll noch weniger schwer gewirkt habe als bei seiner Ankunft?

»Lassen wir das im Augenblick beiseite«, befand der Beamte, der es aufgab, dieses unlösbare Problem zu erhellen. »Wir werden uns morgen mit diesem Punkt befassen.«

Im Augenblick hatte er vor, eine Spur zu verfolgen, die ihm bedeutsamer schien, und er gedachte sich von ihr nicht abbringen zu lassen.

Tatsächlich war nicht das gesamte Personal der Zweigstelle wiederaufgetaucht. Die wichtigste Person, der Direktor, fehlte beim Appell. Mr. Lewis-Robert Buxton war und blieb verschwunden.

Die Angestellten konnten in dieser Hinsicht keinen Hinweis geben. Alles, was sie wußten, war, daß kurz nach fünf Uhr ein Kunde, der sich zu dem Direktor hatte führen lassen, kurz darauf den Kassier Store herbeizitiert hatte, daß dieser der Aufforderung gefolgt und seitdem nicht wieder zum Vorschein gekommen sei. Wenige Sekunden darauf war der Überfall erfolgt. Niemand hatte seither Mr. Buxton gesehen.

Der daraus sich ergebende Schluß lag überaus nahe. Wenn es außer Zweifel stand, daß die Zweigstelle von fünf mehr oder weniger verkleideten und maskierten Banditen überfallen worden war, so stand ebenso fest, daß diese Banditen am Tatort einen Komplizen hatten und daß dieser Komplize der Chef der Zweigstelle war.

Aus diesem Grund wurde, ohne daß man die Ergebnisse einer gründlicheren Untersuchung abwartete, auf der Stelle Haftbefehl gegen Lewis-Robert Buxton, Geschäftsführer der Zweigstelle DK der Central Bank, erlassen und sein Signalement, das man sehr wohl kannte, wenn man auch über das seiner Spießgesellen nichts wußte, in alle Winde telegraphiert.

Da der Beschuldigte England noch nicht verlassen hatte, würde er entweder in einer Stadt des Landesinneren oder an einem Hafenplatz für Auslandsreisen verhaftet werden, was einen raschen Erfolg für die Polizei ergäbe, auf den sie sich mit Recht etwas einbilden könnte.

In dieser angenehmen Erwartung begaben sich der Beamte und die Detektive in ihre Betten.

In dieser gleichen Nacht aber stiegen fünf Männer, die einen vollkommen glattrasiert, die anderen mit einem kräftigen Schnurrbart mitten in ihren kupferfarbigen Gesichtern, in Southampton aus dem Londonexpreß, jeder für sich, so wie sie auch eingestiegen waren. Nachdem sie mehrere Gepäckstücke, vor allem einen großen, sehr schweren Koffer, entgegengenommen hatten, fuhren sie in einem Wagen zum Hafenbecken, wo sie am Quai ein ungefähr zwei Tonnen fassender Dampfer erwartete, aus dessen Schornstein dichter, schwarzer Qualm emporstieg.

Zur Stunde der Vieruhrflut, das heißt zu dem Zeitpunkt, zu dem ganz Southampton schlief und das Verbrechen von Old Broad Street dort noch unbekannt war, löste sich dieses Schiff vom Quai, kappte die Ankertaue und stach in See.

Niemand versuchte seine Abfahrt zu verhindern. Und warum hätte man in der Tat dieses brave, so offenkundig mit – verschiedenartigen, aber durchaus einwandfreien – Waren beladene Fahrzeug mit Kurs auf Kotonou, dem Hafen von Dahomey, verdächtigen sollen?

Der Dampfer entfernte sich also in aller Ruhe mit seinen Waren, fünf Passagieren, ihren Gepäckstücken und ihrem großen

Warum hätte man dieses brave Fahrzeug verdächtigen sollen? ...

Koffer an Bord, den einer von ihnen, der größte, in seiner Kabine hatte absetzen lassen, während die Polizei ihre Untersuchung unterbrochen hatte und wohlverdiente Ruhe in ihrem Nachtschlaf suchte.

Diese Untersuchung wurde am nächsten und in den darauffolgenden Tagen fortgesetzt, kam jedoch, wie man weiß, nicht zum Ziel. Ein Tag reihte sich an den anderen, die fünf Übeltäter aber blieben unbekannt, Lewis-Robert Buxton blieb unauffindbar. Kein Lichtschein erhellte das undurchdringliche Dunkel, das über diesem Geheimnis lag. Es gelang nicht einmal herauszubekommen, zu welcher Firma der Kohlenträger gehörte, der einen Augenblick lang die Aufmerksamkeit der Polizei auf sich gezogen hatte. Des Kampfes müde, legte diese die Angelegenheit endgültig ab.

Die Lösung des Rätsels wird die Fortsetzung dieses Berichtes erstmalig uneingeschränkt und vollständig bringen. Dem Leser bleibt es überlassen, sich darüber zu äußern, ob eine unerwartetere und seltsamere jemals ersonnen werden könnte.

II. Eine Studienreise

Konakry, Hauptstadt von Französisch-Guinea und Residenz des Gouverneur-Statthalters, ist heute eine sehr angenehme Stadt, deren nach den Plänen des Gouverneurs Ballay sinnvoll angelegte Straßen sich rechtwinklig schneiden und nach amerikanischem Brauch im allgemeinen durch eine bloße Ordnungszahl bezeichnet sind. Auf der Insel Tombo erbaut, ist sie vom Kontinent nur durch eine schmale Meerenge getrennt, über die eine Brücke führt, auf der Reiter, Fußgänger, Fuhrwerke wie auch die Eisenbahn verkehren, deren Linie am Niger, bei Kouroussa, endet. Es ist der gesündeste Aufenthaltsort an der Küste, weshalb denn auch zahlreiche Vertreter der weißen Rasse dort wohnen, vor allem Franzosen und Engländer, welch letztere zumal sich in der Vorstadt Newton zusammengefunden haben.

Zur Zeit der Ereignisse jedoch, die den Gegenstand dieser Erzählung bilden, hatte Konakry noch nicht dieses Maß an Prosperität, sondern nur gerade den Status eines größeren Marktfleckens erreicht.

An diesem gewissen 27. November nun war der gesamte Ort von Feststimmung erfüllt. Auf die von seiten des Gouverneurs Monsieur Henry Valdonne durch Maueranschläge ergangene Einladung hin begab die Einwohnerschaft sich zur Meeresküste, vollauf bereit, wunschgemäß den angesehenen Reisenden, die sich jeden Augenblick aus der ›Touat‹, einem Dampfschiff der Compagnie Frayssinet, ausschiffen sollten, einen warmen Empfang zu bereiten.

Die Personen, die dergestalt die Stadt in Bewegung setzten, waren tatsächlich wichtig genug. Sieben an der Zahl, bildeten sie den illustren Bestand der außerparlamentarischen Kommission, die von der Zentralverwaltung beauftragt worden war, eine Studienreise in die unter dem Namen ›Nigerbogen‹ bekannte Region des Sudan zu unternehmen. Um die Wahrheit zu sagen, hatten der Präsident des Conseil, Monsieur Grandchamp, und Monsieur Chazelle, der Kolonialminister, nicht ganz freiwillig diese Abordnung und diese Studienreise angeordnet, sondern waren durch den Druck der Kammer und die Notwendigkeit, eine an offenen Widerstand grenzende Debatte zu beenden, dazu gezwungen worden.

Einige Monate zuvor hatte sich aus Anlaß eines auf die afrikanische Region, die jene außerparlamentarische Mission zu erforschen beauftragt war, bezüglichen Meinungsstreites die Kammer in zwei zahlenmäßig gleich große Fraktionen gespalten, die von zwei starr auf ihrer Ansicht beharrenden Anführern zum Kampf aufgerufen wurden.

Der eine von ihnen hieß Barsac, der andere Baudrières.

Ersterer, wohlgerundet, fast ein wenig beleibt zu nennen, trug einen fächerförmigen dichten schwarzen Bart. Er war ein Südländer aus der Provence mit klangvollem Organ, zwar nicht gerade mit Rednertalent, aber doch mit einer gewissen Redseligkeit begabt, und im übrigen ein fröhlicher und sympathischer Mann.

Der zweite repräsentierte das Departement Nord und verkörperte es, wenn ein so kühner Ausdruck gestattet ist, wenigstens, was die Länge anbetraf. Mit magerem Körper und Gesicht, einem dürftig herunterhängenden Schnurrbart, der seine schmalen Lippen betonte, eckig und dogmatisch, gehörte er zur Rasse derer von der traurigen Gestalt. Während sein Kollege freimütig aus sich herausging, wirkte er in gleichem Maße in sich selbst verkrochen, gab so wenig wie möglich von sich preis und hielt seine Seele verschlossen wie ein Geiziger seinen Kassenschrank.

Beide, Abgeordnete bereits alten Datums, hatten sich auf Kolonialfragen spezialisiert und wurden allgemein als Autoritäten auf diesem Gebiet betrachtet. Indessen – um diese Überlegung kommt man nicht herum – war es tatsächlich ein Wunder, daß ihre mit großer Geduld durchgeführten Studien zu derart entgegengesetzten Folgerungen geführt hatten. Allerdings waren die beiden nur selten gleicher Meinung. Wenn Barsac irgendeine Frage behandelte, war zehn gegen eins zu wetten, daß Baudrières um das Wort bitten würde, um genau das Gegenteil zu behaupten, so daß, da ihre Reden sich gegenseitig aufhoben, die Kammer sich gezwungen sah, in dem durch das Ministerium aufgezeigten Sinn zu entscheiden.

Diesmal aber hatten sowohl Barsac wie Baudrières keinen Fingerbreit von ihrer erklärten Meinung preisgeben wollen, und die Diskussion hatte sich daraufhin endlos in die Länge gezogen. Sie hatte mit der Einbringung eines Gesetzesentwurfs von seiten des ersteren begonnen, eines Entwurfes, der darauf abzielte, in Senegambien, Oberguinea und dem westlich vom Niger gelegenen Teil des französischen Sudan fünf Abgeordnetensitze zu schaffen und den Farbigen ohne Rücksicht auf die Rasse aktives und passives Wahlrecht zuzuerkennen. Sofort war wie gewöhnlich Baudrières heftig gegen die These Barsacs vorgegangen, worauf die beiden unversöhnlichen Gegner einander mit einem Schnellfeuer von Argumenten beschossen hatten.

Der eine, der zur Stützung seiner Ansicht die Aussagen einer großen Zahl von Militär- und Zivilpersonen heranzog, die jene Gegenden bereist oder in ihnen Handel getrieben hatten, stellte die Neger als eine zu einem sehr vorgeschrittenen Grad der Zivilisation gelangte Menschenklasse dar. Er setzte hinzu, daß die Aufhebung der Sklaverei nur wenig zu bedeuten habe, wenn man den unterworfenen Völkern nicht die gleichen Rechte gebe wie ihren Eroberern, und führte dabei in einer Reihe von Appellen, denen die Kammer tosenden Beifall spendete, die großen Worte Freiheit, Gleichheit und Brüderlichkeit ins Feld.

Der andere behauptete hingegen, die Neger vegetierten noch in schmählicher Barbarei dahin, und es könne ebensowenig die Rede davon sein, sie um ihre Meinung zu befragen, wie es angebracht sei, ein krankes Kind wegen der Medizin zu Rate zu ziehen, die man ihm eingeben solle. Er setzte noch hinzu, daß auf alle Fälle der Augenblick für ein so gefahrvolles Experiment nicht günstig gewählt sei und daß man vielmehr gut daran täte, die Besatzungstruppen zu verstärken, da besorgniserregende Symptome Anlaß dazu gäben, bevorstehende Unruhen in jenen Gegenden zu befürchten. Er bezog sich dabei auf eine ebenso große Zahl von militärischer- und zivilerseits geäußerten Ansichten wie sein Gegenspieler, schloß mit der Befürwortung eines erneuten bewaffneten Vorgehens und erklärte mit patriotischem Schwung, das mit französischem Blut erkaufte überlieferte Erbe der Nation sei geheiligt und müsse unangetastet bleiben. Auch ihm jubelte man frenetisch zu.

Dem Kolonialminister fiel es nicht leicht, im Meinungsstreit dieser beiden von Leidenschaft erfüllten Redner eine Entscheidung zu fällen. In beider Thesen steckte etwas Wahres. Wenn es zutraf, daß die Bevölkerungsteile, die den Nigerbogen und Senegambien bewohnten, sich der französischen Herrschaft anzupassen schienen, daß im Bildungsstand dieser einst von Grund auf unwissenden Eingeborenen einige Fortschritte zu verzeichnen waren und daß die öffentliche Sicherheit sich auf dem Weg zu rascher Besserung befand, so stimmte es doch auch nicht weniger, daß im Augenblick die Situation eine Neigung zeigte, sich in ungünstigem Sinn zu verändern. Man hatte von Unruhen und Razzien Kunde bekommen; ganze Dörfer waren aus unbekannten Gründen von ihren Bewohnern verlassen worden, und schließlich schien es geboten, auch wenn man die Dinge nicht zu übertreiben geneigt war, geheimnisvolle, verworrene Gerüchte, die im Busch längs des Nigers kursierten und alles in allem darauf hinausliefen, daß an einem noch unbekannten Punkt des afrikanischen Territoriums eine unabhängige Macht im Entstehen begriffen sei, zur Kenntnis zu nehmen.

Da beide Vorredner in den Ausführungen des Ministers ihrer Sache günstige Argumente entdecken konnten, triumphierten sie gleichermaßen, und die Diskussion wurde bis zu dem Augenblick fortgesetzt, in dem ein Abgeordneter, am Ende seiner Geduld angelangt, inmitten des allgemeinen Stimmengewirrs ausrief:

»Da wir zu keiner Einigung kommen können, sollten wir einfach hinfahren und uns selbst überzeugen!«

Monsieur Chazelle antwortete, diese Gegenden seien so häufig erforscht worden, daß keine Notwendigkeit bestehe, sie nochmals neu zu entdecken; er sei jedoch nichtsdestoweniger bereit, sich den Gesichtspunkt der Kammer zu eigen zu machen, falls diese zu der Ansicht gelange, eine Studienreise könne sich als zweckdienlich erweisen, und er werde sich, falls dem so sei, glücklich schätzen, sie an dem Unternehmen insofern teilhaben zu lassen, als er die Leitung der Expedition dann gerne demjenigen ihrer Mitglieder anvertrauen werde, das sie als hierfür geeignet betrachtete.

Der Vorschlag war ein großer Erfolg. Auf der Stelle fand eine Abstimmung statt, und das Ministerium wurde daraufhin aufgefordert, eine Abordnung zusammenzustellen, welche die im Nigerbogen gelegene Region bereisen und einen Bericht abfassen sollte, auf Grund dessen die Kammer dann endgültig zu disponieren hätte.

Weniger leicht wurde man sich einig, als es sich darum handelte, den Deputierten zu benennen, der die Rolle des Chefs der Expedition übernehmen sollte. Zweimal erhielten Barsac und Baudrières eine mathematisch genau gleiche Zahl.

Indessen hieß es die Sache schließlich zu Ende führen.

»Ei, zum Kuckuck, dann muß man sie eben alle beide ernennen!« rief einer jener Spaßvögel aus, an denen es in einer Versammlung von Franzosen niemals fehlt.

Nach begeisterter Aufnahme dieses Vorschlags durch die Kammer, die zweifellos darin ein Mittel erkannte, monatelang von den Kolonien nichts mehr hören zu müssen, wurden Barsac und Baudrières gewählt, wobei ihr Alter darüber entscheiden sollte, welcher von beiden vor dem anderen den Vorrang haben würde. Es stellte sich heraus, daß dieses Privileg Barsac zustand, da er der um drei Tage Ältere war. Baudrières mußte sich also damit abfinden, Barsacs Koadjutor zu sein, was ihn ungemein kränkte.

Diesem Grundstock der Expedition ordnete die Regierung noch einige weitere, sicherlich weniger in die Augen fallende, aber vielleicht besser qualifizierte Persönlichkeiten bei, so daß sie bei ihrem Eintreffen in Konakry insgesamt sieben Mitglieder, darunter die bereits erwähnten, Barsac und Baudrières, umfaßte.

Unter den übrigen bemerkte man Dr. Châtonnay, eine Größe

als Arzt und ein Arzt von beträchtlicher Größe, denn er war sehr gelehrt und zeigte erst in einer Höhe von fünf Fuß acht Zoll sein fröhliches, trotz seiner noch nicht einmal fünfzig Jahre von einem schneeweißen Lockenschopf gekröntes Gesicht, über das sich ein buschiger Schnurrbart von gleicher Farbe zog. Ein ausgezeichneter Mann, dieser Dr. Châtonnay, gemütvoll und heiter und geneigt, bei jeder Gelegenheit in ein Gelächter auszubrechen, das ihm wie zischender Dampf entfuhr!

Ferner fiel da noch allenfalls Monsieur Isidore Tassin in die Augen, korrespondierendes Mitglied der Gesellschaft für Geographie, ein kleiner, dürrer, kurzangebundener Mann, der sich leidenschaftlich und ausschließlich als Geograph gebärdete.

Was die weiteren Mitglieder der Expedition betraf, nämlich die Herren Poncin, Quirien und Heydrieux, so waren sie alle drei Beamte verschiedener Ministerien und taten sich äußerlich in keiner Weise hervor. Ohne bemerkenswerte Eigenheiten waren sie Menschen wie jeder andere auch.

Um diese offizielle zentrale Konstellation kreiste, immerhin noch in beruflicher Eigenschaft, ein achter Reisender. Dieser, blond und von energischem, entschiedenem Auftreten, mit Namen Amédée Florence, hatte die Aufgabe, die Tageszeitung ›L'Expansion française‹, deren aktiver, gewandter Reporter er war, bestens zu unterrichten.

Dies also waren die Personen, die an jenem 27. November von dem der Compagnie Fraissenet gehörigen Dampfschiff aus an Land gingen.

Das Ereignis konnte keinesfalls ohne Ansprachen vonstatten gehen. Wofern man dem Verwaltungs- oder Regierungsstab angehört, begnügt man sich bei einer Begegnung nicht mit einem Händedruck und einer schlichten Begrüßung, sondern erachtet es als unbedingt notwendig, historische Worte auszutauschen, während eine trotz aller Gewöhnung immer noch durch die besondere Art von Komik, die dieser Art von Formalität anhaftet, amüsierte Zuhörerschaft sich kreisförmig um die Redner gruppiert.

Auf Grund dieses Protokolls nun hieß gleich am Landeplatz Monsieur Valdonne, begleitet von seinen wichtigsten Beamten, die er vorzustellen nicht vergaß, feierlich die distinguierten Gäste willkommen, die, wenn auch nicht vom Himmel gesandt, doch von fernher über den Ozean zu ihm gekommen waren. Im übrigen wollen wir gerechterweise bemerken, daß seine Rede kurz und von verdientem Erfolg gekrönt war.

Barsac, der ihm in seiner Eigenschaft als Chef der Unternehmung antwortete, ergriff sodann nach einem kurzen, die Kehle befreienden Hüsteln das Wort.

»Herr Gouverneur, meine Herren« – in seiner Stimme schwang neben dem warmen Ton der Dankbarkeit auch der Akzent des französischen Südens mit – »meine Kollegen und ich sind tief gerührt durch die soeben vernommenen Worte. Die Herzlichkeit Ihres Empfangs ist für uns ein günstiges Vorzeichen in dem Moment, in dem nunmehr ernstlich ein Unternehmen seinen Anfang nimmt, dessen Schwierigkeiten wir im übrigen nicht übertreiben. Wir wissen, daß unter der großherzigen Verwaltung unserer Metropole diese einst unter so gefahrvollen Umständen von den kühnen Pionieren unseres Vaterlandes erforschten Gegenden jetzt eine ›Pax Gallica‹ genießen – wofern Sie mir gestatten wollen, diese unseren römischen Vorfahren entlehnte, etwas anspruchsvolle Wendung zu gebrauchen. Deshalb haben wir hier, im Begriffe, die schöne Stadt Konakry zu betreten, umringt von unseren Landsleuten, das Gefühl, Frankreich nicht verlassen zu haben, und aus demselben Grunde werden wir es auch weiterhin haben, wenn wir tiefer ins Innere vordringen, besteht doch die arbeitsame Bevölkerung dieser Region nunmehr aus den Bürgern eines größeren, ausgedehnteren Frankreich. Möge unsere Anwesenheit hier ihnen ein Beweis der wachsamen Fürsorge unserer Obrigkeit sein! Möge sie, wenn das noch möglich ist, die Anhänglichkeit dieser Bürger an das Vaterland, ihre Ergebenheitsgefühle der Republik gegenüber noch steigern.«

Der Gouverneur, Monsieur Valdonne, gab wie üblich das Zeichen für die ›spontanen‹ Beifallsbekundungen, während Barsac

»Wir haben das Gefühl, Frankreich nicht verlassen zu haben ...«

einen Schritt nach rückwärts und Baudrières einen entsprechenden nach vorne tat.

Nach endlosem Hin- und Herberaten im Kabinett des

Ministers war beschlossen worden, daß Baudrières nicht der Subdirektor, sondern der zweite Direktor der Expedition sein sollte. Daraus aber ergab sich dank der geheimnisvollen Macht eines bloßen Wortes die Notwendigkeit, daß, wenn Barsac im Rahmen einer offiziellen Zeremonie eine Ansprache hielt, unmittelbar nach ihm Baudrières das gleiche tun müsse. Auf diese Weise hatte man das Problem gelöst, aller beider Eigenliebe tunlichst zu schonen.

»Herr Gouverneur, meine Herren«, begann Baudrières, der damit zugleich dem Applaus ein Ende bereitete, mit dem die Ausführungen seines Vorredners bedacht worden waren, »ich schließe mich voll und ganz den beredten Darlegungen meines hochzuverehrenden Kollegen und Freundes an. Wie er es in so hervorragender Weise klargestellt hat, ist sich jeder von uns genauestens der Schwierigkeiten und Gefahren bewußt, die diese unsere Forschungsreise mit sich bringen kann. Den Schwierigkeiten werden wir nach besten Kräften zu begegnen suchen. Was die Gefahren anbelangt, so können sie uns nicht schrecken, da wir ja zwischen ihnen und uns die französischen Bajonette wissen. Es sei mir also gestattet, gleich bei unserem ersten Schritt auf dem Boden Afrikas die Begleitmannschaft, die jede auch nur mögliche Gefährdung von uns fernhalten wird, mit einem herzlichen Gruß zu bedenken. Zudem dürfen Sie sich nicht darüber täuschen, daß ich in Gestalt dieser numerisch beschränkten Eskorte zugleich auch der gesamten Armee – denn steht sie nicht in ihrer Totalität hinter jedem schlichten Feldsoldaten? – diesen Gruß entbiete. Diese allen französischen Herzen so teure Armee also wird sich mit unserem Vorhaben verbünden, und dank ihr werden im Rahmen dieser bescheidenen Unternehmung – wie es so häufig bei den ruhmreichen Taten der Fall gewesen ist, die sie zu vollbringen gewohnt ist – das Ansehen des Vaterlandes und die Größe der Republik noch wachsen!«

Wiederum erhoben sich Beifallsstürme, genauso tosend und genauso spontan wie die ersten. Dann machte man sich auf den Weg zur Residenz, wo die Hauptteilnehmer der Expedition für die drei Tage Unterkunft finden sollten, die für die Regelung letzter Einzelheiten des Forschungsprogramms vorgesehen waren.

Dieses Programm war umfassend genug. Die für den von Barsac eingebrachten Gesetzesvorschlag in Betracht kommende Region übertrifft an Ausdehnung eine Million fünfhunderttausend Quadratkilometer. Das entspricht ungefähr der Gesamtoberfläche Frankreichs. Wenn es auch nicht in Frage kommen konnte, alle Punkte dieses ungeheuren Areals zu besuchen, hatte man doch wenigstens einen Reiseweg zusammengestellt, der so vielseitig war, daß zum Schluß die von den Erforschern gesammelten Eindrücke einigermaßen den tatsächlichen Verhältnissen entsprechen mußten. Tatsächlich erstreckte diese Route sich über mehr als 2500 Kilometer für die eine Gruppe der Abordnung, und über nahezu 3500 für die andere.

Es war nämlich, um ein möglichst ausgedehntes Erforschungsgebiet zu erfassen, so gedacht, daß die Expedition sich unterwegs teilen sollte. Von Konakry ausgehend würde sie ihren Weg zunächst über Ouossou, Timbo – ein bedeutendes Zentrum des südlichen Fouta Djal, und Kouroussa, eine am Niger in geringer Entfernung von dessen Quelle entstandene Niederlassung, nach Kankan nehmen.

Von Kankan aus würde man über Foraba, Forabakourou und Tiola, nachdem man Ouassoulou und Kenedougou durchmessen hatte, nach Sikasso, dem Hauptort dieses letzteren Gebietes, gelangen.

In Sikasso, 1100 Kilometer vom Meer entfernt, sollte die Teilung der Expedition in zwei getrennte Zweige erfolgen. Die eine Hälfte unter der Führung Baudrières' würde sich dem Gebiet um Kong zuwenden und über Sitardougou, Niambouamdo und verschiedene weniger bedeutende Siedlungen dessen Hauptstadt erreichen. Von Kong aus sollte sie in das Baoulé vorstoßen, um schließlich bei Grand-Bassam die Elfenbeinküste zu erreichen. Der andere, Barsac unterstellte Teil sollte hingegen ostwärts über Ouaghadougou vorrückend, den Niger bei Saye berühren, dann parallel zum Fluß seinen Marsch fortsetzen, den Mossi überqueren, um schließlich über Gourma und

Borgoubei sein Endziel Kotonou an der Küste von Dahomey zu erreichen.

Wenn man die unvermeidlichen Umwege und Verzögerungen berücksichtigte, mußte man sich darauf gefaßt machen, daß die Reise mindestens acht Monate für die erste und zehn bis zwölf Monate für die zweite Gruppe der Expedition dauern werde. Bei einem gemeinsamen Aufbruch am 1. Dezember von Konakry aus würde Baudrières nicht vor dem 1. August in Grand-Bassam und Barsac nicht vor dem 1. Oktober in Kotonou ankommen.

Es handelte sich also um eine lange Reise, und dennoch durfte Monsieur Isidore Tassin sich kaum schmeicheln, daß sie ihm gestatten werde, bis dahin unbekannte geographische Erkenntnisse von ihr heimzubringen. Tatsächlich ließ sich die Anwesenheit eines korrespondierenden Mitglieds der geographischen Gesellschaft nur schlecht erklären, da die Hoffnung auf eine Entdekkung des Nigerbogens ebensowenig Aussicht bot wie die, Amerika nochmals zu entdecken. Monsieur Tassin jedoch war nicht anspruchsvoll. Da der Globus nach allen Richtungen hin durchpflügt worden war, hegte er die Meinung, man müsse sich eben mit wenigem zu begnügen wissen.

Er war freilich von weiser Einsicht geleitet, wenn er in dieser Weise seinen Ehrgeiz beschränkte. Seit langem schon hatte der Nigerbogen aufgehört, die unzugängliche, geheimnisumwitterte Region zu sein, die er so lange Jahre hindurch gewesen war. Seitdem der deutsche Forschungsreisende Dr. Barth als erster in den Jahren 1853 und 1854 diese Gegenden bereist hatte, waren sie von einer Menge unerschrockener Männer schrittweise erobert worden. Da waren im Jahre 1887 der Schiffsleutnant Caron und die in jeder Hinsicht großartige Forschungsunternehmung des Kapitän Binger, 1889 der Marineleutnant Jaime, 1890 Dr. Crozat, 1891 Kapitän Monteil, wozu noch 1893 das ruhmreiche Ende des Leutnants Aube und des Obersten Bonnier sowie die Einnahme von Timbuktu durch Leutnant Boiteux kam, zu dem bald auch noch Commandant Joffre stieß. Da waren ferner noch im gleichen Jahr 1894 und dann 1895 Kapitän Toutée und Leutnant Targe, 1896 Marineleutnant Hourst und 1898 Oberst Audéoud, der sich Kongs bemächtigte und Samorys Macht ein gewaltsames Ende setzte. Von da an verdient der westliche Sudan das Epithet ›wild‹ nicht mehr; die Verwaltung folgt der Eroberung auf dem Fuß, die Posten vermehren sich und sichern auf eine immer zuverlässigere Weise die heilbringende französische Herrschaft über dieses Gebiet.

In dem Augenblick, in dem die außerparlamentarische Abordnung ihrerseits in diese Gegenden vordrang, war die Befriedung noch nicht gänzlich vollendet, doch schon herrschte größere Sicherheit und bestand berechtigter Anlaß zu glauben, daß die Reise, wenn auch vielleicht nicht ohne jeden Zwischenfall, so doch wenigstens ohne Unfall verlaufen und daß alles sich auf eine gemächliche Promenade unter friedlichen Völkerschaften beschränken werde, die Barsac als reif dafür erachtete, die Freuden einer parlamentarischen Politik zu genießen.

Der Aufbruch war auf den 1. Dezember festgesetzt.

Am Vorabend der Abreise sollte ein offizielles Bankett ein letztes Mal alle Mitglieder der Expedition an der Tafel des Gouverneurs versammeln. Im Anschluß an dieses Bankett sollten wie üblich Festansprachen, unter der obligaten Begleitung durch die Nationalhymne, ausgetauscht und letzte Segenswünsche für den Erfolg des Unternehmens und den Ruhm der Republik ausgesprochen werden.

An diesem Tage nun war Barsac, ermüdet von einem Rundgang durch Konakry unter der glühenden Sonne, in sein Zimmer zurückgekehrt. Er fächelte sich dort genußvoll Kühlung zu, während er auf die Stunde wartete, zu der er sich in seinen schwarzen Frack zu werfen hatte – ein Zwang, von dem keine Temperatur imstande war eine offizielle Persönlichkeit in Ausübung ihrer Amtspflichten zu entbinden – als die Ordonnanz vom Dienst, ein Kapitulant der Kolonialarmee, der die hiesigen Verhältnisse der Region ›bis in die kleinsten Winkel‹ kannte, ihm die Meldung überbrachte, daß zwei Personen von ihm empfangen zu werden wünschten.

»Was für Personen?« fragte Barsac.

Die Ordonnanz gab durch ein Zeichen zu verstehen, daß er keine Ahnung habe.

»Ein Mann und eine Dame, die zu ihm gehört«, erklärte er einfach.

»Kolonisten?«

»Würde ich meinen, ihrem Gehaben nach«, antwortete die Ordonnanz. »Der Mann ist groß und hat nur wenig Gras auf der Kuppe.«

»Gras auf der Kuppe? ...«

»Er ist so kahl, wie nur einer sein kann. Mit einem strohblonden Backenbart und Augen wie dicke Knöpfe.«

»Sie benutzen da wirklich Vergleiche! ...« sagte Barsac. »Und die Frau?«

»Die Frau?«

»Ja. Wie ist sie? ... Jung?«

»Ziemlich.«

»Hübsch?«

»Ja, und hübsch aufgemacht! ...«

Barsac zwirbelte mechanisch seinen Schnurrbart.

»Lassen Sie sie eintreten«, sagte er.

Während er diesen Befehl erteilte, sandte er unbewußt einen Blick in den Spiegel, der ihm sein beleibtes Porträt entgegenhielt. Hätte er seine Gedanken nicht anderswo gehabt, würde er haben feststellen können, daß die Standuhr auf sechs Uhr zeigte. Infolge der Unterschiede in den Längengraden war dies gerade der Zeitpunkt, zu dem der Angriff auf die Filiale DK der Central Bank begann, der den Gegenstand des ersten Kapitels dieser Erzählung gebildet hat.

Die Besucher, ein Mann in den Vierzigern, dem ein junges Mädchen von zwanzig bis fünfundzwanzig Jahren folgte, wurden in das Zimmer geführt, in dem Barsac den Zauber des Farniente genoß, bevor er sich den Mühsalen eines offiziellen Diners aussetzte.

Der Mann war in der Tat groß. Ein Paar endlos langer Beine trug einen verhältnismäßig schmächtigen Oberkörper, der in einen langen, knochigen Hals mündete, welcher seinerseits

Hinter ihm her schritt das junge Mädchen.

einem langen, schmalen Kopf als Untersatz diente. Wenn die Augen auch nicht gerade – dem Ausspruch der in überspitzten Vergleichen schwelgenden Ordonnanz entsprechend – wie

›dicke Knöpfe‹ wirkten, konnte man doch nicht bestreiten, daß sie etwas aus dem Kopf hervorquollen, noch daß die Nase fleischig, sowie die Lippen dick und bartlos waren, da offenbar der Schnurrbart einem unbarmherzig alles niedermähenden Rasiermesser zum Opfer gefallen war. Hingegen gestatteten ein kurzer zweiteiliger Backenbart nach dem Muster derjenigen, die als das klassische Spezifikum der Österreicher gelten, sowie ein lockiger Haarkranz unten an der Rückseite des beachtlich kahlen und glattpolierten Schädels zu konstatieren, daß die Ordonnanz es an Genauigkeit in der Wahl der charakterisierenden Beiwörter fehlen ließ. ›Strohblond‹, hatte er gesagt. Dieses Wort traf nicht das Richtige. Mit vollstem Recht war dieser Mann als rothaarig zu bezeichnen.

Nach der Wiedergabe dieses Porträts würde es sich allenfalls erübrigen zu sagen, daß der Mann häßlich war, wofern es nicht angezeigt gewesen wäre, dieser Häßlichkeit die Bezeichnung ›sympathisch‹ zuzuerkennen. Die vollen Lippen drückten eine Art von Freimut aus, und in den Augen blitzte jener ein klein wenig maliziöse Anflug von Güte auf, den unsere Väter mit dem charmanten Namen ›Bonhomie‹ zu bezeichnen beliebten.

Hinter ihm her schritt das junge Mädchen. Man muß anerkennen, daß die Ordonnanz, wenn sie diese junge Person als hübsch hinstellte, diesmal nicht übertrieben hatte. Groß, schlank, von eleganter Erscheinung, mit einem frischen Mund voll blitzender Zähne, einer feingeformten geraden Nase, großen, von hervorragend schön gezeichneten Brauen überwölbten Augen, einer Fülle tintenschwarzen Haars und Zügen von makelloser Regelmäßigkeit war sie eine vollkommene Schönheit.

Nachdem Barsac seine Besucher zum Sitzen aufgefordert hatte, ergriff, wie es sich gehörte, der Mann das Wort.

»Sie werden uns gewiß verzeihen, Herr Abgeordneter, daß wir hierher kommen und Sie belästigen, und angesichts der Unmöglichkeit meinerseits, anders zu handeln, werden Sie uns auch sicherlich entschuldigen, wenn wir selbst Ihnen sagen, wer wir sind. Ich heiße – erlauben Sie mir bitte, meiner Gewohnheit gemäß hinzuzufügen zu meinem Bedauern, denn dieser Name ist lächerlich, Agénor de Saint-Bérain, bin Grundbesitzer, Junggeselle und Bürger der Stadt Rennes.«

Nachdem er sich in dieser Form legitimiert hatte, machte Agénor de Saint-Bérain eine kurze Pause und stellte dann unter Zuhilfenahme einer kleinen Geste seine Begleiterin vor:

»Mademoiselle Jane Mornas, meine Tante.«

»Ihre Tante ...« wiederholte Barsac.

»Ja, Mademoiselle Mornas ist tatsächlich meine Tante, wie man nur jemandes Tante sein kann«, bestätigte Agénor de Saint-Bérain, während sich die Lippen des jungen Mädchens zu einem heiteren Lächeln öffneten.

Es war wie ein Sonnenstrahl. Ihr schönes Gesicht, dessen einziger Fehler vielleicht der allzuernste Ausdruck war, schien sich dadurch zu erhellen.

»Monsieur de Saint-Bérain«, erklärte sie mit einem leichten englischen Akzent, »legt auf seine Eigenschaft als Neffe besonderen Wert und versäumt keine Gelegenheit, unseren wirklichen Verwandtschaftsgrad bekanntzugeben ...«

»Ich fühle mich dadurch jünger«, fiel ihr der Neffe ins Wort.

»Aber«, fuhr Jane Mornas fort, »wenn dieser Effekt dann erreicht und seine rechtliche Situation klargestellt ist, gefällt er sich durchaus auch darin, die Rollen umzukehren und wieder Onkel Agénor zu werden, was er nach allgemeiner Familienübereinkunft von meiner Geburt an immer gewesen ist.«

»Und was auch meinem Alter besser entspricht«, erklärte der Onkel-Neffe. »Aber lassen wir das. Nachdem wir uns nun vorgestellt haben, erlauben Sie bitte, Herr Abgeordneter, daß ich auf das zu sprechen komme, was uns hierhergeführt hat. Mademoiselle Mornas und ich sind, wie Sie uns hier sehen, rechte Globetrotter. Meine Tante respektive Nichte ist eine unerschrockene Reisende, und ich, als guter Onkel respektive Neffe, habe mich durch sie in diese entlegenen Gegenden verschleppen lassen. Es ist nicht unsere Absicht, in Konakry zu verweilen, sondern uns auf der Suche nach starken Eindrücken und neuen Szenerien ins Innere des Landes vorzuwagen. Unsere Vorbereitungen sind beendet, und wir waren gerade aufbruchsbereit, als wir erfuhren, daß eine Expedition unter Ihrer Leitung einen mit dem unseren identischen Reiseweg zu verfolgen gedenkt. Da habe ich denn Mademoiselle Mornas darauf aufmerksam gemacht, daß es mir, wie befriedet dieses Land auch immer sein mag, doch günstiger scheint, uns Ihrer Gruppe anzuschließen, wofern man uns in sie aufnehmen würde. Wir erbitten demgemäß von Ihnen die Genehmigung, uns mit Ihnen gemeinsam auf den Weg zu machen.«

»Grundsätzlich«, antwortete Barsac, »sehe ich da keine Schwierigkeit, doch muß ich mich, wie Sie verstehen werden, zuvor mit meinen Kollegen beraten.«

»Das ist nur allzu natürlich«, pflichtete Saint-Bérain ihm bei.

»Vielleicht«, deutete Barsac an, »werden sie fürchten, die Anwesenheit eines weiblichen Wesens könne unser Marschtempo verzögern und werde nicht unbedingt mit der Abwicklung unseres vorgeschriebenen Programms vereinbar sein ... In diesem Fall ...«

»Diese Befürchtung sollten sie freilich ruhig fallen lassen!« warf Onkel Agénor protestierend ein. »Mademoiselle ist so etwas wie ein richtiger Junge. Sie selbst bittet darum, Sie möchten sie nicht als Mitreisende, sondern als einen Ihrer Kumpane betrachten.«

»Ja, ganz bestimmt«, bestätigte Mademoiselle Mornas. »Und ich möchte noch hinzufügen, daß Ihnen durch uns auch in materieller Hinsicht keine Schwierigkeiten entstehen werden. Wir haben Pferde und Träger. Nichts fehlt uns. Wir verfügen sogar über zwei Bambaras, zwei senegalesische Schützen, die wir als Führer und Dolmetscher angeworben haben. Sie sehen, Sie können uns ohne alle Bedenken in Ihre Gesellschaft aufnehmen.«

»Unter diesen Umständen allerdings ...« erkannte Barsac an. »Gut, ich werde noch heute mit meinen Kollegen sprechen, und wenn diese ebenfalls meiner Meinung sind, ist die Sache abgemacht. Wo kann ich Ihnen meine endgültige Antwort zuteil werden lassen?«

»Morgen bei unserem Aufbruch, denn auf alle Fälle verlassen wir schon morgen Konakry.«

Nachdem die Angelegenheit so weit geregelt war, brachen die Besucher auf.

Während des Diners bei dem Gouverneur unterbreitete denn auch wirklich Barsac seinen Kollegen das Ersuchen, das an ihn gerichtet worden war. Es wurde günstig aufgenommen. Einzig Baudrières meinte seinerseits Vorbehalte machen zu sollen. Nicht, daß er dem Ansinnen dieser hübschen Reisegefährtin, das von Barsac vielleicht mit mehr Wärme vertreten wurde, als unbedingt notwendig war, regelrecht seine Zustimmung verweigerte, aber er ließ doch einige Bedenken laut werden. Die Sache kam ihm etwas fragwürdig vor. Konnte man wirklich als zulässig ansehen, daß ein junges Mädchen eine solche Reise mitzumachen wagte? Nein, im Grund war der angeführte Vorwand nicht einleuchtend, man mußte befürchten, daß sich dahinter ein anderer Zweck versteckte. Konnte, wenn man hiervon ausging, die Sache nicht einen verborgenen Haken haben? Wer weiß, am Ende bestand hier sogar ein Zusammenhang mit den mysteriösen Gerüchten, die der Minister in diskreter Weise von der Rednertribüne der Kammer herab angedeutet hatte?

Lachend beruhigte man Baudrières.

»Ich kenne weder Saint-Bérain noch Mademoiselle Mornas«, erklärte Monsieur Valdonne, »aber schon seit den vierzehn Tagen, die sie sich in Konakry befinden, sind sie mir aufgefallen.«

»Dazu würde sogar weniger genügen!« warf Barsac mit Überzeugung ein.

»Ja, das junge Mädchen ist sehr schön!« stimmte Monsieur Valdonne ihm zu. »Sie sind, so hat man mir versichert, mit dem Dampfschiff, das den Küstenverkehr übernommen hat, aus Saint-Louis im Senegal gekommen und scheinen, so sonderbar uns das auch anmuten mag, eine bloße Vergnügungsreise zu machen, wie Monsieur Barsac uns sagte. Ich meinerseits glaube nicht, daß das geringste Bedenken besteht, ihren Wunsch zu erfüllen.«

Die Ansicht des Statthalter-Gouverneurs setzte sich ohne weiteren Widerstand durch.

Damit vermehrte sich die Reisegesellschaft, deren Führung

Barsac oblag, um zwei weitere Neulinge und wuchs auf die Gesamtziffer von zehn Teilnehmern an, unter Einbeziehung von Amédée Florence, dem Reporter der ›Expansion française‹, nicht jedoch der Träger und des begleitenden Militärs. So konnte am nächsten Morgen der Zufall Pierre Marcenay, Hauptmann der Kolonialinfanterie und Befehlshaber der Begleitmannschaft, begünstigen, indem er ihm erlaubte, in dem Augenblick Barsac zuvorzukommen, als dieser, so schnell es einem beleibten Vierzigjährigen möglich ist, herbeistürzte, um Mademoiselle Mornas in den Sattel zu helfen.

»Armis cedat insigne«, sagte, indem er den Finger auf die Stelle legte, an der sonst seine zur Zeit nicht vorhandene Schärpe saß, Barsac, der eine humanistische Schulbildung genossen hatte.

Man konnte jedoch deutlich sehen, daß er nicht zufrieden war.

III. Lord Buxton Glenor

Zu dem Zeitpunkt, in dem diese Erzählung beginnt, ging Lord Buxton schon seit vielen Jahren nicht mehr aus, seit ebenfalls vielen Jahren hatte die Tür von Schloß Glenor, das er im Herzen Englands, nahe bei der kleinen Stadt Uttoxeter bewohnte, sich für keinen Besucher mehr aufgetan, und die Fenster seiner Privatgemächer waren seit ebenso langer Zeit hartnäckig geschlossen geblieben. Die Abgeschiedenheit, in der Lord Buxton lebte, war vollkommen und durch nichts mehr zu durchbrechen seit dem Drama, das die Ehre seiner Familie verdunkelt, seinen Namen besudelt, sein Leben zerbrochen hatte.

Mehr als sechzig Jahre vor den geschilderten Begebenheiten hatte Lord Buxton als soeben entlassener Zögling der Militärschule den erlesenen Kreis der damals dort Lebenden durch den großen Haupteingang betreten, denn von seiner Familie her waren ihm Vermögen, makellose Ehre und der Ruhm seiner Ahnen in die Wiege gelegt.

Die Geschichte der Buxtons ist in der Tat großenteils mit der Englands identisch, zu dessen Nutz und Frommen die Familie so oft in großherziger Weise ihr Blut vergossen hat. In einer Epoche, in der das Wort Vaterland noch nicht den Wert erlangt hatte, den erst ein langes, nationales Leben ihm verleihen konnte, war es als Idee doch schon tief in die Herzen der Männer dieser Familie eingegraben, die mit den normannischen Eroberern in das Land gekommen waren und immer nur für und durch das im Dienste ebendieses Landes getragene Schwert gelebt hatten. Im Laufe der Jahrhunderte hatte nie ein Versagen den Glanz ihres Namens getrübt, nie ein Fleck ihr Wappenschild verunziert.

Edward Alan Buxton war der würdige Sproß dieser Reihe von ritterlichen Gestalten. Dem Vorbild seiner Ahnen nachlebend kannte er keinen anderen Daseinszweck als den fanatisch betriebenen Kult der Ehre und die leidenschaftliche Liebe zu seinem

Vaterland. Wenn der Atavismus, die Erblichkeit oder mit welchen Namen immer man jenes geheimnisvolle Phänomen benennen will, unter dessen Einwirkung die Söhne den Vätern ähnlich werden, noch nicht genügt hätte, diese Grundsätze in ihm zu erzeugen, würde doch seine Erziehung sie ihm eingeprägt haben. Zudem hätte die an ruhmvollen Taten seiner Vorfahren so reiche englische Geschichte unbedingt in ihm das Verlangen geweckt, das gleiche, ja wenn nicht noch mehr als jene zu vollbringen.

Mit zweiundzwanzig Jahren hatte er ein junges Mädchen aus einer der besten Familien Englands gefreit und war nach einjähriger Ehe Vater einer Tochter geworden – eine große Enttäuschung für Edward Buxton, der ungeduldig auf die Geburt eines zweiten Kindes wartete.

Er wartete zwanzig Jahre lang. Erst nach dieser langen Pause schenkte ihm Lady Buxton, deren Gesundheit durch die erste Mutterschaft schwer angegriffen war, den so heiß ersehnten Sohn, der den Namen George erhielt, während zur gleichen Zeit seine vor kurzem mit einem Franzosen, Monsieur de Saint-Bérain, vermählte Tochter einem Knaben das Leben schenkte, der Agénor genannt wurde, welcher Agénor sich nun – vierzig Jahre später – in der oben geschilderten Weise dem Abgeordneten Barsac präsentieren sollte.

Weitere fünf Jahre vergingen noch, bis Lord Glenor Vater eines zweiten Sohnes wurde, Lewis-Robert, den dreißig Jahre darauf das Schicksal auf so betrübliche Weise mit dem Drama in der Central Bank in Verbindung bringen sollte, mit dessen Schilderung diese Erzählung eröffnet worden ist.

Das große Glück, einen zweiten Sohn, das heißt einen zweiten Stammhalter zu haben, wurde von dem denkbar schrecklichsten Unglück begleitet. Die Geburt dieses Sohnes kostete seiner Mutter das Leben: Lord Buxton sah für immer diejenige entschwinden, die mehr als ein Vierteljahrhundert hindurch seine Gefährtin gewesen war.

So hart getroffen, erlag Lord Buxton fast dem schweren Schlag. Tief bedrückt und entmutigt verzichtete er auf jeglichen Ehrgeiz und verließ, wiewohl noch verhältnismäßig jung, die

Marine, in die er sofort nach beendeter Schulzeit eingetreten war, und wo er sich gerade auf dem Weg zu den höchsten Chargen befand.

Lange lebte er infolge seines großen Unglücks vollkommen zurückgezogen, dann jedoch, als die Zeit seinen unermeßlichen Schmerz ein wenig gemildert hatte, versuchte er, nach neun Jahren der Verlassenheit, sein zerstörtes häusliches Leben wiederherzustellen, indem er die Witwe eines seiner Waffengefährten, Margaret Ferney, heiratete, die statt irgendwelchen Vermögens nur einen damals sechzehn Jahre alten Sohn, William, mit in die Ehe brachte.

Das Schicksal hatte jedoch beschlossen, daß Lord Glenor einsam altern, daß er das Ende seiner Lebensbahn allein erreichen sollte. Einige Jahre später wurde ihm ein viertes Kind geboren, eine Tochter, die den Namen Jane erhielt. Er selbst aber war zugleich zum zweiten Mal Witwer geworden.

Lord Glenor hatte damals das sechzigste Jahr überschritten. In diesem Alter konnte er nicht mehr daran denken, sein Leben noch einmal aufzubauen. So grausam und so beharrlich in seinen innigsten Gefühlen der Zuneigung getroffen, widmete er sich nur noch seinen Vaterpflichten. Wenn seine erste Tochter, Madame de Saint-Bérain, seit langem schon seiner Aufsicht entzogen war, blieben ihm doch vier Kinder, von denen das älteste damals kaum zwanzig Jahre zählte: es waren die Kinder, die die beiden Verstorbenen ihm hinterlassen hatten, denn in seinem Herzen machte er keinen Unterschied zwischen William Ferney und den beiden Knaben und dem Mädchen, die seines Blutes waren.

Das Schicksal hatte indessen seine Strenge ihm gegenüber noch nicht erschöpft. Lord Glenor sollte noch Schmerzen kennenlernen, neben denen die bisher erlittenen ihm sehr leicht erscheinen würden.

Die erste Bitternis, die für ihn die Zukunft noch in sich barg, erfuhr er ausgerechnet durch William Ferney, jenen Sohn der Verblichenen, den er liebte, als wäre er sein eigenes Kind. Verschlagen, mürrisch, heuchlerisch von Natur, erwiderte der junge

Mann keineswegs die zärtliche Liebe, die man ihm entgegenbrachte, sondern hielt sich abseits innerhalb dieser Familie, die ihm ihr Haus und ihr Herz so weit geöffnet hatte. Alle Beweise der Zuneigung, die er empfing, prallten an ihm ab, ja, er zog sich sogar, je mehr man an seinem Leben Anteil nahm, desto ablehnender in sich zurück; je mehr sie ihm ihre Freundschaft antrugen, desto mehr schien er alle Menschen seiner Umgebung zu hassen.

Neid, maßloser, wütender Neid verheerte William Ferneys Herz. Dieses so verachtenswürdige Gefühl hatte er vom ersten Tag an gehegt, an dem er mit seiner Mutter in Schloß Glenor Einzug gehalten hatte. Sofort hatte sich ihm damals der Vergleich zwischen dem künftigen Los der beiden Söhne des Lords und dem seinen als dem eines bloßen William Ferney aufgedrängt. Von da an verspürte er heftige Abneigung gegen George und Lewis, diese Erben Lord Buxtons, die eines Tages Reichtum erwartete, während er der enterbte Sprößling Margaret Ferneys sein würde.

Sein Haß nahm noch zu, als Jane geboren wurde, die blutsmäßig seine Halbschwester war, aber ihrerseits ebenfalls eines Tages an dem Vermögen teilhaben würde, von dessen Genuß er ausgeschlossen war, von dem man ihm nur aus Mitleid einen winzigen Teil würde zukommen lassen. Dieser Haß wuchs sich zum Paroxysmus aus, als seine Mutter starb und damit das einzige Wesen verschwand, das möglicherweise den Weg zu diesem verhärteten Herzen noch hätte finden können.

Nichts beschwichtigte dieses Gefühl, weder das brüderliche Entgegenkommen der beiden Söhne Lord Buxtons noch dessen eigenes väterliches Bemühen um ihn. Von Tag zu Tag zog der von Neid Zerfressene sich spürbarer in eine Art von Eigenleben zurück, in dessen Geheimnis einzig mehrere aufeinanderfolgende Skandale einen Einblick gewährten. Man erfuhr durch sie, daß William Ferney sich mit den fragwürdigsten jungen Leuten eingelassen, daß er die Gefährten seiner Vergnügungen sich in dem wenigst wünschenswerten Teil der Londoner Bevölkerung ausgesucht hatte.

Das Gerücht von seinen Ausschweifungen kam auch Lord Buxton zu Ohren, der sich daraufhin vergebens in erfolglosen Vorhaltungen erschöpfte. Bald folgten Schulden, die er zunächst im Gedenken an die Tote beglich, denen er aber pflichtgemäß bald einen Riegel vorschob.

Wiewohl nunmehr strikt auf das ihm Zukommende beschränkt, änderte doch William nichts an seinem Lebenszuschnitt. Man fragte sich, woher er sich wohl die nötigen Hilfsmittel verschaffen mochte, als in Schloß Glenor ein Wechsel präsentiert wurde, der auf eine beträchtliche Summe ausgestellt, mit dem geschickt nachgeahmten Namenszug Lord Buxtons unterzeichnet war.

Dieser zahlte zwar, ohne ein Wort zu sagen, zitierte jedoch, außerstande mit einem Fälscher unter einem Dach zu leben, den Schuldigen vor sein Angesicht und verbannte ihn für künftighin aus seiner Gegenwart, wobei er ihm gleichwohl eine beträchtliche feste Rente zubilligte.

William hörte sich Vorwürfe und Ratschläge mit der gleichen verkniffenen Miene an, verließ dann aber ohne ein Wort der Erwiderung – und auch ohne den ersten Monatsbetrag einzustreichen – Schloß Glenor und verschwand.

Darüber, was aus ihm geworden war, wußte Lord Buxton zu dem Zeitpunkt, in dem unsere Erzählung beginnt, schlechthin nichts. Nie hatte er das geringste über ihn gehört, und im Laufe der Jahre war die peinvolle Erinnerung an ihn immer mehr verblaßt.

Höchsterfreulicherweise gewährten ihm seine leiblichen Kinder ebensoviel an Befriedigung, wie das fremde ihm an Sorgen bereitet hatte. Zur gleichen Zeit, als der Stiefsohn fortging, um nicht mehr wiederzukehren, war der Älteste, George, in Fortführung der glorreichen Tradition seiner Familie als Primus aus der Schule von Ascott hervorgegangen und, begierig auf Abenteuer in den Kolonien, in die Armee eingetreten. Zum großen Bedauern Lord Buxtons zeigte sein zweiter Sohn, Lewis, weniger kriegerische Neigungen, blieb aber in anderer Hinsicht seiner Zuneigung durchaus würdig. Er war ein ernster, methodischer Bursche, einer jener seriösen Charaktere, auf die man sich mit Recht verläßt.

Innerhalb der Jahre, die auf Williams Fortgang folgten, entwickelte sich, während nach und nach die Erinnerung an den Ausbrecher erlosch, das Leben der beiden jungen Leute in den der Regel entsprechenden, logischen Bahnen. Lewis verspürte unabweisbar die Berufung zum Geschäftsleben in sich. Er trat in die Central Bank ein, wurde dort hoch geschätzt und erklomm alle Stufen der Hierarchie dieses gewaltigen Unternehmens, dessen künftiger oberster Leiter er nach allgemeiner Vorhersage war. In dieser gleichen Zeit war George, der von einer Kolonie in die andere wechselte, eine Art von Heros geworden, der sich seine Grade mit der Schneide seines Degens erwarb.

Lord Buxton glaubte demgemäß, die Zeit der widrigen Geschicke hinter sich zu haben. In der Phase des Alters, in der er nunmehr angelangt war, meinte er nur glückliche Aspekte zu entdecken, als plötzlich ein Unglück über ihn hereinbrach, noch grauenhafter als alle, die ihm bislang widerfahren waren. Diesmal wurde er nicht nur in seinem Herzen, sondern in seiner Ehre getroffen, in jener unbefleckten der Glenors, deren Name jetzt für alle Zeiten durch denkbar abscheulichen Verrat gebrandmarkt werden sollte.

Vielleicht erinnert man sich noch trotz der seither verstrichenen Zeit des erschreckenden Dramas, dessen beklagenswerter Held der älteste Sohn Lord Glenors war.

George Buxton, der militärischerseits zur Disposition gestellt worden war, nahm damals an einer großen Forschungsunternehmung teil. Zwei Jahre lang hatte er schon im Dienste dieser Gesellschaft, an der Spitze der von ihr zusammengestellten halbregulären Truppen, das Gebiet der Aschanti kreuz und quer durchmessen, als man plötzlich erfuhr, er habe sich zum Bandenchef aufgeworfen und sich in offener Revolte gegen sein Vaterland erhoben. Damals schlug diese Nachricht mit der jähen Gewalt eines Blitzes ein. Man erhielt zugleich die Kunde von der Rebellion und ihrer unnachsichtigen Ahndung. Gleichzeitig hörte man von dem Verrat Hauptmann Buxtons und seiner zu bloßen Abenteurern degradierten Leute, ihren Plünderungen und Erpressungen, den Akten der Grausamkeit, deren sie sich schuldig gemacht hatten, und der Sühne, die dem Verbrechen auf dem Fuße gefolgt war.

Die Zeitungen berichteten von dem Drama, das sich damals abgespielt hat, und schilderten seine verschiedenen Perepetien. Sie führten den Lesern die Rebellenbande vor Augen, der man unaufhörlich auf den Fersen war, und die auf der Flucht vor den gegen sie ausgesandten Soldaten planlos auseinanderlief. Sie erzählten, wie man Hauptmann Buxton, der mit einigen seiner Gefährten auf Gebiete hatte ausweichen müssen, die damals zur französischen Einflußzone gehörten, schließlich in der Nähe des Dorfes Koubo am Fuße des Homborigebirges gestellt und gleich beim ersten Schuß getötet hatte. Es gibt keinen noch so kleinen Flecken, in dem man nicht vom Tod des Kommandierenden der regulären englischen Truppe wußte, der, als er nach Erledigung seines beklagenswerten Auftrags an die Küste zurückkehrte, jäh dem Fieber erlag, von der Niedermetzelung des aufrührerischen Anführers und der Mehrzahl seiner Komplizen, der Versprengung der übrigen und der bereits im Keim erfolgten Erstickung des grauenhaften und völlig phantastischen Unternehmens. Wenn die Sühne Opfer forderte, so war sie doch umfassend und rasch ins Werk gesetzt worden.

Man wird sich noch erinnern, wie stark die Kunde von diesen überraschenden Vorgängen ganz England erschüttert hat. Dann freilich ließ die Erregung nach, und langsam senkte sich wie ein Leichentuch Vergessen über die Toten.

Mindestens eine Stätte jedoch gab es, in der die Erinnerung haften blieb. Es war Lord Buxtons Heim.

Damals schon nahezu fünfundsiebzig Jahre alt, nahm Lord Glenor den Schlag hin wie manchmal die großen Bäume den, mit dem ein Blitzstrahl sie trifft. Es kommt vor, daß dieser in den Wipfel einschlägt, das Mark bis zu den Wurzeln verzehrt und, wenn er sich im Boden verliert, nichts hinter sich zurückläßt als einen Koloß aus Rinde, der noch immer steht, dessen Zerstörung im Innern sich durch nichts verrät, der jedoch in Wirklichkeit

Lord Buxton lebte völlig zurückgezogen, fast unbeweglich …

ausgehöhlt ist, so daß der erste etwas rauhe Windstoß ihn stürzen muß.

So war es bei diesem alten Seefahrer auch. Getroffen zugleich in seiner leidenschaftlichen Liebe zu seinem Sohn und in seiner Ehre, die seinem Herzen noch teurer war, gab er dem Streich nicht nach, ja, kaum verriet sogar die Blässe seines Angesichts seinen Schmerz. Ohne eine Frage zu stellen oder auch nur ein Wort über die unfaßbare Angelegenheit zu verlieren, verschanzte er sich in hochmütiger Einsamkeit und hinter stolzem Schweigen.

Von diesem Tage an sah man ihn nicht mehr seinen gewohnten täglichen Spaziergang machen. Von diesem Tage an lebte er in seinem für alle anderen, selbst seine besten Freunde, verschlossenen Haus völlig zurückgezogen, fast unbeweglich, stumm und allein.

Allein? Nein, doch nicht ganz. Drei Wesen, die aus der Ehrerbietung, die er ihnen einflößte, den Mut schöpften, dieses erschreckende Zusammenleben mit einer lebenden Statue, mit einem Schatten zu ertragen, dessen physische Erscheinung noch kraftvoll wie die des Mannes auf der Höhe seines Lebens war, der sich aber freiwillig ewiges Schweigen auferlegt hatte, lösten einander in seiner nächsten Umgebung ab.

Es war dies zunächst sein zweiter Sohn, Lewis-Robert Buxton, der es keine Woche versäumte, an dem freien Tag, den einzuhalten seine Tätigkeit an der Central Bank ihm gestattete, in Glenor vorbeizukommen.

Ferner war da sein Enkel Agénor de Saint-Bérain, der mit seiner lächelnden Bonhomie dieses Heim, das so düster wie eine Klosterzelle geworden war, ein wenig aufzuhellen versuchte.

Schon zur Zeit von George Buxtons unbegreiflichem Verrat glich Agénor de Saint-Bérain in seiner körperlichen Erscheinung Zug für Zug genau der wenig schmeichelhaften Zeichnung, die wir von seinem Äußeren entworfen haben. In charakterlicher Hinsicht war er jedoch bereits damals ein ganz ausgezeichneter Bursche, dienstfertig, gefällig, mit einem fühlenden Herzen ausgestattet und von unfehlbarer Loyalität.

Drei Besonderheiten unterschieden ihn von der übrigen Menschheit: eine Zerstreutheit, die bis an die Grenzen des

Unwahrscheinlichen ging, eine planlose – und übrigens höchst unglückliche – Leidenschaft für das Angeln, vor allem aber eine wütende Abneigung gegen das weibliche Geschlecht.

Im Besitz eines netten Vermögens, das er von seinen verstorbenen Eltern geerbt hatte, und infolgedessen unabhängig, war er bei der ersten Nachricht von dem Drama, das seinen Großvater betroffen hatte, aus Frankreich herbeigeeilt und hatte sich in einer Schloß Glenor benachbarten Villa niedergelassen, in der er übrigens den größten Teil seiner Zeit verbrachte.

Ein zu seiner Villa gehöriger Garten war von einem Wasserlauf durchzogen, in dem Agénor mit einer ebenso heftigen wie unerklärlichen Glut seine Angeln versenkte. Weshalb wohl verwendete er soviel Leidenschaft auf diese sportliche Übung, wo er doch regelmäßig an etwas anderes dachte und alle Fische der Welt hätten anbeißen können, ohne daß er das Tanzen des Korkens wahrgenommen hätte? Und was hätte es, wenn zum Überfluß tatsächlich eine junge Barbe, ein Weißbarsch oder ein Gründling, der noch hartnäckiger als er selber zerstreut war, aus eigenem Antrieb an die Angel gegangen wäre, dem gefühlvollen Agénor genützt, der sich ohne Zweifel nur beeilt haben würde, die arme kleine Kreatur – womöglich noch unter Entschuldigungen – wieder ins Wasser zu werfen?

Ein braver Bursche, wie schon gesagt!

Und was für ein eingefleischter Junggeselle! Jedem gegenüber, der es nur hören wollte, bekundete er seine Nichtachtung für die Frauen. Er schrieb ihnen alle nur erdenklichen Fehler und Laster zu. »Falsch, treulos, verlogen, verschwenderisch«, verkündete er gewöhnlich, ohne jedoch daneben andere beleidigende Beiwörter zu verschmähen, an denen es ihm niemals mangelte.

Zuweilen riet ihm jemand zur Heirat.

»Ich?« pflegte er dann auszurufen, »ich soll mich mit einem ungetreuen, flatterhaften Geschöpf verbinden?! . . .«

Drang man aber weiter in ihn, so erklärte er in allem Ernst:

»An die Liebe einer Frau werde ich niemals glauben, bevor ich sie nicht vor Verzweiflung auf meinem Grabe habe sterben sehen.«

Sie trennten sich kaum voneinander.

Da diese Bedingung unerfüllbar war, konnte man darauf wetten, daß Agénor sein Leben lang Junggeselle bliebe.

Seine distanzierten Gefühle dem weiblichen Geschlecht

gegenüber ließen jedoch eine Ausnahme zu. Diejenige, die dieses Vorrecht genoß, war Jane Buxton, das letzte der Kinder Lord Glenors und infolgedessen Agénors Tante, aber eine Tante, die fünfzehn bis zwanzig Jahre jünger war als er selbst, eine Tante, die er schon gekannt hatte, als sie noch ganz klein war und zu deren Beschützer er sich aufwarf, als der unglückliche Lord sich von der Welt zurückgezogen hatte. Er brachte ihr wahrhaft väterliche Liebe, eine tiefe Zuneigung entgegen, die übrigens das junge Mädchen von Herzen erwiderte. Im Prinzip war er der Mentor, in Wirklichkeit jedoch tat der Mentor alles, was sein Zögling wollte. Sie trennten sich kaum voneinander. Sie verließen gemeinsam das Haus, durchstreiften die Wälder zu Fuß oder zu Pferde, machten Kahnfahrten, gingen auf die Jagd, kurz, betrieben jede Art von Sport, was dem alten Neffen das Recht gab, von seiner in dieser Weise zum Jungen erzogenen jungen Tante zu sagen: »Ihr werdet sehen, ich mache schließlich doch noch einen Mann aus ihr!«

Jane Buxton war die dritte Person, die ihre Fürsorge in überreichlichem Maße dem alten Lord zuwendete, den sie in seinem traurigen Alter fast mütterlich umhegte. Sie hätte ihr Leben dafür gegeben, ihn einmal lächeln zu sehen. Diese Idee, der von Kummer verhärteten Seele ihres Vaters ein wenig Glück zuzuführen, verließ sie keinen Augenblick. Es war das Ziel von allem, was sie dachte und tat.

Zur Zeit des Dramas, bei dem ihr Bruder den Tod gefunden hatte, waren die Tränen ihres Vaters wegen seines besudelten Namens, seiner tief verletzten Ehre noch reichlicher geflossen als wegen des jammervollen Endes eines gerechter Strafe verfallenen Sohnes. Sie hingegen hatte nicht geweint.

Nicht, daß ihr der Verlust eines zärtlich geliebten Bruders und der Flecken, den ein solches Verbrechen für die Ehre ihrer Familie bedeutete, etwa nichts ausgemacht hätten. Doch zugleich mit dem Schmerz, und in noch größerem Ausmaß als er, erfüllte Empörung ihr Inneres. Wieso denn glaubten Lewis und sein Vater so leicht daran, daß George sich so schmählich vergangen haben sollte! Ohne Prüfung, ohne selber nachzuforschen, nahmen sie die von weither über das Meer zu ihnen gelangten Anschuldigungen als bare Münze hin! Was bedeuteten schon die offiziellen Berichte? Gegen diese Berichte, gegen den Augenschein sogar, sprach Georges ganze Vergangenheit. Unmöglich konnte dieser so aufrechte, so gute, so reine große Bruder, dessen gesamtes Dasein von Heroismus und Zuverlässigkeit zeugte, ein Verräter sein! Während alle den armen Toten verleugneten, gedachte wenigstens sie, sein Gedächtnis in Ehren zu halten und nicht zuzulassen, daß ihr Glaube an ihn jemals wanken würde.

Dieser erste Eindruck Jane Buxtons verstärkte sich nur noch mit der Zeit. Je mehr die Tage vergingen, desto glühender wurde ihre Überzeugung von der Unschuld ihres Bruders, obwohl sie diese Theorie durch keinen Beweis zu stützen imstande war. Endlich – als bereits mehrere Jahre seit dem Drama verstrichen waren – wagte sie, zum ersten Mal das absolute Schweigen zu durchbrechen, das auf Grund einer unausgesprochenen Übereinkunft alle Gäste des Schlosses über die Tragödie von Koubo bewahrten.

»Onkel? ...« redete sie an diesem Tage in fragendem Ton Agénor de Saint-Bérain an.

Obwohl dieser in Wirklichkeit ihr Neffe war, hatten sie sich für die Praxis darauf geeinigt, die Bezeichnung des Verwandtschaftsgrades einfach umzukehren, um sie dadurch ihren Jahren besser anzupassen. Deshalb nannte Agénor gewöhnlich Jane seine Nichte, während diese ihm den Titel ›Onkel‹ verlieh. So war es schon immer gewesen ...

Von einem Fall indessen abgesehen.

Wenn es höchst ungewöhnlicherweise geschah, daß der mit dem Charakter als Onkel Belehnte seiner Pseudonichte berechtigten Anlaß zur Klage gab oder auf den Gedanken kam, sich ihrem Willen – das heißt einer ihrer Launen – tatsächlich zu widersetzen, so nahm diese auf der Stelle für sich den Rang in Anspruch, auf den sie in Wirklichkeit Anspruch hatte, und gab ihrem ›Neffen‹ zu verstehen, er habe ihr den einer Verwandten in aufsteigender Linie gebührenden Respekt zu erweisen. Der ›Neffe‹, der an diesem Zeichen erkannte, daß die Dinge eine

Wendung zum Schlechten zu nehmen drohten, beeilte sich dann nachzugeben, um seine verehrungswürdige ›Tante‹ zu beschwichtigen. Aus diesem Dualismus der Anreden ergaben sich zuweilen recht ergötzliche Dialoge.

»Onkel? ...« redete Jane ihn also an diesem Tage an.

»Ja, meine Liebe? ...« reagierte Agénor, der ganz in die Lektüre eines der Kunst des Angelns gewidmeten Quartbandes versunken war.

»Ich möchte mit dir über George sprechen.«

Überrascht hob Agénor den Kopf von seiner Lektüre.

»Über George? ...« wiederholte er etwas verwirrt. »Über welchen George?«

»Über meinen Bruder George«, präzisierte Jane in aller Ruhe.

Agénor erbleichte.

»Aber du weißt doch sehr wohl«, warf er mit zitternder Stimme ein, »daß dieses Thema verboten ist, daß nicht einmal dieser Name hier mehr ausgesprochen werden darf.«

Mit einer Kopfbewegung wies Jane diesen Einwurf zurück.

»Das macht nichts«, erklärte sie vollkommen unbeirrt. »Onkel, erzähle mir von George.«

»Was soll ich dir da sagen?«

»Alles. Die ganze Geschichte. Alles.«

»Nie in meinem Leben!«

Jane runzelte die Brauen.

»Lieber Neffe! ...« stieß sie in drohendem Ton hervor.

Eines weiteren Ansporns bedurfte es nicht.

»Schon gut! ... Schon gut! ...« stammelte Agénor, der darauf sogleich die traurige Geschichte erzählte, die sie von ihm hören wollte.

Er erzählte sie von Anfang bis zu Ende, ohne irgendeine Einzelheit auszulassen. Jane hörte ihm schweigend zu und stellte auch keine Fragen, als er geendet hatte. Agénor meinte, die Sache werde damit erledigt sein, und stieß einen Seufzer der Erleichterung aus.

Aber er täuschte sich. Ein paar Tage darauf kam Jane auf ihr Ansinnen zurück.

»Onkel? . . .« interpellierte sie von neuem.

»Ja, meine Liebe? . . .« antwortete Agénor wiederum.

»Wenn George nun doch trotz allem nicht schuldig wäre?«

Agénor glaubte nicht recht gehört zu haben.

»Nicht schuldig? . . .« wiederholte er. »Ach, mein liebes Kind! Da besteht leider kein Zweifel. Verrat und Tod des unseligen George sind historische Tatsachen, für die es an Beweisen nicht fehlt.«

»Welche Beweise sind das?« forschte Jane.

Agénor wiederholte seinen Bericht. Er zitierte die Zeitungsartikel, die amtlichen Verlautbarungen, gegen die niemand Einspruch erhoben hatte. Er wies endlich auf die Abwesenheit des Schuldigen hin, in der er einen deutlichen Beweis seines tatsächlich erfolgten Endes sähe.

»Seines Endes, zugegeben«, hielt ihm Jane entgegen, »aber seines Verrates?«

»Das eine ist die Folge des anderen«, antwortete Agénor, durch soviel Hartnäckigkeit etwas aus dem Text gebracht.

Die Hartnäckigkeit des jungen Mädchens war noch größer, als er vermutete. Oft kam sie von diesem Tage an auf das schmerzliche Thema zurück und setzte Agénor mit immer neu auftauchenden Fragen zu, aus denen man mit Leichtigkeit schließen konnte, daß sie in ihrem Herzen den Glauben an die Unschuld ihres Bruders unangefochten bewahrte.

In diesem Punkt jedoch war Agénor nicht zu überzeugen. Als Antwort auf ihre besten Argumente schüttelte er nur melancholisch den Kopf wie ein Mann, der einer unnützen Diskussion aus dem Wege gehen will; Jane aber spürte sehr wohl, daß er in seiner Meinung nicht erschüttert war.

So stand es auch noch an dem Tage, an dem sie die Geduld verlor und beschloß, ihre Autorität endlich geltend zu machen.

»Onkel? . . .« fing sie auch an diesem Tag wieder an.

»Ja, meine Liebe? . . .« fragte Agénor wie gewöhnlich zurück.

»Ich habe sehr viel nachgedacht, Onkel, und ich bin nun ganz entschieden der Meinung, daß George an dem abscheulichen Verbrechen, das man ihm zur Last legt, unschuldig ist.«

»Aber immerhin, meine Liebe ...« brachte Agénor hervor.

»Es gibt kein ›immerhin‹«, schnitt Jane ihm gebieterisch die Rede ab. »George ist unschuldig, Onkel.«

»Indessen ...«

Mit bebenden Nasenflügeln reckte Jane sich hoch auf.

»Ich sage dir, lieber Neffe«, erklärte sie ihm geradeheraus, »daß mein Bruder George unschuldig ist.«

Agénor wurde klein und kleiner.

»Natürlich, liebe Tante«, gab er demütig zu.

Von da an war Georges Unschuld eine erwiesene Tatsache, die auch Agénor de Saint-Bérain nicht länger anzufechten wagte. Zudem waren Janes Beteuerungen nicht ganz ohne Wirkung an seinem Einsichtsvermögen abgeprallt. Wenn er auch noch nicht ihre schöne Gewißheit teilte, daß der aufrührerische Hauptmann wirklich zu Unrecht beschuldigt worden war, fühlte er sich doch in seiner Überzeugung von der unumstößlichen Gewißheit des Verbrechens immerhin etwas erschüttert.

Während der nächsten Jahre verfolgten Janes Gedanken auch weiterhin ihren Weg im Sinne dieses mehr gefühlsmäßigen als durch Vernunft bestimmten Glaubens. Einen Parteigänger für die Sache, die sie verfocht, gewonnen zu haben, bedeutete zweifellos etwas, aber doch noch nicht sehr viel. Was half es, wenn sie auf der Unschuld ihres Bruders bestand, aber dennoch sie zu beweisen nicht in der Lage war? Diese Beweise indessen – wie sie zusammentragen?

Dadurch, daß sie sich ständig in Gedanken damit beschäftigte, meinte sie schließlich, ein Mittel gefunden zu haben.

»Wir sind uns also vollkommen darüber einig«, sagte sie eines Tages zu Agénor, »daß George das Verbrechen, dessen man ihn beschuldigt, nicht begangen hat.«

»Jawohl, meine Liebe«, gab Agénor zurück, der im übrigen auch nicht mehr überzeugt von dem Gegenteil war.

»Er war zu klug, um eine solche Dummheit zu begehen«, fuhr Jane fort, »und zu stolz, sich derart zu erniedrigen. Er hat sein Land zu sehr geliebt, um es zu verraten.«

»Das liegt auf der Hand.«

»Wir haben Seite an Seite gelebt. Ich kannte seine Gedanken so gut wie meine eigenen. Es gab für ihn nichts Höheres als die Ehre, keine andere Liebe als die, die er für unseren Vater empfand, keinen Ehrgeiz als den, der dem Ruhm seines Vaterlandes galt. Und du willst etwa behaupten, er habe den Plan gefaßt, es zu verraten, sich durch ein Piratenstück zu entehren und damit sich und seine Familie mit Schande zu bedecken, Agénor?«

»Ich! ... Aber ich will gar nichts, Tantchen«, wendete Agénor ein, der es für klüger hielt, diese respektvolle Anrede zu gebrauchen, bevor er erst dazu angehalten wurde.

»Du schaust mich nämlich mit deinen großen runden Augen an, als habest du mich zuvor noch niemals gesehen. Dabei weißt du ganz genau, daß solch ein grauenvolles Projekt niemals in seinem Hirn hätte entstehen können! Du weißt es, also sage es doch!«

»Ich sage es ja, Tante, ich sage es ja.«

»Das würde ich dir auch raten! ... Was diese anderen betrifft, die ein solches Märchen von Anfang bis Ende erfunden haben, so sind es elende Schurken! ...«

»Banditen! ...«

»Sie gehören ins Zuchthaus!«

»Oder an den Galgen!«

»Samt den Zeitungsschreibern, die diese verlogenen Gerüchte verbreitet haben und dadurch die Ursache unserer Verzweiflung und unserer Scham geworden sind!«

»Ja, die Zeitungsschreiber! ... Man sollte sie hängen! ... Oder sie erschießen! ...«

»Du bist also endlich überzeugt?«

»Unbedingt!«

»Im übrigen möchte ich sehen, was geschähe, wenn du in dieser Angelegenheit anderer Meinung wärest als ich!«

»Ich werde mich hüten ...«

»Gott sei Dank! ... Denn sonst, du kennst mich ja, würde ich dich aus meiner Nähe verbannen, und du würdest mich im Leben nie mehr wiedersehen.«

»Der Himmel möge mich bewahren!« rief der arme Agénor aus, durch eine so fürchterliche Drohung aufs tiefste betroffen.

Jane machte eine Pause und sah ihr Opfer von der Seite her an. Zweifellos war sie der Meinung, er habe jetzt den richtigen Punkt erreicht, denn sie setzte ihrer mehr berechneten als aufrichtigen Erregung einen Dämpfer auf und fuhr in ruhigerem Tone fort:

»Es genügt nicht, daß wir beide, du und ich, von Georges Unschuld überzeugt sind. Man müßte, lieber Onkel, sie beweisen können, wie du mir zugeben wirst.«

Bei dieser Anrede hellte Agénors Antlitz sich auf. Offenbar war das Gewitter endgültig vorübergezogen.

»Offenbar«, pflichtete er ihr mit einem Seufzer der Erleichterung bei.

»Ohne das könnten wir laut von allen Dächern verkünden, daß George unschuldig ist – kein Mensch würde uns glauben.«

»Das ist nur leider allzu gewiß, mein armes Kind.«

»Wenn mein Vater – er sogar! – als feststehende Wahrheit ein Gerücht betrachtet, dessen Ursprung er nicht kennt, wenn er vor Kummer und Scham vor unseren Augen vergeht, ohne die grauenhaften Schwätzereien geprüft zu haben, wenn er nicht bei einer solchen Anschuldigung seines Sohnes ausruft: ›Ihr lügt! George ist außerstande, ein solches Verbrechen zu begehen!‹ – Wie könnten wir dann Fremde überzeugen, ohne ihnen unumstößliche Beweise für die Unschuld meines Bruders zu liefern?«

»Das ist klar wie der Tag«, gab Agénor, sich am Kinn kratzend, zu. »Aber das ist es eben ... diese Beweise ... wo soll man sie finden? ...«

»Sicherlich nicht hier ...«

Jane legte eine Pause ein und fuhr dann mit gedämpfter Stimme fort:

»Anderswo, vielleicht.«

»Anderswo? ... Wo denn, mein liebes Kind?«

»Dort, wo das Drama sich zugetragen haben soll. In Koubo.«

»In Koubo! ...«

»Ja, in Koubo. Man müßte zunächst Georges Grab finden, da

er ja nach dem, was berichtet wird, dort gestorben sein soll, und wenn das zutrifft, würde man ja sehen, auf welche Weise er umgekommen ist. Dann müßte man nach Überlebenden des Dramas suchen und sie finden. Die Truppe, die George kommandierte, bestand aus vielen Leuten. Unmöglich können sie alle verschwunden sein. Diese Zeugen müßte man befragen und durch sie endlich die Wahrheit erfahren.«

Janes Antlitz hellte sich, während sie sprach, immer weiter auf. In ihrer Stimme schwang durch nichts zu dämpfende Begeisterung.

»Du hast recht, Mädel«, rief Agénor aus, der ahnungslos in diese Falle tappte.

Jane setzte wieder ihre verstockte Miene auf.

»Also gut!« erklärte sie. »Wenn ich recht habe, muß man also dorthin.«

»Wohin?« fragte Agénor merklich bestürzt.

»Je nun ... nach Koubo, Onkel.«

»Nach Koubo! ... Und wen, zum Teufel, willst du nach Koubo schicken?«

Jane schlang beide Arme um Agénors Hals.

»Dich, mein guter Onkel«, flüsterte sie mit honigsüßer Stimme.

»Mich! ...«

Agénor hatte sich losgemacht. Diesmal geriet er ernstlich in Zorn.

»Du bist ja von Sinnen! ...« fuhr er auf und machte Miene, sich von hinnen zu begeben.

»Nicht so sehr von Sinnen«, entgegnete Jane und trat ihm in den Weg. »Weshalb, erkläre mir bitte, solltest du denn nicht nach Koubo gehen? Du unternimmst doch gern Reisen?«

»Ich verabscheue sie. Einen Zug zu einem festen Zeitpunkt zu besteigen, geht über meine Kraft.«

»Und den Fischfang verabscheust du auch, nicht wahr?«

»Den Fischfang? ... Ich sehe nicht, wieso ...«

»Was würdest du denn zu gebackenen Fischen sagen, die du im Niger geangelt hast? Das wäre doch einmal etwas anderes! Im

Niger sind die Gründlinge so groß wie Haifische, und die Weißbarsche sehen wie Thunfische aus. Verlockt dich so etwas wirklich nicht? ...«

»Das will ich nicht behaupten ... Jedoch ...«

»Beim Angeln könntest du dann die Untersuchung führen, du könntest die Eingeborenen befragen ...«

»Und in welcher Sprache, bitte?« fiel Agénor ihr spöttisch ins Wort. »Ich habe noch nicht gehört, daß diese Burschen da unten englisch sprechen.«

»Deshalb«, entgegnete Jane mit völlig harmloser Miene, »wird es besser sein, wenn man sie auf Bambara fragt.«

»Auf Bambara? ... Und kann ich denn etwa Bambara?«

»Nein. Daher mußt du es lernen.«

»In meinem Alter?«

»Ich, deine Tante, habe es auch gelernt!«

»Du! ... Du sprichst Bambara? ...«

»Gewiß. Hör nur einmal zu: ›Dji lokho a be na.‹«

»Was bedeutet dieses unverständliche Zeug?«

»Das heißt: ›Ich habe Durst‹. Oder: ›Idou, nono i mita.‹«

»Ich muß gestehen, daß ... nono ... mita ...«

»Das bedeutet: ›Komm herein, du kannst Milch bekommen.‹ Oder: ›Koukho be na, Kounou ouarara ute a man doumouni.‹ Versuche es gar nicht erst. Übersetzt bedeutet das: ›Ich habe großen Hunger, ich habe seit gestern abend nichts mehr gegessen.‹«

»Und das müßte man lernen?«

»Das und einiges andere, und noch dazu, ohne Zeit zu verlieren, denn der Tag der Abreise naht.«

»Wie? Der Tag der Abreise? ... Aber ich meinerseits reise nicht! ... Was für eine Idee! ... Nein, ich sehe mich noch nicht einen kleinen Schwatz mit deinen Wilden abhalten.«

Jane schien es aufzugeben.

»Dann gehe ich allein«, erklärte sie in betrübtem Ton.

»Allein! ...« brachte Agénor mit Mühe hervor. »Du willst doch nicht etwa nach ...«

»Nach Koubo gehen? Freilich.«

»Das ist fünfzehnhundert Kilometer von der Küste entfernt!«

»Achtzehnhundert, Onkel.«

»Das heißt den größten Gefahren begegnen! ... Und das ganz allein!«

»Das muß ich ja wohl oder übel, da du nicht mitkommen willst«, entgegnete Jane unbeirrt.

»Aber das ist ja Wahnsinn! Geistige Verwirrung! Delirium tremens!« schrie Agénor, der keinen anderen Ausweg mehr sah, als sich unter heftigem Zuschlagen der Tür zu entfernen.

Als er jedoch am nächsten Tag Jane aufsuchen wollte, ließ diese ihm ausrichten, sie wolle niemanden sehen, und so hielt sie es auch noch in den folgenden Tagen. Agénor war diesem Spiel nicht gewachsen. Nach vier Tagen mußte er die Segel streichen.

Noch dazu war er wie jedesmal, wenn seine junge Tante etwas wünschte, allmählich zu der gleichen Meinung gelangt wie sie. Am Tag nach jenem Gespräch hielt er die zunächst als völlig verrückt erachtete Reise für allenfalls zu bewerkstelligen, am dritten für durchaus durchführbar und am vierten für ein Kinderspiel.

Auf diese Weise vergingen nicht mehr als viermal vierundzwanzig Stunden, bis er Abbitte leistete, seinen Irrtum bekannte und sich für aufbruchsbereit erklärte.

Jane war großmütig genug, ihm nicht noch nachträglich böse zu sein.

»Lerne erst einmal die Landessprache«, sagte sie, während sie ihn auf beide Wangen küßte.

Von da an sah man Agénor nur noch damit beschäftigt, seine Bambaragrammatik durchzuackern.

Bevor sie die Reise antrat, mußte Jane sich indessen der Einwilligung ihres Vaters versichern. Diese Einwilligung erhielt sie leichter, als sie zu hoffen wagte. Kaum hatte sie ihm ohne Erwähnung irgendwelcher Einzelheiten ihre Absicht unterbreitet, eine Reise zu unternehmen, als dieser schon durch eine Gebärde seine Zustimmung kundtat, um alsbald wiederum in düstere Traurigkeit zu versinken. Hatte er auch nur gehört, was sie sagte? Allem Anschein nach gab es hienieden nichts mehr, was ihn interessierte.

Nachdem von dieser Seite her kein Einspruch zu erwarten war, begannen Jane und Agénor mit ihren Reisevorbereitungen. Zu diesem Zeitpunkt ahnten sie noch nicht, welche Unterstützung für sie die Barsac-Expedition bedeuten würde. Sie handelten also ganz so, als müßten sie allein und völlig aus eigenen Kräften diesen recht gewagten Ausflug von drei- bis viertausend Kilometern in die Wege leiten.

Seit mehreren Jahren schon hatte Jane die Geographie der Gegenden, die sie zu durchmessen gedachte, sorgfältig studiert. Die Werke von Flatters, von Dr. Barth, die des Hauptmanns Binger und des Obersten Monteil hatten sie über die betreffende Region und ihre Bewohner grundlegend informiert. Sie hatte auch auf diesem Wege gelernt, daß man, wofern man eine Forschungsreise ›mit bewaffneter Hand‹ ausrüstete, das heißt mit einem imposanten Gefolge von drei oder vier Freiwilligen, die man mit Waffen ausstatten, ernähren und bezahlen müßte, sich nicht nur in erhebliche Kosten stürzen, sondern auch noch Schwierigkeiten mit den kriegerischen Völkern gewärtigen müßte, die sich einem mit Gewalt erzwungenen Durchzug mit ebensolcher Gewalt widersetzen würden.

Hauptmann Binger erklärt, daß die Eingeborenen, wenn sie es wollen, eine Expedition immer am Durchzug hindern werden, sei es, indem sie angreifen, sei es, indem sie vor einer eine verbrannte Erde schaffen und sie dadurch zwingen, aus Mangel an Lebensmitteln den Rückzug anzutreten.

Stark beeindruckt durch diesen Hinweis hatte Jane sich für eine friedliche Forschungsreise entschieden: wenig sichtbare Waffen, einige ergebene, zuverlässige Männer und als ›nervus rerum‹ in diesem Fall nicht nur Geld, sondern auch Geschenke an die Adresse der Dorfhäuptlinge und ihrer Untergebenen.

Nachdem sie sich Leinenkleidung für die trockene Jahreszeit und solche aus derber Wolle für die Regenperiode hatten anfertigen lassen, verstauten Jane und Agénor diese in leichte Koffer, deren Zahl sie auf das strikt Notwendige beschränkten. Dann ließen sie die für die Eingeborenen bestimmten Geschenke verpacken: schlechte, veraltete Gewehre, lebhaft gefärbte, buntgemusterte bedruckte Stoffe, Tücher aus Seide und Baumwolle, Glasperlen, Näh- und Stecknadeln, Kurzwaren, Galanteriewaren, Borten, Knöpfe, Bleistifte und dergleichen, kurz den gesamten Plunder, den ein Basar zu bieten hat.

Sie würden auch eine kleine Reiseapotheke, Waffen, Feldstecher, Kompasse, Zeltbahnen, einige Reisebeschreibungen und Wörterbücher, die neuesten Karten des Landes, eine Küchenausrüstung, verschiedene Toilettenartikel, Tee, Lebensmittel, mit einem Wort einen sorgfältig ausgewählten Bestand der Dinge mit sich führen, die man für einen langen Aufenthalt im Busch, fern von jedem Versorgungszentrum, unabweisbar benötigt.

Auch ein Etui aus Metall gehörte dazu, dessen Nickeldecke in der Sonne blitzte und das eine ganze Auswahl von Angelruten, Schnüren und Haken in ausreichender Menge enthielt, um ein halbes Dutzend Angler damit auszustatten. Das war Agénors Spezialgepäck.

Tante und Neffe – oder Onkel und Nichte, wenn man will – waren übereingekommen, sich nach Liverpool zu begeben und sich dort auf einem Dampfer der White-Star-Linie nach der Küste Afrikas einzuschiffen. Ihre erste Absicht war gewesen, von British-Gambia aus aufzubrechen. Da sie jedoch während einer Ruhepause in Saint-Louis erfahren hatten, daß in Konakry eine französische Expedition erwartet wurde, die einer der ihren entsprechenden Reiseroute folgen würde, beschlossen sie, sich den Landsleuten Saint-Bérains anzuschließen.

Gegen Ende September expedierten sie ihre zahlreichen Gepäckstücke nach Liverpool, und am 2. Oktober nahmen sie ihre letzte Mittagsmahlzeit zu zweit – da Lord Buxton seine Gemächer nicht mehr verließ – in dem großen Speisezimmer von Glenor Castle ein. Diese letzte Mahlzeit verlief schweigsam und traurig. Wie groß auch die Aufgabe war, die Jane Buxton auf sich genommen hatte, mußte sie doch unwillkürlich daran denken, daß sie dieses Schloß, die Wiege ihrer Kindheit und Jugend, vielleicht niemals wiedersehen und daß bei ihrer Rückkehr, wenn je sie zurückkehren sollte, ihr alter Vater am Ende nicht mehr da sein würde, um sie in die Arme zu schließen.

Diese letzte Mahlzeit verlief schweigsam und traurig.

Und dennoch geschah es um seinetwillen, daß sie dieses an Gefahren und Mühen so reiche Abenteuer unternahm. Um seiner in Trostlosigkeit sich verzehrenden Seele ein wenig Freude zurückzugeben, wollte sie sich bemühen, dem Namen wieder sein altes Ansehen zu verschaffen und das väterliche Wappen von dem Makel zu befreien, mit dem es besudelt war.

Als die Stunde des Aufbruchs nahte, ließ Jane ihren Vater um die Erlaubnis bitten, von ihm Abschied zu nehmen. Sie und Agénor wurden in das Schlafgemach des alten Mannes geführt. Dieser saß an einem hohen Fenster, von dem aus man die Landschaft überblickte. Sein starrer Blick schien in der Ferne verloren, als erwarte er, jemanden erscheinen zu sehen. Wen wohl? George, seinen Sohn, George, den Verräter?

Als er seine Tochter eintreten hörte, wendete er langsam den Kopf, und sein erloschener Blick erhellte sich, doch nur für einen kurzen Moment, dann sanken die Lider wieder herab, und das Antlitz nahm den gewohnten undurchdringlichen Ausdruck an.

»Leb wohl, lieber Vater«, murmelte Jane, die ihre Tränen zurückhielt. Lord Glenor antwortete nicht. Er erhob sich von seinem Stuhl, reichte seiner Tochter die Hand, zog sie dann sanft an seine Brust und drückte einen Kuß auf ihre Stirn.

Aus Furcht, in Tränen auszubrechen, entzog sich Jane jäh seiner Umarmung und verließ eilends das Gemach.

Der Greis ergriff darauf die Hand Saint-Bérains, drückte sie kräftig und wies, als wolle er seinen Schutz für seine Tochter erbitten, auf die Tür, durch die Jane hinausgeeilt war.

»Verlasse dich auf mich«, murmelte Agénor.

Sofort nahm Lord Buxton wieder seine vorige Haltung ein. Sein Blick verlor sich von neuem in der Weite, während Saint-Bérain sich tief bewegt entfernte.

Im Hof des Schlosses erwartete die Reisenden ein Wagen, der sie zu dem etwa zwei Meilen entfernten Bahnhof von Uttoxeter bringen sollte.

»Wohin fahren wir?« fragte beim Einsteigen der unverbesserliche Agénor, der in der Verwirrung, in der er sich nach seinem Besuch bei Lord Glenor befand, überhaupt nicht mehr wußte, weshalb man das Schloß verließ.

Jane begnügte sich mit einem Achselzucken, und dann fuhren sie ab.

Kaum aber hatten sie fünfhundert Meter zurückgelegt, als Monsieur de Saint-Bérain plötzlich in ungewohnte Aufregung geriet. Er konnte kaum sprechen, sondern stammelte nur.

»Mein Etui! ... Mein Angelgerät! ...« rief er mit herzzerreißender Stimme aus.

Sie mußten umkehren und zum Schloß zurückfahren, um das berühmte Etui zu holen, das der Zerstreute vergessen hatte, wodurch sie eine gute Viertelstunde verloren. Als sie auf dem Bahnhof ankamen, war der Zug schon eingefahren. Die Reisenden hatten nur gerade noch Zeit einzusteigen, worauf Agénor nicht ohne einen Anflug von Selbstgefälligkeit die Feststellung machte:

»Dies ist genau das zweite Mal in meinem Leben, daß ich meinen Zug nicht versäume.«

Jane mußte durch ihre Tränen hindurch, denen sie jetzt freien Lauf ließ, unwillkürlich lächeln.

So begann diese Fahrt, die für die beiden Entdeckungsreisenden Überraschungen bereithielt, von denen sie im entferntesten nichts ahnten. Hätte Jane sie wohl unternommen, wenn sie gewußt hätte, was in ihrer Abwesenheit sich ereignen sollte? Hätte sie ihren unglücklichen Vater verlassen, wenn sie auch nur im mindesten hätte vermuten können, welch ein Schlag ihn treffen sollte, während sie ihr Leben einsetzte, um ihn vor Verzweiflung zu retten?

Nichts aber konnte Jane die Tragödie voraussehen lassen, die sich in den Büros der Central Bank abspielen, oder die ehrenrührige Anschuldigung, die gegen ihren Bruder Lewis erhoben werden sollte. So verließ sie ihren Vater gerade in dem Augenblick, in dem er ihre Hilfe am allernötigsten brauchte.

Von einem übereifrigen Diener überbracht, erreichte die Nachricht von dem Verschwinden Lewis-Robert Buxtons Lord Glenor an dem auf das Verbrechen in der Old Broad Street folgenden Morgen, das heißt am 1. Dezember. Der Schock traf ihn brutal wie ein Keulenschlag. Dieser makellose Sproß einer Ahnenreihe von Helden, dieser leidenschaftliche Verfechter des Kults der Ehre, mußte nun in so kurzem Abstand erfahren, daß von seinen beiden Söhnen der eine ein Verräter, der andere ein Dieb war.

Der unglückliche Greis gab ein ersticktes Stöhnen von sich, führte die Hände an die Kehle und sank wie leblos zu Boden.

Alles bemühte sich um ihn. Man hob ihn auf und wendete jede nur mögliche Sorgfalt an, bis er die Augen aufschlug.

Der Blick dieser Augen sollte von da an das einzige Zeichen dafür sein, daß aus diesem gemarterten Herzen das Leben noch nicht vollends entwichen war. Wenn er auch lebte, war doch sein von Lähmung befallener Körper von nun an zu beständiger Reglosigkeit verdammt. Doch offenbar war das noch nicht genug, um die Grausamkeit des Schicksals endlich zu erschöpfen. In diesem für alle Zeiten unbeweglichen Leib war das Gehirn vollkommen hellsichtig geblieben. Ohne Gefühl, stumm und bewegungsunfähig d a c h t e Lord Buxton noch!

Infolge des Unterschiedes der Längengrade war aber gerade der Augenblick, in dem Lord Buxton leblos zu Boden sank, der gleiche, in dem Jane Buxton mit Unterstützung von Hauptmann Marcenay sich in den Sattel schwang, auf dem Weg über die Brücke, die Konakry mit dem Festland verbindet, tatsächlich ihre Forschungsreise begann und die ersten Schritte in das Dunkel des geheimnisvollen Schwarzen Erdteils tat.

IV. Ein Artikel der ›Expansion française‹

Am 1. Januar wurde den Lesern der ›Expansion française‹ als Neujahrsgabe der folgende Artikel beschert, dessen Überschrift durch dicken Druck hervorgehoben war und den sie der zuweilen etwas von Phantasie gelenkten – wenn jemand eine Reise tut, dann kann er viel erzählen! – Feder ihres fingerfertigen Reporters Amédée Florence verdankten, dessen hier und da etwas reichlich familiären Tonfall man verzeihen möge:

Die Expedition Barsac
(Depesche unseres Spezialkorrespondenten)

Die Expedition bekommt Junge. – Wir brechen auf. – Der Eselsfußtritt. – Eine schwarze Mahlzeit. – Siehst du den Mond dort stehen? – Zuviel Regenwürmer. – Modische Eleganz im Busch. – Weiterer Zuwachs.

Im Busch, 1. Dezember. – Wie ich Ihnen bereits in meiner letzten Depesche berichtete, sollte die Expedition Barsac sich heute, am 1. Dezember, um sechs Uhr morgens in Bewegung setzen. Zur genannten Stunde waren wir alle bereit, darunter auch zwei Freiwillige, die noch zu den bereits bekannten acht – teils offiziellen, teils offiziösen – Mitgliedern hinzugekommen sind. Das eine dieser freiwilligen Mitglieder ist eine wahrhaft bezaubernde junge Dame, eine Französin, die in England aufgewachsen ist und von dort einen äußerst reizvollen angelsächsischen Akzent mitbringt. Ihr Name ist Mademoiselle Jane Mornas. Der andere Freiwillige, ihr Onkel – wofern er nicht vielmehr ihr Neffe ist, ich habe mich mit ihrem Verwandtschaftsverhältnis nicht ganz zurechtfinden können – heißt Agénor de Saint-Bérain. Er ist unbestreitbar ein Original, dessen in Konakry schon sprichwörtlich gewordene Zerstreutheit uns noch manches Amüsement erhoffen läßt.

Mademoiselle Mornas und Monsieur de Saint-Bérain reisen zu ihrem Vergnügen. Ich würde gegen alle Regeln der Galanterie verstoßen, wenn ich nicht hinzusetzte: und auch zu dem unseren. Sie führen zwei Negerbediente mit sich, ehemalige Senegalschützen, die ihnen als Führer dienen sollten, weniger wohl als Dolmetscher, denn unsere beiden Globetrotter sprechen mehr als ausreichend Bambara und noch verschiedene sonstige Dialekte der Länder, die wir bereisen werden, Mademoiselle Mornas zumal hat eine ganz eigene Art, einen mit einem I n i - t i é (Guten Tag) zu begrüßen! ... Das möge genügen!

Monsieur Barsac hat sich das Wort gemerkt und wiederholt es bei jeder Gelegenheit, doch hat es aus seinem Munde nicht mehr den gleichen Charme.

An diesem 1. Dezember also hatten wir alle uns um fünf einhalb Uhr in der Frühe auf dem großen Platz von Konakry vor der Residenz eingefunden.

Wie ich zuvor schon dargelegt habe, wünschte Monsieur Barsac sich eine so ausgesprochen friedliche Expedition, daß er sie streng zivil halten wollte. Noch ebenso optimistisch wie auf der Tribüne der Kammer, meinte er, nur mit einem Olivenzweig in der Hand vor die einheimische Bevölkerung treten zu müssen, um, immer dem Lauf des Niger folgend, etwas wie einen Gesundheitsspaziergang von Konakry nach Kotonou machen zu können. Das war auch die Vorstellung von Mademoiselle Mornas, die durch zu große Machtentfaltung die Eingeborenen zu erschrecken fürchtete.

Die Partei Barsac-Mornas stieß jedoch auf den Widerstand der Partei Baudrières. Der beigeordnete Chef der Expedition – einer, den man nicht so leicht lächeln sieht! – entwarf ein düsteres Bild von den Gefahren, in die wir uns begaben, sprach von der Würde einer von zwei Repräsentanten des französischen Volkes geleiteten Unternehmung, von dem Ansehenszuwachs, den sie durch eine aus regulären Truppen bestehende Begleitmannschaft erfahren würde, und wurde zu unserem Staunen in seiner Auffassung von dem Gouverneur, Monsieur Valdonne, unterstützt. Ohne in Frage zu stellen, daß die französische Infiltration in weitem Ausmaß den schwarzen Kontinent befriedet habe, wiederholte dieser, was der Kolonialminister, Monsieur Chazelle, schon von der Kammertribüne aus vorgetragen hatte. Monsieur Valdonne sagte uns, gewisse mysteriöse oder doch wenigstens unerklärliche Tatsachen legten die Befürchtung nahe, daß sich ein Aufstand vorbereitete. Es sähe so aus, als ob seit etwa zehn Jahren und auch noch in jüngster Zeit, besonders in der Region von Niger, Say und Djenne ganze Dörfer verlassen und ihre Einwohner verschwunden, andere Niederlassungen sogar geplündert und niedergebrannt seien, man wisse nicht, von wem. Alles in allem liefen zum mindesten Gerüchte um, die einen glauben machten, irgend etwas – keiner wisse recht, was – bahne sich im Dunkeln an.

Elementarste Vorsicht zwinge demgemäß die Expedition Barsac, sich mit einem bewaffneten Geleitschutz zu versehen. Zur großen Genugtuung von Monsieur Baudrières setzte diese Meinung sich durch. Monsieur Barsac muß sich also darein ergeben, sich der Bewachung durch Hauptmann Marcenay und seine zweihundert Reiter zu fügen.

Um sechs Uhr ist alles bereit. Der Zug wird nach Anleitung eines Negers zusammengestellt, der schon mehrfach die Strecke von Konakry nach Sikasso zurückgelegt hat und uns als Führer dienen soll. Er heißt Moriliré. Er ist ein hochgewachsener Bursche, ehemaliger ›dougoukoussadigui‹ (Offizier) Samorys. Er trägt eine Hose aus Kattun und einen alten Waffenrock der Kolonialinfanterie mit abgewetzten, verschmutzten Goldlitzen. Seine Füße sind nackt, seinen Kopf jedoch bedeckt ein mit einem fabelhaften Federbusch in den Farben der Trikolore geschmückter Helm aus Leinwand, die früher einmal weiß gewesen ist. Als Abzeichen seiner Funktion trägt er einen kräftigen Knüttel bei sich, der ihm zu besserem Verständnis seiner Anordnungen bei Trägern und Eseltreibern verhelfen soll.

Gleich hinter ihm hat Mademoiselle Mornas, umrahmt von

Monsieur Barsac und Hauptmann Marcenay, ihren Platz. Sieh da! Sie scheinen nicht unempfänglich für die Reize der jungen Dame zu sein. Wetten, daß sie im Verlauf der Reise an Galanterie sich gegenseitig überbieten werden? Nun, Ihre Leser können gewiß sein, daß ich sie hinsichtlich der Peripetien dieses Wettstreits auf dem laufenden halten werde.

Monsieur Baudrières folgt dieser ersten Gruppe im Abstand von einer Pferdelänge – (habe ich gesagt, daß wir alle beritten sind?) –, aber sein strenger Blick scheint zu mißbilligen, daß sein Kollege derart deutlich zeigt, wie großen Eindruck auf ihn unsere liebenswürdige Mitreisende macht. Verstohlen sehe ich mir unseren Zweitchef an. Wie mager er ist! Wie kalt! Wie traurig er wirkt! . . . Nein, wahrhaftig: von Lachen keine Ahnung!

Drei Schritte hinter dem ehrenwerten Abgeordneten des Departements Nord folgen die Herren Heyrieux, Poncin und Quirieu, dann Dr. Châtonnay und der Geograph, Monsieur Tassin, die – schon! – über Ethnographie diskutieren.

Der Troß im eigentlichen Sinne wird ihnen folgen. Er besteht aus fünfzig von fünfundzwanzig Treibern geleiteten Eseln und fünfzig Trägern, von denen zehn speziell von Mademoiselle Mornas und Monsieur de Saint-Bérain angeworben sind. Die Flanken werden von Hauptmann Marcenays Reitern gedeckt. Was Ihren gehorsamen Diener betrifft, so behält er sich vor, an der Kolonne von dem einen Glied zum anderen entlangzugaloppieren.

Tchoumouki und Tongané, die beiden Diener von Mademoiselle Mornas, bilden die Nachhut.

Punkt sechs Uhr wird das Signal zum Aufbruch gegeben. Die Kolonne setzt sich in Bewegung. In diesem Augenblick wird auf der Residenz – Verzeihung! um das Lokalkolorit zu wahren, müßte ich sagen: auf dem Hause des Gouverneurs – die Trikolore gehißt, während besagter Gouverneur uns von seinem Balkon herab einen letzten Gruß zukommen läßt. Mit Trompeten und Trommeln gibt die nach Konakry abkommandierte Kolonialinfanterieabteilung Signal zum Abrücken. Wir heben grüßend die Hüte. In diesem Augenblick wird einem tatsächlich fast ein bißchen feierlich zumute, und – lachen Sie, wenn Sie wollen – meine Augen werden feucht, ich gestehe es offen ein.

Warum muß diese gehobene Stimmung durch einen lächerlichen Zwischenfall eine Trübung erfahren?

Saint-Bérain? Wo ist Saint-Bérain! Man hat Saint-Bérain vergessen. Man sucht nach ihm, man ruft ihn. Ringsum wirft das Echo den Klang seines Namens zurück. Saint-Bérain antwortet nicht.

Man beginnt, einen Unfall zu befürchten. Mademoiselle indessen zeigt keinerlei Besorgnis, woraufhin auch wir uns beruhigen.

Nein, besorgt ist Mademoiselle Mornas nicht. Aber sie ist wütend, und wie!

»In drei Minuten bin ich mit Monsieur de Saint-Bérain zur Stelle«, erklärt sie mit zusammengebissenen Zähnen.

Sie sprengt davon.

Vorher aber hat sie sich noch rasch Zeit genommen, sich nach mir umzuwenden. »Monsieur Florence? ...« sagt sie mit einer Bitte im Blick, die ich sehr wohl verstand. Deshalb gebe ich auch meinem Pferd die Sporen und bin im Nu an ihrer Seite.

Im gestreckten Galopp sind wir sofort an dem nach der offenen See zu gelegenen Meeresufer – Sie wissen ja zweifellos, daß Konakry auf einer Insel liegt –, und was sehe ich da? ...

Monsieur de Saint-Bérain. Ja, meine Herrschaften, Saint-Bérain, wie er leibt und lebt, in Fleisch und Blut, so wie Sie und ich.

Was kann er da wohl machen? ... Um das zu ermitteln, verhalten wir einen Augenblick den Schritt.

Monsieur de Saint-Bérain hat sich behaglich im Ufersand niedergelassen und scheint gar nicht zu ahnen, daß er eine offizielle Expedition auf sich warten läßt. Er plauscht freundlich mit einem Neger, der ihm Angelhaken zeigt – vermutlich von einer in Europa unbekannten Form – und dazu wortreiche Erklärungen abgibt. Dann stehen beide auf und lenken ihre Schritte zu einem Boot, das halb auf den Strand gezogen daliegt und in das der Neger steigt ... Ja, um Gottes willen! Sieht es nicht ganz so aus, als ob Monsieur de Saint-Bérain das gleiche zu tun gedenkt?

Doch dazu kommt er nicht mehr.

Er plauscht freundschaftlich mit einem Neger, der ihm Angelhaken zeigt.

»Neffe Agénor!« ruft plötzlich Mademoiselle in strengem Ton.

(Offenbar also ihr Neffe.)

Dieser Anruf genügt. Monsieur de Saint-Bérain dreht sich um und sieht vor sich seine Tante, denn eine solche ist sie ja offenbar. Man muß annehmen, daß dieser Anblick sein Gedächtnis auffrischt, denn nun stößt er seinerseits verzweifelte Rufe aus, hebt die Arme gen Himmel, wirft seinem Negerfreund eine Handvoll Münzen zu, bemächtigt sich dafür einer Menge von Angelhaken, die er, wie es gerade kommt, in seine Taschen stopft, und eilt uns, so schnell er kann, entgegen.

Er wirkt so komisch, daß wir laut lachen müssen. Mademoiselle Mornas entblößt bei dieser Gelegenheit eine Doppelreihe blendendweißer Zähne. Blendend, ich bestehe auf dem Wort.

Wir machen kehrt, und Monsieur de Saint-Bérain trottet neben unseren Pferden her. Mademoiselle Mornas hat aber Mitleid mit dem Armen.

»Lauf doch nicht so, Onkel«, sagt sie liebevoll zu ihm, während sie ihr Reittier in Schritt verfallen läßt. »Du gerätst ja in Schweiß.«

(Also doch ihr Onkel? ... Oh, mein armer Kopf!)

Wir stoßen wieder zu unserer Karawane, wo wir mit ironischen Mienen empfangen werden. Monsieur de Saint-Bérain gibt sich mit solchen Kleinigkeiten nicht ab. Er scheint nur erstaunt zu sein, daß auf diesem Platz hier so viele Leute versammelt sind.

»Habe ich mich etwa verspätet?« fragt er in aller Harmlosigkeit.

Da muß die ganze Kolonne lachen, und Monsieur de Saint-Bérain stimmt in die allgemeine Heiterkeit mit ein. Ich muß sagen, er gefällt mir, dieser Sonderling.

Aber noch waren wir nicht fort.

In dem Augenblick, als Monsieur de Saint-Bérain sich herunterbeugt, um als der gute Reiter, der er ist, den Sattelgurt zu prüfen, will das Pech, daß sein Angeletui, das er um die Schulter gehängt trägt, die Flanke eines der Esel berührt. Das Tier war empfindlich. Es versetzte dem unseligen de Saint-Bérain einen Stoß, der ihn in den Staub beförderte.

Man eilte ihm zu Hilfe. Doch unser Original war bereits auf den Beinen.

»Das sehr gut! ... Mossié viel Glück«, sagte Tongané zu ihm. »Wenn Bien sticht oder Pferd Fußtritt gibt, große Reise viel gut.«

Ohne zu antworten sprang Monsieur de Saint-Bérain, nachdem er sich energisch vom Staub befreit hatte, in den Sattel, und der Zug konnte endlich sich in Bewegung setzen.

Inzwischen war die Sonne aufgegangen, und ihre ersten Strahlen erhellten fröhlich unseren Weg.

Der, den wir verfolgten, nachdem wir die Brücke überschritten hatten, die Konakry mit dem Festland verbindet, war ziemlich gut. Es handelt sich dabei um eine richtige, fünf bis sechs Meter breite Straße, auf der sehr wohl ein Wagen an uns hätte vorbeifahren können. Wir folgten ihr bis Timbo, das heißt über eine Strecke von nahezu fünf Kilometern hin. Bis Timbo wenigstens hatten wir also keine materielle Schwierigkeit zu gewärtigen.

Zudem war das Wetter schön, die Temperatur angenehm – kaum 17 Grad im Schatten – und wir brauchten uns nicht vor den schrecklichen Tropenregen zu fürchten, deren Zeit jetzt vorüber war.

Also was will man mehr! Alles steht zum besten in der besten aller Welten.

Gegen zehn Uhr überquerten wir mittels einer Brücke einen Wasserlauf, von dem Monsieur Tassin uns sagte, er sei ein Zufluß der Manea oder der Morebayah, sofern er nicht einer von diesen beiden Flüssen selber war. Noch zu dieser Stunde leben wir, was diese Frage angeht, in grausamer Ungewißheit.

Im übrigen ist das Überqueren von Flüssen das tägliche Brot in diesem Teil Afrikas. Es vergeht sozusagen kein Tag, an dem man nicht einen oder mehrere überqueren muß. Wir wollen uns also darauf einigen, daß ich, da ja meine Artikel kein Geographiekursus sein sollen, diesen Vorgang nicht mehr erwähnen werde, es sei denn, daß er auf die eine oder andere Weise aus dem Rahmen des Üblichen fällt.

In der Umgebung von Konakry verläuft die Straße fast gradlinig innerhalb einer wenig gegliederten Landschaft. Sie wird von ganz gut bestellten Äckern eingefaßt. Maisfelder wechseln mit solchen ab, auf denen man Hirse zieht, dazwischen taucht hier und da eine Baumgruppe auf: Baumwollstauden, Pisang- und Papayabäume. Man stößt auf vereinzelte, ganz unbedeutende Dörfer, denen Monsieur Tassin mit großer Bestimmtheit Namen anheftet, die ich für ausschließlich seiner Phantasie entsprungen halte. Für uns aber ist das ja ganz dasselbe, als wenn sie authentisch wären.

Da gegen zehn Uhr die Hitze zunimmt, befiehlt Hauptmann Marcenay, eine Rast einzulegen. Wir haben seit Konakry etwa zwanzig Kilometer zurückgelegt – eine schöne Leistung. Wir werden also zu Mittag essen und ruhen, dann, nach einer neuen Erfrischung, gegen fünf Uhr nachmittags wieder starten, und gegen neun Uhr abends unser Nachtlager aufschlagen.

Da dieses Programm das jedes Tages sein wird, komme ich nicht darauf zurück. Im übrigen schicke ich gleich voraus, daß es nicht meine Absicht ist, Ihre Leser mit kleinen Vorkommnissen unseres Reisewegs zu langweilen. Ich sehe die Dinge von höherer Warte und werde der Nachwelt nur die in irgendeiner Hinsicht bemerkenswerten Tatsachen überliefern.

Den Rastplatz hat Hauptmann Marcenay wirklich gut gewählt. Wir lagern uns im Schatten eines Wäldchens, das uns vor der Sonnenglut hinlänglich schützen wird. Während die Soldaten sich in die Büsche schlagen, lassen wir – unter ›wir‹ verstehe ich die Mitglieder der Expedition, Mademoiselle Mornas, den Hauptmann, Monsieur de Saint-Bérain und Ihren gehorsamen Diener – uns auf einer freundlichen Lichtung nieder. Ich biete meiner Gefährtin ein Kissen an, doch Hauptmann Marcenay und Monsieur Barsac sind mir bereits zuvorgekommen und haben jeder einen Faltstuhl herbeigebracht. Peinliche Verlegenheit! Mademoiselle Mornas weiß nicht, welchen sie wählen soll. Schon sehen der Hauptmann und der Leiter der Expedition einander etwas schief an. Mademoiselle Mornas stellt indessen den Frieden zwischen ihnen wieder her, indem sie sich auf mein am Boden liegendes Kissen setzt. Die beiden Schwerenöter werfen mir böse Blicke zu.

Monsieur Baudrières sitzt abseits auf einem kleinen Grashaufen inmitten einer Gruppe, die aus denen besteht, die ich die ›Neutralen‹ nenne. Es sind die Abgesandten der mehr oder weniger zuständigen Ministerien, die Herren Heyrieux, Quirieu und Poncin.

Dieser letztere, der beachtlichste der drei, hatte sich seit unserem Aufbruch unaufhörlich Notizen gemacht. Ich weiß allerdings nicht, was für welche es, zum Kuckuck, waren. Wenn er eine weniger ›offizielle‹ Persönlichkeit wäre, so würde ich anzudeuten wagen, daß er aufs erstaunlichste den Typ des Monsieur Prud'homme verkörperte, aber seine Bedeutung liegt mir ›mit dem Gewicht eines Stiers auf der Zunge‹, wie der alte Homer es ausgedrückt haben würde. Was für eine Stirn! Mit einer solchen Stirn ist man entweder fabelhaft gescheit oder unbeschreiblich dumm. Dazwischen gibt es nichts. In welche dieser beiden Kategorien gehört wohl Monsieur Poncin? Näherer Umgang mit ihm lehrt es mich bestimmt.

Dr. Châtonnay und Monsieur Tassin, die ich mit jenen Zwergpapageien vergleichen möchte, die man ›Inséparables‹ (Unzertrennliche) nennt, richten sich unter einem Feigenbaum häuslich ein. Sie breiten auf dem Boden ihre Karten aus. Ich kann nur in ihrem Interesse hoffen, daß das nicht ihre einzige Nahrung sein soll!

Moriliré, der ganz entschieden ein findiger Bursche ist, läßt mitten in unserer Gruppe einen Tisch aufstellen und sodann eine Bank, auf die ich mich so setze, daß auch für Monsieur de Saint-Bérain Platz bleibt.

Monsieur de Saint-Bérain jedoch ist gar nicht da. Er ist auch nicht anderswo. Monsieur de Saint-Bérain ist niemals da!

Moriliré stellt einen Feldherd auf. Mit Hilfe von Tschoumouki und Tongané wird er für uns kochen, denn es ist beschlossen worden, die aus Europa mitgebrachten Konserven und sonstigen Vorräte so wenig wie möglich anzugreifen, sie vielmehr für die, wie man hofft, seltenen Fälle aufzusparen, in denen nicht das Land selbst uns in ausreichender Menge frische Lebensmittel liefert.

Moriliré hat in Konakry Fleisch gekauft. Er zeigt es uns.

»Ich werden machen gutes Ragout aus s a d é (Lammfleisch), zart wie ein kleines Kind«, sagt er.

Zart wie ein kleines Kind! Bei diesem Vergleich überläuft es uns kalt. Sollte Moriliré schon einmal Menschenfleisch gekostet haben? Wir fragen ihn. Er antwortet heuchlerisch, er selber habe es nie gegessen, doch habe er seinen Wohlgeschmack rühmen hören. Hmhm! . . .

Unser erstes Mahl erinnert in keiner Weise an die Menüs des Café Anglais, ist aber deshalb nicht weniger ausgezeichnet. Man sage selbst: Gegrillte Hammelkoteletts mit Hirsebrei und Schibutter, Salat aus Palmenmark, Maiskuchen, Feigen, Bananen und Kokosnüsse. Als Getränk gibt es klares Wasser aus einer Quelle, die zu unseren Füßen fließt, und für Liebhaber dieses Getränkes Palmwein.

Diesen verschiedenen Gerichten ging eine Vorspeise voraus, die unser Küchenchef nicht vorgesehen hatte. Aber greifen wir nicht vor, wie es in wohlangelegten Romanen heißt.

Während Moriliré und seine beiden Gehilfen die angekündigte Mahlzeit für uns vorbereiten, gibt uns Dr. Châtonnay, der sich wieder zu uns gesellt hat, zu diesem Thema Erklärungen ab, die ich als technische Erläuterungen qualifizieren möchte.

»Über das Lamm«, sagt er, »brauche ich nicht sprechen, Sie wissen da so gut Bescheid wie ich. Die Hirse, die dazu gereicht werden soll, ist wie der Weizen eine Getreideart. Mit Karite- oder Schibutter vermischt – der Baum, der sie liefert, trägt beide Namen – ergibt es eine ganz annehmbare Masse, vorausgesetzt, daß die Butter frisch ist. Diese Butter wird aus einer nuß- oder kastanienähnlichen Frucht jenes Baumes durch mehrfaches Mahlen und Verflüssigen gewonnen, und schließlich reinigt man sie, indem man sie ein letztes Mal zum Schmelzen bringt und, während sie noch kocht, ein paar Tropfen kaltes Wasser hinzufügt. Es wird dann etwas recht Ordentliches daraus.«

»Sie wissen wirklich alles, Doktor«, bemerkt bewundernd Mademoiselle Mornas.

»O nein, Mademoiselle, aber freilich habe ich viel gelesen, vor allem das bewundernswerte Werk von Hauptmann Binger. Dank ihm bin ich auch in der Lage, Sie darüber zu belehren, woraus dieser Salat besteht. Bei dem Baum, der ›rônier‹ (Raphia?) heißt, gibt es männliche und weibliche Exemplare. Die männlichen bringen keine Früchte hervor, liefern jedoch ein außergewöhnlich festes Holz, das den Vorteil hat, im Wasser nicht zu faulen und unangreifbar für Termiten zu sein. Die weibliche Pflanze beschert uns angenehm schmeckende Früchte. Die Blätter lassen sich zu verschiedenem verwenden: zum Decken von Hütten, für die Herstellung von Fächern, Matten und Tauwerk. Man kann es sogar als Schreibpapier verwenden. Fürwahr ein nützliches Gewächs! ... Was den Salat betrifft, so liefert ihn das Mark eines jungen Baumes im genau richtigen Alter ...«

Ich falle ihm ins Wort.

»Das klingt ja wie ein Liebesgedicht, weiß Gott!«

Der Doktor hat die Güte, mir ein Lächeln zu schenken.

»Das Ende meiner Rede«, fährt er fort, »wird weniger poetisch sein. Manchmal legt man dieses Mark in Essig ein, und was man daraus macht, sind ... Garniergürkchen!«

Soweit war dieser hervorragende Gelehrte mit seinen wissenschaftlichen Erklärungen gediehen, als Schreie, die aus dem Walde kamen, unsere Aufmerksamkeit in Anspruch nahmen. Wir erkannten sofort die Stimme dessen, der sie ausstieß.

Man kann sicher wetten, daß Ihre Leser, wenn man ihnen die einfache Frage vorlegte: ›Wem gehörte diese Stimme?‹ sofort einmütig antworten würden: ›Wem denn wohl! Natürlich Monsieur de Saint-Bérain!‹

Ihre Leser täuschen sich nicht. Tatsächlich war Monsieur de Saint-Bérain derjenige, der nach Hilfe verlangte.

Von Hauptmann Marcenay und Monsieur Barsac begleitet, beeilte ich mich, seinem Ruf zu folgen. Wir trafen ihn in einer Wasserlache an, er steckte bis zum Gürtel im Morast.

Wir zogen ihn aufs Trockene.

»Wie sind Sie denn in diesen Morast geraten oder in diesen ›marigot‹, um den landesüblichen Ausdruck zu gebrauchen?« fragte ich ihn.

»Ich bin ausgerutscht, während ich fischte«, antwortete er und bespritzte mich unwillkürlich mit Schlamm.

»Mit der Angelrute?«

»Keine Spur. Mit der Hand, mein Lieber.«

»Mit der Hand?«

Monsieur de Saint-Bérain zeigte uns seinen Tropenhelm, um den er seine Leinenjacke geschlungen hatte.

»Warten Sie«, sagte er, ohne mir auf meine Frage Antwort zu geben. »Ich muß die Jacke vorsichtig fortnehmen, sonst entwischen sie mir.«

»Wer sind denn ›sie‹?«

»Die Frösche.«

Während wir plauderten, hat Monsieur de Saint-Bérain also Frösche gefangen. Welch ein fanatischer Sportler!

»Mein Kompliment!« Monsieur Barsac schien die Sache gutzuheißen. »Frösche sind recht schmackhaft . . . Aber hören Sie nur, wie jammervoll die quaken, die Sie gefangen haben . . . Sie haben ganz offenbar keine Lust, sich verspeisen zu lassen.«

»Es sei denn, weil sie wie in der Fabel einen König haben wollen!« wagte ich einzuwerfen.

Es war kein sehr guter Witz, wie ich zugeben muß. Aber im Busch . . .!

Über diesen Reden kehrten wir zum Lager zurück. Saint-Bérain zog sich um, und Moriliré ließ seinen Fang zubereiten. Als der Tisch gedeckt war, aßen wir mit dem Appetit von Leuten, deren Aperitif in etwa zwanzig zu Pferde zurückgelegten Kilometern bestanden hat.

Mademoiselle Mornas führte natürlich den Vorsitz bei unserem Mahl. Sie ist wirklich entzückend. (Ich habe es wohl schon gesagt, aber ich kann es nicht oft genug wiederholen.) Einfach, gutherzig, auf eine nette Weise jungenhaft, erzeugt sie auf der Stelle eine behagliche Stimmung bei uns.

»Mein Onkel . . .« (dann ist er also doch ihr Onkel? Sind wir uns jetzt endgültig darüber klar?) »Mein Onkel«, sagte sie, »hat mich wie einen Jungen aufwachsen lassen, er hat einen Mann aus mir gemacht. Vergessen Sie bitte mein Geschlecht und betrachten Sie mich einfach als einen Kameraden.«

Das hinderte sie jedoch nicht, bei ihren Worten Hauptmann Marcenay jenes halbe Lächeln zu schenken, das sonnenklar beweist, daß bei Jungen von dieser Art trotz allem die Koketterie nicht zu kurz kommen wird.

Wir gingen zum Kaffee über und überließen uns dann im dichten Gras und im Schatten von Palmen der Süße einer Siesta.

Der Aufbruch war, wie ich schon sagte, auf fünf Uhr festgesetzt, doch als wir unseren Zug wieder ordnen wollten, gab es Schwierigkeiten, wenn ich es so ausdrücken darf.

Vergebens befahl Moriliré, als der Moment gekommen war, den Leuten, sich zu rüsten. Zu unserer großen Verwunderung weigerten sie sich und schrien alle durcheinander, sie sähen keinen Mond!

Wir waren völlig verdutzt, doch der gelehrte Monsieur Tassin löste uns das Rätsel.

»Ich weiß, was los ist«, erklärte er uns. »Alle Forschungsreisen erwähnen es in ihren Reiseberichten. Wenn der Mond noch im ersten Drittel steht – und heute haben wir erst zwei Tage seit Neumond – pflegen die Neger zu sagen: ›Das ist ein schlechtes Zeichen. Es hat noch keiner den Mond gesehen. Wir haben keinen guten Marsch vor uns.‹«

»Ioo! Ioo! (Ja! Ja!)« stimmten ihm lärmend die Eseltreiber bei, die uns rings umstanden und denen Moriliré die Worte des gelehrten Geographen übersetzt hatte. »Karo! Karo! (Der Mond! Der Mond!)«

Es schien uns daraufhin gewiß, daß, wenn der Erdensatellit auch weiterhin sich zu zeigen ablehnte, diese eigensinnigen Burschen zu keinem Aufbruch zu bewegen sein würden. Es war jedoch noch Tag und der Himmel bedeckt.

Tatsächlich sträubten unsere Schwarzen sich weiter, und vielleicht wären wir immer noch an der gleichen Stelle, wenn nicht endlich kurz vor sechs Uhr eine bleiche Mondsichel zwischen zwei Wolken sichtbar geworden wäre. Die dunklen Burschen stießen Freudenschreie aus.

»Allah ma toula kendé«, sagten sie und schlugen sich

mit der rechten Hand an die Stirn. »Karo koutayé (Gott hat mich gerettet; ich sehe den neuen Mond).«

Ohne weitere Schwierigkeiten setzte die Karawane sich alsbald in Bewegung.

Nur hatten wir zwei Stunden verloren, und die Abendetappe mußte demgemäß entsprechend kürzer ausfallen.

Gegen neun Uhr wird mitten im Busch haltgemacht, die Zelte werden errichtet. Die Gegend ist indessen nicht vollkommen öde. Zur Rechten des Weges erhebt sich eine – allerdings verlassene – Eingeborenenstätte, und zur Linken erkennt man eine zweite, die bewohnt zu sein scheint.

Hauptmann Marcenay inspiziert die erste und schlägt, da er sie als hinlänglich bewohnbar erachtet, Mademoiselle Mornas vor, dort ihr Nachtquartier aufzuschlagen. Mademoiselle Mornas willigt ein und verschwindet in diesem so unerwartet sich bietenden Hotel.

Sie hatte uns noch keine zehn Minuten verlassen, als sie uns mit lauter Stimme herbeirief. Wir eilen zu ihr und treffen sie vor der Hütte stehend an, wo sie mit angewiderter Miene auf den Boden zeigt.

»Was ist das?« fragte sie.

Was man sah, waren zahllose weiße Würmer. Sie kamen aus der Erde und wanden sich in so unheimlichen Mengen auf ihrer Oberfläche, daß der ganze Boden in Bewegung zu sein schien.

»Sie können sich vorstellen, meine Herren«, sagte Mademoiselle Mornas, »was für einen Schreck ich bekommen habe, als ich sie kalt an meinem Gesicht, an meinen Händen spürte! Überall waren welche, sogar in meinen Taschen! Wenn ich mich schüttele, fallen noch immer ein paar aus meinen Kleidern. Pfui! Was für abscheuliche Tiere!«

Monsieur de Saint-Bérain kam dazu. Er fand mühelos das Wort, das die Situation erklärte.

»Ja, was denn!« rief er mit strahlender Miene aus. »Das sind ja Regenwürmer!«

Und tatsächlich waren es Regenwürmer, denn auf diesem Gebiet kennt Monsieur de Saint-Bérain sich trefflich aus.

Die dunklen Burschen stießen Freudenschreie aus.

Schon bückte er sich, um möglichst viele von ihnen einzusammeln.

»Du nicht hast nötig«, sagte Tongané zu ihm. »Gibt viele

unterwegs. Sie sehr schlimm, wachsen überall. Sind nicht umzubringen.«

Das können ja schöne Nächte werden! Und die Eingeborenen, wie werden sie mit diesen Legionen von Würmern fertig?

Offenbar habe ich laut gedacht.

»Sie sie essen, Mossié«, erklärt Tongané. »Sind gut!«

Da Mademoiselle die schlichten Neigungen der Landesbewohner nicht teilte, wollte sie sich gerade ganz einfach in eines der Zelte begeben, als Moriliré ihr melden kam, daß eine junge Negerin, die Bediente eines Landmannes von gleicher Hautfarbe, der im Augenblick nicht anwesend war, ihr Gastfreundschaft in einer sehr sauberen und – kaum glaublicherweise – mit einer richtigen europäischen Lagerstatt möblierten Hütte bot.

»Du geben Geld«, setzte der Führer hinzu. »Sehr gut!«

Mademoiselle nimmt also die ihr angebotene Gastlichkeit an, und wir führen sie in Prozession zu ihrer neuen Behausung. Die in Aussicht gestellte Magd erwartet uns. Sie steht an einen der Schibutterbäume gelehnt, von denen vorher die Rede war. Sie ist ein etwa fünfzehn Jahre altes Mädchen von mittlerer Größe und durchaus nicht häßlich. Mit nichts anderem bekleidet als einem schlichten Blatt, das offenbar weder vom Louvre noch vom Bon-Marché stammt – »aber vielleicht von ›Printemps‹«, gibt Saint-Bérain nicht unwitzig zu erwägen –, gleicht sie einer hübschen Statuette aus schwarzem Marmor.

Im Augenblick ist die Statuette damit beschäftigt, von dem Laub des Schibutterbaums etwas abzulesen.

»Sie sammelt Raupen, die sie später ausdrückt, trocknet und aus denen sie – schreien Sie nicht gleich! – eine Sauce bereitet«, belehrt uns Dr. Châtonnay, der sich in der Negerküche offenbar gründlich auskennt. »Diese Raupen heißen ›Cétombo‹. Es sind die einzig eßbaren und haben, wie es scheint, einen angenehmen Geschmack.«

»Du sagen wahr«, bestätigt Moriliré. »Sehr gut!«

Da die junge Negerin uns bemerkt hat, kommt sie auf uns zu.

»Ich«, sagt sie zu Mademoiselle Mornas zu unserem Erstaunen in fast korrektem Französisch, »bin erzogen in französische Schule und haben gedient bei weißer Frau, verheiratet mit Offizier, bin dann zurück in Dorf und gefangengenommen in große Schlacht. Kann Betten machen wie Weiße, du zufrieden.«

Während sie sprach, hatte sie zutraulich die Hand von Mademoiselle Mornas ergriffen und zog sie in die Hütte.

Glücklich zu wissen, daß unsere Reisegefährtin mit Sicherheit einigen Komfort genießen würde, zogen wir uns zurück. Doch zum Schlafen sollten weder wir noch sie es fürs erste bringen.

Bevor eine halbe Stunde vergangen war, rief doch tatsächlich Mademoiselle Mornas bereits erneut um Hilfe.

Wir eilen auf der Stelle herbei, und beim Schein der Fackeln bietet sich uns ein unerwartetes Schauspiel dar.

Auf dem Boden, dicht neben dem Eingang der Hütte, liegt die kleine Magd. Ihr Rücken ist von roten Striemen überzogen. Die Unglückliche schluchzt zum Steinerweichen.

Vor ihr, sie mit ihrem Leib deckend, steht – wahrhaft erhaben in ihrem Zorn – Mademoiselle Mornas und hält einen grauenhaften Neger in Schach, der, fünf Schritte von ihr entfernt, schreckliche Grimassen zieht und in der Hand einen blutbefleckten Knüttel hält.

Wir verlangen eine Erklärung.

»Stellen Sie sich vor«, sagt Mademoiselle Mornas zu uns, »daß ich gerade von meinem Lager Besitz ergreifen wollte, während Malik – so heißt die kleine Negerin, ein hübscher Name, nicht wahr, der an die Bretagne erinnert – mir Kühlung zufächelte und ich mich schläfrig zu fühlen begann. Da erscheint völlig unerwartet dieser Rohling, ihr Dienstherr. Als er mich sieht, gerät er in Wut, zerrt die arme Kleine hinaus und fängt an, sie mit Schlägen zu traktieren, weil sie eine Weiße in seine Hütte gelassen hat.«

»Nette Sitten!« murmelt zwischen seinen schmalen Lippen der joviale Monsieur Baudrières.

Er hat recht, der joviale Monsieur Baudrières. Aber er hat unrecht, als er eine Rednerpose einnimmt und den folgenden überraschenden Ausspruch tut:

Mademoiselle Mornas hält einen grauenhaften Neger in Schach ...

»Da sehen Sie also, meine Herren, diese barbarischen Völkerschaften, in denen Sie friedliche Wähler sehen wollen.«

Offenbar glaubt er sich auf der Kammertribüne.

Monsieur Barsac zuckt zusammen, als habe ihn eine Schnake gestochen. Er richtet sich zu ganzer Höhe auf und bemerkt in kühlem Ton:

»Zumal man ja noch niemals einen Franzosen eine Frau hat schlagen sehen!«

Auch Monsieur Barsac hat nicht eben unrecht ...

Werden wir wohl oder übel Zeugen eines Wortgefechts werden? Nein. Da Monsieur Baudrières nichts mehr entgegnet hat, wendet sich Monsieur Barsac zu dem Neger mit dem Stock.

»Diese Kleine wird nicht bei dir bleiben«, sagt er zu ihm. »Wir nehmen sie mit.«

Der Neger jedoch erhebt Einspruch. Die Negerin ist seine Sklavin. Er hat für sie bezahlt. Sollen wir unsere Zeit damit verlieren, ihm begreiflich zu machen, daß in französischen Territorien die Sklaverei abgeschafft ist? Er würde bestimmt nichts verstehen. Ein Tag genügt nicht, damit die Gesetze die Sitten reformieren.

Monsieur Barsac findet einen besseren Weg.

»Ich kaufe deine Sklavin«, sagt er. »Wieviel?«

Bravo, Monsieur Barsac! Eine gute Idee!

Der Neger sieht eine Gelegenheit für ein vorteilhaftes Geschäft und wird besserer Laune. Er verlangt einen Esel, ein Gewehr und fünfzig Francs.

»Fünfzig Stockschläge!« antwortet Monsieur Barsac. »Das ist alles, was du verdienst.«

Sie beginnen zu handeln. Schließlich gibt der Schelm seine Sklavin für ein Steinschloßgewehr, ein Stück Stoff und fünfundzwanzig Francs her. Das ist wahrhaftig geschenkt.

Während diese Diskussion stattfand, hatte Mademoiselle Mornas Malik vom Boden aufgehoben und ihre Wunden mit Schibutter behandelt. Nachdem das Geschäft zustandegekommen war, führte sie sie in unser Lager, bekleidete sie mit einem weißen Kittel und gab ihr etwas Geld in die Hand.

»Jetzt bist du keine Sklavin mehr«, sagte sie zu ihr. »Ich schenke dir die Freiheit.«

Da aber bricht Malik in Tränen aus! Sie steht allein auf der

Welt und will ›so gute Weiße‹ nicht verlassen. Sie will als Jungfer bei ihr bleiben und ihr lebenslänglich dienen. Sie weint, sie fleht.

»Behalte sie, Mädchen«, mischt Saint-Bérain sich ein. »Sie wird dir sicher von Nutzen sein und dir all die tausend kleinen Dienste erweisen, auf die eine Frau, selbst wenn sie ein Mann ist, nicht verzichten kann.«

Mademoiselle Mornas gab um so lieber nach, als sie selbst ganz versessen auf diese Lösung war. Malik, die nicht wußte, wie sie Saint-Bérain, der für sie eingetreten war, ihre Dankbarkeit bezeigen sollte, fiel ihm um den Hals und küßte ihn auf beide Wangen. Saint-Bérain gestand mir am nächsten Tag, daß nichts im Leben ihm jemals so unangenehm gewesen sei.

Ich brauche wohl nicht erst hinzuzufügen, daß Mademoiselle Mornas es für besser hielt, es nicht noch ein drittes Mal mit der Gastfreundschaft der Eingeborenen zu versuchen. Man stellte ein Zelt für sie auf, in dem denn auch nichts mehr ihren Schlaf störte.

So verlief unser erster Tag.

Die folgenden werden ihm sicherlich weitgehend ähnlich sein. Daher werde ich über sie nicht im einzelnen berichten, und bis das Gegenteil angezeigt scheint, möge stillschweigend der Spruch gelten: ›Ab uno disce omnes.‹

AMÉDÉE FLORENCE

V. *Zweiter Artikel von Monsieur Amédée Florence*

Der zweite Artikel von Monsieur Amédée Florence erschien in der ›Expansion française‹ vom 18. Januar. Man findet ihn hier im vollen Wortlaut abgedruckt.

DIE EXPEDITION BARSAC
(Depesche unseres Spezialkorrespondenten)

Ein Tag folgt dem anderen. – Ich habe einen Gast. – Ballett! – Ich bin indiskret. – Monsieur de Saint-Bérains wunderbarer Fischzug. – Boronya. Eine Ehrung für mich. – Timbo! Achtundvierzig Stunden Rast. Büffet. – Alles rosig im Schwarzen Erdteil. – Hat Monsieur Barsac doch am Ende recht. – Ich bin ratlos.

DAOUHÉRICO, 16. Dezember. – Seit meiner letzten Depesche, die ich am Abend unserer Abreise mitten im Busch beim flakkernden Licht einer Laterne verfaßt habe, ist unsere Reise glücklich verlaufen und infolgedessen nichts Besonderes zu berichten.

Am 2. Dezember brechen wir um fünf Uhr morgens unsere Zelte ab, und unsere um eine Einheit – oder soll ich wagen, von einer halben Einheit zu sprechen, da eine Weiße zwei Schwarze aufwiegt – vermehrte Karawane setzt sich in Bewegung.

Man hat einen Esel entladen und die Ballen, die er trug, auf die anderen verteilt, um ihn Malik zu geben. Wie ein Kind, das sie ja ist, scheint die kleine Negerin das vergangene Leid vergessen zu haben. Ein glückliches Naturell!

Seither verfolgen wir immer die gleiche Straße, die auch weiterhin gut und leicht passierbar ist, und wären nicht die Farbe der Bevölkerung, die uns umgibt, sowie die Kargheit der Landschaft, könnten wir uns einbilden, wir hätten Frankreich überhaupt nicht verlassen.

Die Landschaft ist nämlich nicht schön. Wir durchqueren ein flaches oder doch nur schwach gewelltes Terrain mit hier und da mäßigen Erhebungen am nördlichen Horizont. So weit das Auge reicht, erblicken wir nur jene verkümmerte Vegetation, eine Mischung aus Gestrüpp und zwei bis drei Meter hohen Gräsern, die man unter dem Gattungsnamen ›Busch‹ zusammenfaßt. Von Zeit zu Zeit taucht ein kleines Waldstück auf, das kümmerlich erscheint infolge der periodisch auftretenden Brände, die während der trockenen Jahreszeit diese Savannen verwüsten; zuweilen begegnet man auch bebauten Feldern, ›lougans‹, wie die Eingeborenen sie nennen, und darauf meist auch recht schönen Bäumen. Dann befindet man sich bereits in Nähe eines Dorfes.

Diese Dörfer tragen wahrlich absurde Namen: Fongoumbi, Manfourou, Kafou, Ouossou, um nur einige zu nennen. Könnten sie denn nicht wie sonst üblich Neuilly oder Levallois heißen?

Von diesen Ortsnamen freilich hat einer uns amüsiert. Die betreffende bedeutende Stadt an der englischen Grenze von Sierra Leone, die wir infolgedessen ganz weit rechts liegen lassen, heißt Tassin. Unser hochgelehrter Geograph muß nicht wenig stolz gewesen sein, als er einhundertundsechsunddreißig Kilometer von Konakry entfernt einen Namensvetter entdeckte.

Was die Eingeborenen anbelangt, so sehen sie uns mit Sympathie vorüberziehen und wirken tatsächlich harmlos. Ich nehme an, daß sie nicht über die Intelligenz eines Victor Hugo oder eines Pasteur verfügen, aber da Intelligenz nicht, wie lange Erfahrung beweist, Voraussetzung für das Wahlrecht ist, wäre es doch möglich, daß Monsieur Barsac recht hat.

Ich brauche gewiß nicht erst zu erwähnen, daß der Chef unserer Expedition die elendesten Dörfer aufsucht und dort Palaver mit den Bewohnern abhält.

Nach ihm versäumt Monsieur Baudrières dann nicht, seine Gegenenquete anzustellen.

Monsieur Barsac sucht die elendesten Dörfer auf und hält dort Palaver ab.

Monsieur Barsac und Monsieur Baudrières ziehen, wie man sich denken kann, aus dem, was sie hören und sehen, diametral entgegengesetzte Schlüsse, so daß beide immer gleichermaßen entzückt wieder bei uns erscheinen. Auf diese Weise sind alle zufrieden. Wirklich fabelhaft!

Des weiteren überschreiten wir Flüsse oder folgen ihrem Lauf: Forécariah, Mellacorée, Scarie, Kaba, Diegounko und weitere ähnlich benannte. Im übrigen gelangen wir von einem Tal ins andere, ohne viel davon zu bemerken. Alles das kann man nicht gerade aufregend nennen.

Wie sehr ich auch meine Aufzeichnungen durchforsche, sehe ich doch nichts, was geeignet wäre, der Geschichte meiner Zeit einverleibt zu werden – bis zum 6. Dezember, dem Datum, zu dem Monsieur de Saint-Bérain, der im Begriff steht, mein Freund Saint-Bérain zu werden, offenbar meinte, er müsse sich etwas ausdenken, was mir – und ich hoffe, auch Ihnen – Spaß machen würde.

An dem bewußten Abend hatten wir unser Lager nahe bei einem Dorf aufgeschlagen, das etwas weniger unbedeutend war als die früheren und Qualia hieß. Zu gegebener Zeit suche ich mein Zelt auf, um zu schlafen. Dort finde ich Saint-Bérain bis auf Hemd und Unterhose entkleidet vor. Seine sonstigen Sachen liegen überall verstreut umher. Das Bett ist aufgedeckt. Auf den ersten Blick erkennt man, daß Saint-Bérain die Absicht hat, bei mir zu nächtigen. Ich bleibe unter dem Eingang des Zeltes stehen und beobachte meinen unverhofften Gast bei seiner Tätigkeit.

Saint-Bérain scheint nicht erstaunt, mich zu sehen. Im übrigen ist Saint-Bérain nie erstaunt. Er ist sehr geschäftig, läuft umher und durchsucht alles, sogar meinen Feldkoffer, dessen Inhalt er auf dem Boden ausgebreitet hat. Aber er findet nicht, was er sucht, und ist wütend. Ohne über mein Erscheinen irgendwie verwundert zu sein, wendet er sich zu mir um und erklärt mir im Brustton der Überzeugung:

»Ich hasse zerstreute Menschen. Ich finde sie einfach gräßlich.«

Ohne mit der Wimper zu zucken, pflichtete ich ihm bei.

»Gräßlich! ... Aber was ist Ihnen denn widerfahren, o Saint-Bérain?«

»Stellen Sie sich vor«, gibt er mir zur Antwort, »ich kann meinen Pyjama nicht finden ... Ich möchte wetten, daß dieser Esel Tchoumouki ihn auf der letzten Etappe zurückgelassen hat. Das ist wirklich heiter!«

»Außer er ist in Ihrem eigenen Koffer«, gebe ich ihm zu bedenken.

»In meinem ...«

»Denn dieser hier gehört mir, lieber Freund, ebenso wie dieses gastliche Zelt und dieses jungfräuliche Lager die meinen sind.«

Saint-Bérain blickt um sich wie geistesverwirrt. Auf einmal wird ihm sein Irrtum bewußt, er sammelt schleunigst seine verstreuten Kleidungsstücke auf und verschwindet in einem Tempo, als ob ihm eine Meute von Kannibalen auf den Fersen wäre. Ich aber sinke auf mein Bett und kann mich kaum halten vor Lachen.

Welch ein köstliches Original!

Am folgenden Tag, am 7. Dezember, hatten wir uns gerade nach Zurücklegung der Vormittagsstrecke zu Tisch gesetzt, als wir Neger bemerkten, die uns zu belauern schienen. Hauptmann Marcenay befahl seinen Leuten, sie wegzujagen. Sie flüchteten, jedoch nur, um sogleich wiederzukommen.

»Chassez le natural, il revient au galop*«, glaubte bei dieser Gelegenheit Dr. Châtonnay feststellen zu müssen, denn er hat die Manie, bei jeder Gelegenheit – und häufig, wenn eigentlich keine Gelegenheit sich bietet – Verse zu zitieren, die meist keine Beziehung zum jeweiligen Thema besitzen. Aber jeder hat halt seine verrückten Besonderheiten.

Moriliré, der zum Rekognoszieren ausgeschickt worden war, berichtete uns, daß diese Schwarzen, zehn an der Zahl, Händler und ›griots‹ (Zauberer) seien, die keinerlei feindselige Absicht hegten, sondern die nur teils uns ihre Produkte verkaufen, teils uns unterhalten wollten.

»Schließt das Tafelsilber weg«, befahl Monsieur Barsac lachend, »und führt sie ins Speisezimmer.«

* Destouches (1680–1754).

Darauf wurden diese Schwarzen – die einen noch häßlicher und schmutziger als die anderen – uns vorgestellt. Es gab unter ihnen ›nounou‹, Handwerker, die sich auf sechsunddreißig Künste verstanden, Hersteller von Töpferwaren, Schmuck, Körben, Gegenständen aus Holz oder Eisen, ferner ›dioula‹ oder ›marraba‹, die Waffen, Stoffe und vor allem Kolanüsse verkauften, mit denen wir uns denn auch reichlich versorgten. Die anregende Wirkung dieser Früchte, die Dr. Châtonnay als ein ›Sparlebensmittel‹ bezeichnet, ist ja bekannt. Wir waren sehr froh, im Austausch gegen etwas Salz einen großen Vorrat von ihnen zu erwerben. In den Gegenden, die wir berühren, ist Salz eine Seltenheit, es ist nahezu unbezahlbar. Sein Wert wird noch immer weiter steigen, je mehr wir uns von der Küste entfernen. Daher führen wir auch mehrere Tafeln mit uns.

Wir holten sodann die ›griots‹ herbei. Sie erhielten den Auftrag, ihr schönstes Lied zu Ehren unserer illustren Gesellschaft zum besten zu geben.

Die Troubadoure dieser Gegend waren zwei an der Zahl. Der erste hielt in seinen Händen eine Gitarre. Aber was für eine Gitarre! ... Man stelle sich eine Kalebasse vor, an der mit Hilfe von drei quer hindurchgeführten Bambusspänen drei Darmsaiten befestigt sind. Dieses Instrument heißt ›dianné‹. Der zweite ›griot‹, ein alter Mann, dessen Augen von einer Krankheit befallen waren, die hier häufig vorkommt, führte eine Art Flöte bei sich, die auf Bambara ›fabrésoro‹ heißt, ein einfaches Rohr, an dessen beiden Enden sich ein kleiner Flaschenkürbis befindet.

Das Konzert begann. Der zweite ›griot‹, der nur mit einem ›bila‹, einer Art von drei Finger breitem, zwischen den Beinen hindurchgeführten Gürtel bekleidet war, fing zu tanzen an, während sein Gefährte, der seine Blöße auf dezentere Art, das heißt mit einem – übrigens abstoßend schmutzigen – Kittel von der ›doroké‹ benannten Sorte bedeckte, sich auf den Boden setzte, an seiner Gitarre zupfte und gutturale Schreie ausstieß, die, wie ich wenigstens vermute, Anspruch darauf erhoben, ein an die Sonne, den Mond, die Sterne und Mademoiselle Mornas gerichteter Hymnus zu sein.

Die Verrenkungen des einen, das Geheul des anderen, die seltsamen Töne, die die beiden Virtuosen ihren Instrumenten entlockten, besaßen die Gabe, auf unsere Eseltreiber anfeuernd zu wirken. Sie ließen ihre Hirse, ihren Reis und Mais im Stich und stellten ein Ballett zusammen, das eher ungewöhnlich war.

Durch das Beispiel angeregt, ergreifen wir Kasserollen und Kessel, auf die wir mit Löffeln und Gabeln schlagen. Monsieur de Saint-Bérain zerbricht einen Teller, macht Kastagnetten daraus und führt, mit einem der Diener als Partner, einen tollen Fandango vor. Monsieur Barsac – soll ich es wirklich berichten? – Monsieur Barsac sogar gibt alle Zurückhaltung auf, schlingt sich eine Serviette als Turban um den Kopf, und während der ehrenwerte Abgeordnete des Departements Nord sein Haupt verhüllt, zelebriert der ehrenwerte Deputierte aus Südfrankreich einen ultrameridional inspirierten Tanz.

Auch der beste Spaß hat einmal ein Ende. Nachdem dieser Hexensabbat fünf Minuten angedauert hatte, mußten wir erschöpft innehalten, während Mademoiselle Mornas noch Tränen lachte.

Am Abend des gleichen Tages wurde von dem unterzeichneten Amédée Florence das am Kopfe dieses Artikels eingestandene Unrecht begangen. Ehrlich gesagt ist es ein Unrecht, das zu meinen Gepflogenheiten gehört, da Indiskretion nun einmal die läßliche Sünde der Reporter ist.

An jenem Abend also, an dem einem Zufall zufolge mein Zelt ganz dicht neben dem von Mademoiselle Mornas stand, wollte ich mich gerade niederlegen, als ich bei meiner Nachbarin noch sprechen hörte. Anstatt mir die Ohren zu verstopfen, lauschte ich. Das war das besagte Unrecht.

Mademoiselle Mornas unterhielt sich mit ihrem Bedienten, Tongané, der ihr in einem ziemlich eigenwilligen Englisch antwortete, das ich Ihren Lesern zuliebe in korrektes Französisch zu übersetzen gedenke. Offenbar war das Gespräch schon eine Weile in Gang. Mademoiselle Mornas fragte Tongané nach seinem bisherigen Leben. In dem Augenblick, in dem ich die Ohren zu spitzen begann, fragte sie ihn gerade:

»Wie kommt es, daß ein Aschanti wie du ...«

Sieh da! Tongané ist kein Bambara. Das ahnte ich freilich nicht.

»... Senegalschütze geworden ist? Du hast es mir schon gesagt, als ich dich angestellt habe; ich erinnere mich aber nicht mehr.«

Kommt es mir nur so vor, oder scheint es mir mit Recht so, als ob Mademoiselle Mornas hier nicht ganz aufrichtig ist?

Tongané antwortet ihr.

»Es war nach der Buxtonaffäre.«

Buxton? ... Den Namen habe ich doch schon gehört. Aber in welchem Zusammenhang? ... Während ich weiter lausche, versuche ich mich zu erinnern.

»... Ich war bei seiner Expedition«, fährt Tongané fort, »als die Engländer gekommen sind und auf uns geschossen haben.«

»Weißt du, weshalb sie geschossen haben?« wünscht Mademoiselle zu wissen.

»Weil Hauptmann Buxton sich empört, weil er geplündert und alles niedergemacht hat.«

»Ist das wirklich wahr?«

»Ganz wahr. Die Dörfer wurden in Brand gesteckt, die armen Neger, die Frauen, die kleinen Kinder getötet ...«

»Und hat tatsächlich Hauptmann Buxton diese Scheußlichkeiten angeordnet?« dringt Mademoiselle Mornas mit, wie mir scheint, veränderter Stimme, weiter in ihn.

»Nein«, antwortet Tongané. »Man sah ihn nie. Seit der Ankunft eines anderen Weißen kam er nie mehr aus seinem Zelt. Dieser andere Weiße hat uns Befehle im Namen des Hauptmanns erteilt.«

»Und dieser andere Weiße war schon lange bei euch?«

»Sehr lange. Fünf oder sechs Monate, vielleicht sogar mehr.«

»Wo habt ihr ihn getroffen?«

»Im Busch.«

»Und Hauptmann Buxton hatte ihn so ohne weiteres mit aufgenommen?«

»Sie waren immer zusammen bis zu dem Tag, von dem an der Hauptmann sein Zelt nicht mehr verließ.«

»Sicher haben von diesem Tage an erst die Grausamkeiten begonnen?«

Tonganė zögert.

»Ich weiß nicht«, gesteht er.

»Und der Weiße«, fragt Mademoiselle Mornas, »kannst du dich noch erinnern, wie er hieß?«

In diesem Augenblick übertönt ein Geräusch von außen her Tonganés Stimme. Ich weiß nicht, was er geantwortet hat. Es kann mir ja schließlich auch gleichgültig sein. Auf jeden Fall ist diese ganze Geschichte nicht mehr aktuell und interessiert mich infolgedessen im Grunde nicht.

Doch Mademoiselle Mornas fragt weiter.

»Und was ist aus dir geworden, nachdem die Engländer auf euch geschossen hatten?«

»Ich habe es Ihnen in Dakar gesagt, als Sie mich engagierten«, entgegnet Tongané. »Ich und viele andere haben Angst gehabt und sind durch den Busch geflüchtet. Dann bin ich zurückgekommen, aber es war niemand mehr an dem Ort, wo das Gefecht stattgefunden hatte. Es gab nur noch Tote. Ich habe ein paar von ihnen begraben, die, die meine Freunde waren, und auch den Chef, Hauptmann Buxton ...«

An dieser Stelle vernehme ich einen erstickten Ausruf.

»Darauf«, fährt Tongané fort, »bin ich von Dorf zu Dorf geirrt, bis ich an den Niger gekommen bin. In einer gestohlenen Piroge bin ich stromaufwärts gefahren und in Timbuktu angekommen, als es gerade von den Franzosen in Besitz genommen wurde. Ich hatte fast fünf Jahre für die Reise gebraucht. In Timbuktu habe ich mich als Schütze anwerben lassen und bin, als ich entlassen wurde, nach Senegal gegangen, wo Sie mich angetroffen haben.«

Nach kurzem Schweigen fragt Mademoiselle Mornas:

»Hauptmann Buxton war also tot?«

»Ja, Herrin.«

»Und du hast ihn begraben?«

»Ja, Herrin.«

»Und du weißt, wo sein Grab ist?«

Tongané lacht.

»Aber sicherlich. Ich würde es mit geschlossenen Augen finden.«

Wieder tritt Stille ein. Dann höre ich:

»Gute Nacht, Tongané.«

»Gute Nacht, Herrin«, antwortet der Neger, der das Zelt verläßt und sich entfernt.

Mademoiselle Mornas geht schlafen, und ich tue, ohne mich noch lange zu verweilen, das gleiche.

Buxton? ... Aber natürlich weiß ich Bescheid! Wo habe ich nur meinen Kopf gehabt? Was für eine fabelhafte Reportage habe ich damals versäumt!

Ich war zu jener, nun schon weit entlegenen Zeit beim ›Diderot‹ beschäftigt und hatte – man möge verzeihen, daß ich mich derart in persönliche Erinnerungen verliere – meinem Chef vorgeschlagen, den aufrührerischen Hauptmann auf dem Schauplatz seiner Verbrechen zu interviewen. Monatelang schreckte er vor den Kosten zurück. Was soll's! Nicht jeder hat eben das richtige Gefühl für Aktualität. Als er endlich einwilligte, war es schon zu spät. In dem Moment, als ich mich einschiffen wollte, erfuhr ich in Bordeaux, Hauptmann Buxton sei tot.

Jetzt ist über das alles schon lange Gras gewachsen, und Sie werden sich vielleicht fragen, weshalb ich von diesem belauschten Gespräch zwischen Tongané und seiner Herrin überhaupt noch berichtet habe ... Tatsächlich weiß ich es selber nicht.

Unter dem Datum des 8. Dezember finde ich in meinen Notizen den Namen Saint-Bérain. Er ist wirklich unerschöpflich, dieser Saint-Bérain. Diesmal handelt es sich um ein Nichts, aber doch um ein Nichts, das uns sehr amüsiert hat. Möge es auch Sie ein Weilchen von Ihren Sorgen abzulenken vermögen!

Wir haben bereits von unserer Vormittagsetappe die ersten zwei Stunden Wegs zurückgelegt, als plötzlich Saint-Bérain unartikulierte Schreie ausstößt und unbeschreiblich komisch auf seinem Pferd umhertanzt. Wir fangen zu lachen an, da wir nichts

Arges vermuten. Saint-Bérain jedoch lacht nicht. Sichtlich mit unangenehmen Gefühlen sitzt er ab und führt die Hand an jene Stelle des Körpers, auf der er sich niederzulassen pflegt, während er sich auf unerklärliche Art dreht und windet.

Alles wendet sich ihm zu und fragt ihn, was er hat. Was ist ihm zugestoßen?

»Die Angelhaken! . . .« murmelt Saint-Bérain mit ersterbender Stimme.

Angelhaken? . . . Wir verstehen nicht. Erst später, als der Schaden wiedergutgemacht ist, wird uns der Sinn dieses Ausrufs klar.

Der Leser hat vielleicht vergessen, daß Saint-Bérain, als er auf den strengen Anruf seiner Tante – oder Nichte – schleunigst herbeigeeilt kam, Angelhaken, die er gerade eingehandelt hatte, in seine Taschen stopfte. Natürlich hatte er nicht mehr daran gedacht. Diese besagten Angelhaken nun rächten sich jetzt für seine Sorglosigkeit. Infolge einer falschen Bewegung hatten sie sich zwischen Sattel und Reiter eingeklemmt, und drei von ihnen hatten sich fest in der Haut ihres Besitzers verhakt.

Es bedurfte des Eingreifens von Dr. Châtonnay, um Saint-Bérain zu befreien. Drei Schnitte mit dem Bistouri genügen, die der Doktor sich nicht enthalten kann, gebührend zu kommentieren. Er lacht, daß es eine Freude ist!

»Man kann wohl sagen, daß Sie ›angebissen‹ haben!« ruft er zunächst einmal mit Genugtuung aus, nachdem er das Operationsfeld in Augenschein genommen hat.

»Au! . . .« läßt sich statt jeder Antwort Saint-Bérain vernehmen, der soeben den ersten Haken losgeworden ist.

»Ein wirklich lohnender Fischzug!« ruft beim zweiten der Doktor aus.

»Au! . . .« schreit aufs neue Saint-Bérain.

»Sie können sich schmeicheln«, beglückwünscht ihn der Doktor beim dritten, »heute einen kapitalen Fang gemacht zu haben.«

»Au! . . .« stöhnt Saint-Bérain ein letztes Mal.

Die Operation ist beendet. Man muß nur noch den Verwundeten verbinden, der sofort sein Pferd besteigt, auf dem er noch zwei Tage lang etwas groteske Stellungen einnimmt.

Am 12. Dezember haben wir Boronya erreicht. Boronya wäre ein kleines Dorf wie die anderen auch, wenn es nicht den Vorteil besäße, über einen besonders liebenswürdigen Häuptling zu verfügen. Dieser Häuptling, der noch ganz jung, kaum mehr als siebzehn oder achtzehn Jahre alt ist, gestikuliert sehr lebhaft und teilt den Neugierigen, die ihm zu nahe kommen, Peitschenhiebe aus. Er eilt uns entgegen, legt eine Hand auf sein Herz und beteuert uns tausendfach seine Freundschaft, die wir gebührend würdigen, indem wir ihm Salz, Schießpulver und zwei Rasiermesser schenken. Beim Anblick dieser Schätze tanzt er vor Freude.

Um uns seinen Dank zu bezeugen, ordnet er an, daß außerhalb des Dorfes Strohhütten errichtet werden, in denen wir schlafen können. Als ich von der meinen Besitz ergreife, sehe ich die ›nounou‹ eifrig damit beschäftigt, den Boden zu glätten und festzutreten, worauf sie ihn mit getrocknetem Kuhdung bedekken. Ich frage sie, was dieser Luxus eines Teppichs bedeuten soll; sie antworten mir, daß das die Würmer hindert, aus der Erde zu kommen. Ich bin ihnen dankbar für diese Aufmerksamkeit und belohne sie mit einer Handvoll ›kauris‹*. Sie sind darüber so begeistert, daß sie um die Wette an die Wände spucken und den Speichel mit den Händen verreiben. Saint-Bérain, der meine Behausung teilen soll – und zufällig auch da ist! – sagt mir, was sie tun, geschehe zu meinen Ehren. Allerbesten Dank!

Am 13. Dezember morgens kommen wir ohne weiteren Zwischenfall in Timbo an. Diese Siedlung, die bedeutendste von denen, die wir bislang berührt haben, ist von einem ›tata‹ umgeben, das heißt einer Mauer aus Stampferde, deren Dicke je nach der Gegend schwankt, hinter der sich ein Holzgerüst erhebt, das als Wachgang dient.

Der ›tata‹ von Timbo umgrenzt in Wirklichkeit drei Dörfer, die durch ausgedehnte Acker- oder Waldgelände, auf denen die

* Kauri, einheimische Münze; sechzehnhundert Kauris entsprachen damals dem Wert von fünf Francs.

Haustiere sich frei ergehen, getrennt sind. In jedem dieser Dörfer wird täglich ein kleiner Markt abgehalten, aber in dem größten findet auch ein großer Wochenmarkt statt.

Jede vierte Hütte ist jeweils unbewohnt und mit allerlei Unrat und den verschiedensten Abfällen angefüllt. Dasselbe gilt von den Straßen. Es gibt hier ganz offenbar nicht genügend Straßenkehrer. Zudem ist das Land nicht nur unsauber, sondern auch sehr arm. Wir haben – größtenteils zu Skeletten abgemagerte – Kinder gesehen, die ihre Nahrung auf dem Misthaufen suchten. Was die Frauen anbelangt, so sind sie von geradezu abstoßender Häßlichkeit.

Was sie im übrigen nicht hindert, eitel zu sein! Da gerade Markttag war, hatten die reichsten des Dorfes sich nach Kräften herausgeputzt. Ihr ›gutes‹ Kleid besteht aus einem Lendenschurz mit weißen Streifen auf blauem Grund, während ihr Oberkörper in ein Tuch aus weißem Kaliko oder grellgeblümtem schlechtem ›Florence‹ gehüllt ist. In den Ohren tragen sie schwere Metallringe, die von oben auf dem Kopf sich kreuzenden Silberkettchen gehalten werden; Hals, Handgelenke und Fußknöchel schmücken sie mit Armbändern und Schnüren aus Korallen oder falschen Perlen.

Fast alle tragen ihr Haar helmförmig angeordnet. Manche sind am Scheitelbein rasiert und lassen nur oben auf dem Kopf etwas wie einen mit Glasperlen verschönten Helmbusch stehen. Andere sind vollkommen kahl. Die elegantesten richten sich mit einem spitzen Toupet und zwei großen seitlichen Hörnern eine Art Clownskopf her. An ihrer Haartracht soll man, so heißt es, erkennen, welchem Stamm sie angehören, ob den Peuks, den Mande oder den Bambara. Davon verstehe ich jedoch nichts und kürze daher diese ethnographischen Betrachtungen ab, über die sich Monsieur Tassin nach seiner Rückkehr in einem Buch verbreiten wird, das mindestens Aussicht hat, sehr solide dokumentiert zu sein.

Die Männer tragen Hosen, weiße Kittel oder Lendenschurze. Sie schmücken ihr Haupt mit den verschiedensten Kopfbedekkungen von der Chechia bis zum Strohhut, aber auch mit

Mützen, die mit Weißblech oder rautenförmigen Stoffornamenten verziert sind. Um einen Fremden zu begrüßen, klopfen sie sich gut fünf Minuten lang mit der Handfläche auf den Schenkel und wiederholen dabei fortwährend das Wort d a g a r é, das offenbar ebenso wie I n i t i é soviel wie ›guten Tag‹ bedeutet, oder aber I n i S o u K h o u m a, was dem ganz bestimmt entspricht.

Wir begeben uns auf den großen Markt, auf dem wir die gesamte Aristokratie von Timbo vorfinden. Die Händler haben sich dort schon seit acht Uhr morgens in zwei Reihen von Strohhütten niedergelassen oder sitzen nur unter Matten, die an vier Pfählen aufgehängt sind, aber ›le beau monde‹ erscheint erst gegen elf Uhr.

Es wird dort von allem etwas verkauft: Hirse, Reis, Schibutter zu fünfzig Centimes das Kilo, Salz zu 77,50 Francs die Fünfundzwanzigkilotafel, Rinder, Ziegen, Hammel, Hühner zu 3,30 Francs das Stück, was nicht gerade geschenkt ist, Steinschloßgewehre, Kolanüsse, Tabak, ›koyos‹ oder Lendenschurzschnüre, ›niomis‹, Kuchen aus Hirsemehl oder geröstetem Mais, sowie verschiedene Stoffe wie Kattun oder Kaliko, aber auch Hüte, Turbane, Garn, Näh- und Stecknadeln, Schießpulver, Feuerstein, vieles anderes und schließlich, auf trockenen Blättern schön dargeboten, für die Feinschmecker fauliges Fleisch, dem ein Geruch sui generis anhaftet.

Timbo ist, wie ich schon sagte, das erste etwas bedeutendere Zentrum, auf das wir stoßen. Wir bleiben daraufhin auch zwei Tage, am 13. und 14. Dezember, dort. Nicht, daß wir besonders erschöpft gewesen wären, aber die Esel und die Träger, die ja auch eine Art Lasttiere sind, zeigen Spuren durchaus berechtigter Müdigkeit.

Während dieser achtundvierzig Stunden haben wir alle zahlreiche Spaziergänge im Bereich des ›tata‹ unternommen. Ich habe weiter oben schon meine wesentlichsten Beobachtungen niedergelegt. Erwarten Sie von mir keine ausgedehnteren Schilderungen, die Sie ja im übrigen mühelos in den betreffenden Spezialabhandlungen nachschlagen können. Meine persönliche Rolle besteht in der eines Historiographen der Expedition Bar-

Der Markt in Timbo.

sac, und diese Rolle sagt mir zu. Klio inspiriert mich, doch habe ich nicht die Seele eines Geographen. Dies sei hier ein für allemal klargestellt.

Am Tag nach unserer Ankunft, am 14. also, machten wir uns große Sorgen um unseren Führer. Den ganzen Tag über wurde vergebens nach ihm gesucht. Moriliré war verschwunden.

Beruhigen Sie sich jedoch. Am 15. Dezember, im Augenblick des Aufbruchs, war er wieder zur Stelle, und während wir uns noch die Augen rieben, hatte er bereits eine hinlängliche Menge von Stockhieben ausgeteilt, damit die Eseltreiber sich über die Realität seiner Anwesenheit keinen Zweifeln hingäben. Von Monsieur Barsac befragt, blieb Moriliré steif und fest dabei, er habe am Tage zuvor das Lager den ganzen Tag nicht verlassen. Da wir alles in allem nichts Sicheres behaupten konnten und die Sache zudem nicht weiter wichtig war, denn schließlich wäre es durchaus entschuldbar gewesen, wenn Moriliré einmal eine Art ›Landurlaub‹ hätte genießen wollen, gingen wir der Sache nicht weiter nach, der Zwischenfall galt als erledigt.

Wir verlassen Timbo also am 15. Dezember zur gewohnten Stunde, und unsere Reise wird den ganzen Tag über ohne besondere Komplikationen und gemäß dem gewohnten Stundenplan fortgesetzt. Immerhin soll hier festgehalten werden, daß unsere Pferde nicht mehr den Boden der Straße unter den Hufen haben, der wir bisher gefolgt sind. Diese Straße verwandelt sich seit Timbo mehr und mehr in einen bloßen Fußpfad. Von Timbo an sind wir also zu wirklichen Forschungsreisenden avanciert.

Eine andere Veränderung besteht darin, daß die Landschaft jetzt einen wechselnden Charakter hat. Es geht immer auf und ab. Gleich hinter Timbo müssen wir zunächst einen ziemlich steilen Hügel erklimmen und uns dann wieder abwärts bewegen. Auf den Hügel folgt eine Ebene, dann geht es wieder bergan bis zu dem Dorf Daouhérico, an dessen Gemarkung wir Halt machen müssen, um unser Lager für die Nacht aufzuschlagen.

Nachdem Mensch und Tier wieder wohl ausgeruht sind,

kommt unser Zug schneller als gewöhnlich voran, so daß wir bereits um sechs Uhr abends im Dorf angelangt sind.

Lebhafteste Freundschaftsbekundungen erwarten uns dort. Der Häuptling kommt uns entgegen und überbringt uns Geschenke. Monsieur Barsac dankt ihm. Willkommensrufe antworten ihm.

»Ich werde nicht wärmer begrüßt, wenn ich in Aix über den Cours Sextius gehe«, erklärt Monsieur Barsac. »Aber ich wußte es ja. Man muß nur mit ihnen reden.«

Es sieht so aus, als habe er recht, dieser Monsieur Barsac, obwohl Monsieur Baudrières nur skeptisch den Kopf dazu schüttelt.

Der Dorfhäuptling erging sich indessen in weiteren Liebenswürdigkeiten. Er bot uns als Unterkunft die schönsten Hütten des Dorfes an und bat unsere Reisegefährtin, ihr Gastfreundschaft in seiner eigenen Behausung gewähren zu dürfen. Dieser warme Empfang ging uns allen zu Herzen, und die Fortsetzung unserer Reise erschien uns bereits in rosigstem Licht, als Malik sich Mademoiselle Mornas näherte und ihr rasch etwas zuflüsterte.

»Du nicht gehen, Herrin! Sonst du sterben.«

Mademoiselle Mornas starrt die kleine Negerin entgeistert an. Es versteht sich von selbst, daß ich gehört habe, was sie gesagt hat, denn dazu ist ein Reporter, der sich respektiert, ja sozusagen verpflichtet. Aber auch Hauptmann Marcenay hat es gehört, wiewohl es nicht seines Amts ist. Zuerst scheint er erstaunt zu sein. Dann, nach kurzer Überlegung, entscheidet er sich jedoch.

Im Nu macht er der Zudringlichkeit des Häuptlings ein Ende und ordnet an, daß das Lager wie üblich aufgeschlagen wird. Ich höre es und schließe daraus, daß wir wohl bewacht sein werden.

Diese Vorsichtsmaßnahmen haben mich nachdenklich gestimmt. Der Hauptmann, der über gewisse Erfahrungen mit dem schwarzen Kontinent verfügt, glaubt also demnach an die von Malik angedeutete Gefahr?

Dann allerdings ...

Dann allerdings ... stelle ich mir vor dem Einschlafen die

Frage: »Wer hat nun eigentlich recht, Monsieur Barsac oder Monsieur Baudrières?«

Vielleicht werde ich es morgen schon besser wissen.

Inzwischen weiß ich nicht recht, was ich denken soll.

Amédée Florence

VI. Dritter Artikel von Monsieur Amédée Florence

Der dritte Artikel des Spezialberichterstatters der ›Expansion française‹ erschien in diesem Blatt am 5. Februar. Aus Gründen, die man rechtzeitig erfahren wird, war es der letzte, den die Zeitung jemals von ihrem wendigen Reporter erhielt. Infolgedessen mußten die Leser der ›Expansion française‹ lange Monate warten, bis sie die Lösung des Rätsels kennenlernten, das ihnen Monsieur Amédée Florence in den letzten Zeilen seines Artikels aufgegeben hatte, eines Rätsels, das am Ende dieser Erzählung nicht länger ein solches bleiben wird.

Die Expedition Barsac
(Depesche unseres Spezialkorrespondenten)

Was Malik fürchtete. – Der ›doung-kono‹. – ›Soyons amis, Cinna‹. – Die ›platte Schnauze‹. – Die Eseltaufe. – Geduld. – Kankan. – Ein Zauberer. – Überlegen wir! – Geräusche in der Nacht.

Kankan, 24. Dezember. – Wir sind gestern früh hier angekommen, und brechen morgen, am Weihnachtstag, wieder auf.

Weihnachten! ... Meine Gedanken eilen in die Heimat zurück, von der wir so weit entfernt sind. (Sechshundertundfünfzig Kilometer seit Konakry, wie der unfehlbare Monsieur Tassin versichert.) Ich denke mit einem Lustgefühl, das ich nicht für möglich gehalten hätte, an die schneebedeckten Ebenen, und zum ersten Mal seit vielen Jahren verspüre ich ein heftiges Verlangen, meine Schuhe in den Kamin zu stellen, was zum mindesten beweisen würde, daß ich einen solchen zur Verfügung hätte.

Ich will mich jedoch nicht länger solchen Gefühlen der Rührung hingeben, sondern die Annalen der Expedition Barsac an jenem Punkte fortführen, an dem wir sie verlassen haben.

Also: in meinem vorhergehenden Artikel hatte ich Ihnen erzählt, daß in dem Augenblick, als die Bewohner von Daouhériko uns einluden, ihre Gastfreundschaft in Anspruch zu nehmen, Malik in ihrer Sprache zu Mademoiselle Mornas gesagt hatte:

»Gehen Sie nicht dorthin. Sie riskieren Ihr Leben!«

Auf diese Äußerung hin, die der Hauptmann mitangehört hatte, war beschlossen worden, außerhalb des Ortes an dem Punkt, an dem wir Halt gemacht hatten, das Lager aufzuschlagen. Nach einer Unterredung mit Malik erteilte Hauptmann Marcenay der Situation angemessene Befehle und forderte die Eingeborenen auf, sich zu entfernen. Sie taten es jedoch nicht, ohne uns noch einmal ihrer besten Absichten uns gegenüber zu versichern, wodurch der Hauptmann sich jedoch nicht beeinflussen ließ. Er verlangte mit Bestimmtheit von ihnen, daß sie sich nach Hause begäben und sich nicht auf mehr als fünfhundert Meter unserem Lager näherten. Es wird sich bald zeigen, daß diese Maßnahmen nicht unnötigerweise getroffen worden waren.

Seinem Vorsichtsprinzip getreu stimmte Monsieur Baudrières den Weisungen des Hauptmanns ausdrücklich zu, obwohl er ihre Gründe nicht kennen konnte, Monsieur Barsac hingegen, der sich bereits im Triumph unter trikoloregeschmückten grünen Gewinden in das Dorf hatte tragen sehen, konnte seinen Unmut nicht so ganz verbergen.

Als die Eingeborenen sich kaum zurückgezogen hatten, trat er auf Hauptmann Marcenay zu, der nur zwei Schritte von mir entfernt war, was mir gestattete, kein Wort der folgenden Szene zu verlieren, und schlug ihm gegenüber einen Ton an, aus dem man deutlich seinen dumpfen Zorn herauszuhören vermochte.

»Wer befiehlt hier?« fragte er sehr schroff.

»Sie, Herr Abgeordneter«, antwortete kühl aber höflich der Offizier.

»Weshalb haben Sie dann, ohne meine Meinung einzuholen, Befehl gegeben, hier zu lagern, anstatt die Nacht bei den Dorfbewohnern zu verbringen, und diese braven Negerburschen verjagt, die in bester Absicht zu uns gekommen waren?«

Der Hauptmann legte eine kleine Kunstpause ein, wie man es auf der Bühne tut.

»Herr Abgeordneter«, gab er dann ruhig zur Antwort, »wenn Sie als Chef der Expedition den Reiseweg wählen und den Marsch nach Ihrem Belieben festlegen, habe doch auch ich eine Pflicht zu erfüllen, nämlich die, Sie gebührend zu beschützen. Gewiß hätte ich Ihnen zuvor Bescheid sagen und die Gründe für mein Verhalten kundtun sollen, aber ich wollte das Dringendste zuerst erledigen. Ich bitte Sie also, meine Nachlässigkeit zu entschuldigen, wenn ich . . .«

Bis hierher verläuft alles noch sehr gut. Hauptmann Marcenay hat sich wegen seiner Unterlassung entschuldigt, und Monsieur Barsac kann sich damit zufriedengeben. Leider – und es ist nicht ausgeschlossen, daß eine Rivalität anderer Art auch mitgespielt haben mag – ist der Hauptmann nervös und wird gleich einen Ausspruch tun, der wie ein Funke im Pulverfaß wirkt.

». . . diese Formalität außer acht gelassen habe«, vollendet er seinen Satz.

»Formalität! . . .« wiederholt Monsieur Barsac, dessen Gesicht jetzt von Zorn gerötet ist.

Er stammt eben aus Südfrankreich, dieser Monsieur Barsac, und die Leute aus Südfrankreich sind bekannt dafür, daß sie Quecksilber in ihren Adern haben. Ich spüre, daß es jetzt zu Dummheiten kommen wird.

Zornbebend fährt Monsieur Barsac fort:

»Und jetzt endlich werden Sie geruhen, mir die Gründe bekanntzugeben, die ja wirklich sehr zwingend sein müssen, damit Sie derart übereilte Schritte tun?«

Was habe ich gesagt? Die Situation verschlimmert sich. Jetzt ist es an dem Hauptmann, gekränkt zu sein.

»Ich hatte erfahren«, antwortet er in kühlem Ton, »daß gegen uns ein Komplott im Gange ist.«

»Ein Komplott! . . .« ruft in ironischem Ton Monsieur Barsac aus. »Und das hier bei diesen braven Negern! . . . Fünfunddreißig Kilometer von Timbo entfernt! ... Ich muß schon sagen! ... Und wer hat es Ihnen denn aufgedeckt, dieses ... Komplott?«

Man müßte hierzu sehen, wie Monsieur dieses Wort ›Komplott‹ ausspricht. Er bläst die Backen auf und blickt mit rollenden Augen um sich! Mein Gott, wie ganz und gar ist er ein Marseiller in diesem Augenblick!

»Malik«, gibt der Hauptmann lakonisch zur Antwort.

Monsieur Barsac stimmt ein Gelächter an. Und was für ein Gelächter!

»Malik! ... Diese kleine Sklavin, für die ich fünfundzwanzig Sous bezahlt habe! ...«

Monsieur Barsac übertreibt. Zunächst einmal ist Malik keine Sklavin, da es ja auf französischem Boden überhaupt keine Sklaven gibt. Als Abgeordneter müßte Monsieur Barsac das wissen. Ferner ist Malik eine sehr teure Frau, die rund fünfundzwanzig Francs gekostet hat, wozu noch ein Gewehr und ein Stoffballen kamen.

Indessen fährt Monsieur Barsac unbeirrt fort.

»... fünfundzwanzig Sous! ... Eine schöne Autorität, in der Tat. Ich begreife, daß Sie Angst bekommen haben ...«

Der Hauptmann hat den Stich durchaus verspürt. Bei dem Wort ›Angst‹ verzieht er schmerzlich die Miene. Er beherrscht sich, aber man merkt, daß er innerlich tobt.

»Sie werden mir gestatten«, fährt, zunehmend erregt, Monsieur Barsac inzwischen fort, »mich Ihren Befürchtungen gleichwohl nicht anzuschließen. Ich für meine Person lege Wert darauf, ein Held zu sein. Ich werde also ins Dorf gehen, dort schlafen und diese Räuberhöhle ganz für mich allein erobern.«

»Das würde ich Ihnen nicht raten«, antwortet der Hauptmann wie aus der Pistole geschossen. »Ich kann nicht sagen, ob Malik sich irrt oder nicht, habe jedoch für den Zweifelsfall den Entschluß gefaßt, der durch die Vorsicht geboten war. Ich bin für Ihre Sicherheit verantwortlich, wie ich schon sagte. Meine diesbezüglichen Instruktionen sind eindeutig, und ich werde mich an sie halten, notfalls sogar gegen Ihren Willen.«

»Gegen meinen Willen! ...«

»Wenn Sie also versuchen sollten, die Befehle des militärischen Kommandierenden zu überschreiten und das Lager verließen, müßte ich Sie zu meinem Bedauern unter ausreichender Bewachung in Ihrem Zelt in Gewahrsam nehmen. Und nun gehorsamster Diener, Herr Abgeordneter. Ich muß das Aufschlagen des Lagers überwachen und habe keine Zeit, länger zu diskutieren. Habe die Ehre! ...«

Bei diesen Worten führt der Hauptmann die Hand an sein Käppi, macht in vorgeschriebener Form rechts kehrt und entfernt sich, während der Abgeordnete des Departements Süd nicht weit von einem Schlaganfall entfernt zurückbleibt.

Im übrigen bin auch ich, wenn ich ehrlich sein soll, nicht gerade in großer Form.

Monsieur Barsacs Zorn ist um so heftiger, als diese Szene sich in Anwesenheit von Mademoiselle Mornas abgespielt hat. Er steht im Begriff, dem Hauptmann zu folgen und es mit ihm zu einem Streit kommen zu lassen, der einen tragischen Ausgang haben könnte, als unsere liebenswürdige Begleiterin ihn mit einem Wort daran hindert.

»Bleiben Sie hier, Monsieur Barsac«, sagt sie zu ihm. »Gewiß war es unrecht von dem Hauptmann, Sie nicht zu unterrichten, aber er hat sich entschuldigt. Nun haben aber Sie ihn verletzt. Noch dazu erfüllt er zu Ihrem Schutz seine Pflicht auf die Gefahr hin, sich Ihren Zorn zuzuziehen und seinem Avancement zu schaden. Wenn Sie ein wenig großherzig wären, sollten Sie ihm danken.«

»Das geht zu weit!«

»Beruhigen Sie sich, ich bitte Sie, und hören Sie mich an. Ich habe soeben mit Malik gesprochen. Sie war es, die Hauptmann Marcenay alarmiert und ihm das Komplott geschildert hat, das sich gegen uns richtet. Haben Sie schon einmal von ›doungkono‹ gehört?«

Monsieur Barsac schüttelt verneinend den Kopf. Er schäumt nicht mehr, aber er schmollt.

»Ich aber weiß darüber Bescheid«, mischt sich hier Dr. Châtonnay ein, der inzwischen näher herangekommen ist. »Es ist ein tödliches Gift, dessen Eigenart darin besteht, daß seine Opfer ihm erst nach etwa acht Tagen erliegen. Wissen Sie, wie man es gewinnt? Auf eine wirklich merkwürdige Art.«

Monsieur Barsac sieht nicht aus, als ob er überhaupt zuhört.

Der Vulkan raucht immer noch.

Mademoiselle Mornas indessen antwortet an seiner Stelle.

»Nein, Dr. Châtonnay.«

»Ich will versuchen, es Ihnen zu erklären«, fährt Dr. Châtonnay, nunmehr nicht ohne ein gewisses Zögern, fort, »obwohl die Sache etwas heikel ist ... Aber gut! Es muß sein! ... Sie müssen also wissen, daß man, um ›doung-kono‹ zu gewinnen, einen Hirsehalm (in der Negersprache ›sarrio‹) nimmt und ihn in den Darm eines Kadavers einführt. Zwanzig Tage darauf nimmt man ihn wieder heraus, läßt ihn trocknen und reibt ihn. Das Pulver, das man auf diese Weise gewinnt, wird in Milch, eine Sauce, in Wein oder irgendein anderes Getränk geschüttet, und da es nach nichts schmeckt, schluckt man es ahnungslos. Acht oder zehn Tage darauf bekommt man Schwellungen, der Unterleib vor allem bläht unvorstellbar auf. Nach vierundzwanzig Stunden erliegt man dem Gift, und nichts, kein Gegengift, kein Heilmittel vermag einen vor diesem unheilvollen Geschick zu bewahren, das

›S'il n'est digne d'Atrée, c'est digne de Thyeste!‹

(Wenn's nicht des Atreus', doch Thyestens würdig ist!)«

Also gut! Schon wieder ein Vers! Ich glaube schon, daß er paßt, ... aber wozu?

»So also«, fährt Mademoiselle Mornas nun ihrerseits fort, »sieht das Komplott aus, das die Dorfbewohner schmieden. Als Malik hierher kam, hat sie den Häuptling von Daouhériko mit anderen Häuptlingen aus den Nachbardörfern darüber reden hören. Dolo Sarron, so heißt dieser Westentaschenmonarch, sollte uns einen freundschaftlichen, einen überaus herzlichen Empfang bereiten und uns auffordern, teils in sein eigenes Haus, teils in die Hütten seiner Spießgesellen einzukehren. Dort würde man uns Speisen und irgendein Nationalgetränk verabfolgt haben, das wir nicht zurückgewiesen hätten. Zur gleichen Zeit hätte man auch unsere Truppen mit Getränken versorgt. Morgen würden wir dann aufgebrochen sein, ohne irgend etwas zu bemerken, doch nach einigen Tagen hätten wir die ersten Wirkungen des Giftes verspürt. Natürlich würden alle Neger ringsum auf diesen Augenblick gewartet und, sobald unser Zug in Auflösung geraten wäre, unser Gepäck geplündert, unsere Eseltreiber und Packträger in die Sklaverei geführt und unsere Pferde und Esel an sich genommen haben. Malik hat dieses Komplott entdeckt und Hauptmann Marcenay gewarnt. Das übrige wissen Sie selbst.«

Man kann sich denken, daß dieser Bericht uns nicht wenig aufgeregt hat.

Monsieur Barsac ist bestürzt.

»Nun, was habe ich Ihnen gesagt?« ruft Monsieur Baudrières mit triumphierender Miene aus. »Da haben Sie Ihre zivilisierte Bevölkerung! Das sind mir schöne Gauner!«

»Ich kann es kaum glauben«, seufzt Monsieur Barsac. »Ich bin zu Boden geschmettert, buchstäblich zu Boden geschmettert! Dieser Dolo Sarron mit seiner Biedermannsmiene! Ha, aber jetzt wird es lustig! ... Gleich morgen lasse ich dieses Dorf niederbrennen, und was diesen elenden Dolo Sarron betrifft ...!«

»Das werden Sie doch auf keinen Fall tun, Monsieur Barsac!« rief Mademoiselle Mornas aus. »Bedenken Sie doch, daß wir noch Hunderte und Aberhunderte von Kilometern zu durchmessen haben. Die Vorsicht gebietet ...«

Monsieur Baudrières fällt ihr ins Wort.

»Ist es denn überhaupt durchaus nötig«, fragt er, »auf diese Reise weiterhin zu bestehen? Es ging doch um die Frage: ›Sind die Völkerschaften im Nigerbogen so weit zivilisiert, daß ihnen die Bürgerrechte zugestanden werden können?‹ Mir scheint, wir kennen die Antwort nun schon. Die Erfahrung dieser wenigen Tage und zumal die dieses Abends dürfte uns genügen.«

Auf diesen persönlichen Angriff hin faßt Monsieur Barsac sich wieder. Er richtet sich auf, er wird sprechen, er spricht ... Doch Mademoiselle Mornas kommt ihm zuvor.

»Monsieur Baudrières ist nicht sehr anspruchsvoll«, sagt sie. »Wie jener Engländer, der behauptete, alle Französinnen seien rothaarig, weil er bei seiner Ankunft in Calais einer Frau mit rotem Haar begegnet war, beurteilt er ein Volk nach ein paar Übeltätern. Als ob nicht auch in Europa genügend Verbrechen begangen würden! ...«

Monsieur Barsac stimmt ihr aus vollem Herzen bei. Aber er kann den Mund nicht halten. Also ergreift er das Wort.

»Sehr richtig!« ruft er aus. »Aber meine Herren, die Frage hat auch noch einen anderen Aspekt. Würde es zulässig sein, daß Vertreter der Republik sich gleichsam an der Schwelle einer großen Unternehmung bereits ...«

Er spricht gut, dieser Herr Barsac.

»... bei den ersten Schritten entmutigen lassen, als seien sie furchtsame Kinder? Nein, meine Herren, wer die Ehre hat, die Fahne Frankreichs zu führen, muß einen klaren Verstand und einen Mut besitzen, den nichts zu dämpfen vermag. Auf diese Weise wird er zwar vernünftigerweise die Gefahren erkennen, die ihm drohen könnten, aber auch, nachdem er diese Gefahren erkannt hat, ihnen ohne Erbleichen begegnen. Die Pioniere der Zivilisation ...«

Beim Himmel! Das wird eine Rede! ... Das dauert jetzt sicher noch eine ganze Weile!

»... Pioniere der Zivilisation müssen vor allem ihre Umsicht beweisen und nicht übereilt ein Gesamturteil über ein riesiges Territorium fällen, gestützt auf eine Einzelerfahrung, von der nicht einmal sicher ist, daß sie stimmt. Wie es mein Vorredner so überaus treffend dargelegt hat ...«

Der Vorredner ist ganz einfach Mademoiselle Mornas. Er lächelt, dieser Vorredner, und beeilt sich, um die Redeflut einzudämmen, tönenden Beifall zu spenden. Wir alle folgen ihrem Beispiel und applaudieren ebenfalls, natürlich ausgenommen Monsieur Baudrières.

»Der Fall ist nunmehr geklärt«, läßt Mademoiselle Mornas

sich trotz allen Lärms vernehmen, »und die Reise wird fortgesetzt. Ich wiederhole also, daß uns die Klugheit gebietet, alles Blutvergießen zu vermeiden, das Repressalien nach sich ziehen könnte. Wenn wir vernünftig sind, konzentrieren wir uns ganz auf eine friedliche Fortsetzung unserer Reiseroute. Das jedenfalls ist die Meinung von Hauptmann Marcenay.«

»Ja, dann allerdings! Wenn es die Meinung von Hauptmann Marcenay ist! ...« stimmt Monsieur Barsac mit etwas süßsaurer Miene ihr zu.

»Setzen Sie nicht so eine ironische Miene auf, Monsieur Barsac«, entgegnet ihm Mademoiselle Mornas. »Sie täten besser daran, sich nach dem Hauptmann umzusehen, den Sie vorhin gehörig angefahren haben, und ihm Ihre Hand zur Versöhnung zu bieten. Alles in allem verdanken wir ihm womöglich unser Leben.«

Monsieur Barsac ist zwar ein Hitzkopf, aber doch ein braver, ein ganz ausgezeichneter Mann. Er zögerte nur gerade so lange, wie nötig war, um sein Opfer gebührend zur Geltung zu bringen, und lenkte dann seine Schritte zu Hauptmann Marcenay, der gerade die letzten Anordnungen für die Aufstellung einer Feldwache traf.

»Herr Hauptmann, auf ein Wort«, sagte er zu ihm.

»Zu Befehl, Herr Abgeordneter«, antwortete der Offizier, und nahm militärische Haltung an.

»Herr Hauptmann«, fuhr Monsieur Barsac fort, »wir haben soeben beide unrecht gehabt, ich aber mehr als Sie. Ich bitte Sie also um Entschuldigung. Wollen Sie mir die Ehre erweisen, mir die Hand zu geben?«

Das wurde mit viel Würde vorgebracht und hatte, wie ich versichern kann, nichts Demütigendes an sich. Monsieur Marcenay war ganz gerührt:

»Ah! Herr Abgeordneter«, sagte er, »das ist wirklich zuviel! Ich hatte schon alles vergessen! ...«

Sie drückten einander die Hand, und ich glaube, sie sind bis auf weiteres nun die besten Freunde von der Welt.

Nachdem der Zwischenfall Barsac–Marcenay zur allgemeinen

Zufriedenheit bereinigt war, zog jeder von uns sich in die Unterkunft zurück, die für ihn vorgesehen war. Ich legte mich also schlafen, als ich bemerkte, daß seiner Gewohnheit entsprechend Monsieur de Saint-Bérain nicht anwesend war. Hatte er etwa das Lager entgegen der Weisung verlassen?

Ohne meinen Reisegefährten etwas davon zu sagen, begab ich mich auf die Suche nach ihm. Ich hatte das Glück, sofort auf seinen Bedienten Tongané zu stoßen.

»Du wollen Mossié Agénor sehen?« fragte er mich. »Du kommen leise. Wir ihn sehen aus Versteck. Er sehr komisch!«

Tongané führte mich an das Ufer eines kleinen Wasserlaufs jenseits der Wachtpostenlinie, und hinter einem Baobab versteckt erkannte ich tatsächlich Saint-Bérain. Er schien dort sehr beschäftigt zu sein und hielt zwischen seinen Fingern ein Tier, das ich nicht gut erkennen konnte.

»Ist ein ntori«, sagte Tongané zu mir.

Ein ntori ist eine Kröte.

Saint-Bérain öffnete weit das Maul des Tieres und führte in seinen Körper einen an beiden Seiten zugespitzten Stahlstab ein. In der Mitte des Stabes war eine starke Schnur befestigt, die er an einem Ende festhielt.

Das Merkwürdigste dabei ist, daß während dieser ganzen Operation Saint-Bérain keinen Augenblick aufhörte, herzzerreißende Seufzer auszustoßen. Er sah so aus, als ob er grausam litte, und ich verstand überhaupt nicht, weshalb. Seitdem jedoch habe ich des Rätsels Lösung gefunden. Saint-Bérain litt tatsächlich, aber nur, weil er einen unglücklichen ntori einer so barbarischen Behandlung unterziehen mußte. Während er seiner Leidenschaft für das Angeln mit Wonne frönte, erhob sein zartes Empfinden dennoch Einspruch.

Nachdem er die Kröte auf dem Ufergras abgelegt hatte, versteckte er sich mit einem dicken Stock in der Hand hinter einem Baum und wartete ab. Wir machten es wie er.

Wir brauchten nicht lange zu warten. Fast auf der Stelle fand sich ein höchst seltsames Tier, eine Art von riesiger Eidechse, ein.

»Du sehen«, sagte Tongané leise zu mir, »ist schöne ›Gueule tapée‹ (platte Schnauze)!«

›Platte Schnauze‹ ... Der Doktor erklärt mir am folgenden Tag, daß man so eine bestimmte Art von Leguanen bezeichnet.

Die ›platte Schnauze‹ also verschlang den Frosch und wollte dann den Weg zurück ins Wasser nehmen. Als sie sich durch die Schnur festgehalten fühlte, strampelte sie, und die Eisenspitzen drangen ihr dadurch ins Fleisch. Sie war gefangen. Saint-Bérain zog das Tier zu sich heran und hob seinen Stock ...

Was soll ich sagen? Der Stock sinkt kraftlos herab, während Saint-Bérain ein wundes Stöhnen von sich gibt ... Einmal, zweimal, dreimal hebt sich drohend der Stock, einmal, zweimal, dreimal sinkt er, von jammervollem Seufzen begleitet, wieder herunter, ohne irgend etwas bewirkt zu haben.

Tongané verliert die Geduld. Er bricht aus unserem Versteck hervor und bereitet selbst durch einen kraftvollen Schlag der Unsicherheit seines Herrn und zugleich den Lebenstagen der ›platten Schnauze‹ ein Ende, die niemals zuvor ihren Namen so sehr mit Recht verdient hatte.

Saint-Bérain stößt noch einmal einen Seufzer – diesmal als Zeichen der Befriedigung – aus. Schon hat Tongané sich des Leguans bemächtigt.

»Morgen«, sagt er, »gibt es ›platte Schnauze‹ zu essen. Ich ihn lassen kochen. Ist bestimmt viel gut.«

»Viel gut« wurde die Mahlzeit denn auch in der Tat.

Am 16. Dezember brachen wir schon im Morgengrauen zur Weiterreise auf. Wir beschrieben zunächst einen Bogen um das Dorf, in dem wir zu dieser frühen Stunde nur wenige Bewohner bemerkten. Der gottlose alte Dolo Sarron sah uns vorüberziehen, und ich glaubte zu erkennen, daß er uns von weitem eine drohende Gebärde zusandte.

Einen Kilometer von dort entfernt durchquerten wir einen Wald aus Schibutterbäumen, Ntabas und Bans, wie wenigstens Dr. Châtonnay uns belehrte.

»Der Ntaba«, erklärte er uns, »ist eine Feigenart von besonderer Größe. Seine Blätter, die fünfundzwanzig bis dreißig Zentimeter messen, werden benutzt, um die Lager abzusichern. Seine im Juni reifenden Früchte umschließen drei oder vier große Bohnen, die in einem sehr süßen Saft schwimmen. Die Eingeborenen schätzen sie überaus. Wir Europäer ziehen die Sabafrucht vor, die an unsere Kirschen erinnert. Der Ban, dessen Frucht, wie Sie sehen, an unsere Tannenzapfen erinnert, ist eine Palmenart. Aus seinen Zweigen werden Dächer für die Hütten sowie Transportkörbe geflochten, wie wir selbst einige in unserem Train mit uns führen. Aus den Blättern werden Hüte, Matten und Tragbeutel hergestellt. Schließlich liefern noch die getrockneten und gespaltenen Zweige ausgezeichnete Fackeln. Mit solchen Fackeln übrigens beleuchten auch wir uns hier.«

Kurz vor neun Uhr kamen wir an eine Stelle, an der unser Weg durch einen Fluß unterbrochen wurde, in dem es wie gewöhnlich von Flußpferden und Kaimanen wimmelte. Wir mußten ihn durch eine Furt überschreiten. Ich stellte fest, daß wir zum ersten Mal in diese Lage kamen. Bis jetzt hatten wir immer entweder eine Brücke angetroffen oder der Wasserstand war so niedrig gewesen, daß unsere Tragtiere nur gerade ihre Hufe benetzten. Diesmal war es anders, wir hatten einen wirklichen Fluß vor uns.

Glücklicherweise war das Wasser weniger tief, als wir gefürchtet hatten. Unsere Pferde wurden kaum bis zum Brustriemen naß, und unser Durchzug ging ohne Schwierigkeiten vonstatten.

Etwas anders sah die Sache bei den Eseln aus. Als diese übrigens hochbepackten Tiere die Mitte des Flusses erreicht hatten, machten sie einmütig halt. Die Treiber mühten sich vergeblich ab, um sie zum Weitergehen zu bewegen. Sie waren für ermunternde Zurufe wie für Stockschläge gleich unzugänglich.

»Oh, ich das kennen«, meinte einer der Eseltreiber. »Sie wollen Taufe haben.«

»Ja! Ja!« stimmten seine Kollegen ihm bei. »Sie warten auf Taufe.«

Jeder einzelne von ihnen beugte sich alsbald hinunter, nahm

Wir mußten ihn durch eine Furt überschreiten.

etwas Wasser in die Hand und goß es, unverständliche Worte murmelnd, dem ihm anvertrauten Tier über den Kopf.

»Das ist«, erklärte uns Monsieur Tassin, »ein in diesen Gegenden seit unvordenklichen Zeiten üblicher Brauch. Bei der ersten Furt, die durchquert werden muß, gebietet es die Regel, die Esel zu taufen. Sie werden sehen, sobald nun die Riten erfüllt sind, werden sie ohne Schwierigkeiten weitergehen.«

Es dauerte in der Tat nicht lange.

Die Temperatur betrug fast dreißig Grad im Schatten. Die Esel, die wahrscheinlich die Kühle des Wassers angenehm gefunden hatten, dachten nun zweifellos, ein ordentliches Bad müsse noch angenehmer sein. Nach zwei oder drei vergnügten Furzen stürzten sie sich munter in den Fluß und wälzten sich mit solchem Behagen darin, daß ihre nur mangelhaft befestigten Lasten davonzuschwimmen begannen.

Man mußte sie wieder aus dem Wasser fischen. Die Eseltreiber gaben sich mit der weisen Langsamkeit, die charakteristisch für sie ist, dieser Aufgabe hin, so daß wir ohne die Soldaten des Hauptmanns Marcenay die Hälfte unserer Vorräte, unserer Geschenke und Tauschwaren eingebüßt hätten, was für uns ein nicht wiedergutzumachender Schaden gewesen wäre.

Als Monsieur Barsac seiner Ungeduld und seiner schlechten Laune in heftigen Wendungen Luft machte und die phlegmatischen Eseltreiber mit provenzalischen, aber jedenfalls beleidigenden Beiwörtern belegte, trat Moriliré dicht an ihn heran.

»Mani Tigui (Kommandant)«, sagte er leise zu ihm, »du nicht schreien.«

»Soll ich etwa nicht in Wut geraten? ... Wo doch diese dummen Kerle mich um Waren im Wert von hunderttausend Francs bringen werden? ...«

»Nicht gut«, wiederholte der Führer. »Du viel Geduld. Wenn Lasten herunterfallen und Eingeborene streiten, du nicht schreien. Sie reden viel, sind aber nicht böse Leute. Nachher wieder viel gut.«

Was ich da erzähle, stimmt zwar aufs Haar, wird Ihre Leser aber vielleicht nicht amüsieren. Doch kann ich nichts dafür, es ist nun einmal so. Als ich mich auf die Teilnahme an der Expedition Barsac einließ, machte ich mich auf eine hochinteressante Reportage gefaßt und dachte, Ihnen ein Manuskript zu schicken, das von fabelhaften Abenteuern nur so strotzte. Geheimnisvolles

Dunkel der Urwälder, steter Kampf mit der Natur, Abwehr wilder Tiere, Schlachten mit unzähligen Negerheeren – so etwa sahen meine Träume aus. Da muß ich nun freilich bedeutend genügsamer werden. Unsere Wälder sind der Busch, und wir treffen bislang auf kein Hindernis, das die Natur des Landes uns beschert. Was die wilden Tiere anbelangt, so sind uns außer Flußpferden und den allerdings sehr zahlreichen Kaimanen, ein paar Antilopenherden und ab und zu einmal einigen Elefanten keine vor Augen gekommen. Statt blutrünstigen Negern sind wir bisher nur guten Freunden begegnet, abgesehen allerdings von dem alten Gauner Dolo Sarron. Unsere Reise verläuft im Grunde sehr monoton.

Nachdem wir Daouhériko schlechten Angedenkens verlassen hatten, mußten wir zunächst einen Hügel erklimmen und uns dann wieder hinunter nach Bagareya im Tinkissotal begeben. Mangels aufregender Beobachtungen stelle ich einzig fest, daß Tchoumouki sich von der Nachhut entfernt hat und jetzt Morilíré begleitet. Hat es etwa einen Bruch mit Tongané gegeben? Tchoumouki und Morilíré plaudern miteinander und scheinen die besten Freunde von der Welt zu sein. Warum nicht! Um so besser!

Was Tongané anbelangt, so scheint er seinen Kameraden nicht weiter zu vermissen. Ganz am Ende unserer Karawane unterhält er sich mit der kleinen Malik. Das Gespräch scheint höchst angeregt zu verlaufen. Eine Romanze, vielleicht? ...

Hinter Bagareya beginnt von neuem der Busch, der immer trockener wirkt, je mehr wir uns zeitlich von der Regenperiode entfernen, und wieder haben wir vor uns nur eine Ebene, die wir, wie ich gleich bemerken möchte, bis Kankan, das wir gestern, am 23. Dezember, erreichten, und von wo aus ich diesen Artikel datiere, nicht mehr verlassen haben.

Am 22. Dezember, in Kouroussa, haben wir die Djoliba überquert, von der Monsieur Tassin behauptet, daß sie der Niger sei, aber in Kankan stoßen wir auf einen anderen ebenso bedeutenden Fluß, der auf den anderen zufließt und, wie es scheint, achtzig Kilometer weiter nördlich in ihn einmündet.

Warum sollte nicht dieser Fluß, der Milo heißt, der richtige, authentische Niger sein? Nicht ohne einen gewissen Zug von Verachtung behauptet Monsieur Tassin, daß davon keine Rede sein könne, gibt aber keinen Grund dafür an. Im übrigen spielt es ja auch gar keine Rolle.

›Und die Zwischenfälle?‹ werden Sie mich fragen. ›Wie, während dieser ganzen neun Tage sollte nichts passiert sein?‹

Nichts, oder doch nur sehr wenig!

Auch wenn ich mein Notizbuch mit der Lupe durchsuche, stoße ich nur auf zwei allenfalls erwähnenswerte Fakten. Das erste ist kaum wahrnehmbar. Und das andere ... Ja, allerdings ... Da weiß ich freilich nicht so recht, was ich davon halten soll.

Hier möge zunächst ein kurzer Bericht über das erste folgen.

Drei Tage nach unserem Aufbruch aus Daouhériko setzten wir unermüdlich unsere Reise zwischen gut bestellten ›lougans‹ fort, was ein Zeichen dafür war, daß wir uns einem Dorfe näherten, als Eingeborene, die unseren Weg kreuzten, plötzlich offenkundige Zeichen von Furcht erkennen ließen und die Flucht ergriffen.

»›Marfa‹! ›Marfa‹!« riefen sie und liefen davon, so schnell sie ihre Beine trugen.

›Marfa‹ heißt auf Bambara das Gewehr. Nun aber erfaßten wir um so weniger den Sinn dieser Ausrufe, als, um die Neger nicht zu erschrecken, Hauptmann Marcenay angeordnet hatte, daß seine Leute ihre Gewehre in unauffälligen Lederhüllen tragen sollten, die in nichts an die Form einer Waffe erinnerten. Es gab demnach also kein Gewehr, das als solches kenntlich war. Weshalb waren dann die Neger, die uns begegneten, von solchem Schrecken erfüllt?

Wir fragten uns vergeblich danach, als wir das Klirren von etwas Metallischem und gleich darauf einen empörten Ausruf von seiten Saint-Bérains vernahmen.

»Diese Schelme!« rief er wütend aus. »Sie werfen Steine nach meinem Angeletui! Es ist schon ganz zerbeult! Na, wartet! Wartet nur einmal ab, ihr elenden Halunken! ...«

Nur mit größter Mühe gelang es uns, ihn an einer Verfolgung seiner Angreifer zu hindern, es bedurfte sogar eigentlich erst noch des Einschreitens von Mademoiselle Mornas. Die Neger hatten, als sie sein schönes Etui in der Sonne funkeln sahen, dieses für den Lauf eines Gewehrs gehalten. Daher ihr Erschrecken.

Um weitere ähnliche Mißverständnisse zu vermeiden, die irgendwelche üblen Folgen für uns hätten haben können, bat Monsieur Barsac Monsieur de Saint-Bérain, sein allzu glänzendes Ausrüstungsstück im Gepäck, auf dem Rücken eines Esels zu verbergen. Aber es war nicht möglich, den leidenschaftlichen Angler zur Vernunft zu bringen, der vielmehr erklärte, um nichts auf der Welt werde er sich von seinen Angeln trennen. Alles, was man erreichen konnte, war, daß er sein Nickeletui in einen Stofflumpen wickelte, der seinen Glanz verhüllte.

Mein Freund Saint-Bérain ist wirklich ein Original.

Der andere Vorfall hat Kankan zum Schauplatz, wo wir mit zwölf Stunden Verspätung gegenüber unserem ursprünglichen Plan wegen eines neuerlichen Verschwindens von Moriliré am Morgen des 23. Dezember angekommen sind. Am 22. war in dem Augenblick, in dem wir den zweiten Teil unseres Tagesmarsches in Angriff nehmen wollten, Moriliré nirgends zu sehen. Vergebens forschte man rundum nach ihm, wir mußten uns damit abfinden, einfach auf ihn zu warten.

Am nächsten Tag in der Frühe war unser Führer jedoch auf seinem Posten und kümmerte sich um den Aufbruch, als sei nichts geschehen. Diesmal ließ seine Abwesenheit von unserem Trupp sich nicht leugnen. Daraufhin gab sich denn auch Moriliré nicht erst mit zwecklosen Ausreden ab. Er erklärte, er habe zu dem vorhergehenden Lagerplatz zurückkehren müssen, weil er dort Hauptmann Marcenays Karten habe liegenlassen. Dieser letztere putzte ihn gehörig herunter, und die Sache war so weit ausgestanden.

Ich hätte gar nichts davon erwähnt, wenn nicht Saint-Bérain in seiner üblichen phantasievollen Art versucht hätte, den Vorfall aufzubauschen, indem er ihm einen anderen Sinn unterlegte.

Da er in jener Nacht an Schlaflosigkeit litt, hatte er, scheint es, die Rückkehr unseres Führers abgewartet. Wie ein großes Geheimnis hatte er sodann Hauptmann Marcenay anvertraut, Moriliré sei nicht von Westen, woher wir selber kamen, wieder eingetroffen, sondern von Osten, das heißt von Kankan her, wohin wir erst gingen, habe infolgedessen also nicht etwas Vergessenes geholt und somit gelogen.

Wäre die Quelle eine andere gewesen, hätte diese Information vielleicht eine gewisse Beachtung verdient, da sie jedoch von Saint-Bérain kam . . .! Saint-Bérain ist so zerstreut, daß er sehr gut die Himmelsrichtungen verwechselt haben könnte.

Doch kehren wir zu unserem Thema zurück! Ich sagte schon, daß Kankan der Schauplatz des anderen Vorfalls war. Während wir, Mademoiselle Mornas, Monsieur Barsac, Saint-Bérain und ich, von Tchoumouki und Moriliré begleitet, uns dorthinbegaben . . .

Aber ich sehe, daß ich vergessen habe, meine Laterne anzuzünden und daß ich besser daran tue, etwas weiter auszuholen.

Man muß also wissen, daß in den letzten Tagen Moriliré uns allen nacheinander damit lästig gefallen war, indem er uns die Verdienste eines gewissen ›Griot‹ oder, genauer gesagt, eines ›Kéniélala‹ (Wahrsager) rühmte, der in Kankan seinen Wohnsitz habe. Seinen Worten zufolge verfügte dieser ›Kéniélala‹ über ein erstaunliches ›zweites Gesicht‹. Immer wieder drängte uns Moriliré, uns persönlich davon zu überzeugen. Ich brauche nicht erst zu sagen, daß wir unabhängig voneinander ihn einmütig abgewimmelt hatten. Wir sind schließlich nicht bis in das Herz Afrikas vorgedrungen, um mehr oder weniger begabte Hellseher zu konsultieren.

Doch als wir unter der Führung von Moriliré und Tchoumouki einen Spaziergang durch Kankan unternehmen, bleiben die beiden etwa zwei Schritte vor einer Hütte stehen, der nichts Besonderes anzusehen ist. Durch einen Zufall, dem sie, wie ich stark vermute, etwas nachgeholfen haben, erweist sich diese ausgerechnet als die Behausung des berühmten ›Kéniélala‹, den sie so sehr angepriesen hatten. Von neuem aber weigern wir uns. Sie geben sich jedoch nicht geschlagen, sondern singen unbekümmert wieder und wieder das Lob des verehrungswürdigen Magiers.

Was kann es eigentlich Morilíré oder seinem Kameraden Tchoumouki ausmachen, ob wir ihren ›Kéniélala‹ aufsuchen oder nicht? Oder sollten die Sitten des Landes bereits derart zivilisiert sein, daß die beiden Burschen von der Einnahme ihres Wundermannes eine ›Provision‹ bekämen und beauftragt wären, ihm Kunden zuzuführen, wie es die Gondolieri in Venedig zugunsten der Glas- und Spitzenhersteller tun? Dann freilich hätte Monsieur Barsac recht!

Die beiden Spießgesellen lassen sich jedenfalls durch nichts entmutigen. Sie drängen uns, sie drängen uns derart, daß wir nachgeben, und wäre es auch nur, um endlich Ruhe zu haben. Schließlich können wir ihnen ja das Vergnügen machen, und wenn es ihnen ein paar ›Kauri‹ einbringt, um so besser für sie.

Wir treten in eine Hütte, die im Innern unsagbar schmutzig ist und in die nur gedämpfte Helligkeit dringt. Der ›Kéniélala‹ steht mitten im Raum. Nachdem er sich fünf Minuten lang auf den Schenkel geklopft und dabei zu uns I n i - t i l i gesagt hat, was ›gute Mittagsstunde‹ bedeutet – tatsächlich entspricht das genau der Tageszeit –, hockt er sich auf eine Matte und fordert uns auf, desgleichen zu tun.

Zunächst schichtet er vor sich einen Haufen aus sehr feinem Sand auf, den er jäh mit Hilfe eines kleinen Besens fächerförmig auseinanderkehrt. Darauf läßt er sich von uns ein Dutzend – sechs rote und sechs weiße – Kolanüsse reichen, die er rasch über den Sand rollen läßt, während er unverständliche Worte murmelt. Darauf ordnet er die Früchte auf dem Sand zu verschiedenen Figuren – Kreisen, Quadraten, Rauten, Rechtecken, Dreiecken usw. – an und macht über ihnen seltsame Zeichen, als wolle er sie segnen. Schließlich sammelt er sie äußerst sorgfältig wieder ein und streckt uns seine schmutzige Hand entgegen, in die wir die Bezahlung für die Konsultation deponieren.

Wir brauchen ihn jetzt nur noch zu fragen. Er ist inspiriert. Er ist bereit zu reden.

Wir stellen ihm abwechselnd ein paar Fragen, die er schweigend anhört. Er wird uns alle Antworten gleichzeitig erteilen, kündigt er an. Als wir mit Reden aufgehört haben, redet er seinerseits mit großer Zungenfertigkeit, sehr lebhaft wie ein Mann, der all dessen, was er vorbringt, vollkommen sicher ist. Die Voraussagen dieses Magiers sind nicht eben erheiternd! Wenn wir an die Sache glaubten – was wir glücklicherweise nicht tun –, würden wir besorgt und beunruhigt sein Sprechzimmer verlassen.

Bei mir fängt er an, bei mir, der ich mich nach dem Schicksal dessen erkundigt habe, was mir das Teuerste auf der Welt ist, das heißt nach dem der Artikel, die ich Ihnen schicke.

»Bald«, sagt er zu mir in einem Kauderwelsch, das ich hier in ein verständliches Idiom übersetze, »wird niemand mehr von dir hören.«

Das sind ja schöne Aussichten! Aber schließlich hat der Zauberer gesagt ›bald‹. Ich kann also, was den gegenwärtigen Bericht anbetrifft, noch beruhigt sein.

Dann wendet der ›Kéniélala‹ sich Saint-Bérain zu.

»Du wirst«, sagt er zu ihm, »eine Verwundung erhalten, die dich am Sitzen hindern wird.«

Ich denke an die Angelhaken. Er hinkt den Ereignissen nach, dieser alte Schelm. Er verliert sich in der Vergangenheit, über die Moriliré und Tchoumouki sicherlich das Dunkel gelüftet haben.

Jetzt ist die Reihe an Mademoiselle Mornas.

»Du wirst im Herzen getroffen werden«, verkündet der ›Kéniélala‹.

Ei, ei, gar nicht so dumm! Man beachte, daß er sich auf keine Details eingelassen hat. Wird die Verwundung physisch oder psychisch sein? Ich neige sehr zu der zweiten Hypothese und habe unsere beiden Führer stark im Verdacht, ein bißchen geschwatzt zu haben. Mademoiselle Mornas hat die Weissagung sicher so aufgefaßt wie ich, denn sie ist errötet. Wetten, daß auch sie an Hauptmann Marcenay dabei denkt?

Aber unser Magier schweigt sich aus. Dann faßt er Monsieur Barsac mit einem drohenden Blick ins Auge. Offenbar wird jetzt die bedeutsamste Weissagung folgen.

»Jenseits von Sikasso sehe ich Weiße.«

»Jenseits von Sikasso«, orakelt er, »sehe ich Weiße. Das bedeutet für euch alle Sklaverei oder Tod.«

Der alte Knabe hat wirklich etwas Aufmunterndes!

»Weiße? ...« wiederholte Mademoiselle Mornas. »Sie meinen sicher Schwarze.«

»Ich habe gesagt Weiße«, bekräftigt feierlich der ›Kéniélala‹, der auf amüsanteste Weise höhere Eingebung simuliert. »Begeben Sie sich nicht über Sikasso hinaus. Sonst: Sklaverei oder Tod.«

Natürlich faßten wir das Ganze scherzhaft auf. Wem könnte dieser Jahrmarktsprophet denn weismachen, daß sich auf französischem Boden eine Ansammlung von Weißen befindet, die zahlreich genug wäre, um für eine Karawane von unserem Ausmaß eine Gefahr darzustellen! Beim Abendessen am gleichen Tage amüsierten wir uns über das Erlebnis, sogar der ängstliche Monsieur Baudrières, und später dachte niemand mehr daran.

Am Abend beim Schlafengehen dachte ich selbst aber doch daran. Ich dachte sogar sehr ernsthaft daran und gelangte schließlich zu Folgerungen, die ... Aber man urteile selbst!

Stellen wir das Problem als solches zunächst einmal klar.

Die Basis geben zweieinhalb Tatsachen ab.

Die halbe Tatsache ist Morilirés Abwesenheit in Timbo und während unseres letzten Halts vor Kankan.

Die zwei Tatsachen sind die geplante Vergiftung mit ›doungkono‹ und der düstere Orakelspruch des schwarzen Zauberers.

Auf dieser Grundlage heißt es nun überlegen.

Die erste Tatsache: Ist es glaubhaft, daß der Häuptling eines winzigen Dorfes auf den unsinnigen Gedanken gekommen ist, eine von zweihundert Säbeln begleitete Expedition anzugreifen, und das in einer seit langem schon von unseren Truppen besetzten Region Senegambiens, fünfunddreißig Kilometer von Timbo, einer bedeutenden französischen Garnison, entfernt? Nein, das ist nicht glaubhaft. Es ist im Gegenteil ausgeschlossen, vollkommen ausgeschlossen.

Zweite Tatsache: Ist es glaubhaft, daß ein stumpfer, unwissender Neger die Gabe hat, in der Zukunft zu lesen? Nein, er besitzt sie nicht, soviel steht fest.

Nun aber steht ebenso fest, daß dieser Zwischenfall mit dem

›doung-kono‹ stattgefunden hat, oder aber daß man es wenigstens – denn ich bin überzeugt, ein solcher Plan hat niemals gefaßt werden können – so einrichtete, daß wir ihn als Tatsache hingenommen haben.

Ebenso ist gewiß, daß der ›Kéniélala‹, der unvorbereitet uns aufs Geratewohl sicher etwas ganz anderes vorhergesagt hätte, in Wirklichkeit eben doch nichts anderes gesagt, sondern darauf bestand, uns für den Fall, daß wir über Sikasso hinausgelangen, Sklaverei oder Tod zu prophezeien.

Der Schluß ist zwingend: man hat uns Angst machen wollen.

›Wer aber? Und warum?‹ werden Sie fragen.

Wer? Ich weiß es nicht.

Warum? In der Absicht, uns zum Verzicht auf unsere weitere Reise zu bewegen. Wir sind irgend jemandem unbequem, und dieser Jemand will nicht, daß wir noch weiter als bis Sikasso vordringen.

Was das ›halbe Faktum‹ Moriliré anbetrifft, so hat es keine Bedeutung, oder aber Moriliré steht, wenn Saint-Bérain nicht so zerstreut wie gewöhnlich war, mit denen im Bunde, die uns am Vormarsch zu hindern gedenken. Sein beharrliches Bemühen, uns zu dem ›Kéniélala‹ zu führen, macht ihn schon sehr verdächtig, und es ist anzunehmen, daß er allermindestens dafür bezahlt worden ist. Es wird angebracht sein, sich über diesen Punkt Gewißheit zu verschaffen.

Dies sind meine Folgerungen. Die Zukunft wird beweisen, ob sie begründet sind oder nicht.

Wir werden es ja erleben. AMÉDÉE FLORENCE

IM BUSCH, EINEN TAGESMARSCH HINTER KANKAN, 26. Dezember. – Ich füge meinem Brief von vorgestern, dessen Weiterleitung an Sie Tchoumouki übernommen hat, das folgende Postskriptum hinzu.

Was wir heute nacht erlebt haben, ist etwas ganz Außergewöhnliches. Ich teile es Ihnen ohne den Versuch einer Erklärung mit.

Wir haben gestern, am 25. Dezember, in der Frühe Kankan verlassen und am Abend nach zwei beträchtlichen Etappen von insgesamt dreißig Kilometern auf freiem Felde kampiert. Das Land ist wenig besiedelt. Das letzte Dorf, auf das wir gestoßen sind, Diangana, liegt etwa zwanzig Kilometer hinter uns, und fünfzig Kilometer trennen uns von dem nächsten, Sikoro.

Zur gewohnten Stunde schliefen alle Lagerinsassen.

Mitten in der Nacht wurden wir plötzlich durch ein seltsames Geräusch geweckt, das niemand auf einleuchtende Weise zu erklären vermochte. Es war wie ein ungeheures Dröhnen, etwa wie das einer Dampfmaschine, oder genauer gesagt wie das Brummen von Insekten, jedoch gigantischer Insekten, Insekten von Elefantenformat. Nach den Auskünften, die die Wachen uns gaben, hatte dieses ungewohnte Geräusch in westlicher Richtung begonnen und zunächst sehr schwach, allmählich immer mehr an Intensität zugenommen. In dem Augenblick, in dem wir unsere Zelte verließen, hatte es sein Maximum erreicht. Das Merkwürdigste ist, daß es von oben, aus der Luft, vom Himmel herkommt. Die Sache, die es hervorbringt, befindet sich genau über uns. Doch was für eine Sache kann das sein?

Vergebens reißen wir die Augen auf. Man kann unmöglich etwas sehen. Dicke Wolken verdecken den Mond, es herrscht überall tintenschwarze Nacht.

Während wir uns vergeblich abmühen, das Dunkel mit dem Blick zu durchdringen, entfernt sich das Brummen nach Osten zu, nimmt ab und erstirbt . . . Doch noch bevor es vollends verstummt, vernehmen wir ein zweites, das ebenfalls von Westen naht. Wie das erste nimmt auch dieses Brummen zu, erreicht seinen Höhepunkt, läßt nach und hört, nach Osten sich entfernend, auf.

Das Lager scheint wie vor Schrecken erstarrt. Alle Schwarzen halten das Gesicht auf den Boden gepreßt. Die Europäer sammeln sich um Hauptmann Marcenay. Unter ihnen entdecke ich auch Tchoumouki und Tongané, die infolge ihres Zusammenlebens mit den Weißen etwas von deren Seelenruhe angenommen haben. Hingegen sehe ich nirgends Moriliré. Sicher liegt auch er

Wir reißen die Augen auf.

wie seine schwarzen Stammesgenossen irgendwo platt auf dem Bauch.

Fünfmal nacheinander wird dieses Brummen hörbar, wächst an

und erlischt. Dann sinkt die Nacht in ihre gewohnte Stille zurück und geht friedlich zu Ende.

Am Morgen haben wir die größte Mühe, unsere Kolonne wieder aufzustellen. Die Neger haben Angst und weigern sich hartnäckig aufzubrechen. Hauptmann Marcenay jedoch bringt sie schließlich zur Vernunft. Er weist sie auf die Sonne hin, die an einem wolkenlosen Himmel erscheint. Offenbar trägt sich in diesem Augenblick in der Luft nichts Außergewöhnliches zu.

Endlich rücken wir mit drei Stunden Verspätung ab.

Natürlich bildet das nächtliche Phänomen den Gegenstand aller Gespräche; niemand jedoch vermag es zu erklären. Allmählich beginnt man trotz allem von anderem zu reden, als ungefähr zwei Kilometer von unserem soeben verlassenen Lager entfernt Hauptmann Marcenay, der an der Spitze reitet, die Beobachtung macht, daß der Boden von etwa fünfzig Meter langen, von Westen nach Osten verlaufenden Wagenspuren durchfurcht ist. Diese Spuren, die im Westen etwa zehn Zentimeter tief sind, werden nach Osten zu merklich schwächer. Es sind im ganzen zehn Spuren, die in fünf Gruppen zu je zweien verlaufen.

Stehen sie in Zusammenhang mit dem Phänomen dieser Nacht? Zunächst ist man versucht, die Frage zu verneinen.

Und dennoch ist da der gleiche Verlauf von Westen nach Osten. Und auch die Übereinstimmung der Zahl gibt zu denken: fünf Gruppen von Spuren und fünfmaliges Brummen ...

Und weiter? ...

Weiter weiß ich auch nichts. AMÉDÉE FLORENCE

VII. *In Sikasso*

Die Expedition Barsac traf am 12. Januar in Sikasso ein. Sie hatte also in weniger als sechs Wochen, das heißt mit einem Tagesdurchschnitt von fünfundzwanzig Kilometern, die elfhundert Kilometer von der Küste bis zu dieser alten Hauptstadt des Kenedougou, die später Samorys letzte Festung geworden ist, zurückgelegt.

Da die ›Expansion française‹, wie bereits gesagt, nach dem dritten von ihm selbst am übernächsten Tag nach dem Aufbruch aus Kankan abgesandten, keine Artikel von Amédée Florence mehr erhielt, würde man über den Verlauf der Expedition von diesem Tage an keine Nachricht mehr haben, wäre nicht das Notizbuch vorhanden, in das der gewandte Reporter Tag für Tag seine Bemerkungen und Beobachtungen eingetragen hatte.

Dieses Notizbuch nun hat der Verfasser der hier vorliegenden Erzählung vor sich liegen; er wird nicht verfehlen, gegebenenfalls sich weitgehend an diese Notizen zu halten.

Von Kankan bis Sikasso scheint die Reise monoton und ohne interessante Zwischenfälle verlaufen zu sein. Abgesehen von einigen scherzhaften Hinweisen auf Saint-Bérains neue Beweise von Zerstreutheit oder der bis ins einzelne gehenden Schilderung der Vorfälle eines jeden Tages – alles Dinge, von denen der Leser schon so viele Proben erhalten hat, daß es sich erübrigt, ihm noch weitere vorzusetzen –, beschränkt sich Amédée Florence darauf, den Reiseweg zu beschreiben, der bis Tiola eben verläuft, dann von diesem Dorf an durch ein weit schwierigeres Terrain führt, sowie kurz zu erwähnen, daß Tchoumouki auch weiterhin die Gesellschaft seines Kameraden Tongané flieht und sich mit dem Hauptführer Moriliré anzufreunden scheint. Er stellt im übrigen über dieses Faktum keinerlei Betrachtungen an, und wahrscheinlich bestand auch kein Anlaß dazu, da der Stand der Beziehungen zwischen den drei Negern ja schließlich nicht so schwerwiegend war, daß er diesem Problem seine Aufmerksamkeit hätte widmen müssen.

Aus dem Schweigen von Amédée Florence muß man schließen, daß sich nichts Wichtiges zugetragen hat. Demgemäß hatte, wie zu erwarten war, keine der Voraussagen des ›Kéniélala‹ sich zu bewahrheiten auch nur den Anfang gemacht: Amédée Florence verfaßte auch weiterhin seine Artikel und übergab sie Tchoumouki, der jeweils gute Ankunft in Europa garantierte, und wenn dieses Versprechen etwa nicht eingehalten wurde, wußte jedenfalls der Reporter nichts davon; Saint-Bérain konnte ohne Behinderung sein Pferd besteigen, und das Herz von Jane Mornas – wir lassen ihr das selbstgewählte Pseudonym – hatte keine Wunde empfangen, wenigstens keine, die nach außen hin sichtbar war. Soweit es sich um eine Beeinträchtigung ihres seelischen Gleichgewichts handelte, würde freilich aus den wenigen von Amédée niedergeschriebenen Sätzen sich eher ergeben, daß die dritte Vorhersage, wofern man sie im bildlichen Sinne verstand, seiner Meinung nach der Verwirklichung näher war als die anderen. Tatsächlich nämlich widmete er zwei – übrigens im Ton der Billigung und Sympathie abgefaßte – Zeilen der immer intimer werdenden Freundschaft zwischen Jane Mornas und Hauptmann Marcenay sowie dem zunehmenden Vergnügen, das die beiden jungen Leute daran zu finden schienen.

Was die vierte Vorhersage betrifft, die ernsteste und düsterste, so weist nichts, absolut nichts darauf hin, daß irgendeine Tatsache sie bislang bestätigte. Die Expedition war weder gescheitert, noch ihre Teilnehmer in Sklaverei geraten, die Kolonne rückte unter dem Schutz der zweihundert Säbel, die Hauptmann Marcenay befehligte, friedlich vor, die Tiere waren bei ausgezeichneter Gesundheit, das Gepäck befand sich in gutem Zustand, da beim Überqueren der Flüsse unter der Obhut der Neger nur das unvermeidliche Minimum durchnäßt worden war.

Wie richtig auch im übrigen Amédée Florence in dem Augenblick, in dem er sie anstellte, die am Ende seines aus Kankan datierten Artikels mitgeteilte Überlegung erschienen sein mag, so

Das Gepäck beim Überqueren der Flüsse ...

hat sie doch durch die darauf folgenden Ereignisse keine Bestätigung erhalten. Niemand hatte mehr ein wirkliches oder vorgebliches Attentat auf unsere Reisegesellschaft unternommen, und man war auf keinen neuen ›Kéniélala‹ gestoßen, der neue drohende Prophezeiungen hätte von sich geben können. Wenn also Amédée Florence dennoch die Lage richtig erkannt hätte und tatsächlich irgendwo ein Wesen existierte, das auf den absurden Gedanken gekommen wäre, die Expeditionsmitglieder derart abzuschrecken, daß sie sich zur Umkehr entschlössen, so deutete mindestens alles darauf hin, daß man diesen Plan aufgegeben hatte.

Noch dazu hatte bei der Ankunft in Sikasso Amédée Florence selbst keine sehr entschiedene Meinung mehr in dieser Sache. Die Fakten, die für seine Überlegung bestimmend gewesen waren: der mehr oder weniger glaubwürdige Vergiftungsversuch mit ›doung-kono‹ und die düsteren Voraussagen des schwarzen Zauberers hatten, je weiter sie zurücklagen, an Überzeugungskraft verloren. Obwohl die Kolonne noch nicht in Sikasso angelangt war und die angekündigte Gefahr erst jenseits dieser alten Hauptstadt beginnen sollte, wurde er von Tag zu Tag zuversichtlicher, da ihm die Vorstellung, die harmlosen Neger, denen man von Zeit zu Zeit begegnete, könnten es wagen, eine nicht unbedeutende Truppe von regulären Soldaten anzugreifen, im Grunde jedoch unsinnig erschien. Ein solches Abenteuer hätte da, wo kein Tyrann wie Samory vorhanden war, der mit Gewalt diese kindlichen Eingeborenen in Krieger umzuwandeln imstande gewesen wäre, einzig dagestanden.

Immerhin ging bei Amédée Florence die Zuversicht vielleicht doch etwas zu weit, wenn sie sich einzig auf die Leute Hauptmann Marcenays gründete, da ausgerechnet in Sikasso die bewaffnete Macht ja um die Hälfte reduziert werden würde.

In Sikasso nämlich sollte ja, wie man gewiß nicht vergessen hat, die Expedition Barsac sich teilen. Während eine erste, von Barsac persönlich geführte Gruppe auf dem Weg über Ouagadougou, die Hauptstadt von Mossi, bis zum Niger vorstoßen und über Borgou und Dahomey ans Meer zurückkehren würde, hatte die zweite den Auftrag, sich sofort nach Süden und in fast direkter Linie nach Grand-Bassam zu begeben. Da natürlich jede dieser Gruppen der Expedition Anspruch auf gleichen Geleitschutz hatte, würde die Eskorte beiderseits nur noch hundert Mann betragen.

Zu dem Zeitpunkt, zu dem die noch ungeteilte Expedition in Sikasso ankam, war es noch nicht lange her, daß diese Festung Samorys, die im Jahre 1898 von Oberst Audéoud im Sturm erobert worden war, zu Frankreich gehörte. In der Umgebung litt das Land noch immer unter den ständigen Plünderungen, die dieser unheimliche Sklavenhändler, der von uns aus nicht recht einleuchtenden Gründen mit dem pompösen Namen Almany bedacht worden war, ihm zugemutet hatte. Rundum gab es nichts als niedergebrannte oder verwüstete Dörfer, und das Elend war grauenhaft.

Was die Stadt selbst – sofern es erlaubt ist, einer solchen Siedlung von Schwarzen diesen Namen zu geben – betraf, so war sie ungefähr in dem Zustand verblieben, in dem Oberst Audéoud sie vorgefunden hatte. Sie war und ist auch heute noch nur eine Agglomeration von mehreren deutlich unterschiedenen Dörfern, die durch bebautes Ackerland getrennt und von der üblichen Einfriedung der Wohngemeinschaften in diesen Gegenden, einem ›tata‹, umfaßt sind, der in Sikasso nicht weniger als sechs Meter in der Höhe und an der Basis acht Meter in der Breite mißt.

Im Innern dieses ›tata‹ hatte sich die französische Verwaltung auf das Dringendste konzentriert, und so war außer den unerläßlichen Aufräumungsarbeiten noch nichts weiter zu verzeichnen als die Errichtung von Bauten zur Unterbringung der Truppen, die die Garnison bildeten.

Diese Garnison umfaßte zu jener Zeit drei Kompanien, eine der Kolonialinfanterie zugehörige und zwei Kompanien Senegalschützen, welch letztere französischen Offizieren und Unteroffizieren unterstanden. Man kann sich vorstellen, was für eine Freude die Ankunft der Expedition Barsac für diese jungen Leute bedeutete, die so lange schon von ihresgleichen getrennt leben mußten. Diese Freude erreichte dank dem Erscheinen von Hauptmann Marcenay an der Spitze des Geleitzuges, der auf diesem entlegenen Posten mehrere seiner liebsten Kameraden wiedertraf, ihren Höhepunkt und wuchs sich zu stürmischer

Begeisterung aus, als sich herumsprach, daß sich unter den Ankömmlingen auch eine weiße Frau befinde.

Man bereitete den Besuchern einen feierlichen Empfang. Im Winde flatternde Fahnen, tönende Trompeten, Trommelwirbel, aus Zweigen geflochtene grüne Triumphbögen, Begeisterungskundgebungen der geschickt zusammengetrommelten Neger – nichts fehlte, nicht einmal eine Ansprache aus Monsieur Barsacs Mund.

Am Abend luden die Offiziere zu einem vorzüglichen Punsch ein, wobei bis zum Ende freimütigste Fröhlichkeit herrschte. Jane Mornas war Königin des Festes. Man kann sich vorstellen, welchen Erfolg sie hatte! Alles umringte, ja umdrängte sie. Diese ganze hochgemute Jugend hätte mit Freuden für die schönen Augen dieser weißen Frau gekämpft, die in ihre Verbannung einen Sonnenstrahl trug.

Jane Mornas aber ließ sich durch den Erfolg nicht berauschen. Unter allen diesen Huldigungen fanden die, mit denen Hauptmann Marcenay nicht geizte, am leichtesten den Weg zu ihrem Herzen.

Diese Bevorzugung zeigte sie, ohne es zu wissen, derart unbefangen, daß sie bald niemandem mehr entging. Sofort bewiesen Marcenays Kameraden als echte Franzosen ihr Zartgefühl dadurch, daß sie ihren eigenen Enthusiasmus etwas dämpften, und einer nach dem anderen dem glücklichen Hauptmann auf diskrete Art seine Glückwünsche andeutete, die dieser vergebens als unverdient zurückzuweisen versuchte.

Marcenay wendete die Augen ab, leugnete, versicherte, er verstehe nicht, was man eigentlich meine. Er verstand hingegen sehr gut und war überglücklich. Alle Träume waren ihm also erlaubt, da Jane Mornas' Gefühle so augenfällig waren, daß nur er sie nicht erkannte.

So wurde beiden, Jane Mornas und Marcenay, von außen her die Liebe offenbart, die sie füreinander empfanden.

Am folgenden Tage beschäftigte man sich mit der Frage, wie die Teilung der Expedition vor sich gehen sollte, und stieß dabei alsbald auf unvorhergesehene Schwierigkeiten.

Alles war denkbar einfach, soweit es die Europäer betraf. Um Baudrières gruppierten sich die Herren Heyrieux und Quirieu ihren Instruktionen gemäß, sowie Monsieur Tassin entsprechend seiner persönlichen Neigung. Bei Barsac verblieben Monsieur Poncin und Dr. Châtonnay sowie Amédée Florence, dem der ausgedehntere Reiseweg dieser Gruppe mehr Stoff für Meldungen an seine Zeitung zu verheißen schien.

Was Hauptmann Marcenay anbetraf, so hatte er Order, der Gruppe Baudrières hundert seiner Leute unter dem Befehl eines von der Garnison Sikasso abkommandierten Leutnants zu überlassen und sich mit den hundert übrigen der Gruppe Barsac anzuschließen. Wiewohl selbstverständlich zu striktem Gehorsam entschlossen, war er doch nicht wenig beunruhigt und fragte sich mit einer gewissen Besorgnis, welche Entscheidung Jane Mornas und Saint-Bérain wohl treffen würden.

Welchen Seufzer der Erleichterung aber stieß er aus, als das junge Mädchen, über diesen Punkt befragt, erklärte, sie werde bei Barsac bleiben. Doch welcher weitere Seufzer, diesmal der Enttäuschung, folgte dem ersten, als Jane hinzusetzte, sie und Saint-Bérain würden nur wenige Tage noch sich in der Gesellschaft des ehrenwerten Abgeordneten aus dem Süden Frankreichs aufhalten, da sie die Absicht hätten, nach einigen Etappen die Gruppe zu verlassen und ihre weiteren Forschungen weiter im Norden zu betreiben.

Unter den Offizieren erhob sich ein allgemeines Wehgeschrei. Es gab keinen, der nicht das junge Mädchen tadelte, einen so unvorsichtigen Plan gefaßt zu haben. Wie denn! Allein, ohne militärischen Schutz wollte Jane Mornas sich in nahezu unbekannte Regionen wagen, in die französische Truppen noch niemals vorgedrungen waren? Man hielt ihr vor Augen, daß eine solche Reise undurchführbar sei, daß sie dabei ihr Leben aufs Spiel setze oder daß zum mindesten die Dorfhäuptlinge ihrer Weiterreise Hindernisse in den Weg legen würden.

Nichts verfing jedoch, Jane Mornas hielt an ihrem Entschluß unerschütterlich fest, und niemand, nicht einmal Hauptmann Marcenay, hatte den geringsten Einfluß auf sie.

»Sie vergeuden Ihre Zeit«, erklärte sie lachend. »Es wird Ihnen höchstens gelingen, meinem Onkel Grauen einzuflößen, er wirft schon jetzt verstörte Blicke um sich.«

»Ich! ...« protestierte Agénor, derart angegriffen.

»Ja, du«, beharrte Jane Mornas auf ihrer Meinung. »Du stirbst vor Angst, das sieht dir jeder an. Solltest du dich wirklich durch all diese Unglückspropheten beeindrucken lassen?«

»Ich! ...« wiederholte der arme Saint-Bérain.

»Warum solltest du dich fürchten?« fragte Jane von oben herab. »Ich bleibe doch bei dir, mein lieber Neffe.«

»Aber ich fürchte mich ja gar nicht!« erklärte Saint-Bérain, wütend darüber, daß alle Blicke sich auf ihn hefteten.

Jane Mornas wendete sich nunmehr an alle die, die ihr abgeraten hatten.

»Ich für meine Person«, sagte sie, »habe Europa mit dem Entschluß verlassen, Hombori zu durchqueren und bis an den äußersten Punkt des Nigerbogens bis Gao vorzustoßen. Ich werde also Hombori durchqueren und den Niger bei Gao erreichen.«

»Und die Touareg Aouelimmiden, die in jener Gegend die beiden Nigerufer in Besitz haben?«

»Ich pfeife auf die Touaregs«, entgegnete Jane Mornas, »und werde meine Reise durchführen, auch wenn es ihnen nicht paßt.«

»Aber weshalb denn Gao und nicht irgendeinen anderen Punkt? Was zwingt Sie denn, wo Sie doch zum Vergnügen reisen, lieber hierhin als dorthin zu gehen?«

»Meine Laune«, antwortete Jane Mornas.

Dieses Wort, das von den Offizieren allgemein als schneidig und ihrer Meinung nach als echt französisch empfunden wurde, fand lebhaften Beifall.

»Das ist allerdings ein unwiderstehliches Motiv«, erklärte Kommandant Vergèze. »Die Laune einer hübschen Frau ist die ›ultima ratio‹, wir sind die letzten, die dagegen etwas einzuwenden haben.«

Nachdem die Verteilung der sowohl im offiziellen wie offiziösen Sinn führenden Persönlichkeiten geregelt war, blieb nur noch übrig, in angemessener Weise das Begleitpersonal in den beiden Gruppen unterzubringen, was einfach schien.

Zunächst würden natürlich die zehn Esel, fünf Eseltreiber und zehn Träger, die Jane Mornas und Saint-Bérain persönlich angeworben hatten, bei ihnen verbleiben. Von den anderen Trägern und Treibern sowie den Lasttieren gedachte man zwei ungleiche Gruppen zusammenzustellen, deren größere dem Teil der Expedition zuerkannt werden sollte, die den längeren Reiseweg vor sich hatte, das heißt dem von Barsac geleiteten, dem man auch die weitere Unterstützung durch den Führer Moriliré zugestand. Über diese verschiedenen Punkte wurde mühelos Einigung erzielt.

Erst als es sich darum handelte, diesen Beschluß in die Tat umzusetzen, begannen die Schwierigkeiten.

Bei den ersten Worten, die über die Sache geäußert wurden, erhob Moriliré kategorisch Einspruch, und er ließ sich auch durch kein Argument überzeugen. Seiner Behauptung nach war er nur für die Strecke bis Sikasso verpflichtet worden, und um nichts auf der Welt, erklärte er, werde er weiter mitgehen. Vergebens drang man in ihn. Vergebens machte man von allen Mitteln, sogar dem der Einschüchterung Gebrauch. Alles, was man schließlich erreichte, war, daß er die Expedition Baudrières begleiten werde. Ihn zu überreden, mit Barsac weiter nach Osten vorzudringen, erwies sich als unmöglich.

Nachdem dieser Punkt geklärt war, erlebte man gleiche Schwierigkeiten bei den Eseltreibern und Trägern. Mit Ausnahme der unmittelbar von Jane Mornas und ihrem Neffen engagierten weigerten sie sich einstimmig, über Sikasso hinauszugehen. Bitten, Versprechungen, Drohungen – alles war zwecklos. Man stieß gleichsam auf eine Mauer und mußte auf jeden weiteren Überredungsversuch verzichten.

Wohl oder übel mußte man sich also auf die Suche nach einem neuen Führer und sonstigen Hilfskräften begeben. Was die letzteren anbetraf, hatte man keine große Mühe, sie im wesentlichen zu ersetzen, doch vergingen mehrere Tage, bevor man einen Eingeborenen gefunden hatte, der hinlänglich vertrauenswürdig wirkte. Endlich entdeckte man einen solchen. Es war ein Neger von fünfunddreißig bis vierzig Jahren mit Namen Bala Konéré. Er stammte aus Niélé, einer Siedlung im Follana-Gebiet, die an Baudrières vorgeschriebener Reiseroute lag, hatte aber schon einige Vorstöße in das Mossigebiet unternommen. Dieser Bala Konéré wurde engagiert.

Sofort vollzog sich bei Moriliré eine jähe Wandlung. Er, der gleichgültig, ja, wie es schien, sogar etwas hämisch die zunächst fruchtlosen Bemühungen seines Chefs mitangesehen hatte, veränderte plötzlich seine Haltung, als diese Bemühungen von Erfolg gekrönt wurden. Er suchte Barsac auf, bat ihn demütig um Verzeihung wegen seines Starrsinns, den er durch seine Furcht begründete, und erbot sich, die Expedition bis nach Ouaghadougou und Dahomey zu führen, wie er sich vormals verpflichtet hatte. Zugleich verschwand auch jeder Widerstand bei den bisherigen Trägern und Eseltreibern, die sich vielmehr bereit erklärten, ihrem ›mantoba‹ (Führer) überallhin zu folgen, wohin er sie zu führen gedächte, wofern nur dieser Führer Moriliré wäre.

Diese jähe Einmütigkeit machte vollends offenbar, daß besagter Moriliré als der einzig Verantwortliche für diesen unerwarteten Streik anzusehen war, so daß man sogar einen Augenblick die Idee erwog, sein verspätetes Anerbieten abzulehnen. Indessen bestand ein so großes Interesse daran, sich die Mithilfe eines erprobten Personals und die eines in dem weiterhin zu durchmessenden Land selbst geborenen Führers zu sichern, daß man schließlich bereit war, ein Auge zuzudrücken.

Demzufolge wurde ausgemacht, Bala Konéré mit einem kleinen, durch neue Träger vermehrten Teil des alten Personals Baudrières beizuordnen, während Barsac Moriliré und den größeren Teil der ursprünglich angeworbenen Träger und Eseltreiber behalten sollte.

All diese Verzögerungen und Veränderungen hatten wohl oder übel beträchtliche Zeit in Anspruch genommen. Nachdem man Sikasso gemeinsam am 12. Januar betreten hatte, konnten erst am 21. Januar Barsac und Baudrières es auf nunmehr getrennten Wegen verlassen.

Barsac und Baudrières drückten einander die Hand.

An jenem Morgen zu früher Stunde traten die Kompanien erneut ins Gewehr und standen in Paradeuniform unter dem Kommando ihrer Offiziere ausgerichtet da, von neuem flatterten die Fahnen im Wind, die Trompeten erklangen weithin, und die Expedition Barsac, gefolgt von der Baudrières', defilierte zwischen einer doppelten Reihe von Soldaten. Dann setzte die Truppe sich in Bewegung, schloß sich ihnen an und gab ihnen bis zur Umfriedung des Ortes das Geleit.

Außerhalb des ›tata‹ wurden darauf die Abschiedsgrüße ausgetauscht. Die Offiziere der Garnison bedachten beide Reisegruppen mit ihren besten Wünschen, und nicht ohne starke innere Bewegung drückten Barsac und Baudrières einander die Hand. Als endlich die Truppen in ihre Unterkünfte zurückkehrten, setzten die beiden Kolonnen sich in Bewegung und begaben sich, eine jede nach ihrer Seite, auf den Weg. Baudrières, seine Begleiter und die hundert Mann der Eskorte entfernten sich in Richtung Süden. Barsac, Monsieur Poncin, Dr. Châtonnay, Amédée Florence, Jane Mornas und Saint-Bérain, ebenfalls von hundert Reitern flankiert, die Hauptmann Marcenay befehligte, wendeten sich nach links und entschwanden nach Osten zu.

Diesen beiden fast identischen Reisegesellschaften nun standen äußerst verschiedene Geschicke bevor. Während die erste auf ihrem Wege keiner wirklichen Gefahr und nicht einmal einer ernsthaften Schwierigkeit begegnen sollte, traf für die zweite keineswegs das gleiche zu. Während Baudrières seine Mission friedlich erfüllen, mühelos die Fakten des Berichts, den er der Kammer zu unterbreiten sich verpflichtet hatte, zusammentragen und schließlich ungefähr zum vorgesehenen Termin Grand-Bassam erreichen konnte, stand es in den Sternen geschrieben, daß Barsac und seine Freunde in das schrecklichste, das ungewöhnlichste Abenteuer geraten sollten, das man sich überhaupt vorstellen kann. So wollte es das Schicksal.

Daher wird dieser Bericht nun im folgenden die uninteressanten Erlebnisse, die Baudrières ruhigen Weitermarsch begleiteten, außer acht lassen und sich ausschließlich mit jener Gruppe der Expedition beschäftigen, die sich ostwärts bewegte und unter Führung von Moriliré sich immer weiter in den Tiefen des Schwarzen Erdteils verlor.

VIII. *Morilíré*
(Nach den Aufzeichnungen von Amédée Florence)

22. Januar. – Seit zwei Tagen haben wir Sikasso verlassen, und schon habe ich den Eindruck, daß etwas nicht mehr stimmt. Ich wiederhole, es handelt sich nur um einen Eindruck, aber es scheint mir jedenfalls, daß der Geist, der bei unseren Untergebenen herrscht, weniger erfreulich ist, daß die Eseltreiber zum Beispiel – wenn möglich – noch weniger Eifer zeigen, ihre Tiere zu einem schnelleren Tempo zu bewegen, daß die Träger rascher ermüden und häufiger Ruhepausen verlangen. Alles das existiert vielleicht nur in meiner Phantasie, und möglicherweise stehe ich auch unbewußt unter dem Einfluß der Vorhersagen des ›Kéniélala‹ von Kankan. Es ist nicht ausgeschlossen, daß diese Vorhersagen, die ich fast vergessen hatte, wieder an Glaubwürdigkeit gewinnen, seitdem wir Sikasso hinter uns gelassen haben und unsere Eskorte um die Hälfte vermindert ist.

Habe ich am Ende Angst? Aber nein! Oder vielmehr, wenn ich mich fürchte, so in dem Gefühl, daß dieser Dummkopf von ›Kéniélala‹ nicht stumpfsinnig eine eingelernte Lektion wiederholt oder nicht wirklich die Gabe des zweiten Gesichts besessen hat. Was wünsche ich mir denn für meine Person? Abenteuer, Abenteuer und nochmals Abenteuer, aus denen ich gute Artikel machen möchte, denn das ist nun einmal mein Metier. Und eben gerade auf Abenteuer, die diesen Namen verdienen, warte ich immer noch.

23. Januar. – Ich bleibe bei der Meinung, daß wir uns im Tempo von Schildkröten vorwärtsbewegen. Freilich eignet die Natur des Landes sich nicht gerade für einen flotten Marsch. Es geht ständig auf und ab. Trotz allem scheint der dumpfe Widerstand der Neger mir jetzt Gewißheit zu sein.

24. Januar. – Was habe ich gesagt? Wir kommen heute abend in Kafélé an. Damit haben wir vier Tage gebraucht, um fünfzig

Kilometer zurückzulegen. Zwölf Kilometer pro Tag sind wirklich eine Art von Rekord!

31. Januar. – Immerhin, der Rekord ist jetzt noch übertroffen! Wir haben nunmehr in sechs Tagen ganze fünfzig weitere Kilometer geschafft – also hundert Kilometer in zehn Tagen! – und befinden uns jetzt in einem kleinen ländlichen Ort mit Namen Kokoro. Bitte glauben Sie mir, daß ich mir hier keine Villa mieten werde, um etwa den Sommer an der See zu verleben. Was für ein Nest!

Nachdem wir vor drei Tagen ein Dorf mit Namen Ngana – wo, zum Teufel, nehmen sie nur alle diese Ortsbezeichnungen her? – verlassen haben, galt es, eine letzte, ziemlich steile Höhe zu erklimmen, um dann endgültig ins Tal zurückzukehren, in dem wir uns zur Zeit voranbewegen. Berge im Westen, im Norden und im Süden, vor uns, das heißt gegen Osten zu, ebenes Land.

Zu alledem werden wir uns noch eine gewisse Zeit in Kokoro aufhalten müssen. Nicht, daß wir hier Gefangene wären. Im Gegenteil, der Häuptling des Dorfes, ein gewisser Pintié-Ba ist unser Busenfreund. Jedoch ...

Jedoch überlege ich mir gerade, daß es ein literarisches Axiom ist, mit dem Langweiligsten zu beginnen. Ich werfe also als eine Art Memorandum, bevor ich in meiner Erzählung fortfahre, erst einmal ein paar geographische Notizen aufs Papier.

In Kokoro beginnt das Land der Bobos. Wenn dieser Name eher belustigend ist, sind die Bewohner es doch weniger. Ein rohes Volk.

Hier eine kurze Schilderung dieser Typen:

Die im allgemeinen gutgebauten Männer sind vollkommen nackt. Die Greise tragen zwischen den Beinen einen Streifen Stoff, der ›bila‹ heißt. Die alten Frauen ersetzen den ›bila‹ durch einen Blätterstrauß am unteren Ende des Rückens, das finden sie koketter. Ein paar junge Leute, die offenbar in der Mode den Ton angeben, bekennen sich ebenfalls zum ›bila‹, den sie hinten mit einem kleinen Schwanz aus Baumwollfäden verzieren, die in einem Büschel enden. Das ist die Höhe der Gefühle! Zu dieser schlichten Kleidung denke man sich noch ein Halsband aus drei Kaurireihen, Beinbänder, ein Palmblatt an den Fußknöcheln, Ohrringe aus Blech und einen beinernen Pfeil oder einen Schilfhalm, der durch die Nase gesteckt wird, und man hat den Typ des ›Elegants‹ bei den Bobos vor sich.

Was die Frauen anbelangt, so sind sie abstoßend häßlich mit ihren zu langen Oberkörpern auf zu kurzen Beinen, ihrem vorgewölbten und in einem zugespitzten Nabel endenden Bauch, ihrer dicken Unterlippe, die von einem Horn oder einer Blätterrolle von der Dicke einer Kerze durchbohrt ist. Man muß das in Wirklichkeit sehen!

Ihre Waffen bestehen in Wurfspießen, ›sagai‹ benannt, und ein paar Steinschloßgewehren. Manche besitzen auch eine kleine Peitsche, die mit Amuletten, ›gris-gris‹, besetzt ist.

In puncto Ernährung sind diese Burschen nicht heikel. Ohne Ekel zu empfinden, verschlingen sie Aas, das bereits in Verwesung übergegangen ist – pfui Teufel! Ihr Wesen ist ganz einnehmend. Man mache sich selber ein Bild davon nach der Art, wie wir mit ihnen bekannt geworden sind.

Dieser geschickte Übergang führt mich ganz von selbst dazu, den Faden meiner Erzählung wiederaufzunehmen.

Der Schauplatz ist Kokoro, gestern, am 30. Januar. Es herrscht Dunkelheit. Als wir in die Nähe des Dorfes kommen, stoßen wir auf eine heulende Meute von Negern – beim Fackelschein meinen wir immerhin mindestens achthundert vor uns zu haben –, die uns keineswegs von sehr versöhnlichen Absichten geleitet zu sein scheinen. Zum ersten Mal erleben wir einen derartigen Empfang. Etwas verwundert machen wir demgemäß halt.

Verwundert, aber nicht weiter besorgt. Mögen alle diese Gauner auch noch so sehr ihre Waffen schwenken – es ist dennoch klar, daß man mit einer Gewehrsalve diese ganze liebenswürdige Gesellschaft rasch hinwegfegen würde. Hauptmann Marcenay gibt einen Befehl. Seine Leute greifen nach ihren Gewehren und lösen die Futterale. Immerhin holen sie sie noch nicht hervor. Tatsächlich zögert der Hauptmann. Auf seinen Nächsten zu schießen, ist immer eine ernste Angelegenheit, auch wenn dieser Nächste ein Bobo ist. Bis jetzt also schweigen noch die Waffen, und man möchte sie auch nur ungern zum Reden bringen.

So stehen die Dinge, als das Pferd Saint-Bérains, durch das Geschrei erschreckt, sich plötzlich aufbäumt und davonstiebt. Aus dem Sattel geworfen, vollführt Saint-Bérain einen fabelhaften Kopfsprung und landet mitten unter den Schwarzen.

Diese stoßen ein wildes Geheul aus und stürzen sich auf unseren unglücklichen Freund, als ...

... als Mademoiselle Mornas herbeigesprengt kommt. Auf der Stelle wendet die Aufmerksamkeit der Bobos sich von Saint-Bérain ab. Statt dessen umringen sie die mutige Reiterin. Zwanzig Sagais sind auf sie gerichtet ...

»Manto!« ruft sie ihren Angreifern zu. »Ntéabê souba (Ruhe! Ich bin eine Zauberin).«

Während sie spricht, zieht sie aus der Satteltasche eine elektrische Taschenlampe, die sich dort zum Glück befindet und knipst sie abwechselnd an und aus, um zu zeigen, daß sie über Feuer und Blitze gebietet.

Bei diesem Anblick verstummt das Geheul, und es bildet sich um sie ein großer Kreis respektvoll staunender Gestalten, in deren Mitte jetzt der bereits erwähnte Pintié-Ba erscheint. Er wird alsbald unter allen Umständen eine Rede halten, denn das ist die Krankheit, an der alle Herrschenden auf Erden leiden. Mademoiselle Mornas jedoch gebietet ihm Schweigen. Sie beabsichtigt zunächst einmal Saint-Bérain zu helfen, der sich seit seinem Sturz nicht gerührt hat und demnach verletzt zu sein scheint.

Nach Feststellung von Dr. Châtonnay, der mit der gleichen Ruhe in den Kreis getreten ist, als wenn er einen Patienten in seinem Hause besuchte, ist Saint-Bérain verwundet. Er ist sogar mit Blut überströmt, und zwar ist er so unglücklich gefallen, daß ein spitzer Kiesel ihm an einer Stelle unterhalb der Lendengegend einen tiefen Schnitt beigebracht hat.

Ich muß in diesem Augenblick daran denken, daß sich hier eine der Vorhersagen des ›Kéniélala‹ bewahrheitet hat. Alles trifft ein. Das weckt in mir Hoffnungen für die übrigen, doch es

Mademoiselle Mornas zieht aus der Satteltasche eine elektrische Taschenlampe.

läuft mir kalt den Rücken herunter, wenn ich an meine Artikel denke.

Dr. Châtonnay hat inzwischen die Wunde ausgewaschen. Er

greift zu seiner Arzttasche und näht die Verletzung, derweil die Neger in tiefem Staunen herumstehen.

Während die Operation stattfindet, gestattet Mademoiselle Mornas, die im Sattel geblieben ist, Pintié-Ba zu reden. Dieser tritt näher heran und fragt auf Bambara oder in einem ähnlichen Kauderwelsch, weshalb der ›toubab‹ (der ›toubab‹ ist Monsieur de Saint-Bérain) sie mit einem Gewehr angegriffen habe. Mademoiselle Mornas bestreitet, daß dergleichen geschehen sei. Der Häuptling aber besteht auf seiner Behauptung und zeigt auf das Etui, das Saint-Bérain an einem Brustriemen bei sich trägt. Man erklärt ihm, um was es sich in Wirklichkeit handelt. Vergebene Liebesmüh'! Um ihn zu überzeugen, muß man die Hülle entfernen, das im Kerzenlicht blinkende Etui öffnen, ihm das Angelgerät zeigen, das es enthält.

Bei diesem Anblick funkeln die Augen Pintié-Bas vor Begierde. Seine Hände strecken sich nach diesem blitzblanken Gegenstand aus. Wie ein verwöhntes Kind verlangt er danach, will es haben, fordert es. Empört lehnt Saint-Bérain das Ansinnen ab.

Mademoiselle Mornas, die den soeben errungenen Frieden festigen möchte, redet ihm vergebens zu. Schließlich wird sie böse.

»Mein lieber Neffe! ...« apostrophiert sie ihn streng, indem sie von neuem die elektrische Lampe – diesmal auf den widerspenstigen Angler gerichtet – spielen läßt.

Sofort gibt Saint-Bérain nach und übergibt das Angleretui Pintié-Ba, der seinen Erfolg der magischen Wirkung der elektrischen Lampe und dem Einfluß der Zauberin zuschreibt.

Als dieser Schwachkopf seinen Schatz errungen hat, gerät er in einen wahren Taumel der Begeisterung. Er führt uns einen rasanten Ländler vor, sodann verschwinden auf ein Zeichen von ihm alle Waffen, und Pintié-Ba tritt mitten unter uns.

Er hält uns eine Rede, mit der er uns, so scheint es, auffordert, nach Belieben im Dorf zu promenieren, und ordnet sodann für den folgenden Tag zu unseren Ehren ein ›Tam-tam‹ an.

Angesichts der friedlichen Haltung der Bobos hält Hauptmann Marcenay es für unbedenklich, wenn wir der Einladung folgen. Am folgenden Tage also, das heißt heute, begeben wir uns zu unseren neuen Freunden, während unsere Begleitmannschaft und unser Personal außerhalb des ›tata‹ bleiben.

Oh, meine Lieben, was für ein Nest ist dies! Über den Geschmack läßt sich ja bekanntlich streiten, aber ich meinerseits jedenfalls bin mehr für die Champs-Elysées.

Wir begeben uns direkt zum ›Palais‹ des ›Dougoutigui‹, einer mitten im Dorf, in der Nähe des größten Abladeplatzes für Unrat – was sie nicht gerade mit Wohlgerüchen umwebt – gelegenen Ansammlung von Hütten. Außen sind diese aus Lehm erbauten Gehäuse mit einem Anstrich aus Asche versehen. Aber man muß das Innere sehen! Der Hof ist eine einzige Schlammpfütze, in der Rinder und Hammel waten. Ringsumher gruppieren sich die Wohnräume, die eher Kellern gleichen, denn man muß hinuntersteigen, um sie zu betreten. Man versuche es besser nicht! Es herrscht darin ein grauenhafter Gestank, der einen an der Kehle packt, und man muß sich zwischen Ziegen, Hühnern und anderen Bewohnern des Geflügelhofs hindurchwinden, die sich hier frei ergehen.

Nach der Beschreibung dieses ›Palastes‹ kann man leicht ermessen, wie die Behausungen der schlichten Dorfbewohner aussehen. Es sind Höhlen, in denen es von Ratten, Eidechsen, Tausendfüßlern und Schaben wimmelt und deren Boden mit Abfällen aller Art bedeckt ist, aus denen Modergeruch aufsteigt.

Ein bezaubernder Aufenthalt!

In diesem ›Palast‹ nun findet der ›offizielle‹ Empfang statt. Er besteht darin, daß wir Pintié-Ba Geschenke darbringen, übrigens Gaben ohne Wert, von Stoffballen bis zu Vorhängeschlössern ohne Schlüssel, und alten Steinschloßpistolen bis zu Nadel und Zwirn.

Buchstäblich geblendet von diesen herrlichen Gaben erteilt der ›Dougoutigui‹ das Signal für die Eröffnung des Tam-tam.

Zunächst ziehen Musikanten durch die Stadt und spielen, der eine auf dem ›bodoto‹, einer aus einem Antilopenhorn gefertigten Trompete, der andere auf dem ›bouron‹, einem ähnlichen Instrument, nur daß es diesmal aus der Stoßstange eines Elefanten

Das Fest beginnt ...

hergestellt ist, ein dritter auf dem ›tabala‹, einer Art von Pauke. Zwei Männer tragen diesen ›tabala‹, auf den ein dritter mit aller Kraft eine Keule niedersausen läßt, deren Name ›Tabala Kalama‹

ist. Kapitän Binger weist übrigens mit Recht darauf hin, daß es ganz so aussehe, als sei ›Kalama‹ eine Ableitung von ›Calamus‹ und daß infolgedessen ›tabala kalama‹ wörtlich ›Schreibrohr für die Pauke‹ bedeute.

Unter den Klängen dieser verschiedenen Instrumente versammeln sich die Bobos auf dem Platz, und das Fest beginnt.

Eine Art von sudanesischem Policinello, der ›mokho missi kou‹ tritt auf und tanzt unter vielen Grimassen und Verrenkungen. Er ist mit einem knappen Gewand aus rotem Stoff bekleidet und trägt auf dem Kopf eine mit Kuhschwänzen geschmückte Mütze, von der ein Stück Stoff herunterfällt, das sein Gesicht bedeckt. Umgehängt trägt er einen mit klapperndem Eisenzeug gefüllten Sack, und bei jeder Bewegung, die er macht, klingen Glöckchen und Schellen, die an seinen Handgelenken und Fußknöcheln befestigt sind. Mit langen Kuhschwänzen wedelt er freundlich den Umstehenden ins Gesicht.

Als er seine Vorführungen beendet hat, die Pintié-Ba und seine Untergebenen offenbar herrlich amüsiert haben, stoßen diese letzteren auf ein Zeichen ihres Häuptlings ein Gebrüll wie von wilden Tieren aus, was meines Erachtens einstimmigen Beifall ausdrücken soll.

Als wieder Stille herrscht, läßt Pintié-Ba einen mit Kauris und Amuletten behängten Schirm herbeibringen, nicht etwa, weil er ihn brauchte, sondern weil ein ›Dougoutigui‹ nichts ist, wenn sich nicht als Zeichen seiner Macht über seinem Haupt ein weit ausgespannter Sonnenschirm breitet.

Sofort beginnen die Tänze aufs neue. Männer, Frauen und Kinder bilden einen Kreis, die ›griots‹ schlagen auf die Pauke, und zwei Ballerinen eilen von den entgegengesetzten Punkten des Platzes herbei. Nach drei flinken Pirouetten stürzen sie aufeinander zu, aber nicht so, daß sie sich von vorn gegenüberstehen, sondern im Gegenteil, indem sie einander den Rücken zukehren und beim Kontakt möglichst heftig von hinten aufeinanderprallen.

Dem Beispiel dieser Tänzerinnen folgen zwei weitere, und schließlich geben sich alle Anwesenden unter wilden Schreien einer Art von hemmungsloser Quadrille hin, neben der unser ›Cancan‹ sehr trübselig und zurückhaltend wirken würde.

Der Tanz endet mit einer Prozession. Die Bobos ziehen unter Absingung eines von dem betäubenden Klang der ›tabalas‹, der Hörner und der Schilfflöten, deren schrille Töne einem die Ohren zerreißen, begleiteten Chors an Pintié-Ba vorbei.

Endlich ist die Stunde der Abendmahlzeit gekommen, und nun beginnt eine Szene der Metzelei, eine blutige Orgie.

Ein Dutzend in den Hütten geschlachteter Hammel werden auf den Platz gebracht. Zwischen den Bäumen hängen die Eingeborenen lange Schnüre auf und teilen damit je einen viereckigen Platz ab, in dessen Mitte Frauen trockenes Holz aufschichten. Dann zerlegen mit Messern bewaffnete Neger die Tiere und zerschneiden das Fleisch in Streifen, die die Frauen über die Schnüre hängen, während der Scheiterhaufen in Brand gesteckt wird. Wenn Pintié-Ba der Meinung ist, der Grillvorgang reiche aus, gibt er ein Zeichen, und alle Neger stürzen sich auf die Fleischstücke, greifen sich, soviel sie können, und zerreißen sie mit den Zähnen. Nichts erregt ihren Ekel. Das Schauspiel ist grauenhaft.

»Das sind ja Kannibalen!« ruft Mademoiselle Mornas aus, die ganz blaß geworden ist.

»Ach ja! Leider, mein liebes Kind«, antwortet Doktor Châtonnay. »Aber wenn Essen das einzige Vergnügen dieser armen Kreaturen ist, so kranken sie auch unaufhörlich an dem gleichen Leiden: dem Hunger.«

Angewidert suchten wir so bald wie möglich wieder unsere Zelte auf, während für die Neger das Fest noch sehr lange seinen Fortgang nahm. Es dauerte sogar die ganze Nacht hindurch, wie das Geschrei bewies, das bis zu uns hinüberdrang.

2. Februar. – Wir sind immer noch in Kokoro, wo Saint-Bérains Verwundung uns zum Bleiben zwingt. Der Onkel als Neffe (ich werde ihn so nun endgültig nennen) könnte sich einstweilen noch nicht im Sattel halten.

3. Februar. – Immer noch Kokoro. Es ist wirklich lustig!

4. Februar, sechs Uhr morgens. – Endlich brechen wir auf!

Am gleichen Tage abends. – Falscher Alarm. Wir sind immer noch in Kokoro.

An diesem Morgen in aller Frühe haben wir immerhin die Abschiedsgrüße unserer Freunde, der Bobos, entgegengenommen. (Man hat die Freunde, die man bekommen kann.) Das ganze Dorf ist auf den Beinen, der ›Dougoutigui‹ an der Spitze, und nun folgt eine ganze Litanei von guten Wünschen. »Möge ›N'yalla‹ (Gott) euch gesund nach Hause führen!« – »Er beschere euch eine gute Reise!« – »Er schenke euch gute Pferde!« Beim Anhören dieses letzteren Wunsches vermochte Saint-Bérain, der seine Wunde immer noch gehörig fühlt, eine Grimasse nicht zu unterdrücken.

Wir entziehen uns schließlich diesen Abschiedskundgebungen, und der Zug setzt sich in Bewegung.

Er setzt sich in Bewegung, rückt jedoch nicht vor. Jetzt ist es noch schlimmer als vor Kokoro. Der böse Wille ist mehr als offenkundig vorhanden. Jeden Augenblick bleibt ein Träger zurück, man muß auf ihn warten, ein Esel verliert seine Last, man muß sie erst wieder aufladen. Um zehn Uhr, beim ersten Halt, haben wir erst sechs Kilometer zurückgelegt.

Ich bewundere die Geduld Hauptmann Marcenays. Nicht ein einziges Mal verläßt ihn seine vollkommene Ruhe. Nichts verdrießt ihn, nichts ermüdet ihn. Er bekämpft mit kalter, ruhiger Energie diese entschlossene Obstruktion.

Doch als wir zur Abendetappe aufbrechen wollen, sieht die Sache denn doch anders aus. Moriliré erklärt, er habe sich geirrt. Die beiden von Mademoiselle Mornas engagierten Führer werden befragt. Tchoumouki pflichtet Moriliré bei. Tongané hingegen behauptet, man sei auf dem richtigen Weg. Nun wissen wir ebensoviel wie zuvor! Wem sollen wir Glauben schenken?

Nach langem Zögern schließen wir uns der Meinung der Mehrheit an und kehren um. Da hätte man sehen sollen, wie wir vorangekommen sind. Die Schwarzen zeigen keinerlei Müdigkeit mehr, die Eselslasten sitzen von selber fest. In einer Stunde legen wir eine Strecke zurück, für die wir in entgegengesetzter

Richtung vier gebraucht haben, und noch vor Einbruch der Dunkelheit schlagen wir unser Lager kurz vor Kokoro auf wie am Morgen zuvor.

6. Februar. – Gestern, am 5. Februar, sind wir ohne besondere Schwierigkeiten von neuem aufgebrochen und zwar – o Wunder! – auf dem gleichen Weg, den wir gestern als den verkehrten aufgegeben hatten. Moriliré erklärt uns morgens beim Erwachen, nach gründlicher Überlegung stelle er fest, er habe sich nicht am Morgen, sondern am Abend getäuscht! Wieder unterstützt ihn Tchoumouki in seiner Meinung. Ich bin sehr geneigt zu glauben, daß diese dunklen Schelme sich verabredet haben, uns einen Streich zu spielen.

Von diesem Tag ist nichts Besonderes zu berichten, außer daß wieder der dunkle Widerstand herrscht, an den wir uns zu gewöhnen beginnen, während heute zwei ernste Zwischenfälle eingetreten sind.

Während der Morgenetappe stürzt auf einmal ein Esel. Man will ihm wieder auf die Beine helfen, aber er ist tot. Natürlich kann dieser Tod natürliche Ursachen haben. Ich selber glaube jedoch an ›doung-kono‹ oder irgendeine andere landesübliche Schweinerei.

Es fällt jedoch keine Bemerkung. Die Last des ausgefallenen Esels wird auf seine Artgenossen verteilt, und wir setzen die Reise fort.

Beim Aufbruch heute nachmittag gibt es dann einen zweiten Zwischenfall. Es stellt sich heraus, daß ein Träger fehlt. Was ist aus ihm geworden? Die Sache bleibt ein Geheimnis. Hauptmann Marcenay preßt die Lippen zusammen, man sieht ihm seine Besorgnis an. Wenn die Neger uns im Stich lassen, sind wir übel dran. Nichts aber ist ansteckender als der Bazillus der Desertion. Ich stelle denn auch fest, daß von diesem Augenblick an die Aufsicht strenger geworden ist. Wir ziehen auf wie zur Parade, und die uns eskortierende Kavallerie gestattet uns keinerlei persönliche Launen. Diese strenge Disziplin ist mir zwar persönlich nicht angenehm, jedoch ich billige sie.

Bei der Ankunft am Abend erwartet uns eine weitere Überraschung. Es stellt sich heraus, daß mehrere Neger betrunken sind. Wer hat ihnen Alkohol verzapft?

Der Hauptmann verschärft die Bewachung des Lagers, dann sucht er Monsieur Barsac auf, bei dem ich gerade bin, und unterrichtet ihn davon, wie sehr die Situation sich seit Sikasso verschlechtert hat. Dr. Châtonnay, Monsieur Poncin, Mademoiselle Mornas, dann Saint-Bérain gesellen sich nacheinander zu uns, so daß wir gewissermaßen einen Kriegsrat abhalten.

Der Hauptmann schildert in wenigen Worten die Tatsachen, für die er Moriliré verantwortlich macht. Er schlägt vor, man solle den ungetreuen Führer einem Verhör unterziehen und dann notfalls mit Gewalt vorgehen. Jeder Neger solle von einem Schützen begleitet werden, der ihn – notfalls unter Androhung des Erschießens – zum Weitermarsch zwingen werde.

Monsieur Barsac teilt diese Meinung nicht, und ebensowenig Saint-Bérain. Wenn man Moriliré verhört, öffnet man ihm die Augen, man zeigt ihm, daß man ihn durchschaut. Nun aber besitzen wir keinen Beweis gegen ihn, wir können uns nicht einmal vorstellen, zu welchem Zweck er uns verraten sollte. Moriliré braucht nur zu leugnen, und wir würden ihm nichts entgegenhalten können. Und welches Mittel hat man in Wirklichkeit, die Schwarzen zu etwas zu zwingen? Was kann man machen, wenn sie sich hinlegen und einfach passiven Widerstand leisten? Sie zu erschießen, wäre ein schlechtes Mittel, uns ihre Dienste zu sichern.

Man kam zu dem Schluß, daß man Schweigen bewahren, immer bestimmter auftreten, sich aber mit unverbrüchlicher Geduld wappnen und vor allem Moriliré sorgfältig überwachen wolle.

Alles schön und gut, eine Überlegung indessen kommt mir doch. Weshalb versteift man sich auf diese Reise? Die Expedition hatte zum Ziel, die Mentalität der Neger innerhalb des Nigerbogens und den von ihnen erreichten Grad an Zivilisation zu erkunden. Gut! Mit dieser Mentalität sind wir jetzt hinlänglich vertraut. Daß die zwischen der Kankan, ja vielleicht sogar noch bis Tiola oder Kankan lebenden Völker, aus dem Gröbsten heraus und damit würdig sind, mit einigen politischen Rechten belehnt zu werden, will ich gern zugestehen, obwohl ich nicht überzeugt bin. Aber hinter Sikasso? ... Man wird doch nicht etwa daran denken, diese Wilden, die uns umringen, diese Bobos, die noch mehr Tiere als Menschen sind, zu Wählern machen zu wollen, sollte ich meinen! Worauf bestehen wir aber dann noch mit solcher Hartnäckigkeit? Hat sich nicht bereits klar herausgestellt, daß die Eingeborenen, je weiter man sich nach Osten begibt, das heißt sich von der Küste entfernt, immer weniger Berührung mit den Europäern haben und infolgedessen ihr Firnis an Zivilisation (?) immer dünner wird?

Diese Wahrheiten scheinen mir derart in die Augen zu springen, daß ich mich wundere, weshalb meine Reisegefährten nicht gleichermaßen von ihnen überzeugt sind.

Gehen wir den Tatsachen auf den Grund: vielleicht sind sie es sogar, haben aber ihre Gründe, die Augen davor zu verschließen. Diese Frage sollte man prüfen.

Erstens: Hauptmann Marcenay. Für ihn stellt das Problem sich nicht. Der Hauptmann hat nicht zu räsonnieren, sondern zu gehorchen. Im übrigen stelle ich mir vor, daß selbst wenn kein Befehl vorläge, der Gedanke an Rückzug ihm nicht käme, solange Mademoiselle Mornas weitermarschiert. Die Sympathie, die die beiden füreinander hegen, hat sehr viel raschere Fortschritte gemacht, als wir selbst sie seit Sikasso zu verzeichnen haben. Wir haben eine offiziell bestehende, beiderseits eingestandene Leidenschaft vor uns, die logisch zur Heirat führen muß, und so unleugbar vorhanden ist, daß sogar Monsieur Barsac auf seine Erobererallüren verzichtet hat, um wieder ganz und gar zu dem trefflichen Mann zu werden, der er in Wirklichkeit ist. Aber fahren wir fort.

Zweitens: Monsieur Poncin. Auch Monsieur Poncin ist ein Untergebener, und auch er gehorcht. Um zu erraten, was er in den Tiefen seines Bewußtseins denkt, müßte man sehr scharfsinnig sein. Monsieur Poncin macht sich von früh bis spät Notizen, aber er ist so schweigsam, daß selbst Hermes ihm nachstehen würde. Ich möchte schwören, daß er seit unserem Aufbruch noch keine zehn Worte gesprochen hat. Meine persönliche Meinung ist, daß er der Frage indifferent gegenüber steht. Also kümmern wir uns nicht weiter um Monsieur Poncin.

Drittens: Saint-Bérain. Das ist ein anderer Fall. Saint-Bérain sieht die Dinge nur mit den Augen seiner Tante respektive Nichte. Er existiert nur durch sie. Im übrigen ist Saint-Bérain so zerstreut: er weiß vielleicht nicht einmal, daß er in Afrika ist. Betrachten wir also auch Nummer drei als erledigt.

Viertens: Mademoiselle Mornas. Wir kennen den Grund ihrer Reise. Sie hat ihn uns gesagt: ihre Laune. Dieser Grund würde genügen, selbst wenn unser Zartgefühl uns nachzuforschen verböte, ob in Wirklichkeit auch noch ein anderer vorhanden ist.

Fünftens: ich. Nummer fünf ist der einzige, dessen Verhalten vollkommen logisch ist. Was ist mein Lebenszweck? Das Schreiben von Artikeln. Nun aber habe ich um so mehr Stoff, je mehr Schwierigkeiten aller Art uns begegnen, und desto zufriedener werde ich demgemäß sein. Infolgedessen ergibt sich für mich ganz eindeutig, daß ich an Rückzug nicht denken kann. Also denke ich auch nicht daran.

Bleibt noch Monsieur Barsac. Er seinerseits schuldet niemandem Gehorsam, er ist in niemanden verliebt, er hat bemerken müssen, daß wir in Afrika sind, er ist zu ernst, um einer Laune nachzugehen und hat keine Zeitungsartikel zu placieren. Was bleibt dann? . . .

Dieses Problem beschäftigt mich so sehr, daß ich ganz einfach die Frage ihm selber stellen werde.

Monsieur Barsac sieht mich an, bewegt den Kopf von oben nach unten und antwortet mir mit einer nichtssagenden Geste. Das ist alles, was ich aus ihm herausbekomme. Man sieht, er ist an Interviews gewöhnt.

7. Februar. – Wieder hatten wir eine äußerst bewegte Nacht. Die Folge davon: Wir sind nicht zur gewohnten Zeit abmarschiert, und werden es heute nur zu einer einzigen, der Abendetappe bringen.

Doch will ich die Tatsachen nun in ihrem zeitlichen Ablauf berichten. Man wird notgedrungen zu dem Schluß gelangen, daß Zerstreutheit manchmal auch ihr Gutes haben kann.

Gestern war beschlossen worden, zu Morilíré nichts zu sagen, sondern sich auf scharfe Überwachung seiner Person zu beschränken. Zu diesem Zweck und in der Absicht, unser Objekt im Auge zu behalten, ohne die Männer der Eskorte ins Vertrauen zu ziehen, waren wir übereingekommen, bei der Bewachung einander abzulösen. Da wir sechs Mann sind, Mademoiselle Mornas eingerechnet, die ja Wert darauf legt, als Mann mitzuzählen, ist das im Grunde keine große Sache.

Unserem Programm entsprechend hat man die Nacht, das heißt die Zeit von neun Uhr abends bis fünf Uhr in der Frühe, in sechs gleiche Teile geteilt, und dann das Los gezogen. Aus der Wahlurne gehen wir in folgender Reihenfolge hervor: Mademoiselle Mornas, Monsieur Barsac, Hauptmann Marcenay, ich, Saint-Bérain und schließlich Monsieur Poncin. So hat es das Schicksal gewollt.

Um ein Uhr morgens ist es an mir, Hauptmann Marcenay abzulösen. Dieser sagt mir, alles sei in Ordnung, und zeigt mir im übrigen Morilíré, der in seinen ›doroké‹ eingerollt, nicht ferne von uns schläft. Da wir heute nacht gerade Vollmond haben, können wir deutlich das schwarze Gesicht dieses Schelms erkennen, das sich von der Weiße seiner Kleidung abhebt.

Während der Zeit meiner Wache trägt sich nichts Ungewöhnliches zu, und erst gegen halb zwei Uhr meine ich das gleiche Brummen zu vernehmen, das am Abend unseres ersten Tages hinter Kankan unsere Neugier in so hohem Maße erregt hat. Das Geräusch scheint von Osten zu kommen, ist aber diesmal so fern, so schwach, so ungreifbar, daß ich noch zu dieser Stunde nicht ganz sicher bin, es wirklich gehört zu haben.

Um viertel nach drei Uhr lasse ich mich von Saint-Bérain ablösen und lege mich nieder, kann jedoch nicht schlafen. Zweifellos liegt es an mangelnder Übung, daß der einmal unterbrochene Schlummer sich nicht wieder einstellen will. Nach einer halben Stunde vergeblichen Bemühens verzichte ich darauf und erhebe mich in der Absicht, den Rest der Nacht im Freien zuzubringen.

In diesem Augenblick höre ich von neuem – diesmal so schwach, daß ich an einen zweiten Trug der Sinne glauben könnte – das gleiche Brummgeräusch, das kurz zuvor meine Aufmerksamkeit geweckt hat. Diesmal möchte ich Gewißheit haben. Ich eile vor den Eingang meines Zeltes und spitze die Ohren.

Nichts ist festzustellen, oder jedenfalls doch nur sehr, sehr wenig! Ein Summen, das in unmerklichen Abstufungen sich in östlicher Richtung verliert und dann erstirbt. Ich muß mich darein ergeben, den Zweifel nicht zu beheben.

Ich beschließe, mich nach Saint-Bérain umzusehen, der ja nun seine Runde machen muß.

Zu meinem Staunen jedoch – (staune ich eigentlich wirklich?) finde ich Saint-Bérain nicht auf seinem Posten vor. Ich möchte wetten, dieser unverbesserliche Zerstreute hat seinen Wachdienst vergessen und befaßt sich mit etwas ganz anderem. Hoffentlich hat Moriliré sich nicht die Situation zunutze gemacht, um sich auf französisch zu empfehlen!

Ich gehe der Sache nach. Nein, Moriliré ist nicht davongelaufen. Er liegt immer noch friedlich schlafend da, diesmal auf dem Bauch. Ich sehe sein schwarzes Gesicht und seinen hell im Mondschein leuchtenden weißen ›doroké‹.

Nach dieser Seite hin beruhigt, mache ich mich auf die Suche nach Saint-Bérain – in der Absicht, ihm gehörig die Wahrheit zu sagen. Ich kann mir ungefähr denken, wo ich ihn finden werde, denn ich habe festgestellt, daß nicht weit von unserem Lager entfernt ein Fluß vorüberrauscht. Ich gehe geradenwegs darauf zu und erkenne, wie vorauszusehen, einen Schatten mitten in der Strömung. Wie hat denn dieser engagierte Angler sich so weit vom Ufer entfernen können? Hat er etwa die Gabe, auf dem Wasser zu wandeln?

Wie er mir am nächsten Morgen erzählte, hatte Saint-Bérain sich ganz einfach aus drei Holzteilen ein improvisiertes Floß gezimmert, das gerade groß genug war, um ihn zu tragen, und sich dann mit einem langen Ast anstelle eines Ruders ein paar Meter vom Ufer abgestoßen. Dort hat er mit Hilfe eines durch ein Palmfaserseil mit dem Floß verbundenen großen Steins, der die

Rolle des Ankers spielte, festgemacht. Die Herstellung dieser Hilfsmittel hatte ihn nicht mehr als eine halbe Stunde Arbeitszeit gekostet. Wirklich sehr einfallsreich.

Im Augenblick freilich ist es das nicht eben, was mich interessiert.

Ich trete dicht ans Ufer und rufe ihn mit gedämpfter Stimme an: »Saint-Bérain?«

»Hier!« antwortet der Schatten von den Wassern her.

»Was machen Sie denn da, Saint-Bérain?« fahre ich fort.

Ich höre leises Lachen, dann antwortet der Schatten:

»Ich bin beim Wildern, mein Lieber.«

Ich meine nicht recht gehört zu haben. Wildern? ... Im Sudan? ... Ich wüßte nicht, daß man hier einen Angelschein braucht.

»Sie ›wildern‹? ...« wiederhole ich. »Was wollen Sie damit sagen?«

»Ich tue etwas Ungesetzliches«, antwortet mir Saint-Bérain, »weil ich nachts mit dem Wurfgarn fische. Das ist strikt verboten.«

Der Gedanke amüsiert ihn offenbar sehr. Er lacht, der arme Teufel.

»Und Moriliré? ...« frage ich, am Ende meiner Geduld.

Aus dem Dunkel ertönt ein fürchterlicher Fluch, den meine Feder niederzuschreiben sich sträubt. Dann setzt der Schatten sich in Bewegung, und Saint-Bérain, tatsächlich im Aufzug eines Wilderers und bis zu den Knien durchnäßt, springt ans Land. Jetzt ist er tief bestürzt, freilich etwas spät.

»Moriliré! ...« wiederholt er mit erstickter Stimme.

»Ja, Moriliré«, sage ich zu ihm. »Was haben Sie sich denn gedacht, Sie Unglücksmensch?«

Hier ertönt ein neuer Fluch, und Saint-Bérain rennt auf den Posten zu, den er nicht hätte verlassen dürfen.

Zum Glück schläft Moriliré immer noch. Ich möchte sogar behaupten, er habe sich, seitdem ich Hauptmann Marcenay abgelöst habe, überhaupt nicht bewegt. Denselben Eindruck hat Saint-Bérain.

»Hier!« antwortet der Schatten von den Wassern her.

»Sie haben mir wirklich einen Schreck eingejagt!« erklärt er seufzend.

In diesem Augenblick vernehmen wir ein ziemlich starkes Geräusch von der Seite des Flusses her, von dort, woher wir gerade kommen. Man hätte schwören mögen, daß jemand sich ins Wasser stürzt.

Wir laufen beide eiligst hin, Saint-Bérain und ich, und tatsächlich bemerken wir jenseits des improvisierten Floßes etwas Schwarzes, das um sich schlägt.

»Ein Neger«, sagt Saint-Bérain.

Er besteigt sein Floß und befreit den Neger, den er ans Ufer trägt, während er erklärend bemerkt:

»Der Schwarze hat sich in meinem Wurfgarn verfangen, das ich vergessen hatte.« (Natürlich, mein braver Saint-Bérain!) »Aber was, zum Teufel, hatte er da zu suchen, dieser schwarze Kerl?«

Wir beugen uns über den armen Teufel, der im übrigen so kräftig atmet, daß wir uns um ihn keine Sorge zu machen brauchen, und im gleichen Augenblick entringt sich unseren Lippen der gleiche Ausruf.

»Moriliré! ...«

Tatsächlich ist es Moriliré, ein vollkommen nackter, ein von Kopf bis Fuß durchnäßter und von dem halben Ertrinken, das er hinter sich hat, noch halb erstickter Moriliré. Offenbar hat der Führer das Lager verlassen, den Fluß schwimmend durchquert, sich einen kleinen Ausflug ins freie Land geleistet und ist dann in dem dank einer gütigen Vorsehung in Gestalt von Saint-Bérains vergessenem Wurfgarn hängengeblieben. Ohne unseren unschätzbaren Zerstreuten wäre uns das Entrinnen des Verräters vielleicht für immer verborgen geblieben.

Plötzlich aber kommt mir ein Gedanke: Und der andere Moriliré, der friedlich bei hellem Mondschein schläft?

Ich eile zu dem unerschütterlichen Schläfer und rüttele ihn wach ... Aha! Ich hätte es mir denken können. Der Doroké ist leer und bleibt mir in der Hand. Was das schwarze Gesicht anbelangt, so ist es nur ein Stück Holz, auf das der Helm samt dem Federbusch gepflanzt ist, mit dem der ehemalige Schütze seinen Reizen aufzuhelfen pflegt.

Diesmal haben wir den Schelm in flagranti gefaßt. Jetzt muß er Rede stehen.

Ich kehre zu Saint-Bérain und seinem Gefangenen zurück. Letzterer scheint nicht ohne Mühe wieder zu Bewußtsein zu kommen.

Ich sage ›scheint‹, denn plötzlich springt er hinterrücks auf die Füße und stürzt in der offenbaren Absicht zum Fluß, dort nochmals ein Bad zu nehmen.

Moriliré jedoch hat die Rechnung ohne den Wirt gemacht. Saint-Bérain packt eisern das Handgelenk des Flüchtenden, der vergebliche Anstrengungen macht, sich von seinem Retter zu befreien.

Aufrichtig gesagt halte ich Saint-Bérain für weniger hinreißend von Gestalt als den Apoll von Belvedere, aber er ist stark wie Herkules. Er muß, jedenfalls nach den Verrenkungen und Grimassen des Schwarzen zu urteilen, kräftig zupacken können. In weniger als einer Minute ist Moriliré überwältigt, er rutscht auf den Knien und fleht uns um Gnade an. Zugleich fällt etwas aus seiner erschlafften Hand.

Ich bücke mich und hebe den Gegenstand auf. Leider mißtrauen wir dem Neger nicht genug. Moriliré befreit sich mit einer verzweifelten Geste, wirft sich auf mich und bemächtigt sich mit seiner freien Hand des besagten Gegenstands, der in seinem Munde verschwindet.

Saint-Bérains Lippen entflieht ein dritter Fluch. Ich springe dem Gefangenen an die Kehle, während mein Gefährte ihm den Arm festhält.

Halb erwürgt muß Moriliré von sich geben, was er soeben verschluckt hat. Leider spuckt er nur die Hälfte wieder aus. Mit seinen stahlharten Zähnen hat er das Verdachtsobjekt durchgebissen, und die eine Hälfte ist nun in seinem Magen verschwunden.

Ich betrachte meine Eroberung. Es ist ein kleines Blatt Papier, auf dem etwas geschrieben steht.

»Halten Sie diesen Halunken fest«, sage ich zu Saint-Bérain.

Saint-Bérain beruhigt mich darüber mit einem Wort, und ich hole schleunigst Hauptmann Marcenay. Dieser sorgt als erstes dafür, daß Moriliré wohlverschnürt in einem Zelt abgelegt wird, um das er vier Mann postiert, denen er strengste Weisungen erteilt. Darauf begeben wir uns alle drei in das Zelt des Hauptmanns, sehr begierig zu erfahren, was auf dem Papierfetzen steht.

Beim Schein einer Laterne stellen wir fest, daß es sich um arabische Schriftzeichen handelt. Der Hauptmann, der ein ausgezeichneter Kenner des Arabischen ist, würde keine Mühe haben, die Zeichen zu lesen, wenn die Schrift deutlicher und das Dokument noch intakt erhalten wäre. Die Schrift jedoch ist äußerst unbeholfen, und außerdem besitzen wir ja, wie ich bereits sagte, nur einen Teil des Textes. Im gegenwärtigen Zustand stellt er nur eine Art Rebus dar, das wir bei dem ungewissen Licht, das die Laterne spendet, nicht zu lösen vermögen. Wir müssen warten, bis es Tag geworden ist.

Am Morgen jedoch überlegen wir uns, daß es wahrscheinlich verschwendete Mühe sein wird. Alles deutet darauf hin, daß Moriliré, da er nicht länger hoffen kann, uns zu täuschen, sich nunmehr unsere Nachsicht wird sichern wollen und infolgedessen vermutlich sein Vergehen eingesteht und uns seinerseits eine vollständige Übersetzung des Dokuments liefert.

Wir begeben uns zu dem Zelt, das ihm als Kerker dient, und treten ein ...

Verdutzt bleiben wir am Eingang stehen: die Fesseln des Gefangenen liegen am Boden. Das Zelt ist leer.

IX. *Auf höheren Befehl*
(Nach den Aufzeichnungen von Amédée Florence)

Am gleichen Tag. – Soeben habe ich mich unterbrechen müssen, da Hauptmann Marcenay mich rief, um mir die Übersetzung des Fetzens von dem Dokument zu zeigen, das wir Morilirés unersättlichem Appetit wieder entrissen haben. Ich setze hier den chronologischen Bericht der Begebenheiten fort.

Wir finden das Zelt also leer vor. Von Moriliré keine Spur. Nichts als die Stricke, die am Boden liegen. Wütend stellt Hauptmann Marcenay die Wachen zur Rede. Aber die armen Burschen sind ebenso erstaunt wie wir. Sie behaupten, ihren Posten nicht verlassen und keinerlei verdächtiges Geräusch gehört zu haben. Es ist nicht zu begreifen.

Wir kehren in das Zelt zurück, und da erst bemerken wir, daß oben an der Spitze ein Loch gebohrt worden ist, groß genug, um einem Menschen Durchgang zu gewähren; darüber gewahrt man einen kräftigen Bombaxast. Jetzt wird alles klar. Der nicht gut genug gefesselte Moriliré hat sich von seinen Banden auf irgendeine Weise befreit, ist an dem Mittelpfahl hinaufgeklettert und hat auf dem Luftweg die Freiheit wiedergewonnen.

Sollen wir ihm nachlaufen? Aber wozu? Der Flüchtling hat eine Stunde Vorsprung, und wie soll man im übrigen im Busch inmitten des hohen Graswuchses einen Mann entdecken? Man würde Hunde dafür benötigen.

Da wir uns darüber einig sind, ergeben wir uns ins Unvermeidliche. Der Hauptmann läßt das Zelt abschlagen, das sich für Moriliré als Kerker so schlecht bewährt hat, schickt die vier Schützen fort, nachdem er ihnen unter Androhung strenger Züchtigung eingeschärft hat, über alles, was sie gesehen haben, tiefstes Stillschweigen zu bewahren, und verschwindet in seinem Zelt, wo er sich mit dem geheimnisvollen Schriftstück zu beschäftigen gedenkt. Ich selber widme mich der Niederschrift meiner Notizen. Während dieser Zeit wird Saint-Bérain unsere Gefährten über die Vorgänge dieser Nacht informieren – falls er es nicht vergißt.

Eine Stunde darauf läßt Hauptmann Marcenay mich holen, wie ich bereits sagte. Ich treffe ihn in Monsieur Barsacs Zelt, in dem alle Europäer sich versammelt haben. Ihre Gesichter drükken durchweg begreifliche Verwunderung aus. Was hat in aller Welt Morilirés Verrat zu bedeuten? Sollte er doch im Auftrag eines Dritten handeln, dessen Einmischung ich für meine Person ja schon längst geargwöhnt habe? In einigen Minuten werden wir es möglicherweise wissen.

»Die arabische Schrift«, erklärt uns Hauptmann Marcenay, »geht von rechts nach links, aber man braucht das Blatt nur gegen das Licht zu halten, um sie wieder in der uns gewohnten Weise vor sich zu haben. Dann ergibt sich folgendes:«

Er übergibt uns ein Papier, das eine genaue Kopie dessen ist, das wir Moriliré entrissen haben und das infolgedessen ungleichmäßig zerfetzt ist; auf diesem Stück finde ich die folgenden Wörter, die ich hier in lateinischen Schriftzeichen wiedergebe:

Mansa a man gnigni toubaboul
Mémou nimbé mando kafa
bataké manaéta sofa
A okata. Batou
i a ka folo. Mansa a bé

Wenn ich etwa allein dieses Kauderwelsch entziffern sollte ...!

Das Papier geht von Hand zu Hand. Mademoiselle Mornas und Saint-Bérain scheinen etwas davon zu verstehen. Ich bewundere den Umfang ihrer Kenntnisse. Monsieur Barsac und Monsieur Poncin verstehen soviel davon wie ich.

»Die letzten Wörter der ersten und der zweiten Zeile sind unvollständig«, erklärt uns Hauptmann Marcenay. »Das eine muß toubaboulengo sein, was Europäer bedeutet, und das andere kafama, was ›noch‹ heißt. So würde jetzt die vollständige Übersetzung des Schriftstücks lauten: ›Der Herr (oder der König) will nicht, daß die Europäer . . . Da sie noch weiter vorrükken . . . Brief wird Soldaten herbeiführen . . . Er wird befehlen. Gehorche. Du hast begonnen. Der Herr (oder König) ist . . .‹«

Wir blicken etwas unbefriedigt drein. Das sagt uns auch nicht viel mehr.

Hauptmann Marcenay indessen fährt mit seiner Erklärung fort.

»Das erste Satzfragment ist leicht zu verstehen. Irgendwo gibt es einen Oberhäuptling oder König, der nicht will, daß wir dies oder jenes tun. Aber was? Das zweite Fragment sagt es uns. Er will nicht, daß wir weiter in das Land der Schwarzen vordringen. Aus irgendeinem Grunde kommen wir ihm in die Quere. Dieses zweite Bruchstück hat zweifellos mit der Darlegung eines Planes begonnen, den wir nicht ermitteln können. Die beiden folgenden Zeilen sind weniger klar. ›Ein Brief, der Soldaten beibringen wird‹ – das besagt nicht viel; die vierte ist nur ein an Moriliré gerichteter Befehl, und wir wissen nicht, wer dieser ›er‹ ist, der befehlen soll. Was die letzten Worte anbelangt, so haben sie keinen Sinn, wenigstens nicht für uns.«

Wir sehen einander voller Enttäuschung an. Das hilft uns auch nicht viel weiter! Monsieur Barsac ergreift das Wort und faßt die Situation in ein paar Sätzen zusammen:

»Aus dem, was wir bisher beobachtet haben, einschließlich dessen, was sich heute ereignet hat, läßt sich folgern: Erstens, daß unser Führer uns auf Veranlassung eines Dritten verraten hat, der sich aus unbekannten Gründen unserem Durchzug zu widersetzen sucht. Zweitens, daß dieser Unbekannte eine gewisse Macht hat, da es ihm gelungen ist, uns in Konakry einen Führer zu geben, den er ausgesucht hat. Drittens, daß diese Macht dennoch nicht sehr groß ist, da er bislang nur zu kindischen Mitteln hat greifen können, um zum Ziel zu gelangen.«

»Verzeihung!« werfe ich ein. »Der geheimnisvolle Unbekannte hat im gleichen Sinne auch noch ganz andersgeartete Versuche gemacht.«

Und nun teile ich dem ehrenwerten Auditorium meine Überlegungen betreffs des ›doung-kono‹ und der Vorhersagen des ›Kéniélala‹ mit. Ich werde wegen meines Scharfsinns belobt.

»Die von kluger Einsicht geleiteten Schlußfolgerungen von Monsieur Florence«, fährt Monsieur Barsac fort, »bestätigen im Grunde nur die meinigen. Ich glaube also auch weiterhin, daß unser Gegner, wer es auch sei, nicht sehr zu fürchten ist, denn sonst hätte er wirksamere und ernsthaftere Mittel gegen uns zur Anwendung gebracht.«

Monsieur Barsac hat recht. Weisheit, Sophia, die große Sophia der Griechen, spricht zu uns durch seinen Mund.

»Meine Meinung ist«, nimmt er seine Rede wieder auf, »daß wir dieser Angelegenheit zwar durchaus Beachtung schenken müssen, sie jedoch auch nicht überbewerten sollten. Das würde etwa bedeuten: Seien wir vorsichtig, aber lassen wir uns nicht aus dem Konzept dadurch bringen.«

Alle stimmen ihm zu, was mich nicht wundert, denn ich kenne die geheimen Beweggründe jedes einzelnen. Was mich aber in Erstaunen setzt, ist die Hartnäckigkeit von Monsieur Barsac selbst. Warum ergreift er nicht diese Gelegenheit, eine Reise abzubrechen, deren Sinnlosigkeit über jeden Zweifel erhaben ist?

Wie dem auch sei, wir befinden uns in der Notwendigkeit, uns neue Führer zu beschaffen. Mademoiselle Mornas bringt die ihren in Vorschlag, die die Gegend kennen oder doch wenigstens kennen müßten, da sie ja aus diesem Grunde engagiert worden sind. Um die Frage zu klären, läßt man Tchoumouki und Tongané kommen.

Die Haltung des ersteren sagt mir nicht besonders zu. Er antwortet zwar, man könne auf ihn rechnen, aber er scheint befangen, verlegen, und während er spricht, gelingt es mir nicht, seinem ausweichenden Blick zu begegnen. In meinen Augen sinnt dieser Ehrenmann darauf, sich mit Lügen aus der Affäre zu ziehen. Ich bin der Meinung, daß er ebensowenig taugt wie Moriliré.

Tongané hingegen tritt sehr entschieden auf. Er behauptet, das Land gründlich zu kennen und uns überallhin führen zu können, wohin es uns beliebt. Ebenso versichert er uns, er werde Träger und Eseltreiber zur Vernunft zu bringen imstande sein. Dieser Bursche macht mir einen guten Eindruck. Sein Ton ist freimütig, sein Blick zeugt von Rechtschaffenheit.

Ich beschließe, von diesem Augenblick an, mein Vertrauen Tongané zu schenken und Tchoumouki zu mißtrauen.

Die beiden neuen Führer begeben sich zu einem Palaver mit dem schwarzen Personal. Gemäß der offiziellen Version verkünden sie, Moriliré sei von einem Kaiman verschlungen worden, und sie würden künftighin an seiner Statt die Führung übernehmen. Niemand sagt ein Wort. Nach der Siesta gedenken wir aufzubrechen.

9. Februar. – Moriliré ist nicht mehr da, doch alles bleibt beim alten. Mit Tchoumouki und Tongané kommen wir kaum schneller als mit ihrem Vorgänger voran.

Zwischen den beiden Führern gibt es fortwährend Streit wegen der einzuschlagenden Richtung. Sie sind sich niemals einig, und finden kein Ende mit Disputieren. Ich für meine Person stelle mich grundsätzlich auf die Seite Tonganés, obwohl er noch lauter schreit als der andere, aber die Erfahrung lehrt, daß ich mich richtig entscheide. Wenn es zufällig geschieht, daß die Mehrheit sich Tchoumoukis Meinung anschließt, beweisen uns die Erkundigungen, die wir im nächsten Dorf auf unserem Wege anstellen, daß wir uns haben irreführen lassen. Wir müssen dann einen Umweg machen, zuweilen durch fast unwegsames Terrain, um die richtige Route wiederzufinden, die wir verlassen haben.

Zu anderen Malen kommt es vor, daß die Diskussion zwischen den beiden Schwarzen sich derart in die Länge zieht, daß es inzwischen schon zu heiß geworden ist und wir bleiben müssen, wo wir sind.

Unter diesen Bedingungen kommen wir nicht gerade schnell voran. Nach zweieinhalb Tagen haben wir auf diese Weise etwa dreißig Kilometer zurückgelegt. Das ist ein magerer Ertrag.

Wir ziehen immer weiter durch das Tal, das wir bei Kokoro betreten haben. Es ist inzwischen breiter geworden, und wir sehen Höhenzüge nur zu unserer Rechten, das heißt im Süden.

Der Weg ist alles in allem denkbar bequem, und wären nicht die unaufhörlichen Flußübergänge – nicht selten auf dreiviertel zerstörten Brücken, häufig durch eine Furt, die nicht immer sehr gut passierbar ist und in der Kaimane keineswegs selten sind – hätten wir gegen materielle Schwierigkeiten eigentlich nicht zu kämpfen.

11. Februar. – Frühzeitig an diesem Vormittag befinden wir uns inmitten von bebauten Feldern, was auf die Nähe eines Dorfes schließen läßt. Diese Felder wären recht gut imstand, wenn nicht ein großer Teil von ihnen durch Termiten verwüstet wäre, die furchtbare Zerstörungen anrichten.

Diese Insekten bauen – zuweilen mannshohe – pilzförmige Hügel, die sie zu Beginn des Winters in Gestalt von geflügelten Ameisen verlassen. Die Dörfer sind dann von ihnen heimgesucht. Aber die Menschen nehmen jede Gelegenheit wahr, um sich ein bißchen zu zerstreuen. Das Erscheinen dieser geflügelten Ameisen ist das Signal für unerhörte Feste und Orgien. Überall werden Feuer entzündet, an denen die Ameisen sich die Flügel verbrennen. Frauen und Kinder sammeln sie ein und rösten sie in Schibutter. Aber man muß nicht nur essen, sondern auch trinken. Deswegen ist am Abend das ganze Dorf berauscht.

Gegen acht Uhr stoßen wir auf das Dorf, das die bebauten Felder bereits angekündigt haben. Es heißt Bama. In dem Augenblick, in dem wir ankommen, begegnen wir einer ›Dou‹-Prozession, die gerade auf dem Wege durch die ›lougans‹ begriffen ist, um die bösen Geister zu verjagen und den Regen herbeizuziehen. Diese ›dou‹ tragen weiße, mit Hanf- und Palmblattfasern benähte Kittel. Der Kopf ist ganz und gar mit einer hanfenen Kapuze bedeckt, in die zwei Löcher für die Augen eingeschnitten sind und auf denen eine Helmzier aus rotem Holz oder der Schnabel eines Raubvogels sitzt.

Sie bewegen sich tanzend vorwärts, gefolgt von Gaffern und Kindern, die sie sich scheuen, mit ihren ›geweihten‹ Stöcken zu schlagen. Wenn sie an einer Hütte vorbeikommen, versorgt man sie reichlich mit ›dolo‹ (Hirsebier) und Palmwein. Wie man sich

Sie bewegen sich tanzend vorwärts...

denken kann, sind sie nach einstündigem Umzug bereits vollkommen trunken.

Eine halbe Stunde darauf sind wir in Bama selbst. Mit heuchlerischer Miene setzt Tchoumouki Hauptmann Marcenay auseinander, daß die Neger zu müde sind, um noch eine weitere Etappe zurückzulegen und den ganzen Tag in Bama zu bleiben wünschen. Der Hauptmann zuckt nicht mit der Wimper, und trotz der vielfachen Zeichen von Mißbilligung, die Tongané hinter dem Rücken seines Kameraden von sich gibt, setzt er eine erstaunte Miene auf und antwortet, die Bitte erfolge ganz unnötigerweise, da für diesen Tag bereits eine lange Ruhepause vorgesehen sei. Tchoumouki zieht sich mit verdutzter Miene zurück, während Tongané die Arme zum Himmel emporwirft und Malik gegenüber seiner Empörung Ausdruck gibt.

Wir benutzen diesen unerwarteten Halt, um das Dorf zu besuchen, und tun gut daran, denn es ist ganz verschieden von den bisher angetroffenen.

Um hineinzugelangen, muß man zunächst auf das Dach einer Hütte steigen, und von dort aus führt man uns von Dach zu Dach bis zu der Behausung des ›Dougoutigui‹.

Der ›Dougoutigui‹ ist ein alter Neger mit dickem Schnurrbart. Er sieht aus wie ein ehemaliger Feldwebel der Senegalschützen. Er raucht eine lange Kupferpfeife, deren Feuer von einem greulichen kleinen Negerjungen unterhalten wird.

Er empfängt uns überaus freundlich und bietet uns ›dolo‹ an. Um es auch unsererseits an Höflichkeit nicht fehlen zu lassen, machen wir ihm ein paar kleine Geschenke, über die er hoch entzückt ist. Nach Erledigung dieser Formalitäten benehmen wir uns nur noch wie Touristen.

Auf dem Platz betätigt sich ein Wanderbarbier unter freiem Himmel. Neben ihm sind junge Burschen mit Fußpflege und Maniküre beschäftigt, das heißt sie kürzen mit Hilfe alter Scheren den Leuten die Nägel an Füßen und Händen. Vier Kauri pro Person ist der Preis für ihre Dienste, aber sie müssen den Kunden die abgeschnittenen Nägel zurückgeben, die diese auf der Stelle mit größter Sorgfalt in kleinen Erdlöchern vergraben. Obwohl ich über Saint-Bérain, der sich einigermaßen verständlich zu machen versteht, Erkundigungen einziehe, gelingt es mir nicht, die Gründe für diesen seltsamen Brauch in Erfahrung zu bringen.

Einige Schritte weiter behandelt ein ›Medizinmann‹ einen Kranken nach den Regeln des Negerkodex. Von weitem beobachten wir die ›Konsultation‹.

Der Kranke ist ein abgezehrter Mann mit hohlen Augen und zitternd vor Fieber. Der Medizinmann heißt ihn sich mitten in einem Kreis von Neugierigen auf den Boden legen, und stellt dann, nachdem er sich mit darüber verteilter Asche das Gesicht geweißt hat – hier ist Weiß eine Art Fetisch –, neben ihm eine grobgeschnitzte kleine Holzstatuette auf, die einen wohlgesinnten Gott darstellt. Darauf vollführt er rings um den Patienten her einen tollen, von wilden Schreien begleiteten Tanz. Schließlich läßt er sich die kranke Körperpartie zeigen, massiert sie sacht und tut plötzlich unter Freudenschreien so, als zöge er einen Knochensplitter daraus hervor, den er vorher in seiner Hand verborgen gehalten hat. Der Patient erhebt sich alsbald und geht davon, während er sich für geheilt erklärt – ein neuer Beweis für die Wahrheit des Spruches: ›Der Glaube macht stark.‹

War aber der des Kranken doch vielleicht nicht stark genug? Man muß es annehmen, denn die von ihm angekündigte Besserung hält nicht lange vor. Noch am gleichen Abend erschien er in unserem Lager. Da er von dem einen oder anderen unserer Neger gehört hatte, es halte sich bei uns ein ›Toubab‹-Arzt auf, kam er die Hilfe des weißen Zauberers erbitten, da es dem schwarzen nicht gelungen war, ihm Erleichterung zu verschaffen.

Nach einer oberflächlichen Untersuchung verabfolgte Doktor Châtonnay ihm ganz einfach eine Dosis Chinin. Der ›Kunde‹ hielt mit ›barakas‹ (Dankesworten) nicht zurück, doch während er sich entfernte, schüttelte er skeptisch den Kopf, ganz als ob er nur wenig Hoffnung auf ein Heilmittel setze, dessen Wirksamkeit durch keine Beschwörung oder magische Formel unterstützt worden ist.

12. Februar. – Heute ist es ›das gleiche‹ wie gestern, so drükken unsere Begleitmannschaften es jedenfalls aus. Es ist sogar noch schlimmer. Wir legen nur eine einzige Etappe zurück und werden morgen ganz auf eine solche verzichten.

Heute morgen jedoch vollzieht sich der Aufbruch noch in bester Ordnung.

In dem Augenblick, als unser Zug sich in Bewegung setzte, sahen wir den Patienten von gestern abend herbeieilen. Es ging ihm soviel besser, daß er seinem Retter noch einmal danken wollte. Der Doktor übergab ihm ein paar Packungen Chinin mit genauer Anweisung, wie er sich des Mittels zu bedienen habe.

Alles geht gut bis zum nächsten Halt. Wir kommen gut voran. Keine Komplikationen, keine Beschwerden der Neger. Es ist zu schön, um wahr zu sein.

Und tatsächlich: als wir haltmachen und uns gerade häuslich einrichten, wendet Tchoumouki sich an den Hauptmann und hält ihm einen ähnlichen Vortrag wie am Tage zuvor. Der Hauptmann antwortet, Tchoumouki habe vollkommen recht, man werde weder an diesem Abend noch am folgenden Tag den Marsch fortsetzen, doch gäbe es dann, nach dieser großen Ruhepause, keinen weiteren Halt am Abend mehr, bevor mindestens zwanzig Kilometer zurückgelegt worden seien.

Der Hauptmann hat diese Worte so laut ausgesprochen, daß jeder sie hören mußte. Die Neger wissen also nun, daß man künftighin andere Saiten aufziehen wird. Offenbar hat der bestimmte Ton des Hauptmanns ihnen Eindruck gemacht. Sie sagen nichts mehr und schleichen wie geprügelte Hunde davon, während sie einander verstohlene Blicke zuwerfen.

Am gleichen Tage, um elf Uhr abends. – Diese Geschichte fängt an, mir auf die Nerven zu gehen.

Heute abend, kurz vor sechs Uhr, bei hellem Tageslicht also, vernehmen wir plötzlich das gleiche Dröhnen oder Brummen, das unsere Ohren erstmals in der Nähe von Kankan und meine eigenen noch einmal am Abend des Zwischenfalls mit Moriliré berührt hat.

Heute dringt dieses eigentümliche Geräusch von Osten her zu uns. Es ist sehr schwach und dennoch immerhin so stark, daß ein Irrtum ausgeschlossen ist. Ich bin daher auch nicht der einzige, der es vernommen hat. Alle im Lager blicken zum Himmel empor, und die Schwarzen lassen deutliche Anzeichen von Schrekken erkennen.

Es herrschte noch Tageslicht, wie ich schon sagte, und dennoch erkennen wir nichts. So weit wir blicken, ist der Himmel leer. Allerdings begrenzt ein ziemlich hoher Hügel die Aussicht, und das gerade nach Osten zu. Ich eile auf den Gipfel.

Während ich ihn so schnell wie möglich erklimme, nimmt der sonderbare Ton allmählich zu, hört aber dann jäh auf, und als ich den höchsten Punkt erreiche, herrscht vollkommene Stille.

Wenn ich indessen nichts mehr höre, kann ich doch sehen. Vor mir liegt nur die Ebene und, soweit das Auge reicht, jener Wald von übermäßig hohen Gräsern, aus denen der Busch besteht. Weithin liegt alles verlassen da. Umsonst reiße ich die Augen auf, vergebens durchforsche ich den Horizont. Ich bemerke nichts.

Bis zum Einbruch der Dunkelheit bleibe ich auf dem Posten. Allmählich senkt sich tiefes Dunkel über die Landschaft, denn der Mond tritt in sein letztes Viertel und geht infolgedessen erst spät auf. Ich steige wieder hinunter.

Als ich noch auf halbem Wege bin, setzt das Geräusch von neuem ein. Es ist wahrhaftig, um verrückt zu werden. Es beginnt wieder ebenso jäh, wie es vorhin geendet hat, und schwillt dann allmählich ab, als wenn es sich gen Osten hin entfernte. Nach ein paar Minuten ist die Stille wieder hergestellt.

Ich steige vollends hinab und kehre sehr nachdenklich in mein Zelt zurück, wo ich diese Zeilen niederschreibe.

13. Februar. – Heute herrscht Ruhe. Jeder beschäftigt sich mit seinen eigenen Angelegenheiten.

Monsieur Barsac wandert auf und ab. Er scheint sich Sorgen zu machen.

Monsieur Poncin macht sich in einem großformatigen Heft Notizen, die sich sicherlich auf seine Funktionen beziehen. Nach der Bewegung seines Stiftes zu schließen, scheint es sich um Zahlenreihen zu handeln. Was für Berechnungen stellt er wohl an? Ich könnte ihn freilich fragen, doch ob er mir antworten würde? Unter uns: ich fürchte fast, er ist stumm.

Saint-Bérain ... Gut! Aber wo steckt Saint-Bérain? ... Ich nehme an, er stellt irgendwo einem Gründling nach.

Hauptmann Marcenay plaudert mit Mademoiselle Mornas. Man darf die beiden nicht stören.

Am anderen Ende des Lagers leistet Tongané Malik Gesellschaft. Auch diese beiden scheinen keine Langeweile zu haben.

Das Negerpersonal liegt über den Boden verteilt im Schlaf und desgleichen die Begleitmannschaft, soweit sie nicht Wachdienst hat.

Ich selbst verbringe einen großen Teil des Tages damit, mit Hilfe der in den letzten Tagen niedergeschriebenen Notizen meinen Artikel zu verfassen.

Als er fertig und unterzeichnet ist, rufe ich Tchoumouki, dem die Aufsicht über den Wachdienst obliegt. Tchoumouki antwortet nicht. Ich bitte einen Schützen, sich nach ihm umzusehen. Nach einer halben Stunde kommt der Schütze zurück und sagt mir, er könne ihn nirgends entdecken. Ich suche nun meinerseits nach ihm, doch mit ebenso negativem Erfolg. Tchoumouki hat sich in Nichts aufgelöst, und ich muß darauf verzichten, meinen Artikel weiterzubefördern.

14. Februar. – Heute morgen gibt es einen Theatercoup!

Gegen acht Uhr – denn wir haben einen Teil des Morgens damit zugebracht, vergebens nach Tchoumouki zu suchen – rüsten wir uns, des Kampfes müde, zum Aufbruch, als wir von Westen, das heißt von Bama her, das wir vor zwei Tagen verlassen haben, in der Ferne einen nicht unbedeutenden Trupp von Berittenen auftauchen sehen.

Hauptmann Marcenay hat ihn schon vorher bemerkt und entsprechende Befehle erteilt. Im Handumdrehen hat sich unsere Eskorte in Kampfpositur begeben.

Diese Vorsichtsmaßregeln indessen erweisen sich als überflüssig. Sehr bald erkennen wir französische Uniformen oder doch wenigstens das, was in diesen Gegenden dafür gilt, und als die unbekannte Truppe näher kommt, stellen wir fest, daß sie aus zwanzig regulären Soldaten von schwarzer Rasse, alle beritten und vorschriftsmäßig bewaffnet, sowie drei ebenfalls berittenen

Einer unserer Sergeanten wird den Neuankömmlingen entgegengeschickt.

Europäern, nämlich zwei Unteroffizieren und einem Leutnant besteht, der die Uniform der Kolonialinfanterie trägt.

Einer unserer Sergeanten wird den Neuankömmlingen entgegengeschickt, die ebenfalls einen der ihren zu uns entsenden. Die beiden Parlamentäre tauschen ein paar Worte aus, dann nimmt die Truppe, die während dieser Unterredung haltgemacht hatte, den Marsch in unsere Richtung wieder auf.

Sie dringt mit umgehängtem Gewehr bis zu unserem Lager vor, und der sie befehligende Leutnant wendet sich an Hauptmann Marcenay. Ich höre den folgenden Dialog mit an:

»Hauptmann Marcenay?«

»Das bin ich selbst, Herr Leutnant . . .?«

»Leutnant Lacour, vom 72. Regiment der Kolonialinfanterie, gegenwärtig Kommandant eines berittenen Detachements von sudanesischen Freiwilligen. Ich komme aus Bammako, Herr Hauptmann, und folge Ihren Spuren seit Sikasso, wo ich sie um ein paar Tage verfehlt habe.«

»Zu welchem Zweck?«

»Dieses Schriftstück wird Sie darüber informieren, Herr Hauptmann.«

Hauptmann Marcenay nimmt den Brief, der ihm entgegengehalten wird. Während er ihn liest, drückt seine Miene ebensowohl Staunen wie Enttäuschung aus.

»Sehr wohl, Herr Leutnant«, sagt er. »Gestatten Sie mir, Monsieur Barsac und seine Begleiter zu unterrichten. Dann stehe ich Ihnen zu Diensten.«

Der Leutnant neigt den Kopf. Der Hauptmann gibt seinen Leuten einen Befehl und tritt zu unserer Gruppe.

»Ich habe Ihnen eine überraschende Mitteilung zu machen, Herr Abgeordneter«, sagt er zu Monsieur Barsac. »Ich muß Sie verlassen.«

»Uns verlassen!? . . .«

Um die Wahrheit zu sagen, ist Mademoiselle Mornas diejenige, die diesen Ausruf getan hat. Ich sehe sie an. Sie ist ganz blaß geworden und beißt sich auf die Lippen. Wenn ich nicht ihre Selbstbeherrschung kennte, würde ich schwören, daß sie in Tränen ausbrechen wird.

Wir anderen sind vor allem tief bestürzt, außer Monsieur Barsac, bei dem der Zorn dominiert.

»Was soll das heißen, Herr Hauptmann!« fragt er.

»Es soll heißen, Herr Abgeordneter, daß ich den offiziellen Befehl erhalte, mich nach Timbuktu zu begeben.«

»Das ist ja unvorstellbar!« ruft Monsieur Barsac aus, der tief verletzt zu sein scheint.

»Aber dennoch stimmt es«, antwortet der Hauptmann. »Lesen Sie selbst.«

Er reicht Monsieur Barsac den Brief, den der Leutnant ihm übergeben hat. Der Expeditionschef überfliegt ihn sichtlich indigniert mit den Augen, worauf er ihn uns zeigt und uns zu Zeugen der Unverfrorenheit nimmt, mit der man ihn behandelt.

Ich richte es so ein, daß ich den Brief als letzter erhalte, damit ich mir rasch davon eine Abschrift machen kann. Das Schreiben lautet wie folgt:

RÉPUBLIQUE FRANÇAISE

Generalgouvernement des Senegal.
Sektion Bammaro.
Der Oberst.

Befehl an Hauptmann Pierre Marcenay und seine Abteilung, sich sofort in Eilmärschen nach Ségou-Sikoro und von dort aus auf dem Niger nach Timbuktu zu begeben, wo er sich dem Platzkommandanten zur Verfügung zu stellen hat. Die Pferde der Abteilung des Hauptmann Marcenay bleiben bei der Intendantur in Ségou-Sikoro zurück.

Leutnant Lacour vom 72. Regiment der Kolonialinfanterie, der eine Abteilung von zwanzig sudanesischen Freiwilligen befehligt, wird den hier vorliegenden Befehl in Sikasso dem Hauptmann Marcenay übergeben und sich dem Herrn Abgeordneten Barsac, dem Chef der außerparlamentarischen Expedition zum Nigerbogen (Erste Sektion) zur Verfügung halten und die Sektion bis zu ihrem Ausgangspunkt zurückbegleiten.

Der Oberst-Kommandant der Sektion Bammako
SAINT-AUBAN

Während ich mich fieberhaft meiner Abschrift widme, macht Monsieur Barsac weiter seiner Mißstimmung Luft.

»Das ist unqualifizierbar!« sagt er. »Uns zwanzig Mann Eskorte mitzugeben! ... Und das ausgerechnet in dem Augenblick, in dem wir auf die schlimmsten Schwierigkeiten stoßen! ... Oh! So geht es ja nun freilich nicht! ... Gleich nach meiner Rückkehr nach Paris werden wir ja sehen, ob die Kammer es sich gefallen läßt, daß man so mit einem seiner Mitglieder umspringt.«

»Inzwischen heißt es gehorchen«, sagt Hauptmann Marcenay, der nicht einmal den Versuch macht, seinen Kummer zu verbergen.

Monsieur Barsac zieht den Hauptmann auf die Seite, aber mit meinem geschulten Reporterohr höre ich dennoch sehr wohl, was er sagt.

»Was meinen Sie, Herr Hauptmann, wenn der Befehl nun nicht authentisch ist?« gibt Monsieur Barsac halblaut zu bedenken.

Der Hauptmann nimmt eine straffere Haltung ein.

»Nicht authentisch! ...« wiederholt er. »Das glauben Sie doch wohl selbst nicht, Herr Abgeordneter. Leider besteht keinerlei Zweifel. Der Brief ist mit allen offiziellen Stempeln versehen. Im übrigen habe ich selbst unterm Kommando Oberst Saint-Aubans gestanden und kenne sehr wohl seine Unterschrift.«

Mißstimmung entschuldigt vieles. Dennoch finde ich, daß Monsieur Barsac zu weit geht. Gut, daß Leutnant Lacour ihn nicht hört. Er würde sich nicht gerade geschmeichelt fühlen.

Monsieur Barsac weiß nichts zu entgegnen. Er schweigt.

»Würden Sie mir gestatten, Herr Abgeordneter, Ihnen Leutnant Lacour vorzustellen«, sagt der Kapitän, »und mich sodann von Ihnen zu verabschieden?«

Bevor Monsieur Barsac noch zustimmen kann, hat die Vorstellung schon stattgefunden.

»Kennen Sie, Herr Leutnant«, fragt darauf Monsieur Barsac, »die Gründe für den Befehl, dessen Überbringer Sie sind?«

»Gewiß, Herr Abgeordneter«, gibt der Leutnant zur Antwort. »Die Touareg Aoulimmiden sind in Aufruhr begriffen und bedrohen unsere Linien. Dadurch ergibt sich die Notwendigkeit, die Garnison Timbuktu zu verstärken. Der Oberst trommelt alles zusammen, was ihm erreichbar ist.«

»Und wir? ...« wirft der Expeditionsleiter ein. »Ist es klug, unsere Eskorte auf zwanzig Mann zu verringern?«

Leutnant Lacour lächelt.

»Dagegen spricht wirklich nichts«, versichert er, »da diese Gegend hier ja absolut ruhig ist.«

»Hieß es nicht aber gerade«, wendet Monsieur Barsac ein, »– der Kolonialminister persönlich hat diese Tatsachen auf der Tribüne der Kammer zur Sprache gebracht und der Resident in Konakry sie uns gegenüber bestätigt – daß die Regionen in Nigernähe der Schauplatz höchst beunruhigender Vorgänge seien?«

»Das war einmal wahr«, antwortet immer noch lächelnd Leutnant Lacour, »aber jetzt ist keine Rede mehr davon. Diese Geschichte ist überholt.«

»Immerhin haben wir selbst doch feststellen können ...« versucht Monsieur Barsac seinen Standpunkt zu verteidigen, worauf er den Leutnant über unsere persönlichen Abenteuer informiert.

Dieser scheint jedoch davon nicht tiefer berührt zu sein.

»Sie müssen doch sehen«, sagt er, »daß dieser Unbekannte, der Sie zu beunruhigen scheint, im Grunde ein armer Wicht ist. Was liegt denn vor? Er hat Ihrer Meinung nach Ihnen den Weg zu verlegen versucht und sich nichts Besseres einfallen lassen, um Sie aufzuhalten? ... Aber das alles ist doch nicht ernst zu nehmen, Herr Abgeordneter.«

Da Monsieur Barsac selbst im Grunde zu den gleichen Folgerungen gekommen ist, fällt ihm keine Entgegnung mehr ein.

Hauptmann Marcenay nähert sich den beiden.

»Gestatten Sie mir, Herr Abgeordneter, mich von Ihnen zu verabschieden«, sagt er.

»Wie denn! So schnell?« ruft Monsieur Barsac aus.

»Es muß sein«, antwortet der Hauptmann. »Mein Befehl läßt keinen Zweifel zu. Ich soll mich ohne jeden Verzug nach Ségou-Sikoro und Timbuktu absetzen.«

»Dann gute Reise, Herr Hauptmann.« Mit diesen Worten fügt sich, während er ihm die Hand reicht, Monsieur Barsac, bei dem jetzt die Rührung den Zorn überwiegt, dem Unvermeidlichen. »Seien Sie versichert, daß unsere allerbesten Wünsche Sie begleiten. Niemand von uns wird diese wenigen gemeinsam verbrachten Tage vergessen, und sicherlich spreche ich für uns alle, wenn ich Ihnen unsere Dankbarkeit für Ihren wachsamen Schutz und Ihre unverbrüchliche Ergebenheit ausdrücke.«

»Danke, Herr Abgeordneter«, antwortet der Hauptmann, auch seinerseits ergriffen.

Er verabschiedet sich nacheinander von jedem einzelnen von uns und endet, wie es sich von selbst versteht, bei Mademoiselle Mornas. Ich luge natürlich zu ihnen hinüber, wie man sich denken kann.

Doch meine Neugier wird nicht belohnt. Alles verläuft so einfach wie nur möglich.

»Auf Wiedersehen, Mademoiselle«, sagt der Hauptmann.

»Auf Wiedersehen, Hauptmann Marcenay«, antwortet Mademoiselle Mornas.

Das ist alles. Immerhin haben für uns, die wir Bescheid wissen, diese kargen Worte einen tieferen Sinn als den, den man ihnen gemeinhin beilegen würde. Wir verstehen alle, daß sie einem beiderseitigen formellen Versprechen gleichkommen.

So jedenfalls versteht sie auch der Hauptmann, denn seine Miene hat sich aufgehellt. Er ergreift die Hand, die ihm Mademoiselle Mornas reicht, drückt respektvoll einen Kuß darauf, springt auf sein Pferd und begibt sich an die Tete seiner Abteilung, die inzwischen Aufstellung genommen hat.

Als letzten Gruß an uns hebt er den Degen. Die hundert Mann setzen sich in Bewegung und verschwinden in scharfem Trab. Nicht ohne eine gewisse Unruhe folgen wir ihnen mit dem Blick. In wenigen Minuten sind sie außer Sicht.

Wir sind nun allein mit Leutnant Lacour, seinen beiden Unteroffizieren und seinen zwanzig Mann, von deren Existenz wir eine Stunde zuvor noch nichts wußten. Das Abenteuer hat sich so rapide abgespielt, daß wir noch wie vor den Kopf geschlagen sind. Jetzt müssen wir versuchen, unsere Ruhe zurückzugewinnen.

Mir selber gelingt das ziemlich schnell, und ich sehe mir nun unsere neuen Leibwächter an, um mir einen näheren Eindruck von ihnen zu verschaffen. Da geschieht etwas Merkwürdiges. Beim ersten Blick, den ich auf sie werfe, verspüre ich ein – tatsächlich nicht einmal unangenehmes! – Frösteln, denn ich habe plötzlich den sehr deutlichen Eindruck, daß sie durchaus Leuten gleichen, denen ich im Dunkeln nicht allein begegnen möchte.

X. *Die neue Eskorte*
(Nach den Aufzeichnungen von Amédée Florence)

Am gleichen Tage, abends. – Nein, ich möchte ihnen nicht allein im Dunkeln begegnen, und dennoch geht es mir doch so ähnlich, denn ich befinde mich ja mit ihnen zusammen im Busch, was bedeutend schlimmer ist. Die Situation entbehrt denn auch in meinen Augen nicht eines gewissen Reizes, denn es gibt ja wirklich nichts An- und Aufregenderes, als sich bewußt zu sein, daß man sich in einer realen Gefahr befindet, mit äußerster Aufbietung aller Verstandeskräfte zu erforschen, was einem verborgen ist und mit geschärftem Blick und gespitzten Ohren auf der Lauer zu liegen, um dem Schlag zu begegnen, von dem man noch nicht weiß, woher er kommen wird. Während solcher Stunden lebt man tatsächlich intensiv, und Sensationen von dieser Art überwiegen wirklich bei weitem das Vergnügen, das man an einem Café-Crème auf der Terrasse des ›Napolitain‹ finden könnte.

Aber natürlich lasse ich meiner Phantasie wieder einmal die Zügel schießen. Spielt sie mir nicht vielleicht nur einen Streich, indem sie mich in irgendwelchen ganz belanglosen gewöhnlichen Schützen Banditen sehen läßt? Und der Brief, der authentische Brief des Obersten Saint-Auban – was stelle ich mir denn darunter eigentlich vor?

Ach was! Dieser Brief des Obersten Saint-Auban stört mich natürlich bei meinen Überlegungen, wie ich offen zugeben muß, aber nichts kommt gegen den Eindruck auf, den diese neue Begleitmannschaft und ihr Befehlshaber auf mich machen.

Sind zunächst einmal diese Unteroffiziere und diese Soldaten überhaupt ›Militärs‹? Bei den Schwarzen kann man es nicht wissen, da sie alle gleich aussehen. Was den Offizier betrifft, fühlt man sich versucht, die Frage zu bejahen. Nicht hingegen kann man das so ohne weiteres sagen, wenn es um die beiden Sergeanten geht. Diese Leute sollen Schützen sein? Das kann mir doch niemand erzählen! Man braucht nicht Phrenologe, Physiognomiker oder sonst irgend etwas Gelehrtes zu sein, um in diesen Gesichtern etwas ganz anderes zu lesen: die Unruhe des gestellten Tieres, Neigung zu derben Vergnügungen, unkontrollierte Triebhaftigkeit, Roheit und Grausamkeit. Wirklich ein bezauberndes Porträt!

Was mich zuerst frappiert hat, ist nur eine Einzelheit, aber gerade dieses Detail hat meine Betrachtungen in Gang gebracht. Ist es nicht tatsächlich sonderbar, daß diese Leute, einschließlich der Unteroffiziere, mit Staub bedeckt sind, wie es Männern ansteht, die seit vierzehn Tagen hinter uns hergelaufen sind, daß aber ihr Chef so frisch aussieht, als sei er soeben erst aus der Schachtel geholt? Denn er ist so frisch, daß es geradezu unwahrscheinlich wirkt: weiße Wäsche, blanke Schuhe, ein gewichster Schnurrbart – kurz, er sieht wirklich recht schmuck aus. Und seine Haltung? Man könnte meinen, Leutnant Lacour wolle gerade eine Truppenparade abnehmen. Er ist von Kopf bis Fuß ›auf Draht‹. Nichts fehlt, kein Knopf, kein Faden bis herunter auf sein Beinkleid, das eine tadellose Bügelfalte aufzuweisen hat! Man hat im Busch nicht häufig Gelegenheit, soviel Eleganz zu bewundern. Diese Uniform schließt jeden Zweifel aus, daß sie nicht ganz neu ist, und ihr Träger scheint mir in seinem Bestreben, sich wirklich ein ›offiziersgemäßes‹ Aussehen zu geben, die Grenzen des Wahrscheinlichen zu überschreiten.

Hat Leutnant Lacour, da er derart wie aus dem Ei gepellt wirkt, während seine Untergebenen dicker Staub bedeckt, etwa an der Jagd auf uns gar nicht teilgenommen?

Die beiden Sergeanten also sind tatsächlich ausreichend schmutzig, aber wenn sie an der übertriebenen Eleganz ihres Vorgesetzten nicht teilhaben, übertreiben sie es meiner Meinung nach in der entgegengesetzten Richtung. Ihre Uniformen – soweit man sie so nennen darf – scheinen aus irgendeinem Altkleiderladen zu stammen. Sie hängen in Lumpen an ihnen herunter. Ihre Hosen sind viel zu kurz und stark geflickt, und keine Nummer und kein Abzeichen gibt einen Hinweis auf das Regiment, dem sie angehören. Es fällt mir schwer zu glauben, daß französische Soldaten so schlecht ausgestattet sein sollten, selbst wenn sie nur auf kurze Zeit angeworben sind. Eine andere Beobachtung läßt sich schwerer in Worte fassen: es kommt mir so vor, als ob die Inhaber dieser alten Uniformen nicht daran gewöhnt seien, selbst diese zu tragen. Ohne daß ich recht erklären kann, wieso, habe ich den Eindruck, sie fühlten sich in ihnen nicht zu Hause.

Dies ist die gesamte Liste meiner Feststellungen und Beobachtungen. Man wird vielleicht finden, daß das ein recht magerer Ertrag ist und daß ich mich durch unbedeutende Besonderheiten habe beeinflussen lassen, die vielleicht ganz einfach zu erklären sind. Ich sage nicht Nein dazu, denn ich selber bin von dieser Meinung nicht sehr weit entfernt. Während ich, um sie in dieses Notizheft einzutragen, die Gründe für mein Mißtrauen genau zu formulieren versuche, bin ich der erste, der geneigt ist, sie ziemlich schwach zu finden. Aber es ist wohl vor allem so, daß ich, weil dieses Mißtrauen in erster Linie rein gefühlsmäßig besteht, es schlecht in Worten ausdrücken kann.

Wie dem auch sei, ich habe dem Vorhergehenden nichts hinzuzufügen. Was die Disziplin betrifft, gibt es nichts, was man beanstanden könnte. Sie ist meinem Eindruck nach sogar eher zu strikt. Die Wachen sind auf ihrem Posten und lösen einander regelmäßig ab. Die allgemeine Haltung ist ausgezeichnet, allzu ausgezeichnet vielleicht.

Bei der Eskorte lassen sich deutlich drei Gruppen unterscheiden, von der keine sich unter die übrigen Mitglieder unserer Reisegesellschaft mischt. Die erste Gruppe umfaßt die zwanzig sudanesischen Schützen. Außerhalb ihrer Dienststunden bleiben sie ständig beisammen und, was bei Schwarzen ganz unglaublich erscheint, reden kaum miteinander. Sie bereiten schweigend ihre Mahlzeiten oder aber schlafen. Man hört sie nicht. Sie gehorchen aufs Wort und auf jeden Wink ihren Unteroffizieren, die sie beträchtlich zu fürchten scheinen. Alles in allem könnte man den Eindruck haben, daß diese zwanzig Neger sehr traurig und von Angst beherrscht sind.

Der Leutnant schreitet aufrecht wie ein Pfahl …

Die zweite Gruppe besteht aus den Unteroffizieren. Diese reden zwar, aber nur miteinander und nur mit halblauter Stimme. Trotz meiner Reporterohren habe ich bislang nur ein paar belanglose Worte aufschnappen können.

Die dritte und letzte Gruppe repräsentiert einzig Leutnant Lacour in Person. Dieser Leutnant Lacour ist ein Mann von kleiner Statur und scheint mir ein wenig umgänglicher Herr zu sein. Er hat blaßblaue Augen, die stahlhart wirken, wie man so sagt, und nicht gerade Wohlwollen der Menschheit gegenüber ausdrükken. Er ist nicht redselig, eher scheu. Den ganzen Nachmittag über habe ich ihn nur zweimal aus seinem Zelt herauskommen sehen und offenbar nur zu dem Zweck, seine Leute zu inspizieren. Dieser Vorgang verläuft ein für allemal in der gleichen Weise. Sobald die Schützen ihren Chef auftauchen sehen, nehmen sie in einer Reihe Aufstellung. Der Leutnant schreitet aufrecht wie ein Pfahl ihre Front ab, während sein eisiger Blick sie von Kopf bis Fuß überprüft. Dann verschwindet er wieder in seinem Zelt, ohne an jemanden das Wort gerichtet zu haben. Um es möglichst positiv auszudrücken, wage ich immerhin zu behaupten, daß dieser elegante Offizier zum mindesten kein fröhlicher Kumpan ist.

Mademoiselle Mornas habe ich den ganzen Tag nicht gesehen.

Ebensowenig ist mir Tchoumouki vor Augen gekommen, was bedeutet, daß mein Artikel noch immer in meiner Tasche steckt.

15. Februar. – Heute früh beim Erwachen merke ich nichts von irgendwelchen Aufbruchsvorbereitungen. Ich erkundige mich bei Tongané, der mir mitteilt, daß wir uns den ganzen Tag nicht von der Stelle rühren werden. Nach der gestrigen Rast kommt diese Ruhepause mir seltsam vor.

Zufällig begegne ich Leutnant Lacour, der mir immer noch ebenso steif und in ebenso eleganter Aufmachung entgegenkommt. Ich spreche ihn an und frage nach dem Grund für diesen zusätzlichen Halt.

»Befehl von Monsieur Barsac«, antwortet er mir lakonisch.

Vier Worte, nach denen er militärisch grüßt und auf dem Absatz kehrtmacht. Leutnant Lacour ist nicht gerade ein brillanter Causeur.

Warum läßt der Expeditionschef uns in dieser Weise auf der Stelle treten? Sollte er es aufgeben, die Forschungsreise mit dieser um vier Fünftel verringerten Begleitmannschaft fortzusetzen? Die Sache beschäftigt mich. Aber sie beunruhigt mich auch, denn ein solcher Entschluß würde den Schlußpunkt einer Reportage bedeuten, von der ich zur Zeit gerade annehmen darf, daß sie endlich sensationell werden könnte.

Punkt zehn Uhr sehe ich Monsieur Barsac. Er wandert mit großen Schritten, die Hände auf dem Rücken, die Augen zu Boden gesenkt, auf und ab und sieht nicht aus, als ob er guter Dinge wäre. Der Augenblick ist vielleicht nicht sehr gut gewählt, um ihn nach seinen Plänen zu fragen. Diese Überlegung vermag mich jedoch nicht zurückzuhalten. Ich riskiere ein Interview.

Monsieur Barsac wird nicht ärgerlich. Er bleibt stehen und mißt mich ein Weilchen schweigend mit den Blicken.

»Vor ein paar Tagen, Monsieur Florence«, sagt er schließlich zu mir, »haben Sie mir schon einmal die gleiche Frage gestellt. Ich habe Ihnen damals keine Antwort gegeben. Heute antworte ich Ihnen, daß ich selber nicht weiß, was ich Ihnen antworten soll.«

»Sie haben demnach noch keinen Entschluß gefaßt, Herr Abgeordneter?«

»Nein, keinen. Ich überlege, ich taste, ich wäge das Für und das Wider gegeneinander ab . . .«

Erneutes Schweigen. Dann aber hat Monsieur Barsac plötzlich eine Idee.

»Warum eigentlich«, ruft er aus, »sollten wir die Frage nicht gemeinsam prüfen? Sie sind ein Mann der Praxis und verfügen über einen gesunden Menschenverstand. (Vielen Dank, Monsieur Barsac.) Sie wissen vielleicht für mich einen Rat.«

Ich verbeuge mich.

»Ich stehe ganz zu Ihren Diensten, Herr Abgeordneter.«

»Prüfen wir zunächst einmal«, fährt Monsieur Barsac fort, »wie weit diese Reise ohne Bedenken fortgesetzt werden kann, oder anders ausgedrückt, ob sie noch möglich ist.«

»Vielleicht wäre es besser«, gebe ich zu bedenken, »sich zunächst einmal zu fragen, ob sie von Nutzen ist.«

»Nicht doch«, antwortet Monsieur, »ihr Nutzen steht außer Zweifel.«

Wer jetzt staunt, das bin ich. Monsieur Barsac indessen fährt in seiner Rede fort.

»Also lautet das Problem nur: ist diese Reise tunlich? Gestern noch stellte es sich nicht, denn bisher hatte kein wesentlicher Zwischenfall unseren Vormarsch behindert. Sie sind doch auch dieser Meinung, nicht wahr?«

»Durchaus.«

»Der erste Zwischenfall von wirklichem Ernst ist die unerwartete Ablösung unserer Begleitmannschaft und ihre Verringerung auf zwanzig Mann. Werden zwanzig Mann imstande sein, unsere Sicherheit inmitten dieser Negerbevölkerung zu garantieren? Das frage ich mich.«

»Wenn man die Frage so stellt«, sage ich, »kann man sie nur bejahen. Es scheint mir gewiß, daß zwanzig Mann unbedingt ausreichend sind, solange wir nur Neger als Gegner vor uns haben. Andere Forschungsreisende haben längere Fahrten als die unsere unternommen, ohne überhaupt von einer Eskorte begleitet zu sein. Jedoch ...«

»Ich weiß, was Sie sagen wollen«, unterbricht mich Monsieur Barsac. »Sie wollen von dem geheimnisvollen Unbekannten sprechen, der uns offenbar ungern in diesem Lande sieht. Ich habe aus meiner Meinung in diesem Punkt kein Hehl gemacht, und alles hat mir zugestimmt. Seither ist nichts Neues erfolgt. Es hat meiner Ansicht nach also keinen Zweck, darauf zurückzukommen.«

Ich habe jedoch etwas einzuwenden.

»Verzeihen Sie, Herr Abgeordneter, aber ich glaube doch, daß im Gegenteil sehr wohl etwas Neues erfolgt ist.«

»Wie? Was?« fragt Monsieur Barsac erstaunt. »Dann muß es etwas Neues sein, das vor mir verborgen geblieben ist. Erklären Sie sich näher.«

So in die Enge getrieben, fühle ich mich sehr verlegen. Meine Beobachtungen, die so wichtig erschienen, und die Folgerungen, die ich, als ich sie bei mir selber erwog, so zwingend gefunden hatte, erscheinen mir jetzt, da ich sie vor jemand anderem wiederholen soll, noch unbedeutender und willkürlicher als in dem

Moment, in dem ich sie schriftlich festlegen wollte. Indessen ist es nun, wo ich die Sache einmal angeschnitten habe – was im übrigen meine Pflicht war –, notwendig zu sagen, was ich denke.

Ich sage es also. Ich teile Monsieur Barsac meine Beobachtungen hinsichtlich unserer Eskorte und der sie befehligenden Offiziere mit und stelle als sich daraus ergebenden Schluß die Hypothese auf, daß, wofern diese Leute keine wirklichen Soldaten sind, sie sehr wohl im Sold des unbekannten Gegners stehen könnten, den wir bisher nicht tragisch genommen haben.

Angesichts dieser Ungeheuerlichkeiten kann Monsieur Barsac nur lachen.

»Aber das klingt ja wie ein Roman!« ruft er aus. »Monsieur Florence, Sie verfügen offenbar über eine blühende Phantasie. Sie wird Ihnen sehr zustatten kommen, falls Sie einmal daran denken, für die Bühne zu schreiben, aber ich rate Ihnen, im realen Dasein ihr dennoch zu mißtrauen.«

»Indessen . . .« bringe ich ein wenig gekränkt hervor.

»Es gibt kein ›Indessen‹. Wir haben Tatsachen vor uns. Zunächst ist da der schriftliche Befehl . . .«

»Er kann gefälscht sein.«

»Nein«, entgegnet Monsieur Barsac, »denn Hauptmann Marcenay hat ihn für echt gehalten und ihn auf der Stelle befolgt.«

»Er kann gestohlen worden sein . . .«

»Schon wieder Ihre Romanphantasie! . . . Wie denn, ich bitte Sie, könnte man sich an die Stelle der echten Eskorte setzen? In diesem Fall hätte man eine ziemlich zahlreiche Truppe zur Hand haben müssen, um erstens die echten Soldaten bis zum letzten niederzumachen, verstehen Sie, und zweitens, um in Übereinstimmung mit dem Befehl, den man sich widerrechtlich angeeignet hätte, ein absolut mit jenem identischen falsches Detachement aufzustellen, und das bereits lange zuvor, das heißt zu einem Zeitpunkt, als noch niemand wissen konnte, wie die neue Begleitmannschaft zusammengesetzt sein, noch ob sie überhaupt jemals von Oberst Saint-Auban entsendet werden würde. Da keiner der Leute von Leutnant Lacour verwundet ist, müßte diese Truppe sehr zahlreich gewesen sein, denn Sie unterstellen ja sicherlich nicht, daß echte Soldaten sich ohne Widerstand hätten hinmetzeln lassen. Und Sie wollen glauben, die Anwesenheit einer so starken Streitmacht sollte unbemerkt geblieben und das Gerücht von einem derartigen Zusammenstoß nicht bis zu uns gedrungen sein, während doch im Busch die Nachrichten von einem Dorf zum anderen mit der Geschwindigkeit eines Telegraphen weitergeleitet werden? An solchen Unmöglichkeiten muß man dann doch scheitern, wenn man seiner Phantasie die Zügel schießen läßt!«

Monsieur Barsac hat recht. Der Marschbefehl ist sicherlich nicht gestohlen.

»Und was Ihren Eindruck«, fährt er fort, »von den Leuten und ihren Chefs betrifft – worauf beruht er denn? Worin unterscheiden diese Schützen, die Sie hier sehen, sich von allen übrigen schwarzen Schützen?«

Ich betrachte die Dinge, wie man sie mir präsentieren will, und bin gezwungen zuzugeben, daß Monsieur Barsac recht hat. Wo habe ich gestern abend nur meine Gedanken gehabt? Ich bin das Opfer einer Selbstsuggestion. Diese Neger sind nicht anders als alle übrigen Neger.

Monsieur Barsac nimmt seinen Vorteil wahr. Mit größerer Sicherheit als gewöhnlich (und Gott weiß, daß es ihm auch sonst nicht daran fehlt) fährt er fort:

»Und nun die Unteroffiziere! Was finden Sie an ihnen so Besonderes? Sie sind allerdings sehr schmutzig, aber doch auch nicht mehr als so manche von den Sergeanten Hauptmann Marcenays. Man kann hier in freier Landschaft nicht sehr genau in puncto Korrektheit der Uniformen sein.«

Das trifft natürlich ins Schwarze. Ich bin denn auch wirklich in meiner Meinung erschüttert.

»Leutnant Lacour indessen ...« wage ich schüchtern einzuschieben.

»O ja! Der ist außergewöhnlich korrekt!« ruft Monsieur Barsac lächelnd aus. »Offenbar ist er an seiner Person sehr eigen und nimmt es mit seiner Toilette sehr genau. Doch das ist ja kein Verbrechen.«

Nein, das ist es nicht. Trotz allem wage ich einen letzten Vorstoß.

»Immerhin, eine so blitzblanke neue Uniform ...« gebe ich zu bedenken, »das ist doch immerhin sonderbar.«

»Die trägt der Leutnant, weil seine andere sich vermutlich in seinem Offizierskoffer befindet«, erklärt mir Monsieur Barsac, der einfach für alles eine Antwort parat hat. »Da er über und über eingestaubt war, hat Leutnant Lacour sich in Wichs geworfen, bevor er mir unter die Augen getreten ist.«

Es scheint, daß Monsieur Barsac diese Sorgfalt vollkommen natürlich findet. Wahrscheinlich liegt es nur an mir, daß ich mir über die Bedeutung des Chefs der Expedition nicht hinlänglich Rechenschaft gebe.

»Im übrigen habe ich mich heute nachmittag eine ganze Weile mit Leutnant Lacour unterhalten ...«

(Während ich mir meine Notizen machte, wahrscheinlich.)

»... Ein charmanter Bursche, trotz seiner, wie ich Ihnen zugeben muß, etwas übertriebenen Neigung zur Eleganz. Höflich, wohlerzogen, verbindlich, ja sogar respektvoll ...«

Hier wirft Monsieur Barsac sich förmlich in die Brust.

»... sogar respektvoll. Ich halte ihn für eine angenehme neue Erscheinung in unserem Kreis und für einen durchaus traitablen Untergebenen.«

»Hat Leutnant Lacour«, frage ich immerhin, »seinerseits keine Bedenken, daß wir unsere Reise unter diesen Voraussetzungen fortsetzen?«

»Keine.«

»Sie selber aber zögerten doch vor kurzem noch, Herr Deputierter.«

»Ich zögere nicht mehr«, erklärt Monsieur Barsac, der sich beim Reden offenbar selbst überzeugt hat. »Morgen brechen wir auf.«

»Ohne sogar«, frage ich noch, »die Zweckmäßigkeit unserer Reise geprüft zu haben, nachdem wir uns über die Möglichkeit klargeworden sind?«

Die diskrete Ironie meiner Frage fällt leider unter den Tisch.

»Wozu?« antwortet Monsieur Barsac. »Diese Reise ist nicht nur zweckmäßig, sondern sie ist auch notwendig.«

»Notwendig?« wiederhole ich verständnislos.

In bester Laune faßt Monsieur Barsac mich kameradschaftlich unter den Arm und erklärt mir das weitere in vertraulichem Ton.

»Unter uns gesagt, mein Lieber, will ich Ihnen gern zugestehen, daß seit einiger Zeit schon die Schwarzen, denen wir begegnen, bei weitem nicht entbarbarisiert genug sind, um sie zu Wählern zu machen. Wenn Sie darauf bestehen, gebe ich sogar auch noch zu, daß wir keine Aussicht haben, noch wieder bessere Erfahrungen zu sammeln, solange wir uns von der Küste fort ins Innere bewegen. Was ich aber da zu Ihnen sage, gedenke ich nicht in der Kammer von der Tribüne aus vorzutragen. Wenn wir nun aber diese Reise zu Ende führen können, wird folgendes geschehen: Baudrières und ich legen jeder einen Bericht vor, dessen Ergebnisse einander diametral entgegengesetzt sein werden. Diese Berichte gelangen dann zu einer Kommission. Dort werden wir uns gegenseitig Zugeständnisse machen, und als Folge davon wird man einigen Negerstämmen in der Nähe des Ozeans das Wahlrecht zugestehen, was einen Sieg zu meinen Gunsten bedeutet, oder wir machen keine Zugeständnisse, und die ganze Sache wird ad acta gelegt. Nach acht Tagen denkt niemand mehr daran, und so wird niemals jemand erfahren, ob die Tatsachen mir recht oder unrecht gegeben haben. In beiden Fällen steht nichts dem entgegen, daß Baudrières oder ich, je nachdem woher der Wind gerade weht, das Portefeuille für die Kolonien bekommen. Komme ich jedoch zurück, ohne meinen Auftrag ausgeführt zu haben, so erkläre ich mich damit selbst zum Versager, meine Feinde werden laut verkünden, daß ich ein alter Einfaltspinsel sei, und ich bin für alle Zeiten erledigt.«

Monsieur Barsac legt eine kleine Pause ein, bevor er noch zum Schluß eine tiefe Wahrheit von sich gibt.

»Vergessen Sie niemals, Monsieur Florence: Ein Politiker kann sich irren. Darauf kommt es nicht so sehr an. Wenn er sich jedoch zu seinem Irrtum bekennt, ist er bestimmt verloren.«

Ich lasse diese Maxime auf meiner Zunge zergehen und ziehe

mich zufrieden zurück – tatsächlich sehr zufrieden, da ich jetzt die Gründe jedes einzelnen kenne.

Nachdem ich Monsieur Barsac verlassen habe, stoße ich auf Monsieur Poncins Tagebuch, das dieser zufällig auf einem Faltstuhl zurückgelassen hat. Mein Journalisteninstinkt wirkt sich wieder einmal stärker aus als meine gute Erziehung, und ich schlage das Heft mit vollem Bewußtsein auf. Schon zu lange hat es meine Neugierde gereizt, und zu lange schon habe ich mich gefragt, was unser schweigsamer Kumpan da von morgens bis abends zusammenkritzeln mag. Nun werde ich es erfahren!

Ach! Meine Neugier kommt nicht auf ihre Kosten. Ich sehe vor mir nichts als ein Gewirr von Ziffern und Lettern, die willkürlich eingetragen und für mich vollkommen unverständlich sind. Ich finde immer nur etwas wie ›p. T. 0,009‹, ›p. Qukm. 135,08‹ oder ›Ds. 76,18‹ und ähnliches.

Wieder ein Mysterium! Was soll wohl diese Geheimschrift bedeuten? Sollte Monsieur Poncin etwas zu verbergen haben? Sollte auch er uns auf seine Weise verraten?

Da komme ich wieder auf meine Marotte zurück. Ich muß mich da wirklich kurieren. Was für eine Idee, diesen braven Mann zu verdächtigen! Ich erweise ihm zuviel Ehre, denn diesem Tagebuch, das ich selber führe, darf ich wohl anvertrauen, daß Monsieur Poncin bestimmt kein Kirchenlicht ist.

Doch man ist Journalist, oder man ist es nicht. Auf gut Glück kopiere ich ein paar Specimina dieser Hieroglyphen, die ich unter denen auswähle, die fast unter jedem Tagesdatum verzeichnet sind. Das ergibt folgendes:

5 D. d. D. 7 M. 3306. Ds. 472,28. F. 189. p. D. 1895 : 7 = 270,71. Qukm. 122. p. Qukm. 3306 : 122 = 27,09. Tb. 27,09 × 54,600 = 1.479.114.

16 F. d. D. 81. M. 12085. Ds. 149,19. F. 6654. p. D. 6654 : 81 = 82,15. Qukm. 1401. p. Qukm. 12085 : 1401 = 8,62. Tb. 8,62 = 54.600 = 470.652.

Ich lege das Heft wieder an seinen Platz und enteile mit meiner Beute. Vielleicht wird sie einmal nützlich werden. Man kann nie wissen.

Am Nachmittag Spazierritt. Ich lasse mich von Tongané begleiten, der Tchoumoukis Pferd nimmt, da es besser als das seine ist. Wir traben gemächlich durch die Gegend. Nach fünf Minuten hält Tongané, dem es schon lange schwerfällt zu schweigen, es nicht länger aus.

»Gut wenn Tchoumouki fort. Tchoumouki dreckiger Neger. Er verraten.«

Das sind mir ja Neuigkeiten! Auch Tchoumouki sollte Verrat an uns üben? Ich sehe ein, daß dies hier eine Gelegenheit ist, mich weiter zu belehren. Ich heuchle Erstaunen.

»Du meinst Morilíré.«

»Morilíré nicht gut«, stellt Tongané nachdrücklich fest. »Aber Tchoumouki auch wie Morilíré. Er sagt Negern: Nicht gut weitermarschieren. Geben ihnen viel dolo toubab (Branntwein), viel Geld, viel Gold.«

Gold in den Händen von Morilíré oder von Tchoumouki? Das klingt unwahrscheinlich.

»Du willst sagen, sie haben den Negern Kauri gegeben, damit sie ihnen folgen?«

»Nicht Kauri«, insistiert Tongané. »Viel Gold.«

Dann fügt er noch ein Detail hinzu, das mir wirklich den Rest gibt.

»Viel Gold englisch.«

»Du kennst also das englische Gold, Tongané?«

»Ioo«, antwortet er. »Ich Aschanti. Ich kennen livchterlignes.«

Ich verstehe, daß Tongané mit diesem sonderbaren Wortgebilde auf seine Weise ›Livres sterling‹ sagen will. Das ist wirklich komisch. Ich habe versucht, es phonetisch wiederzugeben, aber aus Tonganés Mund kommt es noch besser heraus. Mir ist im Augenblick jedoch nicht nach Lachen zumute. Gold – englisches Gold! – in den Händen Tchoumoukis und Morilírés! ... Ich bin sprachlos. Natürlich lasse ich mir nichts anmerken, sondern tue so, als mache diese Mitteilung mir keinen großen Eindruck.

»Du bist ein braver Bursche, Tongané«, sage ich zu meinem Gefährten, »und da du dich so gut mit livchterlignes auskennst, nimm hier dieses kleine Goldstück mit dem Bild der französischen Republik.«

»Ist gut Republik!« ruft in hellem Entzücken Tongané, während er das Geldstück, das ich ihm schenke, im Fluge erhascht und in einen der Pistolenhalfter an der Satteltasche steckt.

Gleich darauf drückt seine Miene Erstaunen aus. Aus den Tiefen, in die er das Goldstück versenkt hat, kehrt seine Hand mit einer dicken Papierrolle zurück, das heißt mit etwas, was bei Negern eine Seltenheit ist. Ich stoße einen Schrei aus und reiße Tongané die Rolle, die ich nur allzugut wiedererkenne, aus den Händen.

Meine Artikel! Wahrhaftig meine Artikel! Meine so bedeutenden Artikel sind demnach im Pistolenhalfter dieses Schelms Tchoumouki steckengeblieben! Ich sehe sie mir genauer an. Ach! Es sind alle, vom fünften an, inklusive! Welch strenges Urteil wird man nicht in der ›Expansion française‹ über mich fällen! Ich bin entehrt, ich habe für immer mein Ansehen eingebüßt!

Während ich mich mit so trüben Gedanken beschäftige, traben wir mit unseren Pferden immer weiter vom Lager fort. Wir mögen etwa sechs Kilometer von ihm entfernt sein, als ich plötzlich haltmache. Ich habe soeben etwas Sonderbares entdeckt.

Am Rande des Weges zeichnet sich eine sechs bis sieben Meter breite, etwa fünfzig Meter lange Spur mitten im Busch deutlich ab. Das Gras ist hier plattgedrückt, geknickt, vielfach sogar wie mit einer gigantischen Sichel förmlich abrasiert. In diesem kahlen Teil aber – und das vor allem zieht meine Aufmerksamkeit auf sich – erkennt man deutlich zwei parallele Fahrrinnen, ähnlich denen, die wir in Kankan angetroffen haben, am einen Ende acht bis zehn Zentimeter tief und unmerklich flacher zum anderen Ende hin. Diesmal liegt der tiefere Teil im Osten.

Unwillkürlich stelle ich in Gedanken eine Verbindung zwischen dieser Doppelspur und dem gestern abend vernommenen Brummgeräusch her. Auch in Kankan hatte ich ja dieses seltsame Dröhnen gehört, bevor ich auf dem Boden diese unerklärlichen Rinnen entdeckte.

Welche Verbindung besteht zwischen diesen beiden Phäno-

Man erkennt deutlich zwei parallele Fahrrinnen.

menen – dem Brummen und der doppelten Wagenspur – und dem ›Kéniélala‹ von Kankan? Ich kann keine erkennen. Dennoch muß es eine solche Verbindung geben, da beim Betrachten dieser rätselhaften Bodenfurchen mein Unterbewußtsein ganz von sich aus das unerfreuliche Bild des Negerzauberers heraufbeschwört. Zudem kommt diese Gewißheit mir plötzlich in dem Augenblick, in dem nach zwei Voraussagen gerade auch die dritte sich bewahrheitet hat!

Da aber befällt mich, wie ich da so allein mit meinem schwarzen Gefährten mich in dieser unendlichen Einöde befinde, ein Frösteln – das zweite seit gestern –, das mir eiskalt den Rücken hinunterläuft, und einen Augenblick lang überkommt mich bei dem Gedanken an das Geheimnis, das mich umgibt, nun doch so etwas wie Furcht.

Das ist natürlich etwas ganz Wunderbares, zumal unter den bestehenden Voraussetzungen. Leider hält dieser Zustand nicht an, denn ich habe keine sehr gute Veranlagung für Angstgefühle. Mein schwacher Punkt ist die Neugier. Daher wälze ich denn auch in meinem Innern, während wir zu unseren Zelten zurückstreben, unermüdlich die aufreizenden Probleme, die sich mir stellen, und versteife mich eigensinnig darauf, für sie eine Lösung zu finden. Diese Anstrengung nimmt mich derart in Anspruch, daß ich nichts von dem wahrnehme, was um mich her geschieht.

Als wir beim Lager ankommen, schrecke ich zusammen. Ohne jede Einleitung hat Tongané plötzlich zu mir gesagt:

»›Toulatigui‹ (Leutnant) nichts gut. Schmutziges Affengesicht.«

Ich antworte ihm, während meine Gedanken nicht bei der Sache sind, was für mich als Entschuldigung gelten mag:

»Das kann man wohl sagen! . . .«

17. Februar. – Wir haben heute einen tüchtigen Tagesmarsch hinter uns, und einen noch größeren haben wir gestern zurückgelegt. Fünfzig Kilometer in zwei Tagen. Tchoumouki ist nicht wieder aufgetaucht – dieser Gauner! Man merkt es. Unter der alleinigen Leitung von Tongané vollbringen Eseltreiber und Träger wahre Wunder und marschieren mit dem Höchstmaß an Schwung, dessen sie überhaupt fähig sind.

Während dieser zwei Tage lassen die Befürchtungen, die ich

hegte, offen gestanden etwas nach. Die Begleitmannschaft hat sich in korrekter Weise ihrer Aufgabe entledigt, die ja im übrigen nicht schwierig ist. Die zwanzig Mann umgeben in zwei Reihen unseren Zug, so wie auch die von Hauptmann Marcenay es taten. Es fällt mir nur auf, daß sie mit unseren Schwarzen nicht die Art von einheimischen Scherzreden austauschen, mit denen ihre Vorgänger nicht geizten. Im Grunde spricht das natürlich für ihre gute Disziplin.

Die beiden Unteroffiziere folgen im allgemeinen unserem Zug, wenn sie nicht gerade die Reihe der Schützen kontrollieren. Sie sprechen mit niemandem außer mit ihren Leuten, denen sie von Zeit zu Zeit kurze und sofort ausgeführte Befehle erteilen. Man muß anerkennen, daß unsere Begleitmannschaft zwar zahlenmäßig nicht stark ist, aber doch wenigstens unter straffem Kommando steht.

Leutnant Lacour nimmt an der Tete ungefähr die Stelle ein, die vormals Hauptmann Marcenay innehatte, das heißt die an Monsieur Barsacs Seite. Ich stelle fest, daß Mademoiselle Mornas jetzt etwas weiter hinten rangiert. Gemeinsam mit Saint-Bérain folgt sie Dr. Châtonnay und Monsieur Poncin. Mademoiselle Mornas sieht nicht so aus, als ob sie die Gesellschaft des Leutnants besonders schätzte.

Gegen diesen ist jedoch im Grunde nichts einzuwenden. Wenn er wenig spricht, so handelt er andererseits. Sicherlich spielt seine energische Haltung keine geringe Rolle bei dem befriedigenden Resultat der beiden letzten Reisetage.

Nein, es ist nichts gegen ihn einzuwenden, und doch ...

Aber das ist bei mir wohl tatsächlich eine fixe Idee. Das Geheimnis, von dem ich mich umgeben fühle, die ungewöhnlichen Fakten, die ich festgestellt habe, müssen meinen Verstand verwirrt haben, so daß ich – zweifellos allzusehr – geneigt bin, rundum Verrat zu wittern.

Immerhin gibt es für meine Vorbehalte doch eine Motivation.

Es war heute morgen gegen neun Uhr. Wir zogen gerade durch einen vollkommen verlassenen Ort, der nur aus wenigen Behausungen bestand, als wir aus einer von ihnen stöhnende

Laute vernahmen. Auf Befehl von Monsieur Barsac macht unsere Kolonne halt, und Dr. Châtonnay, begleitet von Leutnant Lacour und zwei Schützen, dringt in die Hütte ein, aus der die Klagetöne kommen. Natürlich heftet die Presse in meiner Gestalt sich an ihre Fersen.

In dem Raum, den wir betreten, bietet sich unseren Blicken ein trauriges Schauspiel dar. Wir finden zwei Tote und einen Verwundeten vor. Zu unserem Entsetzen sehen wir, daß die beiden Leichen, ein Mann und eine Frau, grauenhaft verstümmelt sind. Wer hat diese armen Leute getötet und verletzt? Wer hat sich dieser Verstümmelungen schuldig gemacht?

Dr. Châtonnay nimmt sich zunächst des Verwundeten an. Da es in der Hütte zu dunkel ist, tragen auf seinen Befehl zwei Schützen den Armen ins Freie. Es ist ein älterer Neger. Er ist an der Schulter getroffen, an der eine furchtbare Wunde klafft. Die Schlüsselbeinknochen liegen vollkommen frei. Ich frage mich, was für eine Waffe solch eine fürchterliche Verletzung hervorrufen kann.

Der Doktor reinigt die Wunde und entfernt aus ihr zahlreiche Bleifragmente. Darauf zieht und näht er die Fleischteile wieder zusammen, versorgt die Wunde und verbindet sie sorgfältig mit Material, das Leutnant Lacour ihm zureicht. Während der ganzen Zeit der Operation stößt der Patient unaufhörlich Jammerlaute aus. Er scheint weniger Schmerzen zu verspüren, nachdem ihm der Verband angelegt worden ist.

Der Doktor aber scheint sorgenvoll. Er tritt noch einmal in die Hütte und sieht sich die beiden Leichen genauer an. Als er wieder herauskommt, wirkt er noch beunruhigter. Er tritt zu dem Verwundeten und verhört ihn, wobei Tongané den Dolmetscher macht.

Aus dem Bericht des armen Negers geht hervor, daß sechs Tage zuvor, am 11. demgemäß, also drei Tage bevor unsere Eskorte ausgewechselt worden war, der kleine Flecken von einer Gruppe von Schwarzen, befehligt von zwei Weißen, angegriffen wurde. Die Einwohner sind alsbald in den Busch geflüchtet mit Ausnahme – da sie keine Zeit mehr fanden, sich in Sicherheit zu bringen – des Mannes und der Frau, deren Leichen wir vorgefunden haben. Der Verwundete war bei den anderen, wurde jedoch unglücklicherweise auf der Flucht von einer Kugel in die Schulter getroffen. Gleichwohl fand er noch genügend Kraft, um sich im Busch zu verstecken und auf diese Weise den Angreifern zu entgehen. Als diese sich entfernt hatten, brachten seine Gefährten ihn zwar in das Dorf zurück, liefen dann jedoch alle wieder davon, als sie einen anderen Trupp ausgerechnet von der Seite her, nach der der andere sich entfernt hatte, nahen sahen.

Das ist seine Erzählung, die wir natürlich nicht ohne Besorgnis vernehmen. Es kann für uns ja tatsächlich nicht angenehm sein zu hören, daß eine Bande von Übeltätern die Gegend unsicher macht. Wir müssen offenbar noch von Glück sagen, daß wir nicht selbst mit ihnen zu tun bekommen haben, da sie nach Aussage des Verwundeten uns ja entgegengezogen sind.

Indessen drückt der arme Teufel gerade auf rührende Weise Dr. Châtonnay seine Dankbarkeit aus, als er plötzlich schweigt und seine Augen sich vor Schrecken weiten, während er auf jemanden in unserem Rücken starrt. Wir drehen uns um und finden uns einem der Unteroffiziere unserer Eskorte gegenüber. Offenbar hat der Anblick dieses Mannes den Neger mit solchem Entsetzen erfüllt.

Der Unteroffizier hingegen zeigt eine ganz unbeteiligte Miene. Jedoch wird er etwas unsicher, als die kalten Augen Leutnant Lacours ihm einen niederschmetternden Blick zusenden, der sowohl einen Vorwurf wie eine Drohung ausdrückt. Flüchtig erhasche ich diesen Blick, den ich mir nicht erklären kann. Der Sergeant jedoch deutet mit dem Finger an die Stirn, um uns zu verstehen zu geben, daß der Verwundete deliriert, und kehrt zu seinen Leuten zurück.

Wir selber gehen wieder zu unserem Kranken, aber der Zauber ist gebrochen. Er starrt uns jetzt nur voller Entsetzen an, und es ist unmöglich, ihm noch ein Wort abzuringen. Er wird also in seine Hütte zurückgebracht, und wir ziehen weiter, noch dazu über sein Schicksal beruhigt, denn Dr. Châtonnay versichert uns, daß er wieder gesunden wird.

Ich weiß nicht, was sich meine Gefährten denken. Ich meinerseits grüble im Weiterreiten über das neue Problem nach, das meinem Scharfsinn zu schaffen macht: Warum hat der alte Neger solches Grauen bekundet? Warum ist dieses Grauen, während er Leutnant Lacour gar keine Beachtung schenkte, ohne jede Möglichkeit eines Zweifels durch den Anblick eines unserer Sergeanten in ihm hervorgerufen worden?

Zur Abwechslung ist für dieses Problem keine Klärung zu finden. Alle diese unlösbaren Rätsel, die der Zufall uns aufgibt, beginnen einem auf die Nerven zu fallen.

Heute abend haben wir ziemlich spät erst unsere Zelte in der Nähe eines kleinen Dorfes mit Namen Kadou aufgeschlagen. Wir sind bei unserer Ankunft sehr betrübt, denn Kadou ist die Stätte, an der Mademoiselle Mornas und Saint-Bérain uns verlassen werden. Während wir geradenwegs uns weiter nach Ouaghadougou und dem Niger zu begeben, werden die beiden, mit Gao und gleichfalls dem Niger als Ziel, sich weiter nordwärts bewegen.

Ich brauche wohl nicht erst zu sagen, daß wir alles Menschenmögliche unternommen haben, um sie zur Aufgabe dieses unsinnigen Plans zu bewegen. Wie sich voraussehen ließ, waren jedoch alle unsere Bemühungen umsonst. Ich wage vorherzusagen, daß die künftige bessere Hälfte von Hauptmann Marcenay nicht die bequemste der Gattinnen sein wird. Wenn Mademoiselle Mornas sich etwas in den Kopf gesetzt hat, wird selbst der Teufel sie nicht davon abbringen können.

In unserer Verzweiflung haben wir unsere Zuflucht sogar zu Leutnant Lacour genommen und ihn gebeten, auch seinerseits unserer Reisegefährtin darzulegen, welche Torheit sie zu begehen im Begriff sei. Ich bin überzeugt, daß auch er seinen Atem verschwendet hätte, doch hat er sich diese Mühe gar nicht erst gemacht. Leutnant Lacour hat kein Wort gesagt. Mit einer ausweichenden Handbewegung hat er nur gelächelt und zwar auf eine Weise, die mir merkwürdig vorkam, obwohl ich nicht recht sagen kann, warum.

Wir machten also Rast in Kadou. In dem Augenblick, in dem

ich mich auf meine private Lagerstatt zurückzuziehen gedenke, hält Dr. Châtonnay mich zurück.

»Wovon ich Sie doch lieber unterrichten möchte, Monsieur Florence«, sagt er zu mir, »ist, daß die Kugeln, von denen die Neger, die wir vorhin sahen, getroffen worden sind, explosive Geschosse waren.«

Ohne meine Antwort abzuwarten, entfernt er sich.

Aha! Schon wieder etwas Geheimnisvolles! Diesmal sind es Explosivgeschosse! Wer kann solche Waffen benutzen? Wie können auch nur derartige Waffen in diese Gegend gelangt sein?

Zwei weitere Fragen kommen damit zu meiner Sammlung hinzu, die sich fortwährend bereichert. Meine Sammlung an Antworten wächst hingegen keineswegs!

18. Februar. – Letzte Neuigkeit dieses Tages, ohne Kommentar: Unsere Eskorte ist abgezogen. Jawohl, auf und davon.

Ich lege Wert auf diese Feststellung, weil sie kaum glaubhaft ist, und wiederhole nochmals: die Eskorte ist abgezogen. Beim Erwachen, vor drei bis vier Stunden, haben wir sie nicht mehr vorgefunden. Sie hat sich verflüchtigt, sich während der Nacht gleichsam in Luft aufgelöst und mit ihr auch ausnahmslos alle Träger und Eseltreiber.

Ist das hinlänglich klar? Leutnant Lacour, seine beiden Sergeanten und seine zwanzig Mann haben sich nicht nur auf einen kleinen morgendlichen Gesundheitsspaziergang begeben, um zum Mittagessen wieder bei uns zu erscheinen. Sie sind abgezogen, end-gül-tig ab-ge-zo-gen.

Wir befinden uns nunmehr allein im Busch mit unseren Pferden, unseren persönlichen Waffen, sechsunddreißig Eseln, Verpflegung für fünf Tage und Tongané.

Gut, gut! Ich war ja auf Abenteuer erpicht!

XI. *Was nun?*

Als die Teilnehmer der Expedition Barsac, die am Abend zuvor in Kadou angekommen waren, beim Erwachen am 18. Februar feststellen mußten, daß ihre militärische Bedeckung und ihr gesamtes Personal verschwunden waren, herrschte allgemeine Bestürzung. Diese zweifache Desertion, vor allem die der Eskorte, war so ungewöhnlich, daß sie sie lange Zeit hindurch noch nicht als endgültig hingenommen hätten, wäre ihnen nicht alsbald der Beweis erbracht worden, daß Soldaten und Bedienstete ohne den Gedanken an Rückkehr aufgebrochen waren.

Amédée Florence, der als erster am Morgen sein Zelt verlassen hatte, war es, der seine Gefährten alsbald alarmierte. Alle, Malik einbegriffen, die die Nacht im Zelt von Jane Mornas verbracht hatte, waren sofort auf dem Plan. Wie gewöhnlich in solchen Fällen gab es zunächst eine ziemlich verworrene Diskussion. Es wurden mehr Überraschungsrufe als Überlegungen ausgetauscht. Bevor man daran dachte, Vorkehrungen für die Zukunft zu treffen, überließ man sich dem Staunen über die gegenwärtige Situation.

Während sie diese diskutierten, erhob sich plötzlich ein Stöhnen im nahen Unterholz und machte ihnen klar, daß sie nicht allein waren, wie sie vermutet hatten. Saint-Bérain, Amédée Florence und Dr. Châtonnay eilten zu der Stelle, von der die Laute zu kommen schienen, und entdeckten Tongané, gefesselt, geknebelt und, schlimmer noch, mit einer langen Wunde an der linken Flanke.

Nachdem Tongané von seinen Fesseln befreit, wieder zum Leben erweckt und verbunden worden war, wurde er verhört. Teils in seinem gewohnten französischen Kauderwelsch, teils auf Bambara, das in diesem Fall Mademoiselle Mornas übersetzte, erzählte Tongané, was er von den nächtlichen Vorgängen wußte.

Der heimliche Aufbruch hatte zwischen ein und zwei Uhr morgens stattgefunden. Zu diesem Zeitpunkt hatte Tongané, durch ungewöhnliche Geräusche, die den Europäern in ihren Zelten entgangen waren, geweckt, zu seinem großen Erstaunen die zwanzig Schützen sämtlich im Sattel und bereits ein Stück vom Lager entfernt, wahrgenommen, während das schwarze Personal unter Anleitung von Leutnant Lacour und den beiden Sergeanten irgend etwas vorzunehmen schienen, was er bei der herrschenden Dunkelheit nicht genau erkennen konnte. Von Neugier getrieben und im übrigen von keinerlei Mißtrauen erfüllt, war Tongané aufgestanden und hatte in der Absicht, die Sache zu erkunden, seine Schritte zu den Trägern und Eseltreibern gelenkt. Er war indessen nicht bis zu ihnen vorgedrungen. Auf halbem Wege hatten sich zwei Männer auf ihn gestürzt, der eine hatte ihn an der Kehle gepackt, ohne ihm Zeit zu lassen, auch nur einen Schrei auszustoßen. Im Nu war er zu Boden geworfen, geknebelt und gebunden. Bevor er hinfiel, hatte er jedoch noch sehen können, daß die Schwarzen, Träger wie Eseltreiber, dabei waren, zahlreiche Ballen aufzuladen, die sie aus anderen ausgewählt hatten. Tongané war also außer Gefecht gesetzt, und seine Angreifer wollten sich gerade entfernen, als sie von einer dritten Person angeredet wurden, die niemand anderes war als Leutnant Lacour. Mit schnarrender Stimme fragte er:

»Alles bereit?«

»Jawohl«, antwortete einer der Angreifer, in dem Tongané einen der Sergeanten erkannte.

Darauf trat Stille ein. Tongané spürte, daß jemand sich über ihn beugte. Hände glitten über seinen Körper und betasteten ihn.

»Ihr seid ja wirklich wahnsinnig!« fuhr der Leutnant fort. »Ihr geht davon und laßt hier einen Burschen zurück, der vielleicht mehr als erwünscht gesehen hat. Robert, versetze diesem Kerl gefälligst einen Stoß mit dem Bajonett.«

Der Befehl war sofort ausgeführt worden, aber da es Tongané glücklicherweise gelungen war, sich zusammenzukrümmen, war die Waffe, anstatt ihn mitten in die Brust zu treffen, an einer seiner Rippen abgeglitten und hatte ihm eine zwar recht schlimm aussehende, aber nicht sehr gefährliche Streifwunde beigebracht. Bei der herrschenden Dunkelheit hatten der Leutnant und seine beiden Kumpane sich darüber getäuscht, um so mehr als unser schlauer Führer vorsichtshalber einen Seufzer, der genau so klang, als ob er gerade sein Leben aushauchte, ausgestoßen und hinterher den Atem angehalten hatte. Das viele Blut an dem Bajonett hatte die Mörder vollends über ihren Irrtum hinweggetäuscht.

»Alles bereit?« wiederholte die Stimme Leutnant Lacours, nachdem Tongané der Stich versetzt worden war.

»Zu Befehl!« antwortete der Mann, der zugestoßen und den sein Chef mit Robert angeredet hatte.

Die drei Männer waren dann fortgegangen, und Tongané hatte nichts mehr gehört. Bald darauf hatte er das Bewußtsein verloren, teils weil der Knebel ihn fast erstickte und teils infolge des Blutverlustes. Mehr konnte er also nicht sagen.

Was er wußte, genügte allerdings wahrlich auch, um zu beweisen, um was es sich handelte, nämlich nicht um eine vorübergehende Abwesenheit, sondern um eine im voraus geplante und von langer Hand vorbereitete Desertion.

Nachdem das klargestellt war, blickten die Zurückgebliebenen einander betroffen und voller Bestürzung an. Das erste Wort, das das Schweigen durchbrach, kam aus dem Munde von Amédée Florence, für den hier noch einmal Nachsicht von seiten des Lesers erbeten wird.

»Eine tolle Kiste!« rief der Reporter und drückte damit im Grunde nur die Meinung aller, wenn auch freilich mit einer reichlich volkstümlichen Wendung aus.

Nachdem diese seine Bemerkung eine gewisse Entspannung herbeigeführt hatte, begann man jetzt die Maßnahmen zu bedenken, die die Lage erforderte. Vor allem war es angebracht, einmal Bilanz zu machen. Bei genauem Hinsehen ergab es sich, daß man noch über sieben Gewehre, darunter sechs Jagdflinten, und etwa zehn Revolver, alle reichlich mit Munition versehen, ferner sieben Pferde, sechsunddreißig Esel, ungefähr fünfzig

Die drei Männer waren dann fortgegangen, und Tongané hatte nichts mehr gehört.

Kilo an verschiedenen Waren und Lebensmitteln für vier Tage verfügte. An Verteidigungs- und Transportmitteln fehlte es also nicht. Was die Lebensmittel anbetraf, so lag kein Grund zur Unruhe vor, da man sich leicht in den Dörfern etwas würde beschaffen können, wie man es ja auch bisher gehalten hatte. Da noch dazu die sechs Europäer sämtlich im Besitz eines ausgezeichneten Jagdgewehrs waren, konnte man mit gutem Recht auf eine Zubuße aus eigener Jagdbeute rechnen. Man kam demgemäß nach Aufstellung dieses Inventars zu dem Schluß, daß keine Alternative, für welche auch immer man sich letztlich entscheiden würde, bei ihrer Ausführung in materieller Hinsicht auf unüberwindliche Schwierigkeiten stoßen könnte.

Auf alle Fälle erschien es angebracht, sich von den Eseln zu befreien, die mangels erfahrener Treiber zu einer ernstlichen Behinderung werden konnten. Wenn das geschehen wäre, würde man einen Plan für das weitere Vorgehen aufstellen. Sollte man sich dafür entscheiden, die Reise doch noch eine Zeitlang fortzusetzen, würde man versuchen, fünf oder sechs Träger einzustellen, die man mit den Waren zu beladen gedachte, die man dann je nach Bedarf in den Dörfern gegen die für den Unterhalt der Reisenden notwendigen Subsistenzmittel eintauschen würde. Im entgegengesetzten Fall würde man die besagten Waren um jeden Preis loszuwerden trachten, was die Träger überflüssig machen und in der Folge ein schnelleres Vorrücken gestatten würde.

Jane Mornas und Saint-Bérain, die als einzige imstande waren, sich den Eingeborenen verständlich zu machen, setzten sich sofort mit denen von Kadou in Verbindung. Sie fanden in diesem Ort eine überaus freundliche Aufnahme, und nachdem ein paar kleine Geschenke ihnen die Sympathien des ›dougoutigui‹ erworben hatten, half ihnen dieser, so gut er dazu imstande war. Dank seiner Unterstützung ihres Anliegens wurden die Esel teils in Kadou selbst, teils in den umliegenden Dörfern zum Durchschnittspreis von zehntausend Kauris (ungefähr dreißig Francs), das heißt insgesamt für dreihundertfünfzigtausend Kauris verkauft. Allein mit diesem Betrag würden der Unterhalt der Expeditionsmitglieder und die Bezahlung von fünf Trägern für die Dauer von etwa zwanzig Tagen gesichert sein.

Zudem erklärte der ›dougoutigui‹ sich auch noch bereit, fünf oder im Bedarfsfall auch mehr Träger zu stellen.

Diese verschiedenen Verhandlungen erforderten einige Tage. Erst am Abend des 22. Februar waren sie beendet, doch bedeutete das keinen Zeitverlust, denn Tongané hätte sich nicht früher auf den Weg machen können; nun, am 22. Februar, jedoch war seine Verletzung, eine bloße Fleischwunde, bereits im Vernarben begriffen, und nichts stand demgemäß dem Aufbruch mehr im Wege.

Am 23. in der Frühe also wurden sechs Faltstühle im Kreise aufgestellt, die Karten ausgebreitet, und unter dem Vorsitz von Monsieur Barsac die Konferenz eröffnet, bei der Tongané und Malik das Publikum abgaben.

»Die Sitzung ist eröffnet«, erklärte Monsieur Barsac gewohnheitsmäßig, wie es jeweils das Protokoll der Kammer erforderte. »Wünscht jemand das Wort zu ergreifen?«

Diskret lächelten alle Anwesenden einander zu. Amédée Florence, dieser Meister der Ironie, antwortete, ohne Wimpernzucken:

»Nach Ihnen, Herr Präsident.«

»Wie Sie wünschen«, versetzte Barsac, offenbar keineswegs über den Titel verwundert, der ihm da zuerkannt wurde. »Seien wir uns zunächst einmal klar über unsere Lage. Wir befinden uns, von unserer Begleitmannschaft verlassen, aber mit Waffen und Tauschobjekten wohlversorgt, mitten im Sudan, weit entfernt von der Küste ...«

Bei diesen Worten zog Monsieur Poncin sein großes Notizheft aus der Tasche, schob eine Brille auf die Nase und sprach – er, der sonst niemals redete!

»Genau eintausendvierhundertundacht Kilometer, fünfhundertdreiundachtzig Meter und siebzehn Zentimeter«, erklärte er, »Umwege miteingerechnet, vom Mittelpfahl meines Zeltes aus gemessen.«

»Soviel Präzision ist überflüssig, Monsieur Poncin«, stellte Barsac fest. »Es genügt zu sagen, daß wir ungefähr vierzehnhundert Kilometer von Konakry entfernt sind. Wie Sie sehr wohl wissen, war es unsere Absicht, noch sehr viel weiter vorzudringen, aber unserer neuen Situation ist vielleicht auch ein neuer

Genau eintausendvierhundertundacht Kilometer, fünfhundertdreiundachtzig Meter ...

Entschluß angemessen. Meiner Meinung nach müssen wir es uns zum Ziel setzen, wenn auch nicht so schnell wie möglich, so doch auf möglichst sicherem Wege zu einer Siedlung zu gelangen, an der es eine französische militärische Dienststelle gibt. Dort werden wir Bericht erstatten und in aller Ruhe überlegen, was zu tun für uns das Richtigste ist.«

Seine Worte fanden allgemeine Zustimmung.

»Ein Blick auf die Karte«, fuhr Barsac fort, »belehrt uns, daß wir uns bemühen müssen, an irgendeinem Punkte seines Laufes den Niger zu erreichen. Wäre es nicht vielleicht möglich, über Ouaghadougou und Nadiango bis nach Saye vorzustoßen? Seit der Einnahme von Timbuktu haben die französischen Truppen immer mehr Terrain flußabwärts gewonnen. Offen gestanden weiß ich nicht, ob sie jetzt schon in Saye stehen, doch ist es möglich, ich möchte sagen wahrscheinlich. Falls es uns gelingen sollte, uns am Ende doch eine neue Eskorte zu sichern, würde diese Kombination den Vorteil haben, daß wir das für uns aufgestellte Programm einhalten könnten.«

»Sie hätte jedoch den Nachteil, Herr Präsident«, fiel hier Monsieur Poncin ihm jäh ins Wort, während er nervös Zahlen in sein Heft kritzelte, »uns zu einem Reiseweg von achthundert Kilometern zu zwingen. Nun beträgt aber meinen Feststellungen nach im Durchschnitt jeder Schritt, den wir machen, zweiundsiebzig Zentimeter. Achthundert Kilometer bedeuten demnach eine Million einhundertelftausendundelf Komma soundso viel Schritte. Lassen wir die Stellen hinter dem Komma außer acht. Wir gehen in der Stunde durchschnittlich fünftausendeinhundertdreiundvierzig Komma soundso viel Schritte. Lassen wir wiederum die Stellen hinter dem Komma außer acht. Doch kommen Halte hinzu, die – ich habe es überprüft – stündlich im Durchschnitt achtzehn Minuten betragen. Es bleiben also zweitausendfünfhundertundzwanzig Sekunden, das heißt dreitausendsechshundert und ein Zehntel Schritte. Dieser Weg von achthundert Kilometern wird also eine Million hundertelftausendeinhundertundelf Schritte, geteilt durch dreitausendsechshundert und ein Zehntel, das heißt dreihundertacht und zweiundzwanzigtausendachthundertzwei sechsunddreißigtausendundein Stunden erfordern. Das bedeutet alles in allem eine Million einhundertelftausendundachtzig Sekunden und einiges.

Lassen wir wiederum die Bruchteile beiseite. Nun marschieren wir aber tatsächlich im Durchschnitt fünf Stunden fünfundvierzig Minuten und zwölf Sekunden am Tag, wenn man alle Aufenthalte abzieht, also zwanzigtausendsiebenhundertundzwölf Sekunden. Um achthundert Kilometer zurückzulegen, benötigen wir demnach eine Million einhundertelftausendsechshundertundachtzig geteilt durch zwanzigtausendsiebenhundertundzwölf Sekunden, was dreiundfünfzigunddreizehntausendneunhundertvierundvierzig zwanzigtausendsiebenhundertzwölftel Tage ergibt. Um den Wert dieses letzten Bruches zu ermitteln, muß man ihn seinerseits in Stunden, Minuten und Sekunden umrechnen. Man kommt dann auf ...«

»Oh! Um Gottes willen! Oh, oh!« rief mit sich überschlagender Stimme hier Amédée Florence aus, der einem Nervenzusammenbruch nahe war. »Können Sie uns nicht ganz einfach sagen, daß wir dreiundfünfzig Tage zu je fünfzehn Kilometern pro Tag brauchen und nur vierzig Tage, wenn wir jeweils ein Pensum von zwanzig Kilometern schaffen? Worauf wollen Sie denn mit diesen fürchterlichen Berechnungen hinaus?«

»Auf folgendes«, antwortete Monsieur Poncin mit gekränkter Miene, während er sein imponierendes Heft einsteckte. »Es wäre besser, über Djenné zum Niger zu gelangen. Man würde auf diese Weise die Entfernung um die Hälfte vermindern, denn sie würde dann nur vierhundert Kilometer betragen.«

»Noch besser wäre es«, warf Amédée Florence ein, während er mit dem Finger auf der Karte den von ihm befürworteten Weg verfolgte, »den Niger auf dem Weg über Bama, Ouattara, Djitamana und so weiter bei Ségou-Sikoro zu berühren. Die Reiseroute betrüge dann zwar etwa fünfhundert Kilometer, aber abgesehen davon, daß man dem gleichen Wege folgte wie Hauptmann Marcenay, würde man diese zusätzlichen hundert Kilometer wieder einholen, da man nicht von Djenné bis Ségou flußaufwärts reisen müßte. Zudem ist dieser letztere Platz verhältnismäßig bedeutend, so daß wir dort sicherlich Hilfe finden würden.«

»Das ist sehr klug überlegt«, erkannte Dr. Châtonnay an.

»Dennoch gibt es eine meines Erachtens noch bessere Möglichkeit, nämlich ganz einfach umzukehren, wenn auch nicht bis zum Meer, so doch wenigstens bis Sikasso, von dem wir nur zweihundert Kilometer entfernt sind und wo wir unsere Landsleute, die uns so herzlich bei sich aufgenommen haben, wiederfinden würden. Dort können wir dann entscheiden, ob es angezeigt scheint, uns nach Bammako zu begeben, oder ob es vorzuziehen ist, wie Monsieur Amédée Florence meint und wie auch ich es für richtig erachte, nach Ségou-Sikoro vorzurücken.«

»Der Doktor hat recht«, stimmte Florence Dr. Châtonnay bei. »Das wäre die weiseste Lösung.«

Nachdem jeder seine Meinung geäußert hatte, trat in der Diskussion eine Pause ein.

»Es ist durchaus möglich«, erklärte nach kurzer Überlegung Barsac, offenbar von dem Wunsch beseelt, seinen Reisegefährten einen schmeichelhaften Begriff von seinem Heroismus zu übermitteln, »daß Sie, Monsieur Florence und der Doktor recht haben mit dem, was Sie sagen. Ich bitte Sie jedoch zu berücksichtigen, daß die Rückkehr nach Sikasso mindestens für den Augenblick den Verzicht auf die Mission bedeutet, die ich auf mich genommen habe. Nun aber, meine Herren, als ein Mann der Pflicht, der ich in erster Linie bin . . .«

»Wir verstehen Ihre Bedenken sehr wohl, Monsieur Barsac«, unterbrach ihn hier Florence, der eine Rede im Anzug sah, »aber es gibt doch Fälle, in denen Pflicht identisch mit weiser Vorsicht ist.«

»Da bliebe erst einmal ganz genau festzustellen«, entgegnete Barsac, »ob wir uns hier in einem dieser Fälle befinden. Unser Begleitschutz ist zwar desertiert, aber ich frage mich vergebens, welche Gefahren uns drohen. Alles in allem gehen die einzigen, denen wir bisher begegnet sind, auf einen hypothetischen, wenn auch, wie ich zugeben muß, wahrscheinlich – aber doch nicht mit Sicherheit, da seine Existenz sich uns nur in Gestalt der Schläge, die er uns zufügt, offenbar wird – vorhandenen Gegner zurück. Wenn wir aber diese Schläge als solche betrachten, so werden sie uns doch relativ schwach erscheinen. Was hat man im Grunde mehr erreicht, als uns Mißlichkeiten zu bereiten? Nach Ansicht von Monsieur Florence hatte man zunächst einmal versucht, uns abzuschrecken; ferner hat ebenfalls unser unbekannter Feind, wie ich zugeben muß, uns in und hinter Sikasso Schwierigkeiten mit unserem Personal bereitet und schließlich auch noch zuwege gebracht, unsere richtige Begleitmannschaft durch eine falsche zu ersetzen. Aber bedenken Sie doch, daß er mit dieser Handlungsweise immerhin große Mäßigung bewiesen hat. Anstatt einfach zu desertieren, hätte ja doch diese Eskorte uns alle niedermetzeln können! Doch nichts dergleichen hat sie getan. Vielmehr war sie so aufmerksam, uns Lebensmittel, unsere Waffen, unsere Munition, unsere Pferde und eine gewisse Menge an Waren zu belassen. So überaus schrecklich war dieses Vorgehen doch im Grunde nicht.«

»Sie vergessen Tongané«, gab Dr. Châtonnay leise zu bedenken.

»Tongané ist ein Neger«, entgegnete Barsac, »und für viele Leute gilt das Leben eines Negers nicht eben viel.«

»Monsieur Barsac hat recht«, mischte Florence sich ein. »Ja, das gegen uns angewendete Vorgehen zeugt von einer gewissen Mäßigung, und ganz offenbar hat man es auf unser aller Leben bis jetzt noch nicht abgesehen. Ich sage ausdrücklich ›bis jetzt‹, denn unser unbekannter Gegner könnte sehr wohl zu einem wirksameren Angriffssystem übergehen, wenn wir uns darauf versteifen, uns in einer ihm mißfälligen Richtung weiter fortzubewegen. Für diesen Fall genügt Tonganés Verwundung, um uns zu beweisen, daß diejenigen, denen wir im Wege sind, mit drastischeren Maßnahmen schnell bei der Hand sein könnten.«

»Sehr richtig«, pflichtete der Doktor ihm bei.

Auf diese zustimmende Bemerkung Dr. Châtonnays folgte ein minutenlanges Schweigen, das Barsac darauf verwendete, seinen tiefsinnigen Gedanken nachzuhängen. Sicherlich waren die Folgerungen richtig, die Amédée Florence gezogen hatte, und ganz bestimmt würde der ehrenwerte Abgeordnete der Republik aus dem französischen Süden seine kostbare Existenz nicht einzig zu dem Zweck der Vermeidung von Kritiken gefährden, die ihn in Paris erwarteten, falls er zurückkehren würde, ohne seinen Auftrag bis zu Ende durchgeführt zu haben. Würde es zudem denn völlig unmöglich sein, auf diese Kritiken eine Antwort zu erteilen?

»Nach gründlicher Überlegung«, sagte er, gewiß in der geheimen Absicht, an seinen gegenwärtigen Zuhörern die Wirkung der Argumente zu erproben, die er später seinen Kollegen in der Kammer vorsetzen würde, »schließe ich mich den Ausführungen meines Vorredners Monsieur Amédée Florence an, zumal in der Form, die ihnen mein hochgeschätzter Kollege Dr. Châtonnay gegeben hat. Ich stimme also ebenfalls für die Rückkehr nach Sikasso, mit Ségou-Sikoro als letztem Ziel. Wenn jemand, meine Herren . . .«

Hier hatte Amédée Florence das Gefühl, daß eine Rede im Anzug sei. Er hörte daraufhin dem Sprecher nicht länger zu, sondern dachte an etwas anderes.

»Wenn jemand, meine Herren, sich versucht fühlen sollte, mich zu tadeln und zu behaupten, ich hätte diese Reise ohne absolute Notwendigkeit abgebrochen, würde ich ihm antworten, daß die Verantwortung für diesen Abbruch bei der Regierung selbst liegt, deren Pflicht es war, unserer Expedition wirksamen Schutz zu gewähren. Sie hätte infolgedessen, da offenbar höhere Notwendigkeiten sie zwangen, die Zusammensetzung unserer Begleitmannschaft zu verändern, entweder alle Maßnahmen treffen müssen, die es unmöglich machten, daß eine Bande von Abenteurern die Stelle des eigentlichen Detachements, das sie uns zuteilen wollte, einnehmen konnte, oder aber, falls eine solche Unterschiebung nicht von vornherein stattgefunden hat, einen Chef für die Eskorte zu wählen, dem sie unsere Sicherheit in dem Bewußtsein anvertrauen konnte, daß er für Aufforderungen, deren Herkunft zu untersuchen nicht unsere Sache ist, niemals zugänglich sein würde. Die Untersuchung, die meiner Meinung nach unbedingt angestellt werden muß, wird uns sagen, meine Herren . . .«

»Verzeihung, Herr Präsident«, fiel ihm an dieser Stelle Amédée Florence ins Wort, »wenn Sie gütigst gestatten wollen . . .«

Der Reporter hatte seinen Gefährten von vornherein den klügsten Entschluß nahegelegt, über den er sich dank seinem praktischen Sinn auf der Stelle klargewesen war. Sein Vorschlag hörte jedoch auf, ihn zu interessieren, sobald er sah, daß man ihn annehmen würde. Ein paar Minuten darauf hätte man nicht sehr in ihn zu dringen brauchen, damit er sein Bedauern darüber ausgesprochen hätte, daß diese Reise gerade in dem Augenblick enden sollte, in dem sie interessant zu werden versprach.

Als er mit seinen Überlegungen an diesem Punkte angelangt war, hatte sein Blick zufällig Jane Mornas und Saint-Bérain gestreift. Daraufhin hatte er um so weniger gezögert, Barsac zu unterbrechen, als er ihm ohnehin nicht mehr zugehört hatte, wie wir bereits bemerkten.

»Wenn Sie gütigst gestatten wollen, Herr Präsident«, sagte er, »möchte ich darauf aufmerksam machen, daß wir hier eine Entscheidung treffen, ohne die Meinung von Mademoiselle Mornas und Monsieur de Saint-Bérain eingeholt zu haben, die, wie ich glaube, ebenso wie wir Anspruch auf Sitz und Stimme im Rate haben.«

Sein Einspruch hatte einen guten Grund. Seit Beginn der Diskussion hatten Jane Mornas und Saint-Bérain schweigend zugehört, ohne in die Debatte irgendwie einzugreifen.

»Monsieur Florence hat recht«, erkannte Barsac an, indem er sich an Jane Mornas wendete. »Wenn Sie also so freundlich sein wollen, Mademoiselle, uns über Ihre Meinung zu unterrichten ...«

»Ich danke Ihnen, daß Sie mich danach fragen, Monsieur Barsac«, antwortete Jane Mornas ohne alle Erregung, »aber wir müssen uns aus dieser Diskussion heraushalten, da sie uns ja nicht betrifft.«

»Sie betrifft Sie nicht? ... Aber wieso denn nicht, Mademoiselle? Mir scheint doch, wir sitzen alle im gleichen Boot.«

»Durchaus nicht«, entgegnete Jane Mornas. »Wenn Sie den Umständen zufolge auf das Ziel verzichten, das Sie sich vordem gesteckt hatten, so hat das unsere sich doch nicht verändert. Wir haben uns nicht von Ihnen trennen wollen, als Sie gerade die größten Widerwärtigkeiten zu bestehen hatten, hielten jedoch stets an unserer Absicht fest, unsere Reise auf dem ursprünglich geplanten Weg fortzusetzen.«

»Sie wollen also auf alle Fälle bis nach Gao vordringen?«

»Entschiedener denn je.«

»Allein? Ohne militärischen Schutz?«

»Wir hatten nie damit gerechnet, auf andere Weise hinzukommen.«

»Ohne Träger?«

»Wir werden neue engagieren. Wenn das unmöglich ist, müssen wir eben ohne Träger auskommen.«

»Und das trotz dieser Feindseligkeit, deren Ursprung wir zwar nicht kennen, deren Vorhandensein doch aber nicht länger zu bestreiten ist?«

»Trotz dieser Feindseligkeit, die übrigens meiner Meinung nach mehr gegen Sie als gegen uns gerichtet ist.«

»Woher soll man das wissen, wo wir doch bislang den gleichen Weg verfolgt haben? Auf alle Fälle befürchte ich sehr, daß unser unbekannter Gegner Sie angreifen wird, wenn Sie sich allein auf den Niger zu bewegen.«

»Wenn das stimmt, müssen wir eben diesem unbekannten Gegner gefaßt entgegentreten.«

»Aber das ist doch Wahnsinn!« rief Barsac aus. »Und wenn es mit Gewalt sein muß, Mademoiselle, werden wir Sie eine solche Unklugheit nicht begehen lassen, nur um dem zu genügen, was Sie selbst als Laune bezeichnet haben.«

Jane Mornas zögerte einen Augenblick.

»Leider«, gab sie dann in traurigem Ton zur Antwort, »handelt es sich nicht um eine Laune, wie ich Ihnen gegenüber bisher behauptet habe.«

»Und um was handelt es sich dann?« fragte Barsac erstaunt.

Jane Mornas zögerte von neuem.

»Um eine Pflicht«, antwortete sie in sehr ernstem Ton.

Barsac, Dr. Châtonnay und Amédée Florence blickten alle zu Jane Mornas hin, letzterer voller Interesse, die beiden anderen voller Verwunderung, da sie sich vergebens fragten, was das junge Mädchen mit diesem Wort sagen wollte und welche Pflicht wohl derart gebieterisch sein könnte, daß sie Jane Mornas bis zum äußersten Punkt des Nigerbogens trieb. Amédée Florence hingegen, der seinem Temperament entsprechend seinen Gefährten immer spezielle Gründe zur Ausführung dieser Unternehmung unterstellt hatte, empfand nichts anderes als eine große Befriedigung bei dem Gedanken, daß er nun einen von denen erfahren würde, die ihm bis dahin verborgen geblieben waren.

»Verzeihen Sie mir, meine Herren«, fing Jane Mornas von neuem an, »ich habe Sie getäuscht ...«

»Getäuscht? ...« wiederholte Barsac mit immer wachsendem Staunen.

»Ja, ich habe Sie getäuscht. Während Monsieur de Saint-Bérain Ihnen seinen Namen genannt und wahrheitsgemäß angegeben hat, daß er Franzose ist wie Sie selbst, habe ich meinerseits mich bei Ihnen unter einem falschen Namen und mit einer fälschlich angenommenen Nationalität eingeführt. Ich bin Engländerin und heiße Jane Buxton. Ich bin die Tochter von Lord Buxton, die Schwester von George Buxton, und in der Nähe von Koubo sind die sterblichen Reste meines unglücklichen Bruders beigesetzt worden. Dorthin also muß ich gehen, denn dort nur wird die Aufgabe für mich erfüllbar sein, die ich mir gestellt habe.«

Darauf berichtete Jane Buxton – dieser Name soll ihr nun erneut zugestanden werden – von dem Drama in Koubo, der entehrenden Anschuldigung, die gegen George Buxton erhoben worden war, von dessen Tod, der Scham und der Verzweiflung Lord Glenors. Sie nannte das hochgesteckte Ziel, das sie sich gesetzt hatte: das Ansehen ihres Bruders wiederherzustellen, ihn von dem Makel reinzuwaschen, der seinem Namen anhaftete, und dem alten Mann, der sein Leben in der düsteren Einsamkeit seines Schlosses in Uttoxeter beschloß, den Frieden zurückzugeben.

Tiefe Bewegung teilte sich allen ihren Zuhörern mit. Sie bewunderten diese junge Person, die aus so edlen Motiven heraus gewagt hatte und noch weiter wagen würde, so viele Anstrengungen und Gefahren auf sich zu nehmen.

»Miss Buxton«, sagte, als sie schließlich geendet hatte, Amédée Florence nicht ohne eine gewisse Härte im Ton, »ich gestatte mir, Ihnen einen Vorwurf zu machen.«

»Einen Vorwurf? . . . Mir? . . .« fragte verwundert Jane, die sich von ihrer Erzählung eine ganz andere Wirkung versprochen hatte.

»Ja, einen Vorwurf, und einen ernsten sogar! . . . Was für eine sonderbare – und nicht eben schmeichelhafte – Meinung haben Sie denn, Miss Buxton, von den Franzosen im allgemeinen und von Amédée Florence im besonderen?«

»Was wollen Sie damit sagen, Monsieur Florence?« brachte Jane Buxton verwirrt hervor.

»Was wohl!« rief der Reporter in empörtem Ton. »Sie haben sich so einfach eingebildet, Amédée Florence werde Ihnen gestatten, ohne ihn einen kleinen Ausflug nach Koubo zu unternehmen?«

»Oh, Monsieur Florence! . . .« antwortete tief bewegt Jane Buxton, die zu begreifen begann.

»Wirklich reizend! . . .« fuhr indessen Amédée Florence, noch immer lebhafte Empörung heuchelnd, fort. »Und zudem äußerst egoistisch!«

»Aber ich sehe nicht . . .« bemühte sich Jane, jetzt halb lächelnd, ihm in die Rede zu fallen.

»Lassen Sie mich bitte ausreden«, unterbrach Amédée Florence sie in strengem Ton. »Haben Sie denn vergessen, daß ich Journalist bin, Reporter im engeren Sinne, und daß ich eigentümlicherweise über mir einen Chef habe? Wissen Sie, was dieser Chef zu mir sagen würde, wenn er erführe, daß ich mir eine derart sensationelle Reportage über den Fall Buxton hätte entgehen lassen? Dann hören Sie gut zu! Er würde zu mir sagen: ›Mein lieber Florence – Sie sind ein ausgemachter Esel!‹ Und darauf hätte er mich im Handumdrehen vor die Tür gesetzt. Ich aber lege Wert auf meine Stellung und reise also mit Ihnen.«

»Oh! Monsieur Florence! . . .« wiederholte Jane, aufs tiefste bewegt.

Der Reporter blickte sie an.

»Ich reise mit Ihnen, Miss Buxton«, erklärte er energisch. »Und verlieren Sie gar nicht erst Ihre Zeit mit dem Versuch, mich vom Gegenteil überzeugen zu wollen, denn ich weiß besser Bescheid als Sie, nehme ich jedenfalls an.«

Jane hielt dem braven, mutigen Burschen ihre Hand entgegen.

»Ich nehme Ihr Angebot an, Monsieur Florence«, sagte sie, während zwei große Tränen aus ihren Augen tropften.

»Und was ist mit mir, Miss Buxton, nehmen Sie mich ebenfalls mit?« ließ sich plötzlich Dr. Châtonnays kräftige Stimme vernehmen.

»Sie, Doktor? ...«

»Ja, natürlich ich! Eine solche Expedition kann auf einen Arzt nicht verzichten. Da Sie offenbar vorhaben, sich in Stücke hakken zu lassen, muß ich doch wohl, scheint mir, zur Stelle sein, um Sie wieder zusammenzuflicken.«

»Oh! Doktor! ...« stammelte nochmals Jane, die nun endgültig weinte.

Wie groß aber wurde erst ihre Ergriffenheit, als sie nun auch Barsacs Stimme hörte, in der dumpfer Zorn zu grollen schien.

»Nun? Und ich? ... Ich zähle wohl überhaupt nicht mehr, da ja offenbar niemand daran denkt, nach meiner Meinung zu fragen?«

Barsac war ernstlich wütend. Auch er hatte sofort daran gedacht, Miss Buxton zu begleiten. Er würde auf diese Weise zwei Fliegen mit einer Klappe schlagen, da der Reiseweg des jungen Mädchens dem von ihm geplanten sehr ähnlich verlief und da so die etwa vorliegende Unvorsichtigkeit durch einen Zweck gerechtfertigt wurde, dessen edlen Ursprung er würdigte. Konnten im übrigen vier Männer, vier Franzosen, kaltherzig diese junge Person ihrem Geschick überlassen und gestatten, daß sie sich ganz allein in ein gefährliches Abenteuer begab? Florence und Dr. Châtonnay hatten ihn also ›an die Wand gespielt‹, wie es im Theater heißt, und das ist und bleibt eine unangenehme Sache.

»Ich spreche nicht für Monsieur Florence«, fuhr er fort, wobei er seine üble Laune nach außen hin noch etwas übertrieb, »Monsieur Florence ist frei. Sie aber, Doktor, sind ein Teil der Expedition, die mir untersteht, wenn ich richtig vermute. Sollten Sie also ernstlich den Plan hegen, auch Ihrerseits zu desertieren, damit Ihr Chef auch noch von dem letzten seiner Soldaten im Stich gelassen dasteht?«

»Ich versichere Ihnen, Monsieur Barsac ...« stotterte der Doktor, dem diese Seite der Frage noch gar nicht aufgegangen war.

»Wenn aber das nicht Ihre Absicht ist, Doktor, sollten Sie dann etwa in der Vorstellung leben, daß auch ich nach Koubo gehen würde? Aber steht es denn Ihnen zu, einfach über unseren Reiseweg zu bestimmen? Steht es vor allem Ihnen zu, mir dadurch, daß Sie eine solche Initiative ergreifen, eine Lektion zu erteilen?«

»Erlauben Sie mir, Monsieur Barsac ...« versuchte der arme Doktor seinerseits ein Wörtchen einzuschieben.

»Nein, Doktor, ich erlaube nicht«, erwiderte Barsac, dessen Stimme immer mehr anschwoll. »Und lassen Sie sich sagen, daß ich, der verantwortliche Leiter der Expedition, Ihre Pläne nicht billige. In Anbetracht der Tatsache vielmehr, daß der einzige Führer, der uns bleibt, von Miss Buxton engagiert worden ist und ihr allein zur Verfügung steht, ferner, daß wir uns ohne die Hilfe von Miss Buxton und Monsieur de Saint-Bérain, die die einzigen Bambarakundigen unter uns sind, den Eingeborenen nicht verständlich machen können, will ich, verlange ich, BEFEHLE ICH ...«

Barsac, dessen Stimme eine imponierende Klangfülle erreicht hatte, legte eine wohlberechnete Pause ein, bevor er fortfuhr.

»... daß wir«, schloß er seine Rede, »uns alle über Koubo zum Niger begeben.«

»Was sagen Sie da, Monsieur Barsac? ...« fragte Jane, die nicht recht gehört zu haben glaubte.

»Ja, so ist es, Miss Buxton«, schnitt Barsac ihr jede Weiterrede ab. »Sie müssen sich wohl oder übel damit abfinden, uns bis zum Schluß zu ertragen.«

»Oh, Monsieur Barsac ...« murmelte ein letztes Mal Jane Buxton, deren Tränen nun noch reichlicher strömten.

Sie war mit ihren feuchten Augen nicht allein, alle waren tief gerührt. Die Männer bemühten sich gleichwohl, ihre Ergriffenheit zu verbergen, sie verriet sich bei ihnen nur durch eine Art von Nervosität und eine Flut überflüssiger Worte. Rede und Antwort überschlugen einander.

»Es ist eine denkbar einfache Unternehmung«, verkündete Amédée Florence, »denn wir haben ja genügend Lebensmittel.«

»Für fünf Tage«, fügte Dr. Châtonnay in dem gleichen Ton hinzu, in dem er ›sechs Monate‹ gesagt haben würde.

»Nur noch für vier«, berichtigte Barsac, »aber wir kaufen uns neue.«

»Zudem gibt es ja auch noch die Jagd«, gab der Doktor zu bedenken.

»Und den Fischfang«, setzte Saint-Bérain hinzu.

»Und die Früchte, in denen ich mich ganz gut auskenne«, behauptete Dr. Châtonnay.

»Ich kenne Gemüse: Bataten, Yamswurzeln«, mischte Tongané sich ein.

»Ich machen Schibutter!« übertrumpfte ihn Malik noch.

»Hipp, hipp, hurra!« rief Amédée Florence. »Das ist ja das reine Capua, das Land Kanaan, das Paradies auf Erden!«

»Morgen wird aufgebrochen«, entschied schließlich Barsac. »Richten wir uns darauf ein, ohne auch nur eine Stunde Zeit zu verlieren!«

Zu erwähnen bleibt dabei, daß Monsieur Poncin nicht den Mund aufgetan hatte. Statt dessen hatte er, sobald entschieden war, daß alles sich nach Koubo wenden würde, sein Schreibbuch hervorgezogen und im Nu eine Seite mit unzähligen Zahlenreihen bedeckt.

»Alles schön und gut«, bemerkte er zu den letzten Worten Barsacs. »Das ändert aber nichts daran, daß der Marsch nach Koubo, mit dem nach Ségou-Sikoro verglichen, eine Verlängerung unseres Reisewegs um vierhundert Kilometer bedeutet. Unsere Schritte messen bekanntlich zweiundsiebzig Zentimeter, das macht fünfhundertfünfundfünfzigtausend fünfhundertfünfundfünfzig Schritte und noch etwas darüber, worüber wir hinwegsehen können. Nun aber machen wir pro Stunde, wie ich bereits sagte, dreitausendsechshundertundeinenzehntel Schritt, und gehen jeden Tag fünf Stunden fünfundvierzig Minuten und achtzehn Sekunden. Also ...«

Aber niemand hörte Monsieur Poncin zu. Barsac, Dr. Châtonnay, Amédée Florence, Jane Buxton und Saint-Bérain bereiteten sich schon eifrig auf die morgige Abreise vor, und Monsieur Poncin sprach sozusagen ›vor leeren Bänken‹.

XII. Eine Grabstätte und menschliche Gebeine

Von sechs Trägern begleitet, die der ›dougoutigui‹ von Kadou beigebracht hatte, verließ der Rest der Expedition Barsac dieses Dorf am Morgen des 21. Februar. So bestürzend auch die Ereignisse gewesen waren, die das Unternehmen zunächst aus den Fugen gebracht hatte, so heiter verlief doch der Aufbruch. Abgesehen von Monsieur Poncin, dessen Inneres undurchdringlich blieb, waren alle eher angenehm erregt durch die Aussicht, eine großherzige, ja in gewisser Weise heroische Tat zu vollbringen, und beglückwünschten einander zu dem gefaßten Entschluß. Zudem war noch nichts verloren. Die sechs Europäer und ebenso Tongané, der Malik hinter sich aufsitzen ließ, besaßen noch immer ihre Pferde, es fehlte weder an Waffen noch an Lebensmitteln, noch an Tauschobjekten. Andererseits schien das Land befriedet zu sein, und man durfte sich mit Recht der Hoffnung hingeben, daß der unbekannte Gegner, auf den man unfreiwilligerweise bis dahin jeweils gestoßen war, seine Verfolgung nunmehr aufgegeben hätte, da die Expedition ja nicht mehr geeignet war, irgend jemanden zu beunruhigen. Nichts schien sich grundsätzlich demgemäß dagegen zu verschwören, daß man Koubo erreichen werde, ohne zuvor wahrhaft ernstlichen Prüfungen ausgesetzt zu sein.

Nichts würde sich zweifellos einem raschen Vormarsch entgegenstellen, da man jetzt auch nicht mehr durch einen zahlreichen Eseltrupp, unter dem es naturgemäß stets ein paar Exemplare gibt, die immer wieder bocken, zu einer Verzögerung gezwungen werden konnte. Um den Marsch zu beschleunigen, hatte unsere Gesellschaft sich bereits schwere Opfer auferlegt. Wir hatten dem ›dougoutigui‹, angeblich als Lohn für seine Gefälligkeiten, einen Teil des Krams, den wir mit uns führten, überlassen, so daß das, was wir davon behielten, uns leicht gestatten würde, bis Gao zu gelangen. Schmerzlich war der Verzicht auf die Zelte, von denen nur ein einziges für den ausschließlichen Gebrauch von Jane Buxton, obwohl diese sich ausdrücklich dagegen verwahrte, zurückbehalten worden war. Was die Männer anbelangte, so würden sie irgendeine Unterkunft in den Dörfern finden oder aber unter freiem Himmel nächtigen. Angesichts der trockenen Jahreszeit und für eine so kurze Reise konnte das keine große Unbequemlichkeit bedeuten. Alles in allem handelte es sich nur um eine Strecke von etwa fünfhundert Kilometern, das heißt um fünfzehn bis zwanzig Reisetage. Aller Wahrscheinlichkeit nach würde man demnach zwischen dem 10. und 15. März in Koubo sein.

Der Beginn der Reise entsprach durchaus diesen günstigen Auspizien. Die Träger, alle frisch und von Eifer erfüllt, hielten ein gleichmäßiges Tempo ein, so daß man nur fünf Tage brauchte, um die einhundertundvierzig Kilometer zu überwinden, die Kadou von Sanabo trennten, wo man im Laufe des 28. Februar eintraf. Kein Zwischenfall hatte sich während dieses ersten Marschabschnitts ereignet. Wie vorhergesehen hatte man im allgemeinen gegen Abend in den Eingeborenenhütten, die allerdings sehr unsauber, aber doch sonst ausreichend waren, ein Nachtlager gefunden, und die, falls im Verlauf der zweiten Tagesetappe kein Dorf in Sicht kam, im Freien verbrachten Nächte waren friedlich verlaufen. Überall wohlaufgenommen, hatten die Reisenden sich mühelos mit Lebensmitteln versorgen können, und mit Reserveproviant ausgestattet verließen sie Sanabo am 1. März. Sie hatten bis dahin also keinen Grund, den einmal gefaßten Entschluß nachträglich zu bereuen.

»Es ist fast zu schön, um wahr zu sein!« bemerkte Amédée Florence seinem Freund Saint-Bérain gegenüber, als sie Seite an Seite die für den 2. März vorgesehene Strecke zurücklegten. »Als tiefer Denker, der ich bin, sollte ich mir sogar Sorgen machen und ausrechnen, um welchen Bruchteil das übliche Verhältnis von Gutem und Schlechtem jetzt zu unseren Ungunsten bereits hinsichtlich des Guten überzogen ist. Ich stelle mir allerdings lieber vor, daß das Schicksal von Zeit zu Zeit einmal dem Beispiel von Monsieur Poncin folgt und Bruchteile unter den Tisch fallen läßt.«

»Es handelt sich vielmehr um die Folge einer guten Tat, lieber Freund«, antwortete Saint-Bérain. »Sie haben uns nicht einfach unserem Schicksal überlassen wollen. Der Himmel belohnt Sie nun dafür.«

»So, wie die Dinge bisher verlaufen, war das kein großes Verdienst von unserer Seite«, sagte Dr. Châtonnay, der den beiden Freunden vorausritt und sich im Sattel umwendete.

»Wer weiß?« meinte Saint-Bérain. »Noch sind wir nicht am Ziel.«

»Ach was!« rief Amédée Florence. »Aber doch schon so gut wie angelangt. Wir haben diesmal günstigen Wind. Solche Dinge spürt man einfach! Ich behaupte, wir werden in Koubo sanft dahingetragen wie in einer Sänfte ankommen, ohne daß das kleinste Abenteuer am Horizont auftaucht, was übrigens nicht durchaus erfreulich ist für einen Journalisten, dessen Chef ... Heh! Holla!« rief er plötzlich seinem Pferd zu, das auf einmal merklich strauchelte.

»Was gibt es?« fragte Barsac.

»Mein Pferd«, antwortete Florence. »Ich weiß nicht, was es hat. Es stolpert heute morgen unaufhörlich. Ich muß doch einmal nachsehen ...«

Er fand jedoch keine Zeit, den Gedanken zu Ende zu führen. Das Pferd, das plötzlich stehengeblieben war, zitterte und schwankte auf seinen Beinen. Der Reporter konnte nur gerade noch abspringen. Kaum hatte er sich aus dem Sattel geschwungen, da knickte das Pferd zusammen und streckte sich auf dem Boden aus.

Alles eilte herbei, um dem armen Tier beizustehen, das furchtbar keuchte und schmerzvoll stöhnte. Man lockerte den Sattelgurt, man bespritzte seine Nüstern mit Wasser aus einem nahen kleinen Wasserlauf. Nichts jedoch half. Eine Stunde darauf war es tot.

»Ich hätte vorhin Holz berühren sollen«, meinte kläglich Amédée Florence, der nun zum Fußgänger geworden war.

»Wenn man sich zu seinem Glück gratuliert, beschwört man unbedingt Pech für sich herauf, das ist ja bekannt.«

»Sind Sie etwa abergläubisch?« fragte Jane Buxton lächelnd.

»Nicht eigentlich, Miss Buxton. Aber verdrießlich, höchst verdrießlich, das kann ich allerdings sagen!«

Tonganés Pferd wurde dem Reporter überlassen, Jane Buxton ließ Malik hinter sich aufsitzen, und nach einem Aufenthalt von zwei Stunden setzte man unter Zurücklassung des toten Pferdes und des Sattelzeugs, das man nicht wohl mitschleppen konnte, die Reise fort. Der Rest der Etappe fiel entsprechend bescheidener aus.

Beim Einbruch der Nacht machte man bei einer in natürlichem Halbkreis gewachsenen Baumgruppe am Wegrande halt. Diese auf dem Gipfel einer kleinen Anhöhe gelegene Stelle, die Ausblick nach allen Richtungen bot, wodurch man vor einer immerhin möglichen Überraschung sicher sein konnte, war für den nächtlichen Aufenthalt gut gewählt. Ihre Vorteile waren offenbar auch schon vorhergehenden Reisenden aufgefallen, die, wie man bald bemerkte, an der gleichen Stelle Rast gemacht hatten. Nach den Spuren zu urteilen, waren diese Reisenden ziemlich zahlreich und mit Pferden versehen gewesen, deren Hufe viele Spuren zurückgelassen hatten. Wer waren diese Leute? Neger oder Weiße? Die zweite Hypothese, die wahrscheinlichere, denn die Neger benutzten gemeinhin keine Pferde, wurde zur Gewißheit, als Amédée Florence einen offenbar von den Vorgängern an diesem Platz vergessenen Gegenstand entdeckte und seinen Gefährten vorwies. Dieser Gegenstand, so unbedeutend er war, denn es handelte sich nur um einen Knopf, war ein von den Schwarzen wenig benutztes Zivilisationsprodukt und legte deshalb unwiderleglich Zeugnis von der Farbe seiner Vorbesitzer ab.

Der Zustand des niedergetretenen Grases, das sich schon wieder aufzurichten begann, bewies im übrigen, daß der Durchzug dieses Trupps, welcher Art er auch gewesen sein mochte, mindestens etwa zehn Tage zurücklag. Da man ihm nicht begegnet war, mußte man zu dem Schluß gelangen, daß auch er der Straße

Der Zustand des niedergetretenen Grases, das sich schon wieder aufzurichten begann …

nach Nordosten folgte und daß man infolgedessen nie auf ihn stoßen würde.

Am 3. März ereignete sich nichts Bemerkenswertes, am 4. jedoch hatten die Forschungsreisenden einen neuen Verlust in ihrer Kavallerie zu beklagen. Gegen Abend verendete Barsacs Pferd genau auf die gleiche Weise wie zuvor das von Amédée Florence. Die Sache fing an, recht eigenartig zu werden.

Dr. Châtonnay, der das gefallene Pferd untersucht hatte, benutzte die erste Gelegenheit zu einem vertraulichen Gespräch mit Amédée Florence.

»Ich habe gewartet«, sagte er, »Monsieur Florence, bis ich mit Ihnen allein war, um Ihnen eine ziemlich ernste Beobachtung mitzuteilen.«

»Und das ist?« fragte Florence mit Verwunderung im Ton.

»Das ist, daß die beiden Pferde vergiftet worden sind.«

»Nicht möglich!« rief der Reporter. »Wer sollte sie vergiften? Die Schwarzen, die wir in Kadou angeworben haben? ... Sie haben doch kein Interesse daran, uns Schwierigkeiten zu bereiten, im Gegenteil!«

»Ich bezichtige niemanden«, stellte der Doktor fest. »Doch ich halte aufrecht, was ich soeben sagte. Nach dem ersten Todesfall hegte ich schon Argwohn. Nach dem zweiten bin ich meiner Sache gewiß. Die Zeichen sind so eindeutig, daß selbst der Einfältigste sich nicht täuschen könnte.«

»Und Ihre Meinung, Doktor?«

»In bezug worauf?«

»In bezug darauf, was wir unternehmen sollen.«

»Ich weiß darüber nicht mehr als Sie. Meine Rolle besteht nur darin, Sie zu warnen, und wenn ich das zunächst in dieser vertraulichen Form getan habe, so in der Idee, daß Sie nunmehr Ihre Gefährten informieren sollten, jedoch so, daß Miss Buxton, die zu erschrecken mir unnötig scheint, nichts davon erfährt.«

»Ganz meine Meinung«, stimmte Florence ihm bei. »Aber sagen Sie, Doktor, muß bei den beiden Fällen denn unbedingt böser Wille im Spiel sein? Könnten sie sich nicht auch auf andere

Weise erklären? Haben unsere Pferde nicht mit ihrem Futter auch irgendwelche giftigen Kräuter in sich aufnehmen können?«

»Das ist nicht nur möglich«, antwortete der Doktor, »es ist vielleicht sogar sicher. Man müßte nur herausbekommen, ob diese giftige Pflanze zufällig in ihre Futterration geraten ist, oder ob dieser Zufall den Namen eines Menschen trägt. Darüber aber weiß ich auch nicht mehr als Sie.«

Man einigte sich darauf, die fünf überlebenden Pferde strenger denn je im Auge zu behalten, damit nicht noch einmal ein solcher Unfall einträte. Einer der Europäer oder Tongané sollten ständig während der Aufenthalte bei ihnen bleiben, so daß niemand ungesehen sich ihnen nähern könnte. Ob es nun wegen dieser Vorsichtsmaßnahmen oder einfach deswegen war, weil diese beiden Todesfälle trotz allem durch einen Zufall verschuldet waren – wie dem auch sei, in den nächsten beiden Tagen trug sich nichts dergleichen mehr zu, so daß sich alle nach und nach wieder beruhigten.

Zudem war der Verlust der Pferde der einzige schlimme Zwischenfall gewesen, der sich bislang ereignet hatte.

Die Gegend war sehr flach, man durchmaß sie ohne besondere Ermüdung so schnell, wie es das Tempo der Träger gestattete, und konnte sich auch weiterhin leicht in den Dörfern verpflegen, was den Reisenden ermöglichte, die Anfangsration von Lebensmitteln für vier Tage auch weiter intakt zu erhalten.

Da jedoch der Nachmittag des 5. und der ganze 6. März vergangen war, ohne daß man ein einziges Dorf zu Gesicht bekommen hatte, mußte man notgedrungen die Reserve angreifen, doch sorgte man sich deswegen nicht, zumal Tongané behauptete, man werde nach nicht langer Zeit auf eine bedeutendere Siedlung stoßen, in der man sich leicht wieder mit Proviant werde eindecken können.

Tatsächlich gelangten die Reisenden am Abend des 6. März zu dieser Ortschaft, die den Namen Yaho trug, doch Tonganés Voraussagen bewahrheiteten sich nicht. Sobald die Gruppe sich dem ›tata‹ näherte, ertönte von oben her wüstes Geschrei, von Salven aus Steinschloßgewehren gefolgt, die vom Gipfel her abgefeuert wurden, auf dem eine dichte Menge von Negern sich drängte. Zum ersten Mal seit dem Aufbruch aus Konakry erlebte man einen solchen Empfang, wenn man von der feindseligen Kundgebung der Eingeborenen von Kokoro absieht. Noch dazu war es in Kokoro gelungen, die kriegerische Stimmung in eine denkbar freundliche umzuwandeln, während man in Yaho nicht einmal versuchen konnte, ein gleiches Resultat zu erzielen.

Barsac konnte noch so sehr seinen Geist anstrengen, um mit den Dorfbewohnern in Verbindung zu treten, die angewendeten Mittel versagten samt und sonders. Vergebens trugen die Reisenden an einem Stock eine weiße Fahne vor sich her. Dieses Symbol, das als Zeichen friedlicher Gesinnung auf dem ganzen Erdkreis bekannt ist, rief nur ein Wutgebrüll, begleitet von einem Kugelregen hervor, der für den Fahnenträger tödlich geworden wäre, hätte er sich nicht klugerweise in gebührendem Abstand gehalten. Tongané und darauf nacheinander zwei Träger von – mindestens beinahe – der gleichen Rasse wurden mit ebensowenig Erfolg als Parlamentäre vorgeschickt. Die Dorfbewohner lehnten ab, sie auch nur anzuhören, antworteten ihnen vielmehr mit einem Hagel der verschiedensten Geschosse, die nur infolge der Ungeschicklichkeit der Schützen weiter keinen Schaden anrichteten. Offenbar beabsichtigte die Bevölkerung, aus dem einen oder anderen Grund, keinerlei Verbindung mit den Fremden aufzunehmen und nicht einmal ihre Absichten zu erkunden. Man mußte einfach aufgeben.

Des weiteren dann beschränkten sich diese ungastlichen Neger darauf, den ›tata‹, dessen Betreten sie ausdrücklich untersagten, rundum zu bewachen, ohne sich sonst noch irgendwelchen Akten direkter Feindseligkeit hinzugeben.

Welches auch die Gründe für eine solche Haltung sein mochten, jedenfalls konnten die Reisenden sich nicht, wie erhofft, verproviantieren und mußten am Morgen des 7. März, nur noch im Besitz von Lebensmitteln für zwei Tage, weiterziehen. Noch hatte die Lage im übrigen nichts eigentlich Besorgniserregendes. Man hatte jetzt mehr als dreihundert Kilometer seit Kadou zurückgelegt, das heißt mehr als die Hälfte der gesamten Strecke, und alles ließ erhoffen, daß die nächsten Dörfer eine freundlichere Haltung als Yaho einnehmen würden.

Da der Reiseweg zunächst noch durch keines hindurchgeführt hatte, konnte die Frage am 7. März noch nicht entschieden werden. Im übrigen war dies ein guter Tag, was die Zahl der zurückgelegten Kilometer betraf, doch in seinem Verlaufe ereignete sich ein neues Unglück. Ein drittes Pferd fiel auf die gleiche Weise aus wie die beiden zuvor verendeten.

»Sollte es jemand fertigbringen«, fragte Florence den Doktor, »unsere Tiere trotz der Überwachung, die wir ihnen zuteil werden lassen, zu vergiften?«

»Das ist wenig wahrscheinlich«, antwortete Dr. Châtonnay. »Die Vergiftung muß schon vor unserem Aufbruch aus Kadou stattgefunden haben. Vielleicht geht sie auf den Tag zurück, an dem unsere Begleitmannschaft uns im Stich gelassen hat. Wenn unsere Pferde nacheinander und nicht alle gleichzeitig sterben, so liegt das sicherlich an ihrem individuellen Maß an Widerstandsfähigkeit und zweifellos auch an der Verschiedenheit der jeweils verabfolgten Dosis.«

»Inzwischen«, stellte Amédée Florence fest, »kommen bei uns nun drei Fußgänger auf vier Reiter. Keine sehr nette Sache das!«

Nicht ohne eine gewisse Besorgnis setzte man sich am 8. März in Bewegung. Von welcher Seite auch man sie betrachtete, fing die Zukunft an in düsterem Licht zu erscheinen. Man konnte sich beim besten Willen nicht verhehlen, daß die feindliche Macht, von der man sich für immer befreit geglaubt, vor ihrem Verschwinden Maßnahme getroffen hatte, die Pferde zu vergiften, was eine ebenso erschreckende wie unerklärliche Beharrlichkeit des Hasses bedeutete, so daß man befürchten mußte, von einem Augenblick auf den anderen auch noch die vier überlebenden Pferde ausfallen zu sehen. Andererseits waren Lebensmittel nur noch für einen Tag vorhanden, man würde Hunger leiden, wenn man nicht vor Sonnenuntergang noch auf eine Niederlassung stieße.

So lange brauchte man indessen nicht einmal zu warten. Die

erste Marschstunde war noch nicht vergangen, als man in der Ferne eine Anhäufung von Hütten bemerkte.

Die Reisenden legten einen kurzen Halt ein, um sich möglichst ein Bild von dem Empfang zu machen, der sie erwartete. Innerhalb der ausgedehnten Ebene, die sich vor ihren Augen ausbreitete, konnten sie nichts unterscheiden, was ihnen irgendeinen Hinweis gab. Soweit man es auf diese Entfernung hin beurteilen konnte, schien das Dorf ausgestorben und alles rundum verödet zu sein. Man sah nur einen dichten Buschteppich und den sich durch ihn hinziehenden Weg, auf dem sich hier und da schwarze Flecken zeigten, deren Natur man nicht zu erkennen vermochte.

Nach einem kurzen Halt setzten Barsac und seine Gefährten sich in Richtung auf das Dorf in Bewegung. Sie hatten noch keinen Kilometer zurückgelegt, als ein übelkeiterregender Gestank sie an der Kehle packte. Ein paar Schritte weiter befanden sie sich neben einem der schwarzen Flecke, die sie von weitem wahrgenommen hatten. Unwillkürlich wichen sie einen Moment zurück. Dieser schwarze Fleck war der halb verweste Leichnam eines Negers. Bis zum Dorfe hin war der Weg immer wieder mit einem gleichen Fleck versehen. Sie zählten zehn dieser grausigen Meilenzeichen.

»Sehen Sie einmal, wie klein die Einschußöffnung des Projektils ist, das diesen Mann hier getroffen hat«, sagte Dr. Châtonnay, der einen der Leichname untersuchte, zu Amédée Florence, »und wie groß im Gegensatz dazu die Austrittstelle ist, nachdem das Geschoß den Körper von einer Seite bis zur anderen durchschlagen hat. Andere Kugeln sind auf Knochen geprallt, und da können Sie sehen, was für furchtbare Verletzungen sie in diesem Fall hervorgerufen haben. Diese Männer sind mit explosiven Geschossen getötet worden.«

»Wieder!« rief Amédée Florence aus.

»Jawohl, wieder!«

»Wie der alte Neger, den Sie in dem kleinen Dorf während unserer ersten Etappe mit der neuen Begleitmannschaft behandelt haben?«

»Wie an jenem Tage«, bestätigte Dr. Châtonnay.

Amédée Florence und Dr. Châtonnay kehrten schweigend zu ihren Gefährten zurück. Sie waren nachdenklich gestimmt und fragten sich, was man aus der unerklärlichen Wiederholung einer so wenig normalen Erscheinung zu schließen hätte.

In dem Dorfe selbst erwartete sie ein noch grauenhafteres Bild. An vielen Zeichen erkannte man, daß es der Schauplatz eines erbitterten Kampfes gewesen war. Zudem hatten nach dem Gemetzel die Sieger es in Brand gesteckt, die meisten Hütten waren dem Feuer zum Opfer gefallen. In denen, die verschont geblieben waren, fand man weitere Leichen.

»Der Tod dieser Unglücklichen liegt bereits wenigstens zehn Tage zurück«, sagte Dr. Châtonnay, »und wie bei den anderen ist er durch Explosivgeschosse herbeigeführt worden.«

»Wer aber können die Elenden sein, die ein solches Blutbad angerichtet haben?« rief Saint-Bérain aus.

»Vielleicht«, gab Amédée Florence zu bedenken, »diejenigen, auf deren Spuren wir vor ein paar Tagen gestoßen sind. Wir schätzten ihren Vorsprung damals auf etwa zehn Tage, das würde gerade mit dem Zeitraum übereinstimmen, den der Doktor ansetzt.«

»Ohne allen Zweifel sind sie es gewesen«, erklärte Barsac im Tone tiefer Entrüstung.

»Wie auch sie es sind«, setzte Amédée Florence hinzu, »die uns den rauhen Empfang in Yaho bereitet haben, das sie vermutlich ebenso haben behandeln wollen wie dieses Dorf. Yaho aber ist von einem ›tata‹ umgeben, sie haben offenbar nicht hineingekonnt, aber das würde erklären, daß die verängstigten Neger sich von diesem Augenblick an defensiv verhalten haben.«

»Das ist allerdings durchaus logisch«, bestätigte Dr. Châtonnay.

»Wer aber mögen diese Elenden sein«, wollte Jane Buxton wissen, »und kann ihre Anwesenheit in dieser Gegend nicht auch für uns eine Gefahr bedeuten?«

»Darüber, wer sie sind, weiß ich zwar nichts«, antwortete Amédée Florence, »aber was uns selbst anbelangt, so haben wir, glaube ich, von ihnen nichts zu fürchten. Alles weist darauf hin;

da sie vor uns einen Vorsprung von zehn bis zwölf Tagen haben und da sie beritten sind, ist es wenig wahrscheinlich, daß wir sie je einholen werden.«

Sie durchstreiften das ganze in Asche gelegte Dorf, ohne einem lebenden Wesen darin zu begegnen. Diejenigen Einwohner, die von den Kugeln verschont geblieben waren, hatten sich durch Flucht entzogen, und alles lag verlassen da. Das Dorf war vollkommen geplündert. Was die Flammen nicht verschlungen hatten, war in alle Winde zerstreut. Auch ringsum, in den durchwühlten, verwüsteten ›lougans‹, bot sich das gleiche Bild. Der Wille zur Zerstörung trat ungehemmt zutage.

Den traurigsten Gedanken hingegeben ließ man das unglückliche Dorf hinter sich. Am Abend wurde mitten auf freiem Felde haltgemacht. Lebensmittel waren nur noch für eine Mahlzeit vorhanden. Aus dieser einzigen Mahlzeit wurden zwei Teile gemacht, den einen aßen die Reisenden sofort, den anderen reservierten sie für den nächsten Tag.

Im Laufe dieses nächsten Tages, des 9. März, stießen sie auf zwei Dörfer. Dem ersten, das mit einem kleinen ›tata‹ bewehrt war, konnten sie sich nicht nähern, der Empfang glich in allen Einzelheiten dem, der ihnen in Yaho bereitet worden war. Das zweite, das keine Befestigung schützte, war wie das vom Vortag zerstört, ausgeraubt, niedergebrannt und von Bewohnern völlig entblößt.

»Man könnte wirklich meinen«, bemerkte Barsac, »daß bestimmte Leute es darauf anlegen, vor uns totes Land zu schaffen.«

Die Beobachtung traf durchaus zu. Hätte man die Reisenden aushungern wollen, so wäre kein anderes Verfahren angemessener gewesen.

»Ach was!« erklärte Amédée Florence mit gewollter Unbekümmertheit, »wir werden trotz allem, was sie anstellen, diese Wüste dennoch überwinden. Es sind ja jetzt nur noch kaum einhundertundfünfzig Kilometer bis Koubo. Das ist ja doch schließlich zu schaffen. Wenn Metzger und Krämer streiken, müssen wir durch die Jagd für die nötigen Beefsteaks sorgen.«

Mit Ausnahme von Monsieur Poncin, der völlig außerstande war, mit einer Flinte umzugehen, folgten alle auf der Stelle diesem ausgezeichneten Rat. Leider behinderte der hohe Graswuchs nur allzuhäufig die Sicht, und die Gegend war auch nicht besonders wildreich. Die Jagd des ganzen Tages ergab nur eine Trappe, zwei Perlhühner und zwei Rebhühner für den Tisch. Um vierzehn Personen zu ernähren, war das wirklich kaum das unerläßliche Minimum.

Bei der Abendetappe stellten Amédée Florence und Dr. Châtonnay zum zweiten Mal fest, daß der Ort, an dem man sich befand, kurz zuvor von anderen Besuchern als Raststätte benutzt worden war. Das Gras sah sogar so aus, als sei es erst vor kürzerer Zeit niedergetreten worden, das heißt, als habe der Abstand von den Vorbenutzern sich etwas verringert.

Während man über diesen Gegenstand noch Meinungen austauschte, rief Tongané, dem im Augenblick die Überwachung der Tiere oblag, plötzlich seine Herren herbei. Zwei der Tiere verendeten wiederum wie die drei ersten. Wie jene lagen sie in den letzten Zuckungen, ohne daß es möglich war, ihnen zu helfen, und starben nach einer Stunde qualvollen Leidens.

Noch waren zwei Tiere übrig, doch sollte man auch diese nicht lange behalten, denn sie erlagen ihrerseits im Verlauf des 10. März.

Fühlten sich die in Kadou engagierten Träger durch diese aufeinanderfolgenden Todesfälle erschreckt? Oder fürchteten sie einfach, da die Jagd im Laufe des 10. März nur lächerlichen Ertrag gehabt hatte, Hunger leiden zu müssen? Auf alle Fälle verschwanden sie in der Nacht vom 10. auf den 11. März, und am folgenden Morgen wachten die sechs Europäer, Tongané und Malik ohne Träger, ohne Pferde und ohne Lebensmittel auf.

Ganz natürlicherweise durchlebten sie einen Augenblick der Mutlosigkeit, die zu erklären im übrigen die Schwäche genügt haben würde, die sie zu spüren begannen. Am meisten betroffen war Jane Buxton, die sich Vorwürfe machte, weil sie ihre Gefährten in diese unselige Unternehmung verstrickt hatte, und sich nun für ihr Elend verantwortlich fühlte. Sie klagte sich an und erbat von den andern Verzeihung.

Amédée Florence erkannte, daß es notwendig war, gegen die allgemeine Niedergeschlagenheit etwas zu unternehmen.

»Nur nicht so viele unnütze Worte!« rief er in einem rauhen, aber gleichwohl liebevoll gemeinten Ton Jane Buxton zu. »Wir sind ja noch nicht tot, soviel ich sehe. Was tut es, wenn das Jagdglück uns heute nicht eben günstig gewesen ist! Morgen wird es besser sein, und damit hat es sich.«

»Wir wollen auch nicht vergessen«, gab Dr. Châtonnay dem Reporter Hilfestellung, »daß unsere Neger, indem sie uns verließen, uns zugleich der Mühe entheben, ihre sechs Mägen zu füllen.«

»Ein glatter Vorteil also!« schloß Florence. »Wenn sie nicht von allein gegangen wären, hätte ich vorgeschlagen, sie zu ihren liebenswürdigen Stammesgenossen zurückzuschicken. Mir scheint, daß uns unter den obwaltenden Umständen nichts Besseres hätte geschehen können.«

»Danke, Monsieur Florence, und danke, meine Herren«, sagte, tief bewegt, das junge Mädchen. »Glauben Sie mir, daß ich Ihre Güte und Ihre Ergebenheit niemals vergessen werde.«

»Nur keine Rührung!« fiel ihr Florence ins Wort. »Nichts ist unzuträglicher vor dem Mittagessen. Wenn Sie auf mich hören, so schwärmen wir jetzt aus, begeben uns auf die Jagd und essen, bis wir nicht mehr können. Nach dem Dessert mag dann eine Aussprache folgen, wenn jemand Lust darauf hat.«

Da das Verschwinden der Träger den Transport von Gepäck unmöglich machte, mußte man auch das letzte Zelt und den Rest der Tauschwaren zurücklassen. Auch Jane Buxton würde künftighin unter freiem Himmel schlafen, wofern sich nicht in einem verlassenen Dorf eine Unterkunft fände. Den Tauschobjekten trauerte man nicht mehr allzusehr nach. Wozu nützten sie schließlich in einem verödeten Land, in dem jede Abwicklung eines Handelsgeschäfts sich als unmöglich erwies? Und hatte man nicht im übrigen noch Gold für den Fall, daß die Verhältnisse sich je ändern sollten?

Noch immer hatten die erschöpften Reisenden nichts als Wüste vor sich ...

Unter diesen traurigen Umständen nahm der Marsch seinen Fortgang. Im Laufe dieses 12. März berührte der Reiseweg ein Dorf, in dem man wieder viele Negerleichen entdeckte. Der

Doktor machte seine Gefährten darauf aufmerksam, daß der Tod dieser Unglücklichen erst vor kürzerer Zeit, ja wohl höchstens zwei Tage zuvor eingetreten sei. Sollte man daraus schließen, daß die Mörderbande jetzt sich in größerer Nähe befand, und mußte man darauf gefaßt sein, von einem auf den anderen Tag auf sie zu stoßen?

Trotz dieser wenig beruhigenden Aussicht rückte man weiter nach Norden vor. Was zudem hätte man auch anderes tun sollen? Nach Süden umzukehren, auf dem durch feindselige oder zerstörte Dörfer gekennzeichneten Weg, wäre unmöglich gewesen. Trotz allem war es besser, um jeden Preis zum Niger vorzudringen, da einzig dort Hilfe zu erwarten war.

Noch immer hatten die erschöpften Reisenden nichts als Wüste vor sich. Kein Dorf tauchte auf, das nicht, wofern durch einen ›tata‹ vor Zerstörung geschützt, sich feindselig gezeigt hätte oder im umgekehrten Fall geplündert, niedergebrannt, verwüstet gewesen wäre. Nirgends war es ihnen möglich, sich Proviant zu verschaffen. Sie fristeten ihr Dasein einzig von Bataten, Yams- und anderen Wurzeln, die sie dank glücklicher Zufälle unverhoffterweise noch in einem zerwühlten ›lougan‹ fanden, oder dank einem erfolgreichen Schuß, manchmal auch dem Fang irgendeines kümmerlichen Fisches, der an einer Raststelle Saint-Bérain an die Angel geriet.

Diese letztere Hilfsquelle fiel allerdings am häufigsten aus. Abgesehen davon, daß die Ungunst des Geschickes weder die ständige Zerstreutheit noch die außergewöhnliche Weichherzigkeit des Neffen von Jane Buxton vermindert hatte, führte die Reiseroute auch nur durch Gebiete, in denen Wasserläufe äußerst selten waren. Mehr als einmal hatte man unter Durst zu leiden, da die Brunnen, auf die man von Zeit zu Zeit stieß, unweigerlich zugeschüttet waren. Die feindlich gesinnte Macht, die erfinderisch darauf sann, die Reisenden heimzusuchen, hatte nichts außer acht gelassen.

Deren Energie jedoch war durch nichts zu brechen. Wiewohl von glühender Sonne versengt und nur imstande, sich mühsam hinzuschleppen, wenn ihnen kein Wild vor die Flinte gekommen war, mußten sie ihre Etappen zwar ihrer zunehmenden Schwäche anpassen, drangen aber dennoch täglich, Schritt für Schritt, trotz Ermüdung, Hunger und Durst unerschrocken nach Norden vor.

Die beiden Schwarzen bewiesen diesen Prüfungen gegenüber eine bewundernswerte Gleichgültigkeit. An Entbehrungen gewöhnt, häufig in der Lage, ein elendes Dasein ertragen zu müssen, litten sie vielleicht weniger als ihre Herren unter der gegenwärtigen jammervollen Situation. Alle beide legten Zeugnisse rührender Ergebenheit ab.

»Ich nicht viel Hunger«, sagte Tongané zu Malik, um sie zur Annahme einer von ihm entdeckten eßbaren Wurzel zu bewegen.

Malik nahm das Geschenk zwar an, doch nur, um es an Jane Buxton weiterzugeben, die sich beeilte, es sofort der Kollektivreserve hinzuzufügen, aus der die Mahlzeit des folgenden Tages bestehen sollte.

So tat jeder seine Pflicht, während er zugleich seinem persönlichen Temperament gemäß auf die bestehenden Verhältnisse reagierte.

Barsac neigte eher zum Zorn. Er sprach kaum, wenn aber ein Wort seinen Lippen entschlüpfte, so wendete dieses Wort sich im allgemeinen an die französische Regierung, dank deren Unfähigkeit er, Barsac, in diesen Schlamassel geraten war. Er sah sich im Geiste schon von der Kammertribüne aus wettern. Einstweilen bereitete er die Donnerkeile vor, die er nach seiner Heimkehr jupitergleich vom hohen parlamentarischen Olymp aus zu schleudern gedachte.

Dr. Châtonnay sprach ebenfalls wenig, machte sich jedoch, wiewohl höchst ungeeignet für die Jagd, auf seine Weise nützlich. Er suchte nach eßbaren Früchten, die er auch ziemlich häufig fand, und da er zudem darauf bedacht war, mindestens nach außen hin den Anschein heiterer Laune zu wahren, lachte er bei dem geringsten Scherzwort, das Amédée Florence fallenließ, auf seine immer gleiche Art, nämlich mit dem Geräusch von entweichendem Dampf.

»Schade«, meinte Florence, »daß das, was bei Ihnen so zischt, kein Gas ist. Auch einen Motor haben Sie wohl nicht bei sich? Das würde uns trefflich helfen!«

Und der gute Doktor lachte von neuem, schon aus Prinzip.

Monsieur Poncin redete noch weniger, er tat einfach den Mund niemals auf. Er jagte nicht, er fischte nicht, beklagte sich aber auch nicht. Er tat einfach nichts, dieser Monsieur Poncin, als von Zeit zu Zeit irgendeine Eintragung in sein geheimnisvolles Heft vorzunehmen, was Amédée Florences Neugier immer wieder weckte.

Saint-Bérain war nicht anders als sonst, weder heiterer noch niedergeschlagener, als er beim Aufbruch gewesen war. Vielleicht war er sich gar nicht bewußt, in welcher Lage man sich befand, und sogar so zerstreut, daß er nicht einmal merkte, wenn er Hunger hatte.

Nach dem äußeren Anschein zu urteilen, hätte man meinen können, Jane Buxton ertrage die Prüfungen, die das Schicksal ihr auferlegte, mit weniger Gleichmut als die übrigen, und dennoch hatten jene mit dem Kummer nichts zu tun, der sich allmählich zunehmend in ihren Mienen spiegelte. Da sie niemals erwartet hatte, daß die Reise ohne Mühen verlaufen werde, nahm sie ruhigen Gemütes alle Widrigkeiten hin, denen sie auf ihrem Wege begegnete. Abgemagert, geschwächt durch alle die verschiedenartigen Entbehrungen und Leiden, hielt sie doch mit gleichmäßig angespannter Energie und Intelligenz an dem Ziel fest, das sie sich einmal gesetzt hatte. Doch je mehr sie sich ihm näherte, desto stärker nahmen ihre Unruhe und ihre Besorgnisse zu, ohne daß sie sich ihrer erwehren konnte. Welche Antwort würde das Grab von Koubo geben? Was würde sich bei der Untersuchung herausstellen, die sie, von der Stätte ausgehend, an der ihr Bruder gefallen war, sofort in die Wege zu leiten gedachte? Würde sie überhaupt irgend etwas erfahren, oder aber mit leeren Händen nach Hause zurückkehren müssen? Diese Fragen suchten sie immer gebieterischer und immer drängender heim.

Amédée Florence war Jane Buxtons zunehmende Traurigkeit nicht entgangen, und er versuchte sie mit aller Macht zu bekämpfen. Tatsächlich war er die Seele dieser kleinen Welt, und selbst die übelsten Widerwärtigkeiten hatten keinen Einfluß auf seine ständige Heiterkeit. Wenn man auf ihn hörte, mußte man dem Himmel für seine väterliche Fürsorge danken, da einer richtig verstandenen gesunden Lebensweise keine andere Existenzform vortrefflicher angemessen zu sein schien, als die ihnen jetzt auferlegte. Was auch eintrat, er beglückwünschte sich dazu. Hatte man etwa Durst? Nichts war günstiger als Mittel gegen eine beginnende Magenerweiterung. Verspürte man Hunger? Nichts war besser gegen die Arthritis, die ihn bedrohte. War man vor Ermüdung am Ende seiner Kräfte? Nun, dann würde man seiner Meinung nach um so besser schlafen. Er appellierte dabei an Dr. Châtonnay, der ihm beipflichtete, während er im stillen den Mut und die Energie dieses braven Burschen bewunderte.

Das Verhalten von Amédée Florence war um so verdienstvoller, als er außer den allen gemeinsamen Sorgen ja auch noch eine zusätzliche zu ertragen hatte, von der seine Gefährten überhaupt nichts ahnten. Diese Besorgnis ging auf den 12. März zurück, das heißt den Tag, an dem man zum ersten Mal durch ein Dorf gekommen war, dessen Verwüstung erst ganz neuen Datums zu sein schien. Von diesem Tage an war Amédée Florence zu der innersten Überzeugung gelangt, daß er und seine Gefährten überwacht, verfolgt und belauert würden. Spione beobachteten sie vom Busch aus, dessen war er gewiß, begleiteten die nahezu hilflos gewordene Expedition, wohnten ihrem Untergang bei, bereit, die letzten Bemühungen dieser Schiffbrüchigen zu Lande noch in dem Augenblick zu vereiteln, in dem diese endlich der Rettung nahe wären. Mit ständig angespanntem Auge und Ohr hatte er für seinen Argwohn zahllose Bestätigungen erhalten: bei Tage waren es neue Spuren erst vor kurzem geräumter Lagerplätze, kaum hörbare Detonationen, Pferdegalopp in der Ferne; während der Nacht Geflüster, gleitende Geräusche und zuweilen das Vorüberhuschen eines undeutlichen Schattens in der tiefen Dunkelheit. Von diesen Beobachtungen, Überlegungen und Befürchtungen hatte er wohlweislich seinen Gefährten nichts gesagt, um ihre Angst nicht zu vermehren, und auch Tongané, dessen Feststellungen ganz seinen eigenen entsprachen, Schweigen auferlegt. Sie gedachten sich damit zu begnügen, beide vermehrte Wachsamkeit walten zu lassen bis zu dem Augenblick, den der Reporter für geeignet halten würde, um seine Reisegefährten ins Vertrauen zu ziehen.

Es konnte nicht ausbleiben, daß die Reise, durch solche Schwierigkeiten kompliziert, nicht in der zuvor angesetzten Frist vonstatten gehen konnte. Erst am Abend des 23. März legte man die letzte Rast vor der Ankunft in Koubo ein. Sechs bis acht Kilometer trennten die erschöpften Reisenden noch von diesem Ort, doch nach etwa zweitausend Metern müßte man nach Tonganés Ansicht auf das Grab stoßen, das die Gebeine von Hauptmann George Buxton barg. Am nächsten Tage bei Morgengrauen wollte man sich dorthin begeben. Man mußte zu diesem Zweck den gebahnten Weg verlassen und zunächst einmal zu der Stätte vordringen, an der die aufrührerische Truppe vernichtet worden war, um sich dann in Richtung auf das Dorf zu bewegen. Falls es in besserem Zustand als die übrigen sein sollte, würde man sich dort verproviantieren und eine Ruhepause von mehreren Tagen einlegen, während welcher Jane Buxton ihre Erkundigungen einziehen könnte. Im entgegengesetzten Fall würde man entweder nach Gao abbiegen oder in der Hoffnung, nach Norden oder Westen zu auf weniger verwüstete Gebiete zu stoßen, seine Schritte nach Timbuktu oder Djenné lenken.

Zu diesem Zeitpunkt nun glaubte Amédée Florence seine Gefährten von den ihn beschäftigenden Tatsachen unterrichten zu müssen. Während man sich von den Strapazen des Tages ausruhte und Malik auf einem Reisigfeuer das frugale Mahl bereitete, teilte er ihnen seine nächtlichen, aber auch bei Tage gemachten Beobachtungen mit, aus denen sich ergab, daß sie sehr wahrscheinlich keinen Schritt unternehmen konnten, der nicht von unsichtbaren, aber doch ständig gegenwärtigen Feinden bemerkt werden würde.

»Ich möchte sogar noch weitergehen«, setzte er hinzu, »und zu behaupten wagen, daß unsere Gegner für uns bereits alte Bekannte, ja sogar fast alte Kameraden sind. Ich werde steif und fest, so lange mir nicht das Gegenteil bewiesen wird, die Ansicht vertreten, daß es sich dabei um zwanzig Schwarze und drei Weiße handelt und daß einer von ihnen unserem eleganten Freund, dem unserer hier versammelten ehrenwerten Runde so vorteilhaft bekannten sogenannten Leutnant Lacour wie ein Bruder ähnlich sieht.«

»Worauf beruht denn diese Ihre Hypothese, Monsieur Florence?« wollte Barsac wissen.

»Darauf, daß unser angeblicher Begleitschutz unsere Absichten leicht in Erfahrung bringen und uns auf der Route vorausmarschieren konnte, die wir verfolgen würden, um unterwegs zu unserem Schaden die hübsche Arbeit zu verrichten, die wir bewundern konnten, während es schwer einzusehen wäre, weshalb eine andere Truppe ohne Kenntnis von unserem Vorhandensein sich der gleichen Beschäftigung zu einem unerklärbaren Zweck hätte hingeben sollen. Dazu kommt noch etwas anderes. Die Bewohner der zerstörten Dörfer und der alte Neger, den der Doktor noch vor Kadou zurechtgeflickt hat, waren auf die gleiche Weise behandelt worden. Also haben die Mörder sich schon vor Eintreffen der zweiten Eskorte ebenso wie nach unserem Aufbruch in unserer Nähe befunden.«

»Vielleicht haben Sie recht, Monsieur Florence«, erkannte Barsac an, »aber alles in allem sagen Sie uns da ja kaum etwas Neues. Niemand von uns hat jemals bezweifelt, daß die Verwüstung dieser Gegend gegen uns gerichtet ist. Ob diese Verwüstung nun das Werk des Leutnants Lacour oder eines anderen ist, ob diese Banditen sich in unserer Nähe aufhalten oder uns auf unserem Wege vorangehen, ändert im Grunde nichts an unserer Situation.«

»Da bin ich nicht Ihrer Meinung«, entgegnete Amédée Florence. »Ich bin es sogar so wenig, daß ich mich heute abend zu reden entschloß, nachdem ich lange Schweigen bewahrt habe, um Sie nicht ohne Not noch mehr zu beunruhigen. Nun aber sind wir trotz allem zum Ziel gelangt. Morgen werden wir entweder in Koubo und damit in Sicherheit sein, oder wir werden die Richtung geändert haben, und man hört dann vielleicht mit unserer Verfolgung auf. Ich möchte, wie ich offen gestehen muß, dieses eine Mal die Wachsamkeit überlisten, deren Gegenstand wir sind, so daß niemand weiß, was wir hier zu unternehmen gedenken.«

»Und aus welchem Grund?« fragte Barsac.

»Ich weiß es selber nicht genau«, gab Florence zu. »Es ist nur so eine Idee von mir. Doch scheint es mir im Interesse von Miss Buxton ratsamer, daß der Zweck unserer Reise nicht bekannt wird, bevor sie ihre Untersuchung hat richtig durchführen können.«

»Ich bin der gleichen Meinung wie Monsieur Florence«, erklärte Jane Buxton. »Wer weiß, ob unsere Gegner nicht gerade vorhaben, jetzt offener zum Angriff überzugehen! Vielleicht morgen schon greifen sie uns an und bewirken, daß ich noch unmittelbar bevor ich ans Ziel gelangt bin, scheitere. Ich möchte aber nicht so weit gekommen sein, um nun trotz allem nicht zu erreichen, was ich mir vorgesetzt habe. Deswegen meine ich, Monsieur Florence hat recht, wenn er den uns umgebenden Spähern entschlüpfen will. Leider sehe ich hierfür kaum einen Weg.«

»Nichts ist im Gegenteil meiner Meinung nach leichter als das«, erklärte Amédée Florence. »Es läßt sich nicht bestreiten, daß, bisher wenigstens, diejenigen, die uns übelwollen, noch nicht gewagt haben, zielbewußt durchzugreifen. Sie begnügen sich damit, unseren Weg zu behindern und uns zu überwachen, wobei sie, wenn Miss Buxtons Meinung zutrifft, erst wirksamer vorzugehen gedenken, falls unsere Hartnäckigkeit sich als zäher erweist denn ihre Geduld. Es ist demnach sehr wahrscheinlich, daß ihre Überwachung nachläßt, sobald sie die Gewißheit erlangen, daß wir für diese Nacht endgültig haltgemacht haben. Die Regelmäßigkeit unserer Gewohnheiten müßte sie beruhigen und ihnen keinen Zweifel belassen, daß sie uns am Morgen da wiederfinden werden, wo sie uns am Abend zurückgelassen haben. Es besteht kein Grund dafür, daß ihre Wache heute größere Aufmerksamkeit walten läßt als an den anderen Tagen, wofern sie nicht bereits zu einem unmittelbaren Angriff entschlossen sind. Noch dazu wäre es in diesem Falle angebrachter denn je, den Versuch zu machen, sich seitwärts in die Büsche zu schlagen. Wenn dem aber nicht so ist, gibt es nichts Einfacheres, als im Schutze der Dunkelheit sofort aufzubrechen. Wir werden uns einer nach dem anderen möglichst geräuschlos nach der gleichen Richtung entfernen, nachdem wir einen gemeinsamen Treffpunkt ausgemacht haben. Schließlich ist uns keine Riesenarmee auf den Fersen, und es würde schon ungewöhnliches Pech dazugehören, wenn wir ausgerechnet dem charmanten Leutnant Lacour in die Hände fielen.«

Dieser von Jane Buxton mit Wärme gutgeheißene Plan wurde angenommen. Man kam überein, nacheinander sich nach Osten zu bis zu einer etwa einen Kilometer entfernten größeren Baumgruppe zu begeben, die man vor Einbruch der Dunkelheit gesichtet hatte. Diese Bäume waren jetzt nicht mehr zu erkennen, aber alle wußten doch, in welcher Richtung sie sich befanden, so daß man sie bestimmt erreichen würde, wenn man sich durch einen am Horizont über einem großen Wolkengebilde, das das Dunkel noch vermehrte, aufblitzenden Stern leiten ließe. Tongané sollte als erster aufbrechen, dann sollte Jane Buxton und darauf Malik folgen. Die übrigen Europäer würden dann einer nach dem anderen sich auf den Weg machen und Amédée Florence die Reihe beschließen.

Der Abmarsch vollzog sich ohne Zwischenfall. Zwei Stunden darauf waren die sechs Europäer und die beiden Schwarzen am Rand des kleinen Baumbestandes wieder vereint. Sie durchmaßen ihn eiligst, um diese für den Blick undurchdringliche Abschirmung zwischen sich und ihren Feinden zu wissen. Darauf bewegten sie sich ungehemmter vorwärts. Die Nähe ihres Ziels verlieh selbst den Schwächsten noch einmal Kräfte. Niemand spürte mehr die Müdigkeit.

Nach einem raschen Vormarsch von einer halben Stunde blieb Tongané stehen. Seiner Meinung mußte man jetzt an der Stätte angelangt sein, an der die aufrührerische Truppe George Buxtons vernichtet worden war. Doch konnte er in diesem tiefen Dunkel nicht mit Sicherheit genau die Stelle bezeichnen, die interessant für Jane Buxton war. Man mußte das Tageslicht abwarten.

Die Gruppe legte also ein paar Stunden der Ruhe ein. Einzig Jane Buxton fand in ihrer Ungewißheit darüber, was die Morgenstunde ihr vorbehielt, keinen Schlaf. Drängender denn je stellten hundert Fragen sich in ihrem Bewußtsein ein. War ihr unglücklicher Bruder tatsächlich tot, und würde sie einen Beweis dafür entdecken, den die Zeit noch nicht vernichtet hatte? Würde zudem ein solcher Beweis, falls er existierte, geeignet sein, sein Verbrechen zu bestätigen, seine Unschuld zu beweisen, oder sie auch weiterhin in der gleichen Ungewißheit lassen? Und in welchem Sinne würde sie morgen die Untersuchung in Angriff nehmen können, zu der sie entschlossen war? Ob die letzten Zeugen des Dramas nicht inzwischen zerstoben, verschwunden, vielleicht ihrerseits verstorben waren, oder würde es möglich sein, noch einige von ihnen aufzutreiben? Und welches würde, falls es gelang, die Wahrheit sein, die man aus ihrem Munde vernahm?

Etwas vor sechs Uhr waren alle wach, und während es Tag wurde, warteten alle, von lebhafter innerer Bewegung erfaßt, mit auf Tongané gehefteten Blicken, während dieser die Umgebung erforschte und nach Anhaltspunkten suchte.

»Dort«, sagte schließlich der Neger, indem er auf einen drei- oder vierhundert Meter entfernten Baum wies, der einsam in der Ebene stand.

In wenigen Augenblicken war man am Fuß dieses Baumes angelangt. Da Tongané auch weiterhin sehr positiv blieb, begann man an der bezeichneten Stelle den Boden aufzugraben, obwohl nichts darauf hinwies, daß sich an dieser Stelle jemals ein Grab befunden hatte. Fieberhaft bohrte man die Messer in den Boden und schaufelte mit vollen Händen die Erde auf den Rand des Loches, das schnell entstand.

»Achtung!« rief auf einmal der Reporter ... »Hier sind Knochen ...«

Miss Buxton war so tief bewegt, daß sie sich auf den Arm des Doktors stützen mußte.

»Dort«, sagte schließlich der Neger, indem er auf einen Baum wies, der einsam in der Ebene stand.

Mit äußerster Vorsicht wurde nun die Grube freigelegt. Eine menschliche Gestalt erschien oder vielmehr ein fabelhaft erhaltenes Skelett. Das, was vormals die Arme gewesen waren, umhüllten noch Stoffetzen und Goldstickereien, die auf den Dienstgrad des Toten hinwiesen. Zwischen den Knochen des Rumpfes entdeckte man noch ein durch die Einwirkung der Zeit fast völlig zerstörtes Portefeuille. Es enthielt nur ein einziges Dokument: einen von seiner Schwester an George Buxton gerichteten Brief.

Die Augen des jungen Mädchens füllten sich mit Tränen. Als Jane jedoch das vergilbte Papier an die Lippen führte, zerfiel es zwischen ihren Fingern; fast ohnmächtig trat sie darauf an das Grab.

»Doktor Châtonnay«, brachte sie mit zitternder Stimme hervor, »würden Sie bitte die Güte haben, die sterblichen Überreste meines unglücklichen Bruders näher zu untersuchen?«

»Ich stehe Ihnen zu Diensten, Miss Buxton«, antwortete der Doktor, der selber so bewegt war, daß er ganz den Hunger vergaß, der in seinem Innern wühlte.

Dr. Châtonnay stieg hinunter in das Grab und machte sich mit der Sorgfalt und Methode eines Gerichtsmediziners an die von ihm geforderte Untersuchung. Als sie beendet war, drückte sein ernstes Gesicht tiefe Bewegung aus.

»Ich, Laurent Châtonnay, Doktor der Medizin der Universität von Paris«, erklärte er nicht ohne eine gewisse Feierlichkeit unter tiefem Schweigen, »bestätige hiermit folgendes: Erstens: die meiner Prüfung vorliegenden Gebeine, die Miss Buxton für die ihres Bruders George Buxton erklärt, zeigen keine Spur von irgendeiner durch eine Feuerwaffe hervorgebrachten Wunde. Zweitens: der Mann, von dem dies die Gebeine sind, ist ermordet worden. Drittens: der Tod ist durch einen von oben nach unten geführten Dolchstoß herbeigeführt worden, der das linke Schulterblatt durchbohrt und eine der oberen Herzkammern getroffen hat. Viertens: Hier ist die Tatwaffe, die ich selbst aus dem Knochenspalt herausgezogen habe, in dem sie steckengeblieben war.«

»Ermordet! . . .« murmelte Jane fassungslos.

»Ermordet, wie ich bestätigen kann«, wiederholte Dr. Châtonnay.

»Und von hinten ...«

»Von hinten.«

»George wäre demnach unschuldig! ...« rief Jane Buxton, in Schluchzen ausbrechend, aus.

»Die Unschuld Ihres Bruders ist eine Frage, die nicht in meinen Kompetenzbereich fällt, Miss Buxton«, antwortete mit sanfter Stimme Dr. Châtonnay, »und ich könnte sie demnach nicht mit der gleichen Sicherheit bestätigen wie die von mir festgestellten materiellen Fakten, doch erscheint sie mir, wie ich Ihnen sagen muß, dennoch unendlich wahrscheinlich. Tatsächlich ergibt sich aus meiner Untersuchung, daß Ihr Bruder nicht, wie man bislang glaubte, mit der Waffe in der Hand gefallen, sondern vor, während oder nach der Feuersalve, die die Geschichte überliefert hat, ermordet worden ist. In welchem genauen Augenblick und von wem ist er erstochen worden? Ich weiß es nicht. Alles, was man sagen kann, ist, daß dieser Stich nicht von einem Soldaten der regulären Truppe ausgeführt worden ist, denn die Waffe, mit der Ihr Bruder umgebracht wurde, war ein Dolch und keine der im Kriege verwendeten.«

»Danke, Doktor«, sagte Jane, die sich allmählich wieder erholte. »So, wie die ersten Ergebnisse meiner Reise ausgefallen sind, scheinen sie mir geeignet, mein Vertrauen zu stärken ... Noch ein Wort, Doktor Châtonnay. Wären Sie bereit, schriftlich zu bestätigen, was Sie heute gesehen haben, und würden wohl diese Herren hier die Güte haben, dabei als Zeugen zu dienen?«

Alle stellten sich voller Eifer Jane Buxton zur Verfügung. Auf einem Blatt Papier, das Monsieur Poncin aus seinem Schreibheft herauszulösen bereit war, redigierte Amédée Florence einen Bericht über die im Laufe des Morgens festgestellten Fakten. Dieses von Dr. Châtonnay und darauf von allen Anwesenden unterzeichnete Protokoll wurde Jane Buxton zugleich mit der im Grabe ihres Bruders vorgefundenen Tatwaffe überreicht.

Beim Berühren dieser Waffe zuckte das junge Mädchen zusammen. Es war ein Dolch, dessen starke, rechteckige, von tiefen Rinnen durchzogene Schneide auf beiden Seiten von einer dicken, vielleicht mit Blut untermischten Rostschicht überzogen war. Auf dem infolge der Bodenfeuchtigkeit halbverwesten Ebenholzgriff bemerkte man noch die Spur einer inzwischen verschwundenen Inschrift.

»Sehen Sie nur, meine Herren«, sagte Jane, indem sie auf diese fast unsichtbaren Linien wies, »diese Waffe hat früher einmal den Namen des Mörders getragen.«

»Schade, daß er ausgelöscht ist«, seufzte Amédée Florence, der nun seinerseits die Waffe genau untersuchte. »Aber warten Sie ... Man kann noch etwas erkennen ... ein i und ein l, meine ich.«

»Das ist nicht eben viel«, stellte Barsac fest.

»Vielleicht braucht man nicht mehr, um den Mörder zu überführen«, brachte Jane mit ernster Stimme vor.

Auf ihren Befehl schüttete Tongané die zuvor ausgehobene Erde wieder auf die Reste George Buxtons und glättete sie sodann aufs sorgfältigste. Darauf überließen sie die tragische Stätte wieder ihrer Einsamkeit und marschierten weiter auf Koubo zu.

Nach drei oder vier Kilometern jedoch mußten sie wieder halten. Die Kräfte verließen Jane Buxton, ihre Knie gaben nach, so daß man sie auf den Boden betten mußte.

»Die Aufregung«, konstatierte Dr. Châtonnay.

»Und der Hunger«, setzte mit gutem Grund Amédée Florence hinzu. »Auf jetzt, alter Freund Saint-Bérain! Wir werden doch Ihre Nichte – und wenn sie zehnmal Ihre Tante ist – nicht an Schwäche eingehen lassen, das wäre doch des Teufels! Auf, zur fröhlichen Jagd! Und versuchen Sie bitte nicht, mich für ein erlesenes Wildbret zu halten!«

Unglücklicherweise war hier vom Wild kaum die Rede. Der größte Teil des Tages verging, bevor die beiden Schützen ein lebendes Tier vor die Flinte bekamen. Erst gegen Abend lächelte ihnen das Glück. Dann allerdings war das Ergebnis glänzender denn je; nacheinander erlegten sie zwei Trappen und ein Feldhuhn. Zum ersten Mal seit langem war das genug für eine reichliche Mahlzeit. Dafür allerdings mußte man darauf verzichten, Koubo noch am gleichen Abend zu erreichen, vielmehr sich entschließen, eine letzte Nacht unter freiem Himmel zu verbringen.

Von Müdigkeit überwältigt und im übrigen überzeugt, den Gegner irregeführt zu haben, verzichteten an diesem Abend die Reisenden auf die Wacheinteilung, die sie sich sonst auferlegten. Deshalb entgingen ihnen denn auch die höchst merkwürdigen Phänomene dieser Nacht. Gegen Westen zu blitzten mehrmals schwache Lichter in der Ebene auf. Andere, stärkere, antworteten ihnen von Osten her aus großer Höhe, wiewohl es in dieser ganz besonders flachen Gegend keinerlei Gebirge gab. Allmählich näherten das schwache Flimmern im Westen und der starke Lichtschein im Osten sich einander an, wobei das erstere langsam vorrückte, während letzterer sehr schnell näherkam. Alle beide trafen schließlich an dem Punkt zusammen, an dem sich die Schläfer befanden.

Plötzlich wurden diese durch das seltsame Brummen, das sie bereits nach ihrem Aufbruch aus Kankan vernommen hatten, aufgeweckt, nur war dieses Brummen heute unendlich viel stärker.

Kaum hatten sie die Augen geöffnet, als blendendes Licht aus etwa zehn Quellen von einer Stärke wie von elektrischen Scheinwerfern, weniger als hundert Meter von ihnen entfernt, jäh aus dem Osten hervorbrach. Sie suchten noch, sich über die Natur dieser Lichterscheinung klarzuwerden, als Männer aus dem Dunkel von Norden und Süden hervor in den Lichtkegel traten und sich auf die noch völlig benommenen und geblendeten Reisenden stürzten. Im Nu waren alle überwältigt.

Aus dem Dunkel erklang eine rohe Stimme, die auf Französisch fragte:

»Alles in Ordnung, Jungens?«

Dann, nach kurzem Schweigen, erfolgte der Anruf:

»Der erste, der sich rührt, bekommt eine Kugel in den Kopf ... Los, marsch jetzt, ihr anderen!«

ZWEITER TEIL

1. Blackland

Fast genau da, wo der zweite Meridian westlicher Länge und der sechzehnte Grad nördlicher Breite sich treffen, das heißt etwas stromabwärts vom nördlichsten Punkt, den der Niger erreicht, liegt die Stadt Gao-Gao auf dem linken Ufer dieses Flusses, der mit diesem Teil seines Laufes die südwestliche Grenze der Sahara bildet. Jenseits davon beginnt die große Wüste, die sich im Norden bis nach Marokko, Algerien und Tripolis, im Osten bis nach Ägypten und Nubien, im Süden bis zu den europäischen Besitzungen in Zentralafrika, im Westen bis an den Ozean erstreckt. Die Oasen, die Gao-Gao am nächsten liegen, Adrar im Norden, Air im Osten sind von dieser Stadt noch die erste durch vierhundert, die zweite durch neunhundert Kilometer Wüstensand getrennt. Auf den genauesten und neuesten Weltkarten wird dieses ungeheure Gebiet von dreihundertsechzigtausend Quadratkilometern nur durch einen undifferenzierten weißen Fleck dargestellt. Zu dem Zeitpunkt, zu dem die von dem Abgeordneten Barsac angeführte Expedition die Prüfungen zu bestehen hatte, von denen wir im ersten Teil dieser Erzählung berichtet haben, war es noch von niemandem durchmessen worden, niemand war jemals dort eingedrungen. Es war vollkommen unbekannt.

Zu jener Zeit waren unter den die Ufer des Niger bewohnenden Negern über diese unerforschte Region die seltsamsten Sagen in Umlauf. Manchmal, so berichteten die Eingeborenen, sähe man riesige schwarze Vögel mit feurigen Augen in raschem Flug jenen wasserlosen Ebenen entgegeneilen oder aus ihnen kommen. Andere Male war es, wenn man ihren Erzählungen lauschte, eine Horde von großen roten Teufeln auf feurigen Rossen , die mit flammensprühenden Nüstern ganz plötzlich aus den geheimnisvollen Gegenden hervorbrach. Diese gespenstischen Reiter durchrasten die Ortschaften im Galopp, wobei sie alles niedermachten, was sie auf ihrem Wege trafen, und kehrten dann wieder in die Wüste zurück. Quer über ihren Sätteln lagen Männer, Frauen und Kinder, die niemals wiederkamen.

Wer waren diese unheilbringenden Wesen, die in dieser Weise Dörfer verwüsteten, Wohnstätten plünderten, sich die kümmerlichen Schätze der armen Neger aneigneten und Untergang, Verzweiflung und Tod hinter sich lassend, dann wiederum verschwanden? Niemand wußte es. Niemand hatte auch nur versucht, es zu wissen. Wer auch hätte gewagt, diesen Feinden, die die Phantasie des Volkes mit übernatürlicher Macht begabte und die viele für wilde Wüstengottheiten hielten, auf den Fersen zu bleiben?

Dies waren die Gerüchte, die in jener Epoche längs des Niger, von Aribinda bis Gurma, bis zu mehr als einhundertundfünfzig Kilometer jenseits des rechten Ufers kursierten.

Wäre jemand kühner als diese verängstigten Neger gewesen, und hätte dieser Wagemutige um den Preis des Durchmessens von zweihundertsechzig Kilometern den einen Grad und vierzig Minuten östlicher Länge und fünfzehn Grad fünfzig Minuten nördlicher Breite weiter entfernt gelegenen Punkt erreicht, so wäre sein Mut belohnt worden, denn er hätte etwas vor Augen bekommen, was weder Geographen noch Forschungsreisende noch Karawanen bislang gesehen hatten: eine Stadt*.

Ja, eine Stadt, eine wirkliche Stadt, die auf keiner Karte verzeichnet war und von deren Vorhandensein niemand etwas ahnte, obwohl die Zahl ihrer Einwohner, Kinder nicht eingeschlossen, nicht weniger als sechstausendachthundertundacht betrug.

Wenn dieser hypothetische Reisende dann aber einen der Einwohner nach dem Namen dieser Stadt gefragt hätte und dieser zu einer Auskunft bereit gewesen wäre, so würde dieser vielleicht auf Englisch geantwortet haben: ›Blackland is the name of this city‹, es hätte aber auch geschehen können, daß er auf Italienisch: ›Questa città è Terra Nera‹, auf Bambara: ›Ni dougouba Ntocko a bè Bankou Fing‹, auf Portugiesisch: ›Hista cidade e Terranegra‹, auf Spanisch: ›Esta ciudad es Tierranegra‹ oder in irgendeiner beliebigen anderen Sprache Auskunft gegeben hätte. Alle diese Antworten aber hätten bedeutet: ›Der Name dieser Stadt ist Schwarzes Land.‹

Unmöglich wäre sogar nicht, daß der Reisende auf Lateinisch

* Seit dem Zeitpunkt, zu dem diese Ereignisse sich abgespielt haben, ist die im Osten von Gao-Gao gelegene Region erforscht. Die Folge dieser Erzählung wird erklären, aus welchen Gründen man von der hier erwähnten Stadt nur wenige Spuren mehr vorgefunden hat.

informiert worden wäre. In diesem Falle wäre der Auskunftheischende an Josias Eberly geraten, einen ehemaligen Professor, der, da in Blackland er für seine Gelehrsamkeit keine Verwendung fand, ein Ladengeschäft eröffnet hatte und zum Apotheker

Plan von Blackland.

und Farbwarenhändler geworden war, worauf ein Schild über dem Eingang hinwies: ›Josias Eberly. Druggist. Products for dye.‹

Alle Sprachen wurden in diesem neuen Turm zu Babel gesprochen, dessen Bevölkerung in dem Augenblick, in dem die Expedition Barsac bei Koubo unterlag, sich zunächst aus fünftausendsiebenhundertachtundsiebzig Negern und Negerinnen, darüber hinaus aber auch aus eintausendunddreißig Weißen zusammensetzte, die aus allen Ländern der Welt gekommen waren, aber alle das eine gemeinsam hatten, nämlich geflüchtete Galeeren- oder sonstige Sträflinge, zu allem – nur nicht zum Guten – fähige Abenteurer und ein zur Übernahme der übelsten Aufträge bereiter Abschaum der Gesellschaft zu sein. Immerhin hatte, so wie in dieser wenig homogenen Gesellschaft die angelsächsische Rasse vorherrschte, auch die englische Sprache das Übergewicht über die sonstigen Idiome. Auf Englisch waren die Proklamationen des Chefs, die Eintragungen des Standesamts – soweit es ein solches gab – und die offizielle Zeitung der Örtlichkeit, ›The Blackland's Thunder‹ (Der Donner von Blackland), abgefaßt.

Das war allerdings ein höchst merkwürdiges Blatt, wie man aus den folgenden, einiger seiner Nummern entnommenen Fragmenten ersehen kann:

›Gestern hat John Andrew den Neger Koromoko aufgehängt, weil er vergessen hatte, ihm nach dem Lunch seine Pfeife zu bringen.‹

›Morgen abend um sechs Uhr starten zehn Flugzeuge mit zehn Merry Fellows unter dem Oberbefehl des Obersten Hiram Herbert in Richtung auf Kourkoussou und Bidi. Völlige Zerstörung dieser beiden Dörfer, denen wir seit drei Jahren keinen Besuch abgestattet haben. Rückkehr in der gleichen Nacht.‹

›Wir haben in Erfahrung gebracht, daß eine französische Expedition unter Führung eines Abgeordneten namens Barsac demnächst von Konakry aufbrechen wird. Diese Expedition verfolgt offenbar das Ziel, über Sikasso und Ouaghadougou den Niger zu erreichen. Wir haben Vorsichtsmaßnahmen getroffen. Zwanzig Mann der Schwarzen Garde und zwei Merry Fellows werden sich ohne Verzug auf den Weg begeben. Hauptmann Edward Rufus wird im gegebenen Moment zu ihnen stoßen. Edward Rufus, der bekanntlich aus der Kolonialinfanterie desertiert ist, wird unter dem Namen Lacour die Rolle eines französischen Leutnants spielen und mit Hilfe seiner vorzüglichen Kenntnis der militärischen Gepflogenheiten dieser Nation auf die eine oder andere Art den zuvor erwähnten Barsac aufhalten, so daß er mit aller Bestimmtheit den Niger nicht erreichen wird.‹

›Gestern hat sich auf der Garden's Bridge im Verlauf einer Diskussion der Berater Ehle Willis genötigt gesehen, dem Merry Fellow Constantin Bernard eine Ladung Blei ins Gehirn zu schicken. Dieser ist in den Red River gefallen und infolge des abnormen Gewichts seines frisch plombierten Kopfes ertrunken. Wir haben sofort Bewerbungen um die Nachfolge des Verstorbenen entgegengenommen. Mit seinen siebzehn Verurteilungen durch französische, englische und deutsche Gerichte und den insgesamt über ihn verhängten neunundzwanzig Jahren Gefängnis- und fünfunddreißig Jahren Zuchthausstrafe hat Gilman Ely den Vogel abgeschossen. Gilman Ely tritt also aus dem Civil Body aus und geht zu den Merry Fellows über. Unsere besten Wünsche begleiten ihn.‹

Wie man gewiß bereits bemerkt hat, wurden Josias Eberly, John Andrew, Hiram Herbert, Edward Rufus, Ehle Willis, Constantin Bernard, Gilman Ely sämtlich nur durch die Zusammenstellung zweier Vornamen bezeichnet. Diese Praxis war in Blackland allgemein im Schwange, so daß jeder Neuankömmling gleichsam umgetauft wurde, das heißt seinen Familiennamen verlor, den niemand kannte außer dem Chef. Als einziger unter allen Einwohnern weißer Rasse, wenn man von einer speziellen Bevölkerungsgruppe absieht, von der bald die Rede sein wird, wurde dieser Chef auf normale Weise bezeichnet, wobei allerdings sein Name ein grauenhafter, unheilkündender Übername war. Man nannte ihn Harry Killer, was wörtlich Harry der Mörder, Harry der Totmacher bedeutet.

Etwa zehn Jahre vor der Entführung der Expedition Barsac, mit der der erste Teil dieser Erzählung geendet hat, war Harry Killer – niemand wußte, von woher – mit einigen Individuen seines Schlages bis an den Punkt der Wüste gelangt, an dem Blackland sich erheben sollte, hatte dort sein Zelt errichtet und erklärt:

»Hier wird die Stadt erstehen.« Und wie durch Zauberschlag war aus dem Wüstensand Blackland emporgewachsen.

Es war eine höchst sonderbare Stadt. Auf völlig flachem Gelände am rechten Ufer des Qued Tafasasset erbaut, eines Flusses, der ewig ausgetrocknet dalag bis zu dem Tage, an dem es Harry Killer gefiel, ihn mit fließendem Wasser zu füllen, war sie strikt in Form eines Halbkreises angelegt, der sich genau zwölfhundert Meter von Nordosten nach Südwesten, das heißt parallel zum Fluß verlaufend, und nicht weniger genau bemessen sechshundert Meter von Nordwesten nach Südosten erstreckte. Ihre Oberfläche erreichte demnach etwa sechsundfünfzig Hektar und war in drei sehr ungleiche Sektionen eingeteilt, die von unüberwindlichen, halbkreisförmig und konzentrisch angelegten Mauern von zehn Metern Höhe und einer an der Basis fast gleichen Breite eingeschlossen waren.

Unmittelbar an den Fluß grenzend, dessen ursprünglichen Name Harry Killer in Red River, ›Roter Fluß‹, umgewandelt hatte, war die erste Sektion mit einem Radius von zweihundertundfünfzig Metern angelegt worden. Ein hundert Meter langer Boulevard, dem die beiden äußersten Punkte der zweiten Sektion zum Opfer gefallen waren und der dem Flußufer folgte, bis er auf die dritte traf, vergrößerte um ein Bedeutendes ihre Gesamtfläche, die dadurch fast siebzehn Hektar betrug.

In dieser ersten Sektion wohnte die Aristokratie von Blackland, diejenigen, die in zynisch paradoxer Weise als die Merry Fellows* bezeichnet wurden. Abgesehen von einigen, zu höheren Geschicken ausersehenen, waren Harry Killers Kumpane zu dem Zeitpunkt, zu dem er sich entschlossen hatte, an diesem Platz eine Stadt zu erbauen, die embryonale Vorform des jetzigen Corps' der Merry Fellows gewesen. Um diesen ersten Kern hatte sich eine Schar von aus Gefängnissen und Zuchthäusern ausgebrochenen Banditen gruppiert, die Harry Killer herbeigezogen hatte, indem er ihnen eine unbegrenzte Befriedigung ihrer abscheulichsten Instinkte verhieß. In kurzer Zeit hatten auf

* Die fröhlichen Burschen.

diese Weise die Merry Fellows die Zahl von fünfhundertsechsundsechzig erreicht, die unter keinen Umständen überschritten werden sollte.

Die Funktionen der Merry Fellows waren äußerst vielfältiger Art. Militärisch organisiert, da sie einen Oberst, fünf Hauptleute, zehn Leutnants und fünfzig Sergeanten umfaßten, die je nachdem fünfhundert, hundert, fünfzig oder zehn Mann befehligten, bildeten sie in erster Linie die Armee Blacklands, der die Kriegführung oblag. Es handelte sich dabei um einen Krieg ohne Ruhm und Ehre, eine Art Raubkrieg, der einzig darin bestand, elende Dörfer zu plündern und diejenigen ihrer Einwohner hinzumorden, die nicht in die Sklaverei geführt wurden. Die Merry Fellows übten zudem in der Stadt die Polizeigewalt aus und trieben mit Gummiknüppeln, wo nicht sogar mit Revolverschüssen, die ausnahmslos mit allen Arbeiten, vor allem aber dem Ackerbau, beauftragten Sklaven an. An erster Stelle jedoch waren sie die Leibwache des Chefs, dessen Weisungen sie blindlings zu befolgen hatten.

Die dritte Sektion, diejenige, die vom Zentrum aus am weitesten entfernt lag, bestand nur aus einem sechzehnhundert Meter langen und fünfzig Meter breiten halbkreisförmigen Streifen, dessen äußerste Enden zugleich an die erste Sektion und den Red River stießen und, der äußersten Umfassungslinie der Stadt folgend, sich zwischen der Außenmauer und einer weiteren erstreckte, die die zweite Sektion, die Wohnstatt der Sklaven, umschloß.

In dieser dritten Sektion wohnten unter der gemeinsamen Bezeichnung ›Civil Body‹* die Weißen, die noch nicht in die erste Aufnahme gefunden hatten.

Während sie darauf warteten, daß in jener ein Platz für sie frei werden würde, was niemals sehr lange dauerte, da die in Blackland herrschenden rauhen Sitten häufig zu Todesfällen führten, machten sie eine Art Probezeit im Civil Body durch, die infolgedessen etwas wie ein Purgatorium war, von dem aus gesehen das

* Zivilkorps.

Corps der Merry Fellows das Paradies zu sein schien. Um sich bis dahin über Wasser zu halten, da nur die Merry Fellows durch den Chef aus den Allgemeineinkünften unterhalten wurden, gaben sie sich mit Handel ab. Ihre Sektion war somit das Einkaufsviertel der Stadt, dort konnten die Merry Fellows gegen bares Geld eine Unzahl von Erzeugnissen erwerben, sogar äußerst luxuriöse, die der betreffende Händler dem Chef abgekauft hatte, der sie sich seinerseits sei es durch Raub, sei es, soweit es sich um europäische Erzeugnisse handelte, mit nur ihm und seiner unmittelbaren Umgebung bekannten Mitteln beschaffte.

Zu dem Zeitpunkt, an dem zum ersten Mal in dieser Erzählung von Blackland die Rede ist, zählte diese dritte Sektion zweihundertsechsundachtzig Einwohner, von denen fünfundvierzig weiße Frauen waren, die jedoch nicht mehr als ihre männlichen Mitbürger von gleicher Hautfarbe galten.

Zwischen der ersten und der dritten Sektion nahm die zweite, deren Areal mehr als einunddreißig und einhalb Hektar umfaßte, den ganzen übrigen Teil der Stadt ein. Dies war das Quartier der Sklaven, deren Zahl damals fünftausendsiebenhundertundachtundsiebzig betrug, von denen viertausendeinhundertundsechsundneunzig Männer und eintausendfünfhundertundzweiundachtzig Frauen waren. Mit sehr wenigen Ausnahmen lebten sie alle dort. Dort hatten sie ihre Hütten, dort spielte sich ihr trübseliges Dasein ab.

Jeden Morgen öffneten sich die vier in der Mauer vorgesehenen Tore dieses Infernums, und unter Anführung von mit Gummiknüppeln und Revolvern versehenen Merry Fellows begaben sich diejenigen Neger, die nicht für städtische Dienste vorgesehen waren, in Trupps an ihre Landarbeit. Am Abend kehrte diese unglückselige Schar in der gleichen Weise zurück, und die schweren Pforten schlossen sich wieder hinter ihnen bis zum nächsten Morgen. Kein Weg führte nach draußen. Auf der einen Seite hausten die Merry Fellows, auf der anderen war der ›Civil Body‹ installiert. Viele dieser Unglücklichen starben entweder infolge von Entbehrungen oder unter den Schlägen ihrer sich nur allzuoft in Mörder verwandelnden Wächter. Das war

Jeden Morgen öffneten sie die vier Tore ...

kein großes Unglück. Durch eine erneute Razzia wurden schnell die Lücken wieder aufgefüllt und diejenigen, die der Tod erlöst hatte, durch andere Märtyrer ersetzt.

Die Quartiere des rechten Ufers jedoch, die hier soeben in aller Kürze geschildert worden sind, stellten noch nicht die ganze Stadt Blackland dar. Auf dem linken Ufer des Red River, dort, wo der jäh ansteigende Boden einen etwa fünfzehn Meter hohen Hügel bildete, setzte die Umfassungsmauer sich fort und umgrenzte nunmehr ein Rechteck, das auf einer Strecke von zwölfhundert Metern längs des Flusses verlief und in der Breite dreihundert Meter maß. Diese zweite Stadt, die kaum weniger groß als die erste war, da sie immerhin sechsunddreißig Hektar bedeckte, teilte sich ihrerseits noch wieder in zwei gleiche Teile, die eine hohe Quermauer voneinander trennte.

Aus der einen dieser Hälften, der auf dem Nordwestabhang des Hügels gelegenen, hatte man den Fortress's Garden, eine öffentliche Anlage gemacht, die an ihrem Nordende ebenerdig durch eine Brücke, ›Garden's Bridge‹* mit den Sektionen der Merry Fellows und des Civil Body verbunden war. Der andere, auf dem Gipfel gelegene Teil, enthielt die lebenswichtigen Betriebe für die Stadt.

An der Nordecke, an die öffentlichen Anlagen anstoßend, erhob sich ein mächtiger, von Mauern mit Pfeilschanzen umgebener, viereckiger Bau, dessen Nordwestfassade aus einer Höhe von etwa dreißig Metern unmittelbar in den Red River abfiel, der Palast, wie er allgemein genannt wurde, in dem Harry Killer und neun der Gefährten seiner ersten Tage, die nunmehr zu ›Beratern‹ befördert worden waren, ihren Wohnsitz hatten. Es waren schon sehr sonderbare Berater, diese altgewohnten Komplizen der Verbrechen ihres Chefs, Berater, deren Hauptfunktion darin bestand, die unmittelbare Ausführung der Befehle und unumstößlichen Beschlüsse ihres Herrn und Meisters zu gewährleisten, eines Herrn, der unnahbar und zudem fast immer unsichtbar war.

Eine zweite Brücke, die durch ein starkes Gitter während der Nacht abgesperrt wurde, die ›Castle's Bridge‹**, verband den Sitz der Regierung mit dem rechten Ufer.

* Gartenbrücke.
** Schloßbrücke.

An den ›Palast‹ schlossen sich zwei Kasernen an, deren eine für zwölf Sklaven, die als Bedienung gehalten wurden, und für fünfzig Neger bestimmt war, die man unter denen ausgewählt hatte, deren natürliche Instinkte als die ungezähmtesten galten, und die die Schwarze Garde bildeten, während die andere vierzig nach dem gleichen Prinzip ausgewählten Weißen als Wohnstätte diente, denen die Führung einer gleichen Zahl von Flugmaschinen, die man in Blackland als Aeroplane bezeichnete, anvertraut war.

Diese Aeroplane, eine bewundernswert geniale Erfindung, waren auf Grund von Verfahren, die bald näher erklärt werden sollen, imstande, ohne Nachschub bis zu fünftausend Kilometer mit einem Stundendurchschnitt von vierhundert Kilometern zu durchmessen. Die Gabe der Ubiquität, die die Piraten von Blackland zu besitzen schienen, verdankten sie diesen Aeroplanen, die ihnen gestatteten, sofort nach Erledigung ihres Vorhabens zu verschwinden, und die despotische Macht Harry Killers beruhte in erster Linie auf diesen Maschinen.

Durch Terror in der Tat beherrschte dieser das unbekannte Imperium, dessen Hauptstadt Blackland war, und durch Terror hatte er seine Autorität begründet und bislang aufrechterhalten. Gleichwohl hatte dieser Autokrat doch auch daran gedacht, Vorkehrungen gegen eine eventuelle Revolte seiner weißen und schwarzen Untertanen zu treffen. Klugerweise hatte er den Palast an einer Stelle erbauen lassen, von der aus er Stadt, Garten und Kasernen ständig unter der Drohung seiner Kanonen hielt. Jede Revolte wäre also das Signal für ein Blutbad gewesen, ohne daß die Empörer sich durch Flucht hätten retten können. Abgesehen davon, daß die Wüste schon für sich allein eine unüberwindliche Schranke bildete, mußte man, wie der Leser bald sehen wird, sobald man dieses Verlies betreten hatte, jede Hoffnung aufgeben, jemals daraus wieder zu entrinnen.

Im übrigen war Blackland eine vollkommen saubere, gut gehaltene und mit allen nur möglichen Bequemlichkeiten versehene Stadt. Keine einzige von den Merry Fellows oder den Angehörigen des Civil Body bewohnte Behausung war ohne Telefon. Keine Straße, kein Haus, nicht einmal eine einzige Hütte im

Quartier der Sklaven entbehrte fließendes Wasser oder elektrisches Licht.

In der Umgebung der Stadt, die zehn Jahre zuvor in der Wüste gegründet worden war, hatte man ein fast noch größeres Wunder zuwegegebracht. Wenn auch der Ozean aus Wüstensand sie immer noch umgab, so nahm dieser doch jetzt erst einige Kilometer von deren Mauern entfernt seinen Anfang. In unmittelbarer Nähe der Stadt hatte auf eine Entfernung hin, die einzig durch den Horizont begrenzt wurde, die Wüste nach den vervollkommnetsten Methoden bebauten Feldern Platz gemacht, auf denen mit jährlich wachsendem Erfolg alle Gewächse Afrikas und Europas angepflanzt und gezüchtet wurden.

So war alles in allem das Werk Harry Killers beschaffen, ein Werk, das bewundernswert gewesen wäre, hätte es nicht das Verbrechen zum Ausgangspunkt wie zum Ziel gehabt. Doch wie hatte er es zustandegebracht? Wie war es ihm gelungen, die unfruchtbaren, ausgedörrten Ebenen in fruchtbares Ackerland zu verwandeln? Wasser ist das für alles tierische und pflanzliche Leben unerläßliche Element. Damit Menschen und Tiere existieren, damit die Erde Frucht tragen kann, ist Wasser nötig. Wie nun hatte Harry Killer eine Region damit zu versorgen vermocht, in der früher Jahre hindurch kein einziger Tropfen Regen gefallen war? War er mit magischer Macht begabt, daß er ganz allein solche Wunder zu vollbringen imstande war?

Nein, Harry Killer verfügte über keine übernatürlichen Kräfte, und wäre er einzig auf seine eigenen Möglichkeiten angewiesen, hätte er diese erstaunlichen Erfolge niemals erzielen können. Aber Harry Killer war nicht allein. Der Palast, in dem er mit denen wohnte, die er schamloserweise als seine Berater bezeichnete, die Kasernen der Schwarzen Garde und die Schuppen für die Aeroplane nahmen alle zusammen nur einen unbedeutenden Teil der letzten Sektion von Blackland ein. Inmitten der großen freigebliebenen Fläche gab es noch andere Bauwerke, eine zweite, in die erste eingeschachtelte Stadt, deren verschiedene Konstruktionen, Höfe und Innengärten für sich allein neun Hektar bedeckten. Gegenüber dem Palast erhob sich die Fabrik.

Die Fabrik war eine autonome, unabhängige Stadt, auf die der Chef mit vollen Händen Geld ausstreute, die er hoch bewertete und uneingestandenermaßen sogar ein wenig fürchtete. Wenn er die Stadt als Plan konzipiert hatte, so hatte doch die Fabrik sie erst geschaffen und mit ihren modernen Vervollkommnungen sowie außerdem auch noch mit außergewöhnlichen Erfindungen ausgestattet, die Europa erst Jahre später als Blackland kennenlernen sollte.

Die Fabrik besaß eine Seele und einen Körper. Die Seele war ihr Direktor. Der Körper bestand aus etwa hundert Arbeitern verschiedener Nationalität, vor allem jedoch aus solchen, die aus Frankreich und England stammten; dort hatte man sie aus den besten auf ihren respektiven Arbeitsgebieten ausgewählt und herübergebracht und ihnen zuvor natürlich goldene Berge in Aussicht gestellt. Jeder von ihnen bezog ein Ministergehalt, für das er sich als Gegenleistung allerdings der unbeugsamen Regel von Blackland fügen mußte.

Fast alle Branchen waren unter diesen Arbeitern vertreten, deren Mehrheit jedoch aus gelernten Mechanikern bestand. Einige unter ihnen waren verheiratet, so daß in dieser Epoche der Geschichte von Blackland die Fabrik siebenundzwanzig Frauen und eine gewisse Zahl von Kindern beherbergte.

Diese aus redlichen Arbeitern, die sich auf seltsame Weise von den übrigen Einwohnern der Stadt unterschieden, bestehende Bevölkerung war samt und sonders in der Fabrik untergebracht, die jemals zu verlassen allen strikt verboten war. Hätten sie es zudem versucht, so wäre es ihnen nicht möglich gewesen, da die Schwarze Garde und die Merry Fellows Tag und Nacht eine denkbar strenge Überwachung ausübten. Darüber hinaus hatte man sie gleich bei der Einstellung gewarnt, und niemand hatte bislang die im Moment der Anwerbung ihm bekannt gegebene Anordnung zu überschreiten versucht. Dafür, daß ihnen eine sehr hohe Vergütung für ihre Tätigkeit gewährt wurde, mußten sie sich für die ganze Zeit, die sie in Blackland verbrachten, als von der Außenwelt völlig abgeschnitten betrachten. Es war nicht nur so, daß sie die Fabrik nicht verlassen durften, sondern es war ihnen auch untersagt, an irgend jemanden zu schreiben oder Post von außerhalb zu erhalten. Das waren die Bedingungen, die ihnen bei ihrer Einstellung in den Betrieb unterbreitet wurden. Viele waren vor ihrer Strenge zurückgeschreckt. Einige ließen sich dennoch durch eine Erhöhung der angebotenen Bezahlung von Zeit zu Zeit verlocken. Was hat man alles in allem zu verlieren, wenn man arm ist und sich seinen Lebensunterhalt mühsam erkämpfen muß? Die Möglichkeit, reich zu werden, wog den Nachteil, sich ins Unbekannte zu begeben, auf, und schließlich, so sagten sie sich, setzte man bei dem Abenteuer höchstens sein Leben aufs Spiel.

Wenn der Vertrag geschlossen war, wurde er sofort in die Tat umgesetzt. Der angeworbene Mann buchte die Überfahrt auf einem Schiff, das ihm bezeichnet wurde und das ihn zu einer der Bissago-Inseln führte, einem der Küste von Portugiesisch-Guinea vorgelagerten Archipel, wo er sich auszuschiffen hatte. Dort mußte er sich darein ergeben, daß man ihm die Augen verband, und einer der Aeroplane, für die an einem entlegenen Punkt am Strande einer der Inseln ein Hangar vorgesehen war, beförderte ihn in weniger als sechs Stunden nach Blackland, das in der Luftlinie zweitausendzweihundert Kilometer entfernt gelegen war. Der Aeroplan landete dann auf der ›Esplanade‹, die den Palast von der Fabrik trennte, und der Arbeiter, dem man nun die Binde von den Augen nahm, trat in diese letztere ein, um sie nicht wieder vor dem Tag zu verlassen, an dem es ihm gefallen würde, die Stellung aufzugeben und in seine Heimat zurückzukehren.

Diesen Punkt betreffend ließ der Vertrag dem angeworbenen Arbeiter tatsächlich eine gewisse Unabhängigkeit. Wenn er zwar ein Gefangener war, solange er in Blackland lebte, stand es ihm doch frei, wann immer die Stadt zu verlassen. In diesem Falle würde von der gleichen Esplanade aus, auf der der Aeroplan ihn abgesetzt hatte, eine weitere Flugmaschine ihn wiederum zu den Bissago-Inseln tragen, wo er für die Heimfahrt nach Europa ein Dampfschiff vorfände. So lautete jedenfalls die Versicherung, die man den abwanderungslustigen Arbeitern gab. Was aber ihre in der Fabrik verbliebenen Kameraden nicht wußten, war, daß diejenigen, die aus der Fabrik ausgeschieden waren, ihren Bestimmungsort niemals erreicht hatten, daß ihre Gebeine vielmehr an irgendeinem Ort in der Wüste bleichten, und daß der Lohn, den sie bei sich trugen, an den zurückgelangte, der ihn ausgezahlt hatte. So wurden dessen Kassen niemals leer, und auf diese Art blieb auch die Existenz von Blackland streng geheim, so wie auch das gesamte Imperium Harry Killers weiterhin völlig unbekannt war.

Zudem kamen solche Kündigungsfälle nur selten vor. Da sie gar keine Möglichkeit hatten, in Erfahrung zu bringen, ja auch nur zu ahnen, was für ein Dasein die Bewohner einer Stadt führten, über die sie keinerlei Informationen besaßen, verlangten diese Arbeiter nur in Ausnahmefällen danach, ihre kleine, ganz einzigartige Wüstenenklave zu verlassen. Sie lebten dort unter sich und auf alle Fälle alles in allem glücklicher, als sie es in ihrem Herkunftsland gewesen wären, ganz ihren Arbeiten hingegeben, die sie mit solcher Leidenschaft betrieben, daß sie sie manchmal von sich aus bis in die Nacht hinein weiterführten.

Über sich hatten die Arbeiter nur einen Chef, ihren Direktor, einen Franzosen mit Namen Marcel Camaret, den sie nahezu als einen Gott betrachteten.

Marcel Camaret war der einzige Bewohner der Fabrik, der diese ungehindert verlassen und nach Belieben sich in den Straßen Blacklands oder in seiner Umgebung ergehen durfte. Obgleich er durchaus von dieser Freiheit, seine Träumereien überall hin zu verlegen, reichlich Gebrauch machte, darf man daraus nicht schließen, daß er darüber hinaus besser als die Arbeiter, die ihm unterstanden, über die besonderen Zustände in dieser Stadt Bescheid gewußt hätte. Er wußte vielmehr nicht einmal, wie sie hieß.

Als eines Tages einer der Arbeiter ihn danach gefragt hatte, schien Camaret einen Augenblick lang ernstlich darüber nachzudenken.

»Um die Wahrheit zu sagen, ich weiß es eigentlich nicht . . .« hatte er dann zum großen Staunen seines Untergebenen zur Antwort gegeben.

Dieser Marcel Camaret war ein sonderbarer Mensch.

Seinem Äußeren nach zu urteilen, war er etwa vierzig Jahre alt. Er war von mittelgroßer Gestalt, und seine schmalen Schultern, seine flache Brust, seine dünnen und spärlichen Haare von einem fahlen Blond erweckten den Eindruck, daß er von Natur zart und anfällig sei. Seine Gesten waren maßvoll, seine Ruhe durch nichts zu beeinträchtigen, und er sprach, schüchtern wie ein Kind, mit einer schwachen, leisen Stimme, die er, was auch immer geschah, nie infolge von Zorn oder auch nur Ungeduld erhob. Er hielt seinen zu schweren Kopf immer etwas auf die linke Seite geneigt, und sein Gesicht von stumpfer Blässe mit feinen, kränklich wirkenden Zügen zeichnete sich nur durch eine einzige Schönheit aus: zwei wundervolle Augen, in denen der Himmel und seine Träume sich widerspiegelten.

Ein aufmerksamer Beobachter hätte in diesen magnetisch anziehenden Augen noch etwas anderes entdeckt. In gewissen Momenten durchfuhr sie ein unbestimmtes, unklares Aufflakkern, und manchmal nahmen sie sogar sekundenlang einen verwirrten Ausdruck an. Wer zufällig dieses Aufflackern wahrgenommen hätte, würde bestimmt behauptet haben, Marcel Camaret sei verrückt, und vielleicht wäre ein solches Urteil, wenn man es recht bedenkt, der Wahrheit sogar nahe gekommen. Ist denn nicht in der Tat die Entfernung nur gering, die den Menschen von überlegenem Geist von dem Wahnsinnigen trennt? Hängt nicht nach irgendeiner Seite hin das Genie mit dem Irrsinn zusammen?

Ungeachtet seiner Schüchternheit, seiner körperlichen Schwäche und seiner Sanftmut war Marcel Camaret doch mit grenzenloser Energie begabt. Die größten Schwierigkeiten, die bedrohlichsten Gefahren, die grausamsten Entbehrungen machten keinerlei Eindruck auf ihn. Der Grund dafür war, daß er sie einfach übersah. Seine durchscheinenden blauen Augen waren nur ins Innere gewendet und nahmen äußere Zufälligkeiten nicht wahr. Er lebte außerhalb der Zeit, in einer von Chimären bevölkerten Zauberwelt. Er dachte. Er dachte mit aller Intensität, er dachte einzig und immer. Marcel Camaret war nichts als eine

Denkmaschine, eine ans Wunderbare grenzende, harmlose – und doch zugleich erschreckende Maschine.

Zerstreut in einem Maße, daß er Saint-Bérain auf diesem Gebiet noch hinter sich ließ, oder vielmehr allem, was das materielle Leben ausmacht, vollkommen fremd, war er mehr als einmal in den Red River gefallen in der Meinung, er beträte eine Brücke. Sein Diener, der einem affenhaften Gesichtsschnitt den Spitznamen Joko verdankte, brachte ihn nicht dazu, regelmäßige Mahlzeiten einzunehmen. Marcel Camaret aß, wenn er Hunger hatte, und schlief, wenn er müde war, was ebenso gut zur Mittagszeit wie um Mitternacht eintreten konnte.

Zehn Jahre zuvor hatten Umstände, von denen man in Kürze Kenntnis erhalten wird, dazu geführt, daß er auf seinem Lebensweg Harry Killer begegnete. Zu jenem Zeitpunkt war eine Wundermaschinerie, die, wenn man ihrem Erfinder Glauben schenken wollte, imstande sein sollte, Regen zu erzeugen, eine von Camarets phantastischen Chimären. Da er sich keine Gelegenheit entgehen ließ, seine Phantasien jedem mitzuteilen, der sie anhören wollte, hatte auch Harry Killer zugleich mit den übrigen Zuhörern des Träumers von dieser damals vorerst nur als Theorie bestehenden Erfindung Kunde erhalten. Während alle anderen aber über solche Torheiten nur lachten, hatte Harry Killer sie derart ernst genommen, daß er auf ihnen das Projekt aufbaute, das dann von ihm verwirklicht worden war.

Wenn Harry Killer ein Bandit war, so war er doch ein Bandit großen Stils und hatte damit auch das Verdienst, zu erkennen, welchen Vorteil er sich von diesem allerseits verkannten Genie erhoffen durfte. Da der Zufall ihm Camaret auf Gnade und Ungnade ausgeliefert hatte, ließ er vor den Augen des Gelehrten die Verwirklichung seiner Träume in den funkelndsten Farben spielen und vermochte ihn auf diese Weise zu bewegen, ihm bis an den Punkt der Wüste zu folgen, an dem sich nunmehr Blackland erhob. »Hier«, hatte er gesagt, »soll der versprochene Regen niedergehen!« Und gefügig hatte der Regen hier zu fallen begonnen.

Von da an lebte Camaret in einem ständigen Fieber. Alle seine

Phantasieideen hatte er nacheinander verwirklichen können. Nach der Regenmaschine hatte sein Hirn hundert weitere Erfindungen produziert, die Harry Killer sich zunutze machte, ohne daß ihr Urheber sich je darum sorgte, welchen Zwecken sie daraufhin dienten.

Gewiß kann ein Erfinder nicht für das Übel verantwortlich gemacht werden, dessen indirekte Ursache er gleichwohl ist. Niemand zum Beispiel wird auf den Gedanken kommen, demjenigen, der den Revolver erdacht hat, alle die Verbrechen zur Last zu legen, die mit Hilfe dieser Waffe, die ohne ihn nicht existiert hätte, begangen worden sind. Schließlich aber war der Schöpfer dieses Mordinstruments nicht darüber in Unkenntnis, daß es zum Töten geeignet und bestimmt war, und zu ebendiesem Zweck hatte er es erfunden.

Nichts dergleichen traf auf Marcel Camaret zu. Wäre er jemals auf die Idee verfallen, eine Kanone zu erfinden, deren Tragweite größer und die imstande gewesen wäre, Projektile von größerem Gewicht zu entsenden, als dies bisher möglich war, so hätte er mit Vergnügen die Gestalt des Objekts, das Gewicht und das Profil der Haubitze und der Pulverladung berechnet, ohne in dieser Konstruktion etwas anderes zu sehen als eine ballistische Kuriosität. Man hätte ihn in höchstes Erstaunen versetzt, wenn man ihm klargemacht hätte, daß seine Kreation gegebenenfalls eine äußerst brutale Wirkung haben könnte.

Harry Killer hatte sich Regen gewünscht, und Camaret hatte es regnen lassen; Harry Killer hatte nach Hilfsmitteln für die Landwirtschaft verlangt, und Camaret hatte Hack-, Sä-, Jätmaschinen, mechanische Mäh- und Dreschmaschinen geschaffen, die ohne eigenen Motor arbeiteten; Harry Killer wollte Flugmaschinen haben, und Camaret hatte ihn mit Aeroplanen beschenkt, die imstande waren, fünftausend Kilometer blitzschnell zu durchmessen.

Was die Anwendung betraf, die sein Gefährte möglicherweise von diesen verschiedenen Erfindungen machen würde, so war Marcel Camaret nie auf den Gedanken gekommen, sich danach zu fragen. Als ein in sich rein abstraktes Wesen hatte er nur die

Probleme selbst gesehen, ohne sich um ihre praktische Anwendung oder die Herkunft der materiellen Mittel zu kümmern, die ihm für ihre Lösung zur Verfügung standen. Ebenso wie er, ohne es zu bemerken, der Entstehung Blacklands und der allmählich sich vollziehenden Umwandlung eines Stückes Wüste in fruchtbares Ackerland beigewohnt hatte, war auch nie in ihm das geringste Verlangen aufgestiegen, in Erfahrung zu bringen, auf Grund welchen Vorgehens Harry Killer ihm die ersten Werkzeuge und Maschinen geliefert hatte, dank denen die Fabrik nach und nach die übrigen schaffen konnte.

Zunächst hatte Marcel Camaret, als handle es sich dabei nur um die Erfüllung einer belanglosen Bitte, gewünscht, daß eine Fabrik errichtet würde, und in der Folge davon hatten Hunderte von Negern sie erbaut. Darauf hatte er diese oder jene Werkzeugmaschinen, Dynamomaschinen und einen Dampfmotor gefordert, und wenn auch nicht gleich, so waren doch wenige Monate darauf Werkzeugmaschinen, Dynamos und der Motor wie durch ein Wunder in der Wüste aufgetaucht. Schließlich hatte er Arbeiter haben wollen, und einer nach dem anderen waren die Arbeiter bis zu der von ihm selber festgesetzten Zahl an Ort und Stelle erschienen. Wie hatten sich diese erstaunlichen Zauberkünste vollzogen? Marcel Camaret kümmerte sich nicht darum. Er hatte verlangt, er war bedient worden. Nichts konnte in seinen Augen einfacher sein.

Ebensowenig hatte er jemals daran gedacht, sich die Höhe der Kapitalien vorzustellen, die die Verwirklichung seiner Träume verschlungen haben mußte, und sich auch nie die gleichwohl so naheliegende Frage vorgelegt: ›Woher kommt dieses Geld?‹

Nachdem nunmehr Blackland und seine Bewohner in großen Zügen geschildert worden sind, kann man jetzt in weniger Worten noch einmal die wesentlichen Züge dieser Schöpfung festhalten:

Auf dem rechten Ufer des Red River der Palast mit Harry Killer, seinen neun Gefolgsleuten und seinen zwölf schwarzen Dienern. Nahe dabei die fünfzig Mann der Schwarzen Garde und die vierzig Führer der Aeroplane in ihren respektiven Kasernen.

Auf dem gleichen Ufer, dem Palast gegenüber, das andere Zentrum der Stadt, die Fabrik, ihr Direktor Marcel Camaret, ›marchant vivant dans un rêve étoilé‹ eine Art von Traumwandler, der Diener Joko, die neun weiteren schwarzen Diener und die hundert Arbeiter, wovon siebenundzwanzig verheiratet – alle Gefangene dieses kleinen autonomen Stadtstaats und ohne Verbindung mit dem übrigen Blackland.

Auf dem rechten Ufer die Merry Fellows, fünfhundertsechsundsechzig an der Zahl einschließlich der Offiziere, sämtlich Erzschelme, die zweihunderteinundvierzig Weißen und die fünfundvierzig weißen Frauen vom gleichen Schlage, die den ›Civil Body‹ bilden, und endlich der mächtige Mittelkomplex der Schwarzen, in dem die meisten der Sklaven leben, schuften und leiden, insgesamt fünftausendsiebenhundertundsechs Neger beiderlei Geschlechts.

Dies sind die Stätten, an denen sich die Ereignisse abspielen werden, von denen der zweite Teil dieser Erzählung handeln soll.

Zu dem Zeitpunkt, mit dem dieser beginnt, war in Blackland alles wie gewohnt. Das Personal der Fabrik war an der Arbeit, eine gewisse Zahl von Merry Fellows überwachte die Neger, denen die durch die nahende Regenzeit bedingten landwirtschaftlichen Arbeiten oblagen, während die übrigen sich wie alltäglich den derbsten Vergnügungen hingaben und der Civil Body sich auf nicht genau definierbare Art mit seinen äußerst beschränkten und ungesetzlichen Formen des Warenumsatzes befaßte.

Gegen elf Uhr vormittags befand sich Harry Killer allein in seinen Privatgemächern. Er war in tiefes Nachdenken versunken, und was ihn beschäftigte, schien, nach seinem Gesichtsausdruck zu schließen, nicht eben erfreulich zu sein.

Da läutete das Telefon.

»Ich höre«, sagte Harry Killer, während er nach dem Empfänger griff.

»West, siebzehn Grad Süd, zehn Aeroplane in Sicht«, verkündete ihm das Telefon.

»Ich komme herauf«, antwortete Harry Killer und hängte ein.

In wenigen Minuten befand er sich auf dem höchsten Punkt des Palastes, über dem sich ein zehn Meter hoher Turm erhob, den er gleichfalls erstieg. Auf der Plattform traf er den Merry Fellow an, der ihm die Nachricht übermittelt hatte.

»Dort«, sagte dieser und wies auf einen Punkt im Raum.

Mit Hilfe eines Feldstechers blickte Harry Killer in die bezeichnete Richtung.

»Das sind sie«, erklärte er nach einer kurzen Prüfung.

Von neuem durchforschte er den westlichen Horizont mit dem Blick. Dann ließ er das Fernglas sinken.

»Rufe die Berater zusammen, Roderick«, sagte er. »Ich gehe schon hinunter.«

Während der Merry Fellow seine Weisung befolgte und die verschiedenen Mitglieder des Rates anrief, begab sich Harry Killer eilig bis auf die zwischen Fabrik und Palast ausgesparte Esplanade hinab. Nacheinander schlossen dort die neun Berater sich ihm an. Mit zum Himmel gewandtem Blick standen sie abwartend da.

Sie brauchten nicht lange zu warten. Die angekündigten Aeroplane wurden zusehends größer. Einige Minuten darauf landeten sie weich auf der Esplanade.

Harry Killers Augen funkelten vor Vergnügen. Während vier der Aeroplane nur mit ihren zugehörigen Flugzeugführern besetzt waren, beförderten die sechs anderen jeder außerdem noch zwei Passagiere: einen Mann von der Schwarzen Garde und einen vollkommen gefesselten Gefangenen, dessen Oberkörper von einer sackartigen Hülle bedeckt war.

Die sechs Gefangenen wurden von ihren Banden befreit. Als ihre geblendeten Augen sich wieder an das Tageslicht gewöhnt hatten, blickten sie staunend um sich. Sie befanden sich auf einem großen, auf allen Seiten von unüberwindlichen Mauern eingeschlossenen Platz. Einige Schritte von ihnen entfernt standen die sonderbaren Apparate, die sie durch die Lüfte hierher geführt hatten. Vor ihnen erhob sich die gewaltige Masse des von seinem Turm noch überragten Palastes, dazu eine geschlossene Gruppe von dreißig Negern der Schwarzen Garde. Etwas näher hielt sich eine weitere Gruppe von wenig vertrauenerweckend aussehenden Individuen auf. Hinter ihnen, mehr als hundert Meter entfernt, erkannten sie eine zweihundertundfünfzig Meter lange Mauer ohne Tür noch Fenster, über der sich ein hoher Fabrikschornstein und ein noch höherer metallischer Lichtmast erhoben, dessen Verwendung ihnen unbekannt war. Wo befanden sie sich? Was war das für eine Festung, die auf keiner der Karten von Afrika, die sie doch alle so aufmerksam und geduldig studiert hatten, verzeichnet gewesen war?

Während sie sich diese Fragen stellten, gab Harry Killer ein Zeichen, woraufhin auf die Schulter jedes Gefangenen eine mächtige Pranke herniederfuhr. Ob sie wollten oder nicht, mußten sie sich zu dem Palast begeben, dessen Tür sich vor ihnen öffnete und hinter ihnen wieder schloß.

Jane Buxton, Saint-Bérain, Barsac, Amédée Florence, Dr. Châtonnay und Monsieur Poncin befanden sich in der Gewalt von Harry Killer, dem Autokraten von Blackland, der unbekannten Hauptstadt eines unbekannten Imperiums.

II. Mit raschem Flügelschlag
(Aufzeichnungen von Amédée Florence)

25. März. – Nun sind wir schon beinahe vierundzwanzig Stunden in ... Ja, wo sind wir eigentlich? Wenn man mir sagte: Auf dem Mond, wäre ich in Anbetracht der Fortbewegungsart, deren Reize wir genossen haben, auch nicht weiter erstaunt. Die Wahrheit ist, daß ich keine Vorstellung habe. Immerhin glaube ich, ohne irrige Meinungen zu äußern, folgendes sagen zu können: Beinahe vierundzwanzig Stunden bereits sind wir Gefangene, und erst heute morgen, nach einer übrigens vorzüglich verbrachten Nacht, fühle ich die Kraft in mir, diese Notizen den bisherigen in meinem Tagebuch hinzuzufügen, das, wie ich zu behaupten wage, kaum glaubliche Dinge zu enthalten beginnt.

Trotz einer Lektion in der Kunst des Voltigierens, der wir uns wohl oder übel unterziehen mußten, würde der allgemeine Gesundheitszustand befriedigend und könnten wir alle einigermaßen in Form sein, wenn nicht Saint-Bérain durch einen heftigen Hexenschuß fester als mit der stabilsten Kette aus Stahl ans Bett gefesselt wäre. Der Arme liegt steif wie ein Ladestock da, unfähig, die geringste Bewegung zu machen, und wir müssen ihn füttern wie ein Kind. Daran ist weiter nichts Erstaunliches. Erstaunlich ist hingegen, daß wir uns nach dem kleinen Hexenritt von gestern morgen überhaupt noch bewegen können.

Ich selber war den ganzen gestrigen Tag gebrochen, geschunden, außerstande, meine Gedanken zu ordnen. Heute geht es zwar besser, aber weit ist es damit auch noch nicht her. Versuchen wir indessen, unsere Geister wiederzufinden, wie jener Kamerad gesagt hat, der nach dem verwendeten Plural zu urteilen, mehrere zur Verfügung hatte – er war da wirklich ein Glückspilz –, und die ungewöhnlichen Ereignisse zu rekapitulieren, deren bedauernswerte Hauptakteure meine Gefährten und ich gewesen sind.

Vorgestern also hatten wir uns todmüde zur Ruhe begeben und schliefen den Schlaf des Gerechten, als kurz vor Morgengrauen ein infernalisches Geräusch uns weckte. Es war das gleiche Dröhnen, das schon dreimal meine Neugier erregt hatte, nur war es diesmal viel stärker. Wir machten die Augen auf, um sie gleich wieder zu schließen, denn wir wurden von gleißendem Lichtschein geblendet, der offenbar aus einer gewissen Höhe auf uns fiel.

Wir haben uns von dem Lärm und der starken Strahlung, die beide für uns gleich unerklärlich waren, noch nicht erholt, als wir überraschend von ein paar Männern überrumpelt werden. Sie stoßen uns umher, werfen uns zu Boden, knebeln uns und stülpen uns eine Art von Sack, der bis zur Taille herunterreicht, über den Kopf, so daß wir nichts mehr sehen können – alles das in weniger Zeit, als ich brauche, um es niederzuschreiben. Saubere Arbeit, muß man wirklich sagen!

Im Handumdrehen bin ich dicht mit Schnur umwickelt wie eine Wurst. An meinen Knöcheln, meinen Knien, meinen Handgelenken, die man zuvor sorgfältig auf meinem Rücken gekreuzt hat, schneiden die Fesseln mir ins Fleisch. Ein köstliches Gefühl!

Während ich diese angenehme Situation eben erst auszukosten beginne, vernehme ich eine Stimme, in der ich sofort das bezaubernde Organ von Leutnant Lacour erkenne.

»Alles in Ordnung, Jungens?« fragt er in schnarrendem Ton.

Gleich darauf, bevor noch die – sicher ganz reizenden! – ›Jungens‹ hätten antworten können, schlägt er noch rauhere Töne an.

»Der erste, der sich rührt, bekommt eine Kugel in den Kopf. Und jetzt nichts als los!«

Man braucht kein diplomierter Gelehrter zu sein, um zu verstehen, daß seine Drohung uns betrifft. Er hat es ja gut vor, dieser Exkommandant unserer Eskorte. Uns rühren? . . . Nun, er hat gut reden. Nein, ich werde mich nicht rühren, und zwar aus gutem Grund. Aber ich lausche.

Gerade eben antwortet jemand unserem flotten Leutnant.

Wir wurden von gleißendem Lichtschein geblendet ...

»Wir können hier nicht herunterkommen. Es sind zu viel Bäume da.«

Obwohl ich kein Wort von diesem Jargon verstehe, könnte ich doch wetten, daß es Deutsch ist. Monsieur Barsac, der sich in diesem holprigen Idiom vorzüglich auskennt, hat mir seither bestätigt, daß ich recht damit hatte. Es bedeutet, daß man wegen der vielen Bäume hier nicht landen könne. Das mag sehr wohl sein.

Auf alle Fälle hatte ich im Augenblick nicht verstanden, um was es ging. Was mir aber auffiel, war, daß diese teutonischen Laute von weither, ich möchte sogar sagen, von oben her durch den Lärm zu uns drangen, der unaufhörlich weiter zu hören war. Kaum war der Satz verklungen, als eine dritte Stimme auf die gleiche Weise, das heißt lautbrüllend, sich vernehmen ließ:

»It's necessary to take away your prisoners until the end of the trees.«

Gut, jetzt also englisch. Wohlvertraut mit der Sprache Shakespeares übersetze ich sofort: ›Man muß die Gefangenen dahin schaffen, wo die Bäume aufhören‹, während der angebliche Leutnant nunmehr fragt:

»In welcher Richtung?«

»Towards Kourkoussou!« (Nach Kourkoussou zu!) ruft der Sohn des perfiden Albion.

»In welcher Entfernung?« fragt der Leutnant weiter.

»Circa venti chilometri«, schreit eine vierte Stimme.

Ein so guter Latinist, wie ich einer bin, hat keine Mühe zu erraten, daß dies italienische Worte sind und bedeuten: ›Zirka zwanzig Kilometer.‹ Bin ich hier in ein Land von Polyglotten geraten? In den Turm oder doch mindestens in den Busch von Babel?

Wie dem auch sei, die Antwort Leutnant Lacours hat gelautet: »Gut, ich breche bei Tageslicht auf«, und um mich hat niemand sich weiter gekümmert. Ich bleibe also da, wo ich bin, flach auf dem Rücken liegend, gefesselt, ohne die Möglichkeit, irgend etwas zu sehen, unter der unbequemen Kapuze, die man mir übergestülpt hat, nur mit Mühe atmend.

Auf die Antwort des Leutnants hin setzte das Brummen zunächst mit verdoppelter Intensität ein, um dann aber nachzulassen und schließlich nach und nach zu verstummen. Ein paar Minuten darauf ist es nicht mehr vernehmbar.

Was für ein sonderbares Geräusch kann das sein? Da mir mein Knebel jede Verständigung mit der Außenwelt unmöglich macht, kann ich diese Frage natürlich nur an mich selber richten und ebenso natürlich mir selbst keine Antwort geben.

Die Zeit verrinnt. Eine Stunde, vielleicht noch mehr, vergeht, dann packen mich zwei Mann, der eine bei den Füßen, der andere an den Schultern, heben mich auf, schwingen mich einen Moment hin und her und werfen mich wie einen Sack mit Sägemehl quer über einen Sattel, dessen rückwärtiger Bogen mich schmerzhaft in den Rücken stößt, auf einem Pferd, das alsbald in gestreckten Galopp verfällt.

Niemals, selbst inmitten meiner phantastischsten Träume nicht, hatte ich mir vorgestellt, daß ich eines Tages im Herzen Afrikas Mazeppa spielen würde, und man darf mir glauben, daß der Ruhm dieses Kosaken mich immer hatte ruhig schlafen lassen.

Ich fragte mich, ob es mir gelingen würde, so wie er das Abenteuer zu bestehen und ob es mir am Ende bestimmt sei, Hetman der Bambaras zu werden, als eine Säuferstimme, die so klang, als sollte man die Kehle, aus der sie kam, besser mit Benzin reinigen, in einem Ton, der mich erzittern machte, zu mir sprach.

»Take care, old bloody toad!« raunzte sie. »If you budge, this revolver shall hinder you to begin again.«

Übersetzung:

»Nimm dich in acht, verdammte alte Kröte! Wenn du dich rührst, wird dieser Revolver dich hindern, es noch einmal zu tun.«

Zweimal ließ man mir die gleiche Empfehlung zukommen, übrigens beide Male in ausgesucht höflichem Ton. Eigentlich ein Luxus.

Um mich her vernehme ich das Geräusch heftig galoppierender Pferde, und manchmal ein dumpfes Stöhnen: zweifellos meine Gefährten, die vermutlich in ebenso schlechter Verfassung sind wie ich selbst. Denn mir geht es wahrhaftig schlecht! Ich ersticke, das Blut steigt mir zu Kopfe. Ich habe das Gefühl, dieser Kopf wird zerspringen, der arme Kopf, der jammervoll über die rechte Flanke des Pferdes herabbaumelt, während meine Füße bei jedem Hufschlag taktmäßig an die linke schlagen.

Nach einer Stunde tollen Rittes ungefähr macht die gesamte Kavalkade halt! Man holt mich von dem Pferd herunter, oder wirft mich vielmehr wie ein Wäschepaket auf den Boden. Ein paar Minuten vergehen, dann höre ich nur ganz vage, denn ich bin halbtot, Ausrufe, die sich überschneiden.

»She is dead!« (Sie ist tot.)

»No. Ell'è solamente svenita.« (Nein, sie ist nur ohnmächtig.)

»Bindet sie los«, befiehlt auf Französisch eine Stimme, die ich Leutnant Lacour zuschreibe, »und ebenso den Arzt.«

Diese Femininform ... Ist Miss Buxton etwa in Gefahr?

Ich fühle, daß man mich von dem Sack und dem Knebel befreit, die mich am Sehen und Atmen hinderten. Sollten sich meine Henker etwa vorstellen, sie würden unter diesen wenig empfehlenswerten Toilettenartikeln Dr. Châtonnay finden? Ja, offenbar ist das der Grund, weshalb man sich mit meiner bescheidenen Person beschäftigt, denn gleich darauf wird der Irrtum offenbar.

»Das ist er nicht. Nehmt euch einen anderen vor«, sagt der Chef, der tatsächlich Leutnant Lacour ist, wie ich vermutete.

Ich sehe ihn an und belege mich selber mit den beleidigendsten Beschimpfungen. Wenn ich denke, daß ich diese Kreatur für einen französischen Leutnant habe halten können! ... Gewiß kann ich zu meiner Ehre sagen, daß mir gleich etwas von Irreführung geschwant hat, aber doch eben nur geschwant. Ich habe doch nicht ernstlich diesen Banditen unter der angemaßten Uniform demaskiert, und er hat sich, wie man so sagt, eins ins Fäustchen gelacht, worüber ich noch jetzt in Wut gerate. Oh, diese Kanaille! ... Wenn ich den Kerl einmal zu fassen bekäme! ...

In diesem Augenblick tritt ein Mann zu ihm und redet ihn mit seinem richtigen Namen an: Hauptmann Rufus. Meinetwegen Hauptmann. Auch wenn er sich General nennen könnte, wäre es deswegen nicht mehr wert.

Während man mit ihm spricht, gibt Hauptmann Rufus nicht weiter auf mich acht. Ich nutze das aus, um tief einzuatmen.

Noch etwas länger, und ich wäre erstickt. Man sieht das sicher, ich bin vermutlich violett im Gesicht, denn nachdem der Hauptmann einen Blick in meine Richtung geworfen hat, gibt er einen Befehl, den ich nicht verstehe. Auf der Stelle werde ich durchsucht. Man nimmt mir meine Waffen und mein Geld ab, läßt mir aber mein Tagebuch. Diese Rohlinge sind sich über den Wert eines Textes, der von Amédée Florence stammt, nicht klar. Mit was für unwissenden Spitzbuben, lieber Himmel, habe ich es da zu tun!

Diese elenden Kreaturen binden mir jedoch immerhin Arme und Beine los, und ich kann mich bewegen. Ich mache sofort davon Gebrauch und schaue mir vor allem meine Umgebung an.

Was mir als erstes in die Augen fällt, sind zehn ... ja, was? ... zehn ... Maschinen, zehn ... hm! Gegenstände ... Apparate ... zehn Objekte ... Der Teufel soll mich holen, wenn ich weiß, zu was sie zu gebrauchen sind, denn sie gleichen keiner Sache, die ich zuvor jemals gesehen habe. Man stelle sich eine ziemlich breite Plattform vor, die auf am äußersten Ende umgebogenen Füßen steht. Auf der Plattform erhebt sich ein Mast aus metallenem Gitterwerk, der vier bis fünf Meter hoch ist, in der Mitte einen großen zweiarmigen Propeller trägt und an seiner Spitze zwei ... (Hallo! Jetzt fängt es wieder an; es ist mir einfach unmöglich, die richtige Bezeichnung zu finden) zwei ... Arme, zwei ... Flächen ... nein, das Wort schwebt mir auf der Zunge, denn das fragliche Objekt ist einem kolossalen Reiher sehr ähnlich, der auf einem Bein steht, zwei Flügel, das stimmt schon eher, zwei Flügel aus glänzendem Metall mit einem Gesamtdurchmesser von ungefähr sechs Metern. Nach genauer Feststellung gibt es hier zehn dieser Beschreibung entsprechende Apparate, die militärisch nebeneinander aufgereiht sind. Wozu mögen sie dienen?

Nachdem ich mich an diesem unbegreiflichen Schauspiel sattgesehen habe, bemerke ich, daß ich von einer ziemlich zahlreichen Gesellschaft umgeben bin.

Da ist zunächst einmal der neuerdings zum Range eines Hauptmanns Rufus beförderte Exleutnant Lacour, die beiden ehemaligen Sergeanten unserer zweiten Begleitmannschaft, deren wirklichen militärischen Rang ich nicht kenne, ihre zwanzig schwarzen Schützen, von denen ich die meisten wiedererkenne, und schließlich zehn Weiße, die ich nie gesehen habe, alles Galgengesichter. Wenn die Gesellschaft zahlreich ist, scheint sie mir andererseits nicht besonders erlesen.

Inmitten dieser Leute erkenne ich meine Reisegefährten. Ich überfliege mit den Augen ihre Zahl. Sie sind alle da. Miss Buxton hat sich auf dem Boden ausgestreckt. Sie ist leichenblaß. Dr. Châtonnay und Malik, die heiße Tränen vergießt, sind um sie bemüht. In ihrer Nähe sehe ich Saint-Bérain sitzen, der mühsam nach Atem ringt. Er ist in einem bedauernswerten Zustand. Sein kahler Schädel ist ziegelrot, und seine großen Augen scheinen aus ihren Höhlen hervorzuquellen. Armer Saint-Bérain!

Monsieur Barsac und Monsieur Poncin scheinen mir in besserer Verfassung zu sein. Sie stehen da und lassen ihre Gelenke spielen. Weshalb sollte ich es nicht machen wie sie?

Nirgends aber entdecke ich Tongané. Wo mag er wohl stekken? Sollte er im Laufe der Attacke, die man auf uns unternommen hat, getötet worden sein? Das ist nur allzu wahrscheinlich, denn deshalb vielleicht schluchzt Malik derart heftig. Ich empfinde wirklichen Kummer bei dieser Vorstellung und schenke unserem tapferen, treuen Tongané ein gerührtes Gedenken.

Ich stehe auf und gehe auf Miss Buxton zu, ohne daß jemand etwas zu mir sagt. Meine Beine sind steif, und ich komme nicht eben schnell voran. Hauptmann Rufus ist vor mir da.

»Wie geht es Mademoiselle Mornas?« fragt er Dr. Châtonnay.

Natürlich! Das stimmt ja, Exleutnant Lacour kennt unsere Reisegefährtin nur unter ihrem angenommenen Namen.

»Besser«, sagt der Doktor. »Sie schlägt die Augen wieder auf.«

»Können wir unsere Reise fortsetzen?« fragt der sogenannte Hauptmann.

»Nicht vor einer Stunde«, erklärt in bestimmtem Ton Dr. Châtonnay, »und noch dazu rate ich Ihnen, wofern Sie nicht uns alle umbringen wollen, weniger barbarische Methoden anzuwenden als die bisherigen.«

»Liebe Freunde, verzeihen Sie mir!«

Hauptmann Rufus antwortet nicht und entfernt sich. Statt dessen trete ich näher heran und stelle fest, daß Miss Buxton tatsächlich wieder zu sich kommt. Bald kann sie sich aufrichten, und Dr. Châtonnay, der bislang neben ihr kniete, steht auf. In diesem Augenblick erscheinen auch Monsieur Barsac und Monsieur Poncin bei uns. Wir sind wieder alle beisammen!

»Liebe Freunde, verzeihen Sie mir!« sagt plötzlich Miss Buxton, während dicke Tränen ihren Augen entströmen. »Ich bin ja diejenige, die Sie in dieses schreckliche Abenteuer gestürzt hat. Ohne mich wären Sie jetzt in Sicherheit ...«

Wir erheben Einspruch, wie man sich denken kann, aber Miss Buxton fährt fort, sich anzuklagen und uns um Verzeihung zu bitten. Ich, der ich selber nicht sehr zu Gefühlen der Rührung neige, bin der Meinung, daß das unnütze Reden sind, und halte es für angebracht, das Gespräch auf andere Dinge zu bringen.

Da Miss Buxton hier nur unter dem Namen Mademoiselle Mornas bekannt ist, gebe ich zu bedenken, daß es offenbar besser sein würde, ihr dieses Pseudonym zu belassen. Wäre es denn in der Tat unmöglich, daß sich unter diesen Kerlen hier noch vormalige Untergebene ihres Bruders befinden? Wozu dann für diesen Fall ein zusätzliches Wagnis eingehen, welches auch immer es sei? Der Vorschlag wird einstimmig angenommen. Wir sind uns einig, daß Miss Buxton wieder Mademoiselle Mornas sein wird wie zuvor.

Es war Zeit geworden, diesen Beschluß zu fassen, denn unser Gespräch wurde jäh unterbrochen. Auf einen knappen Befehl von Hauptmann Rufus hin werden wir erneut die Opfer brutaler Gewalt. Drei Mann beschäftigen sich speziell mit meiner bescheidenen Person. Ich werde wiederum gefesselt, und der abscheuliche Sack trennt mich wie vorher von der Außenwelt. Bevor ich überhaupt nichts mehr sehe, stelle ich noch fest, daß meine Gefährten, darunter auch Miss Buxton – Verzeihung! Mademoiselle Mornas – die gleiche Behandlung erfahren. Dann werde ich wie vorhin fortgeschleppt ... Ob man noch einmal das Reiterkunststück nach Art Mazeppas von mir verlangen wird?

Nein. Ich werde flach auf dem Bauch auf eine harte, aber ebene Fläche gelegt, die mit dem Rückgrat eines Pferdes nichts gemein hat. Ein paar Minuten vergehen, dann höre ich ein gewaltiges Flügelschlagen, während die Fläche, auf der ich mich befinde, nach allen Richtungen hin zu schwanken beginnt. Das dauert jedoch nur einen Augenblick, dann aber dröhnt mir in geradezu betäubender Stärke jenes berühmte Geräusch, nur diesmal verfünf-, verzehn-, verhundertfacht in die Ohren, und ich verspüre den Wind mit einer ebenfalls ungewöhnlichen Heftigkeit, die von einer Sekunde zur anderen noch zunimmt. Zugleich habe ich ein Gefühl ... wie soll ich sagen? ... als befände ich mich in einem Aufzug oder, noch genauer gesagt, einer Berg- und Talbahn auf dem Jahrmarkt, wo einem, während das Gefährt, in dem man sitzt, die künstlichen Anhöhen hinauf- und hinuntergleitet, der Atem stockt und das Herz sich vor unüberwindlicher Angst zusammenkrampft ... Ja, das ist es, etwas Derartiges empfinde ich tatsächlich.

Diese Empfindung hält vielleicht fünf Minuten an, dann findet mein Organismus nach und nach zu seinem gewohnten Gleichgewicht zurück. Darauf, muß ich gestehen, glaube ich – mit meinem Kopf in diesem vermaledeiten Sack, ohne Licht und Luft, von dem nunmehr gleichmäßig ertönenden Dröhnen eingelullt – in Schlummer zu sinken.

Ein Gefühl der Überraschung weckt mich unerwartet auf. Eine meiner Hände hat sich bewegt. Ja, meine schlecht geknoteten Fesseln haben sich gelöst und in unbewußtem Bemühen haben meine Hände es fertiggebracht, sich voneinander zu lösen.

Zunächst zwinge ich mich zur Unbeweglichkeit, denn ich bin nicht allein, wie ich an den Stimmen merke, die den mich umgebenden Lärm zu übertönen versuchen. Zwei Personen reden. Die eine drückt sich mit einer heiseren Stimme, die auf eine vom Alkohol verbrannte Kehle schließen läßt, auf Englisch aus. Die andere antwortet in der gleichen Sprache, deren Grammatik sie jedoch höchst phantasievoll verwendet und mit zwei unverständlichen Wörtern mischt, von denen ich errate, daß es sich dabei um Bambara handelt, da ich deren Töne ja seit den vier Monaten, die ich bereits in diesem heiteren Ländchen verlebe, schon oft habe anhören können. Der eine der beiden Gesprächspartner ist ein richtiger Engländer, der andere ein Neger. Ich verstehe immer weniger. Im übrigen spielt es ja auch kaum eine Rolle. Ob meine Wächter schwarz oder weiß sind, auf keinen Fall darf die geringste Bewegung des Sackes anzeigen, daß ich teilweise meine Freiheit wiedergewonnen habe.

Langsam, vorsichtig, zerre ich an meinen Fesseln, die nach und nach auf meine Handgelenke gleiten. Langsam, vorsichtig schiebe ich meine endlich befreiten Hände an beiden Seiten meines Körpers entlang.

So, das ist gelungen. Jetzt muß ich auch noch sehen.

Ein Mittel, das zu erreichen, steht mir zur Verfügung. In meiner Tasche habe ich ein Messer, eigentlich nur ein Federmesser, das die Leute, die mich ausraubten, übersehen haben, weil es so klein ist. Es ist ein winziges Taschenmesserchen, das ich als Verteidigungswaffe zwar nicht benützen könnte, das aber doch vollkommen ausreicht, um in diesen Sack, der mein Augenlicht behindert, ein kleines Fenster zu bohren. Ich muß dieses Instrument nur herausziehen, ohne dadurch die Aufmerksamkeit auf mich zu lenken.

Meine geduldigen Bemühungen werden nach einer Viertelstunde mit Erfolg gekrönt.

Derart bewaffnet rückt meine rechte Hand bis zur Augenhöhe hinauf und durchsticht den Sack ...

Gerechter Himmel! ... Was habe ich da gesehen? ... Nur eben rechtzeitig noch habe ich einen Ausruf des Staunens zurückzuhalten vermocht. Mein zum Boden gerichteter Blick stellt fest, daß jener in enormer Entfernung, mehr als fünfhundert Meter meiner Schätzung nach, unter mir liegt. Die Wahrheit enthüllt sich mir. Ich befinde mich in einer Flugmaschine, die mich mit Expreßzuggeschwindigkeit, möglicherweise sogar schneller noch, durch die Lüfte trägt.

Kaum geöffnet, haben meine Augen sich schon wieder geschlossen. Ein Schauer hat mich von Kopf bis Fuß durchfahren. Unter dem Eindruck der Überraschung habe ich Angst verspürt, wie ich gestehen muß.

Als mein Herz seinen regelmäßigen Rhythmus wiedergefunden hat, blicke ich mit größerer Ruhe unter mich. Unter mir scheint der Boden in schwindelndem Tempo wegzugleiten. Mit welcher Geschwindigkeit fliegen wir wohl, hundert, zweihundert Kilometer pro Stunde? ... Mehr? ... Wie dem auch sei, der Boden ist der der Wüste, man sieht nur Sand, mit Kieseln untermischt und mit ziemlich zahlreichen Gruppen von Zwergpalmen besetzt. Eine triste Landschaft.

Und dennoch hatte ich mir sie noch trübseliger vorgestellt. Diese Zwergpalmen sind lebhaft grün, und zwischen den Steinen wächst üppiges Gras. Sollte es entgegen allen Berichten doch zuweilen in der Wüste regnen?

Augenblicksweise erkenne ich, so bald sie niedriger fliegen als der unsere, weitere Apparate, die demjenigen gleichen, in dem ich selber sitze. Mein Ohr verrät mir, daß andere in größerer Höhe fliegen. Ein ganzer Schwarm von mechanischen Vögeln durchmißt hier offenbar den Raum. Wie ernst meine Lage auch sein mag, ich gerate doch in eine Art von Begeisterung. Alles in allem ist es ein fabelhaftes Schauspiel, und unsere Feinde, wer auch immer sie seien, sind keine Durchschnittsmenschen, da es ihnen gelungen ist, mit solcher Meisterschaft den antiken Ikarustraum zu verwirklichen.

Mein Gesichtsfeld ist nicht sehr groß, denn wie ich dank einer kleinen Drehung, die von meinen Wächtern unbemerkt bleibt, festzustellen vermag, wird mein Blick von allen Seiten durch die Platten einer Metallwand begrenzt. Nur dank der Höhe, aus der er nach unten dringt, vermag ich eine gewisse Entfernung zu überschauen.

Im übrigen hat die Landschaft sich jetzt verändert. Nach einem Flug von etwa einer Stunde sehe ich plötzlich Palmen, Wiesen und ein paar Gärten. Es ist eine Oase, aber eine Oase von beschränktem Ausmaß, deren Durchmesser höchstens einhundertfünfzig Meter beträgt. Kaum aufgetaucht, entschwindet sie schon wieder. Als wir sie jedoch soeben erst hinter uns gelassen haben, erscheint am Horizont vor uns eine weitere, und auf diese zweite folgt eine dritte, über die wir wie ein Sandsturm hinwegfegen.

Jede dieser Oasen enthält nur ein einziges Häuschen. Von dem

Lärm der Luftmaschine angelockt, tritt ein Mann heraus. Ich sehe keinen weiteren. Diese Inselchen sollten also wirklich nur einen einzigen Einwohner haben?

Nun aber stellt sich ein neues, noch unlösbareres Problem. Seit der ersten Oase überfliegt unsere Maschine eine Reihe von Pfählen, die in so regelmäßigen Abständen aufgepflanzt sind, daß ich meine, sie seien durch einen Draht miteinander verbunden. Ich glaube zu träumen. Eine Telegrafenleitung – wofern es nicht eine Telefonanlage ist – hier mitten in der Wüste?

Nachdem wir auch die dritte Oase hinter uns gelassen haben, taucht eine vierte, weit größere vor uns auf. Ich erkenne Bäume, nicht nur Palmen, sondern verschiedene Gattungen, offenbar Schibäume, Bombax, Baobabs, Akazien. Ich sehe auch bestellte, sogar ganz fabelhaft bebaute Felder unter mir, auf denen zahlreiche Neger tätig sind. Dann erheben sich Mauern am Horizont, denen wir uns mit Windeseile nähern.

Zu dieser unbekannten Stadt begeben wir uns also, denn unser Wundervogel beginnt sich ihr von oben her zu nähern. Bald schweben wir über ihr. Es ist eine Stadt von mittlerer Größe, doch wie sonderbar angelegt! Ich erkenne ganz deutlich halbkreisförmig und konzentrisch nach einem strikt durchgeführten Plan angelegte Straßen. Der zentrale Teil liegt fast verlassen da und enthält zu dieser Stunde des Tages nur eine kleine Zahl von Negern, die beim Dröhnen der Flugmaschinen sich in ihren Hütten verbergen. An der Peripherie hingegen fehlt es nicht an Bewohnern. Es sind Weiße, die zu uns emporschauen und – Gott verzeihe mir – uns drohend die Fäuste entgegenzuschütteln scheinen. Vergebens frage ich mich, was wir ihnen getan haben können.

Aber die Maschine, die mich trägt, gleitet jetzt zusehends weiter nach unten. Wir überfliegen einen schmalen Fluß, dann, gleich darauf, habe ich den Eindruck, daß wir hinunterfallen wie ein Stein. In Wirklichkeit beschreiben wir eine Spirale, die mich seekrank macht. Ich verspüre Übelkeit. Ich werde doch nicht? ...

Nein, das Dröhnen des Propellers hat aufgehört, und die Maschine landet. Ein paar Meter weit gleitet sie über den Boden mit nachlassender Geschwindigkeit, und dann bleibt sie stehen.

Eine Hand zerrt an dem Sack, der meinen Kopf umgibt, und nimmt ihn mir ab. Ich kann nur noch rasch die Fesseln um meine Hände wickeln und sie wieder in ihre ursprüngliche Lage bringen.

Nachdem der Sack entfernt ist, werden meine Glieder befreit. Aber der, der mich von meinen Banden erlöst, bemerkt den Betrug.

»Who is the damned dog's son that has made this knot?« (Welcher verdammte Hundesohn hat diesen Knoten gemacht?) fragt eine versoffene Stimme.

Wie man sich denken kann, hüte ich mich, darauf eine Antwort zu geben.

Nach meinen Händen befreit man auch meine Beine. Ich bewege sie mit einem gewissen Vergnügen.

»Get up!« (Aufstehen!) befiehlt in strengem Ton jemand, den ich nicht sehe.

Ich täte nichts lieber als das, doch es fällt mir nicht leicht zu gehorchen. Seitdem die Blutzirkulation in meinen Gliedern unterbunden ist, versagen diese mir den Dienst. Nach ein paar fruchtlosen Bemühungen gelingt es mir indessen, aufzustehen und einen ersten Blick auf meine Umgebung zu werfen.

Sie ist nicht eben hübsch. Vor mir ragt eine hohe Mauer ohne jede Öffnung auf und gegenüber wiederholt sich genau das gleiche Schauspiel. Zu meiner Linken wiederum das gleiche. Die Perspektive ist wahrhaftig nicht eben abwechslungsreich! Immerhin bemerke ich über der dritten Mauer, die sich zu meiner Linken erhebt, einen hohen Schornstein. Sollte dies eine Fabrik sein? Möglich! – Alles scheint mir möglich, nur kann ich mir nicht denken, wozu der unendlich lange Mast dienen kann, der noch hundert Meter über dem Turm in den Äther ragt.

Zu meiner Rechten zeigt sich ein anderes Bild, ohne indessen größeren Zauber aufzuweisen. Ich überblicke zwei große Gebäude und, etwas vorgeschoben, einen riesigen Komplex, eine

Art von Festung mit Pfeilschanzen und pechnasenähnlichen Vorsprüngen.

Meine Mitgefangenen sind bis auf Tonganè – leider – und auch Malik, die indessen am Morgen vor dem Aufbruch noch anwesend war, vollzählig vertreten. Was hat man mit ihnen gemacht?

Da meine Freunde nicht wie ich den Vorzug genossen haben, sich eines Fensters mit Ausblick ins freie Land zu erfreuen, scheint sie das Tageslicht noch zu quälen. Sie sehen sicherlich nicht viel, denn sie zwinkern und reiben sich die Augen.

Sie reiben sie noch immer, als sich jedem von uns schwer eine Hand auf die Schulter legt. Man schleppt uns fort, man stößt uns, die wir völlig kopf- und hilflos sind, vor sich her ...

Was wollen sie von uns, und wo zum Teufel mögen wir sein? ...

Ach! Eine Minute darauf waren wir im Gefängnis.

III. *Ein Despot*

26. März. – Da bin ich nun also im Gefängnis. Nachdem ich Mazeppa gespielt habe, spiele ich jetzt Silvio Pellico.

Wie ich es auf diesen Blättern bereits niedergelegt habe, sind wir vorgestern, kurz vor zwölf Uhr mittags, eingekerkert worden. – Ich für meine Person wurde von drei schwarzen Halunken gepackt und nicht ohne Brutalität eine Treppe hinaufgeschleppt und dann durch einen düsteren Korridor getrieben; dieser mündete auf eine lange Galerie, an der die Zellen liegen. An den beiden Enden dieses leicht überschaubaren Korridors sind Wachtposten aufgestellt. Es scheint mir zweifelhaft, daß wir auf diesem Wege jemals werden entweichen können.

Man führt mich in einen Raum, der durch ein vergittertes und vier Meter über meinem Kopf befindliches Fenster erhellt wird, und verriegelt hinter mir dreifach die Tür. Ich bleibe allein mit meinen Gedanken, die nicht gerade rosig sind.

Die Zelle ist geräumig und gut gelüftet. Sie enthält einen Tisch mit den nötigen Schreibutensilien, einen Stuhl, ein Bett, das sauber aussieht, und was man für die Toilette braucht. Von der Decke hängt eine elektrische Birne. Alles in allem ist hier das feuchte Stroh der Verliese verhältnismäßig komfortabel. Ich würde dies Gemach, wenn ich frei wäre, als Studentenbude mehr als ausreichend finden.

Ich setze mich hin, zünde mir eine Zigarette an und warte ab – was eigentlich? Die kommenden Ereignisse, während ich mir Gedanken über die Reize des Reisens mache.

Zwei Stunden darauf werde ich durch das Geräusch der sich öffnenden Tür in meinen Betrachtungen gestört. Die Riegel scharren, das Schloß quietscht, ein Türspalt öffnet sich, und ich sehe ... Ich wette, Sie werden es nicht erraten! Ich sehe vor mir Tchoumouki, der seit dem Tage verschwunden war, an dem ich zum dritten Mal das geheimnisvolle Brummen gehört hatte, dessen Ursache ich jetzt kenne. Er besitzt ja wirklich eine gute Portion Frechheit, daß er nach der Art, wie er meine Artikel behandelt hat, mir noch wieder unter die Augen zu treten wagt!

Tchoumouki ist übrigens offenbar auf einen kühlen Empfang gefaßt. Bevor er meine Zelle betritt, wirft er einen Blick hinein und sondiert vorsichtig das Terrain. Er tut sehr wohl daran.

»Ah! Da bist du ja, du dreifach verdammter Schurke!« sage ich zu ihm, während ich mich in der Absicht, ihm die verdiente Züchtigung angedeihen zu lassen, auf ihn stürze.

Ich pralle jedoch auf die Tür, die dieser Schelm schnell wieder geschlossen hat. Schließlich ist es sogar besser so. Wenn ich mir das Vergnügen gönnte, ihm die Ohren lang zu ziehen – was hätte ich schon davon, außer daß ich meine Lage verschlechterte, die ohnehin nicht gerade heiter ist?

Hat Tchoumouki wohl diese friedliche Überlegung durchschaut? Man muß es annehmen, denn die Tür geht noch einmal einen Spaltbreit auf, so daß wiederum der Krauskopf dieses Halunken sichtbar wird. Oh, er kann jetzt ruhig eintreten. Ich habe wieder meinen Platz eingenommen ... und auch meine Aufregung hat sich gelegt.

»Da bist du ja, du verdammter Schurke«, wiederhole ich, jedoch in einem Ton, in dem keine Drohung mehr aufklingt.

»Ich Bedienter hier«, antwortet mit einem Blick von unten her Tchoumouki, der jetzt die Tür weit öffnet.

Draußen im Korridor stehen zwei weitere Neger mit allerlei Eßbarem, das Tchoumouki jetzt auf meinem Tisch abstellt. Bei diesem Anblick läuft mir das Wasser im Munde zusammen, ich merke, daß ich hungrig bin. Das ist nicht weiter erstaunlich; seit zwei Uhr nachmittags habe ich gefastet.

Unter Zurückstellung jeglicher anderen Sorgen tue ich der Mahlzeit alle gebührende Ehre an. Sie wird mir von Tchoumouki serviert, den ich ausfrage und der sich auch keineswegs lange bitten läßt, mir Rede zu stehen. Seiner Darstellung zufolge bin ich der – höchst unfreiwillige – Gast eines mächtigen Königs, Seiner Majestät Harry Killers – ein recht abscheulicher Name, unter uns gesagt –, und zwar hat man mich in eine ganz außergewöhnliche Stadt gebracht, wo ›sein viele große Häuser‹ und ›viel Sachen toubab‹, was bedeutet, daß es dort eine Menge europäischer Erfindungen gibt. Das fällt mir nicht schwer zu glauben, nachdem ich die fabelhaften fliegenden Maschinen erlebt habe, von deren Existenz ich noch vollkommen überwältigt bin.

Ich setze meine Ermittlungen fort. Demnach hätte also der besagte Herrscher ihn, Tchoumouki, auf die Fährte von Mademoiselle Mornas gesetzt, damit diese ihn als Führer anheuerte, so wie man, ob man will oder nicht, die Karte wählt, von der ein Zauberkünstler wünscht, daß man sich für sie entscheidet. Er steht sogar auf dem Standpunkt, sein Engagement sei keineswegs aufgehoben, vielmehr betrachte er sich als für die ganze Zeit, die seine Herrschaft noch in Afrika verbringen werde, als in den Diensten von Mademoiselle Mornas und Monsieur de Saint-Bérain stehend. Sollte Tchoumouki sich über mich lustig machen? Ich sehe ihn mir an. Nein, er redet völlig im Ernst, was im übrigen ja nur um so komischer ist.

Er behauptet, er habe sich durch Moriliré verleiten lassen, der seinerseits allerdings im Solde des Monarchen stehe, der uns gefangen hält. Moriliré hatte ihm demnach, so scheint es, in dithyrambischen Tönen Macht und Freigebigkeit dieses Harry Killer geschildert, den Tchoumouki übrigens nie gesehen hat; er habe ihm ein großzügiges, bequemes Leben verheißen. Aus diesem Grunde habe Tchoumouki, so sagte er, den Frontwechsel vollzogen.

Als ich ihn frage, ob er weiß, was aus seinem ehemaligen Kameraden Tongané geworden ist, tritt ein wilder Ausdruck in sein Gesicht, er legt die Hand um seinen Hals und macht ein Geräusch, als werde er ihm umgedreht.

Meine Vermutungen waren also richtig. Der arme Tongané ist tatsächlich tot.

Tchoumouki hört mit seinen vertraulichen Mitteilungen nicht eher auf, als bis ich alles weiß. Das Brummen, das ich am Tage seines Verschwindens gehört habe, rührte von einer Flugmaschine her, mit der Leutnant Lacour alias Hauptmann Rufus angekommen war, dessen Leute uns unter Anführung durch zwei

Unteroffiziere auf dem Landweg entgegengezogen waren und unterwegs aus purem Beschäftigungsbedürfnis die Dörfer, auf die sie stießen, verwüstet hatten. Was die Fahrspuren im Busch betrifft, die ich am folgenden Tage bei meinem Spazierritt mit Tongané bemerkt hatte, so hatte das Landegestell dieser Flugmaschine sie in den Boden eingegraben. So erklären sich auch das vernachlässigte Aussehen der Truppe und die makellose Eleganz des Offiziers, so auch das Entsetzen des durch ein Explosivgeschoß verwundeten Negers, als er einen von denen wiedererkannte, die sein Dorf überfallen hatten, und sein indifferentes Verhalten dem Leutnant gegenüber, den er noch nie gesehen hatte. Tchoumouki selbst war von der gleichen Maschine entführt worden, die wieder Kurs auf ihren Heimathafen, nämlich hierher nahm ...

Tchoumouki spricht einen Namen aus, den er grausam verstümmelt. Nach langem Aufmerken wird mir endlich klar, daß er beabsichtigt, ›Blackland‹ zu sagen, das heißt ein zusammengesetztes englisches Wort zu artikulieren, dessen wörtliche Übersetzung ›Schwarzes Land‹ lauten würde. Der Name ist einleuchtend. Wir würden demnach also in Blackland sein, einer wahren Wunderstadt nach dem, was Tchoumouki berichtet, wiewohl sogar den versiertesten Geographen vollkommen unbekannt.

Während der Neger mir diese Auskünfte erteilt, stelle ich Überlegungen an. Warum sollte er nicht, da er aus Selbstsucht zum Verräter geworden ist, aus der gleichen Selbstsucht heraus auch seine neuen Herren verraten? Ich mache auf der Stelle Tchoumouki gegenüber entsprechende Andeutungen und erwähne dabei eine so große Summe, daß er sein ganzes restliches Dasein in süßem Farniente verbringen könnte, wenn er sie bekäme. Der Schelm macht zwar ein Gesicht, als ob er den Vorschlag durchaus natürlich finde, schüttelt aber den Kopf wie jemand, der keine Möglichkeit sieht, diesen Schatz zu heben.

»Nicht möglich fortgehen von hier«, erklärt er mir. »Viele, viele Soldaten, viele Sachen toubab, viele hohe Mauern.«

Er setzt noch hinzu, daß die Stadt ringsum von der Wüste umschlossen ist, die zu durchmessen für uns unmöglich wäre. Das stimmt allerdings, wie ich mich auf unserem Weg durch die Luft überzeugen konnte. Sind wir dann also verdammt dazu, bis ans Ende unserer Tage hier zu bleiben?

Als die Mahlzeit beendet ist, zieht sich Tchoumouki zurück, und ich beschließe den Tag in Einsamkeit.

Am Abend bringt er mir mein Nachtmahl – (die Verpflegung ist alles in allem durchaus ausreichend) –, dann jedoch, in dem Augenblick, in dem meine Uhr ein paar Minuten nach neun zeigt, geht plötzlich die elektrische Lampe aus. Ich suche tastend mein Lager auf.

Nach einer, wie ich bereits sagte, ausgezeichnet verbrachten Nacht erhebe ich mich am 25. März und stelle unter diesem Datum die Notizen zusammen, in denen die näheren Umstände unserer Entführung und unserer Luftfahrt berichtet werden. Der Tag nimmt einen friedlichen Verlauf. Ich sehe niemanden außer Tchoumouki, der mir regelmäßig meine Mahlzeiten bringt. Durch Erfahrung gewitzigt, gehe ich früher zu Bett und habe allen Grund, mich zu dem Entschluß zu beglückwünschen. Zur gleichen Stunde wie gestern wird das Licht abgeschaltet. Offenbar ist das hier im Hause die Regel.

Zweite ausgezeichnete Nacht, ich bin heute morgen, am 26. März, frisch und gut aufgelegt, aber leider immer noch ein Gefangener. Diese Situation ist völlig sinnlos, denn was will man schließlich von uns? Wann werde ich auch nur jemanden sehen, den ich danach fragen kann?

Am gleichen Tage, abends. – Meine Wünsche sind erhört worden. Wir haben Seine Majestät Harry Killer zu Gesicht bekommen, und unsere Lage hat sich seit dieser Begegnung, die mich im Innersten erregt und zitternd zurückgelassen hat, wesentlich verändert.

Es mochte drei Uhr nachmittags sein, als meine Tür sich öffnete. Diesmal erschien dahinter nicht Tchoumouki, sondern ein anderer unserer alten Bekannten, Moriliré, um ihn nicht anders zu nennen. Moriliré hat etwa zwanzig Neger bei sich, die er zu befehligen scheint. Inmitten dieser Truppe bemerke ich meine Reisegefährten, unter ihnen auch Mademoiselle Mornas, nicht jedoch Saint-Bérain, der sich, wie seine junge Tante mir sagt, noch immer nicht rühren kann. Ich schließe mich ihnen in der Vorstellung an, daß unsere letzte Stunde gekommen ist und daß man uns zur Hinrichtung führt.

Dem ist jedoch nicht so. Wir durchwandern eine Reihe von Korridoren und gelangen schließlich zu einem ziemlich großen Raum, in den wir eintreten, während unsere Wachmannschaft auf der Schwelle zurückbleibt.

Der Raum enthält als einziges Mobiliar einen Sessel aus Palmfibern und einen Tisch; auf diesem stehen ein Glas und eine halbvolle Flasche, der Alkoholgeruch entströmt. Der Sessel befindet sich hinter dem Tisch und auf ihm sitzt ein Mann. Unser aller Blicke richten sich auf ihn. Es ist der Mühe wert.

Seine Majestät Harry Killer muß wohl vierzig bis fünfundvierzig Jahre alt sein, wiewohl er in gewisser Hinsicht älter erscheinen könnte. So weit man es beurteilen kann, ist er groß von Gestalt, und seine Schulterbreite, seine riesigen Hände, seine stämmigen, muskulösen Glieder verraten eine außergewöhnliche, um nicht zu sagen herkulische Kraft.

Besonders aber fesselt der Kopf die Aufmerksamkeit. Das Gesicht ist bartlos, von unbestimmbarem Ausdruck, da es zugleich Machtbewußtsein und Schlaffheit erkennen läßt. Es wird gekrönt von einem ungepflegten, ergrauenden Haarschopf, einer regelrechten Mähne, die seit undenklichen Zeiten mit keinem Kamm in Berührung gekommen zu sein scheint. Die freiliegende Stirn ist breit und verrät Intelligenz, aber die hervortretenden Kieferknochen, das schwere, vierkantige Kinn weisen auf derbe, heftige Leidenschaften hin. Die stark gebräunten Wangen mit den hervorspringenden Backenknochen sind oben etwas ausgehöhlt, fallen aber darunter schlaff in zwei schweren Säcken herab. Sie sind von zahlreichen Pickeln übersät, die so gerötet sind, daß sie fast blutig wirken. Der dicklippige Mund hängt nach unten schlaff herab und entblößt dabei starke, gesunde, aber gelbe, ungepflegte Zähne. Die tief in ihren Höhlen liegenden Augen, über denen sich struppige Brauen wölben, strahlen einen ungewöhnlichen und augenblicksweise sogar unerträglichen Glanz aus.

Eine ganz gewiß nicht alltägliche Persönlichkeit! Alle Begierden, alle Laster, alle Tollkühnheiten drücken sich mit Sicherheit in ihr aus. Er ist häßlich, ja, aber auf eine furchteinflößende Art.

Seine Majestät trägt eine Art Jagdkostüm aus grauem Leinen, mit kurzer Hose, Gamaschen und einem losen Rock, alles schmutzig, mit Flecken bedeckt. Auf den Tisch hat der hohe Herr einen breitrandigen Filzhut gelegt, daneben seine rechte Hand, die von einem ständigen Zittern in Bewegung gehalten wird.

Durch ein unauffälliges Zwinkern weist Dr. Châtonnay mich auf diesen Tremor hin. Ich verstehe, was er sagen will: Wir haben einen Alkoholiker, wenn nicht einen Trunkenbold vor uns.

Lange läßt dieses Individuum seine Blicke über uns schweifen. Seine Augen wandern nacheinander vom einen zum anderen. Wir warten geduldig ab, was er befinden wird.

»Sie sind sechs Personen, hat man mir gesagt«, äußert er sich schließlich in einem stark englisch gefärbten Französisch und mit einer dunkeltönenden heiseren Stimme. »Ich sehe nur fünf vor mir. Weshalb?«

»Einer von uns ist krank infolge der Leiden, die Ihre Leute uns zugemutet haben«, antwortet Monsieur Barsac.

Wieder tritt Schweigen ein, dann richtet sich unser Gesprächspartner jäh auf.

»Was wollen Sie hier bei mir?« fragt er uns ›ex abrupto‹.

Die Frage kommt so unerwartet, daß wir alle trotz des Ernstes der Situation Lust zu lachen verspüren. Das ist doch wirklich die Höhe! Wenn wir hier bei ihm sind, so wahrhaftig doch gegen unseren Willen!

In drohendem Tonfall fährt er fort:

»Bestimmt, um zu spionieren!«

»Verzeihung, Monsieur ...« setzt Monsieur Barsac zum Sprechen an.

Der andere aber fällt ihm ins Wort. Plötzlich von Wut gepackt, schlägt er mit der Faust auf den Tisch.

»Man redet mich mit ›Maître‹ (Hoher Herr) an«, brüllt er mit Donnerstimme.

Monsieur Barsac ist einfach großartig. Ein Redner stets und immer und allem zum Trotze! Er richtet sich zu stattlicher Haltung auf, legt die Linke aufs Herz und vollführt mit der Rechten eine weitausholende, schwungvolle Geste.

»Seit dem Jahre eintausendsiebenhundertundneunundachtzig haben die Franzosen keinen hohen Herrn mehr über sich«, erklärt er voller Emphase.

Überall woanders, gebe ich zu, würde diese ein wenig theatralische Ansprache Monsieur Barsacs belacht werden, doch unter den gegenwärtigen Umständen, gegenüber dieser Art von Bestie, wirkt sie äußerst nobel, wie ich versichern kann. Sie bedeutet, daß wir uns niemals freiwillig diesem trunksüchtigen Abenteurer gegenüber demütigen werden. Wir alle stimmen dem Redner bei, sogar Monsieur Poncin, der, auf dem Gipfel der Begeisterung, ausruft:

»Privez l'homme de son indépendance, vous lui ôtez sa liberté*!«

Bravo, Monsieur Poncin! Seine Absicht ist immerhin gut.

Bei diesem allerdings unwiderleglichen Ausspruch hat Harry Killer mit den Achseln gezuckt und dann von neuem begonnen, uns nacheinander prüfend anzuschauen, als habe er uns bisher noch überhaupt nicht gesehen. Ungewöhnlich flink huschen seine Blicke von einem zum anderen. Schließlich bleiben sie an Monsieur Barsac hängen, auf den sie sich mit dem erschreckendsten Ausdruck richten. Monsieur Barsac zuckt nicht mit der Wimper. Mein Kompliment! Dieser Sohn des Südens ist nicht nur mit Redefreudigkeit begabt. Er verfügt auch über Mut und Würde. Unser Expeditionschef steigt mit Riesenschritten höher und höher in meiner Achtung.

Es gelingt Harry Killer sich zu beherrschen, was sicher nicht immer der Fall ist. Er setzt jetzt sein Verhör mit einer Ruhe fort, die sich ebenso plötzlich einstellt wie zuvor sein Zorn.

»Sprechen Sie Englisch?«

* ›Nimmt man dem Menschen seine Unabhängigkeit, so nimmt man ihm die Freiheit.‹

Seit dem Jahre eintausendsiebenhundertundneunundachtzig ...

»Ja«, antwortet Monsieur Barsac.
»Und Ihre Gefährten?«
»Ebenfalls.«

»Gut«, stellt Harry Killer befriedigt fest und wiederholt dann mit der gleichen Säuferstimme alsbald seine Frage auf Englisch.

»Was wollen Sie hier bei mir?«

Die Antwort liegt auf der Hand.

»Es ist an uns, die Gegenfrage zu stellen«, antwortet Monsieur Barsac, »nämlich, mit welchem Recht Sie uns hier gewaltsam festhalten.«

»Mit dem, was ich mir selber zuerkenne«, fällt schneidend Harry Killer ihm ins Wort, der jetzt mit einem jähen Sprung wieder die äußersten Grenzen der Heftigkeit erreicht hat. »Solange ich lebe, wird niemand sich meinem Reiche nähern.«

Seinem Reich? ... Das verstehe ich nicht.

Harry Killer ist aufgestanden. Er wendet sich speziell an Monsieur Barsac, dessen Haltung weiterhin sehr herausfordernd bleibt, und fährt in wutgeladenem Ton, mit Schlägen seiner enormen Faust auf dem Tisch jedes Wort unterstreichend, in seiner Rede fort.

»Ja, ja«, brüllt er, »ich weiß, daß Ihre Landsleute in Timbuktu sind und immer weiter nigerabwärts vorrücken, aber sie sollten das aufgeben, denn sonst ... Und jetzt wagen sie auch noch, zu Lande Spione bis an den Strom zu entsenden! ... Ich werde sie zerschmettern, eure Spione, so wie ich dieses Glas zerschmettere!«

Seine Worte mit der entsprechenden Geste begleitend, schleudert Harry Killer tatsächlich das Glas auf den Boden, so daß es in tausend Splitter zerschellt.

»Ein Glas! ...« verlangt er brüllend, zur Tür gewendet.

Von unglaublicher Rage erfaßt, buchstäblich tollwütig, denn Schaum tritt aus seinen Mundwinkeln zwischen den verkrampften Lippen hervor, ist er im Augenblick grauenhaft anzusehen. Mit seinem vorgeschobenen Unterkiefer wirkt er wie ein wildes Tier, sein Gesicht hat sich puterrot gefärbt, seine Augen sind blutunterlaufen.

Einer von den schwarzen Wachsoldaten hat eiligst seinen Befehl ausgeführt. Ohne von ihm Notiz zu nehmen, beugt sich dieser Besessene, an den Tisch gelehnt, dessen Kante seine Hände fieberhaft umklammern, wieder zu dem unbewegt dastehenden Monsieur Barsac vor und starrt ihm in die Augen.

»Habe ich Sie indessen nicht gewarnt? ... Die Geschichte mit dem doung-kono, die auf meinen Befehl erfunden worden ist, sollte für Sie eine erste Mahnung zur Umkehr sein. Ich selber habe für Ihre Begegnung mit dem Wahrsager gesorgt, dessen Prophezeiungen durch Ihre eigene Schuld in Erfüllung gegangen sind. Ich persönlich habe Ihnen Ihren Führer geliefert, Moriliré, der in Sikasso ein letztes Mal Sie aufzuhalten versucht hat. Alles war umsonst. Vergebens habe ich Ihnen Ihre Eskorte genommen, umsonst Sie ausgehungert. Sie hatten sich nun einmal in den Kopf gesetzt, zum Niger vorzustoßen ... Gut! Jetzt haben Sie Ihren Niger erreicht, sogar überquert und wissen nun, was Sie wissen wollten ... Aber was haben Sie davon? ... Wie werden Sie es anstellen, Ihren Auftraggebern, die Sie bezahlen, darüber zu berichten?«

In planloser Erregung läuft Harry Killer jetzt mit großen Schritten auf und ab. Für mich besteht kein Zweifel, daß er wahnsinnig ist. Plötzlich bleibt er stehen, da ihm jäh ein Gedanke durch den Kopf gefahren ist.

»Aber zur Sache«, fragt er Monsieur Barsac in überraschend ruhigem Ton, »war Ihr vorgeschriebenes Ziel nicht im Grunde Saye?«

»Ja«, antwortet Monsieur Barsac.

»Aus welchem Grund haben Sie dann eine ganz andere Richtung eingeschlagen? Was wollten Sie in Koubo?«

Harry Killer begleitet diese letztere Frage mit einem durchdringenden Blick, während wir anderen einander eher betreten ansehen. Die Frage ist tatsächlich peinlich, da wir übereingekommen waren, den Namen von Miss Buxton nicht auszusprechen. Glücklicherweise findet Monsieur Barsac eine plausible Antwort.

»Nachdem uns unsere Eskorte im Stich gelassen hatte, haben wir unsere Schritte nach Timbuktu gelenkt.«

»Warum nicht nach Sikasso? Das war viel weniger weit.«

»Wir glaubten, es sei besser, wenn wir nach Timbuktu gingen.«

»Hm! ...« gibt mit unentschiedener Miene Harry Killer von sich. »Es war also nicht Ihre Absicht«, fährt er dann nach kurzem Schweigen fort, »nach Osten zu bis zum Niger vorzudringen?«

»Nein«, behauptet Monsieur Barsac.

»Wenn ich das hätte erraten können«, erfahren wir aus Harry Killers Munde, »wären Sie heute nicht hier.«

Das ist ja wirklich zum Lachen! ... Als ob er sich die Mühe gemacht hätte, uns danach zu fragen! ...

Ich mache mir ein neuerliches Schweigen, das auf Harry Killers unverschämte Betrachtung folgt, zunutze, um meinerseits das Wort zu ergreifen. Ich, der ich mich hier äußere, bin äußerst logisch veranlagt. Alles, was nicht logisch ist, geht mir gegen den Strich. Es wirkt auf mich wie ein Schrank, in dem Unordnung herrscht. In dieser Geschichte aber gibt es einen Punkt, der mich stört. Ich mische mich demgemäß ein.

»Verzeihung, mein bester Herr«, melde ich mich ausgesucht höflich zu Worte, »aber ich möchte doch gern wissen, weshalb Sie sich die Mühe gemacht haben, uns hierher zu bringen, anstatt uns ganz einfach totzuschlagen. Ihr Hauptmann Edward Rufus und seine Leute hatten doch leichtes Spiel, wir waren wehrlos, und das wäre doch das beste Mittel gewesen, sich unserer zu entledigen.«

Mit gerunzelten Brauen schaut Harry Killer mich verachtungsvoll an. Was ist das für ein Pygmäe, der ihn da anzusprechen wagt? Er geruht indessen doch, mir eine Antwort zu geben.

»Um einer Untersuchung durch die französischen Behörden zu entgehen, die eine Niedermetzelung einer französischen Expedition bestimmt auf den Plan gerufen hätte.«

Ich bin zum Teil zufriedengestellt. Aber doch nicht ganz.

»Es scheint mir«, wende ich ein, »daß unser Verschwinden das gleiche Ergebnis haben wird.«

»Offenbar«, gibt Harry Killer zu, der diesmal ein beträchtliches Maß an gesundem Menschenverstand beweist. »Daher wäre mir auch lieber gewesen, Sie hätten auf Ihre Reise verzichtet. Einzig Ihre Hartnäckigkeit hat mich gezwungen, Sie hierher bringen zu lassen.«

Der Gegner kommt mir ein klein wenig entgegen. Ich muß schleunigst die Gelegenheit nutzen.

»Noch läßt sich alles in die Reihe bringen«, sage ich. »Da Sie ja jetzt wissen, daß wir durchaus nicht mehr bis zum Niger wollen, brauchen Sie uns nur da absetzen zu lassen, wo Sie uns aufgegriffen haben. Es wird dann keine Rede mehr davon sein ...«

»Damit Sie überall erzählen, was Sie erfahren haben? Damit Sie die Existenz dieser Stadt bekanntgeben, von der die ganze übrige Welt nichts weiß?« fällt Harry Killer mir heftig ins Wort. »Nein, dafür ist es zu spät. Wer einmal nach Blackland gekommen ist, kommt niemals wieder heraus.«

Soll er sich doch die Lungen ausschreien, soviel er will! Ich für meine Person fange an, mich an seine Ausbrüche zu gewöhnen. Ich rege mich also nicht weiter auf, sondern bleibe beim Thema.

»Dann findet die bewußte Untersuchung also statt?«

»Wahrscheinlich«, antwortet Harry Killer, dessen Barometerstand schon wieder auf Beständig zurückgegangen ist, »aber meine Position wird jetzt wesentlich besser sein. Wenn ich entdeckt bin und es schließlich zum Kampf kommt, werde ich doch etwas mehr besitzen, als wenn Sie nicht mehr am Leben wären ...«

»Und das wäre?«

»Geiseln«, antwortet er.

Nicht übel, dieser Potentat. Er hat vollkommen recht. Aber auch ich habe recht gehabt, ihn zu interviewen, da ja aus seinen Antworten hervorgeht, daß er nicht die Absicht hat, uns vom Leben zum Tode zu befördern. Das ist immerhin angenehm zu erfahren.

Harry Killer hat wieder an seinem Tisch im Sessel Platz genommen. Er ist wirklich ein Individuum, das einen aus der Fassung bringen kann. Jetzt wirkt er vollkommen ruhig und beherrscht.

»Stellen wir doch die Situation einmal vollkommen klar«, sagt er in einem eisigen Ton, der für uns eine Neuheit ist. »Sie sind in Blackland und werden es nicht mehr verlassen, und zwar keiner von Ihnen. Was Ihre Existenz betrifft, so wird sie sein, was Sie selbst aus ihr machen. Ich habe niemandem Rechenschaft abzulegen. Ich kann Sie ins Gefängnis werfen oder umbringen, wenn es mir paßt, Ihnen aber ebensogut die Freiheit lassen, die ich selber in den Grenzen meines Imperiums genieße.«

Schon wieder dieser Ausdruck. Es ist wirklich zum Lachen.

»Das hängt ganz von Ihnen ab«, fährt Harry Killer fort, wobei er sich speziell an Monsieur Barsac wendet, den er offenbar als unseren Flügelmann betrachtet. »Sie werden mir als Geiseln dienen oder ...«

Harry Killer hält vielsagend inne. Monsieur Barsac sieht ihn mit einer Verwunderung an, die ich verstehe. Was könnten wir wohl sonst noch sein?

»Als Mitarbeiter«, vollendet Harry Killer kalten Blutes seinen Satz.

Wenn ich sagte, Harry Killers Vorschlag habe uns in Erstaunen versetzt, so wäre der Ausdruck zu schwach. Wir sind einfach ›platt‹.

In dem gleichen kühlen Ton fährt er jedoch in seiner Rede fort.

»Man darf nicht annehmen, daß ich mir etwa über das Vordringen der französischen Truppen Illusionen mache. Wenn man von meiner Existenz noch nichts weiß, so wird man doch über kurz oder lang von ihr erfahren. An diesem Tage dann heißt es sich schlagen oder aber verhandeln. Bilden Sie sich nicht ein, ich fürchtete den Kampf. Ich bin in der Lage, mich zu verteidigen. Aber Krieg ist nicht die einzige mögliche Lösung. Die Kolonisation des Nigerbogens wird Frankreich lange Jahre hindurch hinlänglich in Anspruch nehmen. Welches Interesse hätte das Land daran, eine Niederlage zu riskieren, um gegen meinen Willen durch einen Ozean von Sand, den ich in fruchtbare Ebenen zu verwandeln in der Lage bin, nach Osten vorzudringen? Gut geführte Unterhandlungen könnten demnach zu einem Bündnisverhältnis führen ...«

Dieser Privatmann traut sich tatsächlich alles zu! Er schwitzt Eitelkeit durch sämtliche Poren aus. Aber ich muß schon sagen: Kann man sich vorstellen, daß die Französische Republik sich mit diesem pickligen Westentaschentyrannen verbündet?

»Mit Ihnen! ...« ruft entsetzt Monsieur Barsac aus und macht sich damit zum Sprachrohr von uns allen.

Mehr braucht es nicht, um den Sturm zu entfesseln. Die Windstille hat auch wirklich schon zu lange angehalten. Es fing an, monoton zu werden.

»Meinen Sie vielleicht, ich sei nicht würdig dafür?« brüllt Harry Killer mit funkelnden Augen, während er mit den Fäusten auf den Tisch hämmert, der freilich gar nichts dafür kann. »Oder hoffen Sie, mir dennoch zu entwischen? ... Sie haben eben keine Vorstellung von meiner Macht ...«

Er steht auf und setzt mit unheilverkündender Stimme hinzu: »Sie werden sie kennenlernen!«

Auf seinen Ruf hin sind die Wachen eingetreten. Sie packen uns und schleppen uns hinaus. Wir steigen Treppen hinauf, die kein Ende zu nehmen scheinen, dann jagt man uns im Laufschritt über eine breite Terrasse, auf die weitere Treppen folgen. Endlich landen wir auf der Plattform eines Turms, auf der alsbald Harry Killer zu uns stößt.

Dieser Mann ist tatsächlich veränderlich wie die Wogen des Meeres. Ohne Übergänge wandelt sich seine Stimmung rasender Wut zu eisiger Ruhe und umgekehrt. Im Augenblick ist von seiner letzten Zorneswallung nichts mehr zu spüren.

»Sie befinden sich hier in vierzig Meter Höhe«, teilt er uns im Ton eines angestellten Führers mit, der den Reisenden eine Aussicht erklärt. »Der Horizont ist demgemäß etwa dreiundzwanzig Kilometer entfernt. Sie können indessen feststellen, daß, so weit der Blick reicht, die Wüste, die uns umgibt, fruchtbarem Ackerland hat weichen müssen. Das Reich, das ich beherrsche, mißt also mindestens etwas mehr als sechzehnhundert Quadratkilometer. Das ist das Werk, das ich innerhalb von zehn Jahren vollbracht habe.«

Harry Killer hält einen Augenblick inne. Nachdem er genügend in seinem – diesmal letzten Endes berechtigten – Stolz geschwelgt hat, fährt er in seiner Rede fort.

»Wenn jemand in diesen dreitausend Quadratkilometer in der Runde umfassenden Bereich eindringen wollte oder ihn zu verlassen versuchte, würde ich auf der Stelle durch eine dreifache mitten in der Wüste stationierte Postenkette, die mit diesem Palast Telefonverbindung hat, davon in Kenntnis gesetzt ...«

So also erklären sich die Oasen und die Telegrafenmasten, die wir vorgestern früh gesehen haben. Doch hören wir weiter Harry Killer zu, der, während er auf eine Art von Rotunde aus Glaswänden, ähnlich der Laterne eines Leuchtturms, wiewohl von weit größeren Ausmaßen, in der Mitte der Plattform verweilt, im gleichen Ton mit seiner Ansprache fortfährt.

»Selbst wenn es nicht so wäre«, erklärt er uns, »könnte dennoch gegen meinen Willen niemand eine einen Kilometer breite Schutzzone, die fünf Kilometer vor den Toren Blacklands liegt und über die während der Nacht unaufhörlich das Licht aus mächtigen Projektoren hinstreicht, durchqueren. Dank seiner optischen Konstruktion kehrt dieses Instrument, das den Namen Zykloskop erhalten hat, den kreisförmigen Gebietstreifen in die Vertikale um, so daß der Wächter, der im Mittelpunkt des Apparates sitzt, ständig alle Punkte enorm vergrößert vor Augen hat. Treten Sie ein in das Zykloskop, ich ermächtige Sie dazu, und überzeugen Sie sich selbst.«

Da unsere Neugier tatsächlich im höchsten Maße geweckt ist, machen wir von dieser Erlaubnis Gebrauch und treten durch eine Tür, die aus einer auf Scharnieren spielenden ungeheuren Linse besteht, in die Glasrotunde ein. Kaum sind wir dort eingeschlossen, als auch schon die Außenwelt unter unseren Augen ihren Aspekt verändert. Wohin wir auch blicken, haben wir zunächst nichts anderes vor uns als eine vertikale Mauer, die durch schwarze Striche in eine Unzahl von deutlichen kleinen Karos eingeteilt ist. Diese Mauer, deren Basis von uns durch einen finsteren Abgrund getrennt ist und die bis zu schwindelnder Höhe emporzuragen scheint, wirkt so, als bestehe sie aus lauter milchigem Licht. Immerhin erkennen wir bald, daß ihre Farbe keines-

Wir treten in die Glasrotunde ein.

wegs einheitlich ist, sondern daß sie im Gegenteil aus einer unendlichen Menge von verschiedenen Farbtönen mit eher undeutlichen Übergängen besteht. Momentanes schärferes Hinsehen beweist uns, daß diese Flecke teils Bäume, Felder und Wege, teils aber auch bei der Feldarbeit beschäftigte Menschen sind, und zwar in einer Vergrößerung, dank der man sie mühelos erkennen kann.

»Sie sehen diese Neger dort«, sagt Harry Killer, während er auf zwei der fraglichen Flecke weist, die weit voneinander entfernt sind. »Nehmen wir einmal an, sie kämen auf den Gedanken, die Flucht zu ergreifen. Sie kämen nicht sehr weit.«

Während er noch spricht, greift er zum Telefon.

»Einhundertundelfter Kreis, Radius fünfzehnhundertachtundzwanzig«, sagt er.

Dann greift er nach einem zweiten Telefon und setzt hinzu:

»Vierzehnter Kreis. Radius sechstausendvierhundertundzwei.«

Darauf wendet er sich zu uns.

»Sehen Sie genau hin«, empfiehlt er uns.

Nach einigen kurzen Augenblicken des Wartens, in denen nichts Besonderes geschieht, ist einer der Flecke plötzlich in eine Rauchwolke gehüllt. Als der Rauch sich zerteilt hat, ist der Fleck verschwunden.

»Was ist aus dem Mann geworden, der dort gearbeitet hat?« fragt Mademoiselle Mornas mit vor Erregung erstickter Stimme.

»Er ist tot«, gibt Harry Killer in kühlem Ton zur Antwort.

»Tot! ...« rufen wir alle aus. »Sie haben diesen Unglücklichen doch völlig grundlos getötet! ...«

»Sie können ganz beruhigt sein, es ist nur ein Neger«, erklärt Harry Killer ganz schlicht. »Ware ohne Wert. Wenn es keine mehr gibt, findet man immer noch welche. Dieser ist durch ein Lufttorpedo erledigt worden, eine Art Rakete, die ihr Ziel noch auf eine Entfernung von fünfundzwanzig Kilometern trifft und deren Schnelligkeit und Präzision Sie soeben konstatieren konnten.«

Während wir noch diesen Erklärungen wenigstens insoweit lauschten, wie die Erregung es zuließ, die eine so fürchterliche Grausamkeit in uns hervorrief, ist etwas anderes in unser Gesichtsfeld getreten, rasch an der milchigen Wand emporgestiegen, und nun ist auch der zweite Fleck verschwunden.

»Und dieser Mann?« fragt Mademoiselle Mornas mit stockendem Atem. »Ist er gleichfalls tot?«

»Nein«, antwortet Harry Killer, »der lebt. Sie werden ihn gleich sehen.«

Er verläßt den Raum, gefolgt von seiner Wache, die auch uns aus dem Raum hinausstößt. Wir befinden uns wiederum auf der Plattform des Turms. Wir blicken um uns und sehen aus einer gewissen Entfernung mit der Geschwindigkeit eines Meteors einen Apparat auf uns zukommen, der demjenigen gleicht, der uns hierhergebracht hat. Unter dem Boden des Apparats sehen wir etwas Schwankendes hängen.

»Hier ist der Aeroplan«, sagt Harry Killer, der uns damit den Namen dieser Flugmaschine verrät. »In weniger als einer Minute werden Sie wissen, ob es möglich ist, gegen meinen Willen hier herein- oder herauszukommen.«

Der Apparat nähert sich blitzschnell. Er wird zusehends größer ... Plötzlich befällt uns Schaudern: das Objekt, das unten daran hängt, ist ein Neger. Eine Art von Riesenzange hat ihn mitten um den Leib gepackt.

Der Apparat kommt noch näher, er fliegt über uns hinweg ... O Grauen! Die Zange hat sich geöffnet, und der unglückliche Neger ist zu unseren Füßen zerschellt. Aus seinem zerschmetterten Kopf ist das Hirn überallhin gespritzt, und wir sind alle von Blut übersprüht.

Ein Ausruf der Empörung entfährt jedem einzelnen von uns. Mademoiselle Mornas jedoch begnügt sich nicht mit Schreien, sie handelt auch. Mit funkelnden Augen, bleichem Antlitz und blutlosen Lippen stößt sie ihre überraschten Wächter beiseite und stürzt sich auf Harry Killer.

»Feigling! ... Elender Mörder! ...« schreit sie ihm ins Gesicht, während ihre kleinen Hände die Kehle des Banditen umklammern.

Dieser hat sich mühelos wieder freigemacht, und wir zittern um die kühne Angreiferin, denn ach! Wir würden ihr ja keine Hilfe leisten können. Die Wachen haben sich unserer bemächtigt und halten uns in stark nach hinten gebogener Haltung fest.

Glücklicherweise scheint mir der Despot wenigstens im Augenblick nicht die Absicht zu haben, unsere mutige Gefährtin zu bestrafen, die zwei der Männer von ihm weggerissen haben. Wenn auch sein Mund zu einem grausamen Grinsen verzerrt ist, zeigt sich doch auch flüchtig etwas wie Vergnügen in seinem Blick, den er auf das noch immer vor Entrüstung bebende Mädchen geheftet hält.

»Sieh da, sieh da! ...« bemerkt er in fast gutmütigem Ton. »Es hat also Blut in den Adern, dieses junge Füllen.«

Dann schiebt er mit dem Fuß die Überreste des unglücklichen Negers beiseite.

»Das da aber ...«, sagt er. »Wegen solcher Geringfügigkeiten muß man sich nicht aufregen, kleines Fräulein.«

Er steigt nun hinab, man schleppt uns hinter ihm her und führt uns wieder in den so üppig mit einem Tisch und einer einzigen Sitzgelegenheit möblierten großen Raum, den ich im Hinblick auf diese Ausstattung künftighin den Thronsaal nennen werde. Harry Killer setzt sich auf den besagten Thron und sieht uns an.

Ich habe gesagt, er sieht uns an ... aber in Wirklichkeit beachtet er einzig Mademoiselle Mornas. Er hält auch weiterhin seine furchterregenden Blicke, in denen nach und nach ein bösartiges Glitzern erscheint, auf sie geheftet.

»Sie kennen jetzt meine Macht«, sagt er schließlich, »und ich habe Ihnen bewiesen, daß meine Angebote nicht zu verachten sind. Ich erneuere sie zum letzten Mal. Ich habe gehört, es gebe unter Ihnen einen Abgeordneten, einen Arzt, einen Journalisten und zwei Dummköpfe ...«

Was Monsieur Poncin anbelangt ... also meinetwegen! Aber dem armen Saint-Bérain gegenüber ist das denn doch eine Ungerechtigkeit.

»Der Abgeordnete wird gegebenenfalls die Unterhandlungen mit Frankreich führen, für den Arzt werde ich ein Krankenhaus bauen lassen, und der Journalist wird sich in ›Blackland's Thunder‹ betätigen. Für die beiden übrigen werde ich ebenfalls eine nützliche Beschäftigung finden. Bleibt noch die Kleine übrig. Sie gefällt mir ... Ich heirate sie.«

Man kann sich denken, daß wir aus allen Wolken fielen, als wir diesen unerwarteten Beschluß aus seinem Munde vernahmen. Aber natürlich, bei einem Wahnsinnigen ...!

»Nichts von alledem wird sich verwirklichen«, antwortet ihm Monsieur Barsac in entschiedenem Ton. »Die grauenhaften Verbrechen, deren Zeugen wir geworden sind, haben unseren Standpunkt nicht erschüttert, sondern das Gegenteil bewirkt. Wir werden Gewalt ertragen, solange es nötig ist, aber niemals werden wir, was auch geschehen mag, etwas anderes als Ihre Gefangenen oder Ihre Opfer sein. Was Mademoiselle Mornas anbelangt ...«

»Aha! Mornas also heißt meine Zukünftige?« fällt ihm Harry Killer ins Wort.

»Ob ich nun Mornas oder sonst irgendwie heiße«, ruft unsere Gefährtin, fast von Sinnen vor Zorn, ihm zu, »jedenfalls müssen Sie wissen, daß ich Sie als ein wildes Tier betrachte, als ein verworfenes, abstoßendes Subjekt, und daß ich Ihren Vorschlag als die gemeinste, schmählichste Beleidigung betrachte, die ...«

Die Stimme versagt Mademoiselle Mornas, sie bricht in krampfhaftes Schluchzen aus. Was Harry Killer betrifft, so lacht er nur. Er neigt jetzt entschieden zur Milde.

»Gut ... gut! ...« bemerkt er nur. »Es eilt ja alles nicht. Ich gebe Ihnen einen Monat Bedenkzeit.«

Dann aber fällt das Barometer ganz plötzlich, mit dem Tauwetter ist es aus. Er erhebt sich und wendet sich an die Wächter.

»Führt sie hinaus!« ruft er mit donnernder Stimme.

Monsieur Barsac leistet einen Augenblick den Wachen, die ihn fortschleppen wollen, noch Widerstand.

»Und was werden Sie in einem Monat mit uns machen?« fragt er Harry Killer.

Schon wieder hat sich bei diesem der Wind gedreht. Der Despot kümmert sich nicht weiter um uns, sondern hebt mit zitternder Hand einen tüchtigen Schluck Alkohol, den er sich eingegossen hat, an die Lippen. Auf Monsieur Barsacs Frage hin behält er das Glas in der Hand, ohne daß man ihm irgend etwas von Zorn anmerkt.

»Ich weiß noch nicht so recht ...« antwortet er in unentschiedenem Ton, während sein Blick zur Zimmerdecke schweift. »Vielleicht knüpfe ich Sie alle auf ...«

IV. *Vom 26. März bis zum 8. April*

So wie Amédée Florence es in seinen Aufzeichnungen geschildert hat, kehrten die sechs Gefangenen tief erschüttert von ihrer Unterredung mit Harry Killer zurück. Der Tod der beiden unglücklichen Neger, zumal das schreckliche Ende des zweiten, hatte sie im Innersten entsetzt. War es denn möglich, daß es Wesen gab, die so entmenscht waren, daß sie ohne Grund, nur aus einer Laune heraus, einzig zu dem Zweck, eine verabscheuenswerte Macht zu beweisen, derartige Leiden bereiteten?

Eine Überraschung, diesmal eine angenehme, erwartete die Reisenden nach dieser ereignisreichen Begegnung. Offenbar wollte Harry Killer, der ihnen ja einen Monat Bedenkzeit gewährte, den Versuch machen, sie durch gute Behandlung zu gewinnen. Wie dem auch sei, die Türen ihrer verschiedenen Zellen wurden nicht mehr verriegelt wie bisher, und sie konnten von jetzt an sich frei in der davorliegenden Galerie bewegen, die dadurch zu einer Art von Gemeinschaftsraum wurde, in dem sie sich nach Belieben zusammenfinden konnten.

An dem einen Ende dieser Galerie führte eine Treppe zu dem unmittelbar darüberliegenden Stockwerk, das heißt auf das Dach der Eckbastei, in der sich ihre Zellen befanden. Die Benutzung dieser Plattform stand ihnen ebenfalls frei. Wenn sie sich die Erlaubnis auch, solange die Sonne schien, kaum zunutze machen konnten, genossen sie doch andererseits sehr lebhaft das Vergnügen, ihre Abende, die sie ausdehnten, wie es ihnen gefiel, da niemand es ihnen im geringsten vorhielt, im Freien zu verbringen.

Unter diesen Umständen war, alles in allem, ihr Dasein nicht besonders schwer zu ertragen, und sie fühlten sich so glücklich, wie es Freiheitsentzug und berechtigte Sorge, was die Zukunft bringen würde, ihnen gestatteten. Der gesamte, aus den Zellen, der Galerie und der Terrasse bestehende Komplex bildete eine regelrecht autonome Wohnstätte, in der abgesehen von der verschlossenen Tür, die am anderen Ende der Galerie jener Treppe gegenüberlag, die sie betreten durften, nichts an ein Gefängnis erinnerte. Hinter dieser verschlossenen Tür jedoch hielten sich ihre Bewacher auf, deren Stimmen im Verein mit dem Geklirr ihrer Waffen, den Eingekerkerten gleichwohl ständig ins Bewußtsein riefen, daß diese Grenze für sie unüberschreitbar war.

Die Führung des Haushalts oblag Tchoumouki, der dabei großen Eifer bewies. Übrigens ließ er sich nur sehen, solange es etwas zu tun gab. Außerhalb der für die Sauberhaltung der Zellen und die Mahlzeiten bestimmten Stunden war er niemals da, so daß die Reisenden die Anwesenheit dieses Schelms, dem sie mindestens zum Teil ihr gegenwärtiges Unglück verdankten, nicht zu ertragen brauchten.

Während des Tages machten sie einander nachbarschaftliche Besuche oder spazierten in der Galerie umher. Bei Sonnenuntergang stiegen sie dann auf die Plattform hinauf, wo Tchoumouki sogar zuweilen das Abendessen auftrug.

Die quadratisch angelegte Bastei, in der sie gefangen saßen, nahm die Westecke des Palastes ein und lag auf zwei Seiten über der großen Terrasse, von der sie eine Reihe von Innenhöfen trennte, die sie durchschritten hatten, um auf den zentralen Turm mit dem Zykloskop zu gelangen. Von ihren beiden anderen Fronten überragte die eine die zwischen Palast und Fabrik ausgesparte Esplanade, die nach der Seite des Red River zu von einer enormen Mauer begrenzt wurde, während die andere die Fortsetzung dieser letzteren Mauer bildete und aus einer Höhe von etwa dreißig Metern steil nach dem Fluß zu abfiel.

Jedes Entweichen mußte demnach als aussichtslos angesehen werden. Ganz abgesehen von der Schwierigkeit, sich der Bewachung zu entziehen, deren Wirksamkeit Harry Killer auf so grausame Weise bewiesen hatte, konnte man nicht daran denken, den Palast zu verlassen. Von der Bastei sich auf die Terrasse zu begeben, die unaufhörlich von den Ratgebern, den Merry Fellows vom Dienst und den Negern durchmessen wurde, die zum Hausgesinde oder zur Schwarzen Garde gehörten, hätte zu nichts geführt, selbst falls dieser Kraftakt vollführbar gewesen wäre. Man hätte im Grunde nichts gewonnen, wenn man auf die Esplanade flüchtete, die auf allen Seiten von unübersteigbaren Mauern umgeben war. Einzig der Red River hätte vielleicht einen Fluchtweg darstellen können, aber die Gefangenen besaßen weder ein Boot noch auch eine Möglichkeit, die dreißig Meter zu überwinden, die sie vertikal von ihm trennten.

Oben von der Plattform her konnten sie mit dem Blick den Lauf dieses Flusses verfolgen, der stromaufwärts und -abwärts zwischen zwei Reihen von Bäumen verschwand, die schon, wiewohl erst vor zehn Jahren gepflanzt, eine beträchtliche Höhe erreicht hatten. Mit Ausnahme des öffentlichen Gartens, den ihnen der übrige Palast verdeckte, lag auch die ganze Stadt Blackland offen vor ihren Augen da. Sie sahen ihre drei durch hohe Mauern getrennten Sektionen, die halbkreisförmigen, konzentrisch angelegten Straßen, die Quartiere im Westen und Osten mit ihrer eher dünngesäten weißen Bevölkerung, und das Zentrum, das in der Morgenfrühe von einer Menge von Schwarzen wimmelte, bevor diese sich in der umgebenden Landschaft verlor.

Ihre Blicke reichten auch zum Teil zu der Fabrik hinab, doch was sie davon sahen, klärte sie nur wenig über diese zweite Stadt auf, die in die erste eingeschlossen war, aber mit ihr nur wenig Verbindung zu haben schien. Wozu dienten diese verschiedenen Konstruktionen, auf deren höchstem Punkt sich ein Schornstein erhob, aus dem niemals eine Rauchfahne wehte, und ein Turm, der dem auf dem Palast ähnlich sah, den jedoch bis zu hundert Meter Höhe jener unerklärliche Mast überragte, der Amédée Florence im Augenblick seiner Ankunft aufgefallen war? Was bedeuteten die ausgedehnten Gebäude, die in dem abgeschlossenen Teil am Rande des Red River standen und von denen mehrere oben mit einer dicken, grasbewachsenen Erdschicht bedeckt waren? Welchen Bedürfnissen entsprach jener andere, größere Teil, der Gemüse- und Obstgärten enthielt? Weshalb die Metallverkleidung oben auf der hohen Mauer, die dieses Gebiet ganz für sich umschloß? Und warum an ihrer Basis der breite, tiefe

Graben? Warum sogar jene Mauer selbst, da auf den beiden nicht durch den Fluß oder die Esplanade begrenzten Seiten eine zweite vorhanden war, hinter der die offene Landschaft begann? Es schien, als habe man zugleich diesen speziellen kleinen Bezirk mit einem zusätzlichen Schutz versehen und es unmöglich machen wollen, daß man von dort aus unmittelbar mit der Außenwelt in Verbindung trat. Dies alles war unerklärlich.

In diesem Zusammenhang befragt, hatte Tchoumouki nur den Namen der inneren Stadt bekanntgeben können. ›Work-House‹ hatte er einzig und allein mit allen Anzeichen abergläubischer Furcht hervorgestoßen und dabei den Namen, den wir in dieser Erzählung durch die vertrautere Bezeichnung Fabrik ersetzen, fürchterlich verstümmelt. Im übrigen war anzunehmen, daß Tchoumouki, der ja erst jüngst in Harry Killers Brigade aufgenommen war, nichts Näheres darüber wußte, und er selber wäre zweifellos auch außerstande gewesen, die Gründe für die Furcht anzugeben, die man ihm deutlich anmerkte und die wahrscheinlich nur ein Abklatsch des allgemein die Stadt beherrschenden Empfindens war. Eine Macht verbarg sich also hinter dieser Mauer ohne Öffnung, die dem Palast gegenüber sich erhob. Welches war die Natur dieser Macht? Würde man sie jemals kennenlernen, und würde es möglich sein, sie sich zunutze zu machen?

Wenn für alle Beteiligten die Bewegungsfreiheit jetzt weit weniger eingeschränkt war, so weitaus am wenigsten für Jane Buxton. Auf Harry Killers Anweisung hin hatte Tchoumouki ihr mitgeteilt, daß sie ohne jede Einschränkung und ohne von irgendeiner Seite her etwas befürchten zu müssen, kommen und gehen und sich sowohl im Palast wie auf der Esplanade frei bewegen könne. Es war ihr einzig untersagt, den Red River zu überqueren, was sie zudem gar nicht hätte versuchen können, da ein Posten aus der Reihe der Merry Fellows unausgesetzt auf der Castle's Bridge Wache hielt.

Es braucht wohl kaum gesagt zu werden, daß Jane Buxton sich die ihr erteilte Erlaubnis in keiner Weise zunutze machte. Was immer ihr geschähe, ihr Los würde stets das gleiche wie das ihrer

Leidensgefährten sein! Sie blieb also wie jene eine Gefangene – zum großen Staunen Tchoumoukis, der seinerseits das Entgegenkommen, das seiner ehemaligen Herrin zuteil wurde, ganz fabelhaft fand.

»Du hast gut in Gefängnis bleiben«, sagte er zu ihr. »Wenn du den hohen Herrn geheiratet hast, ist gut. Du kannst dann Toubabs befreien.«

Aber Jane Buxton hörte nur mit halbem Ohr auf diese Beweisführung in Negerkauderwelsch. Tchoumouki erreichte mit seiner Beredsamkeit im Grunde nichts.

Wenn die Gefangenen nicht in der Galerie oder auf der Plattform der Bastei versammelt waren, gingen sie ihren Mußezeitbeschäftigungen nach, wobei jeder seinen speziellen Neigungen folgte.

Barsac hatte die Schwäche, auf seine bei der Begegnung mit Harry Killer bewiesene entschlossene Haltung übermäßig stolz zu sein. Die wohlverdienten Komplimente waren ihm gewaltig zu Kopfe gestiegen, und er hätte jetzt ohne Wimpernzucken den Weg zur Hinrichtung angetreten, um weitere zu ernten. Da alle Gefühle sich bei ihm in eine oratorische Form umsetzten, arbeitete er seitdem unaufhörlich an der Rede, die er dem Tyrannen bei der ersten Gelegenheit halten wollte, und immer wieder polierte er von neuem die scharfgeschliffene rächende Ansprache, die er zu ›improvisieren‹ und ihm ins Gesicht zu schleudern gedachte, falls dieser wagte, seine entehrenden Vorschläge noch einmal zu erneuern.

Doktor Châtonnay und der inzwischen von seinem Hexenschuß völlig genesene Saint-Bérain, die alle beide, der eine wegen mangelnder Patienten, der andere, weil die Umstände ihm die Ausübung seines Lieblingssports unmöglich machten, nichts Rechtes mit sich anzufangen wußten, leisteten gewöhnlich Jane Buxton Gesellschaft und bemühten sich, sie zu trösten. Die Erinnerung an ihren in der Einsamkeit seines Schlosses zurückgelassenen Vater bedrückte sie um so mehr, als sie sich jetzt für imstande gehalten hätte, die unheilbare Verzweiflung des alten Mannes doch einigermaßen zu lindern. Würde sie ihm wohl die zwar noch unvollständigen, aber doch schon sehr bewegenden Beweise für George Buxtons Unschuld jemals vorlegen können?

Amédée Florence verbrachte einen großen Teil seiner Zeit mit der Abfassung seiner täglichen Berichte. Keinen einzigen Tag verfehlte er, dieser seiner Berufspflicht zu genügen. Sollte man das Glück haben, Europa wiederzusehen, so würde wenigstens das Lesepublikum die Abenteuer der Mission Barsac bis in die kleinsten Einzelheiten zur Kenntnis nehmen können.

Was Monsieur Poncin anbelangte, so sagte und tat er nichts, als daß er von Zeit zu Zeit in sein umfangreiches Notizbuch eine jener kabbalistischen Aufzeichnungen eintrug, die auch weiterhin Amédée Florences Neugier lebhaft beschäftigten.

»Wäre es wohl indiskret, Monsieur Poncin«, wagte er eines Tages seinen schweigsamen Gefährten zu interpellieren, »Sie zu fragen, was Sie da mit solcher Sorgfalt notieren?«

Monsieur Poncins Gesicht hellte sich förmlich auf. O nein, das war nicht indiskret. Monsieur Poncin fühlte sich im Gegenteil enorm geschmeichelt, daß jemand auf seine Tätigkeit achtgab und Verständnis dafür hatte, daß sie interessant sein müsse.

»Im Augenblick beschäftige ich mich mit Rechenaufgaben«, erklärte er mit wichtigtuerischer Miene.

»Was Sie nicht sagen!« rief der Reporter aus.

»Ja, Monsieur. So habe ich soeben gerade die folgende gelöst: »A ist zweimal so alt wie B, als A so alt wie B war. Wenn B so alt wie A sein wird, so ergibt die Summe ihrer addierten Lebenszeit N Jahre. Wie alt ist A, und wie alt ist B? Wenn man das Alter von A zunächst mit X bezeichnet ...«

»Aber das ist doch keine Rechenaufgabe, was Sie sich da ausdenken, Monsieur Poncin!« rief Amédée Florence aus. »Das ist doch einfach ein Geduldspiel nach chinesischer Art! Und solche Übungen machen Ihnen Vergnügen?«

»Sie müssen doch zugeben, daß es passionierend ist! Diese Aufgabe ist sogar ganz besonders elegant. Ich löse sie seit meiner Kindheit, ohne ihrer jemals müde zu werden.«

»Seit Ihrer Kindheit?« fragte Florence verdutzt.

»Ja, Monsieur«, bestätigte Monsieur Poncin nicht ohne Eitel-

»Im Augenblick beschäftige ich mich mit Rechenaufgaben ...«

keit. »Ich bin heute bei meiner elfhundertsiebenundneunzigsten Lösung angelangt, bei der sich für A viertausendsiebenhundertachtundachtzig und für B dreitausendfünfhunderteinundneunzig Jahre ergeben.«

»Da sind sie keine jungen Leute mehr«, gab Amédée seinem Gesprächspartner mit unbewegter Miene zu bedenken. »Aber die elfhundertsechsundneunzig anderen Lösungen ...«

»Waren ebenso richtig. Jeweils das Vielfache von 9 fügt sich in die Gleichung ein, so daß die Zahl exakter Lösungen positiv unbegrenzt ist. Auch wenn ich zehntausend Jahre lebte, würde ich damit niemals zu Ende kommen. Wenn wir nämlich das Alter von A mit X und das Alter von B mit Y bezeichnen ...«

»Ach, nein, Monsieur Poncin«, fällt ihm Florence erschrokken ins Wort. »Ich möchte Ihnen lieber eine andere Aufgabe unterbreiten, die für Sie wenigstens den Reiz der Neuheit haben wird.«

»Mit Vergnügen«, antwortete Monsieur Poncin, der mit dem Bleistift in der Hand nur auf die Angaben wartete, die er erhalten sollte.

»Drei Personen«, diktierte Amédée Florence, »die eine ein Meter neunzig, die zweite ein Meter achtundsechzig, die dritte siebenundzwanzig Zentimeter groß, haben in achtundzwanzig Tagen eine Strecke von dreihundertzweiunddreißig Kilometern durchmessen. Wieviele Kilometer würden in einer Sekunde acht Personen zurücklegen, von denen zwei keine Beine haben, wenn man zudem weiß, daß ihr Durchschnittsalter fünfundvierzig Jahre beträgt?«

»Das ist eine Regeldetriaufgabe«, meinte Monsieur Poncin, dessen tief gefurchter Stirn man ansieht, wie angestrengt er nachdenkt.

»Sie werden die Frage mit ausgeruhtem Kopf studieren«, beeilte sich Amédée Florence ihm zu raten. »Da haben Sie also während der ganzen Zeit unserer Reise solche Art von Berechnungen in Ihr Notizbuch geschrieben?«

»O nein, Monsieur Florence«, wehrte Monsieur Poncin mit gewichtiger Miene ab. »Solche Rechenaufgaben sind für mich nur eine Zerstreuung, eine Erholung, eine Art geistigen Spiels. Gewöhnlich beschäftige ich mich mit weiterreichenden und ernsteren Fragen, wie Sie mir glauben dürfen.«

»Und darf ich fragen ...!«

»Ich bin Statistiker«, gestand Monsieur Poncin mit geheuchelter Bescheidenheit ein.

»Das ist also alles Statistik?« fragte Amédée Florence und zeigte dabei auf das berühmte Notizbuch.

»Ja, Monsieur«, antwortete Monsieur Poncin, geradezu trunken von Begeisterung. »Diese Aufzeichnungen sind eine unerschöpfliche Fundgrube für Informationen! Ich habe erstaunliche Dinge entdeckt, Monsieur.«

Monsieur Poncin hatte das Buch ergriffen, dessen Seiten er jetzt rasch durchblätterte.

»Sehen Sie das hier zum Beispiel, Monsieur«, rief er aus, während er auf eine Notiz wies, die das Datum des 16. Februar trug. »In siebzig Tagen haben wir neun Antilopenherden gesehen, die zusammen dreitausendneunhundertundsieben Köpfe zählten – ich habe sie gezählt –, was einen Durchschnitt von vierhundertvierunddreißig Antilopen pro Herde ergibt. Innerhalb eines Jahres würden wir also mathematisch nachweisbar sechsundvierzig und dreiundneunzighundertstel Herden begegnet sein, respektive zwanzigtausenddreihundertzwölf und achtundsiebzighundertstel Antilopen. Daraus ergibt sich mit ma-the-ma-tischer Genauigkeit, daß die vierundfünfzigtausendsechshundert Quadratkilometer, auf die ich die Oberfläche des Gebiets im Nigerbogen schätze, fünfhundertsechsundfünfzigtausendeinhundertzweiundsiebzig und achthundertvierundneunzigtausendstel Antilopen enthalten. Das ist eine Information, die, sollte ich denken, vom zoologischen Standpunkt aus höchst bedeutsam ist!«

»In der Tat ... in der Tat ...« stammelte Amédée Florence, der völlig durcheinander geraten war.

»Erstaunliche Dinge, kann ich Ihnen nur sagen!« fuhr indessen Monsieur Poncin zungenfertig fort. »Ich weiß zum Beispiel, daß es im Nigerbogen durchschnittlich neuntausendstel Kaimane und siebenundzwanzigzehntausendstel Flußpferde auf den laufenden Quadratmeter des Stromes gibt! Daß dort in diesem Jahr sechshundertzweiundneunzig Trilliarden dreihunderteinundzwanzig Billiarden zweihundertdreiunddreißig Milliarden einhundertsieben Millionen vierhundertfünfundachtzigtausend und ein Hirsekorn erzeugt worden sind. Daß jeden Tag im Durchschnitt achtundzwanzigtausendstel Kind pro Dorf geboren wird, und daß sich unter diesen achtundzwanzig Tausendsteln zweihundertsiebenundsiebzigtausendstel Mädchen und einhundertneunundneunzigsiebzehntausendstel Knaben befinden! Daß die Tätowierung der Neger dieser Region, aneinandergelegt, einhundertdreitausendfünfhundertachtundzwanzigmal um die Erde reichen würde! Daß ...«

»Genug! ... Genug ..., Monsieur Poncin«, unterbrach ihn Florence, der sich die Ohren zuhielt. »Es ist tatsächlich ganz wunderbar, aber zu hoch für mich, wie ich gestehen muß. Eine letzte Frage noch. Die Hieroglyphen, die ich mir die Freiheit genommen habe, eines Tages in Ihrem Notizbuch zu betrachten, hätten ebenfalls einen entsprechenden Sinn?«

»Durchaus!« erklärte Monsieur Poncin. »5.D. und 16.F. bezeichnen das Datum und bedeuten ganz einfach: 5. Dezember und 16. Februar, d. D. durchreiste Dörfer, M. Menschen, Ds. Durchschnitt, F. Frauen, p. D. pro Dorf, Qukm. Quadratkilometer usw. Alles das ist ganz einfach. Das Interessanteste ist das, was sich daraus ergibt, das heißt die Totalbevölkerung des Nigerbogens. Sie sehen: am 5. Dezember Tb., das heißt Totalbevölkerung 1.479.114.«

»Ja, ich sehe«, sagte Florence, »aber ich sehe auch unter dem Datum des 16. Februar Tb. 470.652. Welche dieser Zahlen ist nun die richtige?«

»Alle beide sind richtig«, behauptete Monsieur Poncin. »Die erste stimmte am 5. Dezember, die zweite am 16. Februar.«

»Es muß demnach in der Zwischenzeit, ohne daß ich etwas davon ahnte, eine grauenhafte Epidemie gewütet haben?«

»Ich weiß es nicht und will es auch gar nicht wissen«, erklärte Monsieur Poncin mit einer gewissen Großartigkeit. »Ein Statistiker, der diesen Namen verdient, muß es sich untersagen, Schlüsse zu ziehen, Monsieur. Er betrachtet, beobachtet, rechnet vor allem: darin ist alles enthalten, und aus seinen Untersuchungen und Beobachtungen ergeben sich dann die Resultate von selbst. Was tut es, wenn sie wechseln! Das ist in ma-the-ma-tischer Hinsicht unvermeidlich, wenn die Faktoren sich ändern. Eine solche Einzelheit hindert jedoch nicht eine Addition daran, eine Addition, eine Subtraktion, eine Subtraktion, eine Multiplikation . . .«

»Eine Multiplikation zu sein, etcetera.«

»Etcetera«, wiederholte automatisch Monsieur Poncin. »Die Statistik ist eine unbeweglich feststehende Wissenschaft, aber sie entwickelt sich unaufhörlich, Monsieur.«

Nachdem Amédée Florence seine Neugier gründlicher als erhofft befriedigt hatte, beeilte er sich, das Gespräch mit dieser bewundernswerten Maxime seinen Abschluß finden zu lassen.

Als die Gefangenen wieder beisammen waren, ergab sich ein ernsterer Gesprächsgegenstand für sie. Wie man sich denken kann, sprachen sie am häufigsten von ihrer Lage und dem, von dem sie abhing, nämlich Harry Killer, der ihnen einen Eindruck hinterlassen hatte, den die Zeit nicht abzuschwächen vermochte.

»Wer mag dieses Individuum sein?« fragte eines Tages Barsac.

»Ein Engländer«, antwortete Jane Buxton. »Sein Akzent schließt da jeden Zweifel aus.«

»Ein Engländer, mag sein«, erwiderte Barsac, »aber das besagt für uns nicht viel. Auf alle Fälle ist er kein Mensch wie alle anderen. Innerhalb von zehn Jahren diese Stadt geschaffen, die Wüste derart umgewandelt und Wasser dorthin geleitet zu haben, wo es seit Jahrhunderten unbekannt war, ein solches Werk setzt einen mit ausgedehnten naturwissenschaftlichen Kenntnissen begabten genialen Verstand voraus. Es ist unbegreiflich, wieso dieser Abenteurer über so fabelhafte Talente verfügen sollte.«

»Für mich«, erklärte Amédée Florence, »ist es um so unbegreiflicher, als ich Harry Killer für einen Verrückten halte.«

»Einen Halbverrückten mindestens«, korrigierte ihn Dr. Châtonnay, »muß man in ihm sehen, aber einen Halbverrückten mit krankhaftem Hang zum Alkohol, und das ist grauenhaft.«

»Die Verbindung dieser beiden Merkmale«, meinte Amédée Florence, »schafft den klassischen Typ des Despoten, das heißt eines impulsiv handelnden Menschen, dem das Schicksal Macht verliehen hat und der sie in der Weise benutzt wie ein verzogenes Kind. Außerstande, den geringsten Widerstand zu ertragen, geht er ohne Zwischenstadium von Wut zur Gemütsruhe über wie auch umgekehrt und bekundet nicht die geringste Achtung vor dem menschlichen Leben, dem der anderen, versteht sich.«

»Ein solcher Typ kommt in Afrika nicht selten vor«, erklärte Dr. Châtonnay. »Die Gewohnheit, unaufhörlich in der Gesellschaft alles in allem untergeordneter Wesen zu leben, über die sie eine unbegrenzte Herrschaft ausüben, verwandelt nur allzuoft Europäer, denen ein gefestigter Charakter und eine Höherem zugewandte Seele keinen hinlänglichen Schutz gegen diese endemische Kolonialkrankheit bieten, in blutrünstige Satrapen; Harry Killer hat sie nur besonders weit entwickelt, das ist alles.«

»In meinen Augen ist er verrückt, kann ich nur wiederholen«, bemerkte abschließend Amédée Florence, »und auf einen Verrückten kann man sich nicht verlassen. Ich bin sicher, daß er uns vergessen hat, und nichts spricht dagegen, daß er nicht in fünf Minuten unser aller Hinrichtung von einem Augenblick auf den anderen befiehlt.«

Während der nächsten acht Tage jedoch verwirklichten sich die pessimistischen Konjekturen Amédée Florences nicht, und das Leben nahm bis zum dritten April seinen Fortgang, ohne daß irgend etwas Neues eingetreten wäre. Dieser Tag hingegen erhielt sein besonderes Gepräge durch zwei Ereignisse von verschiedener Art. Gegen drei Uhr nachmittag wurden die Gefangenen durch das Erscheinen Maliks angenehm überrascht. Sobald sie Jane Buxton erblickte, warf sie sich ihr zu Füßen und küßte mit glühender Hingabe die Hände ihrer guten Herrin, die gleichfalls tief bewegt war.

Von der kleinen Negerin erfuhren sie, daß sie, anstatt von den Aeroplanen mitgenommen zu werden, mit vier Mann und zwei Sergeanten der alten Eskorte etappenweise, während welcher Zeit ihr schlechte Behandlung nicht erspart wurde, hergekommen sei. Die Gefangenen vermieden es, sie nach Tongané zu befragen, von dem sie, nach ihrem offensichtlichen

Kummer zu urteilen, sicher auch ihrerseits keine Nachricht hatte.

Zwei Stunden nach Maliks Auftauchen ereignete sich ein zweiter Zwischenfall ganz anderer Natur. Es war ungefähr fünf Uhr, als Tchoumouki durch die Galerie herbeigeeilt kam. Mit allen Anzeichen lebhafter Aufregung erklärte er den Gefangenen, daß er von Harry Killer mit dem Befehl abgesandt worden sei, Mademoiselle Mornas, die er beharrlich als seine zukünftige Gattin betrachtete, zu ihm zu bringen.

Einstimmig beschlossen die Gefangenen, Tchoumoukis Aufforderung mit einer ausdrücklichen Weigerung zu beantworten, so daß dieser sich trotz aller Gegenargumente zurückziehen mußte. Sobald er gegangen war, wurde Harry Killers Einladung von den Zurückgebliebenen lebhaft diskutiert. Alle waren sich darin einig, daß ihre Reisegefährtin sich unter keinem Vorwand von ihnen trennen dürfe.

»Ich danke Ihnen, liebe Freunde«, sagte Jane Buxton zu ihnen, »für den mutigen Schutz, mit dem Sie mich umgeben, aber glauben Sie nicht, ich sei völlig wehrlos, falls ich mich trotz allem einmal allein in Gegenwart dieses Rohlings, der ja schließlich nicht unverwundbar ist, irgendwo aufhalten müßte. Als man Sie durchsucht hat, hielt man es nicht für nötig, die gleiche Vorsichtsmaßnahme bei einer Frau anzuwenden, und so hat man mir diese Waffe hier gelassen.«

Bei diesen Worten wies Jane Buxton den Dolch vor, den man im Grabe ihres Bruders gefunden hatte und den sie seither an ihrem Gürtel trug.

»Sie können ganz sicher sein«, schloß sie, »daß ich von ihm gegebenenfalls Gebrauch zu machen wüßte.«

Kaum hatte sie den Dolch wieder an seinen Platz geschoben, der von den Schößen ihrer Taille zugedeckt wurde, als Tchoumouki ganz außer sich zurückkam. Harry Killer war über die Antwort von Mademoiselle Mornas in rasenden Zorn geraten und ließ ihr jetzt mit allem Nachdruck erklären, sie habe sich auf der Stelle zu ihm zu begeben. Beharre sie bei ihrer Weigerung, so würden die sechs Gefangenen alle sofort aufgehängt werden.

Zögern war nun nicht mehr am Platze, und da Jane Buxton unmöglich diejenigen, die sie in dieses Abenteuer hineingezogen hatte, jetzt derart in Gefahr bringen durfte, entschloß sie sich ungeachtet der Beschwörungen ihrer Gefährten nachzugeben. Diese versuchten vergeblich, sich mit Gewalt ihrem Aufbruch zu widersetzen. Auf Tchoumoukis Rufen hin drang ein halbes Dutzend Neger in die Galerie ein und verurteilte die fünf Männer zu völliger Wehrlosigkeit, bis Jane Buxton verschwunden war.

Sie kam erst gegen acht Uhr am Abend zurück, nach einer Abwesenheit von langen drei Stunden, während welcher Zeit ihre Gefährten, vor allem der unglückliche Saint-Bérain, der heiße Tränen vergoß, sich ihretwegen den schlimmsten Befürchtungen überließen.

»Nun? ...« fragten sie gleichsam im Chor, als sie sie kommen sahen.

»Je nun, es ist sehr gut verlaufen«, antwortete sie, obwohl sie noch immer zitterte.

»Was hat er denn von Ihnen gewollt?«

»Nichts, oder vielmehr er wollte mich sehen, nicht mehr als das. Als ich ankam, hatte er schon zu trinken angefangen, wie es offenbar seine Gewohnheit ist und war bereits halb berauscht. Er hieß mich niedersitzen und fing an, mir auf seine Art Komplimente zu machen. Er sagte mir, ich gefiele ihm, es würde ihm angenehm sein, eine kleine Hausfrau wie mich um sich zu haben, er rühmte seine Macht und seine Reichtümer, die nach dem, was er sagt, ungeheuer sind und deren ich mich wie er erfreuen könnte, sobald ich seine Frau geworden sei. Ich habe ruhig zugehört und mich darauf beschränkt zu antworten, er habe uns doch eine Bedenkzeit von einem Monat gewährt, von dem erst eine Woche verstrichen sei. So seltsam Ihnen das auch scheinen mag, hat er sich dagegen nicht aufgelehnt. Ich bilde mir wirklich ein, auf diesen Wahnwitzigen etwas wie Einfluß zu haben. Er hat mir bestätigt, er werde einen Monat verstreichen lassen, ohne einen Entschluß zu fassen, jedoch unter der Bedingung, daß ich ihm jeweils den Nachmittag widmete.«

»Du mußt also wieder hin, meine arme Kleine!« rief Saint-Bérain verzweiflungsvoll aus.

»Das läßt sich nicht umgehen«, antwortete Jane Buxton, »aber nach diesem ersten Tag glaube ich nicht, daß ich mich dabei einer großen Gefahr aussetze. Vor sieben Uhr war er schon völlig betrunken, und meine Rolle bestand nur noch darin, seine Pfeifen zu stopfen und sein Glas zu füllen bis zu dem Augenblick, in dem das Scheusal zu schnarchen begann, was ich mir zunutze machte, um hierher zurückzukehren.«

Von diesem Tage an mußte Jane Buxton tatsächlich täglich gegen drei Uhr zu Harry Killer gehen, bei dem sie bis acht Uhr blieb. Nach dem, was sie darüber berichtete, wurde das Abkommen auch weiterhin in friedlicher Form eingehalten. Alle Nachmittage verliefen auf die gleiche Art. Bei ihrer Ankunft fand sie den Despoten noch in Gesellschaft seiner Ratgeber vor, denen er seine Befehle erteilte, die übrigens von seinem hellwachen Verstande zeugten. Diese Instruktionen, die sich auf die Verwaltung der Stadt und die landwirtschaftlichen Arbeiten bezogen, enthielten nichts besonders Bemerkenswertes, und an der Leitung von Blackland wäre nichts Geheimnisvolles festzustellen gewesen, hätte sich nicht Harry Killer von Zeit zu Zeit zu einem seiner Mitarbeiter geneigt und ihm eine geheime Mitteilung, deren Natur Jane verborgen blieb, ins Ohr geflüstert.

Die Ratsitzung dauerte in der Regel bis vier Uhr, dann zogen sich alle zurück, während Jane Buxton bei Harry Killer blieb. Nicht lange darauf jedoch ließ er sie jeweils allein. Täglich punkt halb fünf Uhr verschwand er durch eine kleine Tür, deren Schlüssel er immer bei sich trug. Wohin ging er dann? Jane wußte darüber absolut nichts.

An den drei ersten Tagen hatte sie auf Harry Killers Rückkehr gewartet, und dann waren einige Minuten nach seinem Abgang merkwürdige Töne an ihr Ohr gedrungen, Töne, die sich wie Klagelaute aus der Ferne anhörten, so wie etwa ein Mann sie ausstoßen könnte, der gefoltert wird. Dieses Stöhnen hielt etwa eine Viertelstunde an, hörte dann aber auf, und nach etwa halbstündiger Abwesenheit öffnete Harry Killer wieder die kleine Tür, durch die er hinausgegangen war, und kehrte in ausgezeichneter Laune zurück. Jane stopfte ihm seine Pfeifen und füllte ihm sein Glas, und darauf trank er, bis er gänzlich berauscht war.

Drei Tage lang hatte also Jane Buxton in dem Zimmer, in dem er sie zurückließ, auf Harry Killer gewartet. Da aber bald die fernen Klagen, die ihr ein Leiden offenbarten, zu dessen Linderung sie außerstande war, unerträglich wurden, nahm sie die Gewohnheit an, während dieser Stunde, in der sie sich selbst überlassen blieb, in dem Palast umherzugehen, dessen Personal, ob Räte, schwarze Diener oder Merry Fellows vom Dienst sie zu kennen begannen und sie mit einer gewissen Ehrfurcht behandelten.

Jeden Abend kam ein Augenblick, in dem seine Trunkenheit Harry Killer ihr auf Gnade und Ungnade auslieferte. Es wäre dann dem jungen Mädchen ein Leichtes gewesen, diesen Tyrannen und Säufer umzubringen, indem sie mit dem Dolche zustieß, der ein Erbteil aus dem Besitz ihres unglücklichen Bruders war. Doch abgesehen von dem natürlichen Abscheu, den Jane davor empfand, einen wehrlosen Mann zu erstechen – wie widerwärtig er auch sein mochte –, wozu hätte dieser Mord genützt? Wenn Harry Killer tot war, hätte es doch auch weiterhin die Bande von Briganten gegeben, die er als seine Ratgeber bezeichnete, die Neger mit den Raubtiergesichtern, die die Schwarze Garde bildeten, und die ganze zusammengewürfelte Menge, aus der die Bevölkerung von Blackland bestand. Die Lage der Gefangenen wäre nicht besser, sondern eher schlimmer geworden durch den Tod des einzigen Mannes vielleicht in dieser Stadt, der in seinen lichten Momenten den Beweis eines wirklichen Verstandes erbrachte und die Vorteile relativer Milde zu begreifen in der Lage war. Als Jane Buxton ihre Gefährten über diesen Punkt um Rat gefragt hatte, waren alle mit ihr einig gewesen. Nein, um keinen Preis durfte man Harry Killer töten.

Doch es gab vielleicht ein anderes, besseres Projekt. Konnte man nicht, da Jane Buxton das Vertrauen des Despoten genoß, dieses am Ende nutzbar machen, um sich seiner Person zu bemächtigen? Von da an hätten die Geiseln ihrerseits eine solche und könnten bei gleichen Machtverhältnissen Verhandlungen führen.

Unglücklicherweise stieß dieser Plan auf große Schwierigkeiten. Wie sollte man angesichts des Personals, das dauernd im Palast umherging, und der Männer, die vor der Tür der Gefangenen ständig Wache hielten, Harry Killers habhaft werden? Und könnte es nicht sein, daß nach Überwindung der ersten Schwierigkeit die Bevölkerung von Blackland, glücklich, von ihrem Despoten befreit zu sein, zu keiner Verhandlung bereit wäre, bei der es um die Befreiung des Despoten ging? Und wenn sogar diese Hypothese nicht zuträfe und zuguterletzt ein Friedensvertrag zustande käme, mit welchen Mitteln wollte man dann seine Durchführung sichern? Alles das waren Probleme, deren Lösung äußerst mißlich war.

Neben diesem Entführungsplan hegte Jane Buxton persönlich noch einen anderen, über den sie sich ihren Gefährten noch nicht anvertraut hatte. Sowohl ihre Neugier wie ihr Mitleid waren wachgeworden, jene infolge der regelmäßig wiederkehrenden Abwesenheit Harry Killers, dieses jedoch durch die fernen Klagelaute, die zu diesem Zeitpunkt des Tages immer wieder zu vernehmen waren. Wenn sich am Abend Harry Killer im Zustand der Trunkenheit vollkommen gehen ließ, hatte sie schon mehr als einmal den Wunsch verspürt, ihm den Schlüssel zu der Tür wegzunehmen, durch die er jeden Nachmittag verschwand, um nachzusehen, was sich dahinter befände. Bislang hatte ihr dazu jedoch immer der Mut gefehlt, und so hatte sie diesem Verlangen widerstanden, dessen Befriedigung ernste Folgen hätte haben können.

Fünf Tage verliefen in dieser Weise, man schrieb nunmehr den 8. April.

An diesem Tage, ein wenig nach neun Uhr abends, erkundigten sich die Gefangenen, die auf der Plattform der Bastei versammelt waren, unter denen sich auch Malik befand, bei Jane gerade nach den Begebenheiten des Tages, der im übrigen ebenso

Es war ein Stein von beträchtlicher Größe.

wie die vorhergehenden verlaufen war. In dem darunterliegenden Stockwerk beendete Tchoumouki sein Tagewerk, bevor er bis zum nächsten Morgen wieder verschwand.

Schwere Wolken, die aller Wahrscheinlichkeit nach sich bald in Regen auflösen würden, machten die Nacht sehr dunkel, obwohl der Mond noch nicht in seinem letzten Viertel angelangt war. Auf der Plattform, bis zu der die Lichter vom anderen Ufer nicht reichten, herrschte tiefe Dunkelheit.

Plötzlich fiel etwas auf den Fliesenboden und verursachte beim Aufschlagen ein kurzes Geräusch. Überrascht brachen die Gefangenen ihre Unterhaltung ab. Woher kam dieses Objekt, das ihre Augen nicht einmal zu unterscheiden vermochten, und was mochte es sein?

Amédée Florence fand als erster zu seiner gewohnten Kaltblütigkeit zurück. Im Nu entdeckte er das geheimnisvolle Projektil. Es war ein Stein von beträchtlicher Größe, an dem eine Schnur befestigt war, deren anderes Ende offenbar über das Geländer hinweg in den Red River hinunterhing.

Was bedeutete dieser Vorfall? Verbarg sich dahinter vielleicht irgend eine Falle, oder aber hatten die Gefangenen in Blackland einen unbekannten Freund, der ihnen eine Botschaft übersandte? Um es in Erfahrung zu bringen, brauchte man nur die Schnur heraufzuziehen, an deren anderem Ende sich in diesem Fall eine Botschaft befinden würde. Ohne länger zu warten, machte Amédée Florence sich daran, diese Schnur einzuholen, wobei er sich von Dr. Châtonnay helfen ließ. Da sie jedoch zu dünn war, glitt sie ihm infolge des Gewichts, das sie trug, zwischen den Fingern davon. Es konnte sich also keinesfalls um ein bloßes Briefchen handeln.

Endlich erreichte man das Ende, das an einem sehr viel dickeren Strick befestigt war. Wie zuvor die Schnur, versuchte man nun, den Strick heraufzuwinden. Als man ihn dreißig oder fünfunddreißig Meter heraufgeholt hatte, wurde ein Widerstand spürbar, nicht so, als ob das Seil an einem festen Gegenstand vertäut gewesen wäre, sondern elastisch, wie ihn ein Mann hervorrufen konnte, indem er am unteren Ende zog. Einen kurzen Augenblick lang wußte man nicht recht, was tun. Wie sollte man verfahren?

»Befestigen wir doch das Seil«, schlug Amédée Florence vor.

»Wir werden dann ja sehen, ob es das ist, was derjenige will, der es uns heraufgeschickt hat.«

So geschah es denn auch.

Auf der Stelle spannte sich das Seil. Bestimmt stieg jemand hinauf, den die Gefangenen, über das Geländer gebeugt, zu erkennen versuchten, und tatsächlich konnten sie eine menschliche Gestalt unterscheiden, die rasch an der Mauer heraufkletterte.

Der unbekannte Besucher führte seinen Aufstieg zu Ende. Einen Augenblick später überstieg er das Geländer und befand sich mitten unter den verdutzten Gefangenen.

»Tongané! . . .« riefen alle mit erstickter Stimme aus.

v. *Neue Gefangenschaft*

Nicht nur war Tongané nicht getötet, sondern sogar, wie er später erklärte, bei dem Überfall in Koubo nicht einmal verwundet worden. Da die Strahlen der Scheinwerfer nicht bis zu ihm gedrungen waren, hatte er sich unbemerkt unter das Schutzdach der Bäume schleichen können, so daß die Angreifer sich gar nicht um ihn gekümmert hatten.

Indem Tongané so handelte, hatte er niemals die Absicht gehabt, seine Herrschaft schnöde zu verlassen, zumal sich ja auch Malik bei den übrigen befand. Er hatte im Gegenteil einzig die Idee, ihnen allen zu Hilfe zu kommen, aber gemeint, er werde besser dazu imstande sein, wenn er in Freiheit bliebe.

Keineswegs gewillt, die Flucht zu ergreifen, hatte er sich mehr den Entführern an die Sohlen geheftet. Er hatte sie auf der Fährte eingeholt und war um den Preis zahlloser Entbehrungen während der Durchquerung der Wüste denjenigen unter ihnen gefolgt, die Malik nach Blackland brachten, wobei er sich spärlich von den Brosamen ernährte, die er an den Stätten antraf, an denen sie vor ihm Halt gemacht hatten. Zu Fuß war er so schnell vorangekommen wie ihre Pferde, das heißt, er hatte täglich fünfzig Kilometer zurückgelegt.

Freiwillig hatte er den Abstand bei der Annäherung an Blackland größer werden lassen. Sobald sie in bebautes Ackerland kamen, war er zurückgeblieben und hatte die Dunkelheit abgewartet, um sich auf dieses unbekannte Gebiet zu begeben. Bis zum Morgen hatte er sich in einem dichten Gebüsch versteckt. Dann hatte er sich unter die Schar der Neger gemischt, wie sie den Boden beackert, wie sie die Prügel über sich ergehen lassen, mit denen die Wächter nicht sparten, und war am Abend mit ihnen in das im Zentrum gelegene Quartier zurückgekehrt, ohne daß jemand ihn beachtet hätte.

So gingen einige Tage dahin, bis er eine Gelegenheit sah, aus einer verlassenen Hütte das Seil zu entwenden. Es war ihm gelungen, mit seiner Beute im Gefolge des Civil Body an den Fluß zu gelangen, wo er während zweier langer Tage sich unter der Überwölbung eines Abflußrohres verborgen und die günstige Gelegenheit abgewartet hatte.

Während dieser zwei Tage hatte er jeden Abend die Gefangenen auf der Plattform der Bastei kommen und gehen sehen, doch hatte er sich vergebens bemüht, ihre Aufmerksamkeit auf sich zu ziehen. Die erhoffte Gelegenheit hatte sich erst am dritten Tag, am 8. April, eingestellt. Da dichte Wolken die Nacht sehr finster machten, hatte er sich in diesem Dunkel aus seinem Versteck herausgewagt, um darauf das Seil zu seinen vormaligen Dienstherren hinaufzuschleudern, an dem er später tatsächlich zu ihnen gelangen konnte.

Wie man sich denken kann, gab er diese Erklärungen erst zu einem späteren Zeitpunkt ab. Im Augenblick begnügte sich Tongané mit der Andeutung, daß zweifellos alle auf dem gleichen Wege fliehen könnten, den er selbst zum Kommen eingeschlagen hatte. Unten würden sie ein Boot finden, das er sich hatte beschaffen können, und man würde dann später nur den Red River hinunterfahren müssen.

Dieser Plan wurde, wie sich denken läßt, ohne weiteres angenommen. Mit vier Männern am Ruder würde man unter Mithilfe der Strömung gut sechs Meilen in der Stunde zurücklegen können. Bräche man demnach um elf Uhr auf, würde man bei Morgengrauen mehr als fünfundsiebzig Kilometer von hier entfernt sein, das heißt längst nicht nur die im Bereich des Zykloskops gelegene Schutzzone, deren Überwachung man gewiß dadurch würde täuschen können, daß man sich im Schutz der Ufer bewegte, sondern auch die äußerste Grenze des bebauten Ackerlandes und sogar den letzten der mitten in der Wüste eingerichteten Wachtposten hinter sich gelassen haben. Darauf würde es genügen, um von den Aeroplanen aus nicht beobachtet zu werden, sich tagsüber in irgendeiner Uferhöhle zu verbergen und die Weiterfahrt bis zur Erreichung des Niger während der folgenden Nächte wiederaufzunehmen. Da der Red River sich bestimmt in der Umgebung von Bikini, einem flußabwärts von Saye gelegenen Dorf, in ihn ergoß – bewegte er sich doch in dem ehemaligen Bett des Oued Tafasset –, handelte es sich um eine Fahrt von insgesamt vierhundertfünfzig Kilometern, die vier bis fünf Nächte im Boot erfordern würden.

Dieser rasch erörterte Plan wurde rasch akzeptiert. Bevor man ihn jedoch zur Ausführung brachte, mußte man sich von Tchoumouki befreien. Es kam manchmal vor, daß der Neger sich am Abend noch endlos in der Galerie oder auf der Plattform zu schaffen machte. Man durfte das nicht seiner Laune überlassen. Es hieß vielmehr handeln, und zwar schnell.

Unter Zurücklassung von Jane Buxton, Monsieur Poncin, der für keine Hilfeleistung geeignet war, und von Tongané auf der Höhe der Bastei, betraten die übrigen Gefangenen die Treppe. Schon bei den ersten Schritten sahen sie auf dem unteren Stockwerk Tchoumouki mit gemessener Langsamkeit sein Tagewerk beenden. Er kümmerte sich in keiner Weise um die Anwesenheit der vier Männer, denen zu mißtrauen ja auch für ihn keinerlei Grund vorlag. Diese konnten sich ihm also nähern, ohne daß er auf sie aufmerksam wurde.

Entsprechend dem vorher festgelegten Plan war Saint-Bérain derjenige, der den Angriff leitete. Seine kräftigen Hände schlossen sich jäh um den Hals des Negers, der keine Zeit fand, auch nur einen Schrei auszustoßen. Die drei übrigen packten ihn alsbald bei den Armen und Beinen und fesselten und knebelten den Spitzbuben mit gebührender Sorgfalt. Dann wurde er in eine Zelle verbracht, diese zugeschlossen und der Schlüssel in den Red River geworfen. Damit würde die Entdeckung der Flucht so weit wie möglich hinausgeschoben sein.

Als die Europäer nach Erledigung dieser ersten taktischen Operation wieder auf die Plattform hinaufstiegen, wurden sie von einem sintflutartigen Regen überrascht. Wie man schon hatte voraussehen können, lösten die schweren Wolken sich in kataraktartige Wassermassen auf, die von heftigen Böen einhergetrieben wurden. Das Glück war ganz entschieden auf seiten der Flüchtlinge. Man konnte durch diese flüssige Abschirmung

Die Flüchtlinge ließen sich an dem Seil hinabgleiten …

nicht weiter als zwanzig Meter blicken, so daß man kaum, nur verwischt und unbestimmt, die Lichter aus dem Merry-Fellow-Quartier am anderen Ufer unterscheiden konnte.

Sie begannen sofort mit dem Abstieg, der sich ohne Zwischenfall vollzog. Einer nach dem anderen, voran Amédée Florence, als letzter Tongané, ließen sich die Flüchtlinge an dem Seil hinabgleiten, dessen unteres Ende an einem Kahn von genügender Größe, um alle aufzunehmen, befestigt war. Vergebens schlugen die übrigen Jane Buxton vor, sie anzuseilen. Sie lehnte es energisch ab und bestand darauf zu beweisen, daß ihre sportliche Tüchtigkeit der ihrer Gefährten nicht nachstehe.

Bevor Tongané die Plattform verließ, war er darauf bedacht, das Seil von dem zinnenartigen Mauervorsprung zu lösen, an dem es befestigt war, und es nur einmal darum geschlungen zu lassen. Dann hielt er selbst die beiden Enden fest, ließ sich in dieser Weise hinab, und zog sodann, nachdem er bei seinen Gefährten angelangt war, das ganze Seil, indem er das eine Ende ergriff, zu sich herab. Auf diese Weise ließen sie keine Spuren ihrer Flucht zurück.

Kurz nach zehn Uhr wurde der Anker gelichtet, und das von der Strömung erfaßte Boot begann sich flußabwärts zu bewegen. Die Flüchtlinge hielten sich hinter den Wanten verborgen, so daß sich der Bootsrand in Höhe ihrer Köpfe befand. Sobald sie die Stadt verlassen hätten, deren Außenmauer noch kaum sechshundert Meter von ihnen entfernt war, würden sie zu den Rudern greifen und dann schneller vorwärtskommen. Bis dahin war es, wiewohl der sturzbachähnliche Regen einen undurchdringlichen Vorhang bildete, doch besser, sich nicht zu zeigen.

Einige Minuten vergingen, und schon glaubte man sich außerhalb des umgrenzten Raums zu befinden, als das Boot an ein Hindernis stieß und sich nicht mehr rührte. Bei dem Versuch, durch Tasten etwas zu ermitteln, stellten die Flüchtlinge voller Verzweiflung fest, daß es durch ein sehr hohes Eisengitter festgehalten wurde, das in seinem oberen Teil mit Stahlplatten abgesichert war und dessen Basis unter dem Wasser verschwand. Vergebens schoben sie sich mit dem Fahrzeug an dem Gitter entlang. Seine Enden waren fest in die Außenmauer eingeschweißt, die auf der einen Seite die Behausungen für den Civil Body und die Merry Fellows und auf der anderen den Wachgang auf der

Sonderumfassung der Fabrik begrenzte. Wohl oder übel mußten sie zu der Erkenntnis gelangen, daß sich hier keine Durchfahrt bot.

Harry Killer hatte recht. Er hatte seine Vorsichtsmaßnahmen einwandfrei getroffen. Der Lauf des Red River, der bei Tage frei zugänglich dalag, war während der Nacht versperrt.

Eine ganze Weile verging, bis die bestürzten Flüchtlinge wieder Mut gefaßt hatten. Sie waren so tief niedergeschlagen, daß sie nicht einmal spürten, wie der Regen sie bis auf die Haut durchnäßte. Sollten sie zurückkehren, sich gesenkten Hauptes vor der Tür des Palastes einfinden und ihre Hände selbst den Fesseln darbieten, die man ihnen anlegen würde? Hierzu konnten sie sich noch nicht entschließen. Was aber sonst sollten sie tun? Diese Stahlplatten zu übersteigen, an denen es keine Vorsprünge gab, war offenbar unmöglich. Erst recht war gar nicht daran zu denken, das Boot darüber hinwegzuheben. Ohne Boot aber war eine Flucht keinesfalls zu verwirklichen. Die Idee, an einem der Ufer Fuß zu fassen, scheiterte von vornherein daran, daß an dem einen die Fabrik, am anderen das Quartier der Merry Fellows sich erhob. Nach allen Seiten hin war der Weg versperrt.

»Wir wollen ja schließlich hier nicht übernachten«, bemerkte endlich Amédée Florence.

»Und wohin wollen wir gehen?« fragte Barsac in höchster Ratlosigkeit.

»Wohin auch immer, jedenfalls nicht zu seiner Majestät Harry Killer«, entgegnete der Reporter. »Warum, da uns keine Wahl übrig bleibt, sollten wir nicht versuchen, uns in dem Gebäude einzumieten, das offenbar als ›die Fabrik‹ bezeichnet wird?«

Tatsächlich lohnte das den Versuch. Vielleicht würde man in diesem von der übrigen Stadt so deutlich unterschiedenen Mikrokosmos Hilfe finden. Da die Lage sich keinesfalls schlechter gestalten konnte, setzte man weiter nichts aufs Spiel, wenn man die Möglichkeit prüfte.

Sie stakten sich also mit den Rudern weiter nach dem linken Ufer hin, wo sie in einem Winkel der Umfassungsmauer, das heißt in dem flußabwärts gelegenen Teil des in einer Breite von ungefähr fünfzig Metern die Fabrik umgebenden Wachgangs landeten. Der Regenvorhang war so dicht, daß man auf die geringe Entfernung von fünfzig Metern nicht einmal diese erkannte.

Obwohl der Lärm der entfesselten Elemente alle Geräusche mit ebensogroßer Sicherheit aufhalten mußte wie die Wasserstürze den Blick, bewegten sie sich mit aller Umsicht auf diesem Wachgang, den sie unbedingt überqueren mußten.

Auf halbem Wege machten sie halt.

Sie waren jetzt allmählich in der Lage, auf eine Entfernung von höchstens zwanzig Metern die Ecke zu erkennen, an der die West- und die Ostmauer der Fabrik zusammentrafen, diese zur Rechten, parallel zur Stadtmauer ausgerichtet, jene flußaufwärts am Ufer des Red River verlaufend. Im Gegensatz zu der sonst gleichen Front des Palastes, fiel diese Mauer nicht schroff zum Wasser ab, von dem vielmehr ein ziemlich breiter Quai sie trennte.

Als sie die örtliche Situation überblickten, konnten die Flüchtigen sich noch nicht sofort entschließen, ihren Weg fortzusetzen. Sie hatten nämlich unmittelbar an der Mauerecke der Fabrik einen äußerst besorgniserregenden Gegenstand entdeckt: ein Schilderhaus, dessen klassische Konturen sich wenn auch ungenau durch den Regenschleier abzeichneten. Nun aber bedeutet ja jedes Schilderhaus, daß sich darin auch eine Wache befindet, und wenn man sie in diesem Fall auch nicht sah, mußte man doch voraussetzen, daß der Mann nur unter dem schützenden Dach Zuflucht gesucht hatte.

Indessen konnte man nicht ewig an dieser Stelle bleiben. Dies wäre die beste Gelegenheit gewesen, sich überraschen zu lassen, wenn womöglich die mutmaßlich vorhandene Wache unter dem Schutzdach hervorgetreten wäre, zum Beispiel, falls der Regen plötzlich nachlassen sollte.

Nachdem also Amédée Florence seinen Gefährten ein Zeichen gegeben hatte, daß sie ihm folgen sollten, ging er einige Meter den Wachgang hinauf, wobei er sich vom Red River entfernte, überquerte ihn dann vollends und kehrte dicht an der Fabrikmauer entlang zurück. Auf diese Weise würde man das Schilderhaus, dessen offene Seite wahrscheinlich auf die Flußseite ging, von hinten her erreichen.

An der Mauerecke angekommen, blieben sie von neuem stehen, um sich zu beraten; dann, als alles gut abgesprochen war, gingen Amédée Florence, Saint-Bérain und Tongané um die Ecke herum, betraten den Quai und liefen bis zu dem Schilderhaus, auf das sie sich energisch stürzten.

Tatsächlich befand sich ein Mann darin, einer der Merry Fellows. Überrumpelt durch den plötzlichen Angriff, den nichts ihn hatte voraussehen lassen, hatte er keine Zeit, von der Waffe Gebrauch zu machen, und der Schrei, den er ausstieß, verlor sich im Sturmgetöse. Schon packte Saint-Bérain ihn an der Kehle und riß ihn zu Boden, wie er es mit Tchoumouki getan hatte. Der Weiße brach ebenso zusammen wie zuvor der Neger.

Darauf lief Tongané zum Boot und holte den Strick, mit dem der Merry Fellow hinlänglich gefesselt wurde, dann bewegten die Flüchtigen sich unverzüglich wieder stromaufwärts in Richtung auf den Palast, dicht hintereinander und dicht an die Mauer der Fabrik gedrängt.

Eine der Eigentümlichkeiten dieser Fabrik bestand in dem bis hierhin vollkommenen Fehlen jeder Öffnung auf die Außenwelt. Auf der Esplanadenseite gab es keine einzige, wie man oben von der Bastei her hatte feststellen können. Auf der gegenüberliegenden Seite hatte man ebenfalls, so weit die Blicke den Regenvorhang durchdringen konnten, nichts derartiges feststellen können, und es schien, als ob auch für die nach dem Fluß zu liegende Nordfront das gleiche gelte.

Dennoch hatte man dort doch einen Quai angelegt, und dieser Quai mußte schließlich zu etwas dienen. Wozu aber, wenn nicht zum Ausladen von Waren, die durch Schiffe herbeigeschafft wurden? Es mußte ja notwendigerweise irgend ein Mittel geben, sie in das Fabrikgebäude zu befördern.

Diese Überlegung erwies sich als richtig. Nachdem die Flüchtlinge hundertfünfzig Meter zurückgelegt hatten, entdeckten sie tatsächlich eine zweiflügelige Tür, die aus ebenso festen wie dikken Panzerplatten hergestellt zu sein schien. Wie aber sollte man diese Tür öffnen, wenn man keinen Außenschlüssel besaß? Wie sie erschüttern? Wie die Aufmerksamkeit der Bewohner auf sich ziehen, ohne gleichzeitig die Wachen aufzustören, die aller Wahrscheinlichkeit nach die Umgebung hier unter ihrer Aufsicht hatten?

Außer dieser gab es noch eine andere Tür, jedoch kleiner und mit nur einem Flügel, in dem sich ein Schlüsselloch befand. Da aber kein Schlüssel und auch kein Instrument vorhanden war, das als Dietrich dienen konnte, führte diese Besonderheit zu nichts.

Nach langem Zögern wollten gerade die Flüchtlinge sich entschließen, mit ihren Fäusten und notfalls den Füßen diese Tür zu bearbeiten, als auf der Esplanade, etwas weiter flußaufwärts, sich ein Schatten zeigte. Kaum erkennbar durch den strömenden Regen hindurch bewegte dieser Schatten sich auf sie zu. Da nun aber der Quai keinen anderen Ausweg als den auf den Wachgang hatte, der die Fabrik umrundete und von da aus auf die Esplanade mündete, von der her der nächtliche Wanderer kam, bestand die Aussicht, daß dessen Ziel eine der beiden auf den Quai gehenden Türen war.

Die Flüchtlinge, denen keine Zeit mehr zum Entweichen blieb, drückten sich, so gut sie konnten, in den Rahmen der Flügeltür, bereit, sich im gegebenen Augenblick auf den so unerwartet Nahenden zu stürzen.

Dieser aber kam so sorglos einher und ging so völlig ohne Kenntnisnahme von ihrem Vorhandensein vorbei, daß sie auf jeden Gewaltakt verzichteten, dessen Notwendigkeit in keiner Weise erwiesen schien. Ermutigt durch die außergewöhnliche Unaufmerksamkeit des Wanderers, stellten sie sich ihm abwechselnd jeweils in den Weg, wenn er an einem von ihnen vorüberging, so daß er, als er wie vorauszusehen, vor der kleineren der beiden Türen stehenblieb und den Schlüssel ins Schloß schob, von acht, im Halbkreis um ihn gruppierten Zuschauern umgeben war, von deren Existenz er offenbar nichts ahnte.

Die Tür ging auf. Rücksichtslos den Mann, der sie geöffnet

hatte, über den Haufen rennend, stürzten die Flüchtlinge ihm nach, und der Letzte von ihnen warf die Tür zu, die sich mit einem dumpfen Laut schloß.

Sie waren nun von tiefem Dunkel umgeben, aus dem sich eine sanfte Stimme erhob und etwas erstaunt ein paar Ausrufe produzierte, deren Mäßigung unter diesen Umständen eher verwunderlich war.

»Ja, was denn! ...« ließ sich diese Stimme vernehmen. »Was soll denn das bedeuten? Was wollen Sie von mir? ... Was ist los? ...«

Plötzlich durchdrang ein strahlendes Licht die tiefe Finsternis. Jane Buxton war auf die Idee gekommen, ihre elektrische Taschenlampe in Tätigkeit zu setzen, die ihr schon einmal in Kokoro so hervorragende Dienste geleistet hatte. In dem Lichtkegel zeigten sich gleichzeitig Tongané und ihm gegenüber ein schmalgebauter Mann mit fahlblondem Haar und völlig durchnäßten Kleidern, der sich, etwas außer Atem, an die Wand lehnte.

Als Tongané und der blonde Mann sich gegenseitig erkennen konnten, stießen beide gleichzeitig aber auf völlig verschiedene Art einander entsprechende Rufe aus.

»Sergeant Tongané!« sagte der letztere mit einer sanften Stimme und dem Ausdruck gemäßigten Staunens.

»Mossié Camaret!« rief mit rollenden Augen der Neger.

Camaret! ... Jane Buxton fuhr zusammen, als sie diesen Namen hörte, den sie gut kannte, da er der eines ehemaligen Waffengefährten ihres Bruders war.

Indessen hielt Amédée Florence es für angebracht einzuschreiten. Da man sich offenbar unter Bekannten befand, konnte man sofort daran gehen, sich in kürzester Form einander vorzustellen. Er trat einen Schritt vor, so daß auch auf ihn der Lichtkegel fiel.

»Monsieur Camaret«, sagte er, »meine Gefährten und ich würden Sie sehr gern sprechen.«

»Nichts leichter als das«, antwortete in aller Ruhe Camaret.

Er berührte einen Knopf, und elektrische Lampen strahlten an der Decke auf. Die Flüchtlinge stellten fest, daß sie sich in einer

Art von Gewölbe befanden, in dem keinerlei Mobiliar vorhanden war, aller Wahrscheinlichkeit nach also einer Eingangshalle.

Marcel Camaret öffnete eine Tür, hinter der eine Treppe nach oben führte. Er machte einen Schritt zur Seite.

»Wenn Sie bitte eintreten wollen ...« bat er in völlig natürlichem Ton.

VI. *Marcel Camaret*

Verblüfft durch diesen Empfang, dessen konventionelle Höflichkeit unter diesen Umständen zu etwas Ungewöhnlichem wurde, betraten die sechs Europäer, gefolgt von den beiden Negern, die Treppe, die durch zahlreiche elektrische Lampen strahlend beleuchtet war. Nachdem sie etwa zwanzig Stufen erklommen hatten, kamen sie in einen zweiten Vorraum, in dem sie stehenblieben. Marcel Camaret, der als letzter nachgefolgt war, schritt quer durch das Vestibül und trat, nachdem er eine weitere Tür geöffnet hatte, wie vorher schon zur Seite, um seinen unverhofften Gästen Platz zu machen.

Diese betraten einen riesigen Raum, in dem große Unordnung herrschte. Ein Zeichentisch nahm eine Seite ein und eine große Bibliothek die drei anderen. Etwa zehn Sitzgelegenheiten, alle mit Stapeln von Büchern und Papieren beladen, standen planlos verstreut im Raum. Marcel Camaret ergriff einen dieser Stapel, legte ihn ruhig auf den Fußboden und setzte sich auf den dadurch frei gewordenen Stuhl. Durch sein Beispiel ermutigt, taten seine Gäste das gleiche, so daß bald alles saß, mit Ausnahme von Malik und Tongané, die respektvoll stehen geblieben waren.

»Womit kann ich Ihnen zu Diensten sein?« fragte darauf Marcel Camaret, der diesen außergewöhnlichen Besuch höchst natürlich zu finden schien.

Während der wenigen Minuten, die sie gebraucht hatten, um es sich bequem zu machen, stand den Flüchtlingen genügend Zeit zur Verfügung, um sich einen Eindruck von der Persönlichkeit zu verschaffen, in deren Häuslichkeit sie so kühn eingedrungen waren; diese Musterung fiel in ihren Augen äußerst beruhigend aus. Daß dieser Unbekannte, den Tongané mit dem Namen Camaret begrüßt hatte, seltsam erschien, daß seine Zerstreutheit, die so weit ging, daß er sie auf dem Quai fast gestreift hatte, ohne sie zu sehen, daß seine ›abwesende‹ und von allen Zufälligkeiten seiner Umgebung unabhängige Miene, daß die Gelassenheit und Schlichtheit, mit der er Leute bei sich aufnahm, die auf so rauhe Art bei ihm eindrangen, ungewöhnlich waren, ließ sich nicht bestreiten. Aber diese sicherlich nicht normalen Eigentümlichkeiten standen zu der Redlichkeit, oder besser gesagt offenbaren ›Unschuld‹ dieses Mannes, dessen kaum entwikkelter Körper an den eines Jünglings erinnerte, keineswegs im Widerspruch. Nein, dieser Mann mit der kräftig modellierten Stirn und dem Blick, dem man bis auf den Grund schauen konnte, war bestimmt nicht des gleichen Geistes Kind wie Harry Killer, obwohl alles darauf hinwies, daß er dessen Leben teilte.

»Monsieur Camaret«, antwortete Barsac, der Vertrauen zu fassen begann, »wir erbitten Ihren Schutz.«

»Meinen Schutz?« wiederholte Camaret leicht erstaunt. »Vor wem, mein Gott?«

»Vor dem Herren oder vielmehr dem Despoten dieser Stadt, vor Harry Killer.«

»Harry Killer ... ein Despot?! ...« griff Camaret, der nichts zu begreifen schien, die Rede Barsacs wieder auf.

»Wußten Sie das nicht?« fragte Barsac, der nun seinerseits verwundert war.

»Nein, wahrhaftig nicht.«

»Es kann Ihnen doch indessen nicht unbekannt sein, daß in Ihrer Nachbarschaft eine ganze Stadt existiert?« fragte Barsac mit einem gewissen Nachdruck, der allmählich anfing, Ungeduld zu verraten.

»Gewiß!« gab Marcel Camaret zu.

»Und auch nicht, daß diese Stadt Blackland heißt?«

»Ah? Also Blackland hat man sie genannt ...«, sagte Camaret. »Der Name ist wirklich gar nicht übel gewählt ... Nein, ich kannte ihn nicht, aber nun weiß ich ihn ja, da Sie mir ihn nennen. Im übrigen ist es mir ganz egal.«

»Wenn Sie den Namen dieser Stadt nicht kannten«, fuhr Barsac nicht völlig ohne Ironie fort, »so wußten Sie doch zum mindesten, daß sie bewohnt ist, und zwar von einer ziemlich zahlreichen Bevölkerung?«

»Ja, natürlich«, antwortete Camaret mit Seelenruhe.

»Nun aber braucht jede Stadt eine Verwaltung, eine Obrigkeit.«

»In der Tat.«

»In Blackland ist die gesamte Obrigkeit in der Person Harry Killers konzentriert, dieses Harry Killer, der nichts anderes als ein Bandit, ein grausamer, blutdürstiger Despot, ein brutaler Säufer, um nicht zu sagen ein Verrückter ist.«

Marcel Camaret hatte seine bislang gesenkten Augen jetzt zu Barsac erhoben. Er schien verblüfft, verstört sogar und wirkte, als ob er aus allen Wolken falle.

»Oh! Oh! ...«, murmelte er, als ob er seiner Sinne nicht völlig mächtig wäre. »Sie gebrauchen da Ausdrücke ...«

»Die noch weit hinter den Tatsachen zurückbleiben, durch die sie ausgelöst worden sind«, fuhr Barsac, der sich jetzt mehr und mehr erhitzte, fort. »Aber zunächst gestatten Sie mir, Ihnen zu erklären, wer wir sind.«

Nachdem Camaret durch eine nicht eben ermutigende Geste höflicher Gleichgültigkeit eingewilligt hatte, stellte Barsac seine Reisegefährten vor. Während er Jane Buxton ihr Pseudonym beließ, fügte er zu seinem Namen sowie zu denen seiner Mitreisenden, auf die er nacheinander wies, die Bezeichnung ihrer Stellung oder Betätigung hinzu.

»Und dies hier«, schloß er, »ist Tongané, bei dessen Person ich nicht länger zu verweilen brauche, da Sie ihn ja kennen, wie es scheint.«

»Ja ... ja ...«, brachte Camaret zögernd hervor, während er seine Blicke von neuem auf den Boden geheftet hielt.

»Beauftragt von der französischen Regierung ... Aber Sie müssen ja demnach Franzose sein, Monsieur Camaret?«

»Ja ... ja ...«, murmelte der Ingenieur ohne jedes Zeichen von Wärme.

»Beauftragt von der französischen Regierung, wie ich bereits sagte, eine Expedition, an der meine hier anwesenden Gefährten beteiligt waren, bis in den Nigerbogen zu geleiten«, fuhr Barsac fort, »hatten wir unaufhörlich gegen die Hindernisse zu kämpfen, die Harry Killer vor uns aufgetürmt hat.«

»Und in welcher Absicht sollte er das tun?« warf Camaret ein, der damit endlich etwas wie Aufmerksamkeit zu zeigen begann.

»In der Absicht, uns den Weg zum Niger zu versperren, denn Harry Killer wünscht, daß der Horst, den er sich hier errichtet hat, allen anderen Menschen unbekannt bleibt. Deshalb hat er alles darangesetzt, uns aus dieser Region herauszuhalten. Er fürchtete, wir könnten von Blackland reden hören, von dessen Existenz niemand in Europa die geringste Ahnung hat.«

»Was sagen Sie da? ...« rief Camaret jetzt mit einer Lebhaftigkeit aus, die man ihm zuvor nicht zugetraut hätte. »Es ist doch unmöglich, daß niemand in Europa, wohin zahlreiche Arbeiter zurückgekehrt sind, nachdem sie sich hier mehr oder weniger lange aufgehalten haben, von dieser Stadt etwas weiß!«

»Und dennoch ist es so«, entgegnete Barsac.

»Sie wollen behaupten«, drang Camaret, jetzt mehr und mehr beunruhigt, in ihn, »daß niemand – ich sage: niemand – uns hier kennt?«

»Absolut niemand.«

»Und daß dieser Teil der Wüste noch immer als vollkommen unbewohnt gilt?«

»Jawohl, das behaupte ich.«

Camaret hatte sich erhoben. Von heftiger Bewegung erfaßt, ging er im Raum auf und ab.

»Unbegreiflich! ... Unbegreiflich! ...« murmelte er.

Seine Erregung hielt nur wenige Augenblicke an. Bald hatte er unter Aufbietung aller Willenskräfte zu seiner Ruhe zurückgefunden und nahm seinen Sitz wieder ein.

»Sprechen Sie weiter, ich bitte Sie darum«, sagte er, nur etwas blasser als zuvor.

»Ich will Sie nicht«, nahm Barsac auf diese Aufforderung hin seine Rede wieder auf, »mit all den Verdrießlichkeiten langweilen, die wir zu ertragen hatten. Ich werde mich damit begnügen, Ihnen zu sagen, daß Harry Killer, nachdem es ihm gelungen war, uns von unserem militärischen Geleit zu trennen, in seiner Wut darüber, daß wir gleichwohl dabei beharrten, die Richtung weiter einzuhalten, die er uns verlegen wollte, uns mitten in der

Nacht von seinen Leuten hat entführen und hierher hat verbringen lassen, wo er uns seit vierzehn Tagen gefangen hält und uns bei jeder Gelegenheit mit Aufhängen bedroht.«

Ein wenig Blut war jetzt in Marcel Camarets Wangen zurückgekehrt. Sein Blick fing an, einen drohenden Ausdruck anzunehmen.

»Was Sie mir da sagen, ist ja wirklich unvorstellbar! . . .« rief er aus, als Barsac geendet hatte. »Wie? So soll Harry Killer sich aufgeführt haben?! . . .«

»Das ist noch nicht alles«, sagte Barsac, der nun von dem abscheulichen Zwang berichtete, dem Jane Buxton unterworfen war, und der Ermordung der beiden Neger, des einen durch ein Lufttorpedo, des anderen durch einen Aeroplan, der ihn mit einer Art Zange erfaßte und auf die Plattform des Turmes schleuderte, wo er zerschmettert liegenblieb.

Marcel Camaret war tief bestürzt. Zum ersten Mal vielleicht verließ er die Sphären der reinen Abstraktion und nahm den Kontakt mit der Wirklichkeit auf. Seine ihm innewohnende Redlichkeit litt sehr bei dieser Begegnung. Wie denn! Er, der kein Insekt hätte zerquetschen können, hatte ahnungslos lange Jahre in der Nachbarschaft eines Menschen verbracht, der solcher Grausamkeiten fähig war?!

»Das ist furchtbar . . . grauenhaft! . . .« sagte er.

Der Abscheu, mit dem ihn Barsacs Bericht erfüllte, war ohne jeden Zweifel ebenso aufrichtig wie tief. Wie ließ sich soviel Sensibilität, soviel zuverlässig vorhandene moralische Rechtlichkeit mit seiner Gegenwart in einer Stadt in Einklang bringen, die durch den Charakter ihres Oberhaupts etwas derart Dubioses an sich hatte?

»Aber schließlich, Monsieur«, gab Barsac, der sicher die Gedanken aller Anwesenden richtig interpretierte, zu bedenken, »ein Mann, der kalten Blutes solche Handlungen vollbringt, hat sicherlich auch noch andere Verbrechen auf dem Gewissen. Sie wissen offenbar nichts?«

»Und Sie, Sie wagen mir eine solche Frage zu stellen!« empörte sich nunmehr Camaret. »Gewiß, natürlich weiß ich darüber nichts, so wie ich auch von denen nichts wußte, die Sie mir soeben enthüllten, noch von jenen schrecklicheren, die ich jetzt zu argwöhnen beginne. Da ich kaum je diese Fabrik verlasse, deren Betrieb vollkommen auf meinen Schultern ruht, damit beschäftigt, zum Teil, wie ich sagen darf, tatsächlich erstaunliche Dinge zu ersinnen, habe ich nichts gesehen und nichts gewußt, wahr und wahrhaftig nichts.«

»Wenn wir Sie richtig verstehen«, sagte Barsac, »würden Sie damit indirekt wenigstens teilweise eine Frage beantworten, die wir uns stellen, seitdem wir hierher gekommen sind. Uns alle erstaunt es aufs höchste, daß diese Stadt und das sie umgebende Land etwa das Werk eines Harry Killer sein sollten. Wenn man bedenkt, daß sich hier vor zehn Jahren noch ein Ozean aus Sand ausgebreitet hat! Zu welchem Zweck sie auch ins Werk gesetzt worden sein mag, ist diese Umwandlung jedenfalls etwas Fabelhaftes. Nun aber würde ja, selbst wenn Harry Killer mit wirklich hervorragendem Verstand begabt sein sollte, doch dieser Verstand durch Alkohol weitgehend zugrunde gerichtet sein, und daher erklären wir uns nicht, wie dieses verkommene Subjekt der Schöpfer solcher Wunder sein kann.«

»Er! ...« rief Marcel Cameret von jäher Empörung überwältigt aus. »Er! ... Dieses Nichts, diese Null! ... Was denken Sie denn! ... Das Werk ist wirklich trefflich gelungen, doch um es zu verwirklichen, bedurfte es eines anderen als eines Harry Killer.«

»Und wer würde somit der Urheber sein?« fragte Barsac.

»Ich! ...« verkündete emphatisch, mit einem vor Stolz glühenden Gesicht Marcel Camaret. »Ich habe alles geschaffen, was hier existiert. Ich habe wohltätigen Regen über den trockenen, verbrannten Wüstenboden ausgegossen. Ich habe ihn in grünendes, fruchtbares Ackerland verwandelt. Ich habe aus dem Nichts, so wie Gott das Weltall aus dem Nichts erschaffen hat, diese Stadt aufgebaut!«

Barsac und seine Gefährten warfen einander beunruhigte Blicke zu. Während er, von einem krankhaften Enthusiasmus geschüttelt, diesen Hymnus seines eigenen Ruhmes sang, sandte

»Ich habe alles geschaffen, was hier existiert.«

Marcel Camaret zum Himmel, als suche er dort den, dem er sich zu vergleichen wagte, irre Blicke empor. Hatte man etwa nur den einen Wahnsinnigen gegen einen anderen ausgewechselt?

»Wie aber haben Sie«, meldete sich nun seinerseits Dr. Châtronnay nach einem Augenblick der Stille, »wenn Sie der Schöpfer von allem sind, was wir hier gesehen haben, Ihr Werk einfach Harry Killer preisgeben können, ohne sich um den Gebrauch zu kümmern, den er davon machen würde?«

»Hat die ewige Allmacht«, antwortete wiederum von hoher Warte herab Camaret, »als sie die Gestirne in das All geschleudert hat, sich um das Böse gesorgt, das daraus entstehen würde?«

»Sie bestraft es zuweilen«, murmelte der Doktor.

»Und ebenso werde ich es bestrafen, wenn es geschieht«, bestätigte Camaret, in dessen Augen von neuem etwas Beunruhigendes aufleuchtete.

Die Flüchtlinge verloren allen Mut. Welche Hoffnungen konnten sie auf diesen möglicherweise genialen, aber mit Sicherheit überspannten Menschen setzen, der zugleich zu so völliger Verblendung und einem derart maßlosen Hochmut fähig war?

»Wäre es unbescheiden, Monsieur Camaret«, bemerkte jetzt Amédée Florence in dem Wunsche, die Unterhaltung auf konkretere Gegenstände zurückzuführen, »Sie zu fragen, auf welche Weise Sie Harry Killers Bekanntschaft gemacht haben und wie das Projekt der Gründung Blacklands in Ihrem Hirn hat entstehen können?«

»Aber durchaus nicht«, antwortete sanftmütig Marcel Camaret, der schrittweise zu seiner gewohnten Ruhe zurückfand. »Der Plan stammt von Harry Killer. Nur die Ausführung ist von mir. Ich lernte Harry Killer kennen, als ich an einer von einer englischen Gesellschaft organisierten Expedition teilnahm, die damals ein zur Disposition gestellter Hauptmann namens George Buxton leitete.«

Bei diesem Namen richteten aller Blicke sich auf Jane. Doch diese ließ sich keine Regung anmerken.

»Tongané hat an dieser Expedition als Sergeant teilgenommen, und deshalb habe ich ihn gleich erkannt, obwohl seit damals eine ganze Reihe von Jahren vergangen ist. Was mich selbst anbetrifft, war ich als Ingenieur eingestellt, und zwar mit dem Auftrag, die Orographie, Hydrographie und vor allem die Mineralogie der durch uns bereisten Gegenden zu studieren. Von

Accra im Gebiet der Aschanti ausgehend, wendeten wir uns schon seit zwei Monaten nach Norden zu, als eines Tages Harry Killer unter uns erschien. Von unserem Expeditionsleiter wohl aufgenommen, wurde er unserer Gruppe beigeordnet und verließ uns nicht mehr.«

»Wäre es nicht richtiger zu sagen«, bemerkte hier Jane, »daß er mehr und mehr Hauptmann Buxton aus seiner Stellung verdrängte, so daß man diesen schließlich gar nicht mehr sah?«

Camaret wandte sich nach dem jungen Mädchen um.

»Das könnte ich Ihnen nicht sagen ...« gab er zögernd zu, ohne im übrigen über diese Frage irgendwelches Erstaunen zu bekunden. »Da ich sehr stark mit meinen Studien beschäftigt war, habe ich, wie Sie wohl verstehen werden, diese Einzelheiten nicht beobachten können; tatsächlich habe ich damals von Harry Killer kaum mehr gesehen als von Hauptmann Buxton. Wie dem auch sei, als ich eines Tages von einem privat unternommenen achtundvierzigstündigen Ausflug zurückkehrte, habe ich die Gruppe in dem Lager, in dem ich sie zurückgelassen hatte, nicht mehr vorgefunden. Menschen, Material – alles war fort. Höchst ärgerlich, wie man begreifen wird, fragte ich mich, nach welcher Richtung hin ich mich begeben sollte, als Harry Killer mich stellte. Er sagte mir, Hauptmann Buxton sei unter Mitnahme des größten Teils der Expeditionsmitglieder zur Küste zurückgekehrt, er selbst jedoch sei beauftragt, mit etwa fünfzehn Leuten und mir den vorgeschriebenen Weg der Expedition weiter zu verfolgen. Was bedeutete für mich Harry Killer oder Hauptmann Buxton, den ich im übrigen nicht mehr hätte erreichen können? Ich schloß mich also ohne Bedenken Harry Killer an. Dieser hatte von einigen recht interessanten Erfindungen Wind bekommen, mit denen ich mich zu jenem Zeitpunkt in Gedanken beschäftigte. Er führte mich hierher und schlug mir vor, sie praktisch zu erproben. Ich nahm an. Das ist der Ursprung meiner Beziehung zu Harry Killer.«

»Sie erlauben mir, Monsieur Camaret, Ihren Bericht zu ergänzen und Sie von dem in Kenntnis zu setzen, was Sie nicht zu wissen scheinen«, warf Jane Buxton hier in ernstem Ton ein. »An dem Tage, an dem Harry Killer Teilnehmer der Expedition von George Buxton geworden war, wurde die Mannschaft, die dieser befehligte, zu einer Herde von Banditen. Ortschaften wurden von ihnen in Brand gesteckt, Menschen in großer Zahl hingemordet, Frauen massakriert, Kinder hingemetzelt.«

»Unmöglich! ...« protestierte Camaret. »Ich war schließlich da, zum Teufel, und habe von alledem nichts gesehen.«

»So wie Sie auch uns soeben, als Sie an uns vorbeigingen, nicht gesehen haben und wie Sie zehn Jahre lang von den Untaten Harry Killers keine Ahnung hatten. Leider stehen die Tatsachen, die ich Ihnen enthülle, unbestreitbar fest. Es sind historische Fakten und in der ganzen Welt bekannt.«

»Und ich hätte davon nichts gewußt!? ...« stammelte völlig niedergeschmettert Marcel Camaret.

»Wie dem auch sei«, fuhr Jane Buxton in ihrer Rede fort, »das Gerücht von diesen Untaten gelangte auch nach Europa. Soldaten wurden gegen die aufrührerische Truppe George Buxtons ausgeschickt und diese völlig vernichtet. An dem Tage, an dem Sie ins Lager zurückkehrend dort niemanden mehr vorgefunden haben, war George Buxton nicht abmarschiert. Er war tot.«

»Tot! ...« wiederholte der völlig verdutzte Camaret.

»Ja, aber nicht, wie man bisher geglaubt hat, von den Kugeln der zu seiner Verfolgung ausgesandten Truppen getroffen. George Buxton wurde ermordet.«

»Ermordet!«

»Wir haben Sie vorhin irregeführt. Ich heiße nicht Mornas, sondern Jane Buxton und bin die Schwester Ihres ehemaligen Chefs. Deswegen habe ich Ihren Namen wiedererkannt, als Tongané ihn in meiner Gegenwart aussprach. Wenn ich nach Afrika gekommen bin, so zu dem Zweck, hier nach den Beweisen für die Unschuld meines unglücklichen Bruders zu forschen, dem zweifellos von einem anderen begangene Verbrechen zur Last gelegt worden sind.«

»Ermordet! ...« wiederholte noch einmal Camaret, überwältigt von dem Gewicht dieser aufeinanderfolgenden Enthüllungen.

»Und zwar hinterrücks ermordet«, betonte Jane, während sie aus ihrem Gürtel die Waffe zog, mit der George Buxton umgebracht worden war. »In Begleitung dieser Herren hier bin ich zum Grabe meines Bruders vorgedrungen und habe in ihrer Gegenwart seine Gebeine exhumiert. Von dort haben wir diesen Dolch mitgebracht, der ihn durch das Schulterblatt hindurch, in dem er noch steckte, mitten ins Herz getroffen hatte. Der Name des Mörders war früher einmal auf dem Griff eingraviert. Leider hat die Zeit ihn ausgelöscht. Zwei Lettern existieren jedoch noch, ein i und ein l, und nach allem, was Sie uns berichtet haben, glaube ich mich nicht zu täuschen, wenn ich behaupte, daß dieser Name Harry Killer gelautet hat.«

Beim Anhören dieser tragischen Begebenheit bezeigte Marcel Camaret wachsende Erregung. Fieberhaft verkrampfte und löste er seine Finger, und ebenso fieberhaft fuhr er sich mit den Händen über sein Gesicht, auf dem Schweißtropfen perlten.

»Das ist fürchterlich! ... fürchterlich! ... Und ich hätte das getan! ... Ich! ...« wiederholte er unablässig, während sich in seinen weitgeöffneten Augen von neuem jener Schimmer von Irrsinn entzündete.

»Gewähren Sie uns Zuflucht bei Ihnen?« fragte Barsac abschließend.

»Und ob ich sie Ihnen gewähre! ...« rief Camaret mit einer Wärme aus, die man an ihm bislang nicht kannte. »Müssen Sie mich wirklich erst darum bitten? Können Sie mich etwa tatsächlich für mitschuldig an diesen grauenhaften Verbrechen halten, die ich vielmehr, wie Sie gewiß sein dürfen, ahnden werde?«

»Bevor wir von einer Bestrafung sprechen, müssen wir zunächst an unsere Verteidigung denken«, warf der immer praktisch denkende Amédée Florence hier ein. »Steht nicht in Wirklichkeit zu befürchten, daß Harry Killer sich an uns rächen wird?«

Marcel Camaret lächelte.

»Er weiß nicht, daß Sie hier sind«, sagte er, »und selbst wenn er es wüßte ...«

Eine Gebärde, durch die er ausdrückte, wie wenig er sich um diese Möglichkeit Sorgen machte, führte seinen Gedanken zu Ende.

»Im Augenblick«, fuhr er fort, »ruhen Sie sich ganz unbesorgt aus. Sie sind in Sicherheit. Zweifeln Sie nicht daran.«

Er drückte auf einen Klingelknopf. Ein schwarzer Diener erschien.

»Joko«, sagte Camaret, als handle es sich um eine ganz simple Angelegenheit, »führe diese Damen und Herren in ihre Zimmer.«

Er stand auf und lenkte seine Schritte zu einer Tür, die er öffnete.

»Guten Abend, meine Herren«, sagte er höflich.

Darauf verschwand er und ließ seine Gäste ebenso verwundert zurück wie den Neger, dem die schwierige Aufgabe zufiel, ihnen eine Lagerstatt anzuweisen.

Denn wo sollte der unselige Joko denn wohl Betten hernehmen? In der Fabrik, in der für – unmöglich zu erwartende – Besucher nicht das Geringste vorgesehen war, gab es keines, das frei gewesen wäre. Würde er demnach gezwungen sein, von einer Tür zur anderen zu gehen und die Arbeiter einen nach dem anderen aufzuwecken?

Angesichts seiner Ratlosigkeit versicherte ihm Barsac, seine Gefährten und er würden sehr gut ohne Bett auskommen. Sie würden einfach bleiben, wo sie sich jetzt befanden, Joko solle nur ganz einfach zusammentragen, was sich an Sesseln und Decken auftreiben ließ. Sie würden sich damit um so leichter abfinden, als die Nacht bereits stark vorgeschritten war.

So brachten sie die Zeit bis zum Morgengrauen hin. Punkt sechs Uhr öffnete Camaret wiederum die Tür, durch die er sich am Abend zuvor zurückgezogen hatte. Er schien keineswegs erstaunt zu sein, sein Arbeitszimmer in einen Schlafsaal verwandelt zu sehen.

»Guten Morgen, meine Herren«, sagte er zu seinen Gästen mit der gleichen Gelassenheit, mit der er ihnen am Vortag gute Nacht gewünscht hatte.

»Guten Morgen, Monsieur Camaret«, scholl es einstimmig zurück.

»Meine Herren«, fuhr Camaret fort, »ich habe heute nacht über alles nachgedacht, was Sie mir berichtet haben. Diese Situation kann nicht fortbestehen. Wir müssen unverweilt handeln.«

Er drückte auf einen Knopf. Von allen Seiten her hörte man heftiges Klingeln.

»Folgen Sie mir bitte, meine Herren«, sagte er darauf.

Nachdem sie mehrere Korridore durchmessen hatten, gelangten sie in eine geräumige Werkstatt, die mit zahlreichen, zur Zeit nicht arbeitenden Werkzeugmaschinen ausgestattet war. Um diese drängte sich eine große Schar von Männern und Frauen.

»Sind alle da?« fragte Marcel Camaret. »Rigaud, bitte, den Appell.«

Als durch den Appell festgestellt worden war, daß das Betriebspersonal vollzählig versammelt war, ergriff Camaret das Wort. Zunächst stellte er die Fremden vor, die gekommen waren, um seinen Schutz zu erbitten. Dann legte er dar, was ihm im Laufe der vorhergehenden Nacht bekannt geworden war. Schreckenstaten, begangen von George Buxtons Truppe, die aus dem einen oder anderen Grund unter die Befehlsgewalt von Harry Killer geraten war, Mord, der vermutlich diesem, dem späteren Anführer der Expedition zur Last zu legen war, Entführung, dann Gefangennahme der Expedition Barsac, Gewaltanwendung gegen Jane Buxton und schließlich die ebenso grausame wie ungerechtfertigte Tötung der beiden Schwarzen – er vergaß nichts, was auf das Gemüt seiner Zuhörer Eindruck machen konnte. Aus allen diesen Tatsachen gehe hervor, daß sie alle, ohne es zu wissen, im Dienste eines regelrechten Schurken gestanden hatten, und daß infolgedessen zu befürchten sei, daß die Arbeit in der Fabrik nur der Ausführung neuer Verbrechen dienen sollte. Da eine solche Situation nicht länger bestehen dürfe und zudem es gegen aller Ehre gegangen wäre, Harry Killer die Gefangenen zurückzugeben, die er gegen jedes Recht ihrer Freiheit beraubt hatte, sei seiner Meinung nach der Augenblick gekommen, jede Beziehung zum Palast abzubrechen und allgemeine Rückführung in die Heimat zu fordern.

Camarets Bericht, dem alle in lautloser Stille gelauscht hatten, rief begreiflicherweise bei diesen redlichen Arbeitern zunächst Staunen hervor. Als ihre Erregung sich etwas gelegt hatte, stimmten sie seiner Folgerung aus ganzem Herzen bei. Wer von den Arbeitern übrigens hätte auf den Gedanken kommen können, eine Meinung zu äußern, die der des einhellig bewunderten und geachteten Direktors widersprach?

Dieser berührte die Einbildungskraft seiner Zuhörer noch stärker, indem er ihnen noch eine weitere, sehr richtige Überlegung vortrug.

»Was mich am meisten«, sagte er, »von allen unglaublichen Dingen, die ich heute nacht vernommen habe, überrascht hat, ist, daß von der Existenz dieser Stadt, die Killer, so scheint es, Blackland getauft hat, in Europa niemand etwas weiß. Ich bin mir wohl bewußt, daß sie abseits von jeder Karawanenstraße tief im Innern einer Wüste gegründet worden ist, offenbar mit gutem Grund. Doch ist nicht weniger gewiß, daß mehrere eurer Arbeitskameraden, nachdem sie eine mehr oder weniger lange Zeit hier verbracht hatten, von Heimweh gepackt den Wunsch geäußert haben, in ihre Heimat zurückzukehren. Ich habe heute nacht nachgerechnet. Seit der Gründung der Stadt haben wir genau einhundertsiebenunddreißig solche Rückwanderer zu verzeichnen. Wenn nun aber auch nur einige wenige von diesen einhundertsiebenunddreißig nach Europa gelangt wären, könnte die Existenz dieser Stadt nicht länger unbekannt sein. Da aber andererseits niemand von ihr weiß, ergibt sich notwendigerweise, daß keiner von den einhundertsiebenunddreißig Heimkehrern jemals seinen Bestimmungsort erreicht hat.«

Kein einziger Schrei erhob sich aus dieser Masse von Arbeitern, denen offenbar diese strikte Beweisführung jede Form der Äußerung verschlug.

»Infolgedessen ergibt sich aus dem bislang Geschehenen«, schloß Camaret, »daß keiner von euch hoffen kann, die Heimat wiederzusehen, solange die Macht Harry Killers ungebrochen besteht, und daß wir auf kein Erbarmen hoffen dürfen, sofern wir ihm in die Hände fallen. In unserem Interesse sowie in dem der Gerechtigkeit ist es also angebracht, den Kampf aufzunehmen.«

»Ja! ... Ja! ... Zählen Sie auf uns! ...« erscholl es jetzt von allen Seiten her.

So groß war das Vertrauen der Arbeiter zu Marcel Camaret, daß sie, wenn auch zunächst tief entmutigt durch die Einsicht, so völlig von der übrigen Welt abgeschnitten zu sein, bei dem Gedanken, daß er ja bei ihnen sei, schon wieder Mut geschöpft hatten. Wie ein Zeichen unerschütterlicher Treue streckten sich ihm alle Arme entgegen.

»Führt eure Arbeit wie gewöhnlich fort und zählt auf mich, liebe Freunde«, sagte Camaret, dessen Abgang von einer fabelhaften Huldigungsaktion begleitet wurde.

Sobald er die Werkzeugmacherei verlassen hatte, unterhielt er sich ein paar Minuten mit dem Meister, den er mit dem Namen Rigaud angeredet hatte. Dann kehrte Camaret, während jener an die Ausführung der Befehle ging, die er erhalten hatte, in sein Arbeitszimmer zurück.

Kaum hatte er sich dort niedergelassen, als das Telefon klingelte. Er griff nach dem Hörer, und man hörte ihn, wie er mit sanfter Stimme durch ein ›Ja‹, ein ›Nein‹, ein ›Gut!‹ oder ein ›Wie Sie wünschen‹ den Anruf beantwortete. Schließlich lachte er vernehmlich und hängte den Hörer wieder an den Apparat, den er endgültig zum Verstummen brachte, indem er den Stecker aus der Leitung zog.

»Das war ein Anruf von Harry Killer«, erklärte er mit jener merkwürdigen Stimme, deren unverwüstliche Ruhe gewöhnlich durch keinerlei innere Bewegung eine Schwankung verspüren ließ. »Er weiß, daß Sie hier sind.«

»Schon!« rief Barsac aus.

»Ja. Es scheint, daß man einen gewissen Tchoumouki gefunden hat, auch hat man offenbar ein herrenloses Fahrzeug auf dem Fluß und in einem Winkel an der Fabrikmauer einen ebenso wie Tchoumouki gefesselten Wächter entdeckt. Da es, wie Killer behauptet, unmöglich ist, die Stadt während der Nacht zu verlassen, hat er folgerichtig geschlossen, daß Sie sich hier befinden. Ich habe ihm diese Überzeugung denn auch nicht genommen. Darauf hat er von mir verlangt, Sie ihm auszuliefern. Ich habe mich geweigert. Er hat darauf bestanden, ich aber ebenso auf meiner Ablehnung dieses Ansinnens. Wutentbrannt hat Harry Killer mir gedroht, er werde Sie mit Gewalt zurückholen. Ich konnte nur lachen und habe die Verbindung unterbrochen.«

Camarets Schützlinge hatten sich alle zugleich erhoben.

»Ich brauche Ihnen nicht zu sagen, daß Sie auf uns zählen können«, erklärte Barsac im Namen aller seiner Gefährten. »Doch müßten wir Waffen haben . . .«

»Waffen? . . .« wiederholte Camaret lächelnd. »Wozu? . . . Ich glaube nicht, daß es auch nur eine einzige hier gibt. Aber sorgen Sie sich nicht, meine Herren. Wir verfügen über andere Mittel.«

»Mittel, mit denen man gegen die Geschütze des Palastes aufkommen kann?«

»Gegen diese und noch vieles andere. Wenn mich die Lust ankäme, diese ganze Stadt zu zerstören, so wäre es im Nu geschehen. Aber ich glaube nicht, daß wir zu dieser äußersten Maßnahme greifen müssen. Die Kanonen des Palastes werden schweigen, da können Sie gewiß sein. Abgesehen davon, daß Killer meine Macht kennt und daß die Fabrik kugelsicher erbaut ist, wird er sich hüten, sie zu zerstören, da ja seine ganze Macht auf ihr beruht. Er wird viel eher versuchen, mit offener Gewalt in sie einzudringen. Nur wird es ihm nicht gelingen.«

Wie eine Antwort auf Camarets Behauptung hörte man gleich darauf dumpfe Schläge vom unteren Stockwerk her.

»Was habe ich Ihnen gesagt?« fragte sanft lächelnd der Ingenieur. »Da unten gehen sie gegen die Eingangstür an. Aber das Biest ist zäh, kann ich Ihnen versichern.«

»Und wenn er eine Kanone gegen sie auffahren läßt?« fragte Saint-Bérain, der sich durch Camarets Ruhe nicht ganz überzeugen ließ.

»Selbst in diesem Falle wäre es nicht sehr leicht, sie aufzusprengen«, gab dieser zurück. »Und eine Kanone aus dem Palast auf dem Quai in Stellung zu bringen, würde viel Zeit kosten. Wir leben nicht mehr in den Zeiten des Rammbocks, der durch bloße Kraft der Arme bewegt werden konnte. Damit aber würden sie hundert Jahre lang die Tür berennen können, ohne voranzukommen. Wenn Sie mich im übrigen begleiten wollen, können Sie die verschiedenen Phasen der Belagerung miterleben. Ich glaube, es wird dort etwas zu sehen geben, was Sie interessieren dürfte.«

Sie kehrten in die Werkzeugmacherei zurück, durchquerten sie aber ohne jeden Aufenthalt. Die Maschinen waren jetzt in Betrieb, aber die Arbeiter gaben sich ihrer Tätigkeit nicht mit dem gewohnten Eifer hin. Sie standen gruppenweise zusammen und tauschten ihre Meinungen über die Neuigkeiten aus, von denen sie Kenntnis erhalten hatten, und in der Werkstatt herrschte eine gewisse Unordnung, die sich nur allzu leicht durch die gegenwärtigen Ereignisse erklärte und die Camaret daher auch nicht rügte.

Nachdem sie die Werkstatt durchquert hatten, erstiegen sie eine Wendeltreppe, auf der man zu der Plattform eines Turms gelangte, der sich von dem auf dem Palast befindlichen nur dadurch unterschied, daß er von dem unerklärlichen metallischen Mast überhöht war, dessen Spitze mehr als hundert Meter in die Luft ragte. Wie der Turm auf dem Palast war auch dieser mit einem zwischen den Sparren des Mastes angebrachten Glashaus versehen, das den Ausblick nach allen Seiten gestattete und in das Camaret seine Gäste einzutreten bat.

»Dieses Zykloskop«, erklärte er ihnen, »ist für den Ausblick in eine Entfernung von fünf Kilometern konstruiert wie dasjenige, das ich für Harry Killer geschaffen habe. Vermittels eines auf dem First der Fabrikmauern aufgestellten Systems von Spiegeln gestattet es uns, das zu überblicken, was sich in unserer unmittelbaren Nähe abspielt. Sie sehen von hier aus die Außenfläche unserer Umfassungsmauer bis zu ihrer Basis.«

Tatsächlich erschienen die Esplanade, der Quai und der Wachgang in dem Zykloskop. Die Bilder waren hier kleiner als die des auf dem Dach des Palastes aufgestellten Instruments, dafür jedoch weit klarer. In den Linsen erkannte man eine große Zahl von Menschen, von denen einige Leitern trugen und die überall an der Peripherie der Fabrik entlang liefen, während andere ihre Kräfte in vergeblichen Angriffen auf das Tor erschöpften.

»Wie ich voraussah«, sagte Camaret, »wollen sie das Gebäude erstürmen. Jetzt verspricht es wirklich interessant zu werden.«

Tatsächlich begann nun der Erstürmungsversuch. Schon waren an die Mauer mehrere Leitern gelehnt, auf denen eine große Zahl von Merry Fellows emporkletterte. Oben angekommen, legten einige von ihnen arglos ihre Hände auf die Kante. Sofort veränderte sich das Bild. Kaum hatten diese Männer die Zinnen berührt, als sie auch schon in erstaunliche Verkrampfungen verfielen. An der Mauerkante hängend, als seien ihre Hände dort angeklebt, führten sie einen Teufelstanz ähnlich demjenigen auf, den Hampelmänner vollführen, wenn man an der Strippe zieht.

»Dabei ist die Sache ganz einfach«, erklärte Camaret. »Die Oberfläche ist nur mit einem Metall bedeckt, das aus einem von mir selbst erfundenen Amalgam besteht und dessen Leitfähigkeit sich zu der des Kupfers wie hundert zu eins verhält. Durch diese Fläche sende ich einen Wechselstrom von angemessener Voltzahl, und hier sehen Sie nun das Resultat.«

Während Camaret diese Erklärung des Vorgangs lieferte, hatten die auf den unteren Leitern befindlichen Angreifer die ihnen Vorausgegangenen, deren planlose Verrenkungen sie nicht verstehen konnten, bei den Beinen gepackt. Auf der Stelle führten diese leichtfertigen Helfer zum großen Erstaunen derjenigen ihrer Gefährten, die ihrem Beispiel nicht gefolgt waren, die gleichen Verrenkungen auf.

»Aber weshalb lassen diese Esel sich denn nicht einfach fallen?« rief Saint-Bérain aus.

»Das können sie nicht, die armen Teufel«, sagte Marcel Camaret. »Sie hängen an der Mauer fest, solange es mir gefällt ... Aber ich kann noch mehr tun.«

Er setzte einen Hebel in Bewegung, und im gleichen Augenblick fielen die Leitern, wie von unsichtbaren Händen zurückgerissen, um, so daß die auf ihnen Stehenden Hals über Kopf hinunterstürzten und einzig die traubenförmig an den Mauern Hängenden, die auch weiterhin verzweifelt zappelten, oben blieben.

»Für Bruchschäden komme ich nicht auf«, bemerkte Camaret in sanftem Ton. »Haben Sie den Wunsch zu erfahren, wie das, was Sie gesehen haben, zustandegekommen ist?«

Als alle bejahten, fuhr er in seinem Vortrag fort.

»Es ist ganz einfach«, sagte er. »Meiner Überzeugung nach sind alle Kräfte, welche auch immer es seien, bloß verschiedenartige Vibrationen der Luft. Man ist sich im allgemeinen einig darüber, daß das Licht aus einem System von Schwingungen zwischen einer Minimal- und einer Maximalfrequenz besteht und die elektrischen Phänomene sich aus einem anderen System herleiten, das sich von dem ersteren durch ein Intervall unterscheidet, das zu anderen Schwingungen gehört, deren Natur uns noch unbekannt ist. Ohne mich ausdrücklich festlegen zu wollen, neige ich zu der Annahme, daß diese letzteren in einer bestimmten Beziehung zu dem System der Wärme stehen. Auf alle Fälle vermag ich sie hervorzurufen, zu handhaben und durch sie ganz bemerkenswerte Wirkungen zu erzielen, wovon ich Ihnen soeben ein kleines Beispiel vorgeführt habe.«

Während dieser gedrängten Schilderung der Vorgänge führten die Menschentrauben auch weiterhin ihre exzentrischen Tänze auf.

»Die Vorführung hat jetzt lange genug gedauert«, sagte Marcel Camaret, während er einen anderen Hebel bewegte.

Auf der Stelle lösten sich die menschlichen Hampelmänner von der Mauer und stürzten aus einer Höhe von zehn Metern auf den Boden, wo sie bewegungslos liegen blieben. Nach einem begreiflichen Moment des Zögerns entschlossen sich ihre Gefährten herbeizukommen, sie aufzuheben und davonzutragen.

»Ende des ersten Aktes«, verkündete Camaret mit seiner gewohnten Stimme. »Ich glaube, daß der Schluß nicht ganz im

Sinne von Harry Killer verlaufen ist, bei dem jetzt schon etwa dreißig Mann außer Gefecht gesetzt sind. Wollen wir uns jetzt mit den Dummköpfen beschäftigen, die so närrisch gegen unser Tor anrennen?«

Marcel Camaret griff zu einem Telefon.

»Bist du bereit, Rigaud?« fragte er.

»Ja, Monsieur«, antwortete eine Stimme, die überall in dem Rundbau hörbar war.

»Dann los!« befahl Camaret.

Als ob es von selber diesem Befehl gehorchte, trat ein bizarres Instrument aus der Basis des Turms hervor und löste sich von ihr los. Es war eine Art von senkrecht stehendem Zylinder, dessen dem Boden zugewendete Öffnung sich kegelförmig weitete. Am anderen Ende vollführten vier Flügelschrauben, die einen horizontal, die anderen vertikal angebracht, schwindelnd rasche Bewegungen. Die eigenartige Maschine erhob sich in die Luft und entfernte sich zugleich in Richtung auf die Umfassungsmauer. Als sie diese erreicht oder vielleicht bereits um einige Meter hinter sich gelassen hatte, verfiel sie in einen waagrechten Flug und folgte genau der Peripherie der Fabrik. Schon aber war der ersten Maschine eine zweite, dann eine dritte gefolgt, und weitere kamen nach. Camarets Gäste zählten deren zwanzig, die in regelmäßigen Abständen wie Vögel aus ihrem Nest aus dem Turm hervorkamen und nacheinander die gleichen Manöver ausführten.

»Das sind meine ›Wespen‹«, erklärte Camaret, wobei er ein wenig das besitzanzeigende Fürwort betonte. »Ich werde Ihnen später erklären, auf welche Weise ich sie lenke. Im Augenblick wollen wir uns damit begnügen zu sehen, was sie zustande bringen.«

Er griff wieder zum Telefon.

»Warne sie, Rigaud«, sagte er.

Dann wendete er sich wieder seinen neuen Freunden zu.

»Wozu diese armen Kerle umbringen, die schließlich nichts verbrochen haben?« fragte er. »Eine Warnung wird genügen, wenn sie darauf hören wollen.«

Seitdem ihr Versuch gescheitert war, hatten diejenigen Angreifer, die die Mauer zu erklimmen versucht hatten, nichts weiteres mehr unternommen. Dadurch, daß sie ihre Kameraden, von denen zweifellos mehrere getötet, andere schwer verletzt waren, aus der Kampfzone weggeschleppt hatten, war der Wachgang frei geworden. Sie hielten sich nun in respektvoller Entfernung von der Fabrik, deren Mauer sie offenen Mundes anstarrten, dichtgedrängt auf der Esplanade auf.

Diejenigen, die das Tor zu rammen versuchten, hatten hingegen ihre Tätigkeit bisher nicht aufgegeben. Sie versteiften sich darauf, gegen diese Tür, die dadurch übrigens keinerlei Schaden zu nehmen schien, mit einem schweren Balken anzugehen, der auf etwa vierzig kräftigen Armen ruhte. Auf ihren Wegen rund um die Umfassungsmauer flogen die ›Wespen‹, wie Camaret sie ja getauft hatte, über diese Gruppe hin, die sie jedoch gar nicht beachtete.

Plötzlich jedoch entlud sich die eine mit einem heftigen Knall, und ein Kartätschenhagel ging in einem Umkreis von etwa fünfzig Metern auf den Boden nieder.

Bei dem Abschußlärm hatten alle, die den Rammbock betätigten, den Kopf gehoben. Sie waren sich über die Natur des Phänomens noch nicht klargeworden, als auch schon eine zweite Detonation von der zweiten Maschine her erfolgte, die auf ihrem Fluge in die Nähe gekommen war. Wie auf den ersten folgte auch auf diesen zweiten Knall ein Eisenhagel.

Diesmal war ihnen die tödliche Gefahr bereits ganz nahe gekommen. Ein paar Männer waren sogar von den Geschossen getroffen. Die anderen warteten nichts weiteres mehr ab. Sie ließen den Rammbock zurück, hoben die Verwundeten auf und suchten so schnell wie möglich das Weite.

Die Zuschauer dieser Szene trauten kaum ihren Augen. Jede ›Wespe‹ war, nachdem sie sich entladen hatte, gefügig wieder in ihre Zelle am Fuß des Turms zurückgekehrt, hatte eine Minute darauf eine neue Ladung in sich aufgenommen und war wieder abgeflogen, um ihren Platz in der Runde von neuem einzunehmen.

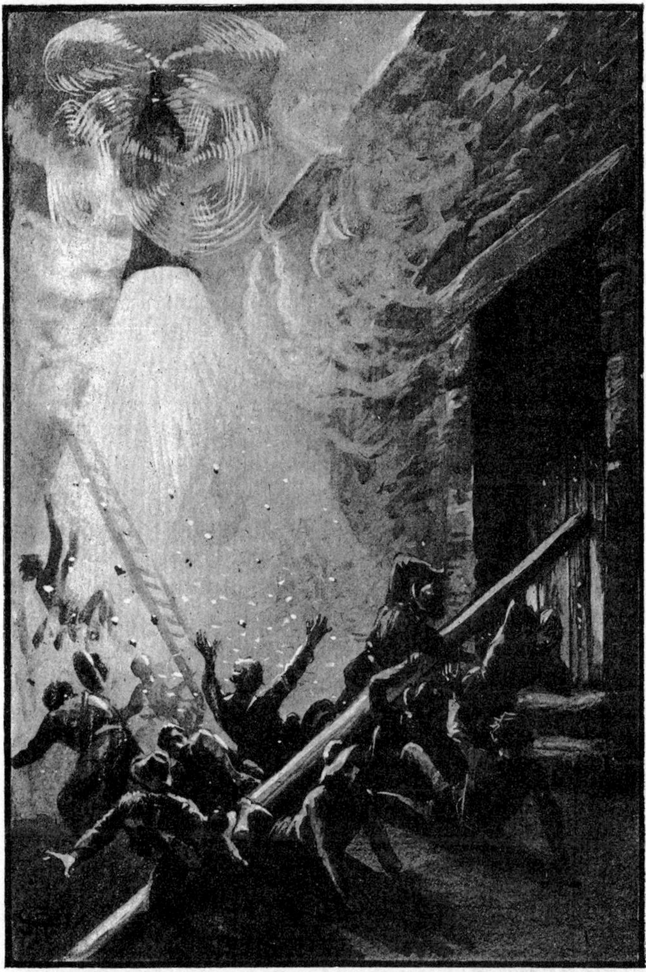

Plötzlich jedoch entlud sich die eine mit einem heftigen Knall.

»Ich glaube nicht«, sagte Marcel Camaret, »daß wir uns weiter mit diesen Leuten beschäftigen müssen. Wenn Sie also vielleicht Lust hätten, die Fabrik zu besichtigen . . .«

VII. Die Fabrik von Blackland

Eifrig willigten seine Gäste ein.

»Bevor wir diesen Turm verlassen, zu dem wir übrigens am Schluß unserer Besichtigung wieder zurückkehren werden«, sagte Camaret, »machen Sie sich zunächst mit der Anlage der Fabrik in ihren Hauptzügen vertraut. Insgesamt nimmt sie, wie Sie sehen, eine rechteckige Fläche ein, und zwar mißt diese in der Breite zweihundertundfünfzig und in ihrem Verlauf längs des Flusses dreihundertundsechzig Meter. Ihre Totaloberfläche beträgt demnach genau neun Hektar, wobei der westliche Teil, der drei Fünftel dieses Vierecks einnimmt, den Gärten vorbehalten ist.«

»Warum Gärten?« fiel ihm Amédée Florence ins Wort.

»Sie garantieren uns zum Teil unseren Lebensunterhalt; der Rest kommt von draußen. Nur der verbleibende Teil also, der hundert Meter breit und am Quai gelegen ist, das heißt derjenige, in dem wir uns befinden, stellt die Fabrik im engeren Sinne dar. In der Mitte sind auf einer Länge von zweihundertundfünfzig Metern die Werkstätten und meine Privaträume am Fuß dieses Turmes untergebracht, der sich im Mittelpunkt befindet. An den beiden äußeren Enden, wo infolgedessen ein Raum von fünfundfünfzig Metern frei blieb, sind rechtwinklig zum Fluß zwei durch eine breite Straße voneinander getrennte Reihen von Arbeiterhäusern errichtet worden. Da jede Reihe aus sieben Häusern besteht und jedes Haus vier Stockwerke hat, wenn man das Erdgeschoß mitzählt, verfügen wir insgesamt über einhundertzwölf Wohnungen.«

»Wie groß ist denn Ihre Belegschaft?« fragte Barsac.

»Genau hundert Mann, aber einige sind verheiratet und mehrere haben Kinder. Wie Sie feststellen können, sind die Werkstätten alle einstöckig und mit einer dichten Schicht Grasnarbe gedeckt. Granaten würden also fast machtlos gegen sie sein.

Die ›Wespen‹ verfolgten weiter ihre kreisförmige Bahn.

Jetzt, nachdem Sie die Anlage in ihren groben Umrissen kennen, können wir, wenn es Ihnen recht ist, hinuntergehen und eine mehr ins einzelne gehende Besichtigung vornehmen.«

Bevor Camarets Zuhörer seiner Aufforderung folgten, ließen

sie ihre Blicke noch einmal rundum gleiten. Die Lage hatte sich nicht verändert. Die ›Wespen‹ verfolgten weiter ihre kreisförmige Bahn, und die durch Erfahrung gewitzigten Angreifer wagten nicht mehr, sich in die Gefahrenzone hineinzubegeben. Nachdem sie sich durch diese zweifache Feststellung beruhigt fühlten, schlossen sie sich dem Ingenieur an und verließen die Plattform.

Unter seiner Führung besuchten sie zuerst das Stockwerk des Turms, das er als das ›Wespennest‹ bezeichnete, das heißt die Zone, aus der die zwanzig Wespen aus einer gleichen Zahl von Zellen ausgeschwärmt waren, zwischen denen die Reserve an weiteren Geschoßladungen aufgespeichert lag. Darauf besuchten sie eine Reihe von Werkstätten, Zurichtungssaal, Schreinerei, Schmiede, Gießerei und andere, worauf man sich in die dem Palast nächstgelegenen Gärten begab.

An dieser Stelle verdeckte die hohe Umfassungsmauer der Fabrik die Aussicht auf Harry Killers Residenz. Doch wenn man sich etwa fünfzig Meter von dieser Mauer entfernte, sah man wieder den Turm des Palastes über die Mauer hinwegragen. Sofort vernahm man einen lauten Knall von diesem Turm her, gefolgt von dem charakteristischen Geräusch eines Geschosses, das über die Köpfe der Gruppe hinwegflog. Alle wichen schleunigst zurück.

»Dummkopf! ...« murmelte Camaret seelenruhig vor sich hin, während er den Arm hob, ohne im Gehen innezuhalten.

Auf dieses Signal hin ertönte ein lautes Pfeifen. Camarets Gäste blickten instinktiv zur Fabrik hinüber. Ihr Gastgeber aber verwies sie auf den Palast. Der Rundblicktempel, der ihn gekrönt hatte, war verschwunden.

»Das wird ihm zu denken geben«, sagte Camaret. »Auch ich habe Lufttorpedos, sogar mehr als er, da ich sie ja selber fabriziere. Was das Zykloskop anbelangt, so werde ich eben ein neues bauen, weiter bedeutet das nichts.«

»Aber Monsieur«, gab Amédée Florence zu bedenken, »wenn Sie doch über diese Projektile verfügen, die Sie als Lufttorpedos bezeichnen – warum verwenden Sie sie nicht gegen Harry Killer?«

Einen Moment lang sah Camaret starr den Frager an, dann glitt noch einmal jener irre Ausdruck durch seinen Blick.

»Ich! . . .« stieß er endlich mit dumpfer Stimme hervor, »ich kann doch nicht mein eigenes Werk angreifen! . . .«

Ohne weiter in ihn zu dringen, tauschte Amédée Florence nur einen Blick des Einverständnisses mit seinen Gefährten aus. Entschieden hatte dieser in vieler Hinsicht so erstaunliche Mann eine Schwäche, und diese Schwäche war sein Stolz auf das von ihm Geschaffene.

Schweigend setzten sie ihren Rundgang fort. Von seiten des Palastes war die Lektion verstanden worden. Keine weitere Attacke gegen die Gruppe der Besichtigenden wurde unternommen, während diese sich durch den Garten hindurch nach der ihrem Eingangsweg entgegengesetzten Seite entfernten.

»Wir kommen jetzt in den interessanten Teil«, sagte Camaret und öffnete eine Tür. »Dies hier ist das alte Maschinensystem, Motor und Generator, beide mit Dampf betrieben, die wir mangels eines anderen Brennstoffs mit Holz beheizen mußten. Das war recht schwierig, denn das Holz kam von weither, und wir verbrauchten jeweils große Mengen. Glücklicherweise hat dieser Zustand nicht lange angehalten. Sobald der Fluß nach den ersten von mir herbeigeführten Regenfällen genügend Wasser mit sich führte, begann die hydroelektrische Station, die ich inzwischen zehn Kilometer flußabwärts von der Stadt eingerichtet hatte, zu funktionieren. Seitdem bedienen wir uns nicht mehr jenes vorsintflutlichen Materials, kein Rauch tritt mehr aus diesem zu nichts mehr dienenden Schornstein hervor. Wir begnügen uns damit, je nach Bedarf die Energie umzuformen, die das Kraftwerk uns liefert.«

Hinter Camaret her betraten sie einen anderen Saal.

»Hier«, sagte er, »in unserer Umspannstation, und in den anderen Sälen mit Wechselstrommaschinen, Transformatoren und zum Teil recht imposanten Spulen befinden Sie sich im Bereich des Blitzes. Hier empfangen wir den Strom, den uns das Kraftwerk sendet, und wandeln ihn um.«

»Wie aber«, rief der etwas kleinlaut gewordene Florence aus,

»hat man denn alle diese Maschinen hierher transportieren können?«

»Nur einen kleinen Teil von ihnen hat man hertransportiert«, antwortete Camaret. »Die meisten haben wir hier selber gebaut.«

»Sie haben aber doch mindestens den Rohstoff dafür gebraucht«, warf Amédée Florence ein. »Wie, zum Teufel, haben Sie sich den hier mitten in der Wüste verschafft?«

»Ja, wirklich! . . .« sagte Camaret und blieb nachdenklich stehen, als ob diese Schwierigkeit ihm zum ersten Mal zum Bewußtsein käme. »Sie haben recht, Monsieur Florence. Wie sind die ersten Maschinen und das Material, aus dem wir die anderen gebaut haben, hierhergeschafft worden? Ich muß offen sagen, daß ich über diese Seite der Sache niemals nachgedacht habe. Ich verlangte die Dinge und wurde damit versorgt. Darüber hinaus habe ich mich nicht mit der Frage beschäftigt. Jetzt aber, wo Sie mich darauf aufmerksam machen . . .«

»Und was für einer Hekatombe von Menschen hat es bedurft, alles das durch die Wüste zu transportieren, bevor Sie die Aeroplane hatten!«

»Das stimmt . . .« gab Camaret ein wenig erbleichend zu.

»Und das Geld? . . . Das alles muß doch einen Haufen Kies verschlungen haben!« rief nun doch Florence in seiner etwas gewagt familiären Ausdrucksweise aus.

»Das Geld? . . .« stotterte Camaret.

»Ja, das Geld. Sie sind demnach sehr reich?«

»Ich! . . .« empörte sich Camaret. »Ich glaube, ich habe niemals, seitdem ich hier bin, fünf Centimes in der Tasche gehabt.«

»Ja und?«

»Da war ja Harry Killer . . .« gab Camaret schüchtern zu bedenken.

»Gewiß. Aber woher hat denn er es genommen? Ihr Harry Killer ist also Milliardär?«

Zum Zeichen seiner Unkenntnis der Dinge breitete Camaret beide Arme aus. Die Frage von Amédée Florence schien ihm jede Zuversicht zu nehmen, und in seinen Augen tauchte von

Ihn befiel eine Art von Schwindel ...

neuem jener Ausdruck geistiger Verwirrung auf, der seinem Blick jedesmal, wenn er sich irgendwie erregte, etwas unsicher Schweifendes gab. Beim bloßen Erahnen der möglichen Lösungen des von denen, die er gemeinhin zu lösen hatte, so völlig verschiedenen Problems, das ihm so unerwartet vorgelegt wurde, befiel ihn eine Art von Schwindel angesichts ungeahnter Horizonte, die er plötzlich entdeckte. Er sah tatsächlich derart verstört aus, daß Dr. Châtonnay Mitleid mit ihm empfand.

»Das ist eine Sache, die man mit allem übrigen zusammen aufklären wird«, sagte er. »Im Augenblick wollen wir uns nicht weiter dabei aufhalten, sondern unsere Besichtigung fortsetzen.«

Als wolle er einen lästigen Gedanken verscheuchen, fuhr sich Camaret mit der Hand über die Stirn und betrat schweigend den nächsten Saal.

»Hier«, sagte er mit einer Stimme, der man noch seine Erregung anmerkte, »sind die Kompressoren. Wir verwenden nämlich sehr viel Luft und andere Gase in flüssigem Zustand. Wie Sie wissen, lassen alle Gase sich verflüssigen, vorausgesetzt, daß man sie komprimiert und die Temperatur ausreichend senkt; wenn man jedoch die verflüssigte Materie, die man gewonnen hat, wieder erwärmt, kehrt sie mehr oder weniger schnell in den gasförmigen Zustand zurück. Würde sie dann in einem geschlossenen Behälter aufbewahrt, würden dessen Wände alsbald einem derartigen Druck ausgesetzt sein, daß sie in die Luft fliegen müßten. Eine meiner Erfindungen hat hier Wandel geschaffen. Ich habe nämlich eine absolut antidiathermische, das heißt für Wärmestrahlungen unbedingt undurchlässige Substanz entdeckt. Das hat zur Folge, daß ein verflüssigtes Gas, wenn es in einen Behälter aus diesem Material gefüllt worden ist – Luft zum Beispiel –, immer die gleiche Temperatur behält und infolgedessen ohne die geringste Tendenz, das Gefäß zu sprengen, flüssig bleibt. Diese Erfindung hat mir gestattet, mehrere andere zu verwirklichen, unter anderem auch die der Aeroplane mit großem Aktionsradius, die Sie bereits kennen.«

»Und ob wir sie kennen! . . .« rief Amédée Florence aus. »Sie dürfen ruhig sagen, daß wir sie nur allzugut kennen! Diese Aeroplane also stammen auch von Ihnen?«

»Und von wem wohl sonst?« erwiderte Camaret, der plötzlich erneut von seinem krankhaften Erfinderstolz befallen schien.

Beim Weitersprechen verlor sich jedoch nach und nach diese Regung. Es war jetzt kaum noch etwas davon zu spüren, vielmehr war er mit seinen Gedanken ausschließlich bei dem Thema, das er wieder aufgriff.

»Meine Aeroplane haben drei Hauptbesonderheiten hinsichtlich ihrer Stabilität, ihrer Antriebs- und ihrer Fortbewegungskraft, von denen ich Ihnen mit wenigen Worten eine Vorstellung geben möchte. Beginnen wir mit der Stabilität. Wenn ein Vogel plötzlich in einen jähen Windstoß gerät, bedarf es keiner Berechnungen, um sein Gleichgewicht wiederzufinden. Sein Nervensystem, oder vielmehr der Teil dieses Nervensystems, der das darstellt, was man in der Psychologie als Reflexe bezeichnet, tritt in Tätigkeit und bringt ihn auf rein instinktivem Wege in die richtige Stellung. Damit meine mechanischen Vögel gleichsam eine automatische Stabilität erhielten, habe ich mich bemüht, ein ähnliches Reflexsystem in sie einzubauen. Da Sie sie ja gesehen haben, wissen Sie, daß sie zwei Flügel besitzen, die an der Spitze eines fünf Meter hohen Mastes befestigt sind, an dessen Basis sich die Plattform befindet, auf der sich der Motor, der Flugzeugführer und die Passagiere befinden. Schon aus dieser Anordnung ergibt sich eine bemerkenswerte Tiefenverlagerung des Schwerpunkts. Aber der Mast ist hinsichtlich der Flügel in seiner Lage keineswegs fixiert. Wenn er nicht absichtlich in seiner Gesamtheit oder teilweise durch den Hebel eines der Richtungs- oder Höhensteuer festgestellt wird, kann er im Gegenteil rund um die Vertikale kleine Bogen beschreiben. Wenn sich also die Flügel unabhängig von der Handhabung des Steuers seitlich oder der Länge nach neigen, strebt der Mast unter der Einwirkung seines Gewichts danach, mit ihnen einen neuen Winkel zu bilden.

Durch diese Bewegung aktiviert er sofort ein bestimmtes Schwergewicht, das geradeaus und von den Seiten her verschiebend auf die Flügel wirkt, die sich zugleich entsprechend in ihrer Form verändern. So werden auf der Stelle – automatisch, wie ich sagte – zufällige Neigungen des Aeroplans korrigiert.«

Marcel Camaret, der den Blick auf den Boden geheftet

hielt, gab diese Erklärungen mit der heiteren Gelassenheit eines Professors ab, der seine Vorlesung absolviert. Er zögerte nicht, suchte nicht nach Worten, sie flossen ihm vielmehr ganz von selber zu. Ohne Pause fuhr er in der gleichen Weise fort:

»Nun der zweite Punkt. In dem Augenblick des Starts senken sich die Flügel und legen sich an den Mast. Gleichzeitig hebt sich in vertikaler Richtung zu diesen Flügeln die Achse der Schraube, so daß diese eine horizontale Lage einnimmt. Der Apparat wird damit zum Helikopter, der an dieser Flügelschraube hängt. Doch wenn er eine genügende Höhe erreicht hat, öffnen sich die Flügel, während zugleich die Achse der Schraube sich bis zur Horizontale nach vorn bewegt. Stufenweise wird diese also zum Propeller, und der Helikopter verwandelt sich in einen Aeroplan.

Was die Antriebsenergie betrifft, so wird diese durch flüssige Luft geliefert. Aus einem Behälter, der aus der antidiathermischen Substanz gefertigt ist, von der ich Ihnen berichtet habe, gelangt die verflüssigte Luft in ein sehr enges, ständig erwärmtes Rohr. Auf der Stelle kehrt die Luft unter ungeheurem Druck zu ihrem gasförmigen Zustand zurück und hält den Motor in Bewegung.«

»Welche Geschwindigkeit erreichen Sie mit Ihren Aeroplanen?« wollte Amédée Florence wissen.

»Vierhundert Stundenkilometer während fünftausend Kilometern ohne Zufuhr an Kraftstoff«, antwortete Camaret.

›Nil mirari‹ hat Horaz gesagt: man darf sich über nichts wundern. Camarets Zuhörer vermochten indessen doch nicht Äußerungen ihrer Bewunderung zurückzuhalten. Sie fanden keine Worte, die enthusiastisch genug waren, um sein Genie in den Himmel zu heben, während sie zum Turm zurückkehrten. Aber dieser seltsame Mensch, der andererseits zuweilen eine so außerordentliche Eitelkeit an den Tag legte, verhielt sich gleichgültig ihren Lobsprüchen gegenüber, ganz als sei er nur für die empfänglich, die er sich selber spendete.

»Wir treten nun ins Innerste der Fabrik«, sagte Camaret, als sie sich im Turm befanden. »Dieser Turm enthält zehn Stockwerke, die diesem hier gleichen und auch mit analogen Apparaten ausgestattet sind. Sie haben sicher bemerkt, daß sich auf seinem Dach ein sehr hoher Pylon befindet. Dieser Pylon ist ein ›Wellenprojektor‹. Der Turm ist übrigens auf seiner gesamten Oberfläche mit einer großen Zahl von metallenen Spitzen gespickt, die weitere Projektoren in Kleinformat sind.«

»Wellenprojektoren, sagen Sie? . . .« fragte Dr. Châtonnay.

»Ich möchte Ihnen hier keine Physikvorlesung halten«, antwortete lächelnd Camaret. »Einige grundsätzliche Erklärungen werden jedoch nötig sein. Ich erinnere Sie also, falls Sie es wissen, oder belehre Sie, falls es Ihnen unbekannt ist, daß ein berühmter deutscher Physiker namens Hertz bereits vor langer Zeit bemerkt hat, daß ein Funke, den man von einer Induktionsspule in den kleinen Zwischenraum entsendet, der die beiden Pole eines Kondensators, Resonators oder Oscillators – je nachdem, wie Sie ihn zu nennen belieben – überspringen läßt, zwischen den beiden Polen dieses Instruments eine Schwingungsentladung erzeugt, was bedeutet, daß ein Wechselstrom durch ihn hindurchläuft oder, anders ausgedrückt, daß seine beiden Pole im Verlauf einer gleichen Entladung abwechselnd positiv oder negativ sind bis zu dem Augenblick, in dem er sein Gleichgewicht wiedergefunden hat. Die Geschwindigkeit dieser Schwingungen, ihre Frequenz, kann sehr groß sein und bis tausend Milliarden pro Sekunde erreichen. Nun sind diese Schwingungen aber nicht auf die Punkte beschränkt, an denen sie entstehen. Sie setzen vielmehr das umgebende Medium, das heißt die Luft oder genauer gesagt das unwägbare Fluidum, das zugleich die himmlischen Räume und die intermolekularen Hohlräume der materiellen Körper erfüllt und dem man den Namen Äther gegeben hat, in Bewegung. Jeder Schwingung entspricht eine Schwingung des Äthers, die sich fortzeugend immer weiter fortsetzt. Das sind die Schwingungen, die man mit Recht als Hertzsche Wellen bezeichnet. Habe ich mich verständlich ausgedrückt?«

»Ganz ausgezeichnet«, versicherte Barsac, der in seiner

Eigenschaft als Politiker vielleicht von allen Zuhörern Camarets am wenigsten auf die Aufnahme naturwissenschaftlicher Probleme vorbereitet war.

»Bis ich kam«, fuhr Camaret fort, »waren diese Wellen nichts weiter als eine für das Laboratorium existierende Kuriosität. Man bediente sich ihrer, um, ohne zuvor einen materiellen Kontakt hergestellt zu haben, mehr oder weniger weit von dem Aussendepunkt entfernte metallische Körper zu elektrisieren. Sie hatten nämlich den grundlegenden Fehler, sich von diesem Punkt aus nach allen Seiten zu verbreiten, genau wie die konzentrischen Kreise in einem Tümpel, in den man einen Stein geworfen hat. Daraus ergab sich, daß die Ausgangsenergie sich sozusagen auflöste, verzettelte, daß sie gleichsam verdunstete, indem sie sich über eine immer größere Fläche verbreitete, und daß man bereits in einer Entfernung von auch nur einigen Metern nur noch unbedeutende Effekte feststellen konnte. Sie folgen mir immer noch? Drücke ich mich klar aus?«

»Vollkommen einleuchtend«, bestätigte Amédée Florence.

»Lange vor mir hatte man bemerkt, daß diese Wellen wie das Licht reflektiert werden können, aber aus dieser Tatsache keine Schlüsse gezogen. Ich habe aber nun dank dem extraleitfähigen Metall, das ich entdeckt habe – es ist das gleiche, mit dem ich die Zinnen unserer Mauer ausgestattet habe –, Reflektoren herstellen können, die so gebaut sind, daß fast die Gesamtheit der von ihnen entsendeten Wellen in die von mir gewünschte Richtung gelenkt werden kann. Die Initialkraft wird auf diese Weise integral in diese Richtung entsendet und pflanzt sich so lange fort, bis sie durch irgendeine Leistung aufgezehrt worden ist. Da andererseits die Möglichkeit, die Frequenz dieser Wellen zu verändern, wohlbekannt ist, habe ich Empfänger erfinden können, die nur auf eine bestimmte Frequenz reagieren. Das nennt man in der Physik ›Syntonisation‹. Ein beliebiger Empfänger wird demgemäß auf alle Wellen ansprechen, für deren Frequenz er erbaut worden ist, aber auch nur auf diese. Da die Zahl der möglichen Frequenzen unendlich ist, kann ich folgerichtig eine unendliche Zahl von Motoren konstruieren, unter denen es keine zwei gibt, die für die gleichen Wellen empfänglich sind. Sie folgen mir immer noch?«

»Nicht mehr ganz so leicht«, gab Barsac zu. »Doch es geht noch eben.«

»Ich bin im übrigen am Ende angelangt«, erklärte Camaret. »Auf diese Weise betätigen wir eine beträchtliche Menge von landwirtschaftlichen Maschinen, die alle ihre Energie aus einer gewissen Entfernung von dem einen oder anderen der Projektoren her erhalten, die diesen Turm hier bedecken. Auch die ›Wespen‹ werden auf diese Weise gelenkt. Jede von ihnen hat vier Flügelschrauben und vier kleine Motoren von verschiedener Syntonisation, von denen wir je nachdem einen oder mehrere in Bewegung setzen. Endlich wäre dies auch das Mittel, durch das ich die ganze Stadt zerstören könnte, wenn ich Lust dazu hätte.«

»Sie könnten von hier aus die Stadt zerstören?« rief Barsac aus.

»Ganz leicht sogar. Harry Killer hat von mir gewollt, daß ich sie uneinnehmbar mache, und ich habe sie uneinnehmbar gemacht. Unter allen Straßen, unter allen Häusern, unter dem Palast und sogar unter dieser Fabrik sind starke Ladungen von Explosivstoffen zugleich mit einem Auslöser angebracht, der auf Frequenzen abgestimmt ist, die nur mir bekannt sind. Um die Stadt in die Luft zu sprengen, würde es also genügen, daß ich in Richtung jeder Sprengladung Wellen von der jeweiligen Frequenz entsende, die ihrem Auslöser entspricht.«

Amédée Florence, der sich fieberhaft Notizen machte, hatte große Lust anzuregen, man solle sich vielleicht dieses Mittels bedienen, um Harry Killer den Garaus zu machen, doch erinnerte er sich rechtzeitig des geringen Erfolgs, den er mit seiner Anregung gehabt hatte, die Lufttorpedos für den gleichen Zweck einzusetzen, und enthielt sich wohlweislich einer entsprechenden Bemerkung.

»Und der hohe Mast, der oben auf dem Turm steht?« fragte Dr. Châtonnay.

»Dazu komme ich jetzt, und damit schließe ich«, antwortete Camaret. »Bei diesen Hertzschen Wellen geht – eigentlich merkwürdigerweise – alles so zu, als unterlägen sie der Anziehungskraft der Erde, zu der sie nach ihrer Entsendung langsam heruntersinken und wo sie sich schließlich verlieren. Wenn man also will, daß sie sich weit erstrecken, muß man sie in einer gewissen Höhe erzeugen. Für mich war das um so notwendiger, als ich sie zwar nicht sehr weit, aber doch sehr hoch hinauf zu schikken wünschte, was noch schwieriger ist. Es ist mir indessen gelungen und zwar sowohl dank einem mit dem Oszillator verbundenen Mast von etwa hundert Metern wie auch dank dem Reflektor meiner Erfindung, mit dem die Spitze des Mastes ausgestattet ist.«

»Warum muß man Wellen nach oben entsenden?« fragte Florence, der nicht zu folgen vermochte.

»Um Regen zu erzeugen. Das war nämlich das Grundprinzip der Erfindung, die ich plante, als ich die Bekanntschaft Harry Killers machte, und zu deren Verwirklichung er mir verholfen hat. Durch den Mast und den Spiegel entsende ich Wellen zu den Wolken und elektrisiere bis zur völligen Sättigung das Wasser, das sie in Form von Hagelkörnern enthalten. Wenn der potentielle Unterschied zwischen dieser Wolke zur Erde oder zu einer Nachbarwolke das nötige Maß erreicht hat, was niemals sehr lange dauert, bricht ein Gewitter aus, und es fällt Regen. Die Umwandlung dieser Wüste hier in eine fruchtbare Landschaft beweist ja im übrigen die Wirksamkeit dieses Verfahrens.«

»Immerhin braucht man dazu Wolken«, bemerkte Dr. Châtonnay.

»Natürlich, oder wenigstens doch eine hinlänglich feuchte Atmosphäre. Das Problem bestand darin, sie hier und nicht anderswo zur Entladung zu bringen. Jetzt, wo das Land erschlossen ist, die Bäume zu sprossen beginnen, besteht eine gewisse Tendenz, daß sich regelmäßige Regenfälle herausbilden, es tauchen immer häufiger Wolken auf. Sobald eine naht, brauche ich nur dies hier zu tun«, erklärte Camaret, während er einen Hebel in Bewegung setzte, »und sofort werden Wellen von einer elektromotorischen Kraft, die tausend Pferdestärken entspricht, sie mit ihren Milliarden von Schwingungen beschießen.«

»Fabelhaft!« riefen voller Begeisterung die Zuhörer des Erfinders aus.

»In diesem Augenblick«, fuhr Camaret fort, der sich an dieser Parade seiner Entdeckungen zunehmend selbst berauschte, »strömen, ohne daß Sie auch nur das geringste davon bemerken, Wellen von der Spitze des Mastes in den Raum und verlieren sich in der Unendlichkeit. Ich jedoch habe für die Zukunft anderes mit ihnen vor. Ich fühle, ich weiß, ich bin gewiß, daß es zum Beispiel möglich sein müßte, über die gesamte Oberfläche der Erde hin sich telefonisch oder telegrafisch zu verständigen, ohne daß es eines Drahtes bedarf, der die einzelnen Posten miteinander verbindet.«

»Drahtlos?! ...« riefen die Zuhörer aus.

»Drahtlos! Was ist dazu nötig? Nicht viel. Man müßte einfach nur einen entsprechenden Empfangsapparat erfinden. Ich suche danach, bin meinem Ziel sogar nahe, habe es aber noch nicht erreicht.«

»Jetzt fangen wir an, nicht mehr richtig mitzukommen«, gestand Barsac.

»Nichts könnte indessen einfacher sein«, behauptete Camaret, der sich mehr und mehr ereiferte. »Sehen Sie, hier ist ein Morseapparat, der bei der gewöhnlichen Telegrafie Verwendung findet und den ich für meine Experimente mit einem besonderen Stromkreis verbunden habe. Ich brauche nur diese Hebel in Bewegung zu setzen« – während er sprach, tat er dies bereits –, »damit der Strom, der die Wellen erzeugt, von diesem Stromkreis abhängig ist. Solange der Handgriff des Morseapparats nach oben steht, laufen die Hertzschen Wellen nicht hindurch. Wenn er jedoch heruntergedrückt wird und nur, solange er unten bleibt, werden die Wellen oben aus dem Mast entsendet. Nun aber geht es nicht mehr darum, sie zum Himmel hin zu lenken, sondern in Richtung auf den jeweiligen Empfänger, indem man den Spiegel, der sie sammelt und reflektiert, entsprechend einstellt. Ist die Richtung, in der der Empfänger sich befindet, nicht bekannt, würde es genügen, ganz einfach den Spiegel auszuschalten, wie ich es tue, indem ich diesen Hebel bewege.

Jetzt würden die Wellen, die ich entsende, sich nach allen Seiten hin in dem uns umgebenden Raum verstreuen, und ich könnte telegrafieren, sicher, den Empfänger, wo er auch sei, zuverlässig zu erreichen, falls er existiert. Leider existiert er nicht.«

»Telegrafieren, sagen Sie? ...« fragte Jane Buxton. »Was meinen Sie damit?«

»Das, was man gewöhnlich darunter versteht. Ich brauchte nur diesen Apparat hier in der üblichen Weise zu betätigen, indem ich mich des allen Telegrafisten wohlbekannten Morsealphabets bediene. Aber durch ein Beispiel kann ich es Ihnen besser veranschaulichen. Wenn der hypothetische Empfänger existierte, würden Sie ihn schleunigst benutzen, um sich aus Ihrer derzeitigen Lage zu befreien, nehme ich an?«

»Ohne jeden Zweifel«, bestätigte Jane.

»Gut! Dann tun wir einmal, als ob es so wäre«, schlug Camaret vor, indem er sich an den Morseapparat setzte. »An wen würden Sie in diesem Fall telegrafieren wollen?«

»In diesem Land, in dem wir niemanden kennen ...« meinte Jane lächelnd, »frage ich mich wirklich, an wen ... Ich sehe da kaum jemand anderen als Hauptmann Marcenay«, setzte sie leicht errötend hinzu.

»Gut, also Hauptmann Marcenay«, sagte Camaret, der, während er noch sprach, den Morseapparat unter Verwendung von den langen und kurzen Signalen dieses Alphabets bediente. »Wo hält dieser Hauptmann sich auf?«

»In Timbuktu im Augenblick, glaube ich«, gab Jane zögernd zur Antwort.

»Timbuktu«, wiederholte Camaret, während er sich weiter an dem Apparat zu schaffen machte. »Und was würden Sie ihm sagen, diesem Hauptmann Marcenay? Wohl so etwas wie: ›Jane Buxton ...‹«

»Verzeihung«, fiel ihm Jane ins Wort, »Hauptmann Marcenay kennt mich nur unter dem Namen Mornas.«

»Das hat keine Bedeutung, da die Depesche nicht ankommen wird, aber immerhin, sagen wir Mornas. Ich würde demnach telegrafieren: ›Kommen Sie Jane Mornas zu Hilfe, die in Blackland als Gefangene lebt . . .‹«

Marcel Camaret hielt inne.

»Und da Blackland in der ganzen Welt unbekannt ist, würde ich die Lage präzisieren und hinzufügen, Breite 15,50 Nord, Länge . . .«

Marcel Camaret erhob sich jäh von seinem Sitz.

»Aha!« rief er aus. »Harry Killer hat die Leitung abgeschaltet.«

Seine Gäste drängten sich um ihn, da sie nicht verstanden, was er meinte.

»Wie ich Ihnen sagte«, erklärte er, »kommt unser Strom von einer hydroelektrischen Station, die etwa zehn Kilometer weiter stromabwärts liegt. Harry Killer hat uns von dieser Station getrennt, das ist alles.«

»Aber dann«, sagte Dr. Châtonnay, »müssen die Maschinen stehenbleiben!«

»Sie tun es schon«, antwortete Camaret.

»Und die ›Wespen‹?«

»Sie sind heruntergefallen, daran ist nicht zu zweifeln.«

»Harry Killer wird sich ihrer also bemächtigen können«, rief Jane Buxton aus.

»Das ist weniger sicher«, erwiderte der Ingenieur. »Wir wollen nach oben steigen, und Sie werden sehen, daß dem nicht so ist.«

Sie stiegen langsam zu den oberen Stockwerken empor und betrachteten das Zykloskop. Wie zuvor konnte man sofort die Außenseite der Mauer sowie den sie umgrenzenden Graben erkennen, auf dessen Boden die ›Wespen‹ unbeweglich lagen.

Auf der Esplanade stießen die Merry Fellows ein Triumphgeheul aus. Schon gingen sie aufs neue zum Angriff über. Mehrere von ihnen sprangen in den Graben und berührten diese toten ›Wespen‹, die sie so sehr erschreckt hatten, als noch Leben in ihnen war.

Kaum aber hatten sie sie berührt, als sie Zeichen von Unwohlbefinden verrieten. Sie zogen sich erschreckt von den Maschinen zurück und trachteten, aus dem Graben herauszukommen. Keiner von ihnen aber hatte die Kraft, dieses Ziel zu erreichen. Einer nach dem anderen sanken sie leblos zurück.

»Ich würde keinen Pfifferling für ihr Davonkommen geben«, erklärte kalt Marcel Camaret. »Sie können sich denken, daß ich vorausgesehen habe, was geschehen würde, und daß ich infolgedessen meine Vorsichtsmaßnahmen ergriffen habe. Als Harry Killer den Strom der Station ausgeschaltet hat, ist ›ipso facto‹ eine Vorrichtung in Kraft getreten, durch die Flaschen mit flüssigem Kohlenacid ihren Inhalt, der alsbald wieder zu seinem Gaszustand zurückgekehrt ist, entleert haben. Dieses Gas, das schwerer ist als die Luft, ist in dem Graben geblieben, und diejenigen, die sich jetzt darin befinden, müssen unausweichlich ersticken.«

»Die armen Menschen!« rief Jane Buxton aus.

»Ihr Pech!« erklärte Marcel Camaret, »ich kann ihnen nicht helfen. Auch was meine Maschinen betrifft, hatte ich meine Vorsichtsmaßnahmen getroffen. Seit heute morgen ist alles bereit, um die flüssige Luft, von der ich einen unerschöpflichen Vorrat besitze, anstelle der elektrischen Apparate als motorische Kraft zu verwenden. Die ›Wespen‹ werden wieder fliegen.«

Tatsächlich waren die Propeller der ›Wespen‹ bereits wieder in schwindelnd raschen Umdrehungen begriffen, und die Maschinen hatten schon wieder ihren schützenden Rundflug aufgenommen, während die Menge der Merry Fellows unter Preisgabe derjenigen von ihnen, die in dem Graben lagen, bis zum Palast zurückgewichen waren.

Marcel Camaret wendete sich erneut seinen Gästen zu. Er schien nervös, sogar in übernormaler Weise erregt, und der beunruhigende Schimmer, den man schon mehrmals hatte bemerken können, zuckte von neuem durch seinen Blick.

»Wir können ruhig schlafen, scheint mir«, sagte er, förmlich geschwollen von beinahe naiver Eitelkeit.

VIII. *Ein Appell in den Äther*

Sehr traurig hatte Hauptmann Marcenay sich von der Expedition Barsac getrennt, besonders aber von derjenigen, die er einzig unter dem Namen Jane Mornas kannte. Gleichwohl hatte er sich ohne auch nur den Schatten eines Zögerns und zwar in Eilmärschen, wie ihm befohlen war, nach Ségou-Sikoro auf den Weg gemacht. Vor allem war Hauptmann Marcenay Soldat, und das Schönste am Waffenhandwerk ist vielleicht die vollkommene Selbstverleugnung und der passive Gehorsam, zu dem es zwingt zur Erreichung eines Zwecks, von dem man manchmal keine klare Vorstellung hat, aber von dem man immer weiß, daß er der Idee des Vaterlandes dient.

Wie sehr er sich auch beeilte, brauchte er aber doch immerhin neun Tage, um die vierhundertundfünfzig Kilometer zurückzulegen, die ihn von Ségou-Sikoro trennten, wo er erst zu später Abendstunde am 22. Februar eintraf, und erst am folgenden Morgen konnte er sich bei Oberst Sergines, dem Platzkommandanten, melden und ihm den Befehl des Obersten Saint-Auban übergeben.

Oberst Sergines las den Befehl dreimal hintereinander mit wachsendem Erstaunen durch. Er schien ihn nicht zu verstehen.

»Was für eine merkwürdige Idee! ...« meinte er endlich. »Man holt Leute von Sikasso hierher, um sie nach Timbuktu zu schicken! ... Einfach unvorstellbar! ...«

»Sie haben nichts von unserer Ankunft gewußt, Herr Oberst?« fragte Hauptmann Marcenay.

»Kein Wort.«

»Der Leutnant, der mir diesen Befehl überbracht hat«, erklärte der Hauptmann, »hat mir gesagt, daß in Timbuktu Unruhen ausgebrochen seien und daß die Touareg Aoulimmiden sich auf bedrohliche Weise regten.«

»Das ist das erste, was ich darüber höre«, antwortete der

Oberst. »Gestern noch hat Hauptmann Peyrolles ... Sie kennen ihn vielleicht?«

»Jawohl, Herr Oberst. Wir haben vor zwei Jahren im gleichen Regiment gedient.«

»Nun, besagter Peyrolles ist auf dem Wege von Timbuktu nach Dakar hier bei uns durchgekommen. Er ist erst gestern wieder aufgebrochen und hat uns von alledem nichts gesagt.«

Hauptmann Marcenay konnte nur durch eine Handbewegung jede Verantwortung von sich weisen.

»Sie haben recht, Herr Hauptmann«, sagte Oberst Sergines. »Für uns gibt es nichts in Frage zu stellen. Der Befehl ist da, er muß ausgeführt werden. Aber der Teufel soll mich holen, wenn ich weiß, wann Sie aufbrechen können.«

Tatsächlich hatte man große Mühe, diese unvorhergesehene Expedition in die Wege zu leiten. Mehr als acht Tage wurden darauf verwendet, die Pferde unterzubringen, die man befehlsgemäß in Ségou-Sikoro zurücklassen sollte, und das für den Transport notwendige Material sowie Lebensmittel in ausreichender Menge herbeizuschaffen. Erst am 2. März konnte Hauptmann Marcenay sich einschiffen und seine Fahrt nigerabwärts beginnen.

Die oft durch den niedrigen Wasserstand – eine Folge der letzten Monate der trockenen Jahreszeit – behinderte Reise nahm ihrerseits zwei lange Wochen in Anspruch, und die ehemalige Eskorte der Expedition Barsac konnte sich endgültig erst am 17. März in Kabara, dem etwa fünfzehn Kilometer von der Stadt entfernten Hafen von Timbuktu ausschiffen.

Als Hauptmann Marcenay sich bei Oberst Allègre, dem dortigen Kommandanten, meldete, zeigte dieser Vorgesetzte sich ebenso erstaunt wie sein Kollege in Ségou-Sikoro. Er bestätigte, daß keinerlei Unruhen in der Region festgestellt worden seien, daß er niemals Verstärkung angefordert habe und daß er sich nicht erklären könne, weshalb Oberst Saint-Auban ihm ohne vorherige Benachrichtigung hundert Mann schicke, die er nicht benötige.

Die Sache rückte dadurch in ein merkwürdiges Licht, und

Die oft durch den niedrigen Wasserstand – eine Folge der letzten Monate der trockenen Jahreszeit – behinderte Reise dauerte zwei lange Wochen.

Hauptmann Marcenay mußte sich schließlich fragen, ob er nicht von einem geschickten Fälscher genarrt worden sei. Aber warum? Zu welchem Zweck? Die Antwort ergab sich zwingend. So unerklärlich ein solcher Plan auch schien, konnte doch der Fälscher, falls ein solcher existierte, nichts anderes im Sinne haben, als die waffenlos gewordene Expedition Barsac zu vernichten. Nachdem Hauptmann Marcenay durch logische Überlegung zu diesem Schluß gekommen war, erfaßte ihn grausame Angst in dem Gedanken an die schwere Verantwortung, die in diesem Fall auf ihm lasten würde, und an die Gefahren, die dann Mademoiselle Mornas bedrohten, deren Bild in der Erinnerung sein Herz und seine Gedanken ausfüllte.

Seine Befürchtungen waren um so lebhafter, als in Timbuktu er ebensowenig wie in Ségou-Sikoro die geringste Auskunft über Leutnant Lacour hatte bekommen können. Niemand kannte ihn. Ja mehr noch, niemand hatte auch von einem Corps sudanesischer Freiwilliger etwas gehört, wiewohl diese Bezeichnung von Oberst Saint-Auban persönlich verwendet worden war.

Da immerhin der Befehl des Obersten nach eingehender Prüfung alle materiellen Anzeichen der Echtheit aufwies, mußte dieser Befehl bis zum Beweis des Gegenteils als ordnungsgemäß und gültig angesehen werden. Hauptmann Marcenay und seinen Leuten wurde demgemäß eine Unterkunft angewiesen und der Befehl des Obersten Saint-Auban bei der ersten sich bietenden Gelegenheit seinem Urheber zugesandt, der als einziger sagen konnte, ob es sich um ein Falsifikat handle oder nicht.

Die Entfernung zwischen Timbuktu und Bammako beträgt jedoch in beiden Richtungen jeweils tausend Kilometer. Es würde also viel Zeit vergehen, bis man von dem Obersten eine Antwort erhielte.

Diese Zeit fand Hauptmann Marcenay, zur Tatenlosigkeit verdammt, ohne eigentliche Aufgaben, von Unruhe verzehrt, naturgemäß sehr lang. Sehr zu seinem Glück wurde ihm in den letzten Märztagen eine Ablenkung in der Person des Hauptmanns Perrigny zuteil, einem seiner Kameraden aus Saint-Cyr, mit dem er nie aufgehört hatte, herzliche Beziehungen zu unterhalten. Die beiden Freunde waren sehr glücklich, einander wiederzusehen, und von diesem Augenblick an ging die Zeit für Hauptmann Marcenay schnell dahin.

Als Marcenay seinem Kameraden seine Sorgen anvertraute, fand Perrigny beruhigende Worte für ihn. Die Herstellung einer falschen Marschorder, die gut genug nachgeahmt war, um alle Welt zu täuschen, kam ihm einigermaßen romanhaft vor. Seiner Meinung nach war es vernünftiger anzunehmen, jener Leutnant Lacour habe, selber über die wirklichen Gründe für die Entscheidung des Obersten schlecht unterrichtet, ihm hierüber eine ungenaue Auskunft erteilt. Was das Erstaunen des Obersten Allègre betraf, so gab es eine sehr einfache Erklärung dafür. In dieser mangelhaft organisierten Region war es nicht weiter verwunderlich, wenn der ihn betreffende Befehl verloren gegangen wäre.

Hauptmann Perrigny, der für zwei Jahre in Timbuktu stationiert war, führte eine beträchtliche Menge an Gepäckstücken bei sich, die sein Freund ihm auspacken half. Mehrere unter ihnen enthielten eher Laboratoriumsinstrumente als das, was man gewöhnlich unter Reiseutensilien versteht. Hätte Perrigny keine Uniform getragen, hätte man ihn tatsächlich eher unter die Gelehrten eingereiht. Da er für die Naturwissenschaften schwärmte, hielt er sich über alle diesbezüglichen Tagesfragen auf dem laufenden, besonders aber über die, die unmittelbar oder mittelbar mit Elektrizität zu tun hatten. In der freundschaftlichen Verbindung der beiden repräsentierte Perrigny eher die Forschung, Marcenay die Aktion. Dieser Unterschied in ihren Neigungen war sogar häufig für die beiden ein Anlaß für freundschaftliche Dispute. Ständig nannten sie einer den anderen ›alter Bücherwurm‹ oder ›Säbelrassler‹, wobei sie beide natürlich ganz genau wußten, daß Marcenay sein Tatendrang nicht hinderte, ein Mann von Kultur und Bildung zu sein, und ebensowenig Perrigny sein Hang zur Naturwissenschaft, sich als ausgezeichneter und tapferer Offizier zu erweisen.

Einige Tage nach der Ankunft seines Freundes betraf Hauptmann Marcenay diesen dabei, wie er fast damit fertig war, im Hofe des Hauses, in dem sie beide ihr Quartier aufgeschlagen hatten, nach einigen anderen einen neuen Apparat zu montieren.

»Du kommst gerade im richtigen Augenblick«, rief Perrigny

ihm zu, sobald er ihn bemerkte. »Ich werde dir etwas Interessantes zeigen.«

»Das da?« fragte Marcenay, indem er auf den Apparat wies, der aus zwei galvanischen Säulen, Elektromagneten und einer kleinen Glasröhre bestand, in der sich granuliertes Metall befand, und auf dem eine mehrere Meter hohe Kupferstange befestigt war.

»Genau das«, antwortete Perrigny. »Dieses Spielzeug, wie du es hier siehst, ist eine an Zauberei grenzende Entdeckung. Es ist ganz einfach ein Empfänger für telegrafische Nachrichten, aber verstehe mich recht: ein Empfänger für drahtlose Telegrafie.«

»Davon spricht man schon seit ein paar Jahren«, sagte Marcenay sichtlich interessiert. »Ist das Problem denn inzwischen etwa gelöst?«

»Und wie!« rief Perrigny aus. »Ja, zwei Menschen haben sich auf unserem Erdenrund im gleichen Augenblick sozusagen in die Hände gearbeitet. Der eine, ein Italiener mit Namen Marconi, hat ein Mittel entdeckt, sogenannte Hertzsche Wellen in den Raum zu entsenden ... Zufällig was davon gehört, alter Eisenfresser?«

»Ja, ja«, sagte Marcenay. »Ich habe das schon in der Schule gelernt. Außerdem wurde von Marconi schon gesprochen, als ich noch in Frankreich war. Wer aber ist der andere Erfinder, auf den du angespielt hast?«

»Ein Franzose, der Physiker Branly. Er hat den Empfänger erfunden, ein kleines Wunder ingeniöser Einfachheit.«

»Und der Apparat, den ich da vor mir sehe?«

»Ist eben dieser Empfänger, dessen Prinzip du im Nu begreifen wirst. Branly hat beobachtet, daß, wenn Eisenfeilstaub von Natur ein schlechter Leiter ist, er zu einem guten wird, wenn man eine Hertzsche Welle auf ihn einwirken läßt, da dadurch die einzelnen Teilchen mit gegenseitiger Anziehung begabt werden und ihre Kohäsion gesteigert werden kann. Wenn du das jetzt weißt, sieh dir dieses Röhrchen an.«

»Ich sehe es.«

»Das ist der Kohäsionserzeuger oder Wellendetektor, wenn du willst. Dieses Röhrchen, das Eisenfeilspäne enthält, ist in den Stromkreis eines einfachen Elements eingeschaltet, das ich die Ehre habe, dir vorzustellen. Da der Tubus ein schlechter Leiter ist, unterbricht er die Leitung, der Strom geht nicht hindurch. Du verstehst?«

»Soweit ja, aber dann?«

»Dann kommt eine Hertzsche Welle, sie wird von diesem Kupferstab aufgefangen, den man Antenne nennt. Sofort wird die Röhre, die mit ihm in Verbindung steht, zum Leiter, der Stromkreis des Elementes schließt sich, und der Strom geht hindurch. Folgst du mir immer noch, du Blutsäufer, du?«

»Ja, alter Stubengelehrter, fahre nur fort.«

»Nun kommt der Berichterstatter ins Spiel, den du hier vor dir siehst. Dank einem Dispositiv meiner eigenen Erfindung, kombiniert mit der Erfindung Branlys, setzt dieser Strom einen Morseempfänger in Bewegung, dessen Papierstreifen sich in der üblichen Weise mit Zeichen bedeckt. Zugleich aber pocht dabei dieser kleine Hammer hier auf den Detektor, dessen Eisenteilchen durch den Stoß getrennt werden und der infolgedessen zu seinem gewöhnlichen Widerstand zurückkehrt. Der Strom aus der galvanischen Säule geht nicht mehr hindurch, und der Morseempfänger druckt nicht mehr. Auf diese Weise hat man also erreicht, daß auf dem Papier nur ein einziger Punkt entstanden ist, wirst du mir sagen. Das stimmt, aber gleich darauf wird sich der gleiche Vorgang wiederholen, während die Antenne fortfährt, Wellen zu empfangen. Hören diese auf, erscheint nichts mehr auf dem Morsestreifen, bis die nächsten Wellen kommen. Letzten Endes also erhält man durch dieses Verfahren ein System von Punkten, die zu ungleichen Gruppen geordnet sind und damit die langen und kurzen Impulse des Morsealphabets ergeben, die ein Telegrafist ebenso fließend zu lesen imstande ist wie gewöhnliche Schrift.«

»Du zum Beispiel?«

»Zum Beispiel ich.«

»Und warum hast du diesen – wie ich zugeben muß, fabelhaften Apparat – hierher ins Land der Wilden mitgebracht?«

»Nicht nur ihn, sondern auch seinen Bruder, nämlich den Sender, mit dessen Montage ich morgen beginnen werde. Weil diese Frage der drahtlosen Telegrafie mich passioniert. Ich will der erste sein, der sie im Sudan installiert. Deswegen habe ich die beiden Apparate mitgebracht, deren noch auf der ganzen Welt sehr rare Abbilder in Afrika bislang nicht existieren, wofür ich mich verbürgen kann. Aber stell dir doch einmal vor! Wenn man eine direkte Verbindung mit Bammako aufnehmen könnte! ... Oder mit Saint-Louis vielleicht? ...«

»Oh! Mit Saint-Louis! ... Das ist allerdings etwas weit!«

»Durchaus nicht!« wendete Perrigny ein. »Man hat schon auf weit größere Entfernungen die Verbindung aufgenommen.«

»Nicht möglich!«

»Sehr möglich, alter Haudegen, du, und ich selber gedenke sogar noch mehr zu erreichen. Ich werde hier auf der Stelle längs des Niger eine Reihe von Experimenten anstellen ...«

Hauptmann Perrigny stutzte plötzlich. Seine Augen weiteten sich, sein halboffen stehender Mund drückte größtes Erstaunen aus. Aus dem Branlyschen Apparat ließ sich ein schwaches Geräusch vernehmen, das sein geübtes Ohr sofort aufgefangen hatte.

»Was hast du?« fragte Marcenay erstaunt.

Sein Freund fand nur mit Mühe die Worte für eine Antwort. Das Staunen würgte ihn buchstäblich an der Kehle.

»Er läuft!« stammelte er schließlich, wobei er auf den Apparat hinwies.

»Wie? Er läuft?« rief in ironischem Ton Hauptmann Marcenay aus. »Du träumst wohl, du künftiges Mitglied der Akademie. Da dein Apparat in Afrika der einzige ist, kann er doch nicht laufen, wie du es so elegant ausgedrückt hast. Er ist sicher kaputt, das wird alles sein.«

Ohne zu antworten, stürzte Hauptmann Perrigny zu dem Empfänger.

»Kaputt!« protestierte er im Tone heftigster Erregung. »Er

»Kaputt!« protestierte er.

ist so wenig kaputt, daß ich auf dem Streifen deutlich lese: ›Haupt ... mann ... Hauptmann Mar ... Hauptmann Marcenay!«

»Aber nicht doch!« rief dieser spottend aus. »Ich glaube stark, du willst mich auf den Arm nehmen, wie man so sagt, mein Lieber.«

»Es ist dein Name!« bestätigte Perrigny so sichtbar aufrichtig bewegt, daß sein Kamerad sich dem Eindruck nicht entziehen konnte.

Der Apparat hatte innegehalten und blieb jetzt unter den Augen der beiden Offiziere, die keinen Blick von ihm verwandten, stumm. Bald aber ließ das bezeichnende Tack-Tack sich von neuem vernehmen.

»Jetzt funktioniert er wieder! ...« rief Perrigny aus, der sich erneut über den Streifen beugte. »Gut! Jetzt folgt deine Adresse: Timbuktu.«

»Timbuktu! ...« wiederholte unwillkürlich Marcenay, der nun seinerseits vor geheimnisvoller Erregung bebte.

Der Apparat hielt wieder eine Sekunde inne, dann fing nach kurzer Unterbrechung das bedruckte Band sich wieder herauszuschieben an, um dann gleich darauf wieder stehen zu bleiben.

»Jane Buxton«, las Perrigny.

»Kenne ich nicht«, erklärte Marcenay, der, ohne genau zu wissen, weshalb, einen Seufzer der Erleichterung ausstieß. »Da macht sich irgend jemand einen Spaß mit uns.«

»Einen Spaß?« wiederholte nachdenklich Perrigny. »Wie sollte das möglich sein? ... Ah! Jetzt geht es weiter! ...«

Über den Papierstreifen gebeugt, las er und buchstabierte die Wörter, die er entschlüsselte:

»Kommen Sie ... Jane ... Mornas ... zu ... Hil ... fe ...«

»Jane Mornas!« rief Hauptmann Marcenay aus, der plötzlich so nah am Ersticken war, daß er seinen Uniformkragen öffnen mußte.

»Sei still«, befahl ihm Perrigny. »Die ge ... fan ... gen in Black ... land ist...«

Zum vierten Mal verstummte das Tack-Tack. Perrigny richtete sich auf und blickte seinen Kameraden an, der totenbleich geworden war.

»Was hast du?« fragte er in liebevollem Ton.

»Ich erkläre es dir später ...« brachte Marcenay mit Mühe hervor. »Aber Blackland, wo nimmst du Blackland her?«

Perrigny hatte keine Zeit für eine Antwort. Der Apparat lief von neuem an. Er las:

»Brei ... te ... fünfzehn ... Grad ... fünf ... zig ... Mi ... nu ... ten Nord ... Länge ...«

Über das plötzlich verstummte Gerät gebeugt warteten beide Männer ein paar Minuten ab. Dieses Mal aber war das Schweigen endgültig, der Apparat blieb stumm.

Nachdenklich murmelte Hauptmann Perrigny:

»Das ist wirklich etwas starker Tobak, wie der Volksmund sagt! ... Sollte es in diesem gottverlassenen Land noch einen zweiten Amateur geben, der sich mit drahtloser Telegrafie befaßt? ... Und zwar jemanden, der dich kennt, mein Lieber?« setzte er, zu seinem Freund gewendet, hinzu.

Er bemerkte sofort, wie sehr dessen Züge sich verändert hatten.

»Was hast du?« fragte er ihn. »Du bist ja ganz blaß geworden.«

In ein paar rasch hingeworfenen Worten erklärte Hauptmann Marcenay seinem Kameraden die Ursache seiner Besorgnis. Wenn er überrascht gewesen war, als sein eigener Name auf dem Streifen des Telegrafen erschien, so war seine Überraschung einer inneren Bewegung, einer tiefen Erregung sogar gewichen, als Perrigny den Namen Jane Mornas ausgesprochen hatte. Er kannte Jane Mornas, er liebte sie, und wiewohl noch kein diesbezügliches Wort zwischen ihnen gefallen war, hoffte er mit Bestimmtheit, daß sie eines Tages seine Frau werden würde.

Marcenay erinnerte sich an die Befürchtungen, die ihn quälten, seitdem er mit so gutem Grund den Befehl des Obersten Saint-Auban für eine Fälschung hielt. Die geheimnisvolle Botschaft, die soeben aus dem Äther zu ihm gedrungen war, bestätigte sie nur allzusehr. Jane Mornas war in Gefahr.

»Und mich bittet sie um Hilfe!« stellte er abschließend nicht ohne Angst fest, in die sich jedoch auch so etwas wie Freude mischte.

»Gut. Das ist ganz einfach!« antwortete Perrigny. »Man muß ihr diese Hilfe bringen, um die sie bittet.«

»Selbstverständlich!« rief Marcenay aus, der sich bei dem Gedanken an ein tätiges Eingreifen neu belebte. »Aber wie?«

»Das wollen wir überlegen«, sagte Perrigny. »Ziehen wir erst einmal aus den uns bekannt gewordenen Tatsachen die logischen Folgerungen. Sie sind meiner Meinung nach eher beruhigend.«

»Findest du?...« entgegnete Marcenay in bitterem Ton.

»Ich finde es. Erstens: Mademoiselle Mornas ist nicht allein, denn soviel dir bekannt ist, besitzt sie keinen Apparat für drahtlose Telegrafie. Ganz zu schweigen von den Gefährten, mit denen du sie zurückgelassen hast, verfügt sie zum mindesten über einen Beschützer, der dieses Instrument besitzt. Und dieser ist bestimmt ein Schlaukopf, das kannst du mir glauben.«

Nachdem Marcenay durch ein Kopfnicken beigepflichtet hatte, fuhr Perrigny fort:

»Zweitens: Mademoiselle Mornas befindet sich nicht in ganz akuter Gefahr. Sie telegrafiert nach Timbuktu. Sie nimmt an, daß du dort bist, weiß also sehr wohl, daß du nicht gleich hinter der nächsten Tür stehst, sondern daß du einige Zeit brauchen wirst, um ihrem Appell zu folgen. Da sie aber dennoch ein Telegramm an dich schickt, ist sie der Meinung, daß das nicht nutzlos ist. Wenn also eine Gefahr sie bedroht, kann sie dennoch nicht unmittelbar bevorstehen.«

»Worauf willst du hinaus?« fragte Marcenay, der nervös zu werden begann.

»Darauf, daß aller Grund für dich besteht, dich zu beruhigen und auf einen günstigen Ausgang des Abenteuers zu hoffen. Ferner solltest du den Oberst aufsuchen und ihn auffordern, eine Expedition mit dem Auftrag zu entsenden, den Deputierten Barsac und obendrein Mademoiselle Mornas zu befreien.«

Die beiden Offiziere begaben sich auf der Stelle zu dem Obersten Allègre, dem sie von dem fabelhaften Phänomen berichteten, dessen Zeuge sie geworden waren. Sie legten ihm den von dem Morseapparat aufgenommenen Schriftstreifen vor, dessen Text Perrigny in verständliche Sätze übertrug.

»Von Monsieur Barsac ist darin nicht die Rede«, gab der Oberst zu bedenken.

»Nein«, antwortete Perrigny, »aber da Mademoiselle Mornas sich bei ihm befand ...«

»Wer sagt Ihnen, daß sie sich nicht von ihm getrennt hat?« warf der Oberst ein. »Die Marschroute der Expedition Barsac ist mir durchaus bekannt, und ich kann Ihnen versichern, daß sie sich nicht in so hohe Breitengrade erstreckt. Die Expedition sollte ihren Weg über Ouaghadougou nehmen, einen Ort, der klar und deutlich auf dem zwölften Breitengrad liegt, und in Saye enden, das heißt auf dem dreizehnten Grad. Diese mysteriöse Depesche spricht von fünfzehn Grad plus fünfzig Minuten, das heißt fast von sechzehn Grad nördlicher Breite.«

Diese Bemerkung weckte in Marcenay bestimmte Erinnerungen.

»Sie haben recht, Herr Oberst«, sagte er. »Möglicherweise hat sich tatsächlich Mademoiselle Mornas von der Expedition Barsac getrennt. Ich erinnere mich, daß sie sich zwei oder drei Kilometer hinter Sikasso von ihr zu trennen gedachte, um allein weiter nach Norden vorzudringen, und zwar bei Gao den Niger zu erreichen.«

»Das ändert alles«, bemerkte der Oberst mit besorgter Miene. »Um Monsieur Barsac, einen Abgeordneten, der offiziell von der Regierung entsandt worden ist, zu retten, würde eine Expedition sich verantworten lassen, während für Mademoiselle Mornas, eine bloße Privatperson ...«

»Indessen ist«, gab Marcenay zu bedenken, »wenn der Befehl, den ich überbracht habe, eine Fälschung ist, wie alles uns vermuten läßt, Monsieur Barsac notwendigerweise einem Schurken in die Hände gefallen, der meinen Platz eingenommen hat.«

»Vielleicht ... vielleicht«, gab noch immer zweifelnd der Oberst zu. »Auf alle Fälle müssen wir, um uns eine unwiderlegliche Meinung über diesen Punkt zu bilden, die Antwort aus Bammako abwarten.«

»Das ist ja zum Verzweifeln«, rief Marcenay niedergeschlagen aus. »Wir können doch das arme Kind, das mich zu Hilfe ruft, nicht zugrundegehen lassen.«

»Von Zugrundegehen hat ja niemand etwas gesagt«, wendete der Oberst ein, der seinerseits völlig die Ruhe bewahrte. »Die junge Dame hat nur gesagt, daß sie gefangen ist, weiter nichts ... Und noch dazu: wohin wollen Sie ihr zu Hilfe eilen? Wo ist dieses Blackland, von dem sie spricht?«

»Sie hat den Breitengrad angegeben.«

»Aber nicht die Länge. Nun aber haben Sie Mademoiselle Mornas hinter Sikasso zurückgelassen. Sie wird nicht wieder nach Westen zurückgekommen sein, nehme ich an. Der sechzehnte Grad verläuft zunächst durch Massina, überquert dann den Niger und verliert sich schließlich in einer absolut unerforschten Wüstenregion. Da Blackland nicht in Massina liegen kann, ohne daß uns eine solche Stadt bekannt wäre, liegt es also mitten in der Wüste, die man danach absuchen müßte.«

»Nun, und wenn, Herr Oberst? ...« stotterte Marcenay.

»Was wollen Sie sagen, Herr Hauptmann? Ich sehe absolut keine Möglichkeit, einen Trupp in jene Gegend zu schicken, das heißt das Leben von ein- oder zweihundert Mann zu riskieren, um eine einzige Person zu retten.«

»Wieso zweihundert Mann?« fragte Marcenay, der seine Hoffnung schwinden sah. »Vielleicht würden weniger schon genügen.«

»Das glaube ich nicht, Herr Hauptmann. Sie kennen so gut wie ich die Gerüchte, die in der Nigerregion umgehen. Die Schwarzen behaupten, es sei irgendwo, ohne daß jemand genau sagen kann, wo, ein Eingeborenenreich gegründet worden, dessen Ruf nicht eben der beste wäre. Da der Name Blackland völlig unbekannt ist, wäre es nicht unmöglich, daß dies die Hauptstadt oder eine der Städte des besagten Reiches ist, und die angegebene Breite macht diese Hypothese sogar noch einleuchtender, da sie der einzigen Region entspricht, in der es hätte gegründet werden können, ohne allgemein bekannt zu sein. Fällt nicht schließlich auch Ihnen der englische Klang des Namens Blackland auf? ... Sokoto, eine englische Kolonie, ist von dem vermutlichen Platz, an dem sich diese Stadt befinden könnte, nicht allzuweit entfernt ... Es kann da also auch noch eine andere Schwierigkeit bestehen, die gar nicht leicht zu überwinden wäre ... Kurz und gut, unter diesen Umständen halte ich es für unklug, sich in eine um und um unerforschte Region zu begeben, ohne daß man über die nötigen Kräfte verfügt, um allen Eventualitäten zu begegnen.«

»Dann weigern Sie sich also, Herr Oberst?« fragte Marcenay.

»Zu meinem Bedauern, ja. Ich lehne es ab«, antwortete Oberst Allègre.

Hauptmann Marcenay gab noch nicht auf. Er erzählte seinem Vorgesetzten, wie er es auch seinem Kameraden gegenüber getan hatte, welche Bande ihn mit Mademoiselle Mornas verknüpften. Umsonst. Ebensowenig hatte er Erfolg damit, zu erwähnen, daß er selber ja hundert Mann mitgebracht habe, auf die man verzichten könne, da man ja nicht mit ihnen gerechnet habe. Oberst Allègre ließ sich nicht in seiner Meinung erschüttern.

»Es tut mir sehr, sehr leid, wirklich unendlich leid, aber es ist meine Pflicht, Ihnen eine negative Antwort zu erteilen. Daß ich Ihre Leute nicht brauche, mag zutreffen, aber sie sind Menschen und ich habe nicht das Recht, ihr Leben leichtsinnig aufs Spiel zu setzen. Im übrigen besteht kein Anlaß zur Eile. Warten wir doch eine erneute Verbindung mit Mademoiselle Mornas ab. Nachdem sie das eine Mal telegrafiert hat, ist es wahrscheinlich, daß sie wieder telegrafieren wird.«

»Und wenn sie es nicht kann?« rief Marcenay verzweifelt aus, »wie man aus der jähen Unterbrechung ihrer Sendung eigentlich schließen muß?«

Der Oberst gab durch eine Handbewegung zu verstehen, daß eine solche Eventualität zwar unendlich bedauernswert sei, seinen Entschluß jedoch nicht umzustoßen vermöge.

»Dann gehe ich eben allein«, erklärte Marcenay mit großer Bestimmtheit.

»Allein?« wiederholte der Oberst.

»Ja, Herr Oberst. Ich werde Sie um Urlaub bitten, den Sie mir gewiß nicht versagen ...«

»Den ich Ihnen im Gegenteil versagen werde«, erwiderte der Oberst. »Meinen Sie denn, ich werde Ihnen die Möglichkeit zugestehen, sich in ein Abenteuer zu stürzen, von dem Sie nicht zurückkommen werden?«

»In diesem Fall, Herr Oberst, werde ich Sie bitten, die Güte zu haben und meine Demission zu akzeptieren.«

»Ihre Demission! ...«

»Ja, Herr Oberst«, bestätigte Marcenay sehr ruhig.

Oberst Allègre antwortete nicht sofort. Er sah seinen Untergebenen an und begriff, daß dieser sich in keinem normalen Zustand mehr befand.

»Sie wissen sehr wohl, Herr Hauptmann«, sagte er in väterlichem Ton zu ihm, »daß Ihr Entlassungsgesuch den Instanzenweg durchlaufen muß und daß ich selbst Ihnen den Abschied nicht erteilen kann. Auf alle Fälle ist das eine Sache, die überlegt sein will. Lassen Sie die Nacht darüber hingehen, und suchen Sie mich morgen wieder auf. Wir sprechen dann darüber.«

Mit korrektem militärischen Gruß verabschiedeten die beiden Offiziere sich voneinander. Perrigny begleitete seinen Kameraden, während er ihm allen nur erdenklichen Trost zu spenden versuchte. Doch der Unglückliche hörte nicht einmal, was er sagte.

Als Hauptmann Marcenay vor seiner Tür angekommen war, verabschiedete er sich von seinem Freund und riegelte sich in seinem Zimmer ein. Als er endlich allein war, warf er sich auf sein Bett; völlig am Ende seiner mannhaften Selbstbeherrschung brach er in Schluchzen aus.

IX. *Eine Katastrophe*

Die Unterbrechung des Stroms von der hydroelektrischen Station währte nicht sehr lange. Nachdem der Strom am 9. April ausgefallen war, schaltete er sich bereits am nächsten Morgen wieder ein.

Das erste Opfer dieses Manövers, das er zunächst für überaus schlau gehalten hatte, war nämlich Harry Killer selbst gewesen. Wenn er der Fabrik die Energie nicht mehr lieferte, die sie benötigte, erfüllte diese auch keinen der Dienste mehr, die er gewöhnlich von ihr erhielt.

Die landwirtschaftlichen Maschinen waren ohne den Strom, der sie in Bewegung setzte, plötzlich stehengeblieben. Die elektrischen Pumpen, die Wasser aus dem Strom schöpften, um die Reservoire damit zu füllen, deren eines sich in der Fabrik befand, von der aus das Naß in ein anderes, oberhalb der Kaserne der Schwarzen Garden gelegenes, strömte, hatte gleichfalls zu funktionieren aufgehört. Innerhalb von zwei Tagen würde dieses zweite Reservoir, von dem aus das Wasser sich überallhin verteilte, geleert und Blackland somit trockengelegt sein.

Schließlich mußte man, als es dunkel wurde, auch noch auf das elektrische Licht verzichten, und da man über keine sonstige Beleuchtung verfügte, war die ganze Stadt in Finsternis gehüllt, was Harry Killer in um so größere Wut versetzte, als er während der gleichen Zeit die Fabrik beleuchtet und von ihren riesigen Scheinwerfern bestrahlt vor sich sah.

Da er einsehen mußte, daß es sich hier um eine ungleiche Kräfteverteilung handelte, hatte sich der Despot geschlagen gegeben und in der Frühe des 10. April den Strom wieder einschalten lassen, den er am Vortag abgestellt hatte. Gleichzeitig rief er Marcel Camaret, der sich gerade mit denen, die er als seine Schützlinge betrachtete, in seinem Arbeitsraum befand, ans Telefon. Man hörte, wie der Ingenieur nicht anders als am Vortag mit ›Ja‹, mit

›Nein‹, mit ›Gut‹ antwortete, der Scheidemünze dieser Art von Gesprächen, deren andere Hälfte den Zuhörern notgedrungenermaßen unbekannt bleibt, und wie am Vorabend fing Camaret schließlich zu lachen an und machte jäh der Diskussion ein Ende.

Nach dem, was er in Kürze darüber berichtete, hatten Harry Killer und er eine Übereinkunft getroffen. Es war ausgemacht worden, daß ersterer die Verbindung mit der hydroelektrischen Station wieder herstellen und daß die Fabrik wie bisher Blackland wieder Strom liefern würde. Dieses Abkommen hatte im übrigen keinerlei Einfluß auf die sonstige Lage, die höchst eigenartig war. Der Friede beschränkte sich ganz und gar auf den soeben geschlossenen Vertrag. Im übrigen herrschte auch weiterhin Kriegszustand. Zum Beispiel bestand Harry Killer darauf, die Auslieferung der Gefangenen zu fordern, Camaret aber lehnte sie auch weiterhin ab.

Am Ende des Gesprächs hatte Harry Killer von dem Ingenieur verlangt, er solle ihm die nötige flüssige Luft liefern, um die Aeroplane in Bewegung zu setzen. Jedesmal nämlich, wenn diese von ihrer Reise zurückkehrten, wurden ihre Reservoire in der Fabrik frisch aufgefüllt. Harry Killer besaß hierfür nicht die geringste Möglichkeit, was seine vierzig Flugmaschinen unbenutzbar machte.

Zu diesem Punkt hatte Camaret, darum besorgt, sowohl seine Reserve an Kraftstoff zu erhalten, wie auch dem Feinde nicht so machtvolle Waffen zu liefern, sich entschieden ablehnend geäußert. Die Folge war ein heftiger Zornausbruch des Despoten, der geschworen hatte, den Gegner auszuhungern. Daraufhin hatte der Ingenieur eingehängt und über diese Drohung gelacht, die ebenso eitel war wie die vorhergehenden.

Seine Zuhörer hingegen nahmen sie sehr ernst. Wenn auch die Fabrik wegen der von Camaret erfundenen Verteidigungswaffen praktisch uneinnehmbar schien, verfügte dieser doch offenbar über sehr viel weniger Angriffswaffen, wobei er sich noch dazu derjenigen, die er besaß, um keinen Preis zu bedienen gedachte. Unter diesen Umständen konnte sich die gegenwärtige Situation unendlich lange hinziehen und demgemäß der Tag kommen, an dem die Fabrik wegen Mangel an Lebensmitteln zur Kapitulation gezwungen sein würde.

Camaret, dem Barsac das Resultat dieser Überlegung unterbreitete, zuckte nur mit den Achseln.

»Wir haben noch für lange Zeit Lebensmittel«, antwortete er.

»Für wie lange?« fragte Barsac.

Camaret antwortete mit einer ausweichenden Gebärde.

»Ich weiß es nicht genau. Vierzehn Tage, vielleicht auch drei Wochen. Das hat keine Bedeutung, denn in achtundvierzig Stunden wird ein Aeroplan fertig sein, der gerade im Bau befindlich ist. Jetzt schon lade ich Sie zu Versuchen ein, die wir bei Nacht anstellen werden, damit man im Palast nichts davon merkt, und zwar übermorgen, am 12. April, um vier Uhr in der Frühe.«

Das war eine frohe Botschaft, auf die die Gefangenen keinesfalls gefaßt gewesen waren. Der Besitz dieses Aeroplans verbesserte gewiß ganz bedeutend die Lage. Würde er indessen tatsächlich die Rettung bringen?

»In der Fabrik befinden sich mehr als hundert Personen«, gab Barsac zu bedenken. »Selbst wenn Ihr Flugzeug auch noch so leistungsfähig ist, wird es sie nicht sämtlich befördern können.«

»Es wird nur jeweils zehn Personen tragen«, antwortete Camaret, »den Flugzeugführer nicht miteingerechnet. Das ist immerhin nicht schlecht.«

»Gewiß!« stimmte Barsac ihm zu, »und dennoch ungenügend, um uns wirklich aus der Affäre zu ziehen.«

»Keineswegs«, entgegnete Camaret. »Von hier bis Saye sind es ungefähr dreihundertfünfzig Kilometer in der Luftlinie und siebenhundert von hier nach Timbuktu, was vielleicht vorzuziehen wäre.« Da man nur nachts fliegen würde, um den Lufttorpedos zu entgehen, könnte der Aeroplan in vierundzwanzig Stunden drei Flüge nach Saye oder zwei nach Timbuktu unternehmen. »Die einhundertundfünfzig Personen, auf die ich ungefähr die Belegschaft der Fabrik schätze, wenn man Frauen und Kinder mit einbezieht, würden demgemäß im ersten Fall innerhalb von fünf, im zweiten mindestens in acht Tagen in Sicherheit sein.«

Die Darlegung dieses tatsächlich offenbar durchaus zu realisierenden Plans dämpfte die Befürchtungen, die Harry Killers Verhalten hatte aufkommen lassen, und alle erwarteten ungeduldig den Augenblick, in dem man ihn in die Tat würde umsetzen können.

Die beiden Tage, die sie noch warten mußten, erschienen den Belagerten freilich unendlich lang. Sie vertrieben sich, so gut es ging, die Zeit, meist mit Spaziergängen im Garten im Schutze der Mauer, die sie den Blicken der Palastbewohner entzog. Monsieur Poncin insbesondere hielt sich dort von morgens bis abends auf. Unaufhörlich beugte er sich über die dort wachsenden Pflanzen und beschäftigte sich mit Messungen, die er mit Hilfe einer Lupe vornahm und mit Abwiegen winzigster Mengen mittels einer kleinen Präzisionswaage.

»Was zum Teufel treiben Sie denn da?« fragte ihn Florence, der ihn bei dieser Beschäftigung überraschte.

»Was meines Amtes ist, Monsieur Florence«, antwortete Monsieur Poncin nicht ohne eine gewisse Wichtigkeit.

»Statistik?« fragte staunend Florence.

»Nichts anderes. Ich bin ganz einfach dabei festzustellen, welche Zahl von Personen der Nigerbogen ernähren könnte.«

»Aha! Immer noch der Nigerbogen!« meinte Amédée Florence, der die Tätigkeit seines Gesprächspartners nicht besonders hoch einzuschätzen schien. »Hier aber sind wir, will mir scheinen, gleichwohl nicht mehr in diesem berühmten Bogen.«

»Es ist nicht verboten, nach dem Prinzip der Analogie vorzugehen«, erklärte belehrend Monsieur Poncin. »Einer Analogie ...«

»›Courtisans! attablés dans la splendide orgie!‹« ließ sich eine Stimme in ihrem Rücken vernehmen.

An diesem Vers aus den ›Châtiments‹*, den er um des Reimes willen zitierte, erkannte Amédée Florence sogleich Dr. Châtonnay. Und tatsächlich war er es.

* Victor Hugo.

»Was machen Sie denn da?« fragte dieser treffliche Mann in Fortführung seiner Rede.

»Monsieur Poncin setzt mir seine statistischen Methoden auseinander«, antwortete Florence höchst ernsthaft. »Fahren Sie nur fort, Monsieur Poncin, ich bitte Sie darum.«

»Die Sache ist höchst einfach«, erklärte dieser. »Hier ist eine Spinatpflanze, die einen Quadratdezimeter bedeckt. Etwas weiter sehen Sie einen Kopf Blumenkohl; er nimmt vier Quadratdezimeter ein. Ich habe hundert ganz zufällig herausgegriffene Pflanzen gemessen und von dem Platz, den sie beanspruchen, den Durchschnitt pro Pflanze errechnet. Ebenso habe ich ihr tägliches Wachstum gemessen. Dieser Salatkopf hier zum Beispiel hat seit gestern um vier Gramm neunhundertsiebenundzwanzig Milligramm zugenommen. Kurz, ich habe errechnet, ma-the-ma-tisch errechnet, daß das tägliche Durchschnittswachstum zweiundzwanzig Milligramm pro Quadratzentimeter beträgt.«

»Sehr merkwürdig«, bemerkte Dr. Châtonnay mit unbewegter Miene.

»Nicht wahr? Solche naturwissenschaftlichen Fragen sind immer sehr interessant«, erklärte Monsieur Poncin, indem er sich in die Brust warf. »Der Nigerbogen umfaßt fünfhundertsechsundvierzig Trillionen Quadratzentimeter. Dementsprechend wird er also täglich zwölf Millionen zwölftausend Tonnen und jährlich eine Milliarde einhundertvierundvierzig Millionen dreihundertachtzigtausend Tonnen produzieren.«

»Ich kann nicht leugnen, daß die Rechnung mich erstaunt«, versetzte der Doktor in leicht deklamierendem Ton, einen Vers von Corneille parodierend, der ihm der Assonanz wegen einfiel.

»Wenn man nun weiß, welche Nahrungsmittelmenge benötigt wird, um das Leben eines einzigen Menschen zu garantieren, wird es leicht sein, daraus den Schluß zu ziehen, welche Bevölkerungsmenge im Nigerbogen existieren kann«, schloß Monsieur Poncin mit einem gewissen Nachdruck. »Das sind die Dienste, die die Naturwissenschaft zu leisten vermag, und daher wird auch die Zeit, in der man uns hier zwangsweise festhält, nicht völlig verloren sein.«

»Dank Ihnen, Monsieur Poncin«, erklärten gleichzeitig Amédée und der Doktor, die darauf den Statistiker wieder seinen gelehrten Deduktionen überließen.

Stunde für Stunde rannen der 10., dann der 11. April dahin. Ein Zwischenfall, der im übrigen nicht weiter schwerwiegend war, unterbrach die Einförmigkeit dieses letzteren Tages. Gegen fünf Uhr am Nachmittag erhielt Camaret die Nachricht, die Pumpe, die das Wasser dem Reservoir zuführte, funktioniere nicht mehr.

Bei seiner Nachprüfung des Vorfalls stellte der Ingenieur fest, daß die Nachricht den Tatsachen entsprach. Die Pumpe war in rasender Bewegung, als drehe sie sich im Leeren, ohne daß sie den geringsten Widerstand zu überwinden habe. Auf seinen Befehl ging man an die Demontage des Kolbens, dessen Belag wahrscheinlich beschädigt war und nicht mehr genau in die Zylinderwände paßte. Alles in allem handelte es sich um eine unbedeutende Reparatur, die in weniger als achtundvierzig Stunden vorgenommen sein würde.

Noch bevor der Morgen des folgenden Tages graute, hatte die enervierende Wartezeit ihr Ende gefunden. Wie man sich vorstellen kann, fehlte niemand beim Rendezvous trotz der sehr frühen Stunde, die von Marcel Camaret festgesetzt worden war. Dieser hatte seinerseits sein Versprechen gehalten. Als die Gefangenen in den Garten kamen, in dem der Versuch stattfinden sollte, war der Apparat durch die Arbeiter, die ihn konstruiert hatten, bereits dorthin gebracht worden.

Der Ingenieur stieg auf die Plattform und setzte den Motor in Gang. Einige Minuten vergingen, viel zu langsam für das Empfinden der Zuschauer, die immer noch eine eventuelle Enttäuschung fürchteten. Der Apparat hob sich plötzlich mühelos in die Höhe, entfaltete dann seine Flügel, glitt auf den Luftschichten dahin und ließ sich dann wiederum genau an der Stelle nieder, von der er abgeflogen war. Diesmal mit zehn weiteren Mann an Bord, erhob sich Marcel Camaret von neuem und vollführte dreimal hintereinander einen Flug rings um den Garten. Das Experiment war völlig überzeugend.

»Heute abend um neun Uhr findet der erste Abflug statt«, verkündete er, als er von der Plattform heruntergestiegen war.

Da war dann alles vergessen, die Gefangenschaft, die Zeit der Sorgen und der Langeweile. In ein paar Stunden würde dieser Alptraum beendet und man würde in Freiheit sein. Alle Anwesenden beglückwünschten einander, während die Mechaniker den Aeroplan wieder in seine Remise zurückbrachten, die er bei Einbruch der Nacht erneut verlassen würde, um den Flug nach Timbuktu anzutreten.

Da die Evakuierung der Fabrikbelegschaft mehrere Tage in Anspruch nehmen würde, fand bei den laufenden Arbeiten keine Unterbrechung statt. Unter anderem wurde an diesem 12. April die Demontage der Pumpe vollendet. Als sie beendet war, stellte man einwandfrei fest, daß sie keinerlei Schäden im Innern aufwies. Die Ursache für ihr Versagen mußte also anderswo zu suchen sein. Im Augenblick konnte man sie nur wieder montieren, was auch auf der Stelle geschah.

Da um halb neun Uhr abends bereits tiefe Dunkelheit herrschte, gab Marcel Camaret endlich das Aufbruchssignal. Schon lange zuvor warteten die acht dem Zugriff Harry Killers entgangenen Gefangenen und zwei Arbeiterfrauen, die für die erste Fracht vorgesehen waren, im Garten, von dem aus unter der Leitung eines erprobten Aeronauten das Flugzeug aufbrechen sollte. Auf Anweisung ihres Chefs begaben sich etwa zehn Mechaniker zu der Remise. Sie öffneten die Tür ...

Genau in diesem Augenblick trat die Katastrophe ein.

In dem Augenblick, als die Tür aufging, erfolgte eine gewaltige Explosion. Die Remise fiel in sich zusammen wie ein Kartenhaus. Da wo sie gestanden hatte, war nur noch ein Trümmerhaufen zu sehen.

Nach einem Augenblick begreiflicher Erstarrung stürzte alles herbei, um die zehn Arbeiter zu retten. Glücklicherweise waren alle außer einem von ihnen nur leicht verletzt; es war ihnen wei-

Eine gewaltige Explosion ...

ter nichts geschehen, da die Explosion stattgefunden hatte, bevor sie noch die Remise betreten hatten.

Obwohl es aber keinen Todesfall zu beklagen gab, war dennoch den Belagerten ein großes Unglück, eine nicht wiedergutzumachende Katastrophe, widerfahren. Der Aeroplan war zerstört, buchstäblich in seine Bestandteile aufgelöst. Es waren nur noch unverwendbare Trümmer davon vorhanden.

»Rigaud«, sagte Camaret mit der Ruhe, die ihn auch unter wahrhaft schwierigen Verhältnissen nie verließ, »laß mit den Aufräumungsarbeiten beginnen. Wir müssen die Ursache dieser Explosion erforschen.«

Man begann mit dem Zusammenschaufeln der Trümmer, die jetzt dort lagen, wo die Flugmaschine gestanden hatte. Es waren viele Arme vorhanden, so daß die Arbeit schnell vonstatten ging. Gegen elf Uhr war dieser Teil des Bodens völlig freigelegt. Man stellte das Vorhandensein einer tiefen Aushebung fest.

»Dynamit«, teilte Camaret kaltblütig mit. »Ich vermute, es ist nicht von allein dort hingelangt.«

Da die Blutflecken, die man auf den Überresten der Maschine bemerkte, darauf schließen ließen, daß es Opfer gegeben hatte, wurden die Aufräumungsarbeiten mit gleichem Eifer fortgesetzt. Bald machte man denn auch grauenhafte Entdeckungen. Kurz vor Mitternacht stieß man auf das zerfetzte Bein eines Negers, dann auf einen gewaltsam abgerissenen Arm, und schließlich entdeckte man den Kopf dieses zerfetzten Körpers.

Amédée, der als guter Reporter sich von den Arbeiten nichts entgehen ließ, erkannte auf der Stelle die grausige Trophäe.

»Tchoumouki«, rief er ohne zu zögern aus.

Er erklärte Camaret, wer Tchoumouki war, nämlich ein Verräter, der aus den Diensten Jane Buxtons in die Harry Killers übergegangen sei. Tchoumouki war offenbar der Urheber und das erste Opfer der Explosion. Es fragte sich nur, auf welche Weise er in die Fabrik gekommen war.

Auf alle Fälle konnten, da es ihm gelungen war, auf dem gleichen Wege noch andere folgen. Es war also wichtig, den Gegnern die Lust dazu zu benehmen, indem man ihnen einen heilsamen Schrecken bereitete.

In dieser Absicht warfen auf Befehl Camarets dessen Leute die kümmerlichen Reste Tchoumoukis über die Mauer hinweg auf die Esplanade, wo Harry Killers Mannen sie unbedingt finden mußten. Auf diese Weise würden sie auf unwiderlegliche Weise einsehen müssen, daß das Eindringen in die Fabrik mit Gefahren verbunden sei.

Inzwischen fuhr man mit den Aufräumungsarbeiten fort. Da die Arbeiter eine Kette bildeten, häuften sich die Überreste im Garten, und ein größerer Teil des Bodens der Remise wurde nach und nach freigelegt.

»Hier ist noch ein anderer!« rief plötzlich einer der Arbeiter aus.

Marcel Camaret trat näher heran. Tatsächlich ragte zwischen dem Geröll ein menschlicher Fuß hervor. In wenigen Augenblicken wurde der ganze Körper vom Schutt befreit. Es war ein im besten Mannesalter stehender Weißer, dessen Schulter durch das herabstürzende Dach erschreckend zugerichtet war.

Dr. Châtonnay beugte sich über den Verwundeten.

»Er lebt«, stellte er fest.

Der Mann wurde unter den Trümmern hervorgezogen und in Camarets Behausung gebracht, wo der Doktor ihm einen Notverband anzulegen gedachte. Am folgenden Tag würde man ihn verhören, falls er zu sprechen imstande wäre.

»Und wenn er dazu bereit ist«, setzte Amédée Florence hinzu.

»Ich verbürge mich dafür, daß ich ihn dazu bringen werde«, murmelte Camaret zwischen den Zähnen.

Die Aufräumungsarbeiten waren nunmehr so gut wie beendet, mindestens jedoch so weit fortgeschritten, daß man sicher sein konnte, niemanden mehr unter den Trümmern zu finden. Marcel Camaret erklärte also, daß jetzt Feierabend sei, und entließ die Arbeiter zu einer wohlverdienten Ruhe.

Ihrem Beispiel folgend verließen auch der Ingenieur und seine Gäste den Schauplatz der Katastrophe und begaben sich durch den Garten hindurch in ihre Gemächer.

Nach ein paar Schritten jedoch blieb Amédée Florence stehen und wendete sich an Camaret.

»Was werden wir nun tun, Monsieur«, fragte er, »wo wir ohne Flugmaschine sind?«

»Eine neue bauen«, antwortete Camaret.

»Haben Sie denn das Material dafür?« fragte Barsac.

»Gewiß.«

»Wieviel Zeit braucht man dazu?«

»Zwei Monate.«

»Hm! . . .!« murmelte Florence nur einfach vor sich hin und setzte dann ohne weitere Bemerkungen seinen Weg eher nachdenklich fort.

Zwei Monate! . . . Und Lebensmittel waren nur noch für vierzehn Tage vorhanden.

Der Reporter suchte bereits nach einer Idee, wie man sich aus diesem Dilemma heraushelfen könne.

x. *Amédée Florence hat eine Idee*

Wie verschieden von dem des Vortags verlief der Morgen des 13. April! Gestern waren die Belagerten in dem Glauben, das Ende ihrer Prüfungen sei gekommen, in Hochstimmung gewesen. Heute, nachdem jede Hoffnung zerstoben schien, waren sie traurig und mutlos.

Nur wenige unter ihnen hatten während der letzten Stunden der vergangenen Nacht noch den Schlaf gefunden. Die meisten hatten sie dazu benutzt, ihre gegenwärtige Lage unter allen Gesichtspunkten zu überprüfen, ohne jedoch ein Mittel zur Überwindung der bestehenden Schwierigkeiten zu finden.

Selbst Marcel Camaret fiel nichts mehr ein. Außer dem Bau eines neuen Aeroplans sah er keine Möglichkeit, der derzeitigen mißlichen Situation Herr zu werden. Seine Hoffnung jedoch auf einen Apparat zu setzen, dessen Herstellung zwei lange Monate in Anspruch nehmen würde, während man kaum noch für einen halben Monat Lebensmittel besaß, hieß sich wissentlich täuschen.

Als man der Sache auf den Grund gegangen war, sah man ein, daß dieser Weg zum endlichen Heil noch ungangbarer war, als man vermutet hatte. Eine gewissenhafte Überprüfung der Reserven und eine genaue Übersicht über die inzwischen noch heranreifenden Erzeugnisse des Gartenbaus ergaben in Wirklichkeit, daß man nur für höchstens neun bis zehn Tage Nahrungsmittel besaß. Man würde also schon vor dem letzten Tage des jetzigen Monats notwendigerweise Hunger leiden.

Um diesen unerbittlich nahenden Termin dennoch soweit wie möglich hinauszuschieben, beschloß man, auf der Stelle mit der Rationierung zu beginnen. Wenn also die Belagerten sich nicht schmeicheln durften, ihrem Schicksal zu entgehen, gedachten sie doch wenigstens ihre Agonie soweit wie möglich hinauszuschieben.

Da der ganze Vormittag des 13. mit dieser Inventur und den Vorrichtungen für die Flugmaschine verging, die Marcel Camaret durchaus bauen wollte, obwohl man allem Anschein nach von ihr keinerlei Hilfe erhoffen durfte, konnte man sich erst am Nachmittag um den Gefangenen kümmern.

Nach dem Mittagessen, das zum ersten Mal äußerst kümmerlich ausfiel, begab sich also Marcel Camaret, begleitet von seinen Gästen, deren plötzlicher Einbruch in seine Existenz ihn so teuer zu stehen zu kommen drohte, zu dem Gefangenen, der, wie Dr. Châtonnay versicherte, imstande war, ein Verhör über sich ergehen zu lassen.

»Wer sind Sie?« fragte Camaret, der, indem er diese dem Anschein nach nicht sonderlich interessante Frage stellte, einen reiflich durchdachten Plan verfolgte.

Da der Gefangene Schweigen bewahrte, wiederholte Camaret seine Frage, jedoch mit dem gleichen negativen Erfolg.

»Ich möchte Sie davon in Kenntnis setzen«, sagte Camaret in sanftem Ton zu ihm, »daß ich Sie zum Reden zwingen werde.«

Auch nach dieser Drohung tat der Gefangene den Mund nicht auf, und um seine Lippen spielte ein verstohlenes ironisches Lächeln. Ihn zum Reden zwingen? Das kam ihm offenbar wenig glaubhaft vor. Tatsächlich befand man sich, nach seinem Äußeren zu urteilen, in Gegenwart eines Individuums von außergewöhnlicher Energie.

Marcel Camaret zuckte die Achseln, bestand jedoch fürs erste nicht länger auf einer Antwort, sondern preßte gegen Daumen und Füße des Widerspenstigen vier kleine Metallplättchen, die er mit einer Schalttafel verband. Nachdem das geschehen war, bewegte er einen Schalter, der ein scharfes Klicken von sich gab.

Auf der Stelle wand sich der Mann in fürchterlichen Krämpfen, seine Halsadern schwollen an, als wollten sie zerbersten, und sein violett gefärbtes Gesicht drückte unerträgliches Leiden aus.

Die Prüfung hielt nicht lange an. Nach ein paar Sekunden schaltete Camaret den Strom wieder ab.

»Werden Sie jetzt reden?« fragte er.

Aber der Mann blieb stumm.

»Also gut!« sagte Camaret. »Dann noch einmal dasselbe.«

Er stellte den Kontakt wieder her, und die gleichen Phänomene stellten sich – nur heftiger – von neuem ein. Schweiß strömte dem Patienten über das Gesicht, seine Augen traten aus den Höhlen, und seine Brust ging auf und ab wie ein Schmiedehammer.

»Werden Sie reden?« wiederholte Camaret, nachdem er wiederum den Strom abgeschaltet hatte.

»Ja ... ja ...« stammelte der Mann am Ende seiner Kräfte.

»Na also! ...« meinte Camaret. »Ihr Name?«

»Fergus David«, lautete die Antwort.

»Das ist kein Name«, wendete Camaret ein. »Das sind zwei Vornamen.«

»So heiße ich in Blackland. Niemand hier kennt meinen richtigen Namen.«

»Das spielt keine Rolle. Wie lautet er?«

»Daniel Frasne.«

»Und was für ein Landsmann sind Sie?«

»Engländer.«

Daniel Frasne – da dies ja offenbar sein Name war – hatte sich nunmehr entschlossen, ebenso entschieden zu antworten, wie er vorher zu schweigen gedachte, so daß er jetzt Schlag auf Schlag alle Fragen, die man ihm stellte, beantwortete.

»Mein lieber Mann«, erklärte ihm Camaret als erstes, »ich brauche einige Auskünfte von Ihnen. Wenn Sie sich weigern, sie mir zu geben, inszeniere ich wieder das kleine Spielchen von vorhin. Sind Sie geneigt, mir Rede zu stehen?«

»Ja«, antwortete der Verwundete.

»Zunächst einmal: welches ist Ihre Stellung in Blackland? Welche Rolle spielen Sie hier?«

»Ich bin Ratgeber.«

»Ratgeber? ...« wiederholte Camaret in fragendem Ton.

Frasne schien überrascht, daß Camaret diese Bezeichnung nicht verstand. Immerhin gab er Auskunft.

»So werden diejenigen genannt, die mit Killer zusammen regieren.«

»Wenn ich Sie recht verstehe, gehören Sie also der Regierung von Blackland an?«

»Ja.«

Marcel Camaret schien sehr befriedigt von dieser Antwort.

»Sind Sie schon lange hier?«

»Von Anbeginn an.«

»Sie haben Harry Killer also schon vorher gekannt?«

»Ja.«

»Wo haben Sie seine Bekanntschaft gemacht?«

»Bei der Buxton-Truppe.«

Jane fuhr zusammen, als sie diese Worte vernahm. Das Schicksal stellte ihr einen neuen Zeugen zur Verfügung.

»In der Buxton-Truppe! ...« wiederholte indessen Camaret. »Wie kommt es dann, daß ich Sie nicht wiederkenne?«

»Wahrscheinlich habe ich mich verändert«, gab Frasne gelassen zur Antwort. »Ich war trotzdem bei Ihnen, Monsieur Camaret.«

Außerstande, sich länger zurückzuhalten, mischte jetzt Jane Buxton sich ein.

»Verzeihen Sie, Monsieur Camaret«, sagte sie. »Würden Sie mir gestatten, mit diesem Mann kurz zu sprechen?«

Nachdem Marcel Camaret zugestimmt hatte, fragte sie den Verwundeten:

»Wenn Sie bei der Buxton-Truppe waren, haben Sie doch auch die Ankunft Harry Killers miterlebt?«

»Ja.«

»Warum hat ihn Hauptmann Buxton so ohne weiteres aufgenommen?«

»Weiß ich nicht.«

»Stimmt es«, fuhr Jane fort, »daß Harry Killer, sobald er der Truppe beigetreten war, zu ihrem eigentlichen Anführer wurde?«

»Stimmt«, antwortete Frasne, der etwas erstaunt zu sein schien, daß man ihn nach solchen alten Geschichten fragte.

»Allein auf Harry Killers Befehl hin hat also die Truppe sich für die Plünderungen hergegeben, die zu ihrer Vernichtung geführt haben?«

»Ja«, bestätigte Frasne.

»Hauptmann Buxton hatte nichts damit zu tun?«

»Nein.«

»Sie haben gehört, meine Herren?« fragte Jane, zu ihren Gefährten gewandt.

Dann fuhr sie mit ihrer Befragung fort.

»Aus welchem Grunde«, wollte sie wissen, »hatte Hauptmann Buxton den Oberbefehl an Harry Killer abgegeben?«

»Woher soll ich das wissen?« erwiderte Frasne, der sichtlich ungeduldig zu werden begann.

Offenbar war er aufrichtig mit dem, was er sagte. Jane hielt es für zwecklos, weiter in ihn zu dringen, und wechselte das Thema.

»Wissen Sie wenigstens, wie Hauptmann Buxton gestorben ist?« fragte sie.

»Nun, wie schon ... in der Schlacht«, antwortete Frasne, als ob die Sache sich von selbst verstünde. »Viele andere sind ja mit ihm gefallen.«

Jane Buxton seufzte. Diesmal würde es ihr also noch nicht gelingen, die im Dunkel verbliebenen Punkte aufzuhellen.

»Ich danke Ihnen, Monsieur«, sagte sie zu Camaret. »Das war alles.«

Sogleich nahm der Ingenieur sein Verhör an der Stelle wieder auf, an der er unterbrochen worden war.

»Wie hat man sich zu Anfang die Neger verschafft, die die Stadt erbaut haben?« fragte er.

Frasne machte große Augen. Konnte man ihm wirklich eine derart törichte Frage stellen? Und zu denken, daß man ihn deshalb eben noch einer Folterung unterzogen hatte!

»Lieber Gott!« antwortete er. »Aus den Dörfern. Es gehört nicht viel Grips dazu, sich das selber zu sagen.«

»Auf welche Weise?«

Frasne zuckte seine unverletzte Schulter.

»Schlaumeier! ...« sagte er. »Als ob Sie das nicht wüßten. Man holte sie sich eben, was denn sonst!«

»Ah! ...« ließ Camaret sich vernehmen, während er den Kopf mit bedrückter Miene senkte.

»Von vornherein«, fuhr er fort, »brauchte man Maschinen. Woher kamen die?«

»Ganz gewiß nicht vom Mond«, höhnte Frasne.

»Kamen sie aus Europa?«

»Anzunehmen.«

»Wie hat man sie hierhergebracht?«

»Wahrscheinlich nicht durch die Luft ... Hören Sie, Monsieur Camaret, Sie stellen mir da wirklich komische Fragen! Was meinen Sie denn wohl, wie diese Maschinen herübergekommen sind? Auf Schiffen natürlich.«

»Wo wurden sie ausgeladen?« fuhr Camaret unbeirrt fort.

»In Kotonou.«

»Aber von Kotonou bis Blackland ist es weit. Wie hat man sie hierhertransportiert?«

»Mit Kamelen, Pferden, Ochsen, Negern«, gab Frasne, dessen Geduld erschöpft zu sein schien, zur Antwort.

»Im Verlauf dieser langen Reise sind vermutlich viele Neger gestorben?«

»Mehr, als geboren wurden«, brummte Frasne. »Ich habe mir nicht das Vergnügen gemacht, sie zu zählen.«

Camaret ging zu einem anderen Thema über.

»Diese Maschinen mußte man doch bezahlen?«

»Natürlich, zum Kuckuck! ...« entgegnete Frasne, der diese Fragen immer naiver fand.

»In Blackland ist also Geld vorhanden?«

»Daran fehlt es bestimmt nicht.«

»Und woher kommt es?«

Dieses Mal war Frasnes Geduld tatsächlich am Ende.

»Haben Sie mich bald genug ausgequetscht, Monsieur Camaret«, sagte er in einem Ton von Übellaunigkeit, die durchaus echt zu sein schien, »mit Ihrer Fragerei nach Sachen, die Sie besser wissen als ich? Schließlich haben Sie ja Ihre Flugmaschinen nicht für nichts und wieder nichts erbaut. Sie wissen ganz genau, daß sie von Zeit zu Zeit Harry Killer und andere bis zu den Bissago-Inseln bringen, wo ein Dampfer sie abholt und nach einem kleinen Ausflug nach Europa, meistens nach England, wieder zurücktransportiert. Ich brauche Sie nicht erst darüber zu belehren, daß es in Europa Banken, steinreiche alte Frauen und was sonst noch gibt, kurz und gut, eine Menge Leute, denen man mit Vorteil einen Besuch abstattet ... ohne eingeladen zu sein. Nach dem Besuch kehrt man zurück, keiner weiß, woher und wohin.«

»Diese Reisen fanden häufig statt?« fragte Camaret, dem allmählich Schamröte die Wangen färbte.

Frasne machte eine resignierte Geste.

»Na gut! Wenn Sie das gern wissen möchten! ...« murmelte er. »Das kam darauf an. Drei- oder viermal im Jahr.«

»Und wann hat die letzte Reise stattgefunden?«

»Die letzte? ...« antwortete Frasne, der offenbar gewissenhaft sein Gedächtnis erforschte. »Warten Sie mal! ... Vor vier Monaten etwa, viereinhalb vielleicht.«

»Und wen hat man diesmal besucht?«

»Das weiß ich nicht genau«, sagte Frasne. »Ich war das letzte Mal nicht dabei. Eine Bank, glaube ich. Jedenfalls weiß ich, daß niemals vorher ein so großer Coup geglückt ist!«

Marcel Camaret schwieg einen Augenblick. Er war jetzt grünlichbleich und schien um zehn Jahre gealtert.

»Noch ein letzter Punkt, Frasne«, sagte er. »Wieviel Neger haben Sie hier für die Feldarbeit?«

»Etwa viertausend. Vielleicht noch mehr.«

»Und Frauen?«

»Ungefähr fünfzehnhundert.«

»Und man beschafft sie sich vermutlich auf dieselbe Weise wie damals die ersten?«

»Nein«, antwortete Frasne, als sei es die natürlichste Sache von der Welt. »Jetzt, wo wir die Aeroplane haben, entführen wir sie damit.«

»Aha! ...«

Nach einer erneuten Pause stellte er nochmals eine Frage.

»Und wie sind Sie hier hereingekommen?«

Zum erstenmal zögerte Frasne, bevor er eine Antwort gab. Dies schien ihm eine wirklich ernstzunehmende Frage zu sein. So bereitwillig er die bisherigen Auskünfte gegeben hatte, so wütend war er, jetzt diese erteilen zu sollen. Dennoch ließ es sich offenbar nicht umgehen.

»Durch das Reservoir«, gab er widerwillig zu.

»Durch das Reservoir?« wiederholte Camaret erstaunt.

»Ja. Vorgestern haben wir die Schütze im Fluß geschlossen, damit sie kein Wasser mehr heraufpumpen können, und das Reservoir im Palast geleert. Das in der Fabrik entleerte sich bei der gleichen Gelegenheit, da die beiden ja durch eine Leitung unterhalb der Esplanade in Verbindung stehen. Tchoumouki und ich sind durch diese Leitung gekrochen.«

Ein paar Stunden zuvor hatte der Ingenieur mit Gleichmut zur Kenntnis genommen, daß die Pumpe wiederhergestellt war und glänzend funktionierte. Er verstand jetzt, weshalb Harry Killer unter dem Eindruck von Tschoumoukis schauerlichem Ende, das er den Verteidigern der Fabrik in die Schuhe schob, die Schütze wieder geöffnet hatte, so daß das Wasser wie gewöhnlich dort ankam.

»Gut. Ich danke Ihnen«, sagte Camaret, der sich jetzt, nachdem er über alle ihn interessierenden Punkte Gewißheit erhalten hatte, zurückzog, ohne noch weitere Fragen zu stellen.

Der 13. April ging ohne sonstigen Zwischenfall zu Ende, und ebenso verlief auch der folgende Tag. Die Einschließung, der die Gefangenen und Camaret unterstanden, wurde ebenso streng wie zuvor aufrechterhalten. Auf dem flußabwärts gelegenen Quai und auf der Esplanade waren Posten von Merry Fellows aufgestellt, die von diesen Punkten aus die beiden Enden des Wachgangs nicht aus den Augen ließen und auch weiterhin alle Zugänge zur Fabrik beobachteten, so daß niemand sie hätte verlassen können. Es bestand auch kein Anlaß zu einer Änderung dieser Situation bis zu dem Tage, an dem der Hunger die Belagerten zwingen würde, sich zu ergeben.

Dies war die sehr zutreffende Überlegung, die unaufhörlich Amédée Florence anstellte. Seit der Zerstörung des Aeroplans war er ständig auf der Suche nach einer Möglichkeit, sich aus der Affäre zu ziehen, und wütend, weil er keine fand. Schließlich jedoch, am Abend des 14. April, kam ihm eine Idee. Nachdem er sie unter allen Gesichtspunkten überprüft hatte, erschien sie ihm gut, und er hielt daraufhin am Morgen des 15. lange Beratungen mit Tongané ab, worauf er seine Gefährten bat, ihn zu Camaret zu begleiten, dem er eine sehr dringende Mitteilung zu machen wünsche.

Seit dem mit Frasne vorgenommenen Verhör hatte niemand den Ingenieur wiedergesehen, der sich in seine Privatgemächer zurückgezogen und dort völlig eingekapselt hatte. Daselbst, in seiner Einsamkeit, verarbeitete er unter Schmerzen die neu erworbenen Kenntnisse, schwindelnd vor dem Abgrund, den Frasne vor ihm aufgetan hatte.

Die ganze Wahrheit war ihm nun enthüllt. Er wußte, daß Blackland nur durch Gewalt, Diebstahl und Mord zustandegekommen war und hatte erhalten werden können. Er wußte, daß Europa und Afrika, jedes auf seine Weise, der Schauplatz der Untaten Harry Killers und seiner Bande gewesen waren. Er konnte nicht länger die Augen vor der so schmählichen Herkunft des Goldes verschließen, das in der Stadt in solchem Übermaß vorhanden war und dank dem sein Werk allein hatte zustandekommen können. Übergriffe und Grausamkeiten der Buxton-Truppe, die Ermordung ihres Chefs, ständige Hekatomben von Negern, die aus ihren Dörfern entführt worden waren, Plünderung, Raub, Mordtaten in Afrika und Europa und schließlich das grauenhafte Attentat gegen die friedliche Barsac-Expedition, alles das kannte er jetzt.

An diesen zahllosen Greueln fühlte er sich als Mittäter beteiligt. War er denn nicht derjenige, der, wenn auch in aller Unschuld, ihnen die Mittel zu ihrer Ausführung geliefert hatte? Bei dem Gedanken daran, was sein Leben seit zehn Jahren gewesen war, wurde er von furchtbarem Entsetzen gepackt, und sein ohnehin labiler Geist versagte unter diesem Schock vollkommen.

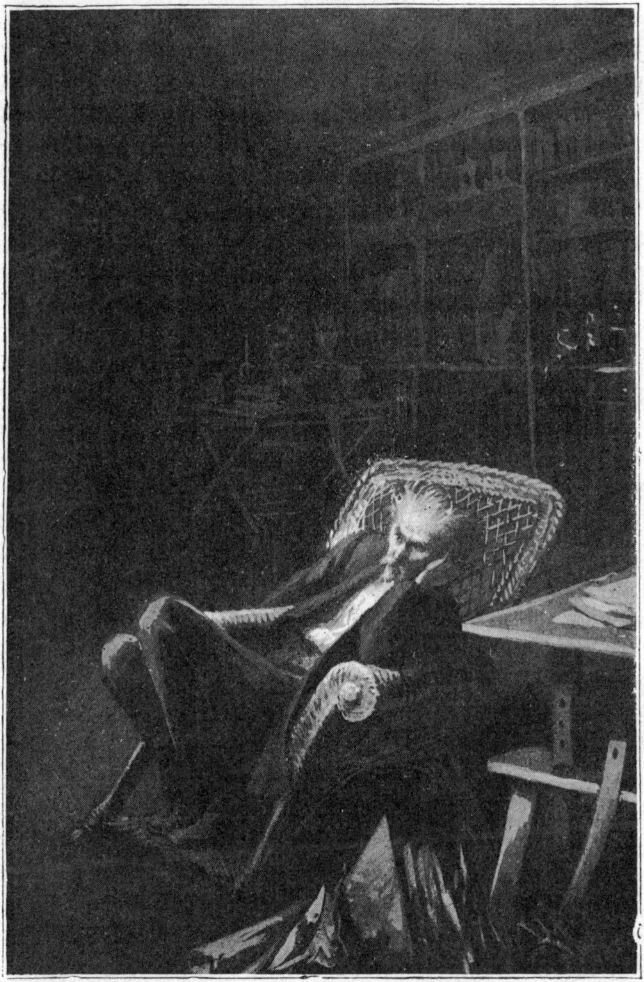

Sie fanden Camaret in düstere Gedanken versunken vor.

Augenblicksweise war er so weit, diese ganze Stadt Blackland zu verabscheuen, die dabei ja sein Werk, Fleisch von seinem Fleische war, diese Anhäufung von Wunderwerken, die er selbst zu seinem eigenen Ruhm geschaffen hatte. Aber durften denn wirklich die grausigen Untaten, deren ihre Bewohner sich schuldig gemacht hatten, ungesühnt bleiben? Und war sie nicht selbst verdammenswert, diese Stadt, in der solche Verbrechen geplant werden können?

Amédée Florence und seine Gefährten fanden Camaret in solche düsteren Gedanken versunken vor. Halb liegend in seinem Sessel, bewegungslos, mit ausdruckslosem Blick, schien er tief niedergedrückt und ohne Kraft. Seit den zwei Tagen, in denen ihn niemand gesehen hatte, und vielleicht länger schon hatte er keinerlei Nahrung zu sich genommen.

Ein solcher Gesprächspartner war nicht geeignet für Amédée Florence, der gern den geschickten Erfinder von früher vor sich gesehen hätte. Auf seinen Befehl holte Tongané ein paar Lebensmittel herbei, die Camaret vorgesetzt wurden. Dieser aß zwar gefügig, doch ohne die Gier zu zeigen, die nach so langer Abstinenz berechtigt gewesen wäre. Nach dieser Mahlzeit kehrte indessen etwas Blut in seine bleichen Wangen zurück.

»Wenn ich Sie alle hierher zusammengerufen habe«, sagte darauf Florence, »so deshalb, weil mir ein Mittel eingefallen ist, wie wir aus dieser im Augenblick ausweglosen Situation herauskommen könnten. Durch reifliches Überlegen bin ich darauf gekommen, daß wir imstande sein sollten, uns den Beistand zahlreicher Verbündeter zu sichern, die wir hier sozusagen in Reichweite haben.«

»Was für Verbündete?« fragten zugleich Barsac und Dr. Châtonnay.

»Die Neger aus dem Sklavenviertel«, antwortete Amédée Florence. »Nach dem, was wir vorgestern erfahren haben, beläuft sich ihre Zahl auf wenigstens viertausend, ohne die Frauen mitzuzählen, die jede soviel wie zwei Männer leisten, wenn sie einmal losgelassen sind. Das ist, wie mir scheint, eine nicht zu verachtende Streitmacht.«

»Offenbar«, erkannte Barsac an, »aber diese Neger haben keine Waffen und wissen vermutlich nicht einmal etwas von unserer Existenz.«

»Deshalb«, fuhr Florence in seiner Rede fort, »müßte man mit ihnen in Verbindung treten und sie bewaffnen.«

»Das ist leicht gesagt!« rief Barsac aus.

»Und vielleicht auch getan«, entgegnete Florence.

»Wirklich? . . .« ließ Barsac sich vernehmen. »Ganz abgesehen von der Bewaffnungsfrage: wer würde sich denn zu diesen Negern begeben?«

»Ein Neger, wie sie selbst: Tongané.«

»Und wie soll er zu ihnen durchkommen? Sie wissen sehr wohl, daß die Fabrik umzingelt ist. Sobald er sich zeigt, empfängt ihn bestimmt ein Kugelhagel.«

»Deshalb würde er auch nicht durch das Tor zu ihnen gehen«, antwortete Florence. »Das würde ihm im übrigen auch zu gar nichts nützen, da der Fabrik gegenüber die Quartiere der Weißen liegen. Er aber muß ja gerade das Lager der Schwarzen erreichen. Zu diesem Zweck muß er dasselbe tun, was er schon getan hat, nämlich während der Nacht aufs Feld hinausschleichen, sich unter die Schar der Schwarzen mischen und mit ihnen zusammen in die Stadt zurückkehren.«

»Er müßte dann also seinen Weg über den Wachgang und die Umfassungsmauer nehmen?« wendete Barsac ein.

»Oder darunter hindurch«, erwiderte, zu Camaret hinzugewendet, Amédée Florence.

Dieser, völlig in seine Gedanken versunken, hatte von dem ganzen Gespräch nichts in sich aufgenommen, ja es wohl nicht einmal gehört.

»Monsieur Camaret«, fragte ihn Florence, »würde es möglich sein, unterhalb der Mauern der Fabrik und der Stadt einen Tunnel zu bohren, der auch unter dem Wachgang verliefe und ins Feld hinausführte?«

Camaret hob den Kopf.

»Zweifellos«, sagte er.

»Wieviel Zeit würde diese Arbeit erfordern?«

Camaret dachte einen Augenblick nach.

»Bei dem sonst üblichen Verfahren müßte man die Tunnelwände mit Holz abstützen, und das würde sehr langwierig sein«, meinte er schließlich. »Man könnte jedoch sehr viel Zeit gewinnen, wenn man eine Maschine benutzte, die ich erfunden habe und die in diesem sandigen Boden gute Resultate liefern würde. Um diese Maschine zu entwickeln, zu bauen und den Tunnel zu bohren, würden vierzehn Tage nötig, aber auch ausreichend sein.«

»Sie könnten also bis Ende des Monats die Arbeit abgeschlossen haben?«

»Sicherlich«, bestätigte Camaret.

Sobald man ihm Probleme zu lösen vorlegte, befand er sich wieder in seinem Element. Er blühte zusehends auf.

»Nun der zweite Punkt, Monsieur Camaret«, fuhr Florence fort. »Würden Sie für die Schaffung dieses Tunnels Ihre gesamte Belegschaft benötigen?«

»Ich würde viele Leute brauchen«, sagte Camaret.

»Würden die anderen, die nicht mit dieser Sache beschäftigt sind, wohl imstande sein, innerhalb des gleichen Zeitraums drei- oder viertausend Waffen herzustellen?«

»Was für Waffen? Keinesfalls Feuerwaffen.«

»Piken, Messer, Äxte, Keulen, alles, was Sie wollen, wenn es nur bohrt, schneidet oder zermalmt.«

»Das allerdings ginge, ja«, antwortete Camaret.

»Und könnten Sie diese Waffen bis zu einem bestimmten Termin und unbemerkt von Killers Leuten in das Viertel der Schwarzen schaffen?«

»Das ist schon schwieriger«, meinte Camaret.

Ein paar Sekunden lang bewahrte er Schweigen, dann antwortete er mit seiner gewohnten sanften Stimme:

»Ja, ich könnte es schaffen, vorausgesetzt, daß die Nacht dunkel ist.«

Amédée Florence stieß einen Seufzer der Erleichterung aus.

»Dann sind wir gerettet!« rief er. »Sie verstehen, Monsieur Camaret, Tongané wird sich durch den Tunnel schleichen, auf dem Feld die Ankunft der Landarbeiter erwarten, unter die er sich mischt, und am Abend mit ihnen zusammen sich in deren

Viertel begeben. Während der Nacht bereitet er dann den Aufstand vor. Alle diese Leute sind schrecklich unglücklich und würden nichts lieber tun als dieses Joch abschütteln, wenn sie nur Waffen hätten. Sobald ihnen diese von uns geliefert werden, zögern sie sicherlich nicht. Sie müßten sich allerdings sofort an die Arbeit machen, Monsieur Camaret.«

»Ich bin schon dabei«, bemerkte ganz ruhig der Ingenieur, der, während Amédée Florence noch sprach, bereits an seinem Zeichentisch Platz genommen hatte.

Förmlich überreizt durch die glückliche Perspektive, die Amédée Florence ihnen ausgemalt hatte, zogen die Belagerten sich zurück. Seine Idee war ganz gewiß gut, und es wäre töricht gewesen, sich nicht die Hilfe dieser Tausende von natürlichen Verbündeten zu sichern, die auf der anderen Seite des Flusses fronten. Daß es möglich sei, den Kontakt zu ihnen aufzunehmen, schien nach den bestätigenden Worten Camarets nicht mehr ganz zweifelhaft zu sein. In dieser Hinsicht hatte dieser sich größtes Vertrauen erworben.

Gleich am folgenden Tage wurde die Arbeit an der Flugmaschine eingestellt. Statt dessen wurden alle Arbeiter mit dem neuen Projekt beschäftigt, die einen, indem sie Hieb- und Stichwaffen herstellten, die anderen, indem sie die von Camaret erdachte neue Maschine aufstellten; noch andere mußten einen Raffiapalmenstamm zu einem Zweck aushöhlen, den noch niemand kannte, während die letzten außerhalb der Sichtweite des Palastes am Fuße der Fabrikmauer einen Schacht von beträchtlicher Weite bohrten, der schnell in die Tiefe wuchs.

Am 21. April hatte dieser Schacht eine Tiefe von zehn Metern erreicht, die Camaret für ausreichend hielt, und sofort begann man, den horizontalen Gang in Angriff zu nehmen. Um ihn zu realisieren, hatte der Ingenieur einen fünf Meter langen und dreißig Zentimeter dicken Stahlkegel ersonnen, auf dessen Oberfläche Spalten und Vorsprünge in einer Folge von regelmäßigen Schraubenwindungen miteinander abwechselten. Ein Elektromotor setzte diese Maschine in Bewegung, die, mit der Spitze in den relativ weichen Boden eindringend, sich darin buchstäblich vorwärtsschraubte, während durch die Öffnungen, die zu diesem Zweck vorgesehen waren, der Sand ins Innere des Kegels rieselte, von dem er ständig in den Schacht ausgeleert wurde.

Wenn diese gigantische Schraube gänzlich in den Boden eingedrungen sein würde, den sie zugleich stützte und vor jedem Niederbrechen bewahrte, würde ein Zylinder von gleichem Durchmesser daraufgesetzt werden, den mächtige Schraubenwinden nachschieben sollten. Einmal fertiggestellt, würde also dieser horizontale Tunnel aus einem etwa achtzig Meter langen Metallrohr bestehen.

Wenn das erreicht wäre, würde der Bohrkegel so gedreht, daß eine größere, bislang geschlossen gehaltene Öffnung, sich an seinem oberen Ende befände, und dann durch diese Öffnung ein kleinerer Kegel geschoben werden, der sich von unten nach oben, das heißt bis zur Erdoberfläche, hinaufschrauben ließe.

Während diese verschiedenen Arbeiten vorgenommen wurden, ließ Camaret sich kaum sehen. Mit finsterer, versunkener Miene tauchte er nur auf, wenn die Behebung irgendeiner Schwierigkeit seine Anwesenheit unbedingt erforderte; nach der Lösung des Problems verkroch er sich wieder in seine Privatgemächer, wo sein Diener Joko ihm seine einsamen Mahlzeiten auftrug.

Am frühen Morgen des 30. April waren die achtzig Meter horizontalen Rohrs fertiggestellt. Ohne zu zögern, machte man sich an die Installierung des kleineren Kegels, der die Ausgangsöffnung schaffen sollte – eine Sache, die bis zum Tagesanbruch unbedingt erledigt sein mußte.

Es war allerdings auch Zeit. Seit dem 27. April, das heißt seit drei Tagen schon, fehlte es an Nahrungsmitteln, so daß die ohnehin schon unzureichenden Rationen fast zu einem Nichts zusammengeschrumpft waren.

Gute Stimmung oder auch nur Gemütsruhe angesichts der Schwierigkeiten des Daseins verträgt sich gewöhnlich schlecht mit einem leeren Magen. Daher wandelte sich denn auch die seelische Verfassung des Personals der Fabrik fortschreitend zum Schlechteren. Wenn auch weiterhin erbittert gearbeitet wurde, da ja das Leben aller von dem Fortschritt des Werkes abhing, zeigten doch alle düstere Mienen, und die Arbeiter tauschten oft bittere Bemerkungen aus.

Ganz offensichtlich hatten sie, mindestens zum Teil, ihr blindes Vertrauen zu ihrem Chef, dem sie zuvor eine nahezu übernatürliche Macht zuerkannt hatten, eingebüßt. Nun aber hatte sich erwiesen, daß dieser Zauberer trotz seines Genies nicht imstande war, sie vor dem Hungertod zu retten, und sein Ansehen sank demgemäß.

Andererseits hatte sich nach und nach eine Legende herausgebildet, deren Ursprung in ein paar von Camaret bei seiner einleitenden Rede vor der Eröffnung der Feindseligkeiten mit dem Palast in bezug auf Jane Buxton geäußerten Worten zu suchen war. Zunächst hatte man das Wohlgefallen Harry Killers an seiner Gefangenen in seinen realen Proportionen gesehen, das heißt ihm keine große Bedeutung beigelegt. Dieser spezielle Beweis seines Despotismus war als einer unter anderen und als weder wichtiger noch unwichtiger angesehen worden.

Je mehr sich jedoch die Lage verschärfte und das Leiden unter ihr zunahm, vor allem aber je weniger klar unter ihrem Einfluß das Denken funktionierte, bildete sich allgemein eine Tendenz heraus, diese Laune Harry Killers in den Vordergrund zu stellen, während dieser selbst vielleicht schon gar nicht mehr an sie dachte. Nachdem sich jedoch diese Idee in den Leuten erst einmal festgesetzt hatte, war sie nicht mehr aus ihnen auszutreiben, sondern hatte, einem wohlbekannten Kristallisationsvorgang folgend, alle anderen Ideen aufgesogen.

Jetzt stand sie bereits als eine Tatsache fest. Bei den Arbeitern war es keine Frage mehr, daß, wenn man litt und sich plagte, die Belagerung und den daraus folgenden Hunger zu ertragen hatte, dies einzig wegen Miss Buxtons schöner Augen der Fall war. Wenn diese sich ergäbe, würde alsbald der Frieden geschlossen sein. Von da aus war es nur noch ein Schritt, sich zu sagen, daß das Opfer in keinem Verhältnis zu seinem Anlaß stehe und daß es übertrieben sei, hundertundfünfzig Personen sterben zu lassen, um eine einzige zu retten. Dieser Schritt war schnell getan.

Jane Buxton war sich dieser Denkweise der Arbeiter auf die Dauer wohl bewußt geworden. Auf Grund einiger aufgefangener Bemerkungen, sowie so mancher mißgünstiger Blicke, denen sie beim Betreten der einen oder anderen Werkstatt begegnet war, hatte sie die feindselige Haltung dieser Leute sowie die Tatsache begriffen, daß diese Leute sie für die Gefahr, in der sie sich befanden, verantwortlich machten.

Obgleich sie weit davon entfernt war, sich selber die Bedeutung beizulegen, die sie offenbar in der Meinung dieser Männer hatte, wurde sie naturgemäß doch durch deren einmütige Auffassung der Lage beeinflußt und hielt schließlich tatsächlich für möglich, daß, wenn sie sich Harry Killer ergäbe, dieses Opfer wirklich zu dem Ergebnis führen könne, die Belagerten zu befreien.

Zweifellos würde es grauenhaft für sie sein, mit demjenigen zusammen zu leben, von dem sie fast mit Sicherheit annahm, daß er der Mörder ihres Bruders sei. Aber abgesehen davon, daß diese Anschuldigung keineswegs erwiesen war, würde ihr immer der Tod als Zuflucht bleiben, wenn das, was sie sich zumutete, ihre Seelenkraft überstieg. Im übrigen war es, wie grausam es auch sein mochte, zweifellos ihre Pflicht.

Diese Idee gewann allmählich solche Gewalt über sie, daß sie sich wohl oder übel ihren Freunden gegenüber in diesem Sinne öffnen mußte. Sie bezichtigte sich der Feigheit und sprach davon, sich Harry Killer unter der Bedingung auszuliefern, daß dadurch das Heil für alle gesichert sei. Beim Anhören ihrer Rede begann der arme Saint-Bérain herzzerreißend zu schluchzen.

»Sie wollen uns also zu Ehrlosen stempeln, Mademoiselle!« rief Amédée Florence voller Empörung aus, »und noch dazu unnötigerweise! Harry Killer ist nur zu sicher, Sie eines Tages zu seiner Verfügung zu haben, als daß er für die Befriedigung dieses Wunsches den geringsten Preis zu zahlen bereit sein würde. Im übrigen können Sie gewiß sein, daß er seine Versprechungen nicht zu halten gedächte, falls er solche machte.«

Barsac, Dr. Châtonnay und sogar Monsieur Poncin stimmten einmütig dieser Auffassung zu, so daß Jane auf ihr ebenso großmütiges wie sinnloses Ansinnen verzichten mußte.

Jetzt, nachdem der Tunnel fertiggestellt war, hatte zudem dieser Plan keine Daseinsberechtigung mehr. In wenigen Stunden würde Tongané verschwinden und vermutlich schon am folgenden Tag das Signal zur Revolte und für die Befreiung der Belagerten geben.

Am Nachmittag des 30. April wurde der kleinere Kegel durch die zu diesem Zweck in dem ersten ausgesparte Öffnung geschoben, und bei Sonnenuntergang mit der Bohrung des vertikalen Schachtes begonnen. Kein Zwischenfall verzögerte den Fortgang dieser Arbeiten. Vor Mitternacht gestattete das Rohr den Durchgang ins Freie, und der getreue Tongané verschwand im Dunkel.

Die vertikale Röhre wurde darauf zurückgezogen, und der von selber nachrutschende Sand füllte sofort die Öffnung aus, die sie hinter sich zurückließ. Sicher würde oben auf dem Boden noch mehr oder weniger deutlich eine trichterartige Vertiefung zu sehen sein. Da indessen jeder weitere Hinweis fehlte, bestand keine Möglichkeit dafür, daß die Belagerer zwischen dieser Vertiefung und der Fabrik, die mehr als achtzig Meter davon entfernt war, eine ursächliche Verbindung herzustellen in der Lage wären.

Sofern die Anlage der Stadt Blackland hier deutlich genug geschildert worden ist, weiß man, daß der am weitesten flußabwärts gelegene Teil der eigentlichen Fabrik sich einer Ecke der Mauer gegenüber befand, die die Wohnstätten der Weißen von denen der Sklaven trennte.

Von dieser vorspringenden Ecke aus sollte Tongané, sobald sich ihm dafür eine günstige Gelegenheit böte, das Signal für die Waffenlieferung geben. Auf diesen Punkt nun richteten sich demgemäß am Abend des 1. Mai die Blicke aller auf einem Gerüst, das auf Camarets Befehl oberhalb der dem Red River am nächsten gelegenen Arbeiterhäuser errichtet worden war, vereinten Belagerten.

Wie man es übrigens kaum anders erwartet hatte, warteten sie das erste Mal vergebens. Selbst unter der Voraussetzung, daß Tonganés Unternehmung erfolgreich verlaufen wäre, konnte er ja immerhin soeben erst im Negerviertel angekommen sein. Er brauchte ja aber naturgemäß Zeit, alles zu erklären und den Aufstand zu schüren.

Auch am folgenden Tage zeigte sich kein Signal, worauf die Wartenden unruhig zu werden begannen. Indessen beruhigten sie sich bei dem Gedanken, daß diese Vollmondnacht wahrscheinlich zu hell für den Transport sei, was auch immer Camaret erdacht hatte, um die Absendung der oben auf dem Gerüst aufgehäuften Waffen zu ermöglichen.

Zu ernster Beunruhigung kam es bei den Belagerten erst am 3. Mai. An diesem Abend war dank dichter Wolkenbildung die Nacht trotz des Mondes sehr finster. Tonganés Nichtreagieren war um so schwerwiegender, als man an diesem Tage die letzten Brocken an Lebensmitteln aufgezehrt hatte, die die Fabrik noch enthielt. Bevor zwei, höchstens drei Tage vergangen wären, mußte man das Spiel gewinnen, sich ergeben oder Hungers zu sterben gewärtig sein.

Der 4. Mai schien den Belagerten, die mit fieberhafter Ungeduld den Anbruch der Dunkelheit erwarteten, nie ein Ende nehmen zu wollen. Aber auch an diesem Abend erschien kein Signal auf der Mauer des Sklavenquartiers.

Der Morgen des 5. Mai begann unter einem traurigen Zeichen. Seit dem vorvorigen Abend hatten alle fasten müssen, und der Magen schmerzte vor Hunger. Die Werkstätten standen leer. Die Arbeiter, ihre Frauen und Kinder irrten mit verstörten Mienen in der Fabrik umher. Wenn innerhalb von achtundvierzig Stunden nichts geschah, hieß es sich auf Gnade oder Ungnade dem Sieger ergeben.

Gruppen bildeten sich, und bittere Bemerkungen wurden ausgetauscht. Man scheute sich nicht mehr, Tongané zu beschuldigen, er habe die vergessen, die er zu befreien vorgegeben hatte. Warum auch sollte der Neger so blöd sein, sich ihretwegen Gedanken zu machen!

Als Jane Buxton an einer dieser Gruppen vorbeiging, hörte sie ihren Namen. Von einigen ihrer Kameraden umgeben, stritten ein Arbeiter und eine Frau so heftig miteinander, wie ihre Schwäche es ihnen noch gestattete, und waren so sehr in ihr Gespräch versunken, daß Jane stehenbleiben und horchen konnte, ohne daß sie darauf achteten.

»Man kann sagen, was man will«, schrie der Mann, unbekümmert darum, ob jemand ihn hören könnte, »es ist doch wahrhaftig ein starkes Stück, daß wir das hier alles wegen dieses feinen Dämchens mitmachen müssen. Wenn es nach mir ginge . . .!«

»Ja, schämen Sie sich denn nicht, so zu reden?« entgegnete die Frau.

»Schämen! . . . Sie machen wohl Spaß, Mütterchen! . . . Ich habe zu Hause ein Kleines, das nach seinem Futter schreit.«

»Und ich, habe ich etwa niemanden?« entgegnete die Frau.

»Wenn es Ihnen recht ist, daß Ihre Brut vor Hunger stirbt, ist das ja Ihre Sache. Aber das ändert nichts daran, daß ich, wenn wir morgen noch hier sind, zum Chef gehen und unter vier Augen mit ihm ein Wörtchen reden werde. Es müßte ja des Teufels sein, wenn wir hier nur diesem Fräulein zuliebe vor die Hunde gingen!«

»Sie sind ein Feigling!« rief die Frau empört aus. »Auch ich habe Kinder, aber ich sähe sie lieber begraben, als daß ich eine solche Gemeinheit beginge.«

»Jeder nach seiner Façon«, gab der Arbeiter zurück. »Wir werden ja morgen sehen.«

Im tiefsten Herzen getroffen, war Jane Buxton dem Umsinken nahe. Hier sprachen sie also alle von ihr, ohne sich zu genieren, und waren der Meinung, daß ganz offenbar sie die einzige Ursache ihrer sämtlichen Leiden sei! Dieser Gedanke war ihr unerträglich. Was aber sollte sie tun, um zu beweisen, daß sie sich im Irrtum befanden?

Stunde für Stunde, Minute für Minute, rann auch dieser 5. Mai dahin. Die Sonne ging unter. Es wurde Nacht. Zum dritten Mal seit Tonganés Aufbruch verhüllten dicke Wolken den Mond, es herrschte tiefe Dunkelheit. Würde nicht der Neger diesen Umstand nutzen und endlich das erwartete Zeichen geben?

Obwohl sie kaum noch darauf hofften, hielten doch alle ihre Blicke wie allabendlich auf jene Mauerecke geheftet, auf der das Signal erscheinen sollte. Sieben Uhr, acht Uhr, achteinhalb kündete die Uhr der Fabrik. Sie warteten immer noch umsonst.

Ein paar Minuten nach halb neun rann ein Beben durch die angstvoll harrende Menge der Belagerten. Nein, Tongané hatte sie nicht einfach ihrem Schicksal überlassen. Oberhalb des Negerviertels erschien endlich das vereinbarte Zeichen.

Ohne einen Augenblick Zeit zu verlieren, handelte man. Auf Camarets Befehl wurde eine seltsam geformte Maschine oben auf dem Gerüst aufgestellt. Es war eine Kanone, eine richtige Kanone, ohne Räder und ohne Lafette, eine Kanone aus Holz. In das Innere dieser sonderbaren Bombarde, die aus dem hohlen Stamm einer Raffiapalme bestand, wurde ein Geschoß eingeführt, das unter dem Druck komprimierter Luft lautlos den Raum durchmaß.

Es führte eine doppelte Stahlkette mit sich, die mit einem Haken versehen war, der sich, wenn alles gut ging, an der Zinne der Mauer des Sklavenquartiers festkrallen würde.

Gewicht des Projektils, Luftdruck, Ausmaß, Form und Aufstellungsort der Kanone – alles war von Camaret, der diese seltsame Artillerie von niemand anderem bedienen ließ, bis ins kleinste sorgfältig ausgetüftelt worden.

Lautlos überquerte das Geschoß den Quai, den Fluß, das Quartier der Merry Fellows und senkte sich sodann in das der Schwarzen hinab. War es ein Erfolg gewesen, hatte sich der Haken in der Mauer fixiert?

Camaret setzte vorsichtig die Trommel in Bewegung, auf der das Eisenseil aufgerollt gewesen war. Bald spannte sich dieses und gab seinen Bemühungen nicht mehr nach. Ja, der Versuch war von Erfolg gekrönt. Jetzt verband somit ein Luftweg die Belagerten und die Sklaven.

Auf diesem Wege wurde der Waffentransport sofort ins Werk gesetzt. Zunächst ein Ballen Explosivstoff, dann folgten viertausend Messer, Äxte oder Piken. Noch vor elf Uhr war der Transport beendet. Alle verließen darauf das Gerüst und versammelten sich, bewaffnet mit dem, was ihnen gerade in die Hände fiel, hinter dem großen Tor. In einer geschlossenen Gruppe, in deren Mitte sich die Frauen befanden, hielt man sich bereit, im gegebenen Augenblick einzugreifen.

Jemand fehlte jedoch in dieser Gruppe, eine Frau: Jane Buxton.

Saint-Bérain, Amédée Florence, Barsac und Dr. Châtonnay riefen vergebens ihren Namen in alle Winde und suchten sie umsonst in allen Ecken und Winkeln. Sie konnten sie nicht entdecken.

Von einigen wohlgesinnten Arbeitern unterstützt nahmen sie nochmals ihre Suche auf, doch mit ebenso negativem Erfolg. Die Fabrik wurde vergebens von unten bis oben durchforscht.

Endlich mußten sie sich dem Augenschein fügen. Jane Buxton war verschwunden.

XI. Was sich hinter der Tür befand

Jane Buxton war tatsächlich, und zwar auf ganz einfache Weise, auf und davon gegangen, nämlich durch die Tür, die nur zugeriegelt, aber nicht mehr wie vorher verschlossen war. Auf Erkundigungen hin erfuhr man von einem Mann, der oben im Zykloskop Wache hielt, daß er sie die Fabrik habe verlassen sehen, jedoch ohne sie zu erkennen. Da seine Instruktionen ihm vorschrieben, jeden Mord zu vermeiden, der nicht unbedingt nötig war, hatte er gegen diese vereinzelte Person, die im übrigen, weit davon entfernt, in die Fabrik eindringen zu wollen, sie vielmehr verließ, keine der ›Wespen‹ in Anwendung bringen wollen.

Aus dem Bericht des Wächters konnte man entnehmen, daß Jane nach Verlassen der Fabrik sich flußaufwärts begeben hatte. Es hatte demnach keinen Zweck, sich noch Illusionen hinzugeben; Jane Buxton hatte ohne allen Zweifel den Plan in die Tat umgesetzt, gegen den alle sich vordem aufgelehnt hatten, und sich gerade in dem Augenblick, in dem dieses Opfer zwecklos wurde, in Harry Killers Hände gegeben.

Der Quai, der an seinem unteren Ende bis zu dem Wachgang reichte, wurde am anderen durch die Mauer der Esplanade abgeschlossen, die an dieser Seite keinen weiteren Durchgang mehr bot. Diese ständig geschlossene Tür, für die in normalen Zeiten nur Marcel Camaret und Harry Killer einen Schlüssel besaßen, war seit Beginn der Feindseligkeiten offengeblieben. Jane Buxton hatte also auf die Esplanade gelangen, sie überschreiten und den Palast erreichen können, es sei denn, die Merry Fellows hätten sie auf ihrem Weg festgehalten.

Sie hatte die Flucht in einem regelrechten Wahnzustand ergriffen. Der Gedanke, daß alle glaubten, sich für sie allein zu opfern, und daß man sie beschuldigte, die Ursache des alle betreffenden Unheils zu sein, war ihr verhaßt, ebenso wie sie es als unerträglich empfand, sich von allen diesen armen Leuten gehaßt zu wissen, die sie rings um sich her leiden sah. Und wenn sie doch am Ende recht hatten? Wenn tatsächlich sie die einzige Beute war, die Harry Killer sich von diesem Kampf erhoffte? Diese bloße Möglichkeit genügte schon, daß jede Verzögerung zu einem Verbrechen wurde, und sie machte sich daraufhin bereits Vorwürfe, daß sie diese Chance, eine so große Zahl von Unglücklichen zu retten, nicht schon viel früher wahrgenommen hatte. Und selbst wenn die Belagerten sich getäuscht haben sollten – was nur allzu wahrscheinlich war, indem sie ihr Heil nur von ihr abhängig sahen –, forderte dann nicht doch ihre Ehre, daß sie ihnen diesen Irrtum als einen solchen bewies, selbst um den Preis ihres Lebens?

Die durch Tonganė bewirkte Verzögerung für die Erteilung des so fieberhaft erwarteten Signals hatte den Überlegungen Jane Buxtons genügend Zeit gelassen, sich ihrem Urteil aufzuzwingen, das infolge der Entbehrungen weniger klar geworden war, so daß sie schließlich an diesem Abend des 5. Mai völlig den Kopf verlor und dem entgegeneilte, was sie als die Erfüllung ihrer Pflicht ansah.

Ohne sich darüber klar zu sein, kaum wissend, was sie tat, hatte sie die Tür einen Spaltbreit geöffnet, sodann, nachdem sie hinausgeschlüpft war, wieder leise hinter sich geschlossen und sich so schnell sie konnte zu dem Palast begeben, indem sie sich möglichst dicht an der Mauer entlangbewegte, die durch die elektrischen Scheinwerfer der Fabrik grell beleuchtet war.

Zugleich mit dem Wächter im Zykloskop hatten sie auch die auf der Umfassungsmauer, an der Kreuzung von Quai und Wachgang postierten Merry Fellows bemerkt. Diese aber hatten gemeint, von ihren Feuerwaffen gegenüber diesem vereinzelten Schatten, der alles in allem auch zu ihrer Partei gehören konnte, keinen Gebrauch machen zu sollen.

Jane Buxton war also ungehindert bis zur Esplanade gelangt, deren geöffnete Tür sie durchschritt. Indem sie an der Mauer entlangging, die sie auf dieser Seite nach dem Red River zu abschirmte, hatte sie sich dann mutig auf diesen großen Platz begeben, ohne sich um die Gruppen von Merry Fellows zu kümmern, zwischen denen sie sich hindurch bewegen mußte. Gerade dank ihrer Kühnheit legte sie unbehelligt diesen größten Abschnitt ihres Weges zurück. Sie war bereits nicht mehr als zwanzig Schritte vom Palast entfernt, als zwei Männer sich von einer der Gruppen lösten und sich entschlossen, ihr entgegenzugehen.

Es traf sich, daß diese beiden Männer sie bereits vor dem Entweichen der Gefangenen sich frei nach allen Seiten hin hatten ergehen sehen. Als sie sie wiedererkannten, stießen sie einen Ruf des Erstaunens aus, und ließen sie, mit ihren Absichten unvertraut, unsicher gemacht durch die Gunst, die der Chef ihr bewiesen hatte, und daraufhin in Unklarheit darüber, was ihres Amtes wäre, nicht nur einfach passieren, sondern geleiteten sie sogar zum Palast, dessen Eingangstür sie für sie öffneten.

Diese Tür schloß sich wieder hinter ihr, sobald sie die Schwelle überschritten hatte. Von nun an befand sie sich, ob sie wollte oder nicht, wieder in der Macht Harry Killers und hatte von niemandem mehr Hilfe zu erwarten.

Ihre Ankunft rief im Palast das gleiche Staunen wie auf der Esplanade hervor. Der schwarze Diener, der ihr geöffnet hatte, beeilte sich, sie zu seinem Herrn zu führen. Hinter ihm stieg sie die Treppe hinauf, durchmaß Galerien und dunkle Korridore und trat schließlich in einen taghell erleuchteten Raum, den sie sofort wiedererkannte. Es war der ›Thronsaal‹, wie Amédée Florence ihn im Scherz genannt hatte, jener Raum, in den die Gefangenen zu ihrer einzigen Begegnung mit dem Despoten von Blackland geführt worden waren und dessen Möblierung damals einzig aus einem Tisch und einem Sessel bestand.

Der Sessel war wie an jenem Tage immer noch vorhanden, und Harry Killer räkelte sich darauf hinter dem mit Flaschen und Gläsern beladenen Tisch herum. Doch waren der Tisch und dieser Sessel nicht mehr die einzigen Einrichtungsgegenstände. Neun weitere Sessel waren hereingeschafft worden. Einer von ihnen war unbesetzt. Auf den anderen lümmelten sich acht weitere Männer mit groben Gesichtern umher, während sie den Getränken zusprachen. Harry Killer vergnügte sich im Umgang mit seinen Ratgebern.

Als sie das junge Mädchen im Türrahmen stehen sahen ...

Als sie das junge Mädchen im Türrahmen stehen sahen, stießen alle neun Männer einen Ruf jäher Verblüffung aus. Nichts hätte sie mehr in Erstaunen setzen können, als das plötzliche Erscheinen dieser Person, die zu den Belagerten in der Fabrik gehörte.

In wildem Tumult erhoben sie sich.

»Miss Mornas! ...« riefen sie wie im Chor.

»Allein? ...« fragte Harry Killer, der mit über den Tisch gebeugtem Oberkörper einen unruhigen Blick in die Richtung des Korridors warf, auf dem die Tür einen dunklen rechteckigen Ausschnitt bildete.

»Allein«, antwortete mit zitternder, aber doch entschlossener Stimme Jane Buxton, die sich am Türrahmen festhalten mußte.

Eine ganze Weile betrachteten die Männer verdutzt und schweigend das junge Mädchen. Daß sie gekommen war und hier allein vor ihnen stand, war in der Tat ein ungewöhnliches Abenteuer. Als Jane sich so von allen Seiten angestarrt sah, verlor sie mehr und mehr ihr Selbstvertrauen und begann ihren kühnen Entschluß bitter zu bereuen.

»Kommen Sie von da drüben? ...« brachte schließlich mit stark belegter Stimme Harry Killer hervor, während er in Richtung auf die Fabrik hinzeigte.

»Ja«, murmelte Jane Buxton.

»Und was wollen Sie hier?«

Der Tonfall war alles andere als liebenswürdig. Ja, sicher irrten sich allem Augenschein nach die armen Hungernden in der Fabrik, wenn sie sie zur Alleinverantwortlichen ihres Unglücks machten, und mehr denn je fürchtete sie jetzt, daß ihre Selbstverleugnung nicht imstande sein werde, das Schicksal der übrigen aufzuhalten.

»Ich ergebe mich Ihnen«, stammelte sie indessen trotz der tiefen Demütigung, die für sie die geringe Wertschätzung bedeutete, mit der ein solches Opfer entgegengenommen zu werden schien.

»Sieh da, sieh da! ...« ließ Harry Killer sich mit sardonischer Miene vernehmen.

Er wendete sich seinen Kumpanen zu.

»Laßt uns allein, Kameraden«, sagte er.

Die acht Ratgeber standen, alle mehr oder weniger schwankend, auf.

»Gut, gut, wir lassen dich allein«, antwortete einer von ihnen mit einem derben Lachen.

Sie waren schon an der Tür, als Harry Killer sie mit einer Bewegung zurückhielt und sich an Jane Buxton wendete.

»Ich frage Sie nicht nach dem Ergehen Tchoumoukis«, sagte er zu ihr. »Ich habe gefunden, was von ihm übriggeblieben ist. Was aber ist aus dem andern geworden?«

»Nicht wir haben Tchoumouki getötet«, antwortete Jane. »Er ist bei der Explosion umgekommen, als er den Aeroplan in die Luft sprengen wollte. Sein Gefährte wurde gleichzeitig verletzt. Er wird in der Fabrik gesundgepflegt.«

»Aha! ...« machte Harry Killer, »und die Flugmaschine? ...«

»Sie ist zerstört«, antwortete Jane.

Höchst befriedigt rieb Harry Killer sich die Hände, während seine acht Ratgeber durch die Tür verschwanden.

»So, und Sie also ergeben sich?« fragte er seine Gefangene, als er allein mit ihr war. »Und weshalb tun Sie das?«

»Um die anderen zu retten«, erklärte tapfer Jane Buxton.

»Nicht möglich! ...« rief Harry Killer höhnisch lachend aus. »Sie wissen also nicht mehr aus noch ein, diese anderen?«

»So ist es«, antwortete Jane und schlug die Augen nieder.

Vor Freude goß Harry Killer sich eine tüchtige Portion Schnaps in sein Glas, das er in einem Zug leerte.

»Und nun? ...« fragte er, als er es ausgetrunken hatte.

»Vor einiger Zeit«, murmelte, schamrot werdend, Jane, »wollten Sie mich zur Frau. Ich willige ein unter der Bedingung, daß Sie allen anderen die Freiheit schenken.«

»Unter der Bedingung! ...« rief höchlichst erstaunt Harry Killer aus. »Sie meinen also, Ihre Lage gestattet Ihnen, meine Kleine, Bedingungen zu stellen! Da alle Leute in der Fabrik am Ende ihres Lateins sind, habe ich sie morgen oder übermorgen samt und sonders in meiner Gewalt und mit den anderen auch Sie. Es hat sich wirklich nicht gelohnt, heute abend zu erscheinen. Auf einen Tag kommt es mir nicht an.«

Er erhob sich und taumelte auf sie zu.

»Sie haben wirklich Schneid, noch Bedingungen stellen zu wollen! . . .« rief er aus. »Bedingungen, um meine Frau zu werden . . .! Haha! Sie werden aber meine Frau sein, wann immer es mir paßt. Sagen Sie mal, was wollen Sie denn tun, um das zu verhindern? Ich bin wirklich gespannt, das zu wissen.«

Er ging auf Jane Buxton zu, die entsetzt zurückwich, während sie abwehrend ihre zitternden Hände ausstreckte. Er berührte sie fast. Bald würde das junge Mädchen, wiewohl schon beinahe bis an die Wand zurückgewichen, seinen nach Alkohol stinkenden, glühenden Atem im Gesicht verspüren.

»Mir bleibt immer noch zu sterben«, sagte Jane.

»Sterben! . . .« wiederholte Harry Killer, der unbeweglich auf seinen versagenden Beinen stehenblieb, da offenbar dieses so kalten Blutes hervorgestoßene Wort ihn in seiner Bewegung aufhielt.

»Sterben! . . .« sagte er noch einmal, während er sich mit unentschlossener Miene am Kinn kratzte.

Dann, nach einem neuen Schweigen, kam ihm jäh ein anderer Gedanke.

»Ach was! . . . Das werden wir morgen sehen. Wir beide werden uns schon verständigen, kleines Mädchen . . . Inzwischen wollen wir vergnügt sein und es uns gemütlich machen.«

Er ließ sich wieder in seinem Sessel nieder und reichte ihr sein Glas.

»Etwas zu trinken! . . .« befahl er.

Er leerte ein Glas nach dem anderen. Eine Viertelstunde später schnarchte Harry Killer, der bei Janes Ankunft schon fast völlig betrunken gewesen war, dröhnend wie eine Orgel.

Noch einmal sah Jane diesen Rohling, der vielleicht ihren Bruder ermordet hatte, in ihre Hände gegeben. Sie hätte ihn mit der gleichen Waffe, mit der er vermutlich George getötet hatte, mitten ins Herz treffen können. Doch wozu? Hätte sie nicht dadurch sogar im Gegenteil die schwache Hoffnung vernichtet, die ihr noch blieb, denen zu Hilfe zu kommen, die sie retten wollte?

Lange heftete sie, ihren Gedanken hingegeben, den Blick auf den schlafenden Despoten. Doch eine plötzlich auftretende

Schwäche ließ sie jäh erbleichen. Hunger, namenloser Hunger wühlte machtvoll und grausam in ihrem Inneren.

Einen Augenblick lang vergaß sie ihre Lage, den Ort, an dem sie sich befand, sogar Harry Killer selbst, sie vergaß alles, was nicht ihr Hunger war. Sie mußte auf der Stelle, um jeden Preis, etwas essen.

Vorsichtig öffnete sie die Tür, durch die die acht Ratgeber hinausgegangen waren, und bemerkte im Nebenzimmer einen mit Überresten bedeckten Tisch. Man hatte dort an diesem Abend kräftig geschmaust, bevor das Fest dann im Thronsaal beendet wurde.

Jane Buxton stürzte sich auf diesen Tisch und griff sich aufs Geratewohl ein paar Nahrungsmittel heraus, die sie eilig verschlang. Während sie aß, kam allmählich wieder Leben in ihren erschöpften Organismus, ihr Herz sandte wieder stärkere Blutwellen durch ihre Adern, sie fand zum Vollbesitz ihrer physischen und seelischen Kräfte zurück.

Gestärkt betrat sie wieder den Raum, in dem sie Harry Killer zurückgelassen hatte. Dieser schlief immer noch und schnarchte geräuschvoll. Sie nahm ihm gegenüber Platz, entschlossen, sein Erwachen abzuwarten.

Ein paar Minuten vergingen, dann machte Harry Killer eine Bewegung, und etwas rollte zu Boden. Jane bückte sich und hob den aus der Tasche des Schläfers herausgerutschten Gegenstand auf. Es war ein kleiner Schlüssel.

Beim Anblick dieses Schlüssels tauchten lebhafte Erinnerungen in ihrem Geiste auf. Sie erinnerte sich an das regelmäßige Verschwinden Harry Killers und auch daran, wie sehr sie sich gewünscht hatte zu wissen, was sich hinter der Tür befand, die der Schlüssel, den er stets bei sich trug, öffnete. Hier nun spielte ihr der Zufall das Mittel in die Hand, ihre Neugier zu befriedigen! Die Versuchung war zu stark. Es hieß sich eine Gelegenheit zunutze machen, die zweifellos nicht wiederkehren würde.

Mit leichten Schritten bewegte sie sich auf die Tür zu, durch die früher Harry Killer täglich verschwunden war, und schob den Schlüssel in das Schloß, das sich geräuschlos öffnen ließ.

Hinter der Tür befand sich ein Treppenabsatz, auf den eine Stiege mündete, die in die unteren Stockwerke führte. Nachdem sie leise die Tür wieder angelehnt hatte, ohne sie zu schließen, stieg Jane auf den Zehenspitzen die nur spärlich durch ein von unten heraufschimmerndes Licht erleuchteten Stufen hinab.

Der Raum, den sie verlassen hatte, befand sich im zweiten Stock, aber nachdem sie die beiden Etagen hinter sich hatte, gelangte sie nur auf einen weiteren Treppenabsatz, von dem aus die Treppe sich fortsetzte und infolgedessen offenbar in das Souterrain führte. Nach einem Augenblick des Zögerns stieg sie weiter hinab.

Schließlich landete sie auf einer Art von rechteckigem Vorplatz, an dessen Schwelle sie betroffen stehenblieb. Ein offenbar Wache haltender Neger, der in einem Winkel neben einer geschlossenen Tür saß, hatte sich bei ihrem Näherkommen jäh erhoben.

Sie beruhigte sich jedoch gleich wieder. Der Wächter schien keinerlei feindselige Absicht zu haben. Vielmehr trat er respektvoll dicht an die Mauer zurück, um der nächtlichen Besucherin einen bequemeren Durchgang zu gewähren. Diese begriff den Grund seiner unerwarteten Ergebenheit, als sie in dem Wächter einen Mann der Schwarzen Garde wiedererkannte. Wie die Merry Fellows, die sie zur Esplanade begleitet hatten, war der Neger allzuoft Zeuge ihres ungehinderten Umhergehens im Palast gewesen, um nicht von der Macht überzeugt zu sein, die sie über ihrer aller Herrn und Meister besaß.

Mit entschlossenem Schritt ging sie an ihm vorbei, ohne daß er ihr irgendwelchen Widerstand entgegensetzte. Indessen war damit noch nicht das ganze Problem gelöst. Hinter dem Mann gab es noch die Tür.

Eine Sicherheit vortäuschend, die sie innerlich keineswegs besaß, steckte sie Harry Killers Schlüssel in das Schloß, das sich ebenso wie das vorige öffnen ließ. Sie fand sich darauf in einem ziemlich langen dunklen Korridor – eigentlich nur einer Verlängerung des Vorplatzes, den sie soeben durchschritten hatte – und an der sich zur Rechten wie zur Linken etwa zehn Türen befanden.

Alle bis auf eine waren weit geöffnet. Jane Buxton warf einen Blick in die Räume, zu denen sie Zutritt gewährten, und sah, daß diese Räume Zellen oder vielmehr Verliese ohne Luft noch Licht waren und nur je einen Tisch und eine jammervolle Lagerstatt enthielten. Die Zellen waren im übrigen leer, und nichts wies darauf hin, daß sie auch nur vor einiger Zeit besetzt gewesen waren.

Eine Ausnahme machte nur die eine geschlossene Tür. Zum dritten Mal erprobte Jane Buxton die Möglichkeiten, die der Schlüssel ihr bot, und tatsächlich öffnete er wie die beiden ersten auch diese ohne Schwierigkeit.

Zuerst konnte sie in dem durch nichts erhellten Innern der Zelle nichts erkennen. Doch dann, als ihre Augen sich allmählich an die Finsternis gewöhnt hatten, erriet sie im Dunkel eine undeutlich sich abzeichnende Gestalt, während sie zugleich die regelmäßigen Atemzüge eines Schlafenden vernahm.

Als ob, ihr selber unbewußt, eine übernatürliche Macht ihr eingäbe, daß sie eine unerhörte Überraschung erleben würde, fühlte Jane sich von plötzlicher Schwäche erfaßt. Zitternd, mit pochendem Herzen, bestürzt und aller Kräfte beraubt, blieb sie auf der Schwelle des Kerkers, dessen undurchdringliche Dunkelheit ihr Blick vergebens zu durchdringen versuchte, unbeweglich stehen.

Endlich erinnerte sie sich, neben dem Eingang draußen im Gang einen elektrischen Schalter gesehen zu haben, den sie tastend bediente, ohne die Augen von der Finsternis im Innern wegzuwenden.

Von welcher tiefen Ergriffenheit aber wurde Jane Buxton gepackt! Oder von welchem Entsetzen vielmehr wurde sie befallen!

Hätte sie in dieser Gruft des Palastes von Blackland einen von denen, die sie einige Minuten zuvor in der Fabrik zurückgelassen hatte oder sogar ihren Bruder George Buxton, von dem sie wußte, daß er vor zehn Jahren gestorben war, gefunden, wäre sie weniger überwältigt gewesen.

Jäh geweckt …

Jäh durch den plötzlich einfallenden Lichtschein geweckt, hatte ein Mann sich von dem Lager erhoben, das eine Ecke dieses Kerkers einnahm. In Lumpen gekleidet, durch deren Löcher man einen mit zahllosen Wunden bedeckten Körper von skeletthafter Magerkeit erkannte, versuchte er mit Mühe aufzustehen, während er seine von Schrecken geweiteten Augen dem Licht zuwandte.

Doch trotz der grauenhaften Wundmale, die auf lange Mißhandlung hindeuteten, trotz des abgezehrten Gesichts, trotz des ungepflegten Bart- und Haupthaars ließ sich Jane Buxton nicht täuschen. Auf der Stelle erkannte sie den erbarmungswürdigen Häftling.

So unglaubhaft, so sehr ans Wunderbare grenzend die fabelhafte Entdeckung auch war, in der Tiefe eines elenden Kerkers von Blackland denjenigen wiederzufinden, den sie sechs Monate zuvor mit friedlicher Arbeit beschäftigt zurückgelassen hatte, mußte sie sich doch gestehen, daß dieses menschliche Wrack, dieses gemarterte Wesen Lewis Robert Buxton, ihr Bruder, war.

Keuchend, mit unnatürlich starrem Blick, von einem Anfall unwirklichen Schwindels erfaßt, stand Jane einen Augenblick bewegungslos und keines Wortes mächtig da.

»Lewis! . . .« rief sie endlich aus und stürzte ihrem unglücklichen Bruder entgegen, der mit einer Miene, als sei er von Sinnen, stammelte:

»Jane! . . . Du hier! . . . Hier! . . .«

Sie sanken einander in die Arme, alle beide von krampfhaftem Schluchzen geschüttelt, und lange vermischten sich ihre Tränen, ohne daß sie auch nur ein Wort hervorbringen konnten.

»Jane«, murmelte endlich Lewis, »wie ist es möglich, daß du mir hierher zu Hilfe gekommen bist?«

»Ich werde es dir sagen«, antwortete Jane. »Doch sprechen wir lieber zuerst von dir. Erkläre mir . . .«

»Was soll ich dir sagen?« rief Lewis mit einer Geste der Verzweiflung aus. »Ich selber verstehe das Ganze nicht. Vor fünf Monaten, am 30. November des vergangenen Jahres habe ich plötzlich in meinem Büro einen heftigen Schlag auf den Nacken erhalten, der mich zu Boden streckte. Als ich wieder zu mir kam, lag ich geknebelt, gefesselt in einer Kiste. Wie ein Gepäckstück wurde ich darauf auf zwanzig verschiedene Arten transportiert.

In welchem Lande bin ich? Ich weiß es nicht. Seit mehr als vier Monaten habe ich dieses Loch hier nicht verlassen, in dem man mir Tag für Tag den Körper mit Zangen zwickt oder mich mit Peitschenschlägen traktiert ...«

»O Lewis! ... Lewis!!!« stöhnte aufschluchzend Jane. »Aber wer ist denn dieser Henkersknecht? ...«

»Das ist das Schlimmste«, antwortete Lewis traurig. »Du würdest es niemals erraten. Der diese Grausamkeiten verübt, ist ...«

Jäh hielt Lewis inne. Sein ausgestreckter Arm wies auf etwas in dem Korridor hin, und seine Augen, sein ganzes Gesicht, drückten furchtbares Entsetzen aus.

Jane blickte in die Richtung, in die ihr Bruder zeigte, sie erbleichte, und ihre Hand, die unter den Schoß ihrer Jacke geglitten war, griff nach dem Dolch, den sie in dem Grab von Koubo gefunden hatte. Mit blutunterlaufenen Augen und einem Mund, aus dem der Geifer floß und der sich zu einem raubtierhaften, wilden, grauenerregenden, abscheulichen Grinsen verzog, stand Harry Killer vor ihr.

XII. Harry Killer

»Harry Killer!« rief Jane.

»Harry Killer? ...« wiederholte in fragendem Ton Lewis Buxton und starrte dabei seine Schwester verwundert an.

»Er selbst«, stieß Killer mit rauher Stimme hervor.

Er trat einen Schritt weiter vor, blieb dann im Eingang stehen, den er mit seiner athletischen Gestalt fast vollkommen verdeckte, und lehnte sich an den Türrahmen, um sein durch das abendliche Trinkgelage stark gestörtes Gleichgewicht einigermaßen wiederherzustellen.

»Das nennen Sie sich ergeben? ...« stieß er in geballtem Zorn hervor. »Sieh da! Mademoiselle hat ein Stelldichein ohne Wissen ihres zukünftigen Gatten! ...«

»Ihres Gatten? ...« wiederholte Lewis mit wachsendem Erstaunen.

»Halten Sie mich für so gutmütig? ...« setzte Harry Killer noch hinzu, während er die Zelle betrat und seine riesigen behaarten Hände Jane entgegenstreckte.

Diese aber schwang die Waffe, die sie aus ihrem Gürtel hervorgezogen hatte.

»Kommen Sie mir nicht zu nahe! ...« rief sie aus.

»Oh! Oh ...« gab Harry Killer ironisch zurück. »Die Wespe hat einen Stachel.«

Trotz seiner Ironie war er doch vorsichtshalber mitten in der Zelle stehengeblieben und hielt die Augen starr auf den Dolch geheftet, mit dem Jane ihn bedrohte.

Diese nutzte den Augenblick seiner Unentschiedenheit, um ihren Bruder rasch mit sich zu ziehen und sich der Tür zu nähern, so daß sie ihrem Gegner den Rückweg abschnitt, während sie sich ihn mit dem Dolch vom Leibe hielt.

»Ja, ich habe eine Waffe«, antwortete sie ihm bebend, »und was für eine! ... Ich habe diesen Dolch in Koubo gefunden ... in einem Grab.«

Er lehnte sich an den Türrahmen ...

»In Koubo! ...« wiederholte Lewis. »War das nicht der Ort, an dem George ...«

»Ja«, sagte Jane, »in Koubo ist George gefallen, das heißt umgekommen, und zwar nicht von einer Kugel getroffen, sondern mit diesem Dolch ermordet, auf dem der Name des Mörders – Killer – noch zu lesen steht.«

Bei der Erwähnung des Dramas von Koubo hatte Harry Killer einen Schritt nach rückwärts gemacht. Erbleichend, geschlagen, lehnte er jetzt an der Kerkerwand und blickte Jane an, als fürchte er sich.

»Killer, sagst du?« rief Lewis nun seinerseits. »Da irrst du dich, Jane. Das ist nicht der Name dieses Mannes. Er hat einen anderen, schlimmer als Killer, einen anderen, der dir nicht neu sein wird.«

»Einen anderen? ...«

»Ja ... Du warst, als er uns verlassen hat, noch zu klein, um ihn heute wiederzuerkennen, hast aber sehr oft von ihm reden hören. Deine Mutter hatte bereits einen Sohn, als sie unseren Vater heiratete. Dieser Sohn ist der Mann, den du da vor dir siehst, er ist William Ferney, dein Bruder.«

Diese Enthüllung aus Lewis Buxtons Munde brachte auf die beiden Hauptmitwirkenden bei dieser Szene entgegengesetzte Wirkungen hervor. Während Jane völlig vernichtet ihre Hand kraftlos sinken ließ, schien William Ferney – von nun an sei er mit seinem richtigen Namen benannt – seine Sicherheit voll und ganz zurückgewonnen zu haben. Er reckte jetzt seine Gestalt und stand aufrecht der Gruppe gegenüber, die Jane und Lewis bildeten und die er mit von Haß und unversöhnlicher Wut funkelnden Blicken betrachtete.

»Ah! Sie sind Jane Buxton! ...« stieß er zischend hervor.

Zähneknirschend wiederholte er seinen Ausruf.

»Ah! Sie sind also Jane Buxton! ...«

Jäh brachen auf einmal alle Haßgefühle, die ihn erstickten, hervor. Er sprach, und zwar so schnell, daß er sich nicht die Zeit nahm, die Wörter richtig zu artikulieren. Mit keuchender Brust, dumpfer Stimme und irrem Blick gab er nur abgehackte Sätze von sich.

»Da bin ich ja entzückt! ... Wahrhaftig, ich bin entzückt! ...

Ah! Da sind Sie also nach Koubo gegangen! ... Ja, gewiß, ich habe ihn getötet ... Ihren Bruder George ... den schönen George, den Stolz der Familie! ... Ich habe ihn sogar zweimal getötet, erst in seiner Seele ... und dann in seinem Körper ... Und nun habe ich euch beide da ... in meiner Gewalt, unter meiner Knute! Ihr seid eine Sache, die mir gehört! ... Ich kann mit euch machen, was ich will! ...«

Die Worte, die er hervorwürgte, waren kaum verständlich. Er stotterte, trunken vor Freude, triumphierend, in den Wolken schwebend.

»Wenn ich denke, daß ich den einen geschnappt habe und die andere von selbst zu mir gekommen ist! ... Es ist wirklich zu komisch! ...«

Er trat einen weiteren Schritt auf sie zu, ohne daß Jane oder Lewis, die sich umschlungen hielten, eine Bewegung machten, und beugte sich näher zu ihnen vor.

»Ihr glaubt gewiß, vieles zu wissen? Ihr wißt im Grunde nichts ... Aber ich werde euch alles sagen ... Alles! ... Es wird mir ein Vergnügen sein! Ah! Euer Vater hat mich verstoßen! ... Er kann sich gratulieren! ... Eines aber hat mir zu meiner Freude noch gefehlt ... Indessen ... er soll es jetzt wissen ... noch bevor er stirbt ... nämlich wessen Hand die Streiche gegen ihn geführt hat! Hier ist diese Hand ... hier seht ihr sie ... die meine!«

Er kam noch einen Schritt näher. Er berührte beinahe Bruder und Schwester, die beide angesichts dieses wilden Wahnsinnsanfalls von Entsetzen befallen waren.

»Ja! Man hat mich weggejagt! ... Und was hätte ich mit den Elendssummen anfangen sollen, die er mir angeboten hat? ... Ich brauche Gold ... viel Gold ... ganze Berge von Gold! ... Und ich habe sie gehabt ... ich hätte es zusammenschaufeln können ... ohne euch ... ohne die Hilfe von irgend jemandem! ... Und was habe ich getan, um es mir zu verschaffen? ... Haha! ... Was Leute eures Schlages als Verbrechen bezeichnen ... Ich habe gestohlen ... gemordet ... Totschlag verübt ... überhaupt alle ... alle Verbrechen! ... Haha! ...

Aber das Gold war nicht alles für mich ... Etwas war noch stärker, der Haß auf euch ... auf euch alle ... das ganze Glenorpack! ... Deswegen bin ich nach Afrika gegangen. Ich habe mich in die Nähe der Buxton-Brigade geschlichen, ich habe mich bei George Buxton eingenistet und ihm eine Komödie vorgespielt ... Bedauern ... Reue ... Gewissensbisse ... Ich habe mich als Lügner ... als Betrüger, als Heuchler betätigt ... Krieg ist Krieg, nicht wahr? ... Und dieser Dummkopf ist darauf hereingefallen ... Er hat mich mit offenen Armen empfangen ... sein Zelt mit mir geteilt ... mich an seinem Tisch sitzen lassen ... Haha! Und ich habe mir sein dummes Vertrauen zunutze gemacht! ... Jeden Tag habe ich ein bißchen mehr von dem Pülverchen in sein Essen getan ... Was für ein Pulver! ... Was tut das zur Sache? ... Was geht es euch an? Opium ... Haschisch ... oder etwas Ähnliches ... Das ist nur meine Sache ... Sucht nur nach George Buxton ... Er war ein Kind ... ein hilfloses kleines Kind geworden ...

Und der Chef? ... Das war ich! ... Ha, was für Heldentaten habe ich vollbracht! ... Die Zeitungen waren voll davon ... George Buxton der Wahnsinnige ... George Buxton der Mörder ... George Buxton der Verräter ... sie sprachen von nichts anderem ... Und wer hat hinterher gelacht, wenn er diese emphatischen Artikel las? ... Ich natürlich ... Aber weiter ... Eines Tages sind die Soldaten gekommen ... George Buxton war tot, ausgezeichnet ... und noch besser ... entehrt ... Ich habe ihn getötet, um ihn zum Schweigen zu bringen ...

Dann bin ich hierher gekommen und habe diese Stadt gegründet ... Gar nicht so übel für jemanden, der mit Schimpf und Schande davongejagt worden war, wie? ... Hier bin ich der Chef ... der Herr und Meister, der König ... der Kaiser sogar ... Ich befehle, und man gehorcht ... Immerhin fehlte mir noch etwas zu meinem Glück. Euer Vater hatte immer noch einen Sohn und eine Tochter. Das durfte nicht so bleiben ... Zuerst war der Sohn an der Reihe ... Eines Tages, als ich Geld brauchte, habe ich es mir bei ihm geholt ... und darüber hinaus noch ihn selbst ... Hahaha! ... Ich habe ihn niedergeschlagen, diesen Sohn ... verschnürt wie einen Räucherschinken, diesen Sohn ... und in einen Koffer gesteckt, diesen Sohn ... Und dann auf und davon ... Eisenbahnzüge, Dampfschiffe, Aeroplane, vor allem fort! Bis hierher ... bis zu mir ... in mein Reich! ... Und ich werde ihn umbringen ... wie den anderen ... aber weniger schnell ... langsam, Tag für Tag! ... Und während dieser Zeit ... was trägt sich da drüben in England zu? ... Der Vater ... Oh! ein Lord ... und reich ... dieser Vater weiß, daß sein Sohn auf und davon gegangen ist ... durchgebrannt mit der Kasse ... Das Ding war, Gott verdamm mich! ... nicht schlecht gedreht! ...

Blieb noch die Tochter ... meine Schwester ... Haha! Meine Schwester! ... Jetzt war sie an der Reihe ... Was sollte ich mit der anstellen? ... Ich dachte nach, ich suchte ... Und was geschieht? Sie kommt von selbst zu mir ... Welch ein Glücksfall für mich! ... Beinahe hätte ich sie zu meiner Frau gemacht! ... Es ist zum Totlachen! ... Meine Frau? ... Das glaubt ihr doch selber nicht! ... Ich hätte sie dem letzten meiner Sklaven gegeben ... dem häßlichsten meiner Neger! ...

Was blieb ihm dann noch ... dem alten Lord ... trotz seines Titels und aller seiner Schätze? ... Seine beiden Söhne? ... Der eine ein Verräter ... der andere ein Dieb ... Seine Tochter? Verschwunden ... Treibt sich herum, keiner weiß, wo ... Und er, er bleibt ganz allein zurück ... mit seinen Ideen von einer anderen Welt ... Das Geschlecht der Glenor ist damit ausgelöscht! ... Als Rache betrachtet, ist das Ganze doch gut ausgedacht, sollte ich meinen! ...«

Diese abscheulichen Schmähungen, die er mit häufig versagender Stimme hervorstieß, endeten mit einem wilden Geheul.

Außer Atem, vor Wut fast erstickend, hielt William Ferney inne. Die Augen traten ihm aus den Höhlen. Er streckte verkrampfte Hände nach seinen Opfern aus, begierig, ihre verhaßten Körper zu martern. Er war kein menschliches Wesen mehr. Er war ein von Wahnsinn gepackter Narr, der sich mitten in einem Anfall befand, ein wildes Tier, das nur noch vernichten wollte.

Noch entsetzter um seinet- als um ihretwillen sahen Jane und Lewis Buxton den Wahnsinnigen schaudernd an. Wie konnte in einer menschlichen Seele Platz sein für einen so grauenhaften Haß!

»Heute abend«, schloß der Unhold, nachdem er wieder zu Atem gekommen war, »lasse ich euch zusammen, da euch das offenbar Vergnügen macht. Aber morgen ...«

Das Geräusch einer Explosion, die sehr heftig sein mußte, damit sie bis in diesen entlegenen Kerker drang, übertönte plötzlich William Ferneys Stimme. Er hielt jäh inne, erstaunt, beunruhigt, angespannt, horchend ...

Auf die Explosion folgten mehrere Minuten tiefer Stille, dann vernahm man wilden Lärm ... Schreie, fernes Geheul, einen Aufruhr wie von einer tobenden Menge, unter den sich vereinzelte Revolver- und Flintenschüsse mischten ...

William Ferney dachte nicht mehr an Jane oder Lewis Buxton. Er horchte und versuchte zu erraten, was dieses Getöse bedeutete.

Der Mann von der Schwarzen Garde, der am Eingang des Kerkers gestanden hatte, eilte plötzlich herbei.

»Hoher Herr!« rief er in heller Aufregung aus, »die Stadt steht in Flammen!«

William Ferney fluchte grauenhaft, stieß dann Jane und Lewis Buxton, die ihm den Weg versperrten, zur Seite, stürzte hinaus in den Korridor und verschwand.

Diese Lösung der Situation war so rasch eingetreten, daß Bruder und Schwester keine Zeit hatten zu verstehen, was geschah. Kaum hatten sie überhaupt in ihrer wirren Verfassung die Explosion und den Lärm gehört, der sie von ihrem Peiniger befreite. Sie waren schon einen Augenblick allein, bevor sie es recht begriffen. Sie hielten sich immer noch eng umschlungen und schluchzten hemmungslos, tief bedrückt durch die schreckliche Szene, deren Zeuge sie geworden waren, geschwächt durch die neuen Leiden und im Gedanken an den Greis, der in Verzweiflung und Scham seinem Ende entgegenging.

XIII. *Die Schreckensnacht*

Noch überwältigt von der gräßlichen Szene, die sie hinter sich hatten, alles vergessend, was nicht ihren Schmerz betraf, lagen Jane und Lewis sich lange in den Armen. Dann versiegten allmählich ihre Tränen; mit tiefem Aufseufzen ließen sie wieder voneinander ab und wurden sich von neuem der sie umgebenden Welt bewußt.

Was ihnen als erstes auffiel, war trotz der verworrenen Geräusche ringsum ein beunruhigender Eindruck von Stille. In dem von elektrischen Lampen hell erleuchteten Korridor herrschte Grabesschweigen. Der Palast war wie tot. Draußen hingegen ertönten undeutliche Rufe, Salven aus Feuerwaffen, ein von Minute zu Minute anwachsender Tumult.

Einen Augenblick lauschten sie diesen unerklärlichen Geräuschen, deren Sinn Jane mit einem Mal begriff.

»Kannst du gehen?« fragte sie, zu ihrem Bruder gewendet.

»Ich werde es versuchen«, gab Lewis zur Antwort.

»Dann komm!« sagte sie.

Eine Gruppe des Jammers bildend, verließen darauf beide, das junge Mädchen und der durch ein vier Monate währendes Leiden erschöpfte Mann, den Jane stützen mußte, den Keller und gelangten durch besagten Korridor auf den Treppenflur, der soeben noch durch den Aufseher bewacht worden war.

Der Wächter war verschwunden, das Treppenhaus leer.

Mühsam erklommen sie die Treppe bis zum dritten und letzten Stock. Mit dem Schlüssel, den sie William Ferney abgenommen hatte, öffnete Jane die aus dem Vorplatz hinausführende Tür, worauf sie sich wieder in dem gleichen Raum befanden, in dem sie kurz zuvor den in seinem Rausch befangenen grauenhaften Irren zurückgelassen hatte, von dem sie zu jenem Zeitpunkt noch nicht wußte, daß er ihr Bruder war.

Ebenso wie der Vorflur war auch dieses Zimmer leer. Nichts

war darin verändert, seitdem sie es verlassen hatte. William Ferneys Sessel stand noch immer hinter dem mit Flaschen und Gläsern bedeckten Tisch, und die neun anderen Sitze waren wie zuvor im Halbkreis davor aufgereiht.

Nachdem Jane ihren Bruder, dem die Beine den Dienst versagten, hatte niedersitzen lassen, wurde sie sich erstmals der Seltsamkeit ihrer Lage bewußt. Weshalb herrschte hier diese Verlassenheit und Stille? Wo war ihr Folterer geblieben?

Einem jähen Impuls nachgebend, wagte sie sich von Lewis zu trennen und weiter in das Innere des Gebäudes vorzudringen, das sie nach allen Richtungen durchmaß.

Sie begann mit dem Erdgeschoß, wo sie keinen Winkel unerforscht ließ. Als sie an der Außentür vorbeikam, konnte sie mit einem Blick feststellen, daß sie sorgfältig verschlossen war. Sie sah keinen Menschen in diesem Parterrestock, dessen Türen weit offenstanden, so, wie die Bewohner sie bei ihrer kopflosen Flucht zurückgelassen hatten. Mit wachsendem Erstaunen durchstreifte sie die drei anderen Etagen und fand sie gleichermaßen verlassen vor. So unglaublich es auch scheinen mochte, hatte man doch den Eindruck, der Bau sei völlig verödet.

Nach der Besichtigung der drei Stockwerke blieb nur noch der Mittelturm und die Terrasse, auf der er emporragte, übrig. Am Fuße der Treppe, die zu jener hinaufführte, blieb Jane einen Augenblick lang stehen, dann betrat sie sie und stieg langsam hinauf.

Nein, das Gebäude war nicht verlassen, wie sie bislang hatte annehmen können. Als sie fast an der obersten Stufe angelangt war, drang von draußen her Stimmengeräusch zu ihr. Vorsichtig erklomm sie auch noch die restlichen Stufen und ließ im Schutze der Dunkelheit ihre Blicke über die Terrasse schweifen, auf der das Licht, das die Scheinwerfer der Fabrik entsandten, gerade erlosch.

Die gesamte Belegschaft des Palastes fand sich hier versammelt. Mit einem Schauer des Entsetzens erkannte Jane William Ferney und ebenso die acht Ratgeber, die sie vor zwei Stunden bereits in seiner Gesellschaft angetroffen hatte. Etwas weiter ent-

Vorsichtig erklomm sie auch noch die restlichen Stufen ...

fernt bemerkte sie, auf zwei Gruppen verteilt, ein paar Mann der Schwarzen Garde und die neun Negerbedienten.

Alle standen über die Brüstung gebeugt da und schienen sich

gegenseitig auf irgend etwas in der Ferne aufmerksam zu machen, während sie nicht eigentlich Bemerkungen, sondern wilde Rufe austauschten, die sie mit weitausholenden Gesten begleiteten. Was ging dort wohl vor, das sie so leidenschaftlich zu fesseln vermochte?

Plötzlich richtete William Ferney sich auf, erteilte mit dröhnender Stimme einen Befehl und stürzte, gefolgt von denen, die sich mit ihm auf der Terrasse aufhielten, auf die Treppe zu, an deren obersten Stufen Jane soeben Halt gemacht hatte. Sie sah, daß die Männer bewaffnet waren. Jeder von ihnen hatte zwei Revolver durch den Gürtel gesteckt, und alle schwangen zudem noch zornentbrannt eine Flinte über dem Kopf.

Nur eine Sekunde noch, und ihr Versteck würde von ihnen entdeckt sein. Was aber würden dann diese offenbar völlig außer Rand und Band geratenen Männer mit ihr machen? Sie schien verloren.

Während sie um sich schaute und unwillkürlich nach einem Ausweg suchte, bemerkte sie plötzlich oben an der Treppe eine Tür, die jene von der Terrasse trennte. Diese Tür sehen und sie krachend zuschlagen war für Jane Buxton eins. Durch diese Instinkthandlung war, noch bevor ihr klar war, daß sie sie vollzogen hatte, ihre Lage bereits entscheidend verändert.

Schreie der Wut, furchtbare Verwünschungen beantworteten von draußen her ihre Tat. Noch hatte sie nicht Zeit gehabt, die letzten Riegel vorzuschieben, als die Leute von der Terrasse auch schon mit heftigen Kolbenschlägen gegen das unerwartete Hindernis vorgingen, das sich ihnen entgegenstellte.

Aufs äußerste entsetzt über dieses Geheul, die sich wiederholenden Stöße, das ganze Getümmel draußen blieb Jane, wiewohl zitternd, unbeweglich an ihrem Platz. Auch wenn sie dadurch ihr Leben gerettet hätte, wäre ihr nicht die Kraft verblieben, eine Bewegung zu machen. Sie hielt die Augen starr auf die Tür gerichtet, von der sie erwartete, daß sie von einer Minute zur anderen dem Ansturm ihrer furchtbaren Feinde nachgeben würde.

Die Schranke, die sie von ihnen trennte, sank jedoch nicht dahin. Sie schien von den wütenden Schlägen, die auf sie niederhämmerten, nicht einmal erschüttert zu werden. Jane gewann allmählich ihre Ruhe zurück. Sie erkannte, daß diese Tür ebenso wie die des Palasteingangs aus einer dicken Panzerplatte bestand, die allen Zerstörungsversuchen widerstand. Es war also nicht zu befürchten, daß William Ferney mit den schwachen Mitteln, über die er verfügte, dieses Hindernis würde überwinden können.

Beruhigt stieg sie wieder hinab zu ihrem Bruder. Auf ihrem Wege zu ihm stellte sie fest, daß die Treppe zwischen dem letzten Stockwerk des Palastes und der Terrasse durch fünf aufeinanderfolgende gleiche Türen abgesichert werden konnte. William Ferney hatte alles vorgesehen, was seinen Zufluchtsort vor überraschendem Eindringen zu schützen imstande war. Das Gebäude war in zahlreiche, durch Sperrvorrichtungen, die man erst eine nach der anderen überwinden mußte, voneinander getrennte Abschnitte eingeteilt. Heute nun wendeten sich jedoch diese Vorsichtsmaßnahmen gegen ihn selbst.

Jane riegelte alle fünf weiteren Türen ebenso zu, wie sie es mit der ersten gemacht hatte, und ging hinunter ins Erdgeschoß.

Die Durchbrüche des Palastes nach außen waren sämtlich mit starken Gittern bewehrt und innerhalb von diesen durch starke Eisenläden geschützt. Ohne einen Augenblick Zeit zu verlieren, schloß sie in allen Stockwerken diese Läden ausnahmslos bis zum letzten.

Woher nahm sie die Kraft, diese gewichtigen Metallplatten zu bewegen? Sie handelte wie im Fieber, ohne sich selbst darüber klar zu sein, mit nachtwandlerischer Sicherheit, geschickt und schnell. Nach einer Stunde war die Arbeit beendet. Sie befand sich jetzt im Zentrum eines wahren Blocks aus Stahl und Stein, der absolut uneinnehmbar war.

Erst jetzt verspürte sie Müdigkeit. Ihre Knie versagten, ihre Hände bluteten, und sie hatte Mühe, bis zu ihrem Bruder zurückzugelangen.

»Was ist geschehen?« fragte dieser in angstvollem Ton und sichtlich erschreckt, sie in einem solchen Zustand vor sich zu sehen.

Als sie wieder zu Atem gekommen war, erzählte Jane ihm, was sie ausgerichtet hatte.

»Wir sind Herren des Palastes«, schloß sie ihren Bericht.

»Haben sie keinen anderen Ausgang als diese Treppe?« fragte Lewis, der an einen solchen Meisterstreich noch nicht recht glauben konnte.

»Keinen«, versicherte Jane. »Da bin ich ganz gewiß. William sitzt auf der Terrasse fest, und ich wette, daß er von dort nicht herunterkommen kann.«

»Aber weshalb waren denn alle wohl dort zusammengekommen?« fragte ihr Bruder. »Was geht vor?«

Das konnte auch Jane ihm nicht sagen. Ganz mit ihren Schutzmaßnahmen beschäftigt, hatte sie sonst nichts gesehen. Doch was sie nicht wußte, war leicht in Erfahrung zu bringen. Es genügte, einen Blick nach draußen zu werfen. Beide stiegen zum obersten Stockwerk empor, über dem sich nur noch die Terrasse befand, und stießen einen der Fensterläden, die Jane geschlossen hatte, zur Hälfte auf.

Sofort begriffen sie die Aufregung, von der William Ferney und seine Gefährten erfaßt worden waren. Wenn zu ihren Füßen die Esplanade schwarz und schweigend dalag, drangen doch greller Lichtschein und heftiges Geschrei vom rechten Ufer des Red River zu ihnen. Sämtliche Negerhütten brannten lichterloh. Das Zentrum der Stadt, das heißt das Sklavenviertel, war nur noch ein einziger ungeheurer Flammenherd.

Das Feuer wütete gleichermaßen im Civil Body, und flußauf- und flußabwärts hatte es auch bereits die beiden äußersten Enden des Quartiers der Merry Fellows erfaßt.

Aus dem noch nicht von den Flammen berührten Mittelteil dieses Bezirks erhob sich ein grauenhaftes Getöse. Man vernahm Schreie, Flüche, Wehklagen, verworrenes Geheul, vermischt mit dem unaufhörlichen Knattern der Gewehrsalven.

»Das ist Tongané«, sagte Jane. »Die Sklaven haben sich gegen ihre Unterdrücker erhoben.«

»Die Sklaven? . . . Tongané! . . .« wiederholte Lewis, für den diese Wörter keinen Sinn besaßen.

Seine Schwester erklärte ihm die Organisation von Blackland – zumindest das, was sie selbst darüber wußte – gemäß den Informationen, die sie Marcel Camaret, Tongané und dem Verwundeten, den sie in der Fabrik gepflegt hatte, verdankte. Sie berichtete ihm darauf in wenigen Worten, wieso sie selbst sich in dieser Stadt befand und durch welches Zusammenwirken von Umständen sie hier zur Gefangenen geworden war. Sie sagte ihm, weshalb sie diese Reise unternommen hatte, wie es ihr gelungen war, die nunmehr zur Gewißheit gewordene Unschuld von ihrer beider Bruder George Buxton klarzustellen, und wie sie, nachdem sie sich der von dem Abgeordneten Barsac befehligten Expedition angeschlossen hatte, zugleich mit den Überresten dieser Unternehmung entführt worden war. Sie zeigte ihm auf der anderen Seite der Esplanade die im Licht der Scheinwerfer strahlende Fabrik, sie erklärte ihm die Rolle, die diese spielte, und benannte ihm einzeln ihre Reisegefährten, die alle außer einem Neger mit Namen Tongané sich dorthin geflüchtet hätten. Was Tongané betreffe, so sei er derjenige gewesen, der es unternommen habe, die schwarze Bevölkerung von Blackland zum Aufstand zu bewegen, und nun, so sagte sie, beweise das Schauspiel, das sie vor Augen hätten, daß es ihm gelungen sei. Sie habe jedoch nicht die Geduld gehabt, das Ergebnis abzuwarten, und sei an eben diesem Abend in der Hoffnung entflohen, die Belagerten zu retten. So nun war sie bis zu ihrem unglücklichen Bruder gelangt. Während dieser Zeit hatte offenbar Tongané das verabredete Zeichen gegeben, man schickte ihm Waffen, und nun war der Aufruhr in vollem Gang. Sicherlich hatten sich William Ferney und seine Kumpane in die Schlacht stürzen wollen, die sie von der Terrasse her mitansehen konnten, als sie, Jane, ihnen jäh den Weg versperrt hatte.

»Und was sollen wir nun machen?« fragte Lewis.

»Abwarten«, antwortete Jane. »Die Sklaven kennen uns nicht und würden sicher im Handgemenge zwischen uns und den anderen keinen Unterschied machen. Im übrigen wären wir ja nur eine sehr schwache Hilfe, unbewehrt wie wir sind.«

Da Lewis soeben zu bedenken gegeben hatte, daß sie keine

Waffen besaßen, unternahm Jane einen erneuten Besuch im Palast. Ihre Ernte war nicht sehr ertragreich. Alle Waffen außer denen, die ihre Besitzer bei sich trugen, waren in dem Turm untergebracht, der sich auf der Terrasse erhob, so daß sie nichts fand als ein einziges Gewehr und zwei Revolver mit einer kleinen Zahl von Patronen.

Als sie mit ihrer Beute zurückkam, hatte die Lage sich inzwischen verändert. Die Neger hatten sich einen Weg zur Esplanade gebahnt, auf der es nun von mehr als dreitausend von ihnen wimmelte. Im Nu hatten sie die Kaserne der Schwarzen Garde, deren Bewohner sämtlich niedergemacht wurden, sowie den Hangar der vierzig Aeroplane besetzt, aus dem sofort Flammen hervorzüngelten. Trunken von Blutvergießen und dem allgemeinen Tumult, wie von Sinnen rächten sie sich nun mit einem Schlag für ihre langen Leiden, und es sah so aus, als würde ihre Raserei erst nachlassen, wenn die ganze Stadt zerstört und auch der letzte ihrer Einwohner niedergemetzelt sein würde.

Sicher schäumte William Ferney beim Anblick dieses Schauspiels vor ohnmächtiger Wut. Man hörte ihn brüllen und toben, ohne daß man ein einziges der Worte, die er hervorstieß, verstehen konnte. Auf der Terrasse knatterten unausgesetzt Gewehrschüsse, und den Kugeln, die auf die Neger niederprasselten, fielen nicht wenige zum Opfer.

Die anderen aber schienen davon nichts zu bemerken. Nach der Kaserne der Schwarzen Garde und dem Hangar der Aeroplane, deren Flammen wie eine gigantische Fackel die Esplanade beleuchteten, hatten sie den Palast selbst angegriffen und bemühten sich nun mit allem, was ihnen in die Hände fiel, im übrigen vergebens, das Tor zu erstürmen.

Sie waren noch alle bei diesem Versuch begriffen, als heftige Feuersalven vom Red River her erfolgten. Nachdem es den Merry Fellows endlich gelungen war, sich wieder neu zu formieren, hatten diese die Brücke überschritten und schossen nun, über die Esplanade verteilt, ziellos in die Menge. Bald darauf bedeckten Hunderte von Gefallenen den Boden.

Mit wildem Geschrei hatten die Schwarzen sich auf ihre Gegner geworfen. Ein paar Minuten tobte ein grausamer Kampf, eine unbeschreiblich wüste Schlägerei. Da die Neger keine Feuerwaffen besaßen, suchten sie den Nahkampf und gingen mit Äxten, Messern, Piken, notfalls auch mit den Zähnen gegen die Feinde vor. Die Merry Fellows antworteten mit Bajonettstößen und mit Schüssen aus nächster Nähe.

Der Ausgang des Kampfes konnte nicht zweifelhaft sein. Die Überlegenheit der Waffen mußte sich als stärker erweisen denn die der Zahl. Eine gewisse Unsicherheit breitete sich denn auch nach einer gewissen Zeit in der stark gelichteten Masse der Neger aus, die ins Wanken gerieten und sich schließlich auf das rechte Ufer flüchteten, so daß die Esplanade in den Händen der Sieger blieb.

Diese machten sich schleunigst an die Verfolgung, um zu retten, was noch zu retten war, das heißt das Zentrum des Quartiers der Merry Fellows, das vom Feuer noch nicht heimgesucht wurde.

In dem Augenblick, in dem sie, den Flüchtlingen auf den Fersen, die Brücke überquerten, vernahm man eine furchtbare Explosion. Vom Dach des Palastes aus konnten Jane und Lewis erkennen, daß sie in einer großen Entfernung stattgefunden hatte, im entferntesten Teil der Bauten, in denen der Civil Body hauste. Beim Licht der Feuersbrünste, die überall aufgelodert waren, konnten sie sehen, daß ein Teil des Wohnbaus und ein großer Teil der Umfassungsmauer nach dieser Richtung hin in Trümmer gesunken waren.

Was auch die Ursache dieser Explosion gewesen sein mochte, so war doch auf alle Fälle ihr Ergebnis, daß damit den Negern ein weiterer Durchgang nach draußen hin offen stand. Durch die so entstandene Bresche konnten die unterlegenen Sklaven sich in die umliegenden Felder und Buschdickichte flüchten und so ihren Feinden entgehen. Zudem erfolgte deren Nachsetzen jetzt in einem verlangsamten Tempo. Eine Viertelstunde darauf verließen sie sogar das rechte Ufer und kehrten auf die Esplanade zurück. Dort fanden sie zwar keine Gegner mehr vor, wurden aber ihrerseits durch erneute Explosionen, die pausenlos aufeinander folgten, immer wieder in Angst und Schrecken versetzt.

Woher kamen diese Explosionen? Niemand hätte es zu sagen vermocht. Auf alle Fälle stand fest, daß sie nicht aufs Geratewohl erfolgten, sondern dem Willen eines Befehlshabers unterstanden. Die erste hatte, wie man weiß, am Rande der Stadt, an dem vom Palast am weitesten entfernten Punkt des durch das Quartier des Civil Body beschriebenen Bogens stattgefunden.

Fünf Minuten später vernahm man zwei weitere Detonationen zur Rechten und Linken von diesem Punkt; dann nach einer zweiten Pause von fünf Minuten nochmals zwei weitere nach dem Flusse zu, aber immer noch dem Verlauf des Civil-Body-Quartiers folgend.

Das war der Moment, in dem die Merry Fellows, die zur Verfolgung der Sklaven Anstalten machten, es vorgezogen hatten, zurück zur Esplanade zu flüchten.

Von diesem Augenblick an fanden die unerklärlichen Explosionen in regelmäßigen Abständen statt. Eine halbe Stunde lag jetzt jeweils zwischen einer jeden und der auf sie folgenden. Alle dreißig Minuten vernahm man ein neues Krachen, und ein weiterer Teil der Civil-Body-Häuser lag gleich darauf in Trümmern.

Die auf der Esplanade dicht zusammengescharte weiße Bevölkerung von Blackland – das wenigstens, was von ihr übrig geblieben war – wohnte diesem Phänomen starr vor Entsetzen bei. Es hätte wahrhaftig so aussehen können, als habe eine höhere, schreckenerregende Macht sich die systematische Zerstörung der Stadt zum Ziel gesetzt. Alle diese Banditen, die einst den Schwachen so keck entgegengetreten waren, zitterten jetzt vor Furcht. Dicht an die Mauer des Palastes gepreßt, versuchten sie vergebens, dessen Eingangstor zu erschüttern und riefen wütend nach William Ferney, den sie auf der Terrasse erblickten und dessen Lässigkeit sie sich nicht zu erklären vermochten. Dieser erschöpfte sich zweckloserweise in Gebärden, die niemand verstand, und in Worten, die sich in dem betäubenden Lärm verloren.

So ging die Nacht zu Ende. Als der Morgen graute, bot sich den Blicken ein furchtbares Schauspiel dar. Der Boden der Esplanade war mit Hunderten von Toten, Schwarzen und Weißen in wahllosem Durcheinander, buchstäblich übersät. Wenn die letzteren den Sieg davongetragen hatten, so hatten sie ihn teuer erkauft. Kaum vierhundert noch im Besitz ihrer Kräfte befindliche Männer waren von mehr als achthundert übriggeblieben, die sich gestern noch in den beiden Weißenquartieren, dem des Civil Body und dem der Merry Fellows befanden. Die übrigen waren umgekommen, teils zu Beginn des Aufstandes im ersten Augenblick der Überrumpelung, teils auf der Esplanade selbst, nachdem die Revolte niedergeworfen worden war.

Was die Sklaven anging, so konnten Jane und Lewis von dem erhöhten Standpunkt aus, den sie einnahmen, sie auf den umliegenden Feldern erkennen. Viele von ihnen waren aufgebrochen. Die einen entfernten sich nach Westen, unmittelbar auf den Niger zu, von dem ein Sandmeer sie trennte. Wie vielen von ihnen würde es gelingen, ohne Wasser, ohne Lebensmittel, ohne Waffen die Reise zu überstehen? Andere entschieden sich für einen längeren, aber zuverlässigeren Weg, indem sie dem Lauf des Red River folgten; sie fingen jetzt an, gen Südwesten zu entschwinden.

Die meisten aber hatten sich zu einem Aufbruch von Blackland nicht entschließen können. Man sah sie in dichten Gruppen, von wo aus sie mit stumpfem Blick die Stadt betrachteten, aus der dicke, sich windende Rauchsäulen aufstiegen und die durch einander ablösende Explosionen in einen Trümmerhaufen verwandelt wurde.

Die ganze Nacht hindurch hatten diese nicht aufgehört. Alle halbe Stunde war eine neue erfolgt. Als die Sonne aufging, waren der gesamte Civil Body und die Hälfte des Sklavenquartiers nur noch Schutthaufen, die man nicht mehr zu unterscheiden vermochte.

In diesem Augenblick vernahm man das gewaltige Dröhnen einer Detonation auf der Terrasse des Palastes. Dann folgten Schlag auf Schlag weitere, deren letzte von einem wahren Donnergetöse gefolgt war.

Ohne sich von dem Fenster zu entfernen, durch dessen Spalt er diese Serie von Dramen hatte verfolgen können, ergriff Lewis

Buxton die Hand seiner Schwester, während er ihr einen unruhigen Blick zuwarf.

»William«, sagte Jane, die die Anlage des Palastes zu gut kannte, um nicht den Grund dieser Detonation zu erraten, »hat mit Kanonenschüssen die Tür der Terrasse aufgesprengt.«

Jane Buxton sprach mit ruhiger Stimme. Sie prüfte die Lage und wog sie kaltblütig ab.

»Aber dann«, rief Lewis aus, »kommen sie sicher herunter ...«

Er griff nach einem der Revolver, die seine Schwester entdeckt hatte.

»Lieber sterben als nochmals in ihre Hände fallen!«

Jane hielt ihn mit einer Bewegung zurück.

»Noch sind sie nicht da«, gab sie ruhig zur Antwort. »Es gibt noch fünf andere gleiche Tore, die diesem gleichen, jedoch sind sie – vor allem drei von ihnen – so gelegen, daß man unmöglich eine Kanone auf sie richten kann.«

Wie um ihr recht zu geben, hatten die Detonationen tatsächlich ausgesetzt. Ein dumpfes Grollen von der Terrasse her, begleitet von wütenden Verwünschungen, bewies, daß William Ferney und seine Kumpane sich bemühten, das Geschütz auf das zweite Tor einzustellen und daß die Operation nicht ohne Schwierigkeiten verlief.

Im übrigen wurde diese Tätigkeit bald wieder unterbrochen. Ein neuer Zwischenfall war eingetreten, der offenbar ebenso ihre Aufmerksamkeit wie die von Jane und Lewis Buxton in Anspruch nahm.

Die von außen her kommenden Explosionen, die seit einer halben Stunde in regelmäßigen Intervallen vernehmbar waren, hatten mit einer letzten geendet, die heftiger und vor allem näher als die vorhergehenden erfolgte. Die zerstörerische Gewalt, die sie hervorgerufen hatten, ging zum Angriff auf das linke Ufer über. Unmittelbar vom Garten der Fabrik aus sogar war eine Garbe aus Erde und Steinen gen Himmel geschleudert worden. Als der Rauch sich verzogen hatte, konnte man feststellen, daß der Garten auf eine weite Strecke hin verwüstet und daß auch ein kleiner Teil der Fabrik im engeren Sinne eingestürzt war.

Der durch diese Explosion emporgewirbelte Staub hing noch in der Luft, als Lewis und Jane beobachten konnten, wie eine große Menschenmenge durch das weitgeöffnete Tor der Fabrik ins Freie strömte. Diese Menge war Jane bekannt. Es waren die Gefährten ihrer Gefangenschaft, Camarets Arbeiter, zu einer Gruppe zusammengeschlossen, in deren Mitte sich Frauen und Kinder befanden. Warum verließen diese Unglücklichen ihren sicheren Unterstand und wendeten sich der Esplanade zu, wo sie auf die Merry Fellows stoßen würden, die noch immer ebenso vergeblich das Tor des Palastes zu erstürmen versuchten?

Diese konnten ihre neuen Gegner nicht sehen, da die Mauer der Esplanade sie von ihnen trennte. Aber von der Terrasse aus hatte William Ferney, dessen Blick über diese Mauer hinwegreichte, sie bemerkt; mit einer Handbewegung wies er auf sie hin.

Seine Gebärden wurden nicht verstanden. Die aus der Fabrik hervorquellende Masse erreichte ohne Behinderung die Tür, die den Quai mit der Esplanade verband und drang in diese ein.

Als die Merry Fellows sie bemerkten, erhob sich aus ihrer Mitte tobendes Geschrei. Unter Verzicht auf ihr vergebliches Bemühen, griffen sie zu ihren Waffen und stürzten sich auf die Eindringlinge.

Hier aber hatten sie es nicht mehr mit Negern zu tun. Mit allem bewaffnet, was ihnen gerade unter die Hände gekommen war, der eine mit einem Schmiedehammer, der andere mit einer Zange, ein dritter mit einem Eisenbarren, drangen auch die Leute aus der Fabrik stürmend vor. Ein fürchterliches Ringen fand statt. Betäubende Schreie zerrissen die Luft. Bäche von Blut flossen über den Boden der Esplanade, auf der noch die Menge der in der Nacht Umgekommenen lag.

Jane Buxton bedeckte beide Augen mit den Händen, um nach Möglichkeit das grauenhafte Schauspiel nicht mitansehen zu müssen. Wie viele Freunde zählte sie unter den Kämpfenden! Sie zitterte für Barsac, für Amédée Florence, für den trefflichen

Dr. Châtonnay und besonders für Saint-Bérain, dem sie von Herzen zugetan war.

Doch ein noch heftigeres Gebrüll erhob sich mit einem Mal.

Der Sieg war bei der überlegenen Zahl und den überlegenen Waffen. Die Kolonne, die aus der Fabrik gekommen war, wurde in zwei Teile zersprengt. Eine dieser Hälften wich nach dem Quai hin zurück, wobei sie jeden Fußbreit Boden verteidigte, während die andere Hälfte in Richtung auf den Palast abgedrängt wurde.

Diese zum mindesten konnte offenbar auf keine Rettung mehr hoffen. Die Unglücklichen, die, durch die Mauer aufgehalten, nicht nur sich gegenüber die Merry Fellows, sondern auch noch über sich auf der Terrasse William Ferney und seine Leute zu Feinden hatten, konnten ohne jedes Risiko abgeknallt werden, da ihnen jeder Fluchtweg abgeschnitten war.

Ein Freudengeheul indessen entrang sich auf einmal dort jeder Brust. Das Tor, gegen das sie zurückgedrängt worden waren, tat sich plötzlich weit hinter ihnen auf, und auf der Schwelle trat ihnen Jane Buxton entgegen. Während die Gegner ihnen noch auf den Fersen waren, flüchteten sie sich in den Palast. Gewehr- und Revolverschüsse, die Jane und Lewis abgaben, deckten ihren Rückzug.

Maßlos erstaunt über diese Intervention, die für sie unbegreiflich war, hatten die Merry Fellows einen Moment lang gezögert. Als sie, von ihrer Überraschung erholt, zum Angriff übergingen, war es bereits zu spät. Das Tor hatte sich geschlossen und war von neuem so uneinnehmbar wie zuvor.

XIV. *Das Ende von Blackland*

Als das Tor wieder fest geschlossen war, mußte man sich zunächst um die ziemlich zahlreichen Verwundeten kümmern. Mit dem Beistand von Amédée Florence, der selber eine – allerdings sehr leichte – Wunde davongetragen hatte und, zusammen mit Barsac fortgerissen, unter diejenigen geraten war, die die Ironie des Schicksals nötigte, ausgerechnet bei ihrem unversöhnlichsten Feind Zuflucht zu suchen, bemühte Jane Buxton sich nach Kräften um sie.

Nachdem alle Verbände angelegt waren, drängte sich ihr jedoch eine andere Sorge auf, nämlich die, wie man alle diese Unglücklichen ernähren sollte, die seit Tagen schon grausam Hunger litten. Würde es ihr gelingen? Würde der Palast genügend Vorräte für so viele Münder enthalten?

Die Lebensmittelmenge, die sie nach sorgfältiger Durchforschung sämtlicher Stockwerke entdeckte, sicherte allen zum mindesten eine bescheidene Mahlzeit. Die Lage blieb also immer noch äußerst ernst, und es sah eher so aus, als habe man das unvermeidliche Ende nur um Stunden hinausgeschoben.

Es war elf Uhr vormittags, als diese verschiedenen Tätigkeiten beendet waren. Während dieser Zeit folgte draußen immer noch eine Explosion auf die andere, man vernahm auch noch weiterhin auf der Esplanade das Lärmen der Merry Fellows, die in unregelmäßigen Abständen gegen das Tor ebenso vergebliche Vorstöße wie zuvor unternahmen, und von der Terrasse her die Verwünschungen William Ferneys und seiner Kumpane. Dank der Gewöhnung daran gab man schließlich auf den ganzen Tumult nicht mehr acht und bekümmerte sich in dem Bewußtsein, daß die Festung uneinnehmbar sei, immer weniger um die Wutausbrüche der Eroberer.

Sobald Jane Muße dazu fand, fragte sie Amédée Florence, weshalb er und seine Gefährten den Schutz der Fabrik aufgegeben hatten, um sich bei so ungünstigen Kräfteverhältnissen auf die Esplanade zu begeben. Der Reporter berichtete ihr daraufhin, was sich zugetragen hatte, nachdem sie selber fortgegangen war.

Er erzählte ihr, wie Marcel Camaret, als kurz nach halb neun Uhr von seiten Tonganés das erwartete Signal erfolgt war, ohne Wissen der übrigen Bewohner von Blackland ein paar Dynamitpatronen und eine große Menge von Waffen in das im Zentrum gelegene Quartier entsandt hatte. Nachdem gegen elf Uhr am Abend diese Operation beendet war, hatten die Belagerten sich zusammengeschart, bereit, in die Schlacht einzugreifen, die nunmehr entbrennen würde. Zu diesem Zeitpunkt hatten sie das Fehlen von Jane Buxton bemerkt.

Amédée Florence beschrieb dem jungen Mädchen die Verzweiflung Saint-Bérains, der noch zur gegenwärtigen Stunde mit Sicherheit von Sorge erfüllt sein würde, wofern er den letzten Kampf überlebt haben sollte.

Wie dem auch sei, eine halbe Stunde nach der Waffensendung war eine heftige Explosion erfolgt. Tongané hatte eines der Tore des Schwarzenquartiers gesprengt, dessen sämtliche Hütten zugleich in Flammen aufgingen, während die Sklaven in den Civil Body strömten und dort ein fürchterliches Massaker anrichteten, so weit man nach den Schreien, die man vernahm, urteilen konnte.

Das übrige war Jane bekannt. Sie wußte, daß die Neger, nachdem sie bis zur Esplanade vorgedrungen waren, so schnell zurückgeworfen wurden, daß man keine Zeit fand, ihnen zu Hilfe zu eilen. Gleichwohl hatten sie alle die Fabrik verlassen, sich jedoch schleunigst wieder zurückziehen müssen, da die Mehrzahl der Schwarzen die Esplanade bereits geräumt hatte, als man dort angekommen war.

Gezwungen, in die Fabrik zurückzukehren, hatten die Belagerten dort eine angstvolle Nacht durchlebt. Das Scheitern des Sklavenaufstands ließ ihnen tatsächlich keine Hoffnung mehr, daß sie Harry Killer jemals würden überwinden können. Außerdem wohnten sie wie Jane selbst der systematischen Zerstörung der Stadt durch jene aufeinanderfolgenden Explosionen bei, die diese sich nicht zu erklären vermochte.

Amédée Florence erklärte ihr, sie seien das Werk Marcel Camarets, der vollends den Verstand verloren hatte.

Von jeher schon hatte Camaret, dieser geniale Erfinder, sich zumindest dicht an den Grenzen des Wahnsinns bewegt, wie es eine ganze Reihe von Absonderlichkeiten bewiesen, die mit einem gesunden und wohlausgewogenen Verstand nicht vereinbar waren. Die verwirrenden Geschehnisse, deren es seit etwa einem Monat so viele gegeben hatte, waren der letzte Anstoß für die Verstörung seines Hirns gewesen.

Den ersten Schock hatten ihm die Enthüllungen der Gefangenen Harry Killers versetzt, die diese ihm nach ihrem Ausbruch und der darauf folgenden Flucht in die Fabrik gemacht hatten. Der zweite, ungleich heftigere, war von Daniel Frasne gekommen, dem Verwundeten, den er nach der Zerstörung der Flugmaschine bei sich aufgenommen hatte. Seitdem Marcel Camaret die volle Wahrheit kannte, war er von Tag zu Tag tiefer in Geistesverwirrung geraten. Jane Buxton, meinte Florence, werde sich gewiß daran erinnern, wie oft er sich in sein privates Domizil zurückgezogen und mit welch trauriger, finsterer Miene er die Werkstätten durchstreift hatte, wenn er sich gelegentlich doch einmal in ihnen zeigte.

Die Waffensendung an Tongané war seine letzte klarbewußte Handlung gewesen. Als die Detonation erfolgte, als zumal die ersten Flammen aus dem Sklavenquartier und dem Civil Body emporgeschlagen waren, hatten diejenigen, die sich in diesem Augenblick in seiner Nähe befanden, ihn erbleichen und die Hand an die Kehle führen sehen, als fürchte er zu ersticken. Zugleich habe er sehr schnell – infolgedessen kaum verständliche – Worte vor sich hin gemurmelt. Indessen hatten sie doch einen Ausruf wie ›Der Untergang meines Werkes! ... Der Untergang meines Werkes! ...‹ in unaufhörlicher Wiederholung mit sehr leiser Stimme herauszuhören gemeint.

Eine ganze Weile, etwa eine Viertelstunde lang, hatte der von seiner gesamten Umgebung liebevoll umsorgte Marcel Camaret fortwährend diese Worte wiederholt, während er pausenlos den Kopf bewegte, dann aber plötzlich sich aufgerichtet, an seine Brust geschlagen und gerufen: »Gott hat Blackland verdammt! ...«

In seiner Vorstellung war dabei Gott ganz offenbar er selbst, wie man aus der Gebärde schließen mußte, mit der er diesen Ausspruch begleitete.

Ohne daß man Zeit fand, ihn zurückzuhalten, hatte er darauf die Flucht ergriffen und dabei unaufhörlich so laut, wie man es gar nicht von ihm gewohnt war, ausgerufen: »Gott hat Blackland verdammt! ... Gott hat Blackland verdammt! ...«

Er hatte sich in den Turm geflüchtet, dessen Stockwerke er nacheinander erstieg, wobei er jedesmal die Tür hinter sich verschloß.

Da das Verteidigungssystem des Turms mit dem des Palastes identisch war, stieß man, als man ihm nacheilen wollte, auf die gleiche Schwierigkeit, die Harry Killer gehindert hatte, die Terrasse zu verlassen, als er sich selbst eingesperrt fand.

Je höher Camaret emporstieg, desto schwächer wurde der Widerhall seiner Stimme, mit der er gleichwohl ständig wiederholte: »Gott hat Blackland verdammt! ... Gott hat Blackland verdammt! ...«

Fast gleich darauf erdröhnte die erste Explosion.

Unter der Anführung von Rigaud, der verzweifelt war, den von ihm so hoch verehrten genialen Mann in einem solchen Zustand zu sehen, waren mehrere Arbeiter ungeachtet ihrer Schwäche in die Fabrik gestürzt und hatten versucht, den Turm zu isolieren, indem sie den elektrischen Strom abschalteten. Da der Turm jedoch seine eigene Energiereserve besaß und sogar über ein paar durch flüssige Luft betriebene Generatoren verfügte, konnte er Tage hindurch aus eigener Kraft existieren. Die Explosionen hatten demgemäß keine Unterbrechung erfahren. Hingegen waren die ›Wespen‹ von ihrem dem Schutze dienenden Rundflug aus direkt in den Graben der Fabrik gefallen. Notwendigerweise also hatte man Camaret erneut mit Strom versorgen müssen, und dieser hatte, da er trotz seines Wahns durchaus den Tauschhandel begriff, den man ihm vorschlug, die Verteidigungsapparatur wieder in Gang gesetzt.

Die Nacht war so unter unaufhörlichen Aufregungen dahingegangen, und im Morgengrauen hatte Camaret sich auf der Plattform des Turms gezeigt. Von diesem erhöhten Punkt aus hatte er eine lange Rede gehalten, von der man nur vereinzelte Worte hatte verstehen können. Gewisse unter ihnen, wie zum Beispiel ›göttlicher Zorn‹, ›Feuer des Himmels‹, ›völliger Untergang‹ bewiesen zum mindesten, daß sein Wahn nicht nachgelassen hatte. Zum Schluß seiner Darlegungen hatte Camaret gerufen: »Flieht! ... Flieht allesamt! ...« und zwar mit so lauter Stimme, daß er in allen Teilen der Fabrik gehört worden war. Dann hatte er sich in den Turm zurückbegeben, aus dem er nicht mehr zum Vorschein gekommen war.

Kurz darauf war die erste Explosion auf dem linken Ufer erfolgt. Da diese in der Fabrik selbst zum Ausbruch kam, hatte sie deren Bewohner aufs tiefste entsetzt. Auf die Gefahr hin, einem Gemetzel zum Opfer zu fallen, hatten diese daraufhin den Entschluß gefaßt, einen Ausbruch zu wagen, da sie nur noch die Wahl zwischen zwei verschiedenen Arten des Untergangs hatten.

Unglücklicherweise waren sie bei ihrem Eintreffen auf der Esplanade an die Merry Fellows geraten, die ihnen die Mauer bislang verborgen hatte. Eine Schlacht war entbrannt, bei der es viele Opfer gab, und nachdem sie in zwei Gruppen auseinandergerissen waren, hatten die einen sich zu Harry Killer selbst flüchten müssen, die anderen hingegen sich gezwungen gesehen, auf den Quai zurückzukehren, ohne daß es ihnen jedoch gelungen war, die Verbindungstür zur Esplanade hinter sich zu schließen.

Vom Palast aus konnte man tatsächlich diese zweite Gruppe sehen. Da sie weder einen erneuten Versuch, dessen Zwecklosigkeit sie hatten erkennen müssen, zu unternehmen, noch in die Fabrik, die von der Laune eines Wahnsinnigen regiert wurde, zurückzukehren wagten, blieben sie, halb tot vor Hunger, aller Kraft beraubt, draußen im Freien auf dem Boden liegen, den

Angriffen ihrer Gegner schutzlos preisgegeben, da diese sie völlig gefahrlos vom anderen Ufer des Red River oder von der Palastterrasse aus abschießen oder über den Wachgang von hinten her überfallen konnten.

Zu ihrer Freude bemerkte Jane unter ihnen Saint-Bérain und Doktor Châtonnay. Keiner ihrer Freunde und vor allem der, der ihrem Herzen am teuersten war, hatte demnach bei diesem Abenteuer sein Leben eingebüßt.

Kaum hatte sie diese relative Befriedigung zu verzeichnen gehabt, als dumpfe Schläge von den oberen Stockwerken des Palastes her erdröhnten. Man konnte leicht erkennen, daß diese Schläge von der Terrasse kamen, deren Bodenplatten diejenigen, die dort oben gefangen waren, zu lösen versuchten. Doch die Konstruktion war solide und hielt zunächst recht gut stand.

Wenn William Ferney und seine Genossen, die auch ihrerseits an Lebensmitteln Mangel leiden mußten, nicht durch ihre Schwäche zur Ohnmacht verurteilt waren, so bestand indessen kein Zweifel, daß ihre Bemühungen schließlich dennoch zum Erfolg führen würden. Tatsächlich war gegen sechs Uhr abends der Terrassenboden durchbohrt, und man mußte die dritte Etage räumen.

Sie flohen in die zweite, vergaßen jedoch nicht, hinter sich die Panzertüren zu schließen. Dann warteten sie das weitere ab.

Jane Buxton benutzte diesen Aufschub, um Barsac und Amédée Florence über ihre persönlichen Erlebnisse nach Verlassen der Fabrik Bericht zu erstatten. Sie erklärte ihnen die Zusammensetzung ihrer Familie und schilderte, wobei sie ihren Bruder Lewis zum Zeugen nahm, dessen Entführung und langes Martyrium, sie sagte ihnen, welche schmerzliche Entdeckung sie gemacht hatte, als sie in Harry Killer ihren seit langem verschwundenen anderen Bruder, William Ferney, erkannte. Sollte also das Schicksal wollen, daß sie England nicht wiedersähe, so würden doch nunmehr Amédée Florence und Barsac als Bürgen für George und Lewis Buxton auftreten können, denen beiden Verbrechen zur Last gelegt worden waren, die sie nicht begangen hatten.

Gegen sieben Uhr abends begann die Decke des zweiten Stockwerks unter den gleichen dumpfen Schlägen zu erbeben, wie sie zuvor auf die des dritten niedergegangen waren. William Ferney und seine Bande hatten sich nach einer durch ihre Ermüdung bedingten Ruhepause wieder an die Arbeit gemacht. Jane und ihre Gefährten mußten sich demgemäß noch weiter hinunterbegeben.

Der Durchbruch durch die zweite Decke erforderte die gleichen Anstrengungen wie der durch die erste. Bis zwei Uhr morgens hallten die Schläge unausgesetzt durch den Palast. Darauf trat eine Stille von zwei Stunden ein, die William Ferney dazu benutzte, vom dritten Stock in den zweiten hinunterzusteigen und dort eine Ruhepause einzulegen, die immer notwendiger wurde.

Erst gegen vier Uhr morgens fielen Schläge, diesmal auf die Decke des ersten Stocks. Ohne den Einsturz dieses Plafonds abzuwarten, flüchteten sich alle in das Erdgeschoß, nicht ohne ihren Fluchtweg wie bisher mittels der Panzerplatten abzusichern, die zu sprengen im übrigen niemand auch nur einen Versuch unternahm.

Dies war die letzte Zuflucht, die den Belagerten noch vergönnt war. Wenn William Ferney auch noch den Durchbruch durch die beiden Zimmerdecken, die sie von ihm trennten, geschafft hätte, wenn die Flintenrohre über ihren Köpfen auftauchten, müßten sie sich entweder in den Verliesen des Souterrains verschanzen oder immer weiter zurückweichen bis zu dem Augenblick, in dem die Außenmauer des Palastes sie aufhalten würde. Dann blieb ihnen nichts mehr als der Tod.

Während William Ferney sich bemühte, das vorletzte der Hindernisse zu überwinden, die ihm den Weg versperrten, ging die Sonne in einem wolkenlosen Himmel auf. Da erst konnte man das ganze Ausmaß der Katastrophe überblicken. Was auch geschähe, der Despot von Blackland würde künftighin nur noch über Ruinen gebieten können.

Die Stadt war völlig zerstört. Zwei vereinzelte Häuser standen noch mitten im Quartier der Merry Fellows gegenüber dem

Palast. Ein paar Minuten nach Sonnenaufgang würden auch sie zusammenstürzen und damit die völlige Verwüstung des rechten Ufers besiegeln.

Die Explosionen setzten sich nicht nur pausenlos fort, sondern erfolgten vielmehr in Abständen, die immer kürzer wurden. Nach dem rechten Ufer griff Marcel Camaret jetzt das linke an, und nun sank der Turm der Fabrik fortschreitend in Trümmer. Im übrigen führte der Ingenieur das Zerstörungswerk mit wohldurchdachter Geschicklichkeit durch. Wenn er die Arbeiterhäuser, die Werkstätten, die Lagerhäuser Stück für Stück, eines nach dem anderen, als wolle er sein Vergnügen verlängern, niederlegte, griff er die wesentlichen Partien, das heißt die Zentren, die die Energie erzeugten, von der er in so furchtbarer Weise Gebrauch machte, ohne alle Rücksicht an.

Bei der ersten Explosion, die auf dem linken Ufer aufdröhnte, reagierten die Merry Fellows auf der Esplanade, die sich während der letzten Stunden der Nacht eher ruhig verhalten hatten und auf ihren fruchtlosen Ansturm auf das Tor verzichtet zu haben schienen, mit wildem Geschrei und stürzten sich erneut auf den Palast.

Das Ausmaß ihrer Raserei hatte tatsächlich für die Belagerten etwas Überraschendes. Weshalb legten sie sich so leidenschaftlich ins Zeug? Was konnten sie erhoffen, jetzt, da Blackland nicht mehr existierte? Hätten sie nicht besser daran getan, diese tote Stadt hinter sich zu lassen und zu versuchen, den Niger zu erreichen?

Ein paar Worte, die auf der Terrasse fielen und durch die Tür hindurch zu verstehen waren, erklärten das Verhalten der Merry Fellows. Diese dachten zwar nicht mehr daran, ihren Anführer zu befreien, den sie im übrigen des Verrates beschuldigten, und hatten tatsächlich nichts anderes mehr im Sinn, als sich von dieser Unglücksstätte abzusetzen, gedachten sich jedoch zuvor der Schätze zu bemächtigen, die nach der unter ihnen umlaufenden Legende derjenige, den sie Harry Killer nannten, in seinem Palast aufgehäuft haben mußte. Sobald sie diese unter sich verteilt haben würden, hatten sie vor, sich in aller Eile aus dem Staube zu machen und ihr Glück unter anderen Himmelsstrichen zu suchen.

Die Belagerten hätten ihnen gern diese Befriedigung gegönnt. Leider gestattete ihre Unkenntnis des Ortes, an dem sich dieses Versteck befand, das der Exdespot von Blackland sich geschaffen hatte – wofern es überhaupt existierte – ihnen nicht, sich auf diese Weise ihrer Feinde zu entledigen.

Bis neun Uhr vormittags blieb die Lage, abgesehen von den immer häufigeren Explosionen, die man von der Seite des linken Ufers her vernahm, die gleiche. William Ferney war immer noch geschäftig, die Decke des ersten Stockwerks, in das er noch nicht eingedrungen war, zu durchbrechen, während die Merry Fellows auch weiterhin gegen das Tor anstürmten, dem das nicht das geringste auszumachen schien.

In diesem Augenblick jedoch änderten sie ihre Taktik. Anstatt sich weiter in vergeblichen Anstrengungen, die der Tür galten, zu erschöpfen, richteten sie ihre Angriffe jetzt auf das sie umgebende Mauerwerk. Eine Stunde lang vernahm man das Geräusch von Werkzeugen, die den Stein bearbeiteten, dann wurde unter dem Lärm einer heftigen Explosion der untere Teil eines Gurtpfeilers gesprengt. Die Merry Fellows hatten sich endlich entschlossen, ein Bohrloch für eine Sprengladung zu schaffen, und mit dem Pulver aus mehreren Patronen das Hindernis in die Luft gejagt, dessen sie auf andere Weise nicht hatten Herr werden können.

Die Tür erwies sich zwar auch weiterhin als sehr standfest, war jedoch erschüttert, und eine zweite Ladung würde sie zweifellos zu Fall bringen können. Schon schoben sich durch das im Mauerwerk entstandene Loch drohende Gewehrmündungen.

Die Belagerten mußten das Treppenhaus verlassen und sich in einen weiter rückwärts gelegenen Teil des Palastes flüchten, während die Merry Fellows die zweite Bohrung vornahmen.

Fast im gleichen Augenblick kündigte ein starkes Prasseln an, daß die dritte Decke nunmehr nachgegeben hatte. Ein paar Minuten darauf hörten die Belagerten Schritte im ersten Stock, und erneute Schläge setzten nunmehr direkt über ihren Köpfen ein.

Die Lage begann in der Tat verzweifelt zu werden. Draußen befanden sich drei- bis vierhundert Merry Fellows, die in einer knappen halben Stunde eingedrungen sein würden, über ihnen etwa zwanzig zu allem entschlossene Banditen, die innerhalb des gleichen Zeitraums vielleicht durch die Decke hindurch ungehindert Schüsse abzugeben vermochten. Die Unglücklichen versuchten nicht einmal mehr, gegen ihr Schicksal anzukämpfen. Jane und Lewis Buxton, Amédée Florence und Barsac bemühten sich vergeblich, sie aufzurichten. Auf dem Boden ausgestreckt warteten sie in ihr Los ergeben den letzten Streich ab, der sie niederstrecken würde.

Doch mit einem Schlag ergab sich ein völlig anderes Bild. Im gleichen Augenblick hielten die Merry Fellows und William Ferney in ihren Bemühungen inne. Eine Detonation, die mit den auch weiterhin in der Nähe erfolgenden Explosionen nicht zu verwechseln war, ließ sich vernehmen und hallte in allen Räumen des Palastes wider. Dieser Detonation, die offenbar durch eine Kanone hervorgerufen wurde, folgten mehrere weitere, und es waren keine fünf Minuten vergangen, als auch schon die Mauer, die im Südwesten die Esplanade vom freien Feld trennte, Schlag auf Schlag in beträchtlicher Länge niedersank.

Ein Chor von wüsten Verwünschungen erhob sich aus der Gruppe der Merry Fellows, von denen einige durch die Bresche einen Blick ins Freie warfen. Es steht zu vermuten, daß sie etwas sahen, das nicht nach ihrem Geschmack war, denn sie gestikulierten wie Verrückte und eilten zu ihren Gefährten, mit denen sie sich in größter Eile berieten. Bald darauf, während William Ferney, der es aufgab, in das Erdgeschoß vorzudringen, schleunigst wieder in den Turm hinaufstieg, stürzten sie in wilder Flucht auf das andere Ufer zu. In unerklärlicher Panik sich drängend und einander stoßend, strebten sie dorthin, als eine erneute Explosion, die etwa fünfzig von ihnen das Leben kostete, zugleich die Castle's Bridge und die Garden's Bridge zerstörte. Da jede Verbindung mit dem rechten Ufer auf diese Weise abgeschnitten war, zögerten diejenigen der Merry Fellows, die die Brücke, als sie in die Luft flog, noch nicht betreten hatten, keinen Augenblick, sich in den Fluß zu werfen, den sie schwimmend durchquerten.

Im Nu lag die Esplanade verlassen da, und abgesehen von den Explosionen, die auch jetzt noch in regelmäßigen Abständen erfolgten, wurde das ganze Getöse durch eine jäh eintretende große Stille abgelöst. Starr vor Staunen, wußten die Belagerten nicht, was tun, als plötzlich eine Ecke des Palastes selbst in sich zusammensank. Im Laufe der Vollendung seines Zerstörungswerks begann Marcel Camaret nun dafür zu sorgen, daß die Stellung nicht länger zu halten war. Es hieß also fliehen.

Sie stürzten demgemäß auf die Esplanade hinaus und eilten in ihrer Neugier, die Ursachen der Panik zu ermitteln, von der die Merry Fellows erfaßt worden waren, auf die Bresche in der Umfassungsmauer zu. Sie hatten sie noch nicht erreicht, als von draußen, von der anderen zum Teil noch stehengebliebenen Seite der Mauer her, ein Trompetensignal erklang.

Außerstande an die Befreiung zu glauben, die ihnen dieses Signal verhieß, blieben sie ungläubig staunend stehen, ebenso wie diejenigen ihrer Gefährten, die auf den Quai geflüchtet waren und von dort her im gleichen Augenblick nahten.

Mitten auf der Esplanade eine Gruppe bildend, sah also Hauptmann Marcenay, denn er war es, wie man gewiß schon mit Leichtigkeit erraten hat, dessen Eingreifen die Trompetensignale ankündigten, erstmalig diese abgezehrten, verfallenen, aufgelösten, vor Übermüdung und Erschöpfung zitternden Unglücklichen vor sich stehen.

Diese wollten, als die Schützen in der Bresche erschienen, ihnen entgegengehen, doch so groß war die Schwäche und Ergriffenheit der Armen, daß sie ihren Rettern nur die Arme hinstrecken konnten, während mehrere von ihnen sogar zu Boden sanken und regungslos liegen blieben.

Dies war das bejammernswerte Schauspiel, das Hauptmann Marcenay vor Augen hatte, als er an der Spitze seiner Leute auf der Esplanade erschien. Jenseits des Flusses erkannte man nur eine enorme Trümmerlandschaft, aus der Rauchwirbel aufstiegen; rechts und links erhoben sich noch zwei nur teilweise zerstörte Bauwerke, deren eines ein noch unbeschädigter Turm überragte; vor sich hatten sie einen großen, mit mehreren Hunderten von menschlichen Leibern bedeckten Platz, von denen die einen für immer bewegungslos am Rande hingestreckt lagen, während die anderen in der Mitte des Platzes eine dichtgedrängte Gruppe bildeten, aus der sich Gestöhn und Jammerlaute erhoben.

Auf diese Gruppe ging der Hauptmann zu, da nur hier sich noch Lebende befanden. Würde er wenigstens das Glück haben, derjenigen zu begegnen, die er suchte, die er vor allen anderen zu retten im Sinne hatte?

Bald wurde ihm Beruhigung zuteil. Als Jane Buxton Hauptmann Marcenay bemerkte, raffte sie sich mit neu gewonnener Energie zusammen und ging auf ihn zu. Der Hauptmann hatte Mühe, in diesem armen Geschöpf mit der bleichen Hautfarbe, den hohlen Wangen und den fieberglühenden Augen die wiederzuerkennen, die er vor weniger als drei Monaten strahlend von Kraft und Gesundheit zurückgelassen hatte. Er eilte auf sie zu und kam gerade noch zurecht, um die Ohnmächtige in seinen Armen aufzufangen.

Während er ihr zu Hilfe eilte, ließen zwei furchtbare Explosionen den Boden der Esplanade auf beiden Seiten erbeben. Im gleichen Augenblick stürzten Fabrik und Palast zusammen. Über die Ruinen reckten sich allein die beiden Türme, alles überragend, massiv und unversehrt empor.

Oben auf demjenigen, der zum Palast gehörte, erkannte man William Ferney, die acht Ratgeber, die neun Negerdiener und fünf Mann der Schwarzen Garde, das heißt insgesamt dreiundzwanzig Personen, die über die Brustwehr gebeugt um Hilfe zu rufen schienen.

Auf dem anderen stand ein einziger Mann. Dreimal nacheinander ging er rings um die Plattform herum, während er unverständliche, von weitausholenden Gesten begleitete Reden an den Horizont zu richten schien. Indessen erhob er doch die Stimme sehr stark, denn ungeachtet der Entfernung konnte man zweimal deutlich die Worte verstehen: »Wehe dir, Blackland! ... Wehe!«

Der eine begrub William Ferney und seine Kumpane unter seinen Trümmern ...

Diese Worte mußte offenbar auch William Ferney verstehen, denn man sah ihn plötzlich eine wütende Bewegung machen, das Gewehr ergreifen und, ohne zu zielen, in Richtung auf den

Fabrikturm, von dem ihn nahezu vierhundert Meter trennten, einen Schuß abgeben.

Obwohl aufs Geratewohl entsandt, schien die Kugel doch an ihre Adresse zu gelangen, denn Marcel Camaret griff sich mit einem Male an die Brust und verschwand haltlos schwankend im Innern des Turms.

Fast gleich darauf erfolgte eine doppelte Explosion, heftiger als irgendeine von denen, die ihr vorausgegangen waren, und im selben Augenblick stürzten die beiden Türme, von denen der eine William Ferney und seine Kumpane, der andere Marcel Camaret selbst unter seinen Trümmern begrub, mit fürchterlichem Getöse in sich zusammen.

Auf diesen betäubenden Lärm folgte tiefe Stille. Die entsetzten Zeugen der Katastrophe blickten noch hin, als schon nichts mehr zu sehen war, und lauschten weiter, als es nichts mehr zu hören gab.

Alles war jetzt zu Ende. Blackland, von Grund auf durch den zerstört, der es geschaffen hatte, war nichts mehr als Schutt und Trümmer. Von dem bewundernswerten, aber unheilvollen Werk Marcel Camarets war nichts mehr übriggeblieben.

XV. Schluß

So endeten Marcel Camaret und William Ferney, alias Harry Killer. Und so vollzog sich auch zugleich der Untergang der erstaunlichen Stadt Blackland, die ohne Wissen der übrigen Welt hatte entstehen können, und aller der fabelhaften Erfindungen, die sie in sich barg.

Von beiden blieb nur ein Haufen von Trümmern übrig, die bald unter dem Leichentuch des Wüstensandes verschwanden. Keine Wolken entsandten mehr heilbringenden Regen, der Red River würde bald versiegt sein und wieder zu dem dürren ›Oued‹ werden, den nicht der kleinste Wassertropfen netzte, die Felder würden versengt daliegen, die Wüste erneut ihre Herrschaft antreten und diese Schöpfung der Menschen zurückerobern, von der bald auch die letzte Spur ausgelöscht sein würde.

Gemäß dem Wunsch und Willen seines Urhebers war Camarets Werk vollkommen dahingesunken, und nichts würde mehr vorhanden sein, das künftigen Zeiten den Namen dieses genialen und zugleich von Wahnsinn gepackten Erfinders überliefern könnte.

Hauptmann Marcenay kürzte, soweit es in seiner Macht stand, seinen Aufenthalt an diesen verödeten Stätten ab. Mehr als ein Monat verging indessen, bevor man den Rückweg antreten konnte. Man mußte Hunderte von Leichen bestatten, die Verwundeten pflegen, so lange ausharren, bis diese die Reise durchstehen konnten, und auch denen, die man, wie man wohl sagen konnte, in letzter Minute befreit hatte, Zeit lassen, wieder zu Kräften zu kommen.

Viele der ehemaligen Angehörigen des Fabrikpersonals würden ihre Heimat nicht mehr wiedersehen. Etwa zwanzig Arbeiter, drei Frauen und zwei Kinder waren tot, unter den Schüssen der Merry Fellows gefallen. Doch hatte das Schicksal die offiziellen und offiziösen Mitglieder der Expedition Barsac gnädig verschont. Außer Amédée Florence, der eine unbedeutende Verwundung davongetragen hatte, waren alle unverletzt, auch Tongané und Malik, die zu den gewohnten Formen ihrer Romanze zurückgekehrt waren, das heißt einander kräftige Püffe versetzten und so lachten, daß sie sämtliche Zähne entblößten.

Während die Geretteten sich von ihren Prüfungen erholten, und die Wunden zu heilen begannen, machte sich Hauptmann Marcenay auf die Suche nach der verstreuten Bevölkerung von Blackland. Die Weißen, die Widerstand leisteten, wurden durch eine Kugel schnell zur Vernunft gebracht und die anderen, über deren Geschick man später befinden würde, dingfest gemacht. Was die ehemaligen Sklaven anging, so gelang es, sie zu beruhigen und sie allmählich zu sammeln. Sobald man sie bis an den Niger gebracht hatte, zerstreuten sie sich nach Belieben; jeder suchte sein Dorf und seine Familie auf.

Erst am 10. Juni vermochte die Kolonne sich in Marsch zu setzen, übrigens nunmehr wohlversorgt mit Lebensmitteln, die in reichlicher Menge in der Stadt und auf den umliegenden Feldern zu finden gewesen waren. Einige besonders schwer Verwundete waren noch nicht zu gehen imstande und mußten auf Bahren befördert werden. Doch war es höchste Zeit, sich auf den Weg zu machen. Jetzt setzte die Regenperiode ein, die man im Sudan als Winter bezeichnet, obwohl sie mit dem astronomischen Sommer zusammenfällt. Aus dem einen wie dem anderen Grunde kam der Zug nur ziemlich langsam voran.

Wir werden hier nicht Schritt für Schritt diese Rückreise verfolgen, die, wenn sie auch manchmal mühevoll war, sich doch wenigstens ohne ernstlichen Zwischenfall und ohne wirklich schwere Gefährdung vollzog. Sechs Wochen, nachdem die von Hauptmann Marcenay angeführte Kolonne die Trümmer von Blackland hinter sich gelassen hatte, erreichte sie Timbuktu. Zwei Monate darauf schifften die Helden dieser dramatischen Abenteuer sich nach Europa aus, die einen nach England, die anderen nach Frankreich.

Wenige Worte werden genügen, um den Leser von dem zu unterrichten, was weiterhin geschah.

Ehre, wem Ehre gebührt. Monsieur Poncin kehrte wieder in sein Ministerium zurück und überließ sich wie zuvor den Freuden der Statistik. Auch weiterhin entdeckte er von Zeit zu Zeit wahrhaft ›erstaunliche‹ Dinge. Die Durchschnittszahl der Haupthaare bei den verschiedenen Rassen der Welt und das Durchschnittswachstum der Fingernägel pro Jahr, pro Monat, pro Stunde und pro Sekunde in den verschiedenen Jahreszeiten stellen das Ergebnis seiner letzten Forschungen dar.

Monsieur Poncin ist also glücklich und wird es bleiben, so lange er auf Erden etwas zu zählen hat.

Einen dunklen Punkt gibt es gleichwohl in seiner Existenz. Er hat bislang die Rechenaufgabe nicht zu lösen vermocht, die ihm Amédée Florence gestellt hat. Doch nichts ist hienieden vollkommen.

Dr. Châtonnay ist unter das Joch seines Berufes zurückgekehrt und sucht erneut seine Patienten auf, deren Gesundheit gar zu sehr ins Kraut geschossen war. Seitdem sie wieder ihren Therapeuten haben, hat alles zu seiner richtigen Ordnung zurückgefunden: Sie können sich den Luxus leisten, krank zu sein, und nach Lust und Laune, aber stets zu ihrem Vorteil, da es ja auf ärztliche Anordnung geschieht, zu gehen und zu kommen oder sei es das Bett zu hüten, sei es zu Hause zu bleiben.

Der Herr Deputierte Barsac jedenfalls ›bleibt in der Kammer‹, aber in der, die ihm zusteht, der ›Kammer‹ im gehobenen Sinne. Obwohl die Frage nach dem Wahlrecht der Neger auf lange Zeit zurückgestellt worden ist, hat doch das Scheitern der von dem südfranzösischen Abgeordneten verfochtenen Theorie ihrem Urheber in keiner Weise geschadet. Es erwies sich vielmehr, daß die Prüfungen, die er auf sich genommen, die Gefahren, die er bestanden hatte, ihm ein Anrecht auf eine gewisse Wiedergutmachung gaben. Seine Situation war demnach gefestigter denn je, und man fing an, seinen Namen im Zusammenhang mit der nächsten Besetzung des Kolonialministeriums zu nennen.

Malik und Tongané haben Afrika verlassen. Sie sind ihrer Herrin nach England gefolgt, wo sie geheiratet haben. Auf britischem Boden gedeiht zur Zeit eine hübsche Sammlung von kleinen Negerlein, von denen die ersten sogar inzwischen schon ziemlich groß geworden sind.

Saint-Bérain... Aber Saint-Bérain hat keine Geschichte. Er fischt, er jagt, er redet seine schnurrbarttragenden Gesprächspartner mit ›Madam‹ und die Angehörigen des anderen Geschlechts mit ›Sir‹ an. Darin bestehen seine Hauptbeschäftigungen. Noch dazu ist die Geschichte Saint-Bérains die gleiche wie die Jane Buxtons, und da die Jane Buxtons aufs innigste mit allem verknüpft ist, was ihren Bruder Lewis und Hauptmann Marcenay betrifft, kann das Los dieser vier Personen in einem Zuge abgehandelt werden.

Wie man vermuten durfte, hatte Hauptmann Marcenay sogleich nach seiner Rückkehr nach Timbuktu bei Oberst Allègre um einen Urlaub nachgesucht, der ihm diesmal ohne Schwierigkeit bewilligt wurde, und darauf Jane Buxton, Lewis und Saint-Bérain nach England begleitet.

Während des in den Ruinen von Blackland verbrachten Monats hatte er alle Muße gehabt, derjenigen, die nunmehr seine Verlobte war, zu erzählen, durch welches unglaubliche Wunder die Botschaft Marcel Camarets durch den unberechenbaren Äther an seine Adresse gelangt war, sowie, welche Schritte er alsbald bei Oberst Allègre unternommen und welche Ängste er ausgestanden hatte, als er bei diesem auf eine kategorische Weigerung gestoßen war. Glücklicherweise war schon am folgenden Tage die Antwort von Oberst Saint-Auban eingetroffen. Der Oberst erklärte nicht nur den durch den angeblichen Leutnant Lacour überbrachten Befehl für gefälscht, sondern ordnete auch an, man solle dem Herrn Abgeordneten Barsac, über dessen Schicksal Anlaß zu begründeten Besorgnissen bestand, unverzüglich zu Hilfe eilen. Sofort war eine Expedition zusammengestellt worden, und zunächst dem Niger bis Gao folgend und darauf sodann die Wüste durchquerend, hatte darauf Hauptmann Marcenay um den Preis enormer Mühen unter Mitführung eines Feldgeschützes in Eilmärschen Blackland erreicht.

Kaum war Jane Buxton, begleitet von ihrem Bruder, Hauptmann Marcenay und Saint-Bérain in England gelandet, als sie sich auch schon auf kürzestem Wege nach Schloß Glenor begab, wohin ihr eine Depesche schon vorausgeeilt war. Mehr als ein Jahr war verflossen, seitdem sie es verlassen hatte. Nun kehrte sie dorthin zurück, nachdem ihr Unternehmen gelungen und die Ehre ihrer Familie ad integrum wiederhergestellt war.

In welchem Zustand würde sie ihren Vater vorfinden? Hatte wohl der nunmehr vierundachtzig Jahre alte Greis die Kraft gehabt, die Abwesenheit seiner Tochter zu ertragen und die neue Schmach zu überleben, mit der durch die Plünderung der Central Bank der Name seines zweiten Sohnes unweigerlich bedeckt worden war? Gewiß, die Zeitungen hatten, nachdem sie die schlimme Nachricht verbreitet hatten, das ihre getan, um das Geschehene wiedergutzumachen. Dank den Bemühungen von Amédée Florence, der, sobald sich ihm dazu die Gelegenheit bot, wieder mit Europa in Verbindung getreten war, hatten sie urbi et orbi die Unschuld von George und Lewis Buxton verkündet. Hatte aber Lord Glenor wohl diese Zeitungen gelesen, und kam das große Glück nicht am Ende zu spät? Jane Buxton gab sich keinen Täuschungen darüber hin, in welchem Zustand ihr Vater sich seit dem Drama in der Central Bank befand. Wie groß jedoch auch ihr Kummer war, das drängende Verlangen, den Vater wiederzusehen, war doch noch stärker in ihr.

Endlich langte sie an und konnte am Lager des zu steter Unbeweglichkeit verdammten Greises niederknien. Die von kluger Einsicht blitzenden Augen des alten Mannes aber zeugten von der unversehrten Klarheit seines Denkens.

Umgeben von Lewis, von Saint-Bérain und von Hauptmann Marcenay, dessen Rolle sie ihrem Vater erklärte, erstattete sie diesem darauf einen vollständigen Bericht über ihre Reise. Sie nannte die Namen derjenigen, die ihre Zeugen waren, und wies das an dem Grab von Koubo verfaßte Protokoll dabei vor. Sie offenbarte auch, was die Zeitungen bislang verschwiegen hatten, nämlich welch ewigen Haß der Schuft William Ferney dem Hause Buxton geschworen und mit welchen Mitteln er ihn auf so niederträchtige Weise befriedigt hatte.

Alles paßte zusammen, es war Lord Glenor unmöglich, auch

nur noch den geringsten Zweifel zu hegen. Wenn auch der eine seiner Söhne nicht mehr lebte, so war doch die Ehre von allen beiden gerettet.

Die Augen fest auf seine Tochter geheftet, hatte der alte Mann ihr aufmerksam zugehört. Als sie geendet hatte, kehrte etwas Farbe in seine Wangen zurück, seine Lippen zitterten, ein Beben durchlief seinen Körper von Kopf bis Fuß. Offensichtlich kämpfte sein Wille gegen das Gewicht der Ketten an, deren unerbittlichen Zwang sein erschöpfter Leib zu tragen hatte.

Alle, die diesem tragischen Kampf beiwohnten, wurden von unsagbarer Ergriffenheit erfaßt. Der Wille war der Stärkere, zum ersten Mal seit so vielen Monaten triumphierte er, Lord Glenor machte eine Bewegung. Er sprach!

Sein verklärtes Antlitz wendete sich Jane zu, und während seine zitternde Hand nach der seiner mutigen Tochter tastete, die sich für ihn aufgeopfert hatte, murmelten seine Lippen: »Dank!«

Dann, als ob er von diesem Augenblick an keinen Grund zum Weiterleben mehr hätte, stieß er einen tiefen Seufzer aus, schloß die Augen und hörte zu atmen auf.

Vergebens eilte man ihm zu Hilfe. Lord Buxton Glenor war in den ewigen Frieden eingegangen, wie man am Abend in den Schlaf hinübergleitet. Er war so sanft gestorben, wie man in Schlummer sinkt.

Hier endet diese Geschichte.

Das weitere Geschick aller Personen ist jetzt bekannt, das Barsacs, des künftigen Ministers, das Monsieur Poncins, der sich an Statistik berauscht, das Doktor Châtonnays, der zu seinen Patienten zurückgekehrt ist; Saint-Bérain genießt die Nähe seiner Tante respektive Nichte, die selber glücklich als Gattin des Hauptmann Marcenay ist. Lewis Buxton ist zu dem höchsten Posten in der Central Bank aufgestiegen. Malik und Tongané endlich sind Mutter und Vater einer vielversprechenden Nachkommenschaft.

Was mich selbst anbelangt ...

Doch halt! ... Ich greife vor! ... Sagen wir also: was Amédée Florence anbetrifft, so hat er seine Funktionen bei der ›Expan-

Sein verklärtes Antlitz ...

sion française‹ wiederaufgenommen, wo er den Bericht seiner Abenteuer veröffentlicht hat, die sein Chef mit dreißig Centimes pro Zeile honorierte. Um sein Einkommen etwas aufzubessern, ist der Reporter, der kein reicher Mann ist, auf die Idee gekommen, zwei Fliegen mit einer Klappe zu schlagen und den Versuch zu machen, über das gleiche Thema einen Roman zu schreiben.

Einen Roman, sagen Sie? ... Was denn für einen Roman? ...

Je nun, eben diesen hier, liebe Leser, denjenigen, den Sie ja offenbar von einem Ende bis zum anderen verschlungen haben, da Sie immerhin bis zu dieser Stelle gekommen sind.

Als tiefschürfender Psychologe hat Amédée Florence scharfsinnig erkannt, daß, wenn er ganz einfach nur Tatsachen berichtete, man bis zum Kieferverrenken gähnen würde, während diese gleichen Tatsachen, in den Schleier der Fiktion gehüllt, am Ende eine Chance haben könnten, den Leser ein Weilchen zu zerstreuen. Die Welt ist nun einmal so beschaffen. Die Geschichte, als pompöse Weltgeschichte verstanden, langweilt uns, Geschichten hingegen unterhalten uns ... manchmal wenigstens! Was wollen Sie, wir sind in Frankreich nun einmal nicht fürs Seriöse...

Da diese Abenteuer für Amédée Florence selbst ja nun leider authentische Erlebnisse waren, hat er also, indem er mit einer Geschicklichkeit, der er als erster öffentlich Anerkennung zollt, seine Persönlichkeit kaschiert, hat diese ganze Begebenheit zu einem Roman ›umfrisiert‹, von dem er eine respektable Zahl von Auflagen zu verkaufen hofft. Diese Art, von einem Zeitungsartikel zu täglichen Aufzeichnungen, dann zu einer Erzählung in unpersönlicher Form überzugehen, die hinterlistige Fiktion, mit seinem etwas gewagten Stil zu kokettieren und so weit zu gehen, sich als einen beherzten und gescheiten Burschen hinzustellen, die kleinen Seitenhiebe, die kleinen Beweihräucherungen, die Schnüre, an denen alles läuft, und die ›Tricks‹, die kleinen literarischen Kunstgriffe sind alle dazu da, den wahren Autor besser zu verbergen.

Jetzt aber ist dieser am Ende seiner Aufgabe angelangt. Ob gut oder schlecht, amüsant oder langweilig, das Buch ist nun einmal da. Ohne Mißlichkeiten oder Gefahren kann das Inkognito demgemäß gelüftet, die Geschichte als wirklich geschehen hingestellt werden und derjenige, der sie verfaßt hat, Ihr ergebenster und respektvollster Diener, sie mit seinem Namen zeichnen: Amédée Florence, Berichterstatter der ›Expansion française‹, bevor er das große Wort, das erhabene Wort, das Wort aller Worte hinschreibt, das Wort:

ENDE

Phantastische und Science-Fiction-Literatur im Diogenes Verlag

● **John Bellairs**
Das Haus, das tickte. Roman. Aus dem Amerikanischen von Alexander Schmitz. Mit Zeichnungen von Edward Gorey
detebe 20368

● **Ambrose Bierce**
Die Spottdrossel. Ausgewählte Erzählungen und Fabeln. Auswahl und Vorwort von Mary Hottinger. Aus dem Amerikanischen von Joachim Uhlmann, Günter Eichel und Maria von Schweinitz. Mit Zeichnungen von Tomi Ungerer. detebe 20234

● **Ray Bradbury**
Die Mars-Chroniken. Roman in Erzählungen. Deutsch von Thomas Schlück
detebe 20863
Der illustrierte Mann. Erzählungen. Deutsch von Peter Naujack. detebe 20365
Fahrenheit 451. Roman. Deutsch von Fritz Güttinger. detebe 20862
Die goldenen Äpfel der Sonne. Erzählungen
Deutsch von Margarete Bormann
detebe 20864
Medizin für Melancholie. Erzählungen
Deutsch von Margarete Bormann
detebe 20865
Das Böse kommt auf leisen Sohlen. Roman
Deutsch von Norbert Wölfl. detebe 20866
Das Kind von morgen. Erzählungen
Deutsch von Hans-Joachim Hartstein
detebe 21205

● **Fredric Brown**
Flitterwochen in der Hölle. SF- & Schauergeschichten. Aus dem Amerikanischen von B. A. Egger. Mit Illustrationen von Peter Neugebauer. detebe 20600

● **Karel Čapek**
Der Krieg mit den Molchen. Roman. Deutsch von Eliška Glaserová. detebe 20805

● **Wilkie Collins**
Ein schauerliches fremdes Bett. Gruselgeschichten. Aus dem Englischen von Elizabeth Gilbert und Peter Naujack. Zeichnungen von Bob van den Born. detebe 20589

● **Guy Cullingford**
Post mortem. Roman. Aus dem Englischen von Helmut Degner und Peter Naujack
detebe 20369

● **Walter de la Mare**
Sankt Valentinstag. Erzählungen. Deutsch von Elizabeth Gilbert. detebe 21197

● **Alexandre Dumas Père**
Horror in Fontenay. Roman. Aus dem Nachlaß herausgegeben von Alan Hull Walton
Deutsch von Alexander Schmitz
detebe 20367

● **Lord Dunsany**
Smetters erzählt Mordgeschichten. Fünf Kriminalgeschichten. Aus dem Englischen von Elisabeth Schnack. Zeichnungen von Paul Flora. detebe 20597
Jorkens borgt sich einen Whiskey. Zehn Clubgeschichten. Deutsch von Elisabeth Schnack
Zeichnungen von Paul Flora. detebe 20598

● **Egon Friedell**
Die Rückkehr der Zeitmaschine. Phantastische Novelle. detebe 20177

● **Felix Gasbarra**
Schule der Planeten. Roman. detebe 20549

● **Gespenster**
Englische Gespenstergeschichten von Daniel Defoe bis Elizabeth Bowen. Herausgegeben von Mary Hottinger. Mit 13 Zeichnungen von Paul Flora. Diogenes Evergreens. Auch als detebe 20497

● **Mehr Gespenster**
Die besten Gespenstergeschichten aus England, Schottland und Irland. Herausgegeben von Mary Hottinger. Diogenes Evergreens. Auch als detebe 21027

● **Noch mehr Gespenster**
Die besten Gespenstergeschichten aus aller Welt, von Balzac bis Čechov. Herausgegeben von Dolly Dolittle. Diogenes Evergreens

● **Rider Haggard**
Sie. Roman. Aus dem Englischen von Helmut Degner. detebe 20236
König Salomons Schatzkammern. Roman
Deutsch von V.H. Schmied. detebe 20920

● **W.F. Harvey**
Die Bestie mit den fünf Fingern. Gruselgeschichten. Aus dem Englischen von Günter Eichel und Peter Naujack. Mit Zeichnungen von Peter Neugebauer. detebe 20599

● Patricia Highsmith
Der Schneckenforscher. Gesammelte Geschichten. Vorwort von Graham Greene
Aus dem Amerikanischen von Anne Uhde
detebe 20347
Leise, leise im Wind. Erzählungen. Deutsch von Anne Uhde. detebe 21012
Keiner von uns. Erzählungen. Deutsch von Anne Uhde. detebe 21179

● Horror
Klassische und moderne Gruselgeschichten von Edgar Allan Poe bis Ernest Hemingway. Herausgegeben von Mary Hottinger. Mit Zeichnungen von Paul Flora
Diogenes Evergreens

● Joris-Karl Huysmans
Gegen den Strich. Roman. Aus dem Französischen von Hans Jacob. Einführung von Robert Baldick. Essay von Paul Valéry
detebe 20921

● Gerald Kersh
Mann ohne Gesicht. Phantastische Geschichten. Aus dem Englischen von Peter Naujack
detebe 20366

● Sheridan Le Fanu
Carmilla, der weibliche Vampir. Vampirgeschichte. Aus dem Englischen von Helmut Degner. detebe 20596

● W. Somerset Maugham
Der Magier. Ein parapsychologischer Roman. Aus dem Englischen von Melanie Steinmetz und Ute Haffmans. detebe 20165

● Hans Neff
XAP oder Müssen Sie arbeiten? fragte der Computer. Ein fabelhafter Tatsachenroman.
detebe 21052

● Edgar A. Poe
Die schwarze Katze und andere Verbrechergeschichten. detebe 21183
Die Maske des roten Todes und andere phantastische Fahrten. detebe 21184
Der Teufel im Glockenstuhl und andere Scherz- und Spottgeschichten. detebe 21185
Der Untergang des Hauses Usher und andere Geschichten von Schönheit, Liebe und Wiederkunft. detebe 21182
Alle Bände herausgegeben von Theodor Etzel. Aus dem Amerikanischen von Gisela Etzel, Wolf Durian u.a.

● Herbert Rosendorfer
Der Ruinenbaumeister. Roman
detebe 20251

● Saki
Die offene Tür. Ausgewählte Erzählungen. Aus dem Englischen von Günter Eichel. Mit einem Nachwort von Thomas Bodmer und Zeichnungen von Edward Gorey
detebe 20115

● Hermann Harry Schmitz
Buch der Katastrophen. Tragikomische Geschichten. Vorwort von Otto Jägersberg
Holzstichmontagen von Horst Hussel
detebe 20548

● Science-Fiction-Geschichten des Golden Age
Von Ray Bradbury bis Isaac Asimov. Herausgegeben von Peter Naujack. detebe 21048

● Klassische Science-Fiction-Geschichten
Von Voltaire bis Conan Doyle. Herausgegeben von William Matheson
detebe 21049

● Bram Stoker
Draculas Gast. Sechs Gruselgeschichten. Aus dem Englischen von Erich Fivian und H. Haas. Mit Zeichnungen von Peter Neugebauer. detebe 20135

● Roland Topor
Der Mieter. Roman. Aus dem Französischen von Wolfram Schäfer. detebe 20358

● Jules Verne
Werke in 20 Bänden
Diverse Übersetzer. detebe

● H. G. Wells
Der Krieg der Welten. Roman. Aus dem Englischen von G. A. Crüwell und Claudia Schmölders. detebe 20171
Die Zeitmaschine. Eine Erfindung. Deutsch von Peter Naujack. detebe 20172

● Urs Widmer
Die gelben Männer. Roman. detebe 20575

● Cesare Zavattini
Liebenswerte Geister. Erzählung. Aus dem Italienischen von Lisa Rüdiger. Mit einem Vorwort von Vittorio de Sica und Illustrationen von Corina Steinrisser. detebe 21058